La Cité des Sables

MICHEL ROUVÈRE

Charte et Label Qualité

L'ouvrage que vous venez d'acquérir a obtenu le Label Qualité des auteurs auto-édités.

L'obtention de ce label signifie que l'auteur a accepté :
- de suivre un certain nombre de règles édictées dans la Charte Qualité des auteurs auto-édités;
- de soumettre son ouvrage à différents contrôles du bon suivi de ces règles
- de corriger et de mettre son ouvrage en conformité avec ces règles.

Vous êtes ainsi assurés que ce livre a subi plusieurs relectures par différentes personnes afin de s'assurer de :
- l'absence de fautes d'orthographe
- de "coquilles",
- d'une syntaxe correcte,
- du respect des principales règles de typographie
- d'une mise en page correcte...

L'ensemble des règles de la Charte Qualité des auteurs auto-édités est disponible ici :
http://auto-edition.vv.si/charte-qualite/

Malgré les différents contrôles qui ont eu lieu, il est toujours possible que des erreurs subsistent. Si tel était le cas, vous pouvez en avertir l'auteur qui se fera un plaisir de vous envoyer un ouvrage corrigé.

Bonne lecture !

---oOo---

Les numéros de contrôles ci-dessous sont uniques et propres à cet ouvrage. Si vous avez un doute concernant la qualité de ce livre, vous pouvez envoyer un mail à : auto.edition.internationale@gmail.com, accompagné des numéros de contrôles ci-dessous. Nous vérifierons alors s'il ne s'agit pas d'une utilisation abusive du Label Qualité et prendrons les dispositions qui s'imposent.

N° de contrôles Charte Qualité
5/8/408-6/7/432-18/223-42175/44-43282
6/6/426-6/7/432-18/223-42255/43-43379

DU MÊME AUTEUR

À l'ombre de l'échafaud
Un Rêve de Pierre
La Comtesse Wisigothe
Le Vicomte de Lescran
Le Cercle Sacré
La Statuette Étrusque
Le Peintre de Mennefer
Le Souverain de Tikal
La Colline Celtique
Le Fléau d'Athènes

Site internet : http://www.michelrouvere.fr

Le roi est mort

Novembre 686 av. J.-C.

Adonia se promenait dans les jardins du palais royal avec son ami d'enfance, Hailama, en respirant à pleins poumons l'air encore frais de cette matinée radieuse, que la chaleur n'allait pas tarder à transformer en fournaise irrespirable qui les forcerait à chercher refuge sous l'ombre bienfaisante des galeries. En souriant, elle cueillit une fleur qu'elle glissa dans ses cheveux, sous l'œil intrigué du jeune homme.

— Qu'est-ce qui t'amuse ainsi, Adonia ? demanda-t-il avec étonnement.

— Je pensais que nous sommes en Bul[1], dont le nom veut dire « froidure », mais que nous devrons nous mettre à l'abri du soleil pour ne pas rôtir. Ce n'est pas logique !

— C'est parce que notre calendrier nous vient de Phénicie où le climat n'est pas le même que le nôtre, expliqua son ami avec sérieux en désignant d'un large geste l'enceinte et les maisons autour.

La princesse se détourna d'un air agacé pour s'engager entre deux bosquets verdoyants.

— Je le sais ! Ici, à Telgilsh, il n'y a guère de saisons. Seulement des jours plus chauds que d'autres, avec une période de pluie qui irrigue nos cultures. Sans cela, à la place de la ville, il n'y aurait que des dunes comme celles qui nous entourent. Mais je ne comprends pas pourquoi nos rois n'ont pas modifié le nom des mois, qui ne correspond pas à notre rythme de vie.

— Tu pourras toujours le faire lorsque tu succéderas à ton père, suggéra Hailama qui pressait le pas pour la rattraper.

Mais il regretta sa remarque en voyant la jeune fille frissonner de crainte.

---

[1] Voir le calendrier phénicien en annexe

— Le plus tard possible, j'espère !

En cette seizième année du règne de Balthézar, elle ne se sentait pas prête à le remplacer à la tête de la cité-État dont elle connaissait les moindres recoins. Elle avait grandi au milieu des intrigues qui se nouaient et se dénouaient sans cesse dans les allées du pouvoir, si bien qu'elle était devenue, au fil des ans, très habile à naviguer dans ces eaux troubles en montrant une complaisance de façade aux courtisans ambitieux, qui ne recherchaient que la richesse et la puissance, mais ne se souciaient pas des modestes habitants du petit royaume. Elle, par contre, était plus attirée par la vie animée des ruelles populeuses, que par l'existence ouatée de la noblesse. Alors, elle enfilait des vêtements grossiers, voilait son visage afin de n'être pas reconnue, puis quittait le domaine royal par une porte dérobée pour vagabonder à sa guise au hasard des rues. Elle s'arrêtait devant les étals pourvus de marchandises de toutes sortes dont les vendeurs lui vantaient la qualité, admirait le travail des artisans qui transformaient la matière brute en objets utiles ou agréables, se penchait sur les éventaires de fruits et légumes en bavardant avec les paysans afin de s'assurer que les récoltes étaient correctes, puis rebroussait chemin quand elle atteignait le temple d'Echmoun érigé à la limite de l'agglomération, à l'opposé du palais. Parfois, elle se rendait aux abords de la ville, où faisaient escale les caravanes qui venaient de la côte et celles qui arrivaient du sud après avoir traversé le désert, pour apporter les produits de première nécessité dont l'oasis manquait. Elle aimait assister au déchargement des ânes dont les bâts lourdement chargés pendaient presque jusqu'à terre, attendait avec curiosité de découvrir ce que renfermaient les gros ballots enveloppés de tissus épais, en espérant toujours quelque nouveauté qu'elle convaincrait le roi d'acheter. Précautionneusement pour ne rien piétiner, elle se glissait entre les marchands qui s'interpellaient d'un convoi à l'autre, écoutait avec bonheur ces dialectes dont les sons gutturaux contrastaient avec la musicalité de son propre langage, mais elle ne montrait pas son amusement devant les grands gestes qui soulignaient les négociations délicates entre des interlocuteurs ne baragouinant que peu de mots en commun. Lorsqu'elle ne supportait plus tout ce bruit, elle rejoignait la vaste esplanade qui séparait la cité de la résidence, dominée sur un côté par l'imposant sanctuaire de Baal, dieu tutélaire de Telgilsh.

— Tu me sembles plutôt bizarre aujourd'hui, observa Hailama devant son mutisme incompréhensible.

Adonia virevolta sur elle-même en riant, tandis que sa lourde chevelure brune lui battait les reins. En silence, le jeune noble admira la silhouette gracile, la figure menue aux traits fins, éclairée par de grands yeux noirs dans lesquels son cœur se noyait.

— Si ce n'est qu'aujourd'hui, tout va bien, lança-t-elle gaiement. Accompagne-moi aux écuries pour voir comment se portent les chevaux de mon père.

Elle prit la main de son compagnon, afin de l'entraîner vers le bâtiment dont le toit était visible par-dessus les massifs fleuris.

2

— Mais tu y vas presque tous les jours ! protesta son ami. Que trouves-tu de si fascinant là-bas ?

— J'adore ces animaux si fins et forts à la fois. Ils sont majestueux quand ils tirent les chars lors des parades. Ils sont beaucoup plus beaux que les baudets, en tout cas.

— Oui, mais ils seraient trop fragiles pour traverser le désert avec les caravanes.

— Je me demande si l'on ne pourrait pas monter dessus, comme on le fait pour les ânes, continua-t-elle d'un air rêveur en ignorant le commentaire du jeune homme.

Mais, avant qu'il eût pu répondre à cette suggestion saugrenue, un serviteur courut vers eux, avec un air si catastrophé qu'ils s'arrêtèrent pour l'attendre.

— Que se passe-t-il, Adad ? s'enquit la princesse en reconnaissant l'intendant.

— Une terrible nouvelle, Votre Altesse : Sa Majesté est morte.

— Mon père ? répéta la jeune fille incrédule. Mais comment est-ce possible ?

— Je ne sais pas, Votre Altesse. Son domestique n'a pas pu le réveiller ce matin. Les médecins disent qu'il est décédé pendant la nuit.

— Mon père est mort ! Oh, non !

Réalisant soudain la gravité de la situation, Adonia, le visage ruisselant de larmes, se jeta dans les bras d'Hailama en s'accrochant à lui désespérément. Le jeune homme, tout aussi choqué, l'étreignit sans savoir quoi faire.

— Peut-être désirez-vous le voir ? suggéra délicatement Adad.

Elle tourna vers lui un regard atone.

— Pardon ?

— Viens, dit son ami en l'écartant tendrement. Allons lui rendre un dernier hommage.

Elle le suivit docilement, tellement assommée qu'elle ne parvenait pas à réagir. Ils pénétrèrent ensemble dans le palais, longèrent les couloirs emplis de courtisans qui commentaient avec animation cet événement en subodorant les nombreux changements à venir dans le royaume, arrivèrent enfin à la porte de la chambre dont les deux battants étaient grand ouverts. Ils hésitèrent sur le seuil, puis, comme l'un des guérisseurs les remarquait, ils entrèrent dans la pièce pour s'approcher du lit, les yeux posés sur le roi qui semblait dormir paisiblement.

— Toutes mes condoléances, Votre Altesse, susurra le praticien avec componction.

La jeune fille serra fortement la main de son compagnon pour y puiser du courage.

— Que s'est-il passé ? murmura-t-elle d'une voix tremblante.

— Nous l'ignorons, hélas ! Il s'est simplement éteint dans son sommeil. Mais, pour vous réconforter, sachez qu'il n'a pas souffert.

Elle fixait toujours la figure si calme de son père, pendant que l'affliction la ravageait au point de lui donner envie de hurler comme un animal blessé.

— Merci, souffla-t-elle machinalement.

À ce moment, un bruyant remue-ménage attira l'attention sur le petit groupe qui entrait, sans se soucier de briser l'atmosphère de recueillement. Un adolescent rachitique, se tenant très droit pour ne pas perdre un pouce de sa courte taille, s'avançait d'un pas conquérant, ses yeux gris fixés sur le visage de l'orpheline avec une expression mauvaise, tandis que ses rares compagnons regardaient autour d'eux avec curiosité. Face au nouvel arrivant, la princesse se redressa de toute sa hauteur, en rappelant à elle sa morgue naturelle que la douleur avait estompée.

— Que viens-tu faire ici ? questionna-t-elle froidement.

Le jeune homme esquissa une courbette désinvolte assortie d'un sourire insolent, qui constituait une insulte en elle-même.

— Rendre hommage à mon oncle vénéré, bien sûr, ma chère cousine. Et t'adresser mes plus sincères condoléances par la même occasion.

— Sors d'ici ! ordonna-t-elle d'un ton tranchant, les poings serrés à se rentrer les ongles dans la chair. Tes minables petites combines ne te serviront à rien.

Il écarta les bras pour prendre ses suivants à témoin, tout en affectant un air apitoyé qui ne trompait personne.

— Je comprends que le chagrin t'égare, mais j'ai, autant que toi, le droit de me trouver dans cette chambre.

— Ça suffit, Belshazzar ! s'interposa Hailama. Respecte son deuil !

Imposant silence aux gens de sa suite qui voulaient intervenir, l'indésirable lança un regard moqueur à son interlocuteur, sans parvenir à dissimuler la jalousie qu'il éprouvait devant la prestance du jeune noble, alors qu'il était lui-même plutôt laid avec ses épaules étroites, sa poitrine creuse et les mèches raides, de couleur indéfinie, qui lui balayaient le cou.

— Je m'en voudrais d'aggraver la peine de ma cousine bien-aimée. Donc, j'attendrai qu'elle se soit ressaisie pour avoir un entretien avec elle.

Tournant les talons, il quitta la pièce en affichant une satisfaction qui ne laissa pas d'inquiéter les proches de l'orpheline, d'autant que les individus de son escorte cachaient difficilement leur amusement.

— Qu'a-t-il voulu dire par là ? s'interrogea Adonia.

Son ami l'attira contre lui, afin de la réconforter.

— Bah ! Rien d'important, j'en suis sûr. Il ne cherche qu'à te déstabiliser pour le plaisir.

Elle posa sa tête sur le torse du jeune homme d'un air pensif.

— Je n'aime pas ce Balzer qu'il traîne toujours avec lui. Il me paraît faux et hypocrite.

— C'est pourtant le grand prêtre d'Echmoun.

— Je sais, mais la résidence principale du Dieu est à Sidon. Ici, il ne possède qu'un temple secondaire.

Perplexe, Hailama baissa les yeux vers son amie.

— Alors, tu le soupçonnes d'intriguer afin de prendre le pas sur Baal ?

La princesse s'écarta pour plonger son regard sombre dans celui de son compagnon.

— Je n'en serais pas surprise.

— Itthobaal l'en empêchera, affirma le jeune homme d'un ton convaincu.

— Oui, notre grand prêtre est juste et bon, mais il est très jaloux de ses prérogatives.

— Il te sera aussi parfaitement loyal. Tu peux t'appuyer sur lui pour combattre Belshazzar.

La jeune fille se retourna brusquement vers le lit, tandis que son ami se plaçait à côté d'elle en l'étreignant à nouveau.

— Oh, c'est vrai ! J'avais oublié ! Comment vais-je faire sans lui ?

À quatorze ans, Adonia avait l'âge légal pour régner sans partage, mais elle se sentait très jeune et inexpérimentée, quoique son père l'eût préparée à cette éventualité depuis sa plus tendre enfance. Sa mère étant morte à sa naissance, elle était restée unique héritière du trône de Telgilsh, ce qui excitait bien des convoitises, à commencer par son cousin qui se voyait à un pas de la couronne. Balthézar n'aimait pas ce neveu fourbe et débauché, qui ne songeait qu'à s'amuser sans montrer le moindre sens des responsabilités, si bien qu'il avait souvent mis sa fille en garde contre lui. Mais ce n'était pas le seul prétendant à briguer la main de la princesse. Beaucoup de jeunes nobles s'imaginaient volontiers dans le rôle du corégent, d'autant que la beauté d'Adonia les faisait rêver. Cependant, ils n'entretenaient guère d'illusions, tellement la préférence de la future reine pour Hailama était évidente.

— Toutes mes condoléances, ma douce princesse, chuchota une voix affectueuse à son oreille.

— Oh, Itthobaal ! Tu m'as fait peur, sursauta Adonia.

Le grand prêtre l'enlaça sans tenir compte du protocole, l'embrassa même comme quand elle était petite, avant de s'écarter avec un sourire chaleureux.

— Je suis venu dès que j'ai appris la triste nouvelle. Tu sais que je te soutiendrai toujours. Belshazzar est déjà passé, n'est-ce pas ?

— Hélas, oui ! Il prétend qu'il désire avoir un entretien avec moi.

Le prélat fit quelques pas d'un air préoccupé, puis il leva la tête pour regarder la jeune fille.

— Il veut t'obliger à l'épouser afin de récupérer le trône, mais ne te laisse surtout pas faire.

— Je n'en ai pas l'intention, assura-t-elle en se serrant contre Hailama.

Itthobaal souligna ses propos d'un geste éloquent.

— De toute façon, il ne pourra rien entreprendre durant la période de deuil. Cela te donne le temps de te disposer à l'affronter.

— Je n'ai pas envie de régner, soupira la princesse, blottie dans les bras de son ami comme derrière un rempart.

Le grand prêtre revint vers elle avec une expression compatissante.

— Tu n'as pas le choix, c'est ton destin. Ton père attendait de toi que tu veilles au bien de son peuple. Tu dois t'en montrer digne.

— Nous serons toujours là pour te soutenir, ajouta Hailama sans desserrer son étreinte.

Adonia resta silencieuse pendant de longues minutes, puis, s'appuyant sur le sens du devoir inculqué par le roi, elle se redressa courageusement.

— Avec votre aide, je suppose que j'y parviendrai. Je devrais peut-être consulter l'oracle ?

Le grand prêtre hocha la tête, tandis que son sourire se faisait réconfortant.

— Oui, c'est une bonne idée. D'ailleurs, il faut déterminer le jour favorable pour ton couronnement.

Après un coup d'œil sur le lit où reposait le défunt, Adonia sortit en compagnie de son ami qui ne voulait pas l'abandonner dans de telles circonstances. La dernière chose qu'elle désirait était de voir les religieux venir chercher le corps du roi pour le préparer à l'inhumation, sachant qu'elle ne supporterait pas d'assister à ces rituels trop familiers, appliqués à la personne qu'elle aimait le plus au monde. Se souvenant de ses leçons sur le protocole et les attitudes à adopter dans chaque situation, elle se dirigea droit vers ses appartements, afin de revêtir la tenue adéquate qui afficherait son deuil en soulignant subtilement son statut d'héritière du trône, avant d'affronter la foule des courtisans.

Tant qu'elle suivit les longs couloirs sous les regards curieux, elle conserva un maintien hautain et impassible, mais, lorsque la porte de sa chambre se referma dans son dos, elle s'immobilisa soudain, comme pétrifiée. Lentement, elle balaya la pièce des yeux, ne reconnaissant plus l'endroit où elle s'était réveillée le matin même, jeune fille heureuse, choyée par un père qu'elle adorait, avec pour seul souci la façon dont elle allait remplir sa journée. Quelques heures seulement s'étaient écoulées depuis, mais elle avait l'impression qu'il s'agissait d'une éternité tellement elle se sentait dévastée. Alors, sourde aux questions que lui posait Asherah, son esclave personnelle, elle se jeta sur son lit en sanglotant, sans se rendre compte que des mains effleuraient ses épaules. Il lui fallut un moment pour réaliser qu'elle était blottie dans les bras d'Hailama, qui la berçait comme une enfant en murmurant des mots doux, afin d'adoucir sa peine. Elle avait beau savoir qu'elle devait se ressaisir, ses larmes ne cessaient de ruisseler sur ses joues en un fleuve intarissable, tandis qu'elle s'accrochait à son ami pour puiser un peu de réconfort dans son affection.

— Je serai toujours là pour toi, souffla-t-il en lui caressant les cheveux. Là ! Calme-toi ! Tu dois tenir ton rang pour faire échec aux manœuvres de Belshazzar.

— Je ne peux pas !

— Bien sûr que si ! Je sais que tu en es capable. Allons ! Si tu laisses Asherah s'occuper de toi, tu redeviendras toi-même.

Elle se recroquevilla encore davantage, le visage enfoui contre le torse du jeune homme pour ne plus voir ce qui l'entourait, avec le vif désir que la ville entière pût se dissoudre comme par enchantement. Sachant que son caractère indomptable la pousserait à réagir tôt ou tard, il la garda au creux de ses bras en attendant qu'elle surmontât son chagrin. Peu à peu, elle prit conscience des bruits qui lui parvenaient de l'extérieur, des pas feutrés, des murmures assourdis derrière la porte, contrastant avec les cris et les lamentations qui entraient par les fenêtres. Un instant, elle eut la tentation de se boucher les oreilles pour ne plus rien entendre, mais des images lui apparurent du peuple de Telgilsh pleurant son roi bien-aimé, avec la crainte d'un avenir aux mains d'une princesse de quatorze ans. Alors, réalisant que sa douleur passait après son devoir, elle se résolut à se montrer rapidement, afin de rassurer la population qu'elle avait tant aimé côtoyer lors de ses promenades incognito.

— Voilà qui est mieux, approuva Hailama en la voyant se redresser avec décision.

Elle tendit un doigt vers la croisée d'un air résigné.

— Je n'ai pas le choix. Écoute-les : ils ont peur.

Elle se confia aux mains habiles de sa femme de chambre, qui sut effacer la trace de ses larmes avant de la maquiller, la coiffer, et lui revêtir la tenue qui s'imposait dans ces tristes circonstances. Puis, une fois parée, elle se retourna vers son ami.

— Reste avec moi, s'il te plaît.

Ils sortirent ensemble de l'appartement pour se diriger vers la façade du palais sur laquelle se situait la fenêtre des apparitions, d'où Adonia prouverait à son peuple qu'elle était prête à prendre la relève. Tout en longeant les couloirs d'un pas rapide, la princesse envoya un serviteur quérir Itthobaal qui se tiendrait à ses côtés devant la population, afin de démontrer qu'elle bénéficiait de l'appui du puissant clergé de Baal, dieu principal et protecteur de la cité. Quelques nobles de haut rang, tel le père d'Hailama, l'accompagnèrent également pour qu'il n'y eût aucun doute sur la continuité du pouvoir. Mais, alors qu'elle souriait malgré sa peine en recueillant les acclamations de ses sujets, la future reine frémit en apercevant son cousin dans la foule, les traits déformés par la fureur de n'avoir pas été invité à se montrer auprès d'elle.

Poussée par le grand prêtre qui insistait pour qu'elle profitât de la période de deuil, Adonia tint de nombreuses audiences durant les jours suivants. Elle reçut les plus hauts dignitaires de l'ancien roi, mais aussi les représentants des différents corps de métier, afin de jauger leur loyauté sous prétexte de les rassurer sur ses intentions. Elle eut ainsi la satisfaction de constater que Belshazzar jouissait d'une réputation exécrable qui ne lui laissait que peu de soutien parmi les courtisans, alors qu'il était totalement inconnu du peuple. Lorsqu'elle en eut terminé avec ces obligations, la princesse se rendit au temple pour consulter la prophétesse, en compagnie d'Hailama qui ne la quittait jamais, mais les divinités refusèrent de se prononcer sur l'avenir de la future reine.

— Voilà qui est plutôt inquiétant, ne crois-tu pas ? observa-t-elle sur le chemin du retour.

— Pas forcément, répondit le jeune homme en faisant taire son angoisse. Ton destin est en train de se mettre en place, les Dieux attendent peut-être de voir comment tu te comportes pour décider de ton sort.

Elle tourna la tête afin de puiser un peu de réconfort dans l'ambre clair des prunelles de son ami, effleura des yeux l'ovale de son visage encore imberbe qu'encadraient de soyeuses boucles noires couvrant son cou, puis glissa sur les épaules larges et le torse musclé contre lequel elle aimait tant se blottir.

— Je ferai de mon mieux en essayant de demeurer fidèle aux leçons de mon père.

Deux jours plus tard, Itthobaal vint annoncer les dates retenues pour les funérailles du roi et le sacre de la nouvelle souveraine, mais la jeune fille nota son sourire crispé.

— Les Divinités t'ont-elles parlé ?

Il secoua la tête en soupirant, sans pouvoir cacher ses craintes.

— Hélas, non ! J'ai choisi la date la moins défavorable, mais les auspices ne m'en ont donné aucune de vraiment bénéfique. Pourtant, je les ai interrogés à plusieurs reprises.

— L'oracle est resté muet quand j'y suis allée, rappela-t-elle d'un air pensif. C'est un signe alarmant.

— Je sais ! On me l'a rapporté. J'ai peur que les temps à venir soient difficiles. Tu devras te montrer forte et courageuse.

Le matin de l'enterrement, Adonia se para avec son diadème de princesse et les bijoux assortis qu'elle exhibait rarement, afin de prouver aux dieux qu'elle les honorait avec toute la déférence qui leur était due. Elle s'installa dans sa litière aux rideaux relevés, en adoptant une attitude impassible pendant que les porteurs la soulevaient pour aller prendre place au milieu du convoi funéraire, juste derrière le cercueil richement orné de Balthézar. Le long cortège se dirigea vers le sud de la ville, traversa les cultures qui poussaient sur la berge opposée aux habitations, puis s'enfonça dans le désert jusqu'au mausolée que le roi avait fait ériger dès qu'il était monté sur le trône, afin d'assurer sa survie dans l'au-delà. En apercevant la tour ronde au sommet pyramidal, la jeune fille sentit une boule se former au fond de sa gorge, tandis qu'elle retenait ses larmes au souvenir des nombreuses visites qu'elle y avait effectuées avec son père, pour contrôler que la construction et la décoration de l'hypogée avançaient bien. Pourtant, comme chaque fois qu'elle venait là, elle contempla les dunes qui s'étendaient à l'infini, en songeant à toutes les sépultures royales perdues au cœur de cette immensité depuis la création de Telgilsh, dont celle de son ancêtre fondateur du royaume. Balthézar avait vainement tenté de retrouver leurs emplacements dans les archives du palais, en cherchant plus particulièrement celle d'Azmelqart, puis il avait envoyé plusieurs équipes faire des fouilles, sans plus de succès. Cette quête inutile avait fini par tourner à l'obsession, ce qui expliquait qu'il eût voulu un monument aussi imposant, afin que le culte qu'on lui rendrait ne fût jamais interrompu par la perte de son tombeau.

Le bruit de la bière que l'on déposait à terre, afin de célébrer les derniers éléments du rite avant l'inhumation, ramena Adonia à la réalité. Solennellement, elle descendit de sa litière, se plaça auprès du grand prêtre, puis présenta, une par une, les offrandes au défunt qui les emporterait avec lui. Elle suivit les porteurs le long du couloir magnifiquement décoré, jusqu'à la chambre funéraire où ils déposèrent le cercueil dans un sarcophage en pierre dont ils scellèrent le couvercle, tandis qu'Itthobaal récitait les dernières prières. Le petit groupe remonta à la lumière, s'assit autour des longues tables que les esclaves avaient dressées pour le banquet, pendant que les ouvriers fermaient le caveau, avant d'en dissimuler l'entrée pour décourager les pillards. La princesse détourna la tête, si oppressée à l'idée de son père enfermé pour l'éternité dans cette pièce obscure, qu'elle dut prendre une profonde inspiration, afin de chasser l'impression d'étouffement qu'elle ressentait.

Le soleil se couchait lorsque le cortège regagna la ville après les funérailles. La jeune fille pénétra dans la résidence d'un pas vif, puis, ignorant les regards interrogateurs des courtisans, elle prit la direction de ses appartements en se retenant pour ne pas courir.

— Je sais que c'est difficile, murmura une voix familière près d'elle.

Surprise, elle jeta un coup d'œil par-dessus son épaule, pour découvrir que son ami ne la quittait toujours pas.

— Cette journée a été la pire de mon existence, soupira-t-elle sans même être capable de lui sourire, et demain ne sera pas mieux.

Il l'enlaça d'un air protecteur.

— Demain, tu seras reine. Itthobaal se prépare à t'introniser.

Adonia s'arrêta à la porte de son logement, salua le jeune homme qui s'apprêtait à se retirer, puis, mue par une pulsion soudaine, elle lui saisit la main pour l'attirer vers elle d'un geste brusque.

— Oh, Hailama ! Reste avec moi cette nuit, supplia-t-elle.

Il hésita, ne sachant s'il devait s'arracher à son étreinte ou demeurer, mais elle mit fin à ses incertitudes en l'entraînant dans sa chambre sans lui laisser le temps de décider.

Le lendemain, elle se rendit au temple de très bonne heure, afin de se purifier selon les rites, en suivant à la lettre les instructions du grand prêtre. Quand elle fut prête, elle revêtit la riche tenue confectionnée pour l'occasion, ainsi que les bijoux en or et pierres précieuses qui allaient avec, puis apparut dans la cour d'honneur de l'édifice sacré où se déroulerait la cérémonie. Les nobles, qui n'auraient manqué un tel événement pour rien au monde, se tenaient au premier rang, tandis que, derrière eux, se pressait le peuple dévorant des yeux cet endroit où il n'avait que rarement accès. Avec une dignité et une maturité qui dépassaient largement son jeune âge, la princesse s'installa sur le trône en soutenant d'un air impassible tous les regards fixés sur elle, pendant qu'Itthobaal entamait le rituel du couronnement.

MICHEL ROUVÈRE

Le crash

Mars 1920

Moira regardait distraitement par le hublot du petit avion qui l'emmenait, avec son époux, vers une destination qu'elle n'imaginait pas encore. Très loin en dessous se dessinaient les formes étranges que prenaient les dunes sculptées par le vent, telle une mer figée sous le coup d'une très ancienne malédiction. Elle jeta un coup d'œil vers l'avant de l'appareil, en souriant malgré elle devant le contraste saisissant que formaient les longs cheveux châtains de Bryan Leakner, le pilote, et les courtes boucles noires de son mari, puis, avec un soupir de résignation, elle revint à la contemplation du paysage monotone qui se déroulait sous les ailes, en laissant ses pensées vagabonder à leur guise. À nouveau, le souvenir des rues de Londres froides et luisantes de pluie, mais égayées par les vitrines lumineuses des magasins ainsi que la joyeuse cohue qui se pressait le long des trottoirs, réveilla le mal du pays qui ne la quittait guère depuis qu'elle suivait son conjoint sur tous les sites où il travaillait. Pourtant, alors qu'elle allait bientôt fêter à la fois ses vingt-cinq ans et ses deux ans de mariage avec Wilson Aliberti, elle avait caressé l'espoir de rentrer enfin chez elle, en voyant arriver la fin du chantier que son époux dirigeait au Maroc, mais, trois jours auparavant, un appel d'Égypte l'avait désabusée. La réputation naissante du jeune archéologue était parvenue aux oreilles d'Howard Carter, qui s'était décidé à lui proposer une place dans son équipe pour fouiller la Vallée des Rois à la recherche du tombeau d'un souverain encore inconnu. Alors, elle avait dû préparer les bagages dans la fièvre, tout en modérant l'exaltation de Wilson qui recensait les découvertes que le grand homme avait déjà faites sur cette terre bénie des dieux qu'était l'ancien royaume des pharaons. Maintenant, dans ce petit coucou à peine confortable qui les conduisait vers

Louxor, la jeune femme tentait de se réconforter en se disant qu'au moins, ils vivraient dans une colonie britannique où elle aurait l'occasion de fréquenter des gens de son milieu, auxquels la lieraient peut-être des amis communs.

Ses pensées furent interrompues par la voix de son conjoint, qui couvrit un instant le bruit infernal du moteur.

— Qu'est-ce que c'est que ça ? criait-il en désignant un mur noir et compact qui se ruait à leur rencontre.

— Une tempête de sable ! hurla l'aviateur en réponse. Accrochez-vous, nous allons être secoués !

Moira boucla sa ceinture de sécurité, convaincue que cela ne lui servirait pas à grand-chose s'ils devaient s'écraser, puis se retint à son siège en regrettant, une fois de plus, son incapacité à croire en un dieu bienveillant qu'elle pourrait prier dans ces moments-là. Ensuite, ce fut l'enfer. La lumière du soleil disparut, remplacée par une lueur jaunâtre qui leur dérobait l'extrémité des ailes, tandis que de violentes bourrasques secouaient l'appareil en le retournant tel un fétu de paille. Les objets mal arrimés rebondissaient d'une paroi à l'autre au risque de blesser les passagers qui s'agrippaient aux fauteuils, en se protégeant comme ils le pouvaient. Bryan luttait contre la tornade en s'efforçant de maintenir son avion à l'horizontale, malgré l'affolement des instruments dont les aiguilles oscillaient à n'en plus finir.

— Tenez bon ! brailla-t-il par-dessus le rugissement du vent. Nous réussirons bien à en sortir !

La jeune femme baissa la tête pour éviter une gourde en fer-blanc qui se précipitait vers elle à une allure redoutable, se plaqua contre son dossier dans l'espoir de subir moins de secousses, puis jeta un coup d'œil vers son époux qui était penché en avant, le front posé sur ses genoux, dans une curieuse posture. Sentant, elle-même, son estomac bringuebaler, Moira songea qu'il était peut-être en train de vomir, si bien qu'elle le plaignit de tout son cœur.

L'obscurité, qui s'épaississait encore, ne permettait plus de distinguer l'habitacle, tandis que les hurlements de l'ouragan s'intensifiaient de seconde en seconde. Il devenait impossible de déterminer avec certitude où se trouvaient le ciel et la terre, tellement l'avion était culbuté au milieu de cette noirceur apparemment décidée à les engloutir.

— Je ne peux plus continuer ainsi ! vociféra le pilote. Je ne sais pas où je suis ni à quelle altitude ! Cramponnez-vous, je vais essayer de me poser !

Joignant le geste à la parole, il enfonça le manche. Aussitôt, l'appareil piqua du nez. Moira ferma les yeux en pressant les deux mains sur son ventre avec la sensation que son cœur allait éclater. Pourtant, au lieu de l'interminable chute vertigineuse qu'elle avait imaginée, il ne fallut pas plus de quelques instants avant qu'elle entendît Bryan jurer vigoureusement, tandis que l'avion se cabrait. Alors, retenant son souffle, elle crispa ses doigts sur les accoudoirs de son fauteuil, persuadée qu'elle avait atteint la dernière minute de son existence.

Le choc fut brutal. L'appareil bascula sur le côté, roula sur lui-même tout en dérapant sur un sol qu'ils ne pouvaient voir, tressauta de droite et de gauche durant une éternité avant de s'immobiliser enfin dans un fracas épouvantable. La jeune femme resta un moment figée, paupières closes, incapable de mettre de l'ordre dans ses pensées qui tourbillonnaient aussi follement que les rafales autour d'eux, avant de réaliser soudain qu'elle était en vie. Alors, elle plissa les yeux afin de percer les ténèbres, tâtonna pour définir ce qui l'entourait, en cherchant surtout à localiser son mari et l'aviateur. Sous ses doigts, elle sentait des formes qu'elle n'arrivait pas à identifier, des bouts de tissus effilochés, des morceaux de métal tordus aux arêtes tranchantes, ainsi que des objets cabossés qui glissaient hors de sa portée dès qu'elle les touchait. La paroi la plus proche était déchirée comme une vulgaire feuille de papier, recouvrant ce qui ressemblait à un mur de pierre. Avec un peu d'hésitation, elle se redressa lentement pour ne pas déséquilibrer l'avion s'il était placé en position instable, puis tendit les bras au jugé devant elle. Pendant d'angoissantes secondes, elle battit l'air, avant d'effleurer une bordure qu'elle suivit avec précaution, jusqu'à ce qu'elle trouvât une main inerte. Alors qu'elle tentait de se rassurer en se disant que ses compagnons étaient simplement étourdis, les doigts bougèrent puis s'agrippèrent aux siens, preuve que leur possesseur était vivant.

— Est-ce vous, Moira ? demanda la voix de Bryan.

Elle poussa un soupir de soulagement en constatant qu'elle n'était pas la seule survivante.

— Oui, c'est moi.

— Êtes-vous blessée ?

La rescapée fit jouer ses muscles sans ressentir de douleur particulière.

— Non, je n'en ai pas l'impression. Et vous ?

— Moi non plus.

— Et Wilson ? s'enquit-elle, comme son conjoint se taisait.

— Je ne sais pas. Je regarde où il est.

Le pilote lâcha la jeune femme qui l'entendit remuer, émettre des grognements dont émergeaient parfois quelques jurons, quand il ne prononçait pas des mots inintelligibles que les bourrasques emportaient. Autour d'elle, la carcasse roulait et tanguait, lui faisant redouter le pire si le jeune homme ne se calmait pas bientôt.

— Arrêtez ! protesta-t-elle avec inquiétude. Vous allez nous faire tomber !

Il eut un rire bref qui tenait de l'aboiement.

— Nous ne tomberons pas plus bas ! Nous sommes déjà sur le sol ! Mais il faut nous libérer à tout prix. Votre époux n'est pas là. Il a dû être éjecté lors de l'impact.

— Mon Dieu ! Comment allons-nous le retrouver dans cette tempête ?

— Je crois qu'elle est en train de s'apaiser. Écoutez !

Levant la tête, Moira tendit l'oreille pour remarquer que les hurlements terrifiants du vent se transformaient en murmures presque agréables.

— Pourquoi fait-il toujours aussi sombre ? s'étonna-t-elle.

— Parce que nous sommes à l'intérieur. Voilà pourquoi nous devons trouver comment nous extirper de l'appareil.

Avec précaution, la jeune femme tâta à nouveau la paroi à sa gauche.

— Il me semble qu'il y a un mur de mon côté.

— Ce n'est pas un mur, mais le sol. Les ailes ont été arrachées, puis la cabine s'est couchée sur le flanc. Si nous ne voyons rien, c'est que les hublots, au-dessus de nous, sont couverts par quelque chose qui nous maintient dans l'obscurité. Je vais dégager une issue, ensuite je vous aiderai à sortir.

Bryan recommença à secouer l'épave déjà très abîmée, pendant que Moira s'agrippait à son siège avec la crainte qu'ils soient suspendus au-dessus d'un gouffre. Enfin, après bien des efforts, un rai de lumière se glissa dans leur prison, réveillant l'espoir. La rescapée distingua la silhouette du jeune homme qui s'acharnait sur l'emplacement de la porte, aussi voulut-elle l'assister, mais elle se découvrit coincée par une accumulation d'objets. L'aviateur réussit à se débarrasser des débris qui bloquaient l'entrée, en les faisant tomber avec fracas à l'extérieur. Quand le passage fut praticable, il revint vers elle en souriant, entreprit d'ôter tout ce qui la gênait, puis il prit sa main pour l'attirer vers lui avec douceur.

— Comment allons-nous y accéder ? s'inquiéta-t-elle, les yeux fixés sur l'ouverture qui les surplombait.

— Comme ça, répondit-il en la soulevant le plus haut possible. Accrochez-vous au bord. J'ai vérifié qu'il était encore solide.

Obéissante, elle posa ses paumes sur ce qui restait de la carlingue, se hissa sur les avant-bras en y mettant toutes ses forces, puis se contorsionna pour s'asseoir de justesse. La voix de Bryan lui parvint de l'intérieur, résonnant d'étrange manière.

— Parfait ! Maintenant, passez vos jambes par-dessus et sautez en évitant les déchets.

Elle observa autour d'elle d'un air de doute en constatant que le sol était jonché de fragments arrachés à l'avion, dont les arêtes tranchantes lui paraissaient redoutables. Mais, réalisant qu'elle ne pouvait demeurer là éternellement, d'autant que ses hésitations empêchaient le pilote de s'extirper à son tour de la carcasse, elle pivota avec décision pour viser un endroit dégagé, atterrit un peu brutalement au milieu des cailloux, mais se releva aussitôt, soulagée de se retrouver enfin à l'air libre après ces heures éprouvantes. Levant la tête, elle vit apparaître le jeune homme qui effectua un redressement impeccable, enjamba le fuselage, puis la rejoignit d'un bond souple.

— Comme ça fait du bien, soupira-t-elle en offrant son visage à la caresse du soleil.

Il balaya les alentours d'un regard soucieux.

— Je suis d'accord, mais il ne faudrait pas oublier votre mari.

— Oh, mon Dieu ! Vous avez raison, s'exclama-t-elle en tournant sur elle-même d'un air affolé. Où peut-il être ? Wilson ! Wilson !

Bryan l'arrêta en lui saisissant le poignet.

— Le mieux, je pense, est que nous nous partagions le terrain. Vous allez explorer la partie droite, le long des morceaux qui nous montrent la trajectoire que nous avons suivie, et j'en ferai autant pour la gauche. Le premier qui le trouve prévient l'autre.

Chacun de son côté, ils examinèrent en détail des zones de plus en plus éloignées de l'épave, en soulevant les plus gros éléments qui pourraient dérober l'archéologue à leur vue. À mesure que les minutes s'écoulaient, Moira sentait son inquiétude croître devant l'absence inexplicable de la moindre preuve de vie venant de son conjoint. Elle tentait pourtant de se rassurer en se disant qu'il n'était que blessé, ce qui expliquait pourquoi il n'avait pas crié ni essayé de venir à leur rencontre, mais le doute la tenaillait malgré tout. Soudain, un appel lui parvint du secteur que s'était réservé l'aviateur. Plissant les paupières, elle l'aperçut qui lui faisait de grands signes en désignant quelque chose sur le sol, alors elle s'élança dans sa direction, sans même se rendre compte qu'elle se tordait les chevilles sur les pierres, tellement l'angoisse la submergeait. À l'instant de le rejoindre, elle se figea, les yeux fixés sur ce qui gisait à ses pieds, que son esprit refusait d'identifier, puis elle s'approcha lentement, pas après pas, avant de se jeter en sanglotant sur le corps disloqué de son époux. Bryan ne la laissa pleurer que quelques secondes avant de la prendre gentiment par les épaules pour la relever.

— Je comprends votre peine, mais nous devons penser à notre propre survie. Nous ne sommes pas tirés d'affaire, loin de là.

— Comment ? souffla-t-elle d'un air égaré, en repoussant les cheveux qui lui mangeaient la figure.

— Nous sommes perdus dans le désert, à plusieurs jours de marche de la ville la plus proche. Or, j'ignore ce que l'on peut sauver des provisions embarquées. Venez !

Elle se dégagea pour se pencher à nouveau sur la dépouille de son mari.

— Nous ne pouvons pas partir comme ça !

— Nous n'avons pas d'alternative. Il est impossible de l'emporter avec nous, et voyez comme la terre est dure. Nous n'avons ni le temps ni la force de la creuser pour en faire une tombe. Nous aurons déjà beaucoup de chance si nous en réchappons.

— Je ne l'abandonnerai pas ainsi.

— C'est pourtant notre seul espoir, répliqua-t-il en l'entraînant vers l'épave.

Sans un mot, elle le suivit d'un pas de somnambule, jusqu'au moment où, aveuglée par les larmes, elle buta contre l'un des débris qui encombraient le terrain.

— Voyons ! dit-il plus doucement en la retenant pour l'empêcher de tomber. Vous ne voulez pas mourir ici, n'est-ce pas ? Ce n'est d'ailleurs pas ce qu'il aurait désiré. Je sais que c'est difficile, mais nous n'avons pas le choix.

Ils regagnèrent la carcasse de l'avion dans laquelle Bryan se glissa à nouveau pour faire l'inventaire du chargement encore intact, pendant qu'à l'extérieur, Moira fouillait les vestiges susceptibles de contenir quelque chose d'utilisable. Lorsqu'ils se rejoignirent pour mettre en commun ce qu'ils avaient récupéré, le pilote fit la grimace en constatant que les vivres n'étaient guère fournis.

— Il va falloir nous rationner sévèrement, afin d'atteindre un lieu habité. Ce qui m'inquiète le plus c'est l'eau.

— Pourtant le réservoir semble plein, observa la jeune femme en désignant un jerrican.

— Oui, mais il ne fait que dix litres, alors que nous avons certainement pour plus de cinq jours de marche. Il nous en faudrait le double, au moins. Enfin, nous verrons bien.

Le jeune homme se mit en devoir de rassembler ce qu'ils emportaient, emballa les objets indispensables, forma un ballot léger pour Moira, tandis qu'il se réservait le paquet le plus lourd.

— Allons-y ! conclut-il en soulevant son fardeau.

— Dans quel sens ? s'enquit la jeune femme, regardant autour d'elle d'un air découragé.

— Vers le nord. C'est là que se trouvent les villes. Au bord de la Méditerranée.

— Comment saurons-nous que nous nous orientons correctement ?

— En nous fiant au soleil, ma boussole est cassée, hélas ! répondit-il avec un geste vers le boîtier brisé qu'il venait de jeter par terre.

Avec décision, il contourna l'épave éventrée en tournant le dos à la traînée de déchets qui marquait l'emplacement du catastrophique atterrissage, prit la direction approximative de la côte, tandis que Moira jetait un dernier coup d'œil en arrière avant de le suivre. De là où elle était, elle n'apercevait pas le corps de son époux, pourtant un mouvement attira son attention. Elle plissa les paupières, mais frémit soudain en reconnaissant la silhouette d'une hyène qui scrutait un point qu'elle-même ne distinguait pas. Alors, elle s'élança à la suite de Bryan pour ne pas voir ce qui allait se passer, en s'efforçant de fixer son esprit sur le but à atteindre.

Ils marchèrent jusqu'au soir, sans parler pour économiser leur souffle, en attendant de se sentir complètement déshydratés avant d'avaler quelques gouttes d'eau. Lorsque le crépuscule voila le paysage, l'aviateur s'arrêta enfin, entreprit de monter une tente de fortune avec les tissus qui enveloppaient le chargement, pendant que la jeune femme arpentait le sol alentour, afin de récupérer tout ce qui permettait de faire du feu.

— Je ne pense pas que nous risquions grand-chose cette nuit, affirma le jeune homme en surveillant le repas qui cuisait.

— En partant, j'ai aperçu une hyène au loin.

Bryan posa sur elle le sourire réconfortant de ses prunelles noisette.

— Elle n'était pas là pour nous, et ne nous aura certainement pas pistés.

En frissonnant, Moira resserra ses bras autour d'elle d'un air tragique.

— Je sais, oui… mais c'est horrible !

— Nous avons bien avancé, exposa le pilote pour changer de sujet. Mais, comme j'ignore à quelle distance nous sommes de la civilisation, ça ne veut rien dire.

— Quel territoire survolions-nous quand la tornade nous a surpris ?

Le jeune homme remua sa tambouille, tout en secouant la tête d'un air dubitatif.

— Nous arrivions à la frontière entre la Tunisie et la Lybie. Ce qui signifie que nous sommes dans l'un de ces deux pays.

— Nous avons le choix entre une colonie française ou une colonie italienne, grinça la jeune femme qui retrouvait ses préventions. J'aurais préféré l'Égypte.

— La question n'est pas là. Nous étions très au sud, en plein milieu du Sahara, mais je crois que l'ouragan nous a rapprochés de la côte. Enfin, je l'espère.

Le lendemain, ils atteignirent une mer de dunes qui se déployait à l'infini devant eux, dans laquelle l'horizon se noyait.

— Soit nous sommes beaucoup plus au sud que je le craignais, commenta Bryan en mettant une main en visière sur ses yeux, soit la Méditerranée est juste de l'autre côté de cet océan de sable.

Auprès de lui, Moira scrutait ce terrain impraticable avec découragement.

— Comment allons-nous le traverser ?

— Rien n'est impossible. Venez !

Ils attaquèrent les grains qui roulaient sous leurs pas, les dents serrées, en contrôlant leur souffle, afin de gravir ces collines changeantes dans lesquelles ils redoutaient de s'enfoncer. Ouvrant la marche, le jeune homme s'arrêta au sommet de la dune pour contempler le panorama, en attendant que sa compagne le rejoignît.

— Oh, mon Dieu ! gémit la jeune femme en s'immobilisant à son tour. Jusqu'où cela s'étend-il ?

— Je l'ignore, mais il ne faut pas nous désespérer. Nous devons poursuivre coûte que coûte.

Aussi loin que portait la vue, ils n'apercevaient que d'autres dunes, plus ou moins hautes, comme si la terre entière était submergée par ce sable qui s'insinuait partout, en brûlant les pieds à travers les chaussures légères. Alors, rassemblant leur courage, ils reprirent les fardeaux pour dévaler la pente abrupte, avant de s'engager dans une nouvelle montée, moins raide que la précédente.

Ils continuèrent ainsi tout le jour en observant la course de l'astre, afin de ne pas dévier de leur direction, mais ils s'interrompaient souvent pour reposer les muscles endoloris par la difficile progression sur un sol aussi mouvant. Quand le soir tomba, ils étaient incapables d'évaluer la distance parcourue, pourtant, lorsqu'ils se retournèrent, ils ne virent plus le désert rocailleux qu'ils avaient quitté à l'aube.

— Nous ne pourrons pas faire cuire quoi que ce soit pour nous réchauffer, s'inquiéta Moira au souvenir de la première nuit qui s'était révélée glaciale.

Bryan lui tendit une boîte incandescente en souriant.

— Je crois que ce ne sera pas nécessaire. Elle a cuit toute la journée au soleil.

— Voilà un problème en moins, soupira la jeune femme rassurée.

Il ouvrit le récipient, lui donna presque tout le contenu malgré ses protestations, puis se mit à grignoter en refoulant ses soucis, jusqu'à ce qu'elle le scrutât avec une intensité qui le fit capituler.

— Je crains que nos provisions ne se conservent pas longtemps avec cette alternance de froid et de chaud.

Interdite, elle le regarda terminer son frugal repas, pendant que le découragement l'envahissait à nouveau.

— Nous n'en sortirons jamais.

Il lui sourit en affichant une confiance qu'il était loin de ressentir.

— Mais si ! Rien n'est perdu. Allez vous allonger, demain tout ira mieux.

Malgré les courbatures qui lui raidissaient les membres, Moira reprit sa marche avec courage le lendemain matin, soutenue par son compagnon qui l'encourageait chaque fois qu'il la voyait faiblir. Mais les heures s'écoulaient sans leur permettre d'apercevoir autre chose que des dunes qui moutonnaient jusqu'à l'horizon. La jeune femme se sentait de plus en plus fatiguée, pourtant, au lieu de se plaindre, elle s'obligeait à avancer aussi vite que possible dans l'espoir d'aboutir enfin à la limite de ce désert brûlant.

Alors qu'ils traversaient un large espace un peu plus plat, cerné par des murailles de sable, Moira buta contre quelque chose de dur qui la jeta au sol, tandis que son paquetage volait. Aussitôt, Bryan revint sur ses pas pour l'aider à se relever, puis vérifia qu'elle allait bien.

— J'ai heurté un rocher, expliqua la jeune femme en frottant ses jambes endolories.

Occupé à l'examiner sous toutes les coutures pour rechercher d'éventuelles blessures, l'aviateur émit un rire amusé.

— Un rocher ! Ici ! Cela me paraît improbable.

— Mais si ! Je vous assure.

Elle s'agenouilla sur le sable en creusant avec ses mains pour dégager l'obstacle contre lequel elle s'était cognée. Très vite, elle atteignit une roche formée d'une arête régulière entre deux bords lisses, qui n'avait rien d'une production naturelle. Alors, oubliant ce qui l'entourait, elle s'activa afin de mettre au jour le bloc de pierre qu'elle devinait tout proche.

— Que faites-vous donc ? s'impatienta le jeune homme debout à quelques pas. Nous n'allons pas prendre racine.

— Venez voir au lieu de râler, répliqua-t-elle sèchement.

Il s'approcha de mauvais gré en soupirant.

— Bon, d'accord ! C'est un rocher, si vous voulez.

— Mais non ! Regardez donc comme c'est beau, s'extasia-t-elle en désignant le pan de mur qu'elle venait de dévoiler.

Il s'immobilisa, muet de surprise, devant les bas-reliefs bien marqués qui ornaient ce qui avait dû constituer l'enceinte extérieure d'un monument important, là, au milieu de nulle part.

— Qu'est-ce que c'est que ça ?

— N'étant pas femme d'archéologue pour rien, je peux vous répondre qu'il s'agit des restes d'une cité antique d'une certaine envergure. Ceci devait être le soubassement d'un temple.

Il secoua la tête d'un air incrédule.

— Une ville, ici ! En plein désert ?

— Durant l'Antiquité, le Sahara était bien moins étendu qu'aujourd'hui. Une oasis existait à cet emplacement.

Se remettant debout, Moira examina la vaste plaine enserrée entre les dunes en notant de nombreuses formes allongées qui parsemaient le sol, ce qui lui évoqua les ruines que son mari avait fouillées au Maroc.

— Voyez là, là, et encore là, reprit-elle en montrant les renflements visibles. Je parie que si l'on dégageait tout ce sable, on trouverait la cité presque intacte.

Mais Bryan n'était guère intéressé par ces vestiges, aussi estima-t-il nécessaire de la rappeler à l'ordre.

— Nous ne sommes pas ici pour faire des recherches, mais pour essayer de rallier un lieu habité. Il est temps de repartir.

Elle lui saisit le bras, tout en inspectant le paysage alentour.

— Attendez ! Peut-on définir des repères qui nous permettraient de retrouver cet endroit ?

— Quoi ? Vous prévoyez de revenir ? s'exclama-t-il, médusé.

— Qui sait ? J'aimerais surtout que ce trésor ne se perde pas une seconde fois.

— Hum ! Voyons… l'aspect des dunes, peut-être ? suggéra-t-il en tournant sur lui-même pour scruter l'horizon.

La jeune femme sortit un morceau de papier et un crayon de son paquet, puis se mit en devoir de dessiner le panorama qu'elle avait sous les yeux, sourde aux exhortations de son compagnon qui désirait poursuivre leur chemin. Ensuite, seulement, elle accepta de le suivre. Ce terrain étant plus praticable que les collines précédentes, ils eurent moins de mal pour traverser la cuvette, mais ils durent quand même progresser avec précaution, afin de ne pas heurter les reliefs repérés par Moira, qui s'avéraient bien être de la pierre.

— Que je voudrais fouiller tout ça, murmura-t-elle d'un air gourmand, en englobant le site d'un coup d'œil circulaire.

Le pilote haussa les épaules à cette idée incongrue dans leur situation critique.

— Vous en aurez peut-être l'occasion, si nous survivons.

Ils franchirent le rempart de sable qui marquait la limite de l'antique cité, puis s'éloignèrent, toujours en direction du nord. Mais, lorsqu'ils furent parvenus au sommet de la dune suivante, Moira se retourna pour noter avec soin tous les détails qui lui indiqueraient l'emplacement de sa découverte, sans oublier l'heure ni la position exacte du soleil.

— S'il y avait une ville ici, alors nous ne sommes pas très loin de la côte, observa Bryan pour se réconforter.

Mais la jeune femme secoua la tête d'un air dubitatif.

— Cela ne prouve rien, hélas ! La vie devait être bien différente de ce qu'elle est aujourd'hui. Le commerce se faisait probablement par caravanes.

— Si vous cherchez à me miner le moral, continuez ainsi, bougonna l'aviateur en reprenant son paquetage qu'il assura sur son épaule.

Consternée, Moira s'élança à sa suite.

— Je suis désolée, ce n'était vraiment pas mon intention !

Ils marchèrent encore deux jours au milieu des dunes, tellement fatigués qu'ils trébuchaient sans cesse sur ce sol instable, au point qu'ils désespéraient de jamais en voir la fin. D'autant qu'au deuxième soir, ils eurent épuisé les maigres provisions, tandis que la réserve d'eau s'amenuisait dangereusement, les condamnant à une mort certaine s'ils n'obtenaient pas de secours très vite.

Le lendemain matin, ils arrivèrent sur un sol rocheux plus praticable. Alors, bien qu'exténués, ils s'efforcèrent d'accélérer l'allure dans l'espoir d'atteindre enfin un lieu civilisé. Le soleil touchait au zénith, lorsque Bryan tendit le bras vers un reflet miroitant sur la plaine.

— Là ! On dirait les remparts d'une ville.

— Je n'ose y croire, souffla la jeune femme avec un regard incrédule vers l'image tremblotante.

Lui saisissant la main, l'aviateur l'entraîna vers le but tout proche, sans vouloir avouer sa crainte que ce ne fût qu'un mirage, comme l'on en rencontrait parfois dans le désert. Mais, à mesure qu'ils s'approchaient, les murailles grandissaient, au point d'occuper tout leur champ de vision, preuve qu'il s'agissait d'une cité bien réelle, autour de laquelle ils commençaient à percevoir du mouvement.

Lorsqu'ils eurent rejoint la colonne formée par la foule entrant ou sortant de la porte principale, le pilote arrêta un quidam pour savoir où ils se trouvaient.

— Vous êtes à Tataouine, dans le sud de la Tunisie, répondit l'homme en désignant les hauts murs crénelés.

Ils le remercièrent en ignorant la façon dont il les détaillait avec curiosité, puis pénétrèrent à leur tour dans la ville pour se diriger droit vers le centre administratif, sous les yeux étonnés des passants qui se retournaient sur eux tout au long des rues, afin de contempler leurs vêtements déchirés, ainsi que la poussière qui les recouvrait de la tête aux pieds.

Le nouveau règne

Novembre 686 av. J.-C.

Adonia, qui venait de terminer les audiences du jour, quitta son trône avec un soupir de soulagement, mais se retourna soudain lorsque Belshazzar apparut à l'entrée de la salle, suivi de ses quelques compagnons. Depuis une semaine qu'elle avait été couronnée, la reine s'était évertuée à l'éviter, d'autant que, pour assumer son rôle, elle devait faire face à une importante masse de travail qui accaparait tout son temps. Elle gérait les dossiers prioritaires avec l'aide d'Itthobaal et des plus proches conseillers de son père, qui s'émerveillaient de l'étendue des connaissances que Balthézar lui avait inculquées. Le premier mouvement de la jeune fille fut de se précipiter vers la sortie, mais, réalisant qu'elle ne pourrait pas le fuir éternellement, elle préféra l'entendre dans la pièce où se tenaient les hauts dignitaires, plutôt qu'en privé où elle n'aurait aucun témoin. Alors, résignée, elle se réinstalla sur le siège royal avec une expression impassible.

— Que veux-tu ? demanda-t-elle froidement.

— D'abord saluer ma cousine adorée, répondit-il en s'inclinant avec affection. Ensuite, lui présenter une offre des plus honnêtes.

Elle crispa si fort ses doigts sur les accoudoirs que ses jointures en blanchirent.

— Je t'écoute.

— Tu me ferais un grand honneur si tu acceptais de m'épouser, annonça-t-il d'un ton grandiloquent avec un large geste du bras. Ce serait également un immense bienfait pour notre royaume.

— Il n'en est pas question ! Tu ne seras jamais un bon roi.

21

Aussitôt, il changea d'attitude, tandis que son visage se contractait de colère.

— Tu le regretteras ! siffla-t-il en pointant vers elle un index menaçant.

Peu ébranlée par cette vaine tentative d'intimidation, la souveraine toisa son cousin avec mépris.

— Si tu continues ainsi, tu m'obligeras à t'emprisonner. Va t'amuser avec ta bande de débauchés, c'est tout ce que tu sais faire.

Tournant les talons d'un air rageur, Belshazzar s'éloigna en coup de vent, sans se soucier de ses amis qui durent galoper pour le rattraper.

— Tu as bien fait, assura Coriandre, le père d'Hailama. Il fallait le remettre à sa place tout de suite, afin qu'il ne se fasse pas d'illusions.

La jeune fille s'appuya contre le dossier en soupirant d'un air las.

— J'espère qu'il va se tenir tranquille maintenant.

— Nous allons le surveiller de près. Ne t'inquiète pas.

— Il n'a aucune chance d'obtenir le soutien du peuple, intervint Itthobaal.

Adonia hocha pensivement la tête, puis se releva avec décision pour prendre le chemin de son bureau, accompagnée de ses collaborateurs.

Pendant ce temps, après avoir renvoyé sa suite d'un ton bref, Belshazzar avait regagné le quartier du palais dans lequel il vivait, en courant presque tant il était hors de lui, mais, une fois dans sa chambre, cédant à son courroux, il s'acharna sur tout ce qui lui tombait sous la main, projeta des vases précieux contre les murs et piétina rageusement les étoffes coûteuses qui voilaient les fenêtres.

— Elle me le paiera ! hurla-t-il, incapable de se contenir. Jamais je ne lui pardonnerai une telle humiliation. Et en public de surcroît !

— Calme-toi, conseilla Hyrum, d'un an son aîné, qui venait d'entrer dans la salle. Ce n'est pas en t'énervant ainsi que tu convaincras les gens de te suivre.

L'adolescent se retourna vers lui, le visage ravagé de fureur et de larmes mêlées.

— Mais tu as vu comment elle m'a parlé ? Une gamine de quatorze ans ! J'ai deux ans de plus qu'elle, elle me doit le respect !

— Non ! C'est à toi de t'incliner devant elle, comme tous les habitants de la ville. Elle est la reine.

— C'est à moi que le trône aurait dû revenir !

Son ami s'avança dans la pièce dévastée, redressa une curule renversée, puis s'assit paisiblement.

— Certainement pas ! Elle est l'héritière légitime. Il te faudra le conquérir en commençant par la discréditer auprès de la population. Pour cela, tu dois t'assurer des appuis solides. Je sais que tu pourras compter sur mon père, qui considère que régner n'est pas le rôle d'une femme, mais ça ne suffit pas. Essaie de voir du côté de ce Balzer. Il est toujours bon d'avoir un Dieu avec soi.

— Merci, Hyrum, soupira le prince que ce discours avait apaisé. Tu me réconfortes beaucoup.

Enfin rasséréné, Belshazzar appela son esclave qui s'employa à effacer les traces sur ses joues, lui remit du khôl autour des yeux, avant de lui apporter des vêtements propres pour remplacer ceux qu'il avait déchirés dans sa rage. Lorsqu'il fut de nouveau présentable, il adressa un clin d'œil complice à son ami en demandant que l'on préparât son escorte, afin de le conduire au temple où il désirait prier.

Le petit groupe quitta le domaine royal pour s'enfoncer dans les ruelles populeuses, en direction du sanctuaire d'Echmoun situé à la périphérie de l'agglomération. Tout en marchant, le jeune homme regardait les gens qui se rendaient à leurs affaires ou flânaient autour des étals en marchandant les prix, dans une atmosphère bon enfant révélatrice de la douceur de vivre dans cette cité bien gérée. En grinçant des dents, il constata que personne ne faisait attention à lui, au point que ses gardes étaient obligés de donner de la voix pour que la foule s'écartât de mauvaise grâce sur son passage. Il repensa aux acclamations enthousiastes qui avaient accompagné sa cousine sur le court trajet entre la résidence de Baal et le palais après son couronnement, une semaine plus tôt, mais ce souvenir éveilla en lui une telle colère qu'il serra les poings de frustration.

— Patience, murmura Hyrum près de lui. Un jour, tu auras ce qui t'est dû.

— Oui, tu as raison, répondit l'adolescent rageusement. Je les forcerai à se prosterner devant moi.

L'affluence diminuait à mesure qu'ils s'éloignaient des rues commerçantes, tandis que le but de la sortie grandissait devant eux. Le temple d'Echmoun n'avait ni la taille ni la majesté de celui de Baal, mais les hauts portiques entourant l'accès, à la mode égyptienne, ne manquaient pas d'en imposer à ceux qui venaient faire appel à la divinité. Comme tous les monuments sacrés phéniciens, l'édifice n'était pas ouvert aux fidèles qui se contentaient de déposer des stèles ou des ex-voto tout autour de l'enceinte. Abandonnant son escorte sur le parvis, Belshazzar se dirigea droit vers le double vantail, où il toisa d'un air hautain les gardes qui avaient croisé leurs lances pour l'empêcher d'entrer, si bien que ce fut d'un ton désagréable qu'il ordonna au portier d'aller prévenir le grand prêtre de sa présence. Celui-ci arriva rapidement pour entraîner dans ses appartements le jeune homme qui adressa un coup d'œil triomphant aux soldats indifférents.

— Que se passe-t-il pour que tu viennes jusqu'ici ? s'enquit Balzer avec inquiétude dès qu'il eut refermé sa porte.

— Je veux t'entretenir en privé, loin des oreilles indiscrètes.

Le prélat indiqua un siège à son visiteur, tout en s'asseyant lui-même dans son fauteuil.

— Très bien, je t'écoute.

— Selon tes conseils, j'ai demandé à Adonia de m'épouser, raconta l'adolescent d'une voix tremblante de rage. Mais elle a refusé en m'humiliant devant toute la cour.

— Voilà qui n'est pas très habile de sa part.

Se relevant sous le coup de la colère, le prince arpenta la salle en frappant sa paume de son poing serré.

— Puisque c'est ainsi, je vais prendre ma revanche en l'obligeant à me remettre sa couronne. Si tu me soutiens, je ferai d'Echmoun le Dieu principal du royaume. Cela te convient-il ?

— Tu sais que tu pourras toujours compter sur ma loyauté, affirma le grand prêtre en esquissant une inclination du buste.

Belshazzar se planta devant lui avec un sourire satisfait, toute sa bonne humeur retrouvée.

— Merci, Balzer. Je n'en attendais pas moins de toi.

Le jeune homme rentra chez lui en observant le peuple de la cité, sans réussir à trouver comment il nuirait à la réputation de sa cousine qui avait su se faire accepter d'emblée par ses sujets. Tous les projets qu'il élaborait paraissaient inapplicables, compliqués ou inutiles, si bien qu'il s'agaçait de plus en plus à l'idée qu'elle était réellement intouchable.

— Regarde comme cette ville est prospère et ses habitants heureux, glissa-t-il à Hyrum qui marchait près de lui. Jamais je n'y arriverai. Ça me déprime.

— Allons ! Ne te décourage pas si vite, protesta son ami d'un ton réconfortant. Nous finirons bien par découvrir une solution. Il faut consulter tous ceux qui sont de notre côté. D'ailleurs, j'en parlerai à mon père qui est bien placé dans l'entourage de la reine pour nous renseigner sur ses faiblesses.

Au même moment, dans son bureau, Adonia tendait à son scribe Baldo le rouleau de papyrus qu'elle venait d'étudier, puis décidait avec un soupir de lassitude de s'accorder une pause avant de continuer ce travail éreintant.

— Prépare les courriers dont je t'ai dicté les grandes lignes, ordonna-t-elle en se levant, je les signerai à mon retour. Pour l'instant, je vais prendre l'air.

— Oui, ma reine, répondit le secrétaire avec un sourire affectueux.

La jeune fille sortit dans le jardin pour se promener au milieu des massifs de fleurs en respirant leur parfum à pleins poumons, tandis qu'elle repensait avec tristesse à l'époque, si proche et si lointaine à la fois, où elle gambadait dans ce parc sans se préoccuper des multiples tâches qui incombaient à son père. Il lui semblait qu'elle avait pris dix en une semaine, au point qu'elle se sentait aussi mûre que ses conseillers, dont certains étaient pourtant plus âgés que l'ancien roi. Malgré l'éducation qu'elle avait reçue, elle n'imaginait pas qu'il pût y avoir autant de domaines différents dans lesquels elle devait agir, aussi se demandait-elle s'il y avait une limite aux soucis que la gestion du royaume lui apportait quotidiennement. Chaque corporation lui soumettait ses problèmes ou réclamait des faveurs exceptionnelles pour des raisons toujours bien argumentées, mais les simples particuliers s'adressaient également à elle au moindre bouleversement survenu dans leurs vies. À côté de ces sujets déjà compliqués, elle rendait la justice chaque fois que nécessaire, sans oublier d'entretenir des relations diplomatiques avec les autres cités de la région, issues de la colonisation phénicienne comme Telgilsh. Enfin, lors des grandes fêtes religieuses, elle apparaissait en public pour jouer son rôle d'intermédiaire entre Baal, le protecteur de la ville, et la population. Mais elle savait qu'elle pouvait compter sur Itthobaal qui la guiderait, afin qu'elle ne commît pas d'impairs durant les célébrations.

Comme le chemin qu'elle suivait débouchait sur un vaste bassin alimenté par une fontaine sculptée, elle s'assit sur la margelle, afin de se délasser un instant, en trempant sa main dans l'eau fraîche.

— Ainsi, c'est ici que tu te caches, claironna une voix familière derrière elle, la faisant sursauter.

— Oh, Hailama ! Tu m'as fait peur, s'exclama-t-elle en se retournant.

Il sourit en venant se poser près d'elle avec nonchalance.

— Désolé, ce n'était pas mon intention. Je suis allé à ton bureau, mais ton scribe m'a dit que tu étais sortie, alors je suis venu ici en pensant bien te trouver.

— Que veux-tu ?

— Rien, si ce n'est te convaincre de te détendre un peu. Tu travailles trop.

Elle soupira en ouvrant un bras dans un geste englobant le palais et les maisons qui s'étendaient autour.

— Je n'ai pas le choix. Il y a tant à faire.

— Tu dois déléguer davantage, insista-t-il en se penchant vers elle d'un air sérieux. Si tu continues ainsi, tu finiras par tomber malade. Mon père m'a dit que tu voulais tout contrôler par toi-même. Ce n'était pas la méthode de Balthézar.

— Je sais, mais je suis si inexpérimentée que je crains de manquer quelque chose de crucial.

— Appuie-toi sur tes adjoints. Le roi avait confiance en eux, alors pourquoi pas toi ?

Elle hocha pensivement la tête.

— Oui, je crois que tu as raison.

— C'est bien ! approuva le jeune homme en lui prenant tendrement le poignet. Délègue-leur les affaires courantes pour te ménager un peu de repos, et viens passer la soirée avec moi. Je saurai te rendre ton insouciance pour quelques heures.

Elle acquiesça en contenant son envie de se blottir immédiatement contre son compagnon.

— D'accord. J'irai te retrouver après le dîner.

La reine se remit debout, déposa un rapide baiser sur les lèvres de son ami, puis s'éloigna d'un pas plus léger. Hailama la regarda partir, le cœur gonflé d'amour, avec le désir sincère de l'aider à affronter son destin.

De retour dans son cabinet, Adonia convoqua Coriandre pour revoir la composition de son gouvernement avec lui, sachant qu'il était de bon conseil, mais qu'il lui vouait aussi une absolue loyauté. Ils recensèrent ensemble les divers domaines dans lesquels un roi devait intervenir, puis le dignitaire lui détailla le système mis en place par Balthézar, afin que seuls les sujets les plus importants arrivent jusqu'à lui, en laissant ses subalternes traiter les dossiers mineurs.

— Bon ! conclut la jeune fille en réfléchissant intensément. Je vais donc désigner un ministre pour chaque secteur d'activité, comme tu me le suggères… Que penses-tu d'Ahirom en responsable du Commerce…, Ahinadab, pour les artisans…, Amilcare, pour les paysans…, Barekbaal, aux Finances…, et Paltibaal, à la Justice ?

Coriandre se contenta de ratifier ces propositions, sans montrer son étonnement devant la justesse du raisonnement de sa protégée.

— Cela me paraît bien, mais tu oublies la diplomatie.

— Je sais. Le vizir de mon père s'en chargeait également, n'est-ce pas ?

Il fronça les sourcils d'un air perplexe.

— En effet. Où veux-tu en venir ?

— Je te nomme vizir, si tu l'acceptes, répondit-elle avec un éclair de malice au fond de ses prunelles.

— Oh !

Saisi, il se leva aussitôt pour s'incliner profondément.

— J'en serai très honoré.

Adonia s'étira avec un soupir d'aise, avant d'adresser un sourire affectueux à son collaborateur dont la compagnie la réconfortait toujours. Chez lui, elle retrouvait la fougue d'Hailama transformée en certitude sereine par l'expérience, mais aussi les traits de son ami à peine marqués par l'âge, en partie dissimulés sous la barbe soignée.

— Ça fait du bien de s'appuyer sur des gens en qui on a confiance.

— Avec une telle organisation, tu es certaine de faire échec à toutes les manigances de ton cousin, renchérit le nouveau vizir en se rasseyant.

— Oui, c'est un aspect de la question dont je tiens compte. Votre présence auprès de moi me rassure énormément.

Ce soir-là, pour la première fois depuis la mort du roi, elle se conduisit comme l'adolescente qu'elle était, l'esprit libéré pour un moment de ses lourds soucis, simplement heureuse de jouir de la vie. Hailama était tellement enchanté de la voir redevenir elle-même, qu'il se félicitait d'avoir insisté pour qu'elle vînt le rejoindre. Bien entendu, elle lui avait raconté son entretien avec Coriandre, ainsi que les décisions qu'ils avaient prises en commun.

À plat ventre sur le lit, redressée sur les coudes, dominant le jeune homme allongé sur le dos, elle fit tendrement glisser son index sur le torse lisse de son ami.

— Un jour, tu succéderas à ton père. À moins que je ne te trouve un rôle convenant mieux à tes compétences.

— Je ferai tout ce que tu voudras, assura-t-il d'un air sérieux.

— Nous verrons plus tard. Nous avons le temps.

Il attira un oreiller sous sa tête, afin de la contempler à son aise, puis sourit avec amusement.

— C'est curieux. Je suis trop jeune pour travailler avec toi, alors que nous avons le même âge.

— Ce sont les privilèges de la royauté, si l'on peut dire, commenta-t-elle avec une grimace. J'aurais préféré que l'on me considère comme trop jeune pour régner, crois-moi !

— Je sais, mais il aurait fallu nommer un conseil de régence.

— Je pense que Coriandre s'en serait très bien sorti.

Il caressa doucement l'épaule dénudée de son amie, mais son geste était machinal.

— Sans doute. Pourtant, il y avait le risque que ton cousin en prenne prétexte pour revendiquer la couronne.

Elle soupira en se serrant plus étroitement contre lui.

— Eh, oui ! Le seul réel danger qui menace le royaume, c'est lui. Mais ton père m'a affirmé que notre organisation réduit à néant toutes ses tentatives de semer le trouble parmi la population.

Il l'enlaça dans ses bras protecteurs.

— Alors, tu n'as plus de soucis à te faire.

— Que Baal t'entende…

Deux jours plus tard, Ahirom, qui, en tant que ministre du Commerce, supervisait également les activités des caravanes transitant par Telgilsh, prévint Adonia que plusieurs convois convergeaient vers la cité avec des cadeaux pour fêter le sacre de la nouvelle reine. Aussitôt, ce fut le branle-bas de combat dans le palais dont les habitants s'apprêtèrent à recevoir avec le faste requis ces ambassadeurs des villes alliées.

Assise sur son trône, entourée de ses conseillers, la jeune fille assista au défilé des offrandes que les visiteurs lui dévoilaient l'une après l'autre. Le représentant de Gigthis[2] s'approcha en premier pour s'incliner respectueusement, avant d'appeler les porteurs qui vinrent offrir des pièces de bois de cèdre pour la construction, des coupes de bronze et d'argent, ainsi que des vases en pâte de verre. Puis vint l'ambassadeur de Sabratha, qui amenait avec lui des esclaves à la peau sombre chargés d'objets en ivoire sculpté, allant de l'amulette aux éléments de placage pour meubles de grand prix. L'émissaire de Leptis Magna vanta la finesse de ses étoffes de lin pour vêtements de luxe, la subtilité de ses parfums, ainsi que la qualité de ses bibelots en cuivre et en étain, comme un parfait camelot. Mais ce furent les présents envoyés par le roi de Macar Uiat[3] qui plurent surtout à la souveraine, penchée en avant pour mieux admirer les animaux exotiques tenus en laisse, félins, singes et oiseaux aux couleurs éclatantes, ainsi que les splendides bijoux en or et pierres précieuses, déposés dans des écrins en bois finement gravés.

Lorsque l'exhibition fut terminée, Adonia se leva, remercia les diplomates, puis assura qu'elle conserverait l'amitié ayant toujours existé entre les diverses

---

[2] Comptoir phénicien sur la côte tunisienne

[3] Sabratha, Macar Uiat et Leptis Magna sont trois comptoirs phéniciens de la côte libyenne qui forment la ville actuelle de Tripoli

cités, en un discours bien balancé qu'elle avait répété avec Coriandre avant leur arrivée. Perdu au milieu de la multitude des courtisans, Belshazzar faisait grise mine en constatant que sa cousine bénéficiait des solides appuis offerts par ces rois alliés, si bien qu'il réfléchissait déjà à la manière dont il s'y prendrait pour semer le trouble dans ces relations. Mais, comme les domestiques invitaient l'assistance à se rendre dans la grande salle où avait lieu le banquet en l'honneur des visiteurs, il ravala sa rancœur pour mieux savourer la fête, en repoussant ses rêves de vengeance.

Durant la soirée, Adonia conversa avec les ambassadeurs installés auprès d'elle sur l'estrade, tout en surveillant ses propos afin de ne pas commettre de maladresses, rassurée par la présence de ses ministres qui savaient comment orienter la discussion pour la maintenir sur un terrain neutre. Alors que la nuit s'avançait, Hailama profita de l'apparition des musiciens et des danseuses, qui venaient divertir les convives, pour se glisser derrière son amie.

— Tu as reçu de magnifiques cadeaux, murmura-t-il avec émerveillement.

— Oh, oui ! Je suis gênée, c'est presque trop, répondit-elle sur le même ton.

— Ils espèrent peut-être une contrepartie.

— J'en ai peur. Ton père m'a dit qu'ils sollicitaient tous un entretien particulier.

— N'aie crainte, il saura limiter leurs exigences.

— Heureusement qu'il est là, approuva la jeune fille en observant le vizir qui bavardait amicalement avec l'envoyé de Macar Uiat.

— Regarde, souffla son ami qui contemplait la foule. Je parie que Belshazzar a trop bu. Vois comme il lorgne les acrobates.

— Bah ! Tant qu'il boit, il ne pense pas à autre chose, conclut-elle avec philosophie. S'il se conduit mal, les serviteurs le feront sortir discrètement.

À l'autre bout de la pièce, leur sujet d'intérêt commentait le spectacle d'un timbre pâteux en compagnie des ressortissants de Gigthis. Puis, avec un rire graveleux, il tendit une main pour saisir au vol le bras de l'une des danseuses dans l'intention de l'asseoir sur ses genoux, mais la jeune fille s'esquiva avec légèreté. Dépité, il grommela des insultes à mi-voix en la suivant des yeux, jusqu'à ce que la vue de sa cousine attisât encore davantage sa colère.

— Tais-toi, Belshazzar ! Tu es saoul, chuchota Hyrum qui le surveillait avec attention. Ne dis rien que tu regretterais demain.

— Je ne… ne dis que… que la véri… vérité, bafouilla le jeune homme en tentant de se redresser majestueusement.

— Toute vérité n'est pas bonne à dire, répliqua son ami qui le retenait pour l'empêcher de tomber. Viens avec moi, il est temps de partir.

— Nan ! Je veux… mmm'amuser.

Voyant que la situation menaçait de mal tourner, Hyrum fit un signe discret à l'esclave le plus proche, afin qu'il l'aidât à emmener son ami avant qu'il provoquât un esclandre.

— Tu vois, constata gaiement la reine, nous en voilà débarrassés jusqu'à demain.

Comme elle commençait à se sentir très fatiguée, elle aurait bien aimé se coucher, mais elle savait que son départ mettrait un terme à la fête, au risque d'être mal interprété par ses invités. Alors, elle s'obligea à s'intéresser aux propos anodins que lui tenait son voisin, en attendant que les diplomates daignent se retirer, mais Coriandre, qui comprenait son dilemme, profita d'une pause dans le discours du fâcheux pour se pencher vers elle.

— Il se fait tard, expliqua-t-il avec un sourire complice. Nos visiteurs aimeraient que tu les autorises à rejoindre leurs chambres.

— Oh, bien sûr ! répondit-elle en cachant son étonnement. Je vais d'ailleurs, moi-même, aller prendre un peu de repos.

Joignant le geste à la parole, elle se leva, adressa un léger salut à ses hôtes, puis traversa la salle en direction de ses appartements, tandis que les convives plongeaient dans une révérence.

Le lendemain, la jeune fille eut la surprise de découvrir qu'Asherah l'avait réveillée beaucoup plus tard que d'habitude. Elle voulut sauter du lit, en dédaignant le petit-déjeuner posé à son chevet, mais sa servante la retint fermement.

— Tu dois te nourrir, maîtresse, afin d'être en forme.

— Mais les ambassadeurs doivent patienter depuis longtemps.

— Pas du tout ! Ils n'ont pas encore demandé leur repas. Coriandre m'a conseillé de te laisser dormir autant que possible pour que tu récupères de cette éprouvante réception. Mais tu as tout le temps de te préparer.

Rassurée, Adonia mangea de bon appétit, savoura son passage dans la salle d'eau entre la douche rafraîchissante et le massage revigorant, avant de revêtir une longue robe de lin immaculée retenue aux épaules par de fines bretelles. Asherah attacha à son cou un pectoral en or personnifiant Baal, le protecteur du royaume, lui enfila des bracelets également en or, puis posa sur sa tête la lourde couronne de Telgilsh pour faire honneur à ses invités. Ensuite, elle se rendit dans la petite pièce où elle accordait ses audiences privées, en s'interrogeant sur les requêtes des représentants. Elle fut soulagée d'y trouver Coriandre qui lui sourit tout en reposant le papyrus qu'il était en train d'étudier.

— Comment se sent ma reine aujourd'hui ? s'enquit-il gentiment.

— Beaucoup mieux que je ne l'aurais imaginé. Merci de m'avoir laissée dormir.

— Je me doutais que nos hôtes ne seraient pas matinaux après une soirée aussi arrosée.

La jeune fille se dirigea vers la fenêtre à travers laquelle ses yeux glissèrent distraitement.

— N'était-ce pas un peu impoli d'arrêter la fête si brutalement ?

— Certainement pas ! affirma-t-il en se levant pour aller la rejoindre. Tu as gardé tes réflexes de princesse bien élevée, en oubliant que, maintenant, c'est toi qui règnes. Tout le monde calque son attitude sur la tienne, pourtant je voyais que les ambassadeurs désiraient se retirer sans oser le dire. Si tu étais partie trop tôt, tu les aurais vexés, mais, à cette heure tardive, ils n'attendaient plus que ça.

— J'ai encore tellement de choses à apprendre.

— Ne t'inquiète pas ! Cela viendra avec le temps.

À ce moment, l'émissaire de Sabratha se présenta à la porte. Alors, s'assurant d'un coup d'œil que son scribe était prêt à enregistrer l'entretien, Adonia s'installa sur son trône, tandis que l'homme venait se courber avec déférence à ses pieds. L'envoyé apportait une lettre de son souverain, dont Coriandre se saisit pour la lire à haute voix devant la reine, selon la procédure habituelle. La jeune fille écoutait avec attention, rassurée de constater qu'il n'y avait rien d'extraordinaire ni d'inquiétant dans cette missive. Après de longues formules courtoises et des protestations d'amitié sincère, le roi exprimait le vœu de conserver les relations commerciales et diplomatiques établies avec Balthézar, qui convenaient aux deux royaumes, ainsi que les alliances face aux attaques des pillards nomades. Elle regarda son vizir qui ne semblait gêné par aucune des sollicitations, aussi inclina-t-elle la tête en signe d'acquiescement, lui laissant le soin de répondre dans les termes requis au représentant enchanté de cet accord rapide.

Les audiences des trois autres ambassadeurs se déroulèrent comme la première, leurs dirigeants réclamant tous les mêmes engagements, quoique l'énonçant diversement selon leurs caractères. Néanmoins, la souveraine apprécia le soutien de Coriandre, qui lui évitait de commettre une bévue lorsqu'elle utilisait ce langage diplomatique qu'elle ne maîtrisait pas totalement, alors que ses interlocuteurs nageaient dedans comme des poissons dans l'eau.

— Bien ! soupira le vizir en refermant le battant sur le dernier des émissaires. Voilà une bonne chose de faite.

— Ils vont s'en aller maintenant, n'est-ce pas ? demanda la jeune fille avec espoir.

Le conseiller revint vers elle à petits pas.

— Certainement pas aujourd'hui. D'ailleurs, nous devons, à notre tour, donner des cadeaux pour chaque souverain.

— Ah, bon ! Pourquoi ?

— Afin de prouver notre bon vouloir et notre détermination à honorer les traités. Mais ils n'ont pas besoin d'être aussi somptueux que ceux qu'ils t'ont envoyés. Ce sont simplement des gages d'amitié.

— Que vais-je leur offrir ? s'inquiéta-t-elle en se levant pour marcher dans la pièce.

— Je pense qu'il faut nous concerter avec Ahirom, qui connaît parfaitement nos ressources.

— Excellente idée ! approuva-t-elle avec enthousiasme.

Malgré la présence des étrangers, Adonia tint à organiser une réunion de travail, afin de gérer les dossiers du jour, puis elle s'entretint avec Coriandre et son ministre du Commerce pour définir ce qu'elle allait remettre à chaque représentant. Ensuite, seulement, elle retourna dans ses appartements où elle s'apprêta pour le banquet du soir, en souhaitant de toutes ses forces que les visiteurs repartent dès le lendemain.

Comme en réponse à sa prière, les diplomates prirent congé de la reine au matin suivant, en la remerciant pour les offrandes qu'Ahirom leur avait adressées. La jeune fille les salua aimablement, mais ce fut avec soulagement qu'elle les vit partir, heureuse de se consacrer à nouveau à ses propres tâches, déjà si lourdes. Dès que les invités eurent quitté le palais, elle se rendit dans son bureau où elle reprit son labeur quotidien, tandis que la population presque entière de Telgilsh s'agglutinait aux abords de la ville pour voir passer les riches convois chamarrés, si différents des caravanes qui fréquentaient l'oasis.

— Regarde-moi ça ! grinça Belshazzar perdu au milieu de la foule. Ils viennent de consolider la position de ma cousine.

— Non ! Ils ne considèrent que leur propre intérêt, affirma Hyrum. Ils se moquent de savoir qui est sur le trône. D'ailleurs, le royaume a besoin de leur appui. Cette visite est un bienfait pour tous, même pour nous.

— Mais ils n'ont même pas essayé de me parler.

— Qu'importe ! Ce n'est que partie remise. Ils apprendront bien assez tôt à te connaître, crois-moi.

— Tu sais toujours tout ! grommela le jeune homme en regagnant son logement.

Les subsides du British Museum

Mai — juin 1920

Moira examina sans complaisance son reflet dans le miroir, afin de s'assurer que sa tenue était irréprochable. Face à elle se tenait une jeune femme pas très grande, bien en chair sans être grosse, dont la chevelure flamboyante apportait, avec ses prunelles vertes, la seule note de couleur dans ses vêtements de deuil.

— Tu n'es pas sérieuse ? s'inquiéta Jane Radden, sa mère, assise dans un fauteuil. Ton mari est mort. Que veux-tu donc prouver ?

La jeune femme s'exhorta au calme avant de répondre.

— Il ne s'agit pas de Wilson, mais de moi. Je te l'ai déjà expliqué ! Je ne sais pas pourquoi, mais quelque chose m'attire irrésistiblement vers cette cité fantôme que j'ai décelée sous les sables. J'en rêve toutes les nuits depuis que je suis rentrée à Londres.

— Et tu crois que le British Museum va t'accorder des subsides pour aller fouiller là-bas, alors que tu n'es même pas archéologue.

La jeune veuve posa un chapeau sur ses courtes boucles auburn, l'inclina à l'angle correct, puis se tourna de côté pour juger de l'effet.

— Pourquoi pas ? De toute façon, je me dois d'essayer.

— Et quand bien même tu obtiendrais tes crédits, imagines-tu une femme commandant à des hommes sur un chantier ? Ce n'est pas sa place.

— Oh, voyons maman ! protesta Moira en se retournant. Nous ne sommes plus au Moyen Âge ! Beaucoup de femmes exercent des métiers d'homme sans que cela choque. D'ailleurs, le roi vient de décider que les professeurs d'Oxford auront le même statut, qu'ils soient hommes ou femmes.

— Il ne te reste plus qu'à rejoindre le mouvement des suffragettes. Je ne t'ai pourtant pas élevée comme ça.

— Les femmes gagneront le droit de vote très bientôt, affirma la jeune veuve en attrapant ses gants. Mais ce n'est pas mon propos, pour le moment. Je file sinon je vais être en retard, ce qui risquerait d'indisposer ces messieurs.

Elle s'engouffra dans le taxi qui patientait devant la maison, puis regarda les rues défiler, tout en se répétant le discours qu'elle avait préparé dans le but de convaincre les plus éminents historiens du royaume. Le véhicule s'arrêta, bloqué par les encombrements de la capitale, ce qui la ramena à l'instant présent avec un bref sursaut. Elle fit la grimace en constatant qu'il pleuvait à nouveau alors que l'on était déjà fin mai, étonnée de n'éprouver aucune satisfaction à se retrouver chez elle. Au souvenir de la nostalgie qui l'avait tant tourmentée en Afrique, elle se surprit à ressentir la même chose pour ces étendues désertiques, mais si majestueuses, qu'elle avait traversées avec Bryan Leakner, en se demandant pourquoi elle avait tellement souffert du mal du pays, alors qu'elle avait eu la chance de vivre dans un tel environnement. Les magasins aux vitrines pleines à craquer d'objets divers, la foule animée qui se pressait sur les trottoirs, même les relations sociales qui lui avaient tant manqué lorsqu'elle était au Maroc lui paraissaient soudain futiles en comparaison de l'aventure excitante que lui promettait le grand sud tunisien. Plus que jamais, elle s'exhorta à se montrer persuasive, afin de décider les influents personnages à financer une expédition pour repartir là-bas, dans l'espoir de faire ressurgir cette cité des sables sous lesquels elle dormait depuis des siècles.

Elle descendit de voiture devant le musée, s'immobilisa, les yeux fixés avec appréhension sur la façade, avant de grimper les marches du perron, le cœur serré, pour pénétrer dans le vaste hall ouvert au public. Avisant un homme assis derrière un guichet, elle se dirigea vers lui d'un pas qu'elle voulait assuré, puis, sans lui laisser le temps de lui vendre un billet, elle l'informa qu'elle avait rendez-vous avec le conservateur. Mais, tout en suivant le gardien chargé de la piloter dans les méandres du bâtiment, elle fut prise d'un doute si fort qu'elle dut lutter pour ne pas s'enfuir en courant. Son guide s'arrêta devant une porte sur laquelle un panonceau affichait : « Direction », frappa un coup léger, poussa le battant, puis l'annonça d'un ton gourmé. Alors, toutes ses incertitudes envolées, la jeune femme se redressa avant d'entrer dans la pièce, surprise d'y trouver tant de monde.

— Mrs Aliberti ! Soyez la bienvenue, s'exclama un homme jovial en lui baisant la main. Je me présente : je suis Fergus Noor, le conservateur de ce musée. Voici mon ami Gordon Vairow, qui en est l'administrateur financier, ainsi que messieurs Spikings et Faircliff, qui étaient des collègues de votre mari.

Moira les salua chacun à son tour, d'une manière charmante qui recouvrait la discrète attention avec laquelle elle les étudiait. Le gestionnaire était un homme grave et compassé, qui ne devait pas desserrer volontiers les cordons de sa bourse ; Mr Spikings, qui avait dans les quarante ans, cachait mal sous son sourire avenant le mépris qu'il éprouvait pour les femmes ; quant à l'autre archéologue, Mr Faircliff, il paraissait bien plus jeune et plus ouvert que son confrère, mais gardait une prudente réserve qui ne rassurait pas la veuve. Elle s'installa sur le fauteuil qu'on lui désignait, puis se lança dans le discours qu'elle avait préparé, en parlant posément afin de ne pas bafouiller, tandis qu'elle essayait de lire sur les visages qui lui faisaient face l'impact de ses paroles.

— Cela me semble parfaitement clair, commenta le conservateur lorsqu'elle se tut. Votre découverte paraît très prometteuse. Qu'en pensez-vous, messieurs ?

— C'est intéressant, reconnut Mr Spikings. Où se situent ces ruines ?

— Je préfère n'en rien dire pour le moment, repartit Moira prudemment. J'ai pris des repères afin de les retrouver facilement, mais je les garderai pour moi, si vous le permettez.

— Vous avez raison, approuva Mr Faircliff en souriant. Nous avons tous eu affaire à des gens malhonnêtes qui venaient piller nos sites.

— La question principale est de savoir si ça vaut la peine d'engager une équipe de fouilles, reprit Fergus Noor en regardant ses compagnons d'un air interrogateur.

— Je crois que oui, acquiesça Mr Spikings en croisant les bras. Nous sommes probablement en présence d'un établissement phénicien.

Son jeune collègue se redressa pour exprimer sa désapprobation.

— Si cette ville est implantée au milieu du désert, ce n'est pas forcément le cas. Il peut s'agir d'une cité indigène, antérieure à la colonisation phénicienne.

— Il n'existait pas de civilisation en Afrique du Nord avant l'arrivée des Phéniciens, assena Duncan d'un ton définitif.

— Mais c'est n'importe quoi ! Vous n'y connaissez rien ! s'exclama Irwin.

— Bien, bien ! Attendez le résultat des recherches avant de vous lancer dans une querelle de spécialistes, coupa le conservateur d'un air amusé, puis il se tourna vers Gordon Vairow. Quel budget pourrions-nous débloquer ?

— Je viens de recevoir des subsides suffisants pour financer une longue campagne, répondit l'administrateur avec réticence. Voulez-vous que je les alloue à Mrs Aliberti ?

— Comment ? réagit Duncan Spikings en sautant sur ses pieds. Mais madame n'est pas archéologue.

La jeune femme, mal à l'aise, agrippa les accoudoirs de son fauteuil.

— J'ai accompagné mon mari sur tous ses chantiers. Je saurai diriger celui-là.

L'homme la toisa avec un dédain manifeste.

— Aucun ouvrier n'acceptera d'être sous les ordres d'une femme. Ces fouilles seront vouées à l'échec dès le départ. Ce serait un gaspillage de temps et d'argent.

— Que voilà des arguments bas et méprisables ! s'indigna Irwin Faircliff en se levant à son tour pour faire face à son confrère. Si madame a su repérer et identifier ces vestiges, cela prouve qu'elle est parfaitement capable de mener ce chantier à bien. Nous ne sommes plus au Moyen Âge, que diable !

Fergus Noor s'interposa vivement pour éviter que la discussion ne dégénérât.

— Hum ! Je pense que nous en discuterons à tête reposée, mon collègue et moi. Je vous remercie, messieurs, de vos avis éclairés. Et vous, madame, je vous ferai savoir notre position très bientôt.

Moira se mit debout en dissimulant sa déception sous un sourire gracieux, salua les quatre hommes d'un ton aimable, puis quitta la pièce sans laisser paraître le moindre ressentiment envers Mr Spikings qui s'était pourtant montré blessant avec elle. Mais, une fois dans le couloir, elle s'appuya contre le mur en inspirant profondément afin de se calmer, puis entreprit de rejoindre la sortie sans parvenir à maîtriser le tremblement de ses jambes. Alors qu'elle hésitait sur la direction à suivre au croisement de deux galeries, elle entendit un bruit de pas précipités derrière elle, mais n'eut pas le temps de se retourner, qu'Irwin Faircliff s'arrêtait à ses côtés en souriant.

— Ne prenez pas ombrage de ce que Duncan a pu dire, attaqua-t-il immédiatement. C'est un homme d'une autre génération, pour qui les femmes doivent se cantonner au ménage et à l'éducation des enfants. Il est complètement dépassé. En archéologie aussi, d'ailleurs. Ses théories sont fausses et ses datations hasardeuses. Il a raté son dernier chantier, ce qui l'a rendu très amer. Depuis, il rêve de se rattraper, mais plus aucun mécène ne veut de lui.

— Et vous, ce site ne vous tente-t-il pas ? interrogea la jeune femme, tandis qu'il la guidait vers le hall.

— J'aimerais beaucoup le voir. J'irai peut-être l'admirer si vous l'obtenez, mais je considère qu'il vous revient de droit. J'aurais aimé connaître votre mari dont la réputation n'est plus à bâtir. Ce serait un bel hommage à sa mémoire si vous conduisiez ces recherches.

— Je vous remercie de votre soutien.

Lorsqu'elle se retrouva à l'extérieur du musée, Moira se sentait tellement nerveuse qu'elle préféra marcher plutôt que rentrer en taxi. L'entretien ne s'était pas déroulé comme elle l'imaginait. Au souvenir du visage réprobateur de l'administrateur financier, elle doutait de jamais décrocher les subsides désirés. Même s'il ne l'avait pas exprimé, lui aussi devait être réfractaire à l'idée d'un chantier de fouilles géré par une femme. Songeuse, elle contempla la vitrine d'un grand magasin dans lequel elle était souvent allée faire du shopping avant son mariage, en se demandant une nouvelle fois pourquoi elle tenait tant à repartir là-bas, alors qu'elle n'avait pas cessé de regretter Londres quand elle était avec Wilson. Qu'y avait-il donc dans cette plaine aride entourée de dunes pour l'attirer aussi irrésistiblement qu'un aimant ? Elle avait essayé de rendosser son ancienne vie, mais celle-ci ne lui allait plus, tel un vêtement démodé qui serait devenu trop étroit.

— Alors ? s'enquit sa mère dès qu'elle eut mis un pied dans la maison. As-tu réussi à les convaincre ?

La jeune femme se laissa tomber dans un fauteuil en soupirant, accepta la tasse de thé que lui tendait Jane, puis en but une gorgée dont le goût familier l'apaisa.

— Je ne sais pas. Le conservateur a dit qu'il me répondrait dès que possible. J'ai rencontré un archéologue qui ne rêvait que d'aller fouiller cette cité à ma place, et un autre plus jeune qui, lui, me soutenait.

— Mais crois-tu avoir une chance ? insista la brave dame en s'asseyant face à elle.

— Le gestionnaire ne m'a pas paru très favorable à ma requête. Je suppose qu'il donnerait plus volontiers son argent à un homme.

— C'est peut-être aussi bien. J'aurais peur de te savoir isolée au milieu du désert.

Pour contenir l'énervement qui montait en elle face aux réactions injustifiées de sa mère, la jeune veuve se remit à boire son thé lentement, puis, lorsqu'elle se fut calmée, elle reposa sa tasse sur le guéridon près d'elle.

— Je n'y serai pas seule, mais avec une équipe importante. De toute façon, s'ils ne m'allouent pas ces crédits, je ne révélerai pas l'emplacement du site.

Redoutant que sa fille s'accrochât trop à sa découverte, au point de se lancer dans de vaines luttes, Jane chercha un argument capable de lui faire lâcher prise, jusqu'à ce que le récit de la rescapée lui revînt.

— Mais le pilote qui t'accompagnait en connaît la position.

— J'en doute, il ne s'y intéressait pas. Au contraire, il ne cessait de me presser pour avancer.

— Bah ! De vieilles pierres, il y en a autant qu'on en veut. Il est inutile de se battre pour ça, conclut la brave dame en souhaitant de toutes ses forces que les subsides soient accordés à quelqu'un d'autre.

Durant les deux jours suivants qu'elle passa sur des charbons ardents, Moira éplucha le courrier en sursautant au moindre coup de sonnette, dans l'attente de la réponse qu'elle espérait positive contre toute évidence. Sa mère essayait de l'apaiser en lui remontrant qu'elle avait fort peu de chances d'obtenir ce qu'elle désirait tant, mais la jeune femme était tellement obsédée par la mystérieuse cité, qu'elle envisageait d'y retourner même si on ne lui octroyait aucun financement.

— Et comment feras-tu sans argent ? protesta Jane très angoissée par ce projet.

— Je commencerai par vendre cette maison, ce qui me permettra d'engager des gens sur place. D'ailleurs, je ne m'y sens plus chez moi.

De saisissement, la brave dame en laissa tomber sa broderie sur le tapis, tandis qu'elle fixait sa fille d'un air incrédule.

— Merci ! s'écria-t-elle. Et moi ?

— Tu rentreras chez toi.

— Dans ma maison perdue au fin fond de la campagne. Je préfère Londres, vois-tu.

37

La jeune femme se leva pour arpenter le salon, puis elle pivota d'un air excédé pour détailler sans indulgence la silhouette imposante de Jane, qui débordait du fauteuil, son visage ridé, ainsi que ses prunelles émeraude qui pouvaient se noyer en un instant sous des flots de larmes.

— Cette demeure était celle de Wilson, à l'origine. Tu n'es venue t'y installer que pour la garder pendant notre absence, pas pour y vivre en permanence.

— Tu es vraiment attentionnée avec ta mère !

— J'ai vingt-cinq ans et je suis veuve. Tu n'imagines quand même pas que je vais habiter avec toi jusqu'à la fin de mes jours ? Je dois faire quelque chose de ma vie.

Elle alla se planter devant la fenêtre, en suivant des yeux les voitures qui circulaient au milieu des cavaliers et des piétons.

— Alors, remarie-toi ! C'est ce que ferait n'importe quelle femme sensée, grogna la brave dame en reprenant son ouvrage dont les fils s'étaient emmêlés.

— À ton époque, peut-être, mais plus maintenant, lança la jeune veuve qui lui tournait le dos.

Des coups impérieux sur la porte interrompirent la dispute en offrant à Moira l'occasion de quitter la pièce. Il s'agissait d'un commissionnaire qui lui délivra un courrier dont le cachet lui coupa le souffle. Machinalement, la jeune femme lui fourra un pourboire dans la main, claqua le battant, puis se précipita dans le salon où Jane brodait en affectant de l'ignorer.

— C'est une lettre du British Museum ! s'exclama-t-elle en la brandissant comme un trophée.

— Eh bien, ouvre-la, mais ne te fais pas trop d'illusions, rétorqua froidement sa mère.

Moira parcourut la courte missive, tandis que la perplexité se peignait sur sa figure.

— Mr Noor, le conservateur, me demande de passer le voir rapidement, mais il ne précise pas pourquoi. Crois-tu qu'il prendrait cette peine pour me dire non ?

Incapable de rester fâchée longtemps, Jane abandonna son ouvrage sur ses genoux, afin de mieux réfléchir à ce message énigmatique.

— Je n'en sais rien… C'est possible. S'il a décidé de confier ces fouilles à quelqu'un d'autre, il désire peut-être que tu lui transmettes les indications nécessaires pour trouver le site.

— Il peut toujours courir, affirma la jeune femme en fronçant les sourcils face à cette éventualité qui ne lui plaisait guère. Je préférerais détruire mes documents plutôt que de les donner à un autre.

— La meilleure manière de savoir ce qu'il te veut, c'est encore d'y aller.

Moira se rendit au musée dès le lendemain matin, après une nuit agitée où elle avait à nouveau rêvé de la ville fantôme, dont elle voyait les bâtiments grandir devant elle, avant de se désagréger pour former des dunes gigantesques menaçant de l'engloutir. Cette fois, alors qu'elle traversait le hall en direction du guichetier, un homme l'intercepta pour la guider jusqu'au cabinet du conservateur. Mr Noor l'accueillit avec la même amabilité que lors de leur première rencontre, l'invita à s'asseoir dans un fauteuil, s'excusa d'avoir mis autant de temps à lui répondre, tandis que la jeune femme constatait avec soulagement que nul autre n'assistait à l'entretien.

— Je dois vous avouer que votre requête s'est heurtée à de très vives résistances, préluda-t-il avec un regard amical, tout en s'installant en face d'elle. Comme vous avez pu le remarquer l'autre jour, bien des hommes sont encore assez vieux jeu pour ne pas aimer que les femmes quittent leurs fourneaux. Mais ce n'est pas mon cas, loin de là, alors j'ai plaidé votre cause avec toute l'éloquence dont je suis capable.

Elle se raidit, croisa les bras comme pour se réconforter, puis se décida à poser la question cruciale avec la brusque conviction qu'elle obtiendrait un refus.

— Et… le résultat ?

— Les crédits vous sont accordés pour un an renouvelable selon vos découvertes.

Elle sursauta, craignant d'avoir mal entendu, mais le sourire engageant de son vis-à-vis lui prouva qu'elle ne s'était pas trompée.

— Oh, merci ! Merci mille fois !

— Ce n'est rien, assura-t-il en écartant les mains dans un geste lénifiant. Je crois qu'il est temps que les mentalités évoluent, dans notre domaine comme dans les autres.

Il se leva et se dirigea vers son bureau sur lequel il prit une liasse de papiers qu'il agita devant elle.

— Comme vous n'êtes pas archéologue de formation, je pense que vous aurez besoin de vous entourer de spécialistes compétents dans tous les métiers que l'on trouve sur un chantier de fouilles. Alors, je vous ai préparé une liste de gens que je connais ou dont la réputation est arrivée jusqu'à moi. Étant bien précisé que c'est vous seule qui prendrez les décisions. Les personnes que vous recruterez ne seront que vos adjoints.

— Je vous remercie de votre aide, répondit-elle, un peu étourdie par la rapidité avec laquelle les événements s'enchaînaient.

— N'hésitez pas à revenir aussi souvent que vous le voudrez pendant que vous formerez votre équipe. Je mets toute mon expérience à votre service.

Elle saisit les documents en affichant une assurance qu'elle était loin de ressentir.

— Je n'y manquerai pas.

Le conservateur la raccompagna jusque dans le hall, en lui racontant avec volubilité ses premiers chantiers, tandis qu'elle hochait la tête d'un air pénétré sans écouter un seul mot.

À son retour, elle commença par éplucher les noms que lui avait donnés Mr Noor, pendant que Jane se lamentait à l'idée de la voir repartir vers ces pays à peine civilisés.

— Écoute, maman ! Il faudrait savoir ce que tu veux ! explosa la jeune femme excédée. Grâce au financement que m'accorde le British Museum, je ne vendrai pas ma maison. Donc, tu pourras y demeurer aussi longtemps que tu en as envie. N'est-ce pas ce que tu souhaitais ?

— J'aurais préféré que tu y restes avec moi. Mais je suppose que rien ne peut t'empêcher de retourner là-bas.

— Je me dois de le faire. Au moins pour la mémoire de Wilson, rétorqua Moira en étouffant ses scrupules devant ce mensonge bien innocent.

Les semaines qui suivirent furent surchargées par les préparatifs du voyage. La jeune femme courait sans cesse entre les rendez-vous avec les scientifiques à convaincre de rejoindre son équipe et l'achat du matériel nécessaire pour des fouilles d'une telle envergure. Comme lors de son premier entretien au British Museum, elle se heurta à de profondes résistances de la part de spécialistes très expérimentés, mais peu désireux d'œuvrer sous les ordres d'une femme qui n'avait même pas de formation d'historienne. Heureusement, parmi les professionnels que lui avait indiqués Fergus Noor, elle dénicha quelques personnes à l'esprit plus ouvert, qui s'enthousiasmèrent pour sa découverte en faisant abstraction de sa condition féminine. C'est ainsi qu'elle put recruter un géologue de vingt-trois ans nommé Alvin Goult, qui lui posa de nombreuses questions sur la nature du terrain contenant les vestiges de la cité, mais pas une seule sur ses propres compétences. Elle eut plus de mal à persuader Tyler Doveston, un anthropologue de réputation mondiale qui, à quarante ans, trouvait difficile de s'adapter à l'évolution trop rapide de la société. Cependant, il accepta de suivre Moira, parce qu'ayant travaillé avec son époux, il considérait de son devoir de veiller sur la jeune veuve dans cette aventure dont elle ne soupçonnait pas les dangers. Comme l'énumération comportait aussi quelques femmes, elle se fit un plaisir d'embaucher Violet Himsworth, une dessinatrice ayant déjà deux chantiers à son actif, ainsi que Joyce Kettel, une chimiste confirmée, qui étaient toutes deux de sa génération.

Fergus lui avait aussi conseillé d'engager un archéologue qui suppléerait à ses propres lacunes, soulignant avec délicatesse qu'elle ne devait ses connaissances qu'à ce que son mari lui avait enseigné. Bien consciente que cela s'avérait nécessaire, la jeune femme avait compté sur l'aide d'Irwin Faircliff, mais, comme il n'était pas sur la liste du conservateur, elle n'osa pas lui demander de l'accompagner, supposant qu'il était déjà pris par d'autres fouilles. Alors, elle se rabattit sur Lowell Penwarden, un jeune homme de vingt ans qui se montrait d'un enthousiasme sans faille à l'évocation de ce projet.

— Je suis sûr que c'est l'une des plus grandes découvertes archéologiques de notre époque, s'exaltait-il avec une ardeur sympathique. Songez donc : une cité entière sous les sables. Une ville dont nul n'a entendu parler. C'est bien plus intéressant que les vaines recherches auxquelles se livre Mr Howard Carter. Jamais il ne mettra la main sur son pharaon inconnu.

La jeune femme soupira tristement, comme chaque fois que l'on évoquait le célèbre chercheur devant elle.

— C'est pourtant sur ce chantier que nous nous rendions lorsque la tempête a changé notre destin. Wilson était aussi excité que vous à ce sujet.

— Oui, mais il ignorait votre formidable trouvaille.

— De toute façon, nous ne pouvons pas revenir en arrière, reprit-elle en chassant ces souvenirs importuns. Je suis heureuse de vous intégrer dans mon équipe.

Quand tout fut bouclé, Moira retourna voir Fergus Noor, afin de vérifier avec lui qu'elle n'avait rien oublié, bien décidée, cette fois, à écouter ce qu'il avait à dire pour en faire son profit. Il la reçut avec empressement, enchanté qu'elle vînt solliciter ses conseils comme il le lui avait proposé, puis se plongea dans les documents qu'elle lui avait apportés.

— Je suis impressionné par votre efficacité, avoua-t-il en reposant la liasse de feuillets sur son bureau. Vous avez réussi à convaincre des gens très compétents, mais surtout vous avez réuni tout l'équipement dont vous aurez besoin, sans en omettre la moitié comme beaucoup d'archéologues débutants.

La jeune femme rougit de plaisir devant ces compliments qui la confortaient dans son projet.

— En fait, j'ai demandé à chacune de ces personnes de me transmettre la liste des fournitures qu'elle estimait nécessaires pour son activité. Ensuite, j'y ai rajouté les objets dont se servait mon mari.

— C'est parfait ! approuva le conservateur avec un sourire amical, tandis qu'il attrapait une épaisse chemise en carton posée à la droite de son bureau. De mon côté, j'ai contacté le gouvernement colonial qui contrôle le territoire sur lequel vous allez fouiller, afin qu'il vous donne les autorisations indispensables. Voilà ! Tous les papiers sont en règle. Votre base sera Tataouine que vous connaissez.

Moira acquiesça, tout en s'emparant avec un frisson d'excitation de la pochette que lui tendait Fergus. Son rêve devenait réalité, ce qu'elle n'arrivait pas encore à concevoir pleinement, tant elle était consciente des obstacles qui auraient dû l'arrêter sur ce chemin.

— Comment ferai-je pour recruter des ouvriers ? s'enquit-elle en revenant aux détails pratiques.

— Les autorités françaises vous y aideront en diffusant une annonce parmi la population. Mais n'ayez crainte, vous aurez toujours beaucoup plus de candidats que de postes à offrir. Le peuple, là-bas, est très miséreux. Or, comme le travail sur un chantier de fouilles est l'un des mieux payés, l'on se bouscule pour être engagé. Il vous faudra également régler le problème de communication entre le site et la ville, mais, pour ça, je ne peux rien faire. Vous devrez vérifier les différentes opportunités sur place.

La jeune femme hocha la tête pensivement, tandis qu'elle revoyait les dunes que son compagnon et elle avaient franchies à pied en trois jours, dans des conditions plus que rudes.

— Je crois que j'y parviendrai.

— J'en suis absolument certain. Quand je vois ce que vous avez déjà fait en si peu de temps, je sais que vous viendrez à bout de toutes les difficultés.

Il ne restait plus qu'à organiser le périple, puis liquider les dernières broutilles avant le grand départ. Moira, qui ne se tenait plus d'impatience, aurait voulu traverser le continent dans l'une de ces voitures rapides qui raccourcissaient le voyage, mais le volume des bagages à emporter rendait ce projet irréalisable, à sa grande déception. Elle dut se rabattre sur un paquebot de ligne dont le terminus était l'Égypte, avec de nombreuses escales qui rallongeaient encore la durée du trajet. Alors, faisant contre mauvaise fortune bon cœur, elle songea que ces moments ne seraient sans doute pas perdus s'ils lui permettaient de mieux cerner les membres de son équipe, afin de démarrer l'activité dès l'arrivée sur le site, sans les pénibles ajustements des premiers contacts. Elle consacra donc ses ultimes jours en Angleterre à préparer ses malles, à expédier tout son matériel au port, ainsi qu'à s'assurer qu'elle n'avait rien oublié.

— Voilà ! soupira-t-elle en refermant la porte sur le convoyeur qui venait d'enlever les derniers colis. Demain, ce sera mon tour.

Occupée à confectionner des gâteaux pour le thé, sa mère leva vers elle un regard mouillé.

— Quand je pense que tu ne veux même pas que je t'accompagne jusqu'à Portsmouth. Décidément, je ne compte plus pour toi !

— Tu sais très bien que ce n'est pas vrai. Mais, telle que je te connais, tu vas te mettre à sangloter sur le quai. À quoi cela servirait-il ?

— Il est normal que je pleure lorsque ma fille unique me quitte.

La jeune femme s'approcha de la table de la cuisine en repensant aux pâtisseries orientales si sucrées qu'elle avait détestées, mais dont elle se souvenait avec nostalgie.

— Je ne pars pas pour toujours. Même si les fouilles se poursuivent toute l'année sans interruption, ce qui n'est pas certain, je pourrai prendre des vacances durant lesquelles je reviendrai te voir.

Jane se redressa en essuyant ses yeux, l'air soudain rêveur.

— J'aimerais bien visiter la Tunisie…

— Tu ne t'y plairais pas. Toi qui qualifies ta campagne de désert, tu perdrais tous tes repères dans ce pays misérable.

— Je crois surtout que tu as peur de m'avoir sur le dos, répliqua-t-elle avec un coup d'œil acéré à l'adresse de Moira.

Celle-ci eut un geste agacé.

— J'y vais pour travailler, pas pour faire du tourisme.

— Bon, bon ! ronchonna la brave dame en enfournant ses biscuits. Écris-moi quand même, quelquefois.

— Mais naturellement. Je t'enverrai des lettres chaque fois que ce sera possible.

Le lendemain, la jeune femme monta dans le taxi qui l'emmènerait à Portsmouth, en retenant son irritation devant le visage noyé de larmes de sa mère, dont elle savait qu'elle retrouverait son entrain dès que le véhicule aurait tourné l'angle de la rue. Si bien qu'elle se contenta d'un vague signe d'adieu, avant de se concentrer sur les gens qu'elle allait bientôt rejoindre, en se demandant, une fois de plus, si la concorde régnerait dès le départ ou si elle devrait user de diplomatie afin de souder son groupe.

L'arrivée au port coupa court à ces vaines spéculations en la ramenant à des réalités plus immédiates. Elle descendit de voiture en s'approchant du coffre pour récupérer la valise que le chauffeur était en train de sortir, mais un homme surgi de nulle part s'en saisit avant même qu'elle eût tendu la main, puis lui agrippa le bras avec exubérance.

— C'est un bonheur de vous revoir, claironna-t-il d'une voix enjouée. J'attendais ce moment avec impatience.

— Oh, bonjour Mr Penwarden ! sursauta Moira. Vous m'avez fait peur.

Il l'entraîna gaiement en direction de l'imposant bâtiment.

— Désolé, vraiment. Ce n'était pas mon intention. Venez, que je vous montre le bateau ! Nous sommes luxueusement logés.

— Est-ce que tout le monde est là ? s'enquit-elle en le suivant plus posément.

— Comment le saurais-je ? J'ignore qui sont les autres membres de votre équipe.

— Ah, oui ! Bien sûr !

Après avoir pris possession de sa cabine, effectivement très confortable, la jeune femme s'informa de ses collaborateurs auprès du steward, puis organisa une petite réunion informelle dans l'un des salons du bord, afin de faire les présentations. Les premiers contacts se déroulèrent dans une ambiance cordiale, au grand soulagement de la nouvelle directrice, enchantée de l'attitude de ses adjoints. Tyler s'était visiblement résigné à admettre des femmes sur un chantier de fouilles, Alvin et Lowell s'affirmaient ravis de profiter d'une si charmante compagnie, tandis que Joyce et Violet apparaissaient résolument professionnelles, afin d'en imposer tout de suite à leurs collègues masculins.

Rassurée sur la solidité de son petit groupe, Moira s'accouda au bastingage en regardant la côte anglaise noyée dans la brume s'éloigner lentement, tandis que le vent du large lui fouettait le visage. Mais déjà, à la place de ce paysage en demi-teintes, elle voyait se dessiner une contrée aux couleurs éclatantes sous un soleil brûlant, des maisons d'une blancheur éblouissante sur une terre ocre, une mer d'un bleu profond, bordée par des rangées de palmiers, ainsi que des dunes blondes ondulant jusqu'à l'horizon. Alors, avec un soupir d'aise, elle songea qu'elle rentrait enfin chez elle.

Des retards de livraison

Janvier — mars 685 av. J.-C.

Coriandre soupira, frotta un chiffon sur son front pour en ôter la sueur coulant dans ses yeux, puis se repencha sur la tablette de cire qu'il étudiait depuis le début de l'après-midi. En ce mois de Pagruma, pourtant réputé pour être l'un des plus froids de l'année, il avait beau essayer d'établir des courants d'air dans son bureau, rien ne rafraîchissait l'atmosphère torride qui rendait la moindre activité pénible. Un coup discret frappé à la porte détourna son attention des phrases ampoulées, entre lesquelles il cherchait le véritable sens de ce message diplomatique apparemment anodin. Levant la tête, il vit Ahinadab pénétrer dans la pièce en arborant un visage soucieux qui ne lui était pas habituel.

— Que t'arrive-t-il ? s'étonna le vizir.

Le responsable de l'Artisanat se planta devant lui avec un grognement de contrariété.

— Je ne sais pas, justement. C'est pourquoi j'aimerais avoir ton avis.

— À quel sujet ?

— Récemment, des joailliers sont venus se plaindre d'une absence de pierres précieuses, qui les empêchait de travailler.

Le Premier ministre fronça les sourcils d'un air perplexe.

— Une pénurie ! Mais les caravanes venant de la côte n'en apportent-elles pas ?

— Je suis allé me renseigner auprès d'Ahirom. Il m'a assuré que le commerce se poursuivait normalement, mais qu'il allait s'en occuper. Depuis, cela s'est arrangé.

— Alors, qu'est-ce qui te préoccupe ?

Le conseiller arpenta la pièce en soulignant ses propos de grands gestes des bras.

— Un peu plus tard, ce sont les tailleurs qui ont manqué d'étoffes de luxe pour les ateliers. Là encore, Ahirom a rétabli l'approvisionnement rapidement. Mais, la semaine dernière, les métaux précieux sont devenus introuvables. Et aujourd'hui, je viens d'apprendre qu'il n'y a plus de bois de bonne qualité.

— En effet, c'est bizarre ! reconnut Coriandre subodorant quelque malignité. Trouve Ahirom, puis venez me rejoindre tous les deux. Nous devons faire le point sur ces dysfonctionnements, afin de prendre les mesures qui s'imposent.

Lorsque son collègue fut reparti, le vizir rangea ses documents en s'interrogeant sur l'opportunité de prévenir immédiatement Adonia de ce cas étrange, mais il décida d'attendre le résultat de la réunion, afin de lui peindre un tableau aussi exact que possible de la situation. Dès l'arrivée des ministres, il les fit asseoir face à lui, en remarquant leur air grave et concentré qui n'annonçait rien de bon, si bien qu'il attaqua directement le sujet qui les inquiétait.

— Ahinadab m'a présenté un rapport succinct sur ces problèmes de livraison. Que peux-tu me dire de plus, Ahirom ?

— Pas autant que je le voudrais, hélas ! soupira son interlocuteur en écartant les mains pour mieux démontrer son impuissance. Je n'ai pas pu mettre le doigt sur la moindre raison valable. L'unique explication qui apparaît chaque fois, c'est un retard du convoi apportant les produits commandés. Évidemment, ce pourrait être une coïncidence.

Le vizir secoua la tête d'un air mécontent.

— Si cela s'était manifesté une fois, voire deux, je l'admettrais. Mais pas quatre ! D'autant que ça concerne systématiquement des marchandises de grand prix. Il y a un esprit malfaisant là derrière.

— Je le pense aussi, approuva Ahinadab en se penchant en avant.

— Que veux-tu que je fasse ? demanda Ahirom d'un ton résigné.

— Je désire que tu diligentes une enquête. Vois si les chefs des caravanes ont reçu des consignes particulières ou si quelque chose les bloque aux abords de la cité. Je n'ose imaginer qu'un individu malveillant ait pu aller jusqu'à les soudoyer, mais vérifie quand même. On ne sait jamais.

Le ministre de l'Artisanat ne put retenir un frisson d'horreur.

— Oh ! J'espère que non. Ce serait abominable !

— Je vais mener des recherches aussi complètes que possible, promit le responsable du Commerce en faisant mine de se lever, et je te tiendrai informé.

Mais Coriandre n'en avait pas tout à fait terminé avec lui.

— Entendu ! Surtout, prends garde qu'aucune rumeur ne filtre parmi la population. Il ne faudrait pas déstabiliser la ville tant que nous ne sommes sûrs de rien.

— Aucun risque ! Nous sommes les seuls au courant. D'ailleurs, il vaudrait mieux ne rien raconter à la reine. C'est inutile de la bouleverser pour si peu.

Surpris, le Premier ministre le fusilla du regard.

— Je ne suis pas d'accord ! Elle doit être avertie de tout ce qui se passe dans son royaume. Lui cacher de tels événements serait de la déloyauté. Elle est plus forte que tu le crois.

— Moi, ce que j'en disais, c'était pour son bien, répondit Ahirom en haussant les épaules. Elle est si jeune encore.

— Mais ce n'est plus une enfant, loin de là.

Lorsque les deux hommes eurent quitté son bureau, le vizir se rendit auprès de la souveraine, qui travaillait de son côté sur les dossiers qu'il lui avait transmis la veille. Elle l'accueillit gaiement, en repoussant le document sur lequel elle était penchée à son entrée.

— Je pense que je commence à m'habituer à ce langage si particulier, qui veut souvent dire le contraire de ce qu'il paraît, expliqua-t-elle avec fierté. Mais je ne comprends toujours pas pourquoi l'on ne peut pas s'exprimer plus simplement et directement, au lieu de recourir à des formules aussi compliquées.

Coriandre lui sourit affectueusement.

— La diplomatie est un art complexe qui demande beaucoup de doigté. Exposer les choses trop crûment pourrait être perçu comme une agression, voire une insulte par ton interlocuteur.

Elle eut un petit rire amusé.

— Heureusement que tu es là pour m'aider. Sinon, je me serais déjà fâchée avec tous nos alliés à cause de mon franc-parler.

— C'est probable, oui, reconnut-il en s'asseyant auprès d'elle.

Aussitôt, elle redevint sérieuse, alertée par son expression soucieuse.

— Qu'y a-t-il ?

— D'étranges incidents se sont produits dans la cité depuis quelques semaines. Je viens de l'apprendre.

— De quoi s'agit-il ?

Il se saisit de la bière que lui tendait Baldo, le scribe de la reine, en avala une bonne rasade, s'adossa plus confortablement sur les coussins, avant de prendre la parole d'une voix posée pour narrer l'histoire telle qu'il l'avait apprise, sans ajouter le moindre commentaire. La jeune fille l'écouta en silence, les sourcils froncés.

— Tu ne crois pas que ce soit un hasard, n'est-ce pas ? Quelqu'un a manœuvré de façon délibérée afin de créer ces pénuries.

— J'en ai peur, admit le vizir en jouant avec son gobelet. Mais Ahinadab et Ahirom vont faire une enquête pour trouver le responsable. Cela ne se reproduira pas, je te l'assure !

— Je ne suis plus une enfant que l'on berce d'illusions, Coriandre ! Celui qui a organisé ces retards aura pris soin que l'on ne puisse remonter jusqu'à lui. Je crains que mon cousin soit derrière tout ça.

Le Premier ministre releva les yeux vers son interlocutrice avec étonnement.

— J'en doute ! Il lui faudrait de solides appuis au plus haut niveau. Or, je ne vois pas qui le soutiendrait dans notre entourage proche.

— Qu'importe ! reprit Adonia en se levant afin d'arpenter nerveusement la pièce. L'essentiel, pour le moment, est de rassurer le peuple. Je rendrai visite aux artisans, afin qu'ils sachent que je ne les abandonne pas devant ces difficultés.

Le vizir but une dernière gorgée.

— C'est une excellente idée. Tu es bien la digne fille de ton père.

— Je vais me changer. Pendant ce temps, fais préparer mon escorte, ordonna-t-elle avec décision en se dirigeant vers la porte.

À son tour, il se mit debout pour l'arrêter.

— Non, attends ! Il se fait tard. Le soleil descend sur les dunes. Ils sont certainement en train de fermer les ateliers pour la nuit. Vas-y plutôt demain matin, lorsque tout le monde sera dans les rues. Ainsi, ta présence marquera davantage les esprits.

La reine s'immobilisa d'un air pensif, puis acquiesça.

— Tu as raison, Coriandre. Tu es toujours de bon conseil.

Ce soir-là, Adonia en discuta avec Hailama qui était venu la rejoindre dans ses appartements, comme souvent. Ils aimaient, tous les deux, ces instants de détente leur permettant de retrouver l'insouciance qu'ils avaient partagée avant la mort de Balthézar. Allongé sur le lit royal, le jeune homme parlait de ce que ses maîtres lui enseignaient, tandis que son amie, la tête posée sur son torse, racontait ses journées, ainsi que les divers problèmes qu'elle rencontrait. Elle appréciait le détachement de son compagnon qui l'aidait à prendre le recul nécessaire face à ces soucis envahissants. Cependant, après son entretien avec le vizir, la souveraine était si tendue que son ami ne parvenait pas à lui arracher davantage qu'un vague sourire.

— Je comprends que cette histoire t'ennuie, mais elle va s'arranger, affirma Hailama tandis que son index glissait doucement le long du bras de la jeune fille.

— Sans doute, répondit Adonia qui fixait le plafond sans le voir.

Il s'appuya sur un coude pour mieux détailler son visage.

— Si tu le crois aussi, pourquoi es-tu si nerveuse ?

— Je reste persuadée que Belshazzar est derrière tout ça, avoua-t-elle en le regardant enfin.

— C'est bien possible. Mais qu'est-ce que cela change ?

— Ce ne sont que des pénuries passagères, comme s'il testait ses capacités à influer sur l'approvisionnement de la ville. Je crains qu'il prévoie une action de plus grande envergure.

— Ce qu'il faudrait, c'est trouver ses complices, observa le jeune homme d'un air songeur. Ainsi tu l'empêcherais de nuire.

Elle s'assit sur le lit en désordre, rejeta sa lourde chevelure en arrière avec un grognement d'impuissance, avant de presser ses mains l'une contre l'autre.

— Ton père prétend qu'il ne peut pas y en avoir dans notre entourage proche.

— Il y a bien Balzer. Ou son ami Hyrum, suggéra-t-il en se redressant à son tour.

— Aucun de ceux-là n'aurait pu organiser ces retards de livraison.

Il soupira d'un air dépité.

— Oh, c'est vraiment compliqué !

— Je sais ! C'est ce qui m'inquiète.

Hailama serra son amie contre lui en l'embrassant tendrement, bien décidé à la réconforter.

— Ce n'est pas en te mettant l'esprit à la torture que tu résoudras ce problème. Allons ! Il faut te détendre.

Le lendemain matin, Adonia se prépara soigneusement, afin d'apparaître dans tout son éclat aux yeux de ses sujets, sachant à quel point il importait qu'elle se montrât la digne héritière de son père, mais aussi l'élue des dieux de la cité. Puis elle s'installa sur une litière découverte pour que tous puissent l'admirer, en adoptant une attitude impassible tandis que les porteurs s'approchaient de l'entrée du palais dont les gardes ouvrirent les deux battants devant elle. L'escorte s'engagea dans les rues animées, mais, la population n'ayant pas été prévenue, cette apparition provoqua une grande effervescence qui se propagea dans toute la ville en attirant une foule de plus en plus dense sur son parcours. Derrière le véhicule, au milieu du cordon protecteur des soldats, marchaient Ahirom, Ahinadab et Coriandre qui observait avec satisfaction les réactions positives du peuple devant sa reine. Le cortège se dirigea d'abord vers le secteur des joailliers qui, avertis par la rumeur, étaient sortis des ateliers afin d'accueillir la souveraine selon le protocole. Adonia mit pied à terre, tandis que les artisans se courbaient devant elle, puis elle récita le bref laïus qu'elle avait répété avec son vizir, afin de les assurer de son soutien dans toutes les difficultés qu'ils rencontreraient. Ils répondirent par des acclamations enthousiastes, qui se calmèrent quand le chef de la corporation s'avança avec déférence pour affirmer leur confiance en la reine, ainsi que leur gratitude pour le règlement rapide de cette affaire. La jeune fille accepta ces remerciements avec une gracieuse inclination de la tête, avant de remonter sur sa litière qui se fraya un chemin au milieu de l'assistance en direction du quartier des tailleurs.

La scène se reproduisit presque à l'identique devant les boutiques d'étoffes, puis avec les façonniers forgeant le métal, qui se montraient d'autant plus enchantés que la matière première était arrivée. Chaque fois, Adonia recevait une vibrante ovation exprimant toute l'affection que ces gens simples lui portaient, ainsi que la reconnaissance pour le souci qu'elle prenait de leur bien-être. Puis ils arrivèrent devant les ateliers où l'on travaillait le bois. Là aussi, tout le monde l'attendait dans la rue avec impatience, en espérant qu'elle apporterait de bonnes nouvelles. Le discours qu'elle prononça manifestait sa sollicitude ainsi que sa détermination à résoudre le problème au plus vite, afin que personne ne souffrît de cette pénurie. Mais, au fil de son allocution, elle voyait se peindre la déception sur les visages des menuisiers, qui aspiraient à autre chose que des belles paroles. Alors, elle se tourna vers Ahirom pour lui faire signe de venir à ses côtés.

— Je vais laisser au ministre du Commerce le soin de vous donner une information qui devrait vous plaire, conclut-elle gaiement.

— Nous avons pu joindre la caravane venant de la côte, expliqua le conseiller d'une voix forte, c'est pourquoi j'ai le grand bonheur de vous confirmer que les marchands seront ici demain, avec un chargement de bois suffisant pour relancer votre activité.

À ces mots, des vivats éclatèrent de toutes parts, tandis que les représentants des artisans célébraient avec lyrisme les immenses qualités de leur souveraine bénie des dieux. Coriandre et Ahinadab souriaient devant la joie populaire, en souhaitant que les individus qui avaient tenté de discréditer la reine soient dans la foule pour assister à ce déferlement spontané.

— Elle a réussi, grommela le prince qui se tenait à l'écart pour ne pas être remarqué. Et ton père ne nous a guère aidés dans cette affaire.

— Il ne pouvait pas agir ouvertement sous peine d'être démasqué, rétorqua Hyrum avec bon sens. Mais reconnais qu'il a fait tout son possible pour lui causer du tort.

Le jeune homme désigna la scène d'un air maussade.

— Peut-être, mais il n'y est pas arrivé. Regarde-moi ça ! Cela en devient presque écœurant. Et maintenant, que va-t-il se passer s'il continue ?

Son ami se pencha vers lui, en baissant le ton afin de n'être pas entendu.

— Il ne peut pas courir ce risque, mais il trouvera autre chose, crois-moi !

— Espérons-le ! À ce rythme-là, je serai vieux avant d'obtenir la couronne.

— Nous devons rester très prudents, tu le sais ! Le moindre faux pas nous enverrait en prison, voire à la mort. Prends patience !

— C'est facile à dire ! ronchonna l'adolescent en lui saisissant le poignet. Mais j'enrage lorsque je la vois triompher ainsi. Allons, viens ! Je veux aller me divertir pour oublier ma déception.

Adonia rentra au palais dans un état d'exaltation qu'elle contenait difficilement, tellement elle était soulagée d'avoir pu rétablir l'ordre et la confiance dans sa cité, malgré les manœuvres sournoises du traître qu'elle soupçonnait d'être Belshazzar. Alors qu'elle ôtait ses vêtements d'apparat pour s'habiller plus simplement avant de s'atteler aux dossiers du jour, son ami se glissa dans la chambre pour l'attraper par la taille. Enchantée, elle se jeta dans ses bras avec fougue.

— Nous avons gagné, Hailama ! s'exclama-t-elle en riant. Ils m'ont acclamée en disant que j'étais bénie des Dieux.

— Je suis très heureux pour toi, souffla-t-il avec ferveur en la serrant contre lui. Je suis sûr que, désormais, ton cher cousin y réfléchira à deux fois avant de s'attaquer à toi.

Elle s'écarta pour lui jeter un coup d'œil étonné.

— Je l'espère, en tout cas. Mais que fais-tu là, à cette heure ? Ton maître ne t'attend-il pas ?

— Oh, certainement ! Mais je voulais savoir comment s'était déroulée la confrontation avec les artisans.

— Tu vas recevoir des coups de bâton à force de ne pas obéir, menaça-t-elle d'un ton amusé en agitant un index vengeur. Ton père ne plaisante pas sur la discipline.

Il haussa les épaules avec désinvolture.

— Bah ! Tu sauras le raisonner.

— Ça, n'y compte pas ! D'abord, je n'ai pas à intervenir là-dedans, ensuite tu ne dois pas te permettre de faire n'importe quoi sous prétexte que nous sommes amis.

— Bon ! maugréa-t-il en se tournant vers la porte. Je file.

Mais il ne put résister au plaisir de l'embrasser encore une fois avant de s'éclipser, tandis qu'elle rejoignait son bureau pour accomplir ses diverses tâches.

Durant les semaines suivantes, la reine savoura le calme de la ville, mais elle surveilla attentivement le flux de marchandises qui arrivaient et repartaient de Telgilsh avec régularité. Ahinadab lui affirmait qu'il n'avait pas décelé la plus petite irrégularité dans les approvisionnements, tandis que, selon Ahirom, le commerce se poursuivait sans le moindre retard. Adonia se montrait satisfaite de ces bonnes nouvelles, mais elle déplorait l'absence de résultats apportés par l'enquête qu'elle avait diligentée, avec la crainte que les coupables recommencent un jour ou l'autre puisqu'ils jouissaient d'une totale impunité. Pourtant, le temps s'écoula sans que rien ne vînt troubler la vie tranquille du royaume, si bien que la jeune fille finit par se dire que Belshazzar avait compris la leçon.

À la fin d'Hiyaru[4] aurait lieu la grande fête de la résurrection de Melqart, qui marquait le début du printemps. Itthobaal dirigerait les festivités en compagnie de la souveraine, que cette première participation à une cérémonie religieuse aussi importante rendait nerveuse. Les jours précédant la célébration, elle se rendit très fréquemment au temple où elle répétait son rôle, afin de ne commettre aucun impair devant le peuple rassemblé. Le reste du temps, lorsqu'elle ne travaillait pas, elle revenait sans cesse sur ce sujet dont elle discutait avec ses conseillers, mais aussi avec Hailama qui s'efforçait de la rassurer sans vraiment saisir son inquiétude.

— Naturellement que tout se passera bien, déclara-t-il d'un ton péremptoire, alors qu'ils se baladaient dans le jardin. Pourquoi t'angoisses-tu comme ça ?

— Parce que je ne suis pas sûre de connaître mon texte par cœur. Il ne faudrait pas que je bafouille ou que je me trompe de réponse. Mais le pire serait que je ne suive pas l'ordre des rituels.

---

[4] Mois correspondant à mars

— Qu'est-ce que cela peut faire ? Tu es la reine. Pourquoi ne le ferais-tu pas comme tu le veux ?

Elle s'immobilisa en dévisageant son ami d'un air affolé.

— Ne dis pas ça malheureux ! Il s'agit d'honorer les Dieux pour qu'Ils apportent leurs bienfaits à la cité, pas de jouer ! Je dois respecter le rite à la lettre, afin de célébrer la résurrection de Melqart, sous peine qu'Il nous envoie tous les fléaux du monde.

— La renaissance du Dieu coïncide avec le réveil de la terre, n'est-ce pas ? s'enquit le jeune homme songeur, tandis que ses yeux se posaient sur les massifs aux fleurs éclatantes.

— Oui, pourquoi ?

— Parce qu'ici les blés sont déjà mûrs. Souviens-toi, tu disais que le calendrier ne correspondait pas à notre rythme de vie. Peut-être serait-ce le moment de le changer ?

Adonia reprit sa promenade d'un pas lent, tout en réfléchissant.

— Renommer les mois en définissant trois saisons au lieu de quatre, comme dans les Deux-Terres…[5] Pourquoi pas ? Ce serait sans doute plus facile pour nos paysans qui se caleraient dessus.

— C'est simple, tu n'as qu'à décider que dorénavant nous suivrons le calendrier de Kemet, s'enthousiasma Hailama en réglant son allure sur la sienne.

— Ai-je bien entendu ? s'exclama une voix horrifiée tout près d'eux en les faisant sursauter.

La souveraine se retourna pour voir qui osait les interrompre.

— Itthobaal ! Tu étais là ?

— Je viens d'arriver. De quoi parliez-vous, tous les deux ?

— J'ai toujours trouvé que notre découpe du temps s'accordait mal avec les activités du royaume et les travaux des champs, expliqua la jeune fille en désignant l'environnement luxuriant. Alors, nous nous demandions s'il ne serait pas judicieux de la réformer, afin qu'elle s'adapte mieux à notre climat, comme dans les Deux-Terres.

Le grand prêtre secoua la tête véhémentement.

— Ce serait un terrible sacrilège ! Chacun de nos mois est consacré à un Dieu. Si tu modifies cela, Ils te retireront leur protection.

— Je n'en ai pas l'intention. Seulement leur attribuer des mois qui conviendront mieux. La résurrection de Melqart, par exemple, se rapporte à la germination du blé, pas aux moissons. D'ailleurs, nous n'avons que trois saisons.

— Dans le calendrier de Kemet, il y a la période de l'inondation, que nous ne connaissons pas ici…

— Nous pouvons la remplacer par celle des pluies, coupa Adonia d'un ton persuasif.

— Elle ne dure pas aussi longtemps. D'ailleurs, ce sont les Dieux eux-mêmes qui ont fourni ce calendrier à nos premiers prêtres au commencement du

---

[5] L'Égypte, que l'on appelait aussi Kemet

monde. Le changer provoquerait des catastrophes innombrables. Ce n'est pas parce que tu es reine que tu peux faire n'importe quoi. Tu dois respecter nos lois et nos traditions.

La jeune fille alla s'asseoir sur un banc à l'ombre d'une tonnelle, tandis que les deux hommes prenaient place à ses côtés.

— Alors, n'y pensons plus ! soupira-t-elle. Tout ce que j'espère c'est que je serai prête pour la fête.

— Mais bien sûr ! Ne t'inquiète pas pour ça, assura Itthobaal en lui pressant la main avec un bon sourire.

Ce jour arriva enfin, à la grande joie de la population dont c'était l'une des célébrations préférées. Toute la ville était pavoisée de tiges de blé mûr tressées avec des fleurs, qui lui donnaient un air de gaieté. Dans ses appartements, Adonia se préparait avec nervosité, en répétant les gestes et les paroles rituelles que l'on attendait d'elle tout au long de la cérémonie. Puis, lorsqu'elle fut parée, elle s'installa dans la litière fermée qui la conduisit jusqu'à Itthobaal par une porte dérobée, afin que le peuple ne la vît pas avant le début du rite.

Contrairement à celui d'Echmoun, assez modeste, l'immense temple de Baal comportait de nombreuses chapelles dédiées chacune à un dieu différent qui œuvrait sous la direction du protecteur de la cité. Sa façade majestueuse était ornée de colonnes aux chapiteaux sculptés de motifs végétaux, alignées sur une terrasse surplombant la ville, devant laquelle un parvis spacieux accueillait les autels, stèles ou ex-voto que les particuliers y déposaient pour honorer l'une des divinités ou formuler une demande. Derrière les imposants vantaux en bois de cèdre plaqués d'or se trouvait une large cour à ciel ouvert, entourée d'un portique à la mode égyptienne, à laquelle la population n'avait accès que lors des grandes célébrations. Au fond de cet espace, un haut mur percé de petites ouvertures protégeait la partie couverte du temple, dans laquelle seuls les religieux et le souverain avaient le droit de s'introduire, afin d'accomplir leurs devoirs. Sous les lourdes pierres qui obscurcissaient la résidence des dieux serpentait un labyrinthe de couloirs desservant les diverses chapelles, ainsi que le naos principal dans lequel était placée une statuette en or représentant Baal. Suivant immédiatement le cœur du sanctuaire, une vaste étendue découverte contenait le lac sacré, ainsi qu'un escalier menant au souterrain dans lequel logeaient les futures victimes sacrificielles. À l'arrière de l'édifice étaient construits les logements des prêtres, ainsi que les magasins et greniers recelant les réserves issues des dons des fidèles et des récoltes des champs appartenant au clergé.

Ce fut à l'entrée de ce secteur qu'Itthobaal reçut Adonia fébrile et angoissée devant la nouvelle facette de ses obligations de souveraine. Pourtant elle se redressa pour marcher auprès de lui d'un pas qu'elle voulait assuré, en se concentrant sur les premières étapes du rituel. Ils visitèrent successivement chaque chapelle, afin d'offrir à son occupant les symboles de ses attributions, en prononçant les formules consacrées qui inciteraient la divinité à défendre le royaume et ses habitants. C'est ainsi qu'ils invoquèrent Sydyk, le dieu de la justice, Misor qui personnifiait la droiture, Hijon, le patron des artisans, Dagon qui veillait sur le blé, Anath, la parèdre[6] de Baal, et Aliyan, son fils, avant de pénétrer dans le naos pour rendre hommage au démiurge protecteur de Telgilsh. Puis, ces formalités terminées, ils prièrent devant l'autel de Melqart, le héros du jour, avant de sortir dans la cour bondée où tout le peuple de la cité, qui avait réussi à s'y entasser on ne sait comment, patientait dans un silence recueilli.

La jeune fille s'assit sur le trône préparé pour elle, tandis que le grand prêtre entamait la liturgie suivie avec attention par les fidèles, qui observaient surtout l'attitude de la reine à l'occasion de la première fête religieuse de son règne. Elle se tenait droite sur son siège, le visage impassible, le sceptre, symbole de royauté, fermement serré dans sa main, tout en écoutant les paroles d'Itthobaal, afin de ne pas rater le moment où elle devait intervenir. Pourtant, malgré sa nervosité, elle se surprit à scruter les figures tournées vers elle en cherchant à discerner sur chacune d'elles les marques de traîtrise désignant les partisans de son cousin. Il ne s'était plus rien passé d'inquiétant depuis sa visite aux artisans, mais elle ne parvenait pas à se persuader que Belshazzar avait abandonné ses projets si facilement, aussi craignait-elle de voir surgir des problèmes inattendus. Elle avait tenté de recenser tous les points faibles de l'administration de la ville, en s'affolant devant les innombrables possibilités de sabotage qu'elle y avait décelées, jusqu'à ce que son vizir lui fît remarquer la grande quantité d'exécutants que de telles actions supposaient. Alors, incapable d'imaginer ce que pourrait inventer l'esprit dément de l'adolescent, elle s'était résolue à gouverner son royaume comme si rien ne le menaçait.

Au premier rang de la foule, elle aperçut les visages familiers et rassurants de ses conseillers, dont Coriandre qui lui souriait. Songeuse, elle repensa à la controverse qu'ils avaient soutenue de nombreuses fois déjà concernant les événements de Pagruma, en se disant à nouveau que son vizir était aveugle lorsqu'il prétendait que son cousin n'aurait pas pu provoquer de telles pénuries. Il était évident, au contraire, que Belshazzar bénéficiait de complicités haut placées. Alors, elle détailla les traits de ses ministres en redoutant que l'un d'entre eux fût le félon, mais elle ne vit que ce qu'elle s'attendait à trouver. Ahirom priait, ce qui n'avait rien de surprenant pour le plus jeune de ses conseillers, qui voulait paraître digne de ses hautes responsabilités. Ahinadab, peu intéressé par la cérémonie, mais souriant aux artisans qu'il côtoyait quotidiennement, alla jusqu'à lui adresser un clin d'œil amical lorsque leurs regards se croisèrent. Barekbaal, qui s'ennuyait ferme, essayait de ne pas le montrer en remuant les lèvres comme s'il se récitait le texte liturgique. Amilcare, qui était le plus recueilli de l'équipe, ignorait tout ce qui l'entourait. Quant à Paltibaal, juge suprême de Telgilsh et le plus âgé des ministres, il gardait un maintien hautain, censé rappeler qu'il avait été un ami proche de l'ancien roi Balthézar.

---

[6] Équivalent féminin du Dieu, assimilé à son épouse

Une fois de plus, elle se persuada qu'aucun de ceux-là n'avait la moindre raison de la trahir, en s'efforçant de faire taire la petite voix au fond de sa conscience lui susurrant que leurs subalternes n'avaient pas assez de pouvoir pour semer une telle pagaille dans la cité.

Mais le grand prêtre prononçait les paroles fatidiques, alors, abandonnant ces spéculations décourageantes, la reine se leva pour jouer le rôle qu'elle avait répété avec application, tout en s'étonnant des sourires ravis que son intervention faisait naître sur les visages de l'assistance.

— Et en plus, elle tient sa partie avec panache, maugréa le prince appuyé contre une colonne qui le cachait à moitié.

— Laisse-la donc jouir de son heure de gloire. Cela ne durera pas, crois-moi, répondit Hyrum.

— Je ne vois pas ce qui l'arrêterait. Tout le monde est à ses pieds.

— Attends un peu…, murmura son ami d'un air pensif. Cette mascarade me donne une idée.

À la recherche de la cité perdue

Septembre 1920

Depuis que le bateau longeait la Tunisie, Moira, qui ne se tenait plus d'impatience, comptait les jours jusqu'à l'arrivée à Zarzis. Il aurait paru inutile et peu pratique de débarquer à Tunis, qui se trouvait tout au nord du territoire, alors que la croisière prévoyait une escale dans un port beaucoup plus proche de Tataouine. Mais la jeune femme avait beau savoir que les communications terrestres étaient très malaisées dans ce pays, elle avait la sensation de perdre son temps en regardant le rivage défiler, tandis que les touristes embarqués sur le navire uniquement pour jouir de la traversée la rendaient folle avec leurs jugements définitifs sur ces contrées qu'ils entrevoyaient.

— Allons, du calme ! lui glissa une voix à l'oreille, alors qu'elle s'agrippait au bastingage pour ne pas clouer le bec d'un ignorant qui pérorait à quelques pas d'elle. Demain, nous serons loin.

— Oui, tu as raison, Violet, répondit la jeune femme en souriant à son amie. Mais ce voyage m'a semblé durer une éternité.

La dessinatrice désigna la côte d'un geste large.

— Profite donc de ce magnifique paysage. Nous regretterons peut-être ces moments paresseux lorsque nous serons en pleine activité.

— J'en doute ! Je n'ai jamais aimé l'oisiveté, protesta Moira en jetant un coup d'œil distrait vers la rive dont l'aspect ne changeait guère depuis des jours.

— Mais tu n'as jamais dirigé de chantier. C'est une lourde responsabilité.

— Nous verrons bien.

Le lendemain, soulagés de prendre pied sur la terre ferme après cet interminable périple, les scientifiques rassemblèrent les bagages avant de chercher

57

un véhicule susceptible de les emmener à Tataouine le jour même. Cette fébrilité n'étant pas dans les habitudes des Tunisiens, ils eurent un peu de difficulté à y parvenir, mais réussirent quand même à rejoindre leur destination avec l'aide des fonctionnaires français que les papiers du British Museum impressionnaient. Cependant, comme il faisait nuit lorsqu'ils atteignirent l'hôtel, ils n'eurent pas d'autre choix que de gagner les chambres, en repoussant la vérification du matériel ainsi que les formalités administratives.

Au matin, après avoir beaucoup mieux dormi que sur le bateau malgré un confort plutôt spartiate, Moira ouvrit les volets, en respirant profondément cet air sec et déjà chaud dont elle se souvenait si bien. Accoudée sur l'appui de fenêtre, elle s'accorda quelques instants pour contempler le panorama avec le sentiment d'être enfin rentrée chez elle, puis elle sortit ses vêtements adaptés au climat, satisfaite d'enfouir tout au fond de la malle ceux qu'elle avait utilisés durant le voyage. Elle finissait de s'habiller, lorsqu'une domestique lui apporta son petit-déjeuner qu'elle posa sur la table en bois brut, constituant l'unique mobilier avec le lit et une chaise bancale. La jeune femme la remercia en arabe, heureuse d'avoir eu l'idée d'apprendre cette langue pendant son séjour au Maroc, ce qui simplifierait ses relations avec les ouvriers du futur chantier. Tandis qu'elle mangeait de bon appétit, elle réfléchit aux tâches urgentes qui l'attendaient, en les triant par ordre d'importance afin d'être aussi efficace que possible. Elle terminait tout juste son thé lorsque l'un de ses collaborateurs fit irruption dans la pièce.

— Que se passe-t-il, Lowell ? demanda-t-elle en reconnaissant l'archéologue qui arborait un air catastrophé.

— Je ne retrouve plus mon appareil photo, gémit-il en se laissant tomber sur le lit.

Elle s'approcha de lui pour poser une main compatissante sur son épaule.

— Voyons ! As-tu cherché partout ? Il ne peut pas être loin.

— Il ne se trouve ni dans mes affaires ni dans les bagages.

— Quand l'as-tu vu pour la dernière fois ?

Il leva la tête vers elle avec une expression tragique qu'elle jugea un peu outrée.

— À Londres. Je suis persuadé que je l'ai mis dans l'un des colis qui étaient dans la soute, mais il n'y est plus. On me l'a volé. J'en suis sûr.

Elle s'écarta en lui adressant un regard sévère.

— On ne lance pas de telles accusations à la légère. Peut-être l'as-tu simplement oublié ?

— Même si c'est le cas, ça nous retardera considérablement.

— Certainement pas ! Il suffit de nous en procurer un sur place. Nous pouvons, malgré tout, démarrer les fouilles sans perdre de temps.

Il se releva sans abandonner son air angoissé.

— Mais il faut prendre des photos du site avant de l'avoir touché.

— Et bien, Violet en fera un dessin, voilà tout. Ne t'affole pas comme ça. Ce n'est pas un grand malheur.

— Tu me réconfortes beaucoup, soupira-t-il en ressortant.

Amusée par l'incident, Moira finit de se préparer, avant de quitter sa chambre pour aller rejoindre son équipe qui commentait la perte de l'appareil photo avec animation. Ils contrôlèrent ensemble toutes les caisses, qui ne semblaient pas avoir été ouvertes, puis, comme chacun récupéra l'intégralité de son matériel intact, ils se rangèrent à l'avis de la jeune femme convaincue que l'archéologue avait laissé l'objet chez lui. Ceci fait, ils s'attaquèrent aux formalités en commençant par se rendre auprès des autorités françaises, afin d'obtenir l'autorisation de recruter des ouvriers. Puis, ils se répartirent les tâches en fonction de leurs préférences. Alvin Goult, le géologue, et Joyce Kettel, la chimiste, se chargèrent de recevoir les candidats dans un local prêté par l'administration, tandis que Tyler Doveston, l'anthropologue qui se sentait le devoir de protéger Moira, accompagnait la jeune femme à la recherche d'un guide pour les conduire jusqu'au futur chantier. Lowell Penwarden, quant à lui, partit à la chasse à l'appareil photo avec l'aide de Violet Himsworth, la dessinatrice, qui en profita pour recenser les ressources de la ville en ravitaillement de toute sorte. Vers midi, ils se rejoignirent dans un restaurant près de l'hôtel pour déjeuner, tout en faisant le point sur les diverses activités de la matinée.

— Le conservateur du British Museum avait raison, annonça Alvin en versant le vin à la ronde. Nous avons tellement de demandes que nous ne savons pas lesquelles agréer.

— Nos effectifs seront très vite complets, appuya Joyce d'un air ravi. Et nous remplacerons facilement les employés qui nous feront défaut.

Violet attrapa le plat de légumes dont elle se servit une bonne part.

— De mon côté, en explorant les boutiques, j'ai découvert plusieurs fournisseurs qui nous livreront tout ce dont nous aurons besoin à des tarifs très raisonnables. Leurs produits me paraissent frais et de premier choix.

— Tout cela me semble parfait, approuva Moira en souriant. Et toi, Lowell, as-tu pu te procurer ce que tu voulais ?

— Mais oui ! À ma grande surprise, je dois l'admettre. J'ai déniché un appareil photo de meilleure qualité que le mien et beaucoup moins cher.

La dessinatrice pouffa de rire au grand dam de son collègue.

— Tu l'aurais vu. Les yeux lui sortaient de la tête lorsque le vendeur nous l'a proposé.

— Et vous ? reprit l'archéologue désireux de changer de sujet. Avez-vous trouvé un guide pour nous emmener sur le site ?

— On peut dire ça, répondit la jeune femme du bout des lèvres.

Le géologue se figea, la fourchette en l'air, avec une grimace railleuse.

— Voilà de l'enthousiasme ou je ne m'y connais pas.

— Nous avons rencontré un homme possédant une flotte de voitures toutterrain, qui est disposé à nous conduire dans le désert avec nos malles, puis à nous ravitailler régulièrement, expliqua Tyler d'un air dubitatif. Mais il n'est pas donné et ne nous inspire pas vraiment confiance.

— De toute façon, nous allons continuer à chercher avant de conclure le marché avec lui, décréta Moira d'un ton définitif.

Après le déjeuner, ils se séparèrent, afin d'accomplir rapidement leurs tâches. Tyler et Lowell accompagnèrent Alvin pour évaluer les diverses compétences que présentaient les candidats, sachant qu'en plus des ouvriers pour évacuer les gravats, il fallait des responsables d'équipe ayant déjà travaillé sur des fouilles, ce qui permettrait de déléguer les besognes les plus ingrates. Les trois femmes, elles, décidèrent de repartir en ville pour commencer à acheter les denrées non périssables, qui seraient entreposées avec le matériel jusqu'au départ qu'elles espéraient proche. Elles suivirent donc Violet, qui avait effectué des repérages, en bavardant gaiement, d'autant plus décidées à savourer ce moment, qu'elles ne savaient pas quand elles se livreraient à nouveau aux joies du lèche-vitrines.

— L'Angleterre me manquait lorsque j'étais au Maroc, alors qu'à Londres je rêvais de revenir ici, s'amusa Moira en sortant d'une boutique les bras chargés de paquets. C'est assez illogique !

— Qu'est-ce qui t'a fait changer d'avis ? s'étonna Joyce qui affermissait sa prise sur un sac volumineux.

Violet déposa son chargement sur le trottoir, puis s'accroupit pour regrouper les objets afin de gagner de la place.

— La découverte de ta cité engloutie, suggéra-t-elle sans lever la tête.

— Oui, j'imagine que c'est ça, admit la jeune femme d'un air pensif. À Londres, je ne me sentais plus chez moi.

— Mais je ne rêve pas ! C'est bien vous, Mrs Aliberti ! s'exclama une voix auprès d'elles.

Se retournant d'un bond, Moira reconnut les longs cheveux châtains et les prunelles noisette du jeune homme qui se tenait à quelques pas d'elle avec un sourire ravi.

— Mr Leakner ! Quel bonheur de vous revoir !

— Tout le plaisir est pour moi, affirma-t-il chaleureusement.

La jeune femme se tourna vers ses compagnes.

— Mes amies, je vous présente Bryan Leakner, le pilote de notre avion, grâce à qui je respire encore.

— Venez prendre un rafraîchissement et vous me raconterez pourquoi vous êtes ici, proposa l'aviateur en tendant les mains pour décharger Moira.

Les trois collègues acceptèrent volontiers de le suivre jusqu'à un café à la mode française, où les colons se rassemblaient le soir après le travail, mais qui, à cette heure de l'après-midi, était pratiquement vide. Ils s'installèrent à une table éloignée du comptoir, où ils commandèrent des jus de fruits, afin de se délasser de la promenade dans les rues poussiéreuses et brûlantes de la ville. Enchantée de retrouver cet homme qui lui avait sauvé la vie, mais qui s'était également montré si attentionné envers elle, Moira lui narra par le menu tout ce qui s'était passé depuis qu'elle avait regagné Londres.

— Ainsi donc, conclut-il après l'avoir écoutée attentivement, vous n'avez pas oublié cet endroit qui vous a tant fasciné. Et vous voilà de retour ici.

Violet reposa son verre dont elle avait déjà vidé la moitié.

— Après avoir abattu tous les obstacles à force de ténacité, parce que, croyez-moi, ce n'est pas facile d'obtenir de telles subventions.

— Cela ne me surprend pas, s'amusa Bryan en adressant un clin d'œil à la jeune femme. J'avais remarqué à quel point vous êtes entêtée.

Elle esquissa une moue vexée, qui se termina en une grimace rieuse.

— Merci ! C'est un compliment qui me va droit au cœur. Mais dites-nous pourquoi vous êtes toujours ici. J'imagine que vous ne pilotez plus depuis la perte de votre appareil ?

— Mais si ! J'ai eu la chance de rencontrer un riche américain qui désirait survoler le désert, afin d'en faire une série de photos. Son objectif était de prouver qu'il y avait eu de l'eau à une époque lointaine, voire des hommes. Nous avons effectué de multiples voyages au-dessus du Sahara pendant des mois, puis, lorsqu'il a eu ce qu'il voulait, il m'a offert l'avion pour me remercier. Depuis, je promène des vacanciers qui m'ennuient profondément, mais il faut bien vivre.

Moira claqua des doigts, d'un air avisé.

— Oh ! Mais j'y pense ! Vous pourriez nous emmener sur le site et nous ravitailler régulièrement. Avec vous, au moins, j'aurai toute confiance.

— Naturellement, je peux faire ça, acquiesça Bryan en la dévisageant d'un air perplexe. Pourquoi n'auriez-vous pas confiance ?

— Parce que j'ai rencontré un homme possédant plusieurs véhicules, qui propose de nous y conduire pour un tarif exorbitant, mais il ne m'inspire que de la méfiance.

— Je vois de qui vous parlez. Il organise des campements dans les dunes pour des touristes en mal de sensations fortes. Mais, au retour, ils ont toujours perdu quelque chose.

— Cela ne m'étonne pas. Alors, acceptez-vous de servir de lien entre la civilisation et notre chantier ?

— Volontiers ! Mais je ne sais pas si nous découvrirons cette cité facilement, même avec les repères que vous avez pris. Je ne l'ai jamais revue lors de mes nombreux vols.

La jeune femme sourit avec assurance. Si près du but, elle n'imaginait pas qu'un quelconque obstacle pût se mettre en travers de son chemin.

— Je suis certaine que nous y arriverons. Venez dîner ce soir, que je vous présente au reste de mon équipe.

Le repas fut très gai. Moira était enchantée de voir les problèmes se résoudre si aisément, d'autant que, de leur côté, les trois hommes avaient bien avancé dans le recrutement, ce qui signifiait qu'ils s'installeraient bientôt sur le site à fouiller. Tyler et Alvin se montraient fort soulagés de la présence de Bryan avec lequel ils avaient sympathisé, sachant qu'ainsi ils ne seraient pas abandonnés en plein Sahara, comme ils le redoutaient du guide douteux vu le matin même. Cependant, la jeune femme remarqua que l'archéologue se tenait sur la réserve, répondait par phrases brèves lorsqu'on s'intéressait à lui, sans se mêler à la conversation. Étonnée, elle en chercha vainement la cause, si bien qu'elle se résolut à l'interroger.

— Qu'as-tu, Lowell ? Tu ne sembles pas dans ton assiette.

— Ce n'est rien ! affirma-t-il en se redressant. Ce doit être la chaleur qui me fatigue. Je crois que je vais aller me coucher.

— Bonne idée ! Surtout, si ça ne va pas mieux demain, dis-le-moi.

Après le départ de l'archéologue, ils revinrent sur les questions pratiques qui les amenèrent à décider que Moira et Bryan feraient un premier vol le lendemain, afin de rechercher les ruines, puis de déterminer l'endroit le plus proche pour se poser. L'aviateur se rappelait que la plaine entourée de dunes était située au milieu d'une mer de sable qui lui interdisait tout atterrissage à moins de plusieurs kilomètres, mais, refusant de se laisser abattre, la jeune femme déclara que leurs souvenirs étaient sans doute faussés, avant de suggérer qu'en observant la cité depuis les airs, ils trouveraient plus facilement la solution. Personne ne voulut la contredire, pourtant tous réfléchissaient déjà à la meilleure manière de résoudre ce problème qu'ils n'avaient pas envisagé.

— Je me demande ce qui arrive à Lowell, commenta Moira en se dirigeant vers sa chambre un peu plus tard avec Joyce et Violet. Pourvu qu'il ne tombe pas malade !

La dessinatrice adressa un clin d'œil complice à sa collègue.

— C'est une maladie sans danger, à mon avis.

— Comment ça ?

— Oh, allons ! Tu l'as compris, quand même ! s'exclama la chimiste en lui prenant le coude. Ne me dis pas que tu es aveugle à ce point ?

Les sourcils froncés, la jeune femme s'arrêta dans le couloir pour faire face à ses compagnes.

— Je ne pige rien à vos allusions. De quoi parlez-vous ?

— C'est l'apparition de ton Bryan qui le rebute.

— Ce n'est pas *mon* Bryan ! protesta Moira en levant les bras au ciel. Et pourquoi lui déplairait-il ?

— Parce que tu te montres très amicale avec lui. N'as-tu donc pas vu que Lowell est amoureux de toi ? Il est jaloux de ton pilote, c'est tout, sourit gentiment Violet.

— J'ai du mal à y croire. Lowell est plus jeune que moi.

Joyce rejeta l'objection d'un haussement d'épaules désinvolte.

— Cinq ans, cela ne fait pas tant que ça. Et puis, il est impressionné par tes capacités.

— Qu'il fasse bien son travail, c'est tout ce que je veux, grommela la jeune femme mal à l'aise en pénétrant dans sa chambre.

Cette nuit-là, elle navigua entre plusieurs rêves fluctuants, qui lui présentaient la ville qu'elle recherchait sous un aspect sombre et dangereux, au point qu'elle avait envie de s'enfuir à toutes jambes plutôt que d'y fouiller. Mais, au matin, sous le soleil radieux qui entrait à flots par la fenêtre, son excitation reprit le dessus à l'idée que, dans quelques heures, elle reverrait ce site magique qui la hantait depuis tant de mois. Alors, en contenant sa joie, elle avala un solide petit-déjeuner, s'habilla en prévision d'une éventuelle longue marche dans le désert, passa saluer ses coéquipiers qui s'apprêtaient à poursuivre le recrutement et le ravitaillement, puis quitta l'hôtel d'un pas vif en direction du terrain d'aviation. Ce faisant, elle ignora le regard morne que lui lança l'archéologue, en se disant que s'il continuait à se conduire de cette manière ridicule, elle serait dans l'obligation de le remplacer, bien qu'elle ne le souhaitât nullement.

Elle trouva l'aviateur dans le bâtiment rustique servant d'aérogare, qui buvait un café tout en discutant avec quelques-uns de ses collègues. Lorsqu'il la vit arriver, il s'avança à sa rencontre en souriant.

— Je ne vous imaginais pas si matinale. Mais ne vous inquiétez pas, tout est prêt. L'avion nous attend sur la piste et j'ai fait le plein de provisions, au cas où nous y passerions la journée.

— Vous pensez à tout, remarqua-t-elle avec admiration.

— C'est mon rôle. Les observateurs de la tour de contrôle n'annoncent pas de tempête de sable pour aujourd'hui, donc nous devrions rentrer entiers, ajouta-t-il avec un clin d'œil malicieux.

Elle se mit à rire.

— Je préfère cela de beaucoup. Je n'aimerais pas revivre cette aventure une nouvelle fois.

Elle grimpa à côté de lui dans l'appareil, plus moderne que celui avec lequel ils s'étaient écrasés, puis boucla sa ceinture en observant le terrain devant elle avec nervosité. Comprenant son angoisse, le jeune homme posa une main rassurante sur son bras, tandis qu'il mettait son moteur en marche. Il saisit les manettes, guida l'engin sur la piste poussiéreuse, puis poussa le régime à fond sans se soucier des décibels qui leur crevaient les tympans. Moira voyait le paysage défiler à toute allure en se raidissant sur son siège, avec le sentiment qu'ils allaient percuter les bâtisses au bord du terrain, mais Bryan tira si brusquement sur le manche, qu'elle fut plaquée contre le dossier de son fauteuil, son champ de vision réduit au ciel bleu vers lequel l'avion s'élevait.

Quand ils revinrent à l'horizontale, l'aérodrome avait la dimension d'une maison de poupée, loin derrière eux, tandis que le désert, qui s'étendait à l'infini sous les ailes, formait un camaïeu de couleurs allant du blanc à l'orangé en passant par toutes les nuances de jaune. La jeune femme attrapa la chemise qu'elle avait tenue sous clef durant tout le voyage depuis Londres, pour en sortir les dessins annotés qui devaient permettre de retrouver la cité en ruine.

— Êtes-vous sûr que nous sommes dans la bonne direction ? demanda-t-elle en constatant qu'ils survolaient une terre remplie de rochers de toutes tailles.

— Pas tout à fait, mais il faut toujours décoller face au vent. Nous allons virer afin de nous diriger droit sur notre but.

Joignant le geste à la parole, il inclina l'avion sur la gauche. Moira surprise rattrapa de justesse ses papiers, en se cramponnant pour ne pas tomber sur le pilote. Amusé, il ouvrit un bras comme s'il voulait l'attirer contre lui, puis, reprenant son sérieux, il désigna un point devant eux.

— Les dunes commencent là. Maintenant, indiquez-moi les repères que vous avez retenus pour que nous affinions notre position au plus près.

La jeune femme s'immergea dans ses notes afin de répondre de son mieux aux questions précises qu'il lui posait, en oubliant les mouvements de l'appareil qui plongeait d'un côté ou de l'autre en fonction de ses explications. Elle était tellement absorbée qu'elle mit un long moment avant de prendre conscience des grommellements de Bryan qui semblait passablement agacé.

— Qu'y a-t-il ? s'enquit-elle avec perplexité.

— J'ai peur que nous ne la dénichions jamais, grogna-t-il en malmenant ses commandes. C'était un coup de chance. Vous me faites tourner en rond.

— Est-ce vrai ? Mais je vous ai donné tout ce que j'avais inscrit.

— Et bien, ça ne nous mène à rien.

Elle indiqua la mer figée qui s'étendait sous leurs pieds.

— C'est impossible ! Elle est forcément là, quelque part.

— Alors, trouvez-la-moi avant que nous tombions en panne de carburant.

Elle se pencha pour contempler le sol tout en bas, scrutant les dunes qui s'aplatissaient sous les ailes telles de vagues châteaux de sable sans envergure. Songeuse, elle se remémora les hauteurs si difficiles à gravir qu'elle avait cru s'attaquer à de véritables montagnes. Alors, elle réalisa qu'avec un point de vue aussi différent, ils étaient dans l'incapacité d'identifier leurs jalons.

— Ça ne va pas, dit-elle en secouant la tête. Pouvez-vous voler plus bas ?

Il lui jeta un coup d'œil étonné.

— Oui ! Mais nous verrons encore moins bien.

— Je ne crois pas. Nous avons pris nos marques à partir du sol, c'est pourquoi nous ne les retrouvons plus. D'ici, nous ne décelons pas l'élévation réelle des collines.

— Mais, enfin ! Une cuvette plane entourée de dunes, cela doit se repérer d'ici.

Elle pivota vers lui avec une conviction qui emportait l'adhésion.

— Souvenez-vous : elle n'était pas si plate que ça. Je pense que d'ici les ombres des vestiges ensablés nous apparaissent comme des sommets. Il est possible que nous l'ayons déjà vue.

— Bon, comme vous voulez, soupira le jeune homme en abaissant le nez de l'avion.

Volant moins haut, ils reprirent à nouveau tous les repères notés par la jeune femme, en observant les alentours avec une attention renouvelée. Au bout d'une demi-heure, Bryan tendit le bras vers une chaîne de collines qui barrait l'horizon.

— Ne serait-ce pas ce que nous cherchons ?

— Cela y ressemble beaucoup, souffla la jeune femme avec ferveur.

Il regagna de l'altitude pour passer par-dessus cette barrière.

— Voyons s'il s'agit de votre trésor.

Aussi nerveux l'un que l'autre, ils franchirent le cordon de dunes, puis scrutèrent la plaine en plissant les paupières pour essayer de distinguer les détails, tandis que l'avion redescendait prudemment vers le sol.

— Oui, c'est bien la cuvette, murmura Moira en contemplant l'environnement.

— Vous aviez raison. Ce que nous prenions pour des reliefs n'était que des ombres. Je sais maintenant que j'ai déjà survolé ce site plusieurs fois sans le reconnaître.

— Comment pouvez-vous en être sûr ?

Il désigna ses appareils de mesure en souriant.

— Parce que, désormais, j'ai les coordonnées exactes.

— Que faites-vous ? s'étonna-t-elle en le voyant tirer sur le manche avec vigueur.

— Maintenant que nous l'avons retrouvé, nous devons définir l'endroit le plus proche pour nous poser. Et ça risque de ne pas être évident.

— Comment ferons-nous ?

— Il nous faut un terrain plat et dur, afin que les roues ne s'ensablent pas, qui ait la longueur nécessaire pour ce zinc. Regardez de votre côté si vous apercevez quelque chose qui convienne.

La jeune femme se pencha vers la vitre à sa droite pour scruter le sol qui défilait sous ses yeux. Ils étaient encore au-dessus de la plaine, qui lui paraissait bien plus étendue que dans son souvenir, mais s'approchaient peu à peu des collines protégeant le site sans rien entrevoir qui correspondît à la description de Bryan. Comme elle ne discernait que du sable à perte de vue, elle commençait à se dire que l'accès à la cité s'avérait beaucoup plus ardu qu'elle ne l'avait espéré. Alors, elle réfléchit au meilleur moyen d'acheminer le matériel et le ravitaillement si l'avion ne constituait pas la solution idéale, malgré sa profonde déception de ne pas utiliser les services du jeune homme. Perdue dans ses pensées, elle mit quelques instants à détecter la différence de couleur qui formait comme une faille sur le fond ocre de la cuvette.

— À votre avis, qu'est-ce que c'est que ça ? demanda-t-elle en indiquant l'anomalie qui l'avait alertée.

— Ce pourrait être la réponse à nos prières, répliqua-t-il en faisant tourner l'appareil.

Il descendit aussi bas qu'il l'osait, afin de déterminer la nature exacte de cette traînée plus claire, la suivit en silence pendant un moment, avant de confirmer enfin leurs espoirs.

— C'est le lit d'une ancienne rivière à sec, affirma-t-il joyeusement en reprenant de l'altitude. Un oued, comme le nomment les gens d'ici.

— Est-ce que vous pourrez vous y poser ?

— C'est ce que nous allons voir tout de suite.

— Mais pourquoi remontez-vous alors ?

Il se mit à rire tout en s'appliquant à ses manœuvres.

— Parce qu'il le faut pour atterrir. Si vous continuez à m'interroger ainsi, il faudra que je vous apprenne à piloter.

— Sûrement pas ! J'ai déjà tellement de compétences à acquérir pour conduire ce chantier, que je n'aurai le temps pour rien d'autre.

— Tenez-vous, prévint-il. Cela risque de secouer un peu.

— Avec vous, je finis par en avoir l'habitude, plaisanta-t-elle en s'accrochant à son siège.

Comme les roues touchaient le sol un peu brusquement, ils rebondirent une première fois, mais Bryan connaissait si parfaitement son métier qu'il plaqua son avion au sol avec une admirable maîtrise, au point de l'arrêter bien avant les dunes qui barraient le cours d'eau disparu.

— C'est formidable ! Cette fois, nous sommes restés dans le bon sens, s'exclama gaiement Moira.

— J'apprécie beaucoup la confiance que vous placez en moi, rétorqua-t-il sur le même ton, en coupant le moteur. Venez vérifier que votre cité est intacte.

Ils sortirent de l'appareil, pour se diriger tout droit vers le pan de mur qu'ils avaient dégagé lors de leur premier passage. Très émue, la jeune femme s'agenouilla devant les pierres à moitié ensablées, passa dessus une main tremblante, puis suivit du doigt les rainures qui formaient les bas-reliefs dont on ne voyait qu'une infime partie.

— C'est magnifique, murmura-t-elle avec émotion. Nous y sommes enfin.

Debout derrière elle, le pilote l'observait d'un air émerveillé.

— Tout ça grâce à votre ténacité. Je n'aurais jamais cru trouver un endroit où me poser dans cette étendue sableuse. Vous avez la foi qui transporte les montagnes.

— La foi qui balaie le sable, plutôt, s'amusa-t-elle en se relevant. Que faisons-nous, maintenant ?

Il se détourna à demi en direction de l'avion.

— Je ne sais pas pour vous, mais moi, j'ai faim. Alors, nous déjeunerons tranquillement, puis nous repartirons pour Tataouine, porter la bonne nouvelle à votre équipe.

— Cela me convient, acquiesça-t-elle en accélérant le pas pour le rejoindre.

La disparition de l'encens

Avril 685 av. J.-C.

Adonia grimpa sur une petite éminence qui lui permettait d'apercevoir le panorama au-delà de l'enceinte royale, puis s'immobilisa pour contempler au loin la rivière dont l'eau scintillait sous le soleil matinal. Croisant les bras sur sa poitrine, elle soupira tristement, les yeux posés sur ce paysage qu'elle aimait tant.

— Qu'est-ce qui te rend si sombre, aujourd'hui ? demanda Hailama en l'attirant contre lui.

Elle appuya la tête sur son épaule.

— Cela fait déjà cinq mois que mon père est mort, murmura-t-elle d'une voix tremblante. Depuis, je me sens prisonnière dans ce palais dont je ne peux plus sortir sans escorte. Entre les audiences, les courriers diplomatiques auxquels il faut répondre, les problèmes que me transmettent les différentes corporations avec l'espoir que je les réglerai sur l'heure, les particuliers qui réclament justice et les Dieux que je dois honorer sans faute, tout mon temps est occupé. Chaque matin, Baldo me donne l'agenda du jour que d'autres ont rempli pour moi, auquel je me soumets sans protester. Je suis reine, mais je ne décide rien.

— Ne dis pas ça, voyons ! Mon père s'efforce de soulager ton fardeau.

— Je le sais bien. Heureusement que Coriandre est auprès de moi, ainsi que tous mes conseillers, d'ailleurs. Ne crois pas que je sois ingrate.

Elle s'interrompit en tendant le doigt vers l'onde miroitante qui traversait l'oasis.

— J'aimerais me promener sur ces rives en observant les poissons qui viennent respirer à la surface et les oiseaux qui leur fondent dessus avec une précision admirable. Souviens-toi comme nous aimions nous réfugier à l'ombre des palmiers.

Le jeune homme la serra davantage, afin de lui communiquer un peu de sa force.

— Cette époque est révolue pour toujours. Tu es devenue adulte un peu trop tôt, et moi, je n'ai pas d'autre choix que de te suivre. Notre enfance est morte. Se répandre en regrets stériles n'y changera rien.

Elle se redressa en se détournant pour reprendre le chemin de la résidence.

— Oui, tu as raison ! Tant que Belshazzar ne fomente pas de nouveau complot, je pense que je n'ai pas à me plaindre. Il est temps d'y aller. Mes audiences vont commencer, et toi, ton maître t'attend.

La souveraine, qui avait regagné son cabinet après avoir congédié son dernier visiteur, se penchait sur ses dossiers, lorsque la porte s'ouvrit brutalement pour livrer passage à Itthobaal dont les yeux brillaient de fureur.

— Que se passe-t-il ? s'étonna-t-elle, tandis que Baldo fronçait les sourcils d'un air désapprobateur devant une telle intrusion.

— Je n'ai plus d'encens !

Adonia resta un moment silencieuse, sans concevoir ce que le grand prêtre venait faire au palais, ni pourquoi il paraissait tellement mécontent pour une simple affaire de fournitures. Cependant, comme ce n'était pas dans ses habitudes de perdre ainsi son calme, elle supposa qu'il y avait autre chose là-dessous qu'une vulgaire carence.

— Je te répondrais bien que tu n'as qu'à en acheter, répliqua-t-elle en reposant le papyrus qu'elle tenait, mais si c'était aussi facile, j'imagine que tu ne ferais pas irruption dans mon bureau comme un taureau en colère.

Un peu gêné, il reprit aussitôt une attitude qui s'accordait mieux avec son ministère, tandis que la jeune fille retenait un sourire en voyant les traits réguliers de son visage glabre retrouver cette sérénité qu'elle aimait tant. Elle détailla avec plaisir le couvre-chef rituel, indiquant son haut rang dans la hiérarchie religieuse, posé sur son crâne rasé, son teint bronzé qui faisait ressortir le bleu clair de ses prunelles, ainsi que la peau de lion recouvrant sa tunique légère.

— J'en ai commandé, expliqua-t-il plus doucement, mais je n'en ai pas reçu.

— Allons, bon ! Quelqu'un recommence à perturber nos approvisionnements.

— J'en ai peur ! Mais tu dois comprendre que c'est très grave. Sans encens, nous ne pouvons plus honorer les Dieux, qui risquent de nous retirer leur protection. Il faut régler ce problème en urgence.

Elle acquiesça tout en cherchant une solution.

— Coriandre est-il au courant ?

— Non, je suis venu directement te voir.

— Va le quérir, ordonna-t-elle à son scribe.

Le vizir arriva rapidement, catastrophé par la nouvelle que lui avait apprise Baldo, si bien qu'il prit aussitôt la situation en main.

— J'ai envoyé un message à Ahirom en lui enjoignant de faire une enquête discrète avec célérité, annonça-t-il d'emblée. Nous devons découvrir très vite où se trouve cet encens.

— C'est le moins que l'on puisse dire, approuva Itthobaal, visiblement angoissé.

— Combien t'en reste-t-il ?

— Plus du tout, hélas !

Une idée soudaine vint à l'esprit de la reine pour gagner du temps.

— Ne pourrais-tu demander à Balzer de te dépanner ?

— Si je n'ai pas été livré, lui non plus, objecta le prélat avec bon sens. Même s'il en a encore, ses réserves doivent être au plus bas.

— C'est certain ! renchérit Coriandre en regardant son ami d'un air soucieux. Tu n'as plus qu'à enclencher une procédure extraordinaire.

— Je le crains.

Adonia les dévisagea l'un après l'autre d'un air interrogateur.

— De quoi parlez-vous, tous les deux ?

— Afin d'apaiser le courroux des Divinités, je vais leur offrir un sacrifice, exposa Itthobaal en allant et venant dans la pièce. Seulement, si la pénurie dure trop longtemps, nous allons droit vers une escalade dramatique.

— Comment ça ?

— Je débuterai par de petits animaux, puis des plus gros, mais, si rien ne s'arrange, il faudra passer aux enfants.

La jeune fille leva les mains à son visage.

— Oh, non ! Mais c'est horrible.

— Je sais ! C'est pourquoi il faut régler ce problème en priorité.

— Ahirom réussira ! Il s'était montré très efficace la dernière fois.

— Espérons-le ! conclut Coriandre en se dirigeant vers la porte. Je te tiens au courant dès que j'apprends quelque chose.

Le grand prêtre partit à son tour, tandis qu'Adonia reprenait le dossier qu'elle avait abandonné à son arrivée, mais elle ne parvenait pas à se concentrer sur ce qu'elle lisait. La perspective de ces effrayantes tueries la faisait trembler, en lui présentant des images toutes plus abominables les unes que les autres. Belshazzar ! Ce ne pouvait être que lui qui tentait de la discréditer auprès de la population en utilisant les pires moyens qu'il pût trouver, afin qu'elle apparût comme une reine sans cœur. Elle se représentait les réactions violentes du peuple si l'on enlevait des bébés à leurs mères pour les immoler aux dieux, au risque de provoquer une révolution qui emporterait tout sur son passage, même son cousin. Elle frissonna si violemment qu'elle en laissa tomber le rouleau de papyrus qu'elle tenait.

— C'est une idée affreuse, commenta son scribe avec un sourire amical.

Elle soupira d'un air malheureux.

— Je suis incapable de le concevoir. Quel monstre peut bien avoir ourdi un plan pareil ?

— Fais confiance à tes ministres. Ils sauront déjouer ces cruelles manigances.

— Je prie pour que tu aies raison. Je préférerais m'offrir moi-même, plutôt que d'arracher un enfant à sa mère.

— Nous n'en arriverons pas là.

— Je ne parviens pas à travailler, reprit-elle en poussant le document vers lui. Je vais prendre l'air. Vois ce que tu peux traiter en attendant.

Elle fit le tour du parc ; s'arrêta pour cueillir une fleur qui embaumait, puis la glisser dans ses cheveux comme elle aimait à le faire ; admira les animaux exotiques offerts par le roi Hiram de Macar Uiat lors de son couronnement ; enfin, elle se rendit aux écuries pour caresser les chevaux qu'elle appréciait tant. Mais rien n'y fit. Elle ne parvenait pas à effacer les atroces visions que les explications d'Itthobaal avaient fait naître dans son esprit. Alors, de guerre lasse, elle retourna vers le palais pour suivre les couloirs qui menaient, non pas à son bureau, mais aux quartiers privés des résidents. Elle s'immobilisa près d'une porte derrière laquelle on entendait un murmure de voix, qui s'éteignit lorsqu'elle ouvrit le battant, tandis que des visages interrogateurs se levaient vers elle.

— Hailama, viens avec moi, ordonna-t-elle pendant que le maître de l'adolescent s'inclinait devant elle.

Sans rien dire, son ami sauta sur ses pieds, heureux d'échapper à ces cours qui l'ennuyaient, mais inquiet de cette interruption tout à fait inhabituelle. Alors, il se tourna vers elle dès qu'ils furent hors de portée des oreilles indiscrètes.

— Que se passe-t-il ?

Elle l'entraîna au jardin, seul endroit où ils trouvaient une certaine tranquillité.

— Un terrible événement. Je n'aurais pas dû aller te chercher, mais j'ai vraiment besoin du secours de ton amitié.

— Je t'écoute, décréta-t-il en s'asseyant sur la margelle d'une fontaine.

Tout en marchant de long en large, elle lui narra en détail son entrevue du matin avec Itthobaal et Coriandre, sans rien omettre.

— C'est encore un coup de Belshazzar, conclut calmement le jeune homme.

— Je le pense aussi, mais là n'est pas la question. Que puis-je faire ?

— Rien de plus, Ahirom réglera le problème bien avant que l'on n'en soit aux dernières extrémités. Rassure-toi.

— Oh ! Je n'en peux plus ! gémit-elle en se jetant dans ses bras.

Il la tint serrée contre lui jusqu'à ce que ses larmes se tarissent, en la berçant de mots doux, afin de l'apaiser. Puis, il la fit asseoir auprès de lui pour tenter de l'égayer avec les sujets les plus futiles.

— Nous ne saurons jamais si cette sculpture représente un poisson existant ou imaginaire, plaisanta-t-il en désignant la statue au centre de la cascade, qui avait alimenté leurs discussions d'enfants autour de ce curieux animal.

Aussitôt, elle entra dans le jeu avec un sourire incertain.

— C'est probablement un poisson qui vit dans la mer.

— Ou alors, il est issu de la fantaisie du sculpteur. De toute façon, il me paraît bien gros.

— Oui, mais la mer est immense, à ce que l'on m'a raconté. Des vendeurs itinérants m'ont affirmé que des bateaux grands comme des maisons mettent plusieurs mois à la traverser.

— Comment pourrait-il y avoir une telle réserve d'eau ? Je ne crois pas à leurs histoires. Ils ne les inventent que pour nous mystifier.

— Que fais-tu ici, Hailama ? demanda froidement Coriandre qui arrivait.

Adonia s'interposa aussitôt.

— Ne le gronde pas ! C'est moi qui suis allée le chercher. J'avais besoin de réconfort. As-tu des nouvelles ?

— Oui, mais pas très bonnes, hélas !

— Comment ça ?

— La caravane qui devait apporter l'encens est venue ici. Elle a livré tous les produits attendus, sauf celui-là, expliqua le Premier ministre d'un air mécontent.

— Mais pourquoi ? N'en ont-ils pas trouvé ? Qu'ont dit les marchands ?

— Rien du tout. Ils sont déjà repartis.

La jeune fille sauta sur ses pieds avec excitation.

— Il faut envoyer quelqu'un à leur poursuite pour les interroger.

— Quel bien cela nous fera-t-il ? s'étonna le vizir en la dévisageant d'un air perplexe.

La reine se planta devant lui pour plonger son regard sérieux dans le sien.

— Peut-être rien, mais au moins nous saurons la vérité. Ils nous diront même qui a annulé la commande d'encens.

— Tu as sans doute raison. Mais qui expédier ?

— Quelqu'un en qui nous avons toute confiance… réfléchit la jeune fille en faisant quelques pas d'un air songeur, les yeux fixés au sol, puis elle se redressa brusquement. Hailama !

Coriandre sursauta en la fixant avec incrédulité.

— Quoi ? Mon fils ? Mais il est trop jeune, voyons !

— Justement ! Ça lui permettra d'aller plus vite. Quand le convoi a-t-il quitté Telgilsh ?

— Hier.

— Alors, il doit se dépêcher pour la rattraper, insista-t-elle d'un ton persuasif. Ne perdons pas de temps en discussions stériles.

— Je suis tout à fait d'accord pour m'y rendre, affirma le jeune homme avec enthousiasme.

— Bon, mais tu n'iras pas seul. Dans un milieu si hostile, ce serait une énorme stupidité, abdiqua son père résigné. Viens avec moi, nous allons te dégoter des accompagnateurs expérimentés. D'après Ahirom, ils ont pris la piste de Gigthis, qui est l'une des plus faciles à suivre.

Pendant qu'Adonia regagnait son bureau, le cœur un peu moins lourd, Coriandre et Hailama se rendaient à la caserne pour y recruter des soldats connaissant bien le désert, afin d'organiser ce déplacement un peu particulier. Les préparatifs furent vite achevés, tandis que des chevaux robustes étaient attelés à des véhicules légers, qui n'emporteraient que le minimum de bagages afin de circuler le plus rapidement possible. Très fier de l'importance de son rôle, l'adolescent monta sur le char de tête en adressant un signe d'adieu à son père, avant de s'accrocher au rebord de la caisse, afin de n'être pas déséquilibré lorsque l'équidé se mettrait en branle. Le vizir, qui doutait de l'efficacité d'une telle démarche, les regarda partir d'un air songeur en espérant, malgré tout, que le jeune homme leur rapporterait des informations intéressantes. Puis, il reprit lentement la direction du palais, un peu désorienté par la soudaineté des événements qui éloignaient son fils de lui pour la première fois de sa vie.

Lorsqu'ils franchirent les limites de la ville, Hailama ressentit un frisson d'excitation devant l'aride paysage qui s'étendait à l'infini. Il n'avait jamais quitté Telgilsh, alors, quoiqu'il sût que ce périple n'avait rien d'un voyage d'agrément, il savourait la sensation nouvelle de liberté qu'il lui procurait. Ils suivaient le chemin cahoteux avec autant de vélocité que le permettaient la nature du terrain et les capacités des chevaux, beaucoup moins à l'aise là-dessus que des ânes. Le véhicule, qui grinçait de toutes ses jointures, brinquebalait ses passagers d'un côté à l'autre, au risque de les jeter par-dessus bord à chaque virage. Sans un mot, le jeune homme se retenait comme il le pouvait, en se répétant qu'Adonia attendait de lui qu'il réussît cette mission cruciale, afin d'oublier qu'ils menaçaient de verser à tout instant.

— Ça va ? lui cria le conducteur en souriant.

— Euh, oui ! répondit-il d'un air incertain.

Son compagnon lui jeta un coup d'œil bienveillant.

— On pourrait aller plus vite, mais je préfère préserver mon attelage.

— Oui, c'est plus sage, approuva Hailama en se demandant comment ils accéléreraient sans se renverser.

Comme il fallait que les chevaux boivent et se reposent fréquemment, ils observèrent des pauses régulières tout au long du parcours, grâce auxquelles le jeune homme put se détendre également. Au fil des heures, il s'aperçut qu'il apprenait à mieux se caler dans le char, afin de moins sentir les secousses. Pourtant, il fut soulagé lorsque les soldats décidèrent de monter le camp pour la nuit, alors que le soleil baissait sur l'horizon. Il s'installa auprès du feu, partagea avec eux les provisions qu'ils avaient emportées en bavardant volontiers, mais il ne laissa filtrer aucune information sur le véritable but de l'expédition, sachant que Coriandre s'était montré plutôt succinct dans ses explications. Devinant que révéler la pénurie d'encens provoquerait une panique irraisonnée dans la cité, Hailama se cantonna à des sujets de conversation sans danger, bien décidé à mériter la confiance que la souveraine lui manifestait. Malgré la peur que la course folle lui avait inspirée, il s'inquiétait du peu de chemin parcouru depuis le matin, si bien qu'il ne put s'empêcher d'évoquer le problème.

— Nous n'avons pas tellement avancé aujourd'hui, remarqua-t-il d'un air soucieux. Combien de temps nous faudra-t-il pour rattraper cette caravane ?

Le cocher fronça les sourcils, vexé que l'on mît en doute sa célérité.

— Nous avons franchi une plus grande distance que tu ne le crois. D'autre part, les marchands, eux, n'ont pas de raison de se presser. Nous devrions les rejoindre demain dans la journée.

— Oh ! Ce serait formidable, souffla le jeune homme enchanté.

Peu désireux d'attirer l'attention sur les causes de sa hâte, il gagna sa tente afin de se reposer des fatigues du voyage. Malgré un réveil à l'aube, il grimpa sur le véhicule avec le même enthousiasme que la veille, en espérant obtenir bientôt les renseignements pour Adonia. Grâce à l'expérience acquise, il fut surpris de trouver la route beaucoup moins mauvaise qu'il ne le croyait, si bien qu'il réussit à contempler le paysage en oubliant les cahots.

— Tu apprends vite, commenta l'aurige avec approbation. Peut-être deviendras-tu un excellent conducteur de char.

— Je ne sais pas. Cela dépend de ce que la reine a prévu pour moi, prononça Hailama d'un air vague.

— Oh, oui ! Bien sûr ! acquiesça son compagnon, réalisant qu'il parlait au fils du vizir.

Peu après la pause de midi, ils aperçurent un nuage de poussière signalant la présence d'un important convoi devant eux. Le jeune noble se pencha en avant pour tenter d'identifier ces hommes à peine visibles, en priant pour que ce fût les vendeurs qu'il cherchait. Son cocher ralentit afin que les gardes de l'escorte passent devant, puis les suivit tandis qu'ils remontaient la file à une allure d'enfer.

Le chef de la caravane fut un peu déconcerté de se faire ainsi arrêter par des guerriers de Telgilsh, mais, comme ils ne montraient nulle agressivité, il accepta volontiers de répondre aux questions qu'Hailama lui posa après l'avoir entraîné à l'écart.

— Parmi les nombreux produits que vous transportez, vous deviez nous livrer de l'encens, n'est-ce pas ?

— C'est exact !

— Alors, pourquoi ne l'avez-vous pas fait ?

Le marchand lui adressa un regard perplexe.

— Mais j'en ai apporté un volume conséquent.

— Comment ? s'exclama le jeune homme qui tombait des nues. Pourtant le grand prêtre ne l'a pas reçu. À qui l'avez-vous remis ?

— À un religieux au crâne rasé.

— Voilà qui m'arrange bien, maugréa Hailama en levant les bras au ciel. Ils ont tous le crâne rasé.

— Celui-là, qui était très jeune, m'a expliqué que, contrairement à l'habitude, je devais lui remettre l'intégralité de la quantité qu'il se chargerait de répartir entre les temples. D'ordinaire, je donne un tiers de l'encens au messager vêtu comme lui, et les deux autres tiers à celui qui porte une tenue différente.

— Je commence à comprendre, murmura l'adolescent stupéfait devant cette découverte imprévue.

Sur le chemin du retour, Hailama ne se rendit pas compte de la vitesse ni des secousses que lui infligeait le char, tellement il était plongé dans ses pensées. Le cocher essaya de bavarder un peu, mais, voyant que son passager restait silencieux, il abandonna sa tentative pour se concentrer sur la conduite. Le jeune homme avait obtenu une description précise des vêtements du religieux qui avait récupéré l'encens, si bien qu'il n'avait plus guère de doute sur l'identité du responsable de l'accaparement. Par contre, il ne saisissait pas pourquoi cet individu avait pris un tel risque, qui ne pouvait que lui attirer les foudres de la souveraine ainsi qu'une sévère condamnation. Il avait beau se creuser la tête, il n'arrivait pas à concevoir le but de la manœuvre, aussi se disait-il que quelque chose d'important lui échappait.

Le lendemain, lorsqu'ils arrivèrent à Telgilsh en fin de matinée, Hailama se précipita au palais, impatient de répéter ce qu'il avait appris, avec l'espoir que son père et Adonia déchiffreraient mieux que lui le fin mot de l'histoire.

— Je ne t'attendais pas si tôt, s'étonna la reine quand il entra dans son bureau. As-tu réussi ta mission ?

Il lui adressa un sourire satisfait.

— Mais bien sûr ! Nous avons facilement rejoint la caravane, dont le dirigeant m'a révélé toute la vérité.

— Tu nous raconteras ton périple dès que ton père sera là.

Après l'avoir écouté sans intervenir une seule fois, Coriandre donna une tape sur l'épaule de son fils avec fierté, puis se tourna vers la jeune fille qui arborait un air soucieux.

— Il y a, effectivement, un détail qui ne concorde pas, observa-t-elle en le scrutant avec inquiétude. Quoique étant ami avec Belshazzar, Balzer n'aurait pas joué ainsi avec le feu. Si sa culpabilité est prouvée, il sera déchu de son titre de grand prêtre d'Echmoun et perdra tous ses avantages, sans compter qu'Itthobaal le traduira en justice pour vol.

— Peut-être n'imaginait-il pas que nous enverrions quelqu'un questionner le chef des marchands, hasarda le vizir.

— C'était quand même un jeu dangereux. En privant d'encens le sanctuaire de Baal, il devait se douter que nous réagirions par tous les moyens.

— Oui, mais je ne le crois pas très intelligent.

Adonia se leva pour arpenter la pièce d'un air d'intense réflexion.

— Belshazzar a dû le pousser à cela, en espérant que nous en arriverions aux sacrifices d'enfants qui me déconsidéreraient aux yeux de la population. Il faut envoyer des soldats au temple d'Echmoun pour arrêter tous ses prêtres et récupérer l'encens.

À ce moment, l'on frappa à la porte malgré les ordres stricts de la souveraine de ne pas la déranger. Surprise, elle fit signe à Baldo d'aller voir qui venait ainsi les interrompre, mais sentit son étonnement grandir encore en reconnaissant Itthobaal qu'elle n'avait pas mis au courant de la mission d'Hailama.

— Que veux-tu ? demanda-t-elle plus sèchement qu'elle ne le désirait.

— Je viens vous apporter une curieuse nouvelle, se justifia-t-il en les regardant l'un après l'autre. Excusez-moi si je vous importune en pleine réunion, mais ceci est important.

— Parle !

— Balzer s'est présenté chez moi, tout à l'heure, pour m'annoncer qu'en vérifiant ses réserves d'encens, il en avait décompté beaucoup trop. Selon lui, les vendeurs se sont trompés en lui attribuant la totalité du chargement.

Adonia jeta un coup d'œil significatif à Coriandre.

— Nous le savons déjà.

— Pardon ? Vous le saviez ! Mais pourquoi ne me l'aviez-vous pas dit ? s'exclama le prélat effaré.

— En réalité, nous venons de l'apprendre. Mais l'histoire n'est pas tout à fait celle que Balzer t'a racontée.

La jeune fille lui révéla le bref voyage d'Hailama qui avait rapporté la version des commerçants. Itthobaal l'écoutait sans un mot, tellement stupéfait qu'il ne trouvait rien à dire devant ces odieuses manigances.

— Un grand prêtre qui se livre à de telles bassesses n'est pas digne de sa fonction, remarqua-t-il avec réprobation.

— Seulement, sa démarche auprès de toi réduit à néant toutes nos preuves, observa le vizir d'un ton amer. Il plaidera la bonne foi.

La reine exhala un soupir excédé en reprenant ses allées et venues.

— Tu as raison, hélas ! Au pire, il nous abandonnera un jeune prêtre terrorisé qui admettra avoir tenté d'accaparer cet encens pour son Dieu, ce qui lui permettra de s'en sortir sans tache.

— Par quelle coïncidence s'est-il manifesté précisément ce matin ? s'enquit Hailama d'un ton méfiant. Il a dû être informé de l'objet de ma mission, ainsi que de mon retour imminent.

— Ce qui prouve qu'il y a bien un traître dans mon entourage proche, souligna Adonia en pivotant vers eux. Mais qui ?

— Je ne peux pas y croire, protesta Coriandre dont la droiture s'accordait mal avec une telle fourberie. Tes conseillers sont loyaux. D'ailleurs, je n'ai parlé du départ d'Hailama à personne. Ni Paltibaal, ni Barekbaal, ni Amilcare, ni Ahinadab, ni Ahirom ne sont au courant.

— Oui, mais comme je ne me suis pas caché pour partir, Belshazzar ou son complice ont pu me voir et en tirer les conclusions qui s'imposaient, affirma l'adolescent avec fièvre.

La jeune fille haussa les épaules en allant se rasseoir.

— Qu'importe ! Ces spéculations ne nous mènent à rien. Il ne te reste plus qu'à récupérer ton encens, Itthobaal.

— En remerciant Balzer, grinça le grand prêtre.

— Oui, c'est ça le pire !

Itthobaal suivit le chemin qui le ramenait à l'édifice sacré, en réfléchissant à la meilleure manière d'aller chercher le précieux produit dont il avait tant manqué depuis trois jours. Ses subalternes l'attendaient fébrilement, impatients de se rendre enfin au temple d'Echmoun, si bien qu'ils ne comprenaient pas l'attitude contrainte de leur guide spirituel. Ils avaient préparé de grands récipients, qu'ils avaient posés sur des litières servant d'ordinaire à transporter les effigies des dieux d'une chapelle à l'autre lors des différentes fêtes religieuses. Le prélat approuva ces dispositions, puis les conduisit à travers la ville jusqu'à son rival, auquel il se força à faire bonne figure malgré la fureur contenue qui le faisait trembler de tous ses membres.

Au retour, comme il s'efforçait de calmer sa nervosité inutile, son regard tomba sur deux jeunes gens se tenant à l'écart de la foule, qui l'observaient avec un tel air de provocation qu'il résista difficilement au désir de leur sauter dessus. Sans hésitation, il reconnut Belshazzar et son âme damnée Hyrum, alors il comprit qu'Adonia avait raison en prétendant qu'ils étaient à l'origine de ces agissements condamnables.

La stèle

Octobre — novembre 1920

Moira sortit de sa tente, en s'arrêtant un instant sur le seuil pour contempler avec plaisir le paysage qui s'offrait à ses yeux. Depuis une semaine que toute l'équipe s'était installée au pied des dunes protégeant ce site magique, elle s'émerveillait toujours de la chance extraordinaire qui l'avait aidée à franchir tous les obstacles semés sur son chemin.

Après le retour, qui avait été salué comme il se doit, Bryan, Alvin et Tyler s'étaient concertés pour mettre au point le transport des hommes et du matériel nécessaire à un chantier de cette envergure. Au grand agacement de la jeune femme, Lowell s'était prétendu trop occupé pour participer à l'organisation, mais elle n'avait pas insisté afin de ne pas provoquer un incident pénible pour tout le monde. Puis, le pilote avait démarré ses rotations, en décollant chaque fois avec un avion plein à craquer de fournitures, ainsi que de personnel qui les déchargerait avant de monter le camp. Moira aurait voulu être du premier voyage, mais Tyler lui avait démontré que sa présence était indispensable en ville tant que le travail n'était pas commencé, afin de coordonner les départs en s'assurant que rien ne serait oublié. L'équipe dirigeante dans son entier avait été des derniers vols, ce qui lui avait permis de bénéficier de l'aménagement complet. Ils s'étaient implantés près de l'oued asséché, à l'extérieur de ce qui avait été la cité, afin de ne pas risquer d'abîmer le moindre vestige.

Avec vivacité, la jeune femme se dirigea vers le mur de pierre qui émergeait du sable, pour admirer, une fois de plus, les délicats bas-reliefs ornant le soubassement de ce qui avait été un temple, comme Lowell le lui avait confirmé. Les inscriptions étant encore à demi enfouies, il n'avait pas pu définir

77

quel dieu était honoré à cet endroit, mais il affirmait que cela ne tarderait pas dès le dégagement fini. L'archéologue avait pris des photos de l'ensemble du site, afin que l'on pût retrouver à tout instant d'où venait chacun des artefacts qu'ils espéraient mettre au jour. Cette tâche préliminaire achevée, ils s'étaient rangés à l'avis de Moira, déterminée à désensabler d'abord l'édifice auquel appartenaient les fondations qui l'avaient avertie de l'existence de ruines dans cette plaine. La jeune femme, un peu honteuse de cette superstition, se persuadait que s'ils découvraient quelque chose d'intéressant dans ce sanctuaire, le succès des fouilles serait garanti.

Elle s'arrêta près de Violet assise sur un siège pliant, un peu à l'écart des incessants va-et-vient des ouvriers, qui emportaient des paniers pleins de débris pour aller les vider au pied des dunes, dans un lieu vierge de tout vestige. La jeune femme, qui avait une planche à dessin sur les genoux, se concentrait tellement sur son esquisse qu'elle sursauta lorsque son amie lui posa une main sur l'épaule.

— Est-ce que ça progresse comme tu l'espères ? s'enquit Moira.

— Oh, oui ! Ils nettoient très vite ce pan de mur. À ce rythme-là, nous aurons rapidement tout le temple.

— C'est parce que, pour le moment, ils n'ont que du sable à débarrasser, expliqua Alvin en s'approchant. Mais ce n'est que la couche superficielle, cela deviendra plus difficile quand nous atteindrons la terre.

La directrice de chantier scruta les signes d'écriture qui apparaissaient peu à peu.

— Oui, mais c'est là que sont les objets que nous recherchons, n'est-ce pas ?

— Je le pense, effectivement, approuva gaiement le géologue.

— Crois-tu vraiment que tu vas déchiffrer ces inscriptions rien qu'en les dévorant du regard ? plaisanta Joyce en les rejoignant.

— Je sais bien que non, hélas ! Où en es-tu du développement des photos ? demanda la jeune femme pour changer de sujet.

La chimiste lui sourit amicalement.

— J'avance vite. Tu les verras bientôt.

Moira hocha la tête d'un air approbateur avant de s'éloigner, mais, tandis qu'elle faisait le tour du site comme chaque jour, elle notait tous les renflements qui lui paraissaient anormaux, en essayant de deviner s'il s'agissait des ruines d'un bâtiment, d'une colonne écroulée ou d'un simple monticule que le vent avait aggloméré au fil des siècles. Au cours de sa promenade quotidienne, elle tentait d'imaginer la cité telle qu'elle était au temps de sa splendeur, en cherchant à comprendre pourquoi et comment elle avait pu disparaître aussi complètement, au point qu'aucun document, même très ancien, ne la mentionnait. Depuis son départ d'Angleterre, elle entretenait une correspondance suivie avec Mr Noor, le conservateur du British Museum, qui s'était mis en relation avec ses confrères du monde entier, afin de trouver la moindre trace de cette ville mystérieuse, mais personne n'avait encore pu lui fournir la plus petite information à ce propos. Pourtant, au vu des gravures incomplètes, Lowell avait certifié qu'elles étaient rédigées dans l'alphabet phénicien, ce qui semblait accréditer la thèse de Duncan Spikings, que cet endroit était un comptoir établi par le peuple voyageur. La jeune femme était un peu déçue de ne pas pouvoir le contredire, mais elle espérait que d'autres découvertes viendraient nuancer ce point de vue, voire renforcer la théorie d'Irwin Faircliff qui évoquait un établissement indigène antérieur.

Elle achevait son circuit, lorsqu'un bruit de moteur interrompit ses pensées. Avec un frisson d'anticipation, elle leva les yeux pour scruter le ciel à la recherche de l'engin qui troublait ainsi le calme profond du désert. L'avion apparut au-dessus des dunes, puis vira sur l'aile afin de se mettre dans l'alignement de la piste sommaire. Alors, prenant son élan, elle courut vers l'oued asséché, sans remarquer le regard noir que lui jetait l'archéologue planté à côté du temple en cours de dégagement.

— Bonjour, Bryan ! lança-t-elle gaiement alors que le jeune homme avait à peine ouvert la porte de l'appareil. C'est un plaisir de vous voir.

— Dois-je comprendre que vous regrettez déjà la civilisation ? interrogea-t-il malicieusement.

Elle secoua la tête d'un air outragé.

— Pas du tout ! J'apprécie simplement votre présence.

— J'avoue que c'est plutôt agréable d'être aussi bien accueilli, reconnut-il plus sérieusement. Je suis venu vous apporter du ravitaillement et enregistrer votre prochaine commande.

— Vous, au moins, vous êtes ponctuel, constata Tyler en s'approchant.

Il donna une cordiale poignée de main au pilote, puis appela des ouvriers pour décharger la marchandise, tout en s'apprêtant à pointer chacun des produits afin de vérifier qu'il ne manquait rien, tandis que Moira emmenait Bryan sous sa tente, où elle avait installé son cabinet. Elle servit des rafraîchissements, s'assit sur une chaise auprès de son visiteur, avant de sortir le bloc sur lequel elle notait les demandes de ses adjoints, en y rajoutant les petits morceaux de papier qu'ils laissaient sur son bureau lorsqu'une idée leur traversait l'esprit.

— Alors, comment vous faites-vous à la vie dans le désert ? s'enquit le jeune homme en sirotant sa boisson.

— Mais, très bien ! affirma-t-elle avec un sourire ravi. D'ailleurs, je n'ai pas l'impression d'être au milieu du Sahara.

— Ça ne m'étonne guère. Avec le monde qui grouille ici, cela ressemble à n'importe quelle ville de Tunisie, les touristes en moins.

— Oui, c'est vrai. Mais il ne s'agit pas de ça. En réalité, je me sens vraiment chez moi, ce qui ne m'est jamais arrivé auparavant.

Il posa son verre en lui jetant un coup d'œil surpris.

— Même pas dans la maison de votre enfance ?

— Non. Ça n'a rien à voir ! J'ai passé ma jeunesse au fin fond de la campagne anglaise, mais je me souviens d'avoir toujours entretenu une vague conviction que ce n'était que transitoire. Comme si je n'étais là que par accident.

— C'est curieux !

— Je sais. C'est sans doute pourquoi j'en suis partie dès que je l'ai pu… Et probablement la raison pour laquelle j'ai épousé Wilson, commenta-t-elle pensivement.

Le jeune homme la fixa avec perplexité, mais, comme c'était la première fois que Moira lui parlait avec autant d'abandon, il n'osa pas insister. Alors, pour ne pas se montrer indiscret, il se pencha sur la liasse de feuilles posée sur la table, en changeant délibérément de sujet.

— Si vous me donnez votre commande sous cette forme, je risque d'en perdre la moitié, plaisanta-t-il.

— Oh, non, bien sûr ! Mes collaborateurs empilent ces messages ici, sans comprendre que certains s'envolent avant que j'en aie pris connaissance.

— Vous devrez les discipliner.

— J'ai peur qu'il ne soit trop tard, s'amusa-t-elle en recopiant les dernières demandes. Tant pis pour eux s'ils ne reçoivent pas ce qu'ils désirent.

— Dites-moi aussi si vous voulez que je revienne plus souvent, ou si une fois par semaine, c'est un bon rythme.

— Pour moi, vous pouvez revenir tous les jours, affirma-t-elle en souriant. Mais je pense que vous avez autre chose à faire.

Puis elle reprit son sérieux avant qu'il eût pu répondre.

— Cela paraît convenir pour le moment, mais nous verrons à l'usage. Lorsque le travail s'accélérera, nous aurons peut-être davantage de besoins.

— Et bien, vous me le direz, conclut-il en se levant avec la liste qu'elle avait terminée.

— Vous allez déjeuner avec nous.

— Non, merci. C'est très aimable de votre part, mais on m'attend à Tataouine en début d'après-midi. Une autre fois, peut-être.

La jeune femme le raccompagna jusqu'à son avion, mais en le regardant décoller, elle s'étonna de la vague tristesse qu'elle ressentait devant ce départ qui n'avait rien de définitif, alors qu'elle était loin d'être seule, comme il le lui avait fait remarquer. Ce fut pourtant d'un pas lent qu'elle rejoignit les gens de son équipe, installés autour du repas concocté par un excellent cuisinier tunisien qu'Alvin avait eu la chance de parvenir à débaucher.

— Tout est parfait, annonça Tyler d'un ton satisfait. Il ne manque rien à notre commande. Ce Leakner est vraiment un type fiable.

— C'est bien pourquoi je l'ai choisi, assura Moira en ignorant les expressions entendues de Joyce et Violet.

Cet après-midi-là, la jeune femme, qui se montrait encore plus impatiente que d'habitude, pressa les manœuvres en allant jusqu'à brosser elle-même les pierres à peine dégagées, dans l'espoir de mieux visualiser la forme originale

du temple, comme si, en le découvrant dans son intégralité, elle le reconnaî-
trait.

— N'as-tu pas appris la patience avec Wilson ? intervint Tyler en la voyant
grimpée sur le monticule de sable qui recouvrait la ruine.

— Pas vraiment, sourit-elle, avant de se redresser. Il était tellement enthousiaste qu'il semblait toujours aller plus vite que les ouvriers, au point qu'il me
décrivait les monuments en cours de nettoyage, comme s'il les avait déjà vus
dans toute leur splendeur.

— Je dois avouer que c'était un passionné, admit l'anthropologue en tendant
la main pour aider la jeune femme à redescendre. Mais évite de tout piétiner
comme ça. S'il y a des objets en dessous, tu risques de les casser.

— Ah, oui ! Je n'y avais pas pensé.

Ils se dirigèrent ensemble vers la tente qui servait de salon-salle à manger,
devant laquelle se tenait Violet toute joyeuse.

— Hum ! s'étira-t-elle, bras écartés, le visage offert au soleil qui ne tarderait
pas à se cacher derrière les dunes. Quand j'imagine qu'en Angleterre, il doit
faire froid et pleuvoir, je me dis que nous sommes au paradis.

— Ça, c'est sûr qu'en octobre, il pleut forcément, approuva Moira. Je n'ai
aucune envie d'y retourner pour le moment.

Ils pénétrèrent sous la toile où ils trouvèrent Alvin installé dans un fauteuil,
plongé dans l'un des journaux que Bryan avait apportés le matin même.

— Alors, quelles nouvelles ? demanda Tyler en s'approchant.

Le géologue replia les feuilles en soupirant.

— Rien d'intéressant ni de réjouissant. Les affrontements se multiplient en
Irlande, ce qui n'augure rien de bon.

— Il y a déjà eu suffisamment de morts comme ça, commenta l'anthropologue.

— J'ai peur que ces enragés ne voient pas la situation du même œil que nous.
Ah ! Et les mineurs sont en grève.

— J'admets que nous sommes très bien, loin de tout ça, reconnut Tyler en
s'asseyant à son tour.

Alvin leva la tête vers les deux amies.

— Par contre, l'on vient de décerner les premiers diplômes de l'université
d'Oxford à des femmes, dont une certaine Dorothy L. Sayers. Quelqu'un la
connaît-il ?

— Mais bien sûr, acquiesça Moira en jetant un coup d'œil vers la grande table
autour de laquelle les domestiques s'affairaient. Elle a écrit un recueil de poé-
sies en 1916, édité à Oxford justement.

— Ce n'est que justice, appuya énergiquement Violet.

— Loin de moi, l'idée de le contester, sourit le géologue devant cette levée de
boucliers. Notre société ne donne pas assez de place aux femmes, je suis d'accord. Les mentalités évoluent trop lentement à mon goût. D'ailleurs, regardez : la suffragette, Sylvia Pankhurst, est accusée de sédition pour avoir appelé
les travailleurs à piller les docks de Londres.

L'anthropologue dressa l'index d'un air réprobateur.

— Moi, je ne suis pas contre le vote des femmes, mais est-ce que cela ne va pas trop loin ? Il faut bien rétablir l'ordre.

— Les excès des uns attirent ceux des autres, conclut Moira philosophiquement. À table ! Je meurs de faim.

Durant toute la soirée, la jeune femme se garda d'émettre le moindre commentaire au sujet de l'attitude de Lowell, qui se cantonnait sur la réserve depuis le matin en ne répondant que brièvement lorsqu'on lui parlait. Elle savait qu'il serait plus détendu le lendemain, mais se promettait quand même de le réprimander s'il se conduisait de façon aussi ridicule chaque fois que Bryan viendrait les ravitailler. Se sentant fatiguée, elle se retira de bonne heure, pour sombrer rapidement dans un profond assoupissement. À sa grande surprise, elle rêva de la cité, ce qui ne s'était plus produit depuis qu'elle s'était installée sur le site. Elle se promena dans les rues animées en admirant les échoppes des artisans, flâna au milieu d'une caravane tout juste arrivée de la côte, avant de prendre la direction du temple, désireuse de le découvrir enfin, mais le décor perdit ses brillantes couleurs jusqu'à disparaître en la plongeant dans l'obscurité. Elle se redressa brutalement, au bord de la suffocation, le cœur battant la chamade, tandis qu'elle balayait son environnement d'un air égaré. Pendant de longues minutes, elle respira lentement, les mains pressées sur sa poitrine pour maîtriser ses tremblements. Cette ville avait de curieux effets sur elle. Elle finit par se lever pour aller chercher un verre d'eau, mais n'osa pas jeter de coup d'œil au-dehors, sans savoir ce qu'elle redoutait de voir. Alors, elle marcha un moment de long en large, se déroula la journée de la veille pour se raccrocher aux détails familiers dans l'espoir de repousser cette terreur inexplicable, puis, une fois apaisée, elle se recoucha avec la vague crainte de replonger dans son cauchemar, mais elle s'endormit d'un sommeil sans rêves jusqu'au matin.

Il fallut plusieurs semaines pour dégager les fondations du sable qui les recouvrait, avant d'aborder la tâche plus délicate consistant à nettoyer tous les débris dont elles étaient jonchées, afin de différencier les pièces archéologiques des gravats inutiles. Tandis que Moira brossait le terrain, centimètre carré par centimètre carré, avec l'aide de Tyler qui lui expliquait comment être sûre de ne rien abîmer, Lowell s'attaquait à la traduction des inscriptions ornant l'intégralité du soubassement, que Violet avait retranscrites sur des feuilles en les décalquant directement sur le mur. Pendant ce temps, Alvin travaillait sur les cailloux et les échantillons de terre récupérés dans les ruines, afin de dater les trouvailles le plus précisément possible, tout en essayant de déterminer le climat que connaissait la cité lorsqu'elle était encore en activité. Maintenant qu'elle voyait enfin apparaître les premiers résultats de leurs recherches, la jeune femme exultait, tandis que son optimisme lui revenait. Elle n'avait raconté à personne son étrange songe, quoiqu'il l'eût hantée sans relâche, mais il avait remplacé son enthousiasme par la peur irraisonnée de dévoiler une insupportable vérité.

Les visites régulières de Bryan rythmaient leur vie, comme pour rappeler que le monde continuait à vivre autour d'eux, pendant qu'ils s'efforçaient de faire ressurgir le passé du gouffre dans lequel il s'était noyé. Les rotations étaient devenues plus fréquentes avec l'intensification du labeur, mais Lowell avait persisté à s'isoler ces jours-là, si bien que Moira avait décidé d'avoir une explication avec lui, en évitant la moindre allusion aux sentiments que ses amies prêtaient au jeune homme. Alors, elle le convoqua dans sa tente pour un entretien en tête-à-tête, afin de ne pas lui infliger l'humiliation d'une réprimande publique. Cependant, lorsqu'il parut sur le seuil, elle se contenta de lever un regard mécontent sur lui, en éloignant sa chaise de la planche sur tréteaux qui lui servait de bureau.

— Chaque fois que l'avion vient nous livrer, tu disparais. Pourquoi ?

— Parce que je n'aime pas ce Leakner, marmonna-t-il d'un ton boudeur, les bras derrière le dos comme un enfant pris en faute. Je suis sûr que tu as tort de lui faire confiance.

— Je ne te demande pas ton avis ! rétorqua-t-elle d'un ton glacial. D'ailleurs, je me fiche de ce que tu penses de lui. Travaille correctement et conduis-toi bien avec nous, c'est tout ce que j'attends de toi.

— C'est le cas.

— Certainement pas ! Quand il est là, c'est à peine si l'on peut t'adresser la parole. Tu ne réponds pas ou presque. Et tu tires une tête de six pieds de long. Je veux que cela cesse. Nul n'exige que tu lies amitié avec Bryan, ni même que tu lui parles, mais que tu gardes tes opinions pour toi !

L'archéologue se détourna vers la sortie, le visage fermé.

— Oh, bon ! D'accord !

Mais la jeune femme ne l'entendait pas ainsi, aussi se résolut-elle à jouer sa dernière carte.

— Je tiens à conserver une bonne ambiance sur le chantier, alors, si tu ne sais pas te contrôler, je serai dans l'obligation de te remplacer. Et ce n'est vraiment pas ce que je souhaite.

— Moi, non plus ! s'exclama Lowell avec inquiétude en revenant vers elle. Je te promets que je changerai.

Elle hocha la tête d'un air approbateur.

— C'est tout ce que je désire.

Après cette mise au point, l'atmosphère se détendit dans le groupe, si bien que, très vite, plus rien ne différencia les jours où Bryan venait leur rendre visite. Moira dut admettre que l'archéologue accomplissait de louables efforts pour paraître aimable lorsque le pilote déjeunait avec eux, ce qui la réconfortait d'autant plus que ses autres collaborateurs appréciaient ce jeune homme serviable, qui n'hésitait jamais à faire un aller-retour de plus pour les dépanner.

Mais les événements les plus exaltants se déroulaient sur le monticule qui avait été le soubassement d'un sanctuaire. Toute l'équipe se réjouit lorsque le premier objet découvert par la directrice confirma les déductions de Lowell concernant la nature du bâtiment fouillé. Il s'agissait d'un calice en or, incrusté de pierres précieuses, cabossé, mais entier, qui prouvait que des cérémonies liturgiques avaient eu lieu à cet endroit. Quelques jours plus tard, l'archéologue se précipita d'un air excité vers la jeune femme qui s'acharnait contre ce qui ressemblait à un gros rocher plat.

— Ça y est ! J'ai déchiffré certaines inscriptions !

— Alors ? demanda-t-elle en repoussant du revers de la main une mèche folle qui lui volait dans les yeux. Qu'est-ce que cela raconte ?

— Ceci était le temple d'Echmoun.

— Echmoun…, répéta-t-elle d'un air songeur. Je n'en ai pas entendu parler. Qui était-ce ?

— C'était le dieu principal de la ville de Sidon située au Liban actuel. Il était révéré un peu partout dans les comptoirs phéniciens autour de la Méditerranée. Son nom fait référence à l'huile dont on usait beaucoup pour se protéger ou se soigner dans l'Antiquité. Il était fréquemment associé à Astarté, déesse de l'amour et de la fécondité.

Moira balaya les environs d'un regard pensif.

— Donc, c'était une divinité puissante.

— Oui. C'est d'ailleurs ce qui m'étonne, approuva l'archéologue en scrutant le monument.

— Pourquoi ?

— Ce sanctuaire est bien exigu pour un dieu d'une telle importance. Il n'était sans doute pas considéré comme le primordial.

Elle sourit d'un air gourmand.

— Ce qui veut dire que nous avons des chances de trouver un temple plus grand quelque part, n'est-ce pas ?

— C'est probable, ou alors, la cité est beaucoup moins étendue que nous l'imaginons.

— Non ! Je suis sûre que ce n'est pas le cas, soutint la jeune femme d'un ton péremptoire.

Un peu surpris par cette affirmation gratuite, Lowell se contenta d'annoncer qu'il allait continuer ses traductions, mais, en s'éloignant, il s'interrogea sur cette conviction qui lui semblait ne reposer sur rien. Tandis qu'il regagnait sa tente, Moira se remit à dégager la pierre qui la gênait pour progresser, en se demandant pourquoi une roche de cette taille gisait là, au milieu d'un sanctuaire. Étonnée, elle finit par se rendre compte qu'elle suivait une ligne droite, ce qui lui rappela sa première découverte du mur de soubassement.

— Qu'as-tu là ? s'enquit Tyler en la rejoignant.

Elle fronça les sourcils avec perplexité.

— Je ne sais pas, mais ce n'est pas une formation naturelle. Crois-tu que ce soit le départ d'un autre mur ?

— Non, cela me paraît trop petit, assura-t-il en se mettant à genoux afin de l'aider à débarrasser l'objet de sa gangue de terre.

Ils travaillèrent toute la matinée pour délimiter les contours de la pierre, tellement enguée dans les sédiments qu'il s'avérait très difficile d'en distinguer les bords. Lors du déjeuner qui rassemblait l'équipe, durant lequel chacun parlait de ses tâches, ils détaillèrent les soucis causés par cette curieuse trouvaille, si bien qu'Alvin et Joyce offrirent leur concours afin de déterminer la meilleure manière de nettoyer la pièce qui les intriguait tant.

Malgré l'appui du géologue et de la chimiste, plusieurs jours furent nécessaires pour récupérer l'artefact, qu'ils identifièrent comme une stèle brisée recouverte d'un pan de mur, sur laquelle se lisait très nettement un texte dont il manquait la fin.

— Nous aurions dû y penser, commenta Lowell. Le peuple n'ayant pas accès au temple venait souvent déposer des ex-voto sur le parvis du monument pour transmettre une supplique au dieu ou le remercier. Mais les plus fortunés faisaient ériger une statue ou une stèle à l'intérieur même de l'édifice sacré.

— Nous allons voir ce que raconte celle-ci, intervint Violet en posant une feuille de papier sur la pierre gravée.

En quelques heures, la dessinatrice avait retranscrit tous les caractères, émerveillée qu'ils soient aussi bien conservés, comme si l'usure des siècles n'était pas passée sur eux, puis elle tendit ses feuillets au jeune homme qui les reçut avec un sourire forcé.

— Ce que je te donne ne semble guère te plaire, observa-t-elle déconcertée. J'ai connu des archéologues beaucoup plus enthousiastes que toi.

— Oh, ce n'est pas la question. Mais ces invocations sont rarement intéressantes. D'autant que celle-là est incomplète, si bien que nous pourrions ne rien y comprendre.

— Traduis-la quand même. Qui sait ? Nous aurons peut-être des surprises.

— Oui, bien sûr, marmonna-t-il en prenant les papiers.

Moira s'était déjà étonnée du délai qu'il avait fallu à Lowell pour définir la destination des ruines en cours de fouille, d'autant qu'il ne lui avait toujours pas apporté la traduction complète des inscriptions du soubassement. C'est pourquoi elle s'inquiétait sur le sort de la stèle qui risquait de patienter longtemps avant de révéler son contenu. Si l'archéologue mettait tant de jours pour déchiffrer les quelques phrases trouvées jusqu'ici, la directrice craignait de rencontrer de sérieux problèmes lorsque l'équipe découvrirait des documents plus fournis. Pourtant, elle ne voyait pas quel avantage le jeune homme aurait eu à traîner volontairement, aussi commençait-elle à envisager qu'il eût menti sur ses compétences pour se faire engager.

— Violet t'a-t-elle transmis le texte de la stèle ? s'enquit-elle ce soir-là en affectant un air détaché.

Il lui jeta un coup d'œil méfiant qui la désarçonna.

— Oui.

— Alors, concentre-toi dessus. Je suis curieuse d'apprendre sa teneur.

— Tu désires que je laisse tomber le décryptage des gravures du temple ? Ai-je bien saisi ?

Elle sourit pour atténuer le caractère autoritaire de cet ordre.

— Absolument.

— Mais ces litanies n'ont pas grand intérêt en général.

— Qu'importe ! Je veux savoir.

— À ta guise, abdiqua-t-il d'un ton réticent.

Malgré tout, la jeune femme dut s'armer de persévérance en attendant la transcription que Lowell ne lui communiqua qu'une semaine plus tard. Sans un mot, elle s'empara de la feuille qu'il lui tendait, pour parcourir avec une perplexité croissante cette formule qui n'avait rien d'une prière, au contraire de ce qu'elle imaginait.

— « Moi, Belshazzar, roi de Telgilsh, je donne la couronne à mon ami Adon, pour la prospérité du peuple et contre le mal… », lut-elle avant de scruter l'archéologue d'un air incrédule. Es-tu vraiment sûr de ta traduction ?

— Évidemment ! s'exclama-t-il d'un ton vexé.

— Naturellement, je ne connais pas la civilisation phénicienne aussi bien que toi, mais il me paraît très étrange qu'un roi confie ainsi son trône à quelqu'un d'autre, sans raison précise.

— Il manque la fin, sans doute l'explication s'y trouvait-elle.

La jeune femme fixa le papier sans pouvoir masquer sa déception.

— J'espère que nous retrouverons la partie disparue, parce que je n'y comprends rien. Enfin, merci quand même, Lowell.

Ce fut d'un air dubitatif qu'elle le regarda s'éloigner, tandis qu'elle essayait d'ignorer la petite voix au fond d'elle-même, susurrant qu'il s'était trompé dans son déchiffrement.

La hausse des impôts

Juin — août 685 av. J.-C.

— Bon ! Que faisons-nous maintenant ? demanda Belshazzar d'un air renfrogné, en reposant si brutalement sa coupe de vin que quelques gouttes en jaillirent. Toutes nos tentatives ont échoué.

— Il faut reconnaître qu'elle est très forte, commenta Hyrum avec admiration.

L'adolescent lui jeta un regard dur, tout en s'adossant plus confortablement sur son fauteuil.

— Aurais-tu l'intention de me lâcher pour passer dans son camp ?

— Bien sûr que non. Tu le sais parfaitement. Mais il est certain qu'elle parvient toujours à rétablir la situation.

— C'est pourquoi nous devons nous montrer plus malins qu'elle. Je trouve d'ailleurs que ton père ne nous aide guère.

Son ami grappilla quelques grains de raisin, puis exhala un profond soupir.

— Nous en avons déjà discuté. S'il prend trop de risques, il perdra sa position, si bien qu'il ne nous sera plus d'aucune utilité. Chaque fois, il fait tout ce qui est en son pouvoir pour que l'opération réussisse, mais elle a des ministres très fidèles et très intelligents.

— Bon, d'accord ! Tu as raison. Mais qu'allons-nous organiser cette fois ? marmonna le prince en reprenant sa question initiale.

— J'avoue que je n'ai plus d'idées, mais je vais en parler à mon père. Il saura nous conseiller.

— Dépêche-toi ! Je n'en peux plus, insista le jeune homme en s'approchant de la fenêtre donnant sur la terrasse. Tout ceci devrait être à moi.

Hyrum se leva des coussins sur lesquels il était mollement étendu, rejoignit son ami pour lui poser une main sur l'épaule, en suggérant une petite balade jusqu'à un établissement qu'ils connaissaient bien, où de jeunes filles peu vêtues les accueilleraient avec le sourire, puis leur offriraient un excellent vin en prélude aux jeux toujours renouvelés qu'elles inventaient. Il savait que cela apaiserait pour un temps l'impatience de l'adolescent, en l'empêchant de se lancer dans des actions irréfléchies qui risquaient de ruiner leurs plans. Mais, tandis qu'ils s'apprêtaient à sortir, il songea que Belshazzar devenait de plus en plus incontrôlable, ce qui l'obligeait à une vigilance de tous les instants.

Pendant que son cousin complotait à tout va, Adonia, elle, s'adonnait à ses devoirs de reine avec un sérieux qui forçait l'admiration, sous les yeux du père d'Hyrum navré de la voir gagner en assurance et en compétences à une telle vitesse. Il se rendait compte que, bientôt, la jeune fille gouvernerait seule, sans l'aide de ses ministres, ce qui renforcerait encore une légitimité qui ne pourrait plus être contestée. Alors, quand son fils vint lui demander de mettre sur pied une nouvelle machination, il se plongea dans l'organisation avec tout l'empressement zélé qu'il aurait dû consacrer au service de sa souveraine.

— Je suis surprise du calme qui règne dans la ville en ce moment, observa Adonia qui se promenait dans le jardin avec Hailama. J'ai très peu de dossiers à traiter.

Son compagnon émit un gloussement amusé.

— Tu ne vas pas t'en plaindre ? Même Belshazzar semble à court d'idées pour te nuire.

— Ça ne durera pas, c'est trop beau.

— Que t'a annoncé la prophétesse lorsque tu es allée au temple, afin de préparer la fête d'El[7] ?

La jeune fille s'arrêta pour cueillir une fleur dont elle huma le doux parfum.

— Rien ! Comme d'habitude, les augures sont restés muets. Itthobaal me dit de ne pas m'en préoccuper, mais je sens bien qu'il est soucieux. J'ai même entendu un prêtre raconter que cela ne s'était jamais produit.

— Pourquoi l'oracle refuse-t-il de te dévoiler ton avenir ? s'inquiéta son ami en la dévisageant comme si la réponse était inscrite sur ses traits.

— Je ne peux imaginer qu'une explication : parce qu'il est particulièrement mauvais.

Il secoua la tête avec d'autant plus de véhémence qu'il le pensait également.

— Oh, non ! Ce n'est pas possible. D'ailleurs, il n'y a aucune raison.

— Qu'importe ! Il est inutile de s'affoler. Seul le présent compte, trancha Adonia en reprenant sa marche. L'essentiel c'est que les habitants de la cité soient heureux.

---

[7] Dieu du soleil et protecteur des rois

— Pourquoi ne le seraient-ils pas ? rétorqua Hailama, comme s'il tentait de se convaincre lui-même. Le commerce va bien, les denrées arrivent régulièrement et aucun fléau ne s'est abattu sur les récoltes. Tout le monde mange à sa faim en jouissant d'une certaine prospérité. Que voudraient-ils de plus ?

La jeune fille soupira tristement.

— Que cela se perpétue, tout simplement. C'est ce que je m'efforce de préserver.

— Et tu le fais très bien, affirma-t-il en lui prenant la main pour la réconforter. Il y a quelques jours, mon père disait que tu n'as presque plus besoin de ses conseils maintenant.

— Venant de lui, c'est un compliment qui me va droit au cœur.

Ils avaient atteint la petite éminence permettant de découvrir le paysage au-delà de l'enceinte royale.

— Vois comme l'eau brille au soleil, reprit le jeune homme en désignant la rivière qui coulait au milieu de l'oasis. Les pluies de la saison dernière ont été suffisamment abondantes pour irriguer les cultures, mais sans provoquer d'inondation comme cela se produit parfois. N'est-ce pas le signe que ton règne est béni des Dieux ?

— Je veux le croire, moi aussi, acquiesça Adonia en souriant.

Ils redescendirent du tertre, puis suivirent un chemin bordé de haies touffues qui offraient une ombre bienvenue. Comme ils étaient protégés des regards indiscrets, Hailama enlaça la jeune fille, l'embrassa fougueusement, en glissant ses doigts sous la fine étoffe de sa robe pour caresser sa peau satinée. Elle se plaqua contre le large torse musclé avec la sensation d'être à l'abri de toutes les vicissitudes de la vie, quoiqu'elle sût que nul n'avait le pouvoir de la soustraire à sa destinée. Depuis quelque temps, Coriandre semblait désapprouver leur trop grande intimité, au point qu'il tentait par tous les moyens de les éloigner l'un de l'autre sans y parvenir, alors, quand des pas s'approchèrent, ils se séparèrent vivement. La reine recula, remit de l'ordre dans sa tenue, puis fit face à l'intrus qui n'était pas le Premier ministre, mais l'intendant.

— Qu'y a-t-il, Adad ? interrogea-t-elle gentiment cet homme qui lui avait évité de nombreuses punitions lorsqu'elle était enfant.

— Quelques personnes se sont présentées à l'audience publique, Votre Majesté, répondit le majordome en s'inclinant avec déférence.

Hailama ne put retenir une certaine irritation en songeant qu'on ne les laissait jamais tranquilles bien longtemps, mais son amie n'eut aucune hésitation.

— Bon, j'y vais, déclara-t-elle en reprenant la direction du bâtiment.

Les jours coulaient, sereins, sur la cité endormie par les grosses chaleurs de l'été. Les récoltes engrangées, les champs ne montraient plus que leur terre craquelée qui guettait la pluie avec impatience. C'était l'époque où l'activité était à son niveau le plus bas. Les paysans s'occupaient des troupeaux en reportant les labours à l'automne, les artisans ne travaillaient dans les ateliers qu'à l'aube et au crépuscule pour profiter de la fraîcheur, le marché ne se tenait qu'au petit matin, tandis que les commerçants n'ouvraient les échoppes qu'à la demande. Dans toute la ville, l'on s'adonnait aux délices de la sieste durant les heures les plus chaudes de la journée, alors qu'au palais, les couloirs déserts prouvaient que les hauts fonctionnaires délaissaient les quelques dossiers traînant sur leurs bureaux.

Néanmoins, cette atmosphère paisible ne faisait pas oublier aux habitants du royaume que c'était aussi la saison des impôts. Aussitôt après la fin des moissons, les inspecteurs étaient passés dans toutes les maisons afin d'évaluer les ressources de chacun, qui serviraient à chiffrer sa quote-part pour l'année en cours. Maintenant, les courriers arpentaient les rues pour apporter à chaque foyer le montant de sa dette. Personne ne sautait de joie en recevant cette missive, mais, comme les calculs étaient toujours raisonnables, les citoyens de Telgilsh n'avaient jamais eu à se plaindre de la rapacité de leurs dirigeants.

Cette fois-ci, cependant, c'était différent. À tel point que, devant ces exigences abusives, la stupéfaction initiale laissait place à une incrédulité qui poussait les contribuables à se rendre au centre fiscal afin de rencontrer les agents, avec la ferme certitude qu'il y avait eu une erreur dans les opérations. Pourtant, l'affluence inhabituelle autour de cette administration peu fréquentée d'ordinaire inquiétait les plus avisés, qui commençaient à redouter que la souveraine eût augmenté les taxes dans un but qu'ils n'arrivaient pas à discerner.

Adonia somnolait dans la pénombre de sa chambre aux rideaux tirés pour lutter contre la lourde chaleur, lorsque Coriandre entra dans la pièce avec une expression soucieuse. Elle s'étira, bâilla, puis se redressa sur un coude en lui lançant un regard vague.

— Qu'y a-t-il ?

— J'ai une mauvaise nouvelle.

— Est-ce que ça ne pouvait pas attendre ? soupira-t-elle en repoussant les cheveux qui balayaient son visage. Il fait trop chaud pour travailler.

Coriandre s'assit dans un fauteuil, les yeux fixés sur la jeune fille d'un air grave.

— J'ai peur que non. Une veuve qui élevait seule ses deux enfants s'est noyée dans la rivière ce matin.

— Mais qu'y puis-je ? s'étonna la reine encore alanguie. Ce genre d'accident arrive.

— Ce n'était pas un accident. Elle s'est jetée volontairement à l'eau.

— Quand bien même ! Je ne peux pas empêcher les gens de se suicider s'ils l'ont décidé.

— Je sais, mais elle s'est donné la mort parce que sa contribution allait la réduire à la misère en privant ses rejetons du minimum vital.

Adonia arrangea les coussins pour mieux s'adosser, puis adressa un coup d'œil sceptique à son interlocuteur.

— C'est impossible, il y a eu confusion. Elle aurait dû aller se renseigner au lieu de céder au désespoir.

— C'est ce qu'elle a fait.

— Alors, je ne comprends pas.

Le vizir se releva brusquement, pour faire des allées et venues autour du lit avec une grimace de frustration.

— Moi non plus ! Et, bien entendu, je n'ai été informé qu'aujourd'hui. Pourtant, il semble que cela dure depuis plus d'un mois. Les montants exigés sont tellement exorbitants que le centre de l'imposition est assailli de réclamations. Beaucoup d'habitants se retrouvent dans l'obligation de vendre leurs biens pour s'acquitter de leur dû.

— Non ! Je n'en crois rien, protesta la jeune fille indignée. Les inspecteurs se sont trompés dans les calculs.

Coriandre s'immobilisa face à elle en écartant les bras.

— C'est plus compliqué que ça. Ils les ont vérifiés plusieurs fois sans trouver d'erreurs.

— Où est le problème ? réagit Adonia soudain méfiante. Tu soupçonnes quelqu'un d'être derrière tout ça, n'est-ce pas ?

— J'en ai peur. Le peuple commence à dire que tu as besoin d'argent pour tes toilettes et tes bijoux.

— Je vois…, murmura-t-elle, songeuse. Belshazzar, encore une fois.

Le vizir ne put retenir une moue de perplexité.

— Comment aurait-il pu y parvenir ?

— Qu'importe ! répliqua-t-elle en sautant de son lit. L'urgence est de rétablir l'ordre avant que d'autres catastrophes ne surviennent. Va prévenir le responsable du trésor et rejoignez-moi dans mon bureau.

La jeune fille se rafraîchit rapidement avec l'aide d'Asherah, puis se dirigea d'un pas ferme vers la pièce où elle travaillait, tout en envoyant un garde quérir Baldo, afin qu'il notât les décisions qui seraient prises. Quelques minutes plus tard, Coriandre et Barekbaal arrivèrent à leur tour, le vizir affichant un air grave tandis que le conseiller se montrait très nerveux.

— Je suis vraiment navré ! s'exclama-t-il avant que la reine eût ouvert la bouche. Moi-même, je n'étais pas au courant.

Adonia, qui ne s'était pas assise, coupa court à ses excuses d'un ton sec.

— Je n'en suis pas à chercher les implications. Pour l'instant, nous devons remédier à cette injustice.

— Ce sera facile pour ceux qui n'ont encore rien réglé, observa Coriandre, mais pour les autres, ça risque de se révéler très complexe.

— Oui, je m'en doute. Que proposes-tu, Barekbaal ?

— Je vais donner la consigne d'arrêter de collecter les impôts immédiatement, expliqua le ministre des Finances en agitant les mains comme s'il comptait sur ses doigts, puis nous reprendrons tous les calculs à partir des chiffres de l'année dernière pour voir où a pu se glisser cette erreur.

La jeune fille alla se planter devant la fenêtre, les yeux fixés sur le mur d'enceinte.

— C'est bien, mais ce n'est pas suffisant. Que vont devenir les malheureux qui ont tout perdu dans l'histoire ?

— Je crois qu'il faut étudier chaque cas individuellement, intervint le vizir.

— Oui, mais vite ! Avant qu'il y ait de nouveaux actes de désespoir, approuva la souveraine qui se tourna vers son secrétaire. Baldo, rassemble les fonctionnaires désœuvrés en cette saison, puis fais annoncer dans toute la ville qu'ils vont recevoir ceux qui ont trop payé. Qu'ils examinent scrupuleusement chaque problème, afin de trouver la meilleure solution, ensuite ils me transmettront le dossier. J'exige qu'ils passent tous par moi.

Barekbaal l'enveloppa d'un regard plein d'une affection inquiète.

— Tu auras beaucoup trop de travail. Laisse les scribes débrouiller cette affaire.

— Non ! Je veux m'en occuper personnellement. D'abord, cela prouvera à mon peuple que je ne suis pas à l'origine de cette augmentation disproportionnée, ensuite, je m'assurerai que chacun récupère son bien.

— Tu redoutes que des traîtres se soient infiltrés parmi tes agents, n'est-ce pas ? interrogea Coriandre d'un air sagace.

La reine acquiesça avec animation.

— C'est certain ! S'il n'y avait eu que quelques cas, on aurait pu penser à une confusion involontaire, mais puisque ça touche l'ensemble de la population, ou presque, c'est un complot contre moi. Donc, je crains que les intrigants nous empêchent de rétablir la situation. Sois très attentif, Barekbaal ! Si tu réussis à en identifier quelques-uns, ce sera déjà bien.

— Nous pourrions remonter jusqu'à l'initiateur de cette injustice, appuya le vizir en posant une main sur l'épaule de sa protégée.

— Je ferai de mon mieux, promit le conseiller qui marchait vers la sortie.

Il repartit prestement, tandis que Baldo s'en allait, à son tour, s'acquitter de la tâche que lui avait confiée la souveraine. Coriandre décida de mener une discrète enquête dans le palais, ainsi que parmi les diverses administrations, dans l'espoir de recueillir des rumeurs orientant ses soupçons vers le félon qui tentait de nuire à Adonia. Même si Belshazzar semblait le coupable idéal, le vizir doutait qu'il eût pu provoquer seul les différents troubles auxquels ils avaient dû faire face depuis le couronnement de la jeune fille. Il en découlait qu'au moins un individu haut placé s'était rangé aux côtés du cousin malfaisant, qu'il s'ingéniait à rapprocher du trône en discréditant l'héritière légitime de Balthézar. Pourtant, Coriandre avait du mal à admettre que l'un de ses proches collaborateurs agît aussi bassement, si bien qu'il espérait, en dépit de toute évidence, que plusieurs subalternes aient trouvé une faille dans l'organisation de la cité.

La reine regagna sa chambre à pas lents, tandis que le découragement l'envahissait maintenant qu'elle n'avait plus qu'à attendre les premiers résultats des actions en cours. Asherah poussa de hauts cris en la voyant trempée de sueur, le khôl de ses yeux coulant sur ses joues et ses épais cheveux brun pendant lamentablement sur son dos. Elle l'entraîna d'autorité dans la salle d'eau où elle la doucha, avant de la masser pour résorber toutes les tensions accumulées depuis les révélations de Coriandre. Adonia se laissa dorloter, en essayant de se persuader que les décisions prises lui permettraient de rétablir la situation, comme lors des précédentes conspirations. Mais l'une des paroles de son vizir lui revint à l'esprit si brusquement qu'elle se redressa d'un coup.

— Reste donc tranquille, maîtresse ! gronda l'esclave. Regarde dans quel état tu t'es mise.

— Envoie quelqu'un me chercher Adad, ordonna la jeune fille sans écouter ces conseils. Et aide-moi à m'habiller.

En grommelant, la servante sortit des vêtements propres.

— Que prévois-tu encore ? Il fait trop chaud pour s'agiter. D'ailleurs, tout le monde dort.

— Je sais ! Mais il y a des choses urgentes à régler. De toute façon, je ne pourrai pas me détendre.

L'intendant arriva peu après, les yeux bouffis de sommeil, le pagne de travers, mais la tête bien droite dans une vaine tentative de paraître réveillé. Il s'inclina devant Adonia en retenant un bâillement.

— Une veuve s'est suicidée ce matin en se jetant dans la rivière, annonça la souveraine. Elle était mère de deux enfants dont je ne connais pas l'âge. Je veux que tu découvres s'ils ont de la famille qui les a recueillis. Si ce n'est pas le cas, ramène-les ici, trouve-leur un logement et une occupation selon leurs compétences.

— Bien, Votre Majesté, répondit Adad en dissimulant de son mieux sa désapprobation.

Dès qu'il fut parti, Asherah se tourna vers sa maîtresse, les poings sur les hanches.

— Qu'est-ce que c'est que cette histoire ? Le palais n'est pas un orphelinat, que je sache.

— C'est un cas particulier, expliqua Adonia d'un ton las en se laissant tomber dans un fauteuil. Si cette femme est morte, c'est de ma faute.

— Comment ça ?

Le cœur lourd, la jeune fille raconta toute l'affaire à sa suivante, tandis qu'un soulagement indicible l'envahissait à s'épancher ainsi auprès d'une oreille compatissante. Elle serait bien allée rejoindre Hailama, mais, outre qu'elle ne voulait pas l'empêcher de se reposer, elle savait que Coriandre aurait été contrarié de les savoir ensemble, quoiqu'elle ne conçût pas pourquoi il considérait soudain d'un mauvais œil cette affection qui remontait à l'enfance.

— Évidemment, je comprends, déclara la servante apitoyée. Pauvres gamins ! J'espère que cela s'arrangera rapidement.

— Je le souhaite également. Mais je commence à être fatiguée de toujours devoir me défendre contre les manœuvres sournoises de mon cousin.

— Emprisonne-le, ainsi que ses amis.

— Si je le faisais sans preuve, ce serait une décision arbitraire que personne n'approuverait, objecta la reine en s'appuyant plus lourdement contre son dossier. Et comme nous n'avons pas identifié le traître qui le soutient, ça ne servirait à rien.

Abandonnant le sujet, l'esclave s'employa à convaincre sa maîtresse de se recoucher, l'aida à se dévêtir, puis sourit en la voyant glisser doucement dans le sommeil.

Dans les jours qui suivirent, Adonia, Barekbaal, Coriandre, Baldo et le groupe qu'il avait constitué s'activèrent pour essayer de résoudre au plus vite les problèmes que ces impôts disproportionnés avaient provoqués. Les soucis se multipliaient à mesure qu'ils découvraient les situations catastrophiques dans lesquelles se noyaient certains habitants de la cité. Des commerçants, naguère prospères, se retrouvaient à la rue après avoir vendu leurs maisons. Des artisans n'ayant qu'un atelier avaient dû se faire embaucher par de riches propriétaires, qui les obligeaient à travailler gratuitement en échange du paiement des contributions fiscales. Des paysans avaient vu saisir leurs terres par l'administration, ce qui les ravalait au statut de serf. Même le sanctuaire de Baal aurait eu son domaine amputé d'un bon tiers, si le prélat n'était pas allé protester auprès de la souveraine contre ces réclamations exorbitantes. Il fallait dénouer chacun de ces cas avec doigté, en tenant compte des quelques privilégiés ayant profité de cette erreur, qui n'entendaient pas se laisser dépouiller sans résistance.

Pour une fois, Belshazzar avait eu la prudence de ne pas s'enrichir sur le dos des malheureux, ce qui navrait sa cousine incapable de rien prouver contre lui. Balzer, quant à lui, eut plus de mal à expliquer pourquoi son temple n'avait pas été taxé outre mesure, contrairement à celui d'Itthobaal, mais, là encore, rien de concret ne put être décelé pour relier le prêtre sans scrupule aux responsables de cette pagaille. Au milieu de ces drames, la reine recevait un peu de consolation grâce au sort des enfants de la veuve, qui avaient été recueillis à la résidence royale, où ils étaient employés à des besognes qui leur assuraient le gîte et le couvert.

Quelques jours plus tard, Barekbaal arriva dans le bureau de la souveraine à une heure où il savait la trouver seule en compagnie de Coriandre et de son secrétaire.

— J'ai découvert la base du problème, annonça-t-il. Les coefficients servant au calcul de l'impôt ont été multipliés par trois sans que l'on sache pourquoi.

— As-tu identifié les fautifs ? demanda le vizir avec intérêt.

— Non. On peut reprocher aux agents, qui récupèrent ces chiffres d'un an sur l'autre, de n'avoir pas vérifié correctement leurs sources, mais ils les ont juste utilisés, ils ne les ont pas modifiés.

Adonia s'appuya contre le dossier de son fauteuil, sans se soucier de maintenir sa prestance alors qu'ils étaient en petit comité.

— Comme d'habitude, on ne remontera pas jusqu'au coupable, soupira-t-elle avec découragement.

— Quant à moi, je n'ai pas appris grand-chose, confessa le vizir d'un air mécontent. Il y a beaucoup de bavardages, mais rien de sérieux ni aucun doute fondé qui puisse désigner le complice de ton cousin.

— Où en est-on de la restitution des biens aux contribuables ? s'enquit la jeune fille souhaitant aborder une question plus positive.

— Toutes les denrées que l'administration avait prélevées ont été remises à leurs propriétaires légitimes, exposa le ministre du Budget. Nous avons refait nos opérations avec les bons montants. Maintenant, nous attendons que la conjoncture soit redevenue stable pour collecter les taxes réellement dues.

— De notre côté, nous travaillons au cas par cas, ajouta Baldo, qui dirigeait le groupe de scribes chargés de rétablir les situations les plus délicates. Mais il nous faudra encore plusieurs semaines pour tout remettre en ordre. D'autant que certaines personnes refusent de rendre les possessions qu'elles ont acquises malhonnêtement. On doit parfois les reprendre par la force.

— Nous avons informé la population que cette erreur n'était pas de ton fait, intervint Coriandre avec un sourire qu'il voulait réconfortant. Mais je pense que tu devras t'adresser à tes sujets lorsque les troubles seront réprimés.

La reine se leva pour aller se planter devant la fenêtre.

— Oui, je crois que cela s'impose. Si ça continue, ils finiront par me haïr. Les ennuis s'enchaînent depuis que je suis montée sur le trône.

— Ce n'est pas de ta faute, ils le savent. Ne t'inquiète pas, ton père a connu son lot de soucis, lui aussi. Pourtant, le peuple ne lui en a jamais tenu rigueur.

— Dans quel état sont nos finances ? interrogea Adonia en se tournant vers Barekbaal.

— Maintenant ou en comptant les rentrées à venir ?

— Actuellement.

— On peut dire que tout va bien. Les récoltes de l'année dernière ont été excédentaires, le commerce s'est révélé bénéficiaire, donc le trésor est encore largement pourvu.

Une petite étincelle s'alluma dans le regard de la jeune fille, tandis qu'elle revenait vers ses ministres.

— Pourrait-on baisser les impôts ?

— Oui, mais ce serait hasardeux. Si des problèmes surgissaient l'an prochain, la cité risquerait d'être en déficit.

— Je n'ai pas dit de les réduire de moitié, non plus. Mais juste assez pour que chacun le sente, sans danger pour le royaume.

— Je suppose que c'est possible, convint le conseiller du bout des lèvres.

— Alors, fais-le !

— Très astucieux, admira le vizir. Ainsi, lors de ton allocution, tu leur annonceras la bonne nouvelle.

***

Belshazzar s'extirpa de la foule compacte qui écoutait la souveraine s'exprimer sur les dysfonctionnements survenus pendant la collecte des taxes, pour rejoindre d'un pas rapide une petite porte qui ouvrait sur les jardins du palais. Puis, dès qu'il fut hors de vue, il courut à toute allure vers ses appartements, en luttant pour refouler les larmes de fureur qui brouillaient sa vision. Il claqua le battant en bois précieux, se précipita en hurlant sur le premier objet qui se présenta, le projeta contre la cloison, avant d'en attraper un autre qui subit le même sort. Quand la pièce ne fut plus qu'un champ de ruines, il martela le mur de ses poings fermés, en continuant à crier et sangloter sans s'arrêter, jusqu'à ce qu'il reçût sur la tête le contenu d'un récipient d'eau lancé d'une main sûre. Alors, il s'immobilisa, tellement suffoqué qu'il ne pouvait plus émettre un son, puis se mit à trembler violemment.

— Allons, voyons ! Ça ressemble à quoi de te mettre dans des états pareils ? gronda Hyrum en le prenant par les épaules pour l'asseoir au milieu des débris.

— Mais tu l'as entendue ? Oh, je la hais !

— J'ai suivi son discours, oui, et alors ?

— Elle a encore gagné ! Écoute la population l'acclamer, s'écria l'adolescent en tendant le bras vers l'extérieur d'où leur parvenaient des vivats enthousiastes.

— Eh oui ! Elle est très forte, commenta son ami d'un ton neutre, pour ne pas laisser deviner son admiration. Non seulement elle a réussi à rétablir la situation, mais la décision de diminuer les impôts cette année réduit à néant tous nos efforts pour la discréditer. Néanmoins, ce n'est pas en criant et en cassant tout que tu la combattras.

Belshazzar se releva, un peu chancelant, puis serra les poings sur sa rage impuissante.

— Je la tuerai !

— Et après tu seras condamné à mort pour meurtre, objecta Hyrum avec bon sens. Ne dis donc pas de sottises. Tu sais que ni mon père, ni Balzer, ni moi ne cautionnerons un tel acte. Je pense, cependant, que, même si elle sait réagir comme il faut, les soucis que nous lui causons la minent davantage qu'elle ne veut bien le montrer. Elle finira par se fatiguer de toujours devoir faire face, alors elle se décidera à te transmettre la couronne pour obtenir la paix.

— Le crois-tu vraiment ?

— Je l'espère, en tout cas.

Pendant ce temps, Adonia quittait la fenêtre des apparitions, le cœur en fête après avoir reçu les chaleureuses acclamations de son peuple prouvant qu'il ne lui tenait pas rigueur des erreurs de son administration. Alors que ses conseillers se dispersaient pour reprendre le travail interrompu par cet événement, elle s'approcha d'Hailama qui avait assisté à son triomphe.

— Viens me retrouver ce soir, murmura-t-elle en s'assurant que Coriandre ne l'entendait pas.

— D'accord, répondit-il sur le même ton en affectant de regarder ailleurs.

Sans rien ajouter, elle s'éloigna en direction de son bureau, tout en s'interrogeant une fois de plus sur le curieux changement d'attitude de son vizir qui avait toujours favorisé leur amitié, mais semblait maintenant en prendre ombrage. Cela la peinait d'autant plus qu'elle était entourée d'adultes de la génération de ses parents, voire de ses grands-parents, auxquels elle trouvait difficile de donner des ordres, si bien qu'elle appréciait beaucoup les moments passés avec l'unique personne de son âge. En présence de son ami d'enfance seulement, elle riait et plaisantait telle l'adolescente de quinze ans qu'elle était, en oubliant pour quelques instants les graves dossiers qu'elle avait à traiter.

Noël à Tataouine

Décembre 1920

Les travaux de dégagement du temple d'Echmoun avançaient bien, à la grande satisfaction de Moira qui se réjouissait à chaque nouvelle découverte. Non loin de l'emplacement de la stèle brisée, ils avaient trouvé d'autres objets servant à célébrer le culte, ainsi qu'une statue représentant le dieu qui devait, selon Lowell, être érigée dans le naos. Tout autour de ce bâtiment qui constituait le cœur de l'édifice sacré, ils découvrirent des colonnes abattues et d'énormes blocs éparpillés.

— C'est curieux, observa la jeune femme debout au bord du site de fouille qu'elle contemplait d'un air dubitatif. On dirait qu'un géant a balancé un grand coup de pied dans le sanctuaire pour le casser. Qu'en penses-tu, Tyler ?

— Je ne suis pas spécialiste, répondit l'anthropologue qui se tenait près d'elle, mais j'y vois plutôt un tremblement de terre. As-tu demandé son avis à Alvin ?

— Non, je n'avais pas songé à ça. Mais je suis d'accord avec toi, c'est assez vraisemblable.

Le géologue, qui confirma le pressentiment de son collègue, annonça qu'il arrivait à la fin de ses analyses, ce qui lui permettrait de leur donner une première datation bientôt. La jeune femme le félicita pour sa rapidité, contrastant tellement avec la lenteur de l'archéologue qui persistait à délivrer ses traductions au compte-gouttes. Puis, elle regagna sa tente pour se rafraîchir avant le repas du soir, mais, en pénétrant dans l'abri, elle soupira devant l'enveloppe non ouverte qui traînait sur son bureau. Depuis quelque temps, Bryan lui apportait une de ces lettres à chacun de ses voyages, en ignorant par délicatesse la grimace éloquente qu'elle ne pouvait retenir. Ces messages venaient de sa

99

mère qui la harcelait, afin qu'elle rentrât en Angleterre pour la Nativité, sans comprendre qu'à la mi-décembre, il était beaucoup trop tard. Lorsque la requête initiale lui était parvenue, Moira s'était dépêchée d'expliquer à Jane pourquoi il lui était impossible de partir maintenant, alors que le chantier démarrait à peine, mais que les découvertes s'enchaînaient déjà plus rapidement qu'elle ne l'espérait. Pourtant, la brave dame s'était obstinée en arguant que ces vestiges reposaient là depuis des siècles, donc qu'ils attendraient bien encore quelques semaines avant de révéler leurs secrets. Exaspérée, la jeune femme s'était laissé entraîner dans ce jeu infernal qui consistait à se disputer par courrier avec sa correspondante comme si elle était face à elle, jusqu'au moment où elle avait réalisé que les mots écrits étaient plus blessants que les paroles. Alors, elle avait cessé d'ouvrir les missives qui continuaient à arriver avec une régularité agaçante. D'un geste sec, elle jeta le pli dans la corbeille, puis se tourna vers la table de toilette, versa l'eau du broc dans la cuvette pour procéder à ses ablutions, tout en s'obligeant à ramener ses pensées sur des préoccupations plus immédiates.

— Cela ne s'arrange pas en Irlande, remarqua Tyler alors qu'elle pénétrait dans la tente commune un peu plus tard. Après le Bloody Sunday[8], voilà que les militaires britanniques ont mis le feu au centre de Cork, brûlant huit miles carrés[9], dont le City Hall, en représailles pour venger la mort d'un de leurs auxiliaires.

— On se demande où ça va s'arrêter, renchérit Alvin, assis en face de lui dans un fauteuil de toile. Ils deviennent fous.

— Heureusement qu'il y a des nouvelles plus gaies, ajouta Lowell en désignant le quotidien qu'il tenait à la main. Je lis ici que les Écossais ont voté contre l'application de la prohibition, voilà au moins un peuple raisonnable.

— Croyez-vous que Bryan a une chance de nous dégoter un sapin pour Noël ? s'enquit Joyce sans noter la contrariété de son collègue devant ce brusque changement de sujet.

— Cela m'étonnerait beaucoup, lança le géologue plus intéressé par les festivités à venir que les lois du Royaume-Uni. Je crains que nous devions nous contenter d'un palmier.

— … et de sable en guise de neige, plaisanta l'anthropologue en levant son verre.

Moira lui répondit par un sourire amical.

— Ça me convient très bien. Combien de gens rêvent de passer les fêtes au soleil ? Nous devons savourer cette aubaine.

— Oui, reconnut l'archéologue d'un air revêche, mais ce qui me manquera, quand même, c'est la messe de minuit. Je parie qu'il n'y a pas moyen de trouver un pasteur dans ce pays.

---

[8] 21 novembre 1920

[9] 20 km²

— Je n'y crois pas non plus, opina Alvin en déposant son journal. N'oubliez pas que nous sommes en territoire français. Nous pourrions à la rigueur rencontrer un prêtre catholique, mais c'est tout.

La jeune femme inclina la tête avec indifférence.

— Tant pis ! Ceux d'entre vous qui désirent se rendre à Tataouine pour assister à l'office n'auront qu'à s'arranger avec Bryan. Moi, je ne suis pas croyante, donc je resterai là, mais ne vous sentez pas obligés de me tenir compagnie. Il me semble que j'aurais plus de plaisir à suivre une cérémonie en l'honneur d'Echmoun.

— Pour cela, il faudrait connaître leurs coutumes, objecta Lowell imprudemment. Or, pour l'instant, nous avons très peu de documents là-dessus.

— Nous aurons peut-être plus de renseignements lorsque tu auras terminé tes traductions, riposta sa supérieure plus sèchement qu'elle ne l'aurait voulu.

Craignant que la conversation ne tournât à l'affrontement, Violet se hâta de la détourner.

— Puisque c'est un jour férié, pourquoi ne pas aller en ville, afin de flâner dans les boutiques ? Nous apprécierons tous de reprendre contact avec la civilisation.

— Voilà une excellente idée ! s'exclama Tyler convaincu qu'une telle promenade apaiserait les tensions. Qu'en pense notre directrice ?

— J'y consens, approuva Moira soulagée que ses amis lui aient épargné une dispute inutile. Nous partirions le vingt-quatre, pour revenir le vingt-cinq. Je vais en parler à Bryan lors de son prochain voyage.

À son retour, le pilote avoua son impuissance à dégoter quelque chose qui ressemblât de près ou de loin à un sapin, puis il exhiba un palmier en pot, seul végétal assez grand qu'il eût pu dénicher. Amusée, la jeune femme assura que ça conviendrait très bien, avant de lui annoncer leur projet de passer Noël à Tataouine s'il était d'accord pour les convoyer.

— Mais naturellement, acquiesça-t-il sans hésiter, tandis qu'elle allait déposer la plante sous l'abri qui servait de salon. Je viendrai vous chercher assez tôt pour que vous ayez le temps de profiter de la cité avant la soirée, puis je vous ramènerai le lendemain, sans faute.

Il lui tint galamment le rabat, puis l'accompagna dans son bureau.

— Cela ne vous ennuie-t-il pas de faire tous ces allers-retours ? s'inquiéta-t-elle avec un regard amical. N'avez-vous pas prévu autre chose pour Noël ?

— Ici, je n'ai pas de famille ni de proches amis, répondit-il en pénétrant sous la tente à sa suite. Donc ça ne me dérange pas. Voulez-vous que je m'occupe de réserver votre hôtel ?

Elle s'assit devant sa table de travail pour rassembler les notes concernant la commande.

— Volontiers ! Mais où fêtez-vous le réveillon ?

— Chez moi.

Surprise, elle leva la tête vers lui.

— Seul ?

— Oui, pourquoi ?

— Alors, joignez-vous à nous, proposa-t-elle spontanément en lui tendant sa liste de courses. Ce sera quand même plus agréable. Vous savez que nous apprécions beaucoup votre compagnie.

Il accepta avec ce sourire désinvolte qu'elle trouvait si séduisant.

— Je vous remercie de votre charmante invitation.

Lorsque Moira rapporta cette conversation à ses collègues, ils l'approuvèrent sans hésitation, mais elle sentit que Lowell n'était guère enchanté de devoir supporter le pilote durant leur séjour en ville. Elle décida cependant d'ignorer les humeurs de l'archéologue, qui commençaient à l'agacer, en s'exhortant à la patience afin de maintenir une bonne ambiance dans le groupe. Puis, dans l'espoir de se changer les idées, elle se rendit sur le chantier pour passer en revue le butin de la journée. Le sanctuaire livrait ses trésors à mesure que l'on dégageait les secteurs ensablés. C'est ainsi qu'après les objets du culte, ils avaient accumulé des poteries brisées en telle quantité qu'ils supposaient avoir atteint les logements. Dans l'un de ces locaux, ils avaient même découvert un coffret en bois encore en bon état, recelant des tablettes d'argile gravées, ainsi que des rouleaux de papyrus bien conservés grâce à la sécheresse du climat. Joyce les avait récupérés afin de les traiter pour les dérouler sans les réduire en poussière, avant de les transmettre à Lowell pour le déchiffrement. Mais la directrice n'espérait guère obtenir de traduction dans l'immédiat, tellement l'archéologue semblait mettre de mauvaise volonté à transcrire les textes qu'on lui confiait.

Le lendemain, une nouvelle surprise les attendait. Les ouvriers, qui continuaient à ôter le sable aux alentours du temple, les appelèrent dans le milieu de la matinée pour leur montrer le large soubassement contre lequel ils venaient de buter. Aussitôt, l'équipe se rassembla autour des pierres qui affleuraient à quelque distance des premières ruines, tandis que chacun y allait de sa théorie sur l'explication de ce mur. Certains y voyaient l'enceinte extérieure de l'édifice, d'autres suggéraient plutôt l'existence d'une chapelle dédiée à un dieu mineur, les derniers enfin affirmaient qu'il s'agissait d'une construction sans lien avec le sanctuaire. Lowell, de son côté, avait fait le tour des fondations avec concentration, sans prendre part à la controverse, puis il revint vers eux d'un pas ferme.

— Durant leurs voyages, les Phéniciens ont été exposés à de nombreuses influences, expliqua-t-il, ramenant d'un coup le silence parmi ses collègues. Je pense qu'il s'agit de l'entrée du temple qui se présentait sous l'aspect d'un pylône monumental comme dans les sanctuaires égyptiens.

— Ça, c'est astucieux, commenta Tyler avec admiration. Oui, cela y ressemblerait bien.

— Dans ce cas, cet espace entre le pylône et le bâtiment que nous avons déjà dégagé serait une cour à ciel ouvert, poursuivit l'archéologue en désignant les endroits dont il parlait. Quant aux colonnes qui sont tombées, elles formaient un péristyle.

En contemplant les vestiges, Moira crut voir la résidence divine dans son intégralité, avec ses gravures et ses couleurs rutilantes. L'impression était si saisissante qu'elle se passa une main sur les yeux pour effacer la vision trop réelle, en reculant involontairement.

— Que t'arrive-t-il ? s'inquiéta Violet auprès d'elle.

— Ce n'est rien, répondit-elle vivement. Le soleil m'a éblouie. Je crois, effectivement, que Lowell a raison. D'ailleurs, nous en aurons la preuve si nous trouvons la seconde moitié du pylône dans l'alignement de la première.

Puis, elle regagna son logement, tout en s'interrogeant une fois de plus sur les compétences de l'archéologue. S'il paraissait peu à l'aise avec l'écriture phénicienne, ses déductions sur les constructions et les artefacts étaient, elles, toujours exactes. Il y avait là une contradiction qui l'intriguait, si bien qu'elle se promit de demander un complément d'information à Mr Noor au sujet du jeune homme.

Quelques jours plus tard, Alvin se déclara prêt à dévoiler ses conclusions formulées à partir des prélèvements et des observations qu'il avait pu effectuer. Ils se réunirent donc sous la grande tente transformée en salle de conférences pour l'occasion.

— Je commencerai par vous confirmer ce que nous pensions déjà, préluda-t-il debout face à eux. C'est-à-dire que le climat était beaucoup moins sec qu'aujourd'hui dans ce secteur du Sahara. Ceci était une oasis verdoyante qui s'étendait bien au-delà des dunes actuelles, irriguée par une rivière qui ne devait jamais manquer d'eau, devenue l'oued desséché que nous connaissons. Je la situerais à peu près au milieu du territoire, entre la cité qui s'élevait sur l'une de ses rives et des champs qui occupaient l'autre berge.

Moira l'écoutait en hochant la tête d'un air approbateur, tandis que la ville, telle qu'elle l'avait vue dans ses rêves, se dessinait à nouveau devant ses yeux. Elle avait beau savoir que cette sensation était irrationnelle, elle ne parvenait pas à se débarrasser de l'impression d'avoir visité Telgilsh lorsqu'elle était en activité. En lui souriant, le géologue passa au résultat de ses analyses.

— Selon la nature du terrain, des roches et des fossiles que j'ai prélevés, je dirais que les vestiges en cours de fouille datent du début du septième siècle avant Jésus-Christ, à une vingtaine d'années près.

— C'est tout à fait cohérent avec le style de construction du temple et le type de pièces que nous y avons découvertes, approuva Lowell.

La jeune femme se tourna vers lui avec surprise.

— Tu veux dire que le bâtiment était tout neuf quand il a été détruit ?

— Non. Ça signifie que cet édifice a été embelli et utilisé jusqu'à cette période, mais pas après.

— S'il a été ruiné par un séisme, pourquoi les survivants ne l'ont-ils pas restauré ensuite ? s'étonna Joyce en se penchant d'un air captivé.

Tyler eut un geste vague.

— Peut-être parce qu'il n'était pas assez important.

— Ces spéculations sont sans objet, coupa Moira voulant éviter une interminable discussion. La suite nous fournira l'explication, du moins je l'espère.

— En général, l'archéologie pose plus de questions qu'elle ne donne de réponses, souligna le géologue en ramassant les échantillons qu'il avait montrés. Mais peut-être aurons-nous de la chance.

Violet se mit à rire.

— Tu es très réconfortant.

— C'était fort intéressant et instructif, conclut la directrice de chantier en se levant pour mettre fin à la réunion. Cela nous prouve simplement que nous avons encore un long travail pour exhumer la vérité cachée sous le sable.

Dans les jours qui suivirent, les membres de l'équipe se montrèrent moins passionnés par leur métier que par les rotations presque quotidiennes de Bryan qui, chaque fois, se trouvait entraîné à l'écart par l'un ou l'autre pour des conciliabules secrets qui semblaient beaucoup l'égayer. Parfois, il sortait un paquet enfoui sous sa veste, le glissait dans les mains de son interlocuteur avec un coup d'œil furtif alentour, puis allait retrouver Tyler ou Moira qui pointait son chargement, d'un pas nonchalant qui ne trompait personne, mais ne suscitait aucun commentaire. Lorsqu'il apporta des décorations pour le palmier, tout le monde s'extasia autour des petites boules brillantes et des guirlandes irisées en lui demandant comment il les avait obtenues.

— Vous oubliez que les Français aussi fêtent Noël, s'amusa-t-il en regardant Violet et Joyce accrocher les ornements sur la plante. Des commerçants en ont importé de chez eux pour les vendre aux colons, si bien que je n'ai eu aucune peine à m'en procurer.

— Vous me direz combien je vous dois, lança Moira qui cherchait déjà un papier pour y inscrire la somme.

Mais il l'arrêta d'un geste.

— Non ! C'est ma contribution, bien modeste.

— Ah ! Merci, c'est très gentil, sourit-elle un peu déconcertée, en notant que Lowell faisait grise mine.

À la fin du mois, la base de la première moitié du pylône était dégagée, tandis que celle de la seconde apparaissait au milieu des gravats qui l'enlaidissaient encore. La jeune femme était tellement satisfaite de la besogne qu'ils avaient accomplie depuis l'arrivée qu'elle grimpa dans l'avion sans le moindre remords d'abandonner son chantier jusqu'au lendemain. Au contraire, elle se réjouissait de s'éloigner un peu de la cité qui l'obsédait au-delà du raisonnable.

L'après-midi fut un enchantement. Après une courte halte à l'hôtel pour y déposer les affaires et déjeuner, les membres de l'équipe se séparèrent d'un commun accord, les femmes d'un côté, les hommes de l'autre, chaque groupe s'adonnant à ses activités favorites. Moira et ses amies flânèrent dans les boutiques, se livrèrent à quelques achats imprévus, puis s'arrêtèrent chez le coiffeur afin de se rendre présentables pour le réveillon, pendant que leurs collègues masculins préféraient s'enquérir des nouvelles fraîches du monde extérieur, avant de s'installer à une terrasse de café pour parcourir la presse, en regardant les passants qui les changeaient de leur environnement quotidien. Lorsque le soleil s'abîma sur l'horizon, ils regagnèrent les chambres afin de se préparer pour la soirée.

Quand ils se retrouvèrent dans le hall, des exclamations de surprise saluèrent les efforts de toilette qui leur donnaient une apparence bien différente de leur physionomie habituelle. En les voyant ainsi, la directrice se souvint de leur rencontre initiale en Angleterre.

— Eh bien ! constata-t-elle avec malice. J'avais oublié à quel point vous êtes distingués.

— Nous en avons autant à ton service, riposta Violet en riant.

— Il est évident que l'on ne pourrait pas travailler dans la poussière avec ce genre d'habit, ajouta Alvin.

À ce moment, la porte s'ouvrit, livrant passage à un jeune homme châtain, aux yeux noisette, arborant un costume de couleur claire, qui les rejoignit en souriant. Il fallut quelques secondes à Moira pour l'identifier, tant il paraissait étranger dans ces vêtements qu'elle ne lui avait jamais vus porter. Ce fut Tyler qui la mit sur la voie en accueillant le visiteur avec affabilité, mais elle prit quand même le temps de le détailler des pieds à la tête, s'attardant sur ses cheveux bien disciplinés pour une fois, en contenant un frémissement qui venait du plus profond de son être.

— Mon Dieu, Bryan ! s'écria Joyce, impressionnée. Vous vous êtes mis en frais pour nous.

— Je voulais paraître à la hauteur, répondit-il gaiement.

— Je dois dire que j'ai eu du mal à vous reconnaître, renchérit la directrice en s'approchant.

Il l'enveloppa d'un coup d'œil admiratif.

— Oh, Moira ! Vous êtes éblouissante.

— Je crois qu'il est temps que nous y allions, rappela l'anthropologue que ces politesses agaçaient.

Ils se dirigèrent en bavardant vers le restaurant réputé dans lequel ils avaient retenu une table pour le réveillon, au travers des rues étroites où ils côtoyaient d'autres groupes d'Occidentaux en tenues de soirée, sous les regards intrigués des gens du cru pour lesquels Noël ne signifiait rien. Arrivés dans l'établissement où régnait une atmosphère feutrée à peine troublée par le murmure des conversations, ils décidèrent d'éviter la moindre allusion à leur métier ou à la cité qu'ils fouillaient, afin de profiter au mieux de cette parenthèse. Au contraire, ils évoquèrent des souvenirs agréables de l'Angleterre, se remémorèrent des anecdotes amusantes, tout en appréciant le succulent repas. Même Lowell fit l'effort de se mettre au diapason de la gaieté ambiante, au point de raconter des histoires drôles qui obtinrent un franc succès. Lorsque l'orchestre se mit à jouer, la plupart des convives se ruèrent sur la piste de danse pour s'agiter au son d'un charleston endiablé, avant d'enchaîner sans faiblir des morceaux aux rythmes variés. Assise à la table presque désertée, Moira observait Violet qui virevoltait avec l'archéologue sur le parquet où elle croisait, au hasard des pas, le couple plus calme formé par Joyce et Alvin. Elle balaya la salle des yeux en savourant l'instant présent, tandis que ses pensées se dissolvaient dans les accords discordants du jazz. Mais, à sa grande surprise, quand les musiciens attaquèrent une valse, Bryan lui tendit la main d'un air engageant, puis l'entraîna sur la piste avant qu'elle eût le temps de formuler une réponse. Alors, elle se laissa aller, heureuse de se retrouver dans les bras d'un homme, ce qu'elle n'avait plus connu depuis près d'un an, tout en goûtant le simple plaisir de la danse avec un cavalier expérimenté. Au fil de leurs évolutions, elle s'aperçut que Tyler valsait maintenant avec Joyce, qu'Alvin tournoyait avec Violet, tandis que Lowell, qui était retourné s'asseoir, les lorgnait d'un air mauvais en avalant son vin avec avidité. Tout au bonheur de se sentir aussi légère, elle songea que son mécontentement venait de l'abus d'alcool, voire peut-être de l'absence de messe de minuit. Après quelques recherches infructueuses, ils avaient eu confirmation qu'en dehors des croyances locales, seul le rite catholique était représenté dans la ville, mais ne possédait qu'un unique bâtiment servant d'église. Alors ils avaient fait l'impasse sur la religion cette nuit-là, sans en paraître vraiment gênés, sauf le jeune homme qui avait exprimé de vagues scrupules vite rejetés par ses collègues.

— Vous dansez comme une reine, murmura Bryan d'un ton admiratif.

— Vous êtes d'humeur flatteuse ce soir, musa-t-elle en se serrant contre lui. Mais je n'ai aucun mérite, vous êtes un excellent partenaire.

Lorsqu'ils regagnèrent la table, la jeune femme constata que Lowell riait à nouveau, comme s'il avait surmonté ce moment d'abattement. La veillée se poursuivit donc dans l'ambiance festive qu'ils appréciaient, où les propos légers étaient entrecoupés par les périodes de danse, durant lesquelles les couples se faisaient et se défaisaient.

Quand l'orchestre s'essoufla dans un restaurant déjà à moitié vide, ils reprirent le chemin de l'hôtel, où ils s'installèrent dans l'un des salons pour un dernier verre, tandis que l'archéologue montait dans sa chambre d'un pas mal assuré.

— Je pense qu'il a trop bu, commenta Violet en le regardant partir.

— C'est certain ! approuva Joyce. Je n'ai pas osé le lui faire remarquer, mais il aura un bon mal de crâne demain matin.

Tyler jaugea son jeune confrère qui disparaissait dans l'escalier.

— À vingt ans, on ne connaît pas ses limites.

— Je n'en ai que trois de plus, mais je sais quand m'arrêter, protesta Alvin.

— Bah ! Ce n'est pas grave, intervint Moira pour couper court. J'ai passé une merveilleuse soirée grâce à vous tous, et je vous en remercie.

Ils trinquèrent en se souhaitant un joyeux Noël, puis, les uns après les autres, ils se retirèrent, jusqu'à ce que Bryan et la jeune femme se retrouvent en tête-à-tête. Elle sourit avec un peu d'embarras, ne sachant comment s'éclipser sans paraître impolie, mais, en rencontrant le regard de son vis-à-vis, elle réalisa soudain qu'elle n'avait aucune envie de se séparer de lui. Pourtant, la crainte de se méprendre sur l'expression qu'elle lisait dans ses yeux la fit hésiter, d'autant qu'il risquait de la prendre pour une femme facile, si elle l'invitait dans son lit de but en blanc. Heureusement, l'aviateur avait compris son incertitude, si bien qu'il posa sa main sur la sienne en se penchant vers elle.

— Nous sommes tous les deux des adultes responsables et libres de leurs actions, lui chuchota-t-il. Les conventions de notre société ne sont que des carcans inutiles.

— Absolument, répondit-elle avec soulagement.

Elle se leva pour l'entraîner vers sa chambre, le cœur en fête et le corps frissonnant d'anticipation.

Un rayon de soleil sur ses paupières éveilla Moira qui s'étonna de sentir une présence auprès d'elle. Mais, très vite, un sourire joua sur ses lèvres au souvenir de sa nuit torride, alors elle se tourna vers le jeune homme à ses côtés, en contemplant avec tendresse son visage détendu comme celui d'un enfant. Songeuse, elle analysa ses sentiments devant cette situation inattendue. Selon l'éducation rigide que lui avaient dispensée ses parents, une femme ne couchait avec un homme que parce qu'elle était mariée ou, à la rigueur, qu'elle le serait bientôt, pourtant cette éventualité ne la tentait pas du tout. Elle appréciait beaucoup Bryan, avait aimé sa douceur et son habileté, se découvrait comblée au-delà de ce qu'elle imaginait, si bien qu'elle désirait recommencer souvent, mais elle n'était pas amoureuse. D'ailleurs, malgré les mots doux qu'il avait murmurés dans les moments d'abandon, jamais il n'avait parlé d'amour, ce qui lui convenait très bien. À cet instant, il ouvrit les yeux, sourit en croisant son regard fixé sur lui, puis tendit une main vers elle pour une caresse légère.

— Es-tu réveillée depuis longtemps ?

— Non ! Pas plus de quelques minutes, mais tu dormais si bien que je n'avais pas le cœur de te réveiller.

— On remet ça, suggéra-t-il en l'attirant vers lui.

En riant, elle se dégagea pour sauter du lit.

— Pas maintenant, il est près de onze heures. Oublierais-tu que nous avons prévu un festin sur le chantier pour Noël ?

— Oh, zut ! Je n'y pensais plus, tu as raison, s'exclama-t-il en se levant à son tour.

Un coup frappé à la porte les interrompit. D'un réflexe instinctif, ils se jetèrent dans le lit, remontèrent les couvertures afin de couvrir leur nudité, juste à temps pour ne pas choquer la jeune servante amenant le petit-déjeuner. Tout en déposant son plateau sur la table, elle dévisagea Bryan avec curiosité.

— Soyez assez gentille pour nous apporter un deuxième plateau, demanda Moira avec un sourire avenant.

— Bien sûr, madame, répondit la jeune fille timidement.

Quand elle fut sortie, ils échangèrent un coup d'œil complice, puis éclatèrent de rire.

— Bon, habille-toi, recommanda la jeune femme tout en prenant dans l'armoire un peignoir qu'elle enfila.

Lorsqu'ils se retrouvèrent un peu plus tard autour du petit-déjeuner, le pilote avait hâtivement remis ses vêtements de la veille, tandis que sa compagne s'était contentée d'un coup de peigne en attendant de procéder à de complètes ablutions.

— Il faut que je fasse un détour par chez moi, observa-t-il. D'ailleurs, j'espère que tes adjoints ne me verront pas partir à cette heure-ci.

— Ça n'a aucune importance, déclara Moira avec une expression sereine.

— Comment ? Mais, ta réputation ?

Elle posa le pain qu'elle beurrait pour plonger ses yeux dans l'ambre clair des prunelles de son amant.

— Comme tu le disais si justement hier soir, nous sommes des adultes libres et responsables. Je n'ai nulle intention de me cacher, et je n'ai pas non plus envie que ça s'arrête là. Après tout, nous ne faisons rien de mal.

Il resta un instant figé, sa tasse à mi-chemin vers sa bouche, puis la reposa doucement.

— Décidément, tu ne cesseras jamais de me surprendre. Je te savais déterminée, mais pas aussi moderne et décomplexée.

— Est-ce que ça t'ennuie ?

— Bien au contraire, affirma-t-il en lui lançant un tendre coup d'œil.

Lorsque la jeune femme rejoignit ses collaborateurs après le départ de Bryan, personne ne lui fit le moindre commentaire, au point qu'elle se demanda si quelqu'un l'avait aperçu. Ils se rendirent au terrain d'aviation où ils languirent un moment avant qu'apparût le jeune homme, qui se répandit en excuses pour son retard dès qu'il les vit.

— Ce n'est rien, assura Tyler. C'est bien normal après la soirée que nous avons passée.

Les trois femmes furent les premières à prendre place dans l'avion, afin de préparer le déjeuner pendant que l'aviateur irait rechercher leurs collègues masculins. Mais, durant le vol, Moira se sentit incapable de bavarder ni de se comporter de façon naturelle devant ses amies. Aussi fut-elle soulagée lorsqu'ils atterrirent enfin sur l'oued asséché.

— Tu aurais dû forcer sur le maquillage pour couvrir tes cernes, lui glissa Violet alors qu'elles s'activaient autour des fourneaux.

Stupéfaite, la jeune femme la fixa sans rien dire, d'un air perplexe.

— Eh, oui ! Les fenêtres, ça existe, s'amusa son amie. Mais, rassure-toi, nous t'approuvons tous.

Moira éminça des oignons sous le regard réprobateur du chef, évincé pour une fois de sa cuisine.

— Parce que tout le monde est au courant ?

— Oui, et je crois que cela vaut mieux, intervint Joyce qui surveillait les casseroles.

— Oh ! Je n'avais pas l'intention de me cacher, mais comme vous ne disiez rien, je m'interrogeais, avoua la directrice en lui apportant les bulbes qu'elle venait de découper.

À l'arrivée des hommes, l'ambiance était à nouveau détendue, si bien que le repas fut aussi gai que le réveillon de la veille. L'on plaisanta Lowell, qui luttait contre un mal de tête persistant, puis l'on échangea les cadeaux commandés et livrés dans le plus grand secret durant les semaines précédentes. Moira fut très émue d'en recevoir un de chacun des membres de son équipe, mais son préféré fut le présent de Bryan. Elle s'émerveilla qu'il eût pris le temps de parcourir les boutiques pour lui trouver un superbe collier, copie d'une pièce archéologique. À ce moment-là, elle comprit que ce qui s'était déroulé entre eux n'était pas un hasard.

Les pillards du désert

Novembre 685 — mai 684 av. J.-C.

Belshazzar et ses complices travaillaient d'arrache-pied à mettre au point un plan d'envergure, afin de prendre un tel avantage sur Adonia que, cette fois-ci, elle ne s'en relève pas. Devant les échecs répétés des conspirations, ils s'étaient décidés à frapper un grand coup, sans se soucier des innocents qui souffriraient de leurs malversations. Cependant, afin de s'assurer que tout fonctionne sans accrocs, ils prenaient leur temps, en dissimulant sous une feinte indolence les préparatifs fiévreux dont rien ne devait transpirer avant la mise en action du projet. C'est pourquoi, la vie de la cité se poursuivait tranquillement, les gens vaquaient à leurs occupations quotidiennes en toute sérénité, confiants dans la reine qui se montrait aussi efficace que son père avant elle.

Au mois de Bul, Itthobaal avait conduit une cérémonie religieuse en souvenir de Balthézar, devant le peuple assemblé. Puis, le petit nombre des anciens proches du défunt avait pris la direction de son mausolée, où un banquet avait été dressé, afin de favoriser la communion avec l'âme du souverain. Tout en picorant dans les plats, Adonia avait, une fois de plus, scruté les profondeurs du désert en songeant à l'hypogée perdu qui avait obsédé le roi durant toute sa vie. Elle ne comprenait pas cet intérêt démesuré pour un ancêtre qu'il n'avait pas connu, d'autant qu'elle se moquait de l'endroit où l'on ensevelirait son corps après son décès. L'important n'était-il pas que l'âme rejoignît le séjour des Dieux ?

— Sans vouloir jouer les oiseaux de mauvais augure, avait commencé le prélat en se penchant vers elle, il serait temps que tu te préoccupes de construire ton propre tombeau.

Elle n'avait pu retenir une moue significative.

— Ne pourrait-on pas me mettre tout simplement avec mon père ?

— La sépulture n'a pas été prévue pour ça. Si tu veux vraiment que l'on t'inhume avec lui, il faudra la rouvrir afin d'y faire des travaux supplémentaires. Cela risque de le contrarier que l'on trouble ainsi son repos.

— Penses-tu que c'est imprudent ? Qu'il voudra se venger ? s'était-elle inquiétée en repoussant sa nourriture à peine entamée.

— Il est indispensable de consulter ses mânes pour savoir s'il accepte de partager son éternité avec toi.

— Bon, nous en reparlerons, avait soupiré la jeune fille peu intéressée. Mais je n'érigerai pas un tel monument pour moi, de toute façon.

Depuis, les mois étaient passés au rythme des fêtes religieuses et des activités routinières de la cité, sans que le sujet fût de nouveau abordé. Adonia avait fêté son seizième anniversaire dans la joie, entourée de ses proches, en appréciant les présents que la population lui avait fait parvenir, puis, dans le secret de sa chambre, elle s'était livrée à une autre célébration plus discrète avec Hailama, afin d'échapper à la surveillance de Coriandre qui les séparait autant qu'il le pouvait.

Un matin, cependant, après ses audiences, la reine étudiait les dossiers du jour lorsque Itthobaal demanda à être reçu. Elle l'accueillit avec la crainte d'apprendre qu'une nouvelle catastrophe venait de rompre le calme de la ville, comme elle le redoutait sans cesse. Mais le grand prêtre la détrompa rapidement.

— Je sais que ça ne va pas te plaire, pourtant il faut y revenir. Tu dois décider de l'endroit où tu bâtiras ta dernière demeure. Bien sûr, tu n'as que seize ans, mais nul ne peut prévoir quand viendra son heure.

— Ce n'est pas très réconfortant, commenta-t-elle avec une feinte légèreté.

Il resta grave, visiblement déterminé à obtenir satisfaction cette fois.

— Évidemment, je te souhaite de vivre très vieille, mais pense au roi. Il est mort subitement, sans que l'on s'y attende. Heureusement que son caveau était prêt.

— J'en reviens à ce que je t'ai déjà dit : ne pourrait-on pas me déposer auprès de lui ?

Itthobaal hésita quelques secondes, se gratta le crâne avec perplexité, puis se résolut à parler.

— À ce propos, j'ai interrogé ses mânes qui m'ont donné une curieuse réponse dont l'interprétation est incertaine. Mais je crois qu'il vaut mieux abandonner cette idée.

— Quelle réponse ? s'enquit la jeune fille avec curiosité, en se penchant en avant.

— C'était une obscure allusion à un lointain ancêtre dont je ne connais pas le nom.

Adonia quitta son fauteuil pour arpenter la pièce d'un air songeur, puis elle s'arrêta devant son visiteur.

— Il s'agissait certainement d'Azmelqart qui a fondé notre cité, dont la sépulture est perdue sous les sables du désert. Cette histoire obsédait mon père. À mon avis, il a voulu dire que je devais construire un monument aussi imposant que le sien pour qu'il ne disparaisse pas de la même façon.

— Alors, suis ses recommandations, conseilla le prélat d'un ton pressant.

Elle s'éloigna vers la fenêtre, sans un regard pour son scribe qui transcrivait la conversation.

— Non ! Les ouvriers de Telgilsh ont autre chose à faire que de s'échiner à m'élever un mausolée.

— Détrompe-toi ! Ceux que tu affecteras à cette tâche en seront ravis. D'abord parce qu'ils seront largement rémunérés, ensuite parce que c'est un travail considéré comme particulièrement sacré, qui leur attirera la faveur des Dieux.

La reine resta un instant silencieuse, puis elle céda avec un soupir las.

— Bon ! Dans ce cas, je vais m'en occuper. Mais je ne viderai pas le trésor, quand même. Alors, ce sera un tombeau moins grand que celui de mon père.

— Où prévois-tu de l'ériger ?

— À côté du sien, est-ce possible ?

— Je le suppose, mais les bâtisseurs vérifieront le terrain.

La jeune fille revint vers son interlocuteur à pas lents, avec un sourire amusé.

— Es-tu satisfait, Itthobaal ?

— Pas tout à fait, répondit-il sans se dérider. J'ai un autre sujet délicat à aborder avec toi.

— Qu'est-ce encore ? grogna-t-elle en se rasseyant.

— Tu as seize ans. Il serait temps de te marier.

— Oui, reconnut-elle, rêveuse. J'y ai déjà pensé.

— Pour le bien du royaume, il faudrait que tes noces renforcent notre alliance avec l'une des cités amies.

Elle sursauta, puis le dévisagea d'un air effaré.

— Tu veux que j'épouse un prince issu d'une de ces villes ? Mais je ne les connais pas.

— La raison d'État doit prendre le pas sur tes sentiments.

— Je dois y réfléchir, répliqua-t-elle en retenant un frisson d'angoisse.

Sans insister, le grand prêtre prit congé sur-le-champ, sachant qu'elle n'était guère encline à suivre ses conseils, aussi judicieux soient-ils. Mais, conforté par ce sens du devoir dont elle faisait preuve en toutes circonstances, il espérait qu'elle finirait par se ranger à son avis, lorsqu'elle aurait examiné la question. Après en avoir discuté avec Coriandre, qui craignait qu'elle convolât avec Hailama sur un coup de tête, il s'était décidé à l'entretenir afin de lui rappeler ses responsabilités. Les deux hommes avaient compris que l'affection unissant les jeunes gens depuis l'enfance s'était transformée en amour, mais ils savaient également que cette union ne lui apporterait pas le soutien dont elle avait besoin pour contrer les initiatives dangereuses de son cousin.

Seul un prince disposant de forces armées la protégerait efficacement, aussi étaient-ils impatients de la voir mariée, mais, redoutant que ce projet arrivât aux oreilles de Belshazzar par l'intermédiaire des traîtres infiltrés dans leur entourage, ils n'en avaient débattu que dans le secret du temple.

Tout le reste de la journée, Adonia eut beaucoup de peine à se concentrer sur son travail, plus effrayée qu'elle ne l'aurait cru par la suggestion du prélat. Elle réalisait soudain qu'elle n'avait jamais envisagé autre chose que d'épouser Hailama, si bien qu'elle ne concevait pas sa vie sans lui. Cela lui semblait même tellement inimaginable qu'elle fut incapable de lui en parler quand il vint la rejoindre dans sa chambre, ce soir-là, comme chaque fois qu'il parvenait à s'échapper. Désireuse de faire disparaître cette proposition qui la déchirait en l'enfouissant dans le silence, elle mit en chantier son futur tombeau auprès de celui de son père, afin d'éviter qu'Itthobaal trouvât un prétexte pour la relancer.

Matan[10] débuta sans que le sujet eût de nouveau été abordé, ce qui inquiétait les deux amis qui se concertaient dans l'appartement du grand prêtre. Coriandre était le moins bien placé pour l'évoquer devant la souveraine, puisqu'il s'agissait de son fils, mais Itthobaal hésitait à solliciter un nouvel entretien qui risquait de déboucher sur un refus catégorique, réduisant ainsi leurs espoirs à néant.

— Je devrais peut-être éloigner Hailama, hasarda le vizir en désespoir de cause.

— Ça ne servirait à rien. Si tu agis à son insu, elle le fera revenir. Par contre, elle te retirera sa confiance, objecta son ami avec bon sens.

— Alors, que pouvons-nous entreprendre ?

— Je l'ignore. J'espère encore qu'elle m'en reparlera d'elle-même. Elle est intelligente, donc elle sait que nous ne voulons que son bien.

De leur côté, Belshazzar et ses proches voyaient arriver le moment d'appliquer enfin le plan qui avait mûri dans le plus grand secret. Le jeune homme s'en réjouissait d'avance, mais il se contrôlait pour que personne ne devinât quoi que ce soit. Son ami le surveillait, afin qu'il ne fît pas tout échouer en exécutant l'une de ces brillantes idées qui lui venaient parfois à l'esprit, au grand dam de ses complices qui s'échinaient à les lui faire abandonner. Préférant qu'il intervînt le moins possible dans leurs projets, Hyrum l'occupait en amenant de jeunes filles nubiles dans son logement, avant d'aller conférer avec son père.

— Crois-tu que cela va marcher ? interrogea-t-il en dévidant la chronologie. La reine est un adversaire de taille.

— Pourquoi pas ? répliqua le félon en s'appuyant contre le dossier de son fauteuil avec une expression suffisante. J'ai tout vérifié en tenant compte de sa capacité de réaction, et je n'ai pas trouvé de faille.

---

[10] Mois correspondant à mai

— Oui, mais, chaque fois, elle nous a pris par surprise en agissant de la seule manière que nous n'avions pas prévue.

— Elle n'y parviendra pas. Si Belshazzar ne vient pas tout ruiner, nous la tenons.

Cependant, ni les amis d'Adonia ni ses ennemis n'eurent le temps d'agir avant que les événements prennent une tournure imprévue. Un ouvrier couvert de poussière se présenta à la porte du palais en fin de matinée, demandant à être reçu par la souveraine, à laquelle il apportait de graves informations. Aussitôt, la jeune fille se rendit à la salle d'audience, accompagnée de ses conseillers, pour entendre ce que cet homme avait à lui annoncer de si important. Très intimidé, le visiteur commença par expliquer qu'il travaillait sur le chantier de la sépulture royale, à l'extérieur de la cité.

— Je comprends, sourit Adonia afin de rassurer le messager. Raconte-moi simplement ce qui se passe.

— Nous avons aperçu au loin un immense nuage de poussière sur les dunes. Alors, l'un de mes collègues est monté au sommet de la tour du tombeau de notre ancien roi pour mieux voir, et nous a dit qu'il y avait des centaines d'hommes s'approchant de Telgilsh.

— Par Baal ! Qu'est-ce que ça veut dire ? s'inquiéta la jeune fille en fixant Coriandre.

— Les pillards du désert, commenta le vizir d'un air sombre. Nous devons nous préparer à combattre.

— Transmets à ton responsable la consigne de revenir avec toute son équipe, enjoignit la reine au manœuvre.

Dès que l'homme fut reparti, les principaux ministres se réunirent dans le bureau d'Adonia, où ils organiseraient la défense du royaume en concertation avec le général en chef.

— Tu as bien fait d'ordonner aux bâtisseurs de rentrer, approuva Ahirom.

— C'est ce qui m'est immédiatement venu à l'esprit, avoua la jeune fille qui arpentait la pièce de long en large. Ils ne doivent pas être tués pour une stupide tombe.

— Le problème c'est qu'ils vont semer la panique dans la ville, observa Coriandre d'un air soucieux.

Ahinadab rejeta l'argument d'un haussement d'épaules.

— Cela ne changera pas grand-chose, de toute façon. Les gens apprendront la nouvelle très vite.

À ce moment, le commandant Boldizsar frappa un coup sec à la porte qu'il franchit sans attendre de réponse. Il arborait le visage concentré du général avant la bataille, ce qui apaisa curieusement la souveraine.

— J'ai envoyé des éclaireurs évaluer le délai que nous avons avant que ces bandits assoiffés de sang nous attaquent, annonça-t-il d'emblée.

Adonia se planta devant lui avec un regard confiant.

— Quels sont tes plans ?

— L'armée est en train de se rassembler dans la caserne. Dès que nous saurons où ils se trouvent précisément ainsi que leur nombre, nous avancerons à leur rencontre afin d'épargner la cité. Il faudrait que des émissaires aillent chercher tous ceux qui travaillent au-dehors.

— En tant que reine, ne devrais-je pas marcher avec vous ? hasarda la jeune fille qui tentait vainement de s'imaginer sur un char de guerre.

Le commandant l'enveloppa d'un coup d'œil admiratif.

— L'usage habituel veut que le souverain conduise les troupes au combat, mais j'aimerais mieux que tu demeures à l'abri du palais, Majesté. Comme tu ne sais pas te battre, ta présence m'obligerait à affecter des soldats à ta sécurité, alors que je n'en ai déjà pas de trop.

— Je comprends, assura la souveraine en se dirigeant vers son fauteuil. Je ne veux pas mettre en péril qui que ce soit.

Le vizir s'approcha d'un air résolu.

— Explique-nous les mesures à prendre.

— Contenez la population, afin que des mouvements de panique n'entravent pas nos actions. Mais prévoyez quand même d'armer tous les hommes valides, au cas où nous serions défaits.

— J'irai au temple demander au grand prêtre d'invoquer la protection des Dieux, suggéra Paltibaal.

— Oui, c'est une démarche importante, opina Boldizsar. Sans Leur aide, nous ne pourrons pas vaincre.

— Nous devrions y associer Echmoun, ajouta Adonia malgré son peu de foi dans le supérieur.

— Je parlerai à Balzer, décida Barekbaal.

— Entendu ! Baldo, envoie des messagers faire le tour des champs afin de ramener les paysans dans la ville. Je prierai pour ta réussite, commandant, conclut la reine en se relevant.

Boldizsar s'inclina, puis repartit rapidement, tandis que les autres se dispersaient afin d'essayer de maintenir le calme dans la cité. Restée seule avec Coriandre, Adonia se rejeta sur le siège en levant les yeux vers lui avec un peu d'incertitude.

— Crois-tu que nous allons gagner ?

— Je le souhaite de toutes mes forces, acquiesça le vizir en affichant une conviction qu'il était loin de ressentir. C'était très courageux de ta part de te proposer pour suivre l'armée.

— C'était mon devoir, n'est-ce pas ?

— Certes ! Mais tout le monde ne l'aurait pas fait. Boldizsar est un excellent stratège, il mérite notre confiance.

— C'était trop paisible. Ça ne pouvait pas durer, soupira la jeune fille en se laissant aller contre le dossier.

— Cette fois, tu ne peux accuser ton cousin. Même lui est incapable de contrôler les pillards.

— C'est vrai ! Mais cela ne me console pas pour autant. Je devrais peut-être me rendre au sanctuaire afin d'offrir un sacrifice aux Dieux, qu'en penses-tu ?

— Le mieux est d'interroger Itthobaal. Je t'accompagne, si tu veux.

— Volontiers, accepta-t-elle en sautant sur ses pieds.

La souveraine fit un détour par ses appartements, afin de se parer en l'honneur des divinités. Malgré l'urgence de la situation, elle prit le temps de se doucher, de se faire maquiller, coiffer, avant de sélectionner les bijoux qu'elle porterait pour paraître en majesté devant les protecteurs de son royaume. Tout en se préparant, elle réfléchissait au choix de l'animal qu'elle apporterait en offrande, afin que Baal répondît favorablement à sa requête.

Au même moment, la scène qui se déroulait dans une autre aile du palais n'avait rien de sérieux ni de recueilli.

— Regarde ! s'exclama Belshazzar en voyant le commandant repartir au pas de course. Il n'est même pas passé me voir.

— Pourquoi aurais-tu voulu qu'il vienne ? s'étonna Hyrum, confortablement installé sur des coussins.

L'adolescent se tourna vers lui en adoptant une posture qu'il croyait martiale, mais qui n'était que ridicule.

— Étant donné qu'Adonia est une femme, c'est à moi, le seul homme de la famille royale, de mener les troupes au combat.

— Oh, voyons ! Tu ne sais pas te battre. Où serait l'intérêt de risquer ta vie ?

Le prince fit quelques pas dans la pièce en frappant sa poitrine creuse de son poing.

— Je ne risquerais rien du tout. Les guerriers ont le devoir de défendre le roi, mais j'y gagnerais la gloire.

— C'est quand même hasardeux, souligna son ami en retenant son fou rire. Reste donc tranquillement ici, en attendant qu'ils mettent en déroute ces hors-la-loi.

— Justement ! Comme c'est un engagement sans péril, j'aurais la population à mes pieds et les soldats derrière moi.

— La guerre présente toujours un danger, observa le jeune noble en se redressant. Tu ignores combien ils sont.

Le visage de Belshazzar se crispa de colère, tandis qu'il foudroyait son compagnon de ses prunelles grisâtres.

— Décidément, plus ça va, moins tu me soutiens, Hyrum ! Je finis par me demander si tu n'as pas changé de camp.

— Bien sûr que non. Que vas-tu chercher ?

— Je suis certain que cette histoire va encore la servir ! hurla le jeune homme perdant son sang-froid.

Son ami se précipita vers lui pour tenter d'étouffer la crise avant qu'elle se développât, mais n'y réussit pas. Il fut même obligé de se protéger afin de ne pas recevoir de coups, tellement l'adolescent était furieux.

**

Au temple, où Paltibaal se trouvait encore, Itthobaal accueillit Adonia et Coriandre en reconnaissant que la présence de la reine serait plus efficace que toutes ses prières.

— Je viens offrir un sacrifice à Baal, expliqua la jeune fille en suivant les couloirs obscurs. Qu'en penses-tu ?

— Cela pourrait faire pencher la balance en notre faveur. Quel animal as-tu choisi ?

— Il me semble que, face à une telle menace, je ne peux pas octroyer moins qu'un bœuf.

Le prélat acquiesça en admirant, une fois de plus, l'à-propos de la souveraine.

— C'est un cadeau très généreux. Baal ne peut qu'être satisfait de ta dévotion.

— C'est bien le moins pour sauver mon peuple. Avant de quitter le palais, j'ai donné des ordres afin qu'on l'amène ici.

— Bon ! Nous allons le préparer immédiatement pour la cérémonie.

Tandis que l'on s'activait dans les profondeurs des sanctuaires, afin de se concilier les bonnes grâces des divinités, des esclaves arpentaient les champs de l'oasis pour convaincre les paysans de gagner l'abri précaire des maisons. De son côté, Boldizsar centralisait les renseignements que lui rapportaient ses éclaireurs dans le but d'en tirer une stratégie infaillible. Pourtant, si sa détermination ne faiblissait pas, son assurance, elle, se fissurait devant l'ampleur du danger que lui dévoilaient ses informateurs. Les troupes ennemies rassemblaient le double de ses propres effectifs, ce qui lui laissait peu d'espoir de les défaire, même s'il n'avait pas l'intention de baisser les bras.

***

Après avoir consacré l'offrande promise au grand dieu, Adonia regagna le domaine en espérant que cela suffirait à préserver son royaume, mais, incapable de se concentrer sur ses dossiers, elle s'installa dans son salon où ses conseillers vinrent la rejoindre, un par un, pour lui faire un rapport sur les différentes missions.

— Tous les gens qui étaient à l'extérieur sont rentrés, annonça Baldo avant d'aller s'asseoir derrière Coriandre et Paltibaal qui avaient assisté au rituel avec la souveraine.

— Balzer s'est engagé à prier Echmoun pour la sauvegarde de notre cité avec beaucoup d'empressement, indiqua Barekbaal qui le suivait de près.

— J'espère qu'il le fera vraiment, observa la jeune fille d'un air de doute.

— Je pense que, cette fois, on peut le croire, affirma le vizir avec un demi-sourire. Il a intérêt, tout autant que nous, à ce que la ville soit protégée pour que son temple ne soit pas pillé.

Ahirom et Ahinadab arrivèrent les derniers en s'efforçant d'afficher une confiance qu'ils étaient loin de ressentir.

— Nous avons distribué toutes les armes de réserve, expliqua le responsable des artisans.

— La population est calme et les hommes décidés à se battre s'il le faut, ajouta son collègue.

— Bien ! Il ne nous reste plus qu'à attendre le résultat de l'affrontement, conclut la reine aussi sereinement que possible.

***

Lorsqu'il eut transmis ses instructions aux officiers, puis contrôlé que les soldats étaient en formation, le commandant donna l'ordre de marche en prenant la tête de son armée, le cœur serré à l'idée qu'il ne reverrait pas Telgilsh. L'orée de l'oasis à peine franchie, ils découvrirent les ennemis qui avaient déjà dépassé la zone des tombeaux. Pendant quelques secondes, les troupes se firent face, chacun toisant l'adversaire d'un air féroce, puis les deux chefs levèrent simultanément leurs glaives. À ce signal, les belligérants se précipitèrent les uns contre les autres, tandis que les archers de la cité s'agenouillaient derrière les fantassins pour assurer leurs tirs. Boldizsar était partout à la fois, encourageant ses hommes de la voix et du geste, taillant sans fléchir son chemin parmi les assaillants tels de simples végétaux, tout en vérifiant que ses lignes ne se laissaient pas enfoncer sous la pression des attaquants. L'engagement était sauvage. Grâce à leur bravoure, les défenseurs infligeaient de terribles pertes aux agresseurs moins disciplinés, pourtant ceux-ci ne cédaient pas. Au contraire, ils semblaient toujours aussi nombreux, comme si des renforts surgissaient de la terre même pour remplacer leurs camarades qui tombaient. L'issue fatale se rapprochait, l'espoir diminuait, mais les guerriers de la ville n'envisageaient ni de se rendre ni de s'enfuir, préférant la mort à la honte de n'avoir pas rempli leur devoir jusqu'au bout.

À ce moment, le bruit d'une cavalcade se fit entendre qui suspendit un instant l'affrontement, tandis que tous regardaient vers l'endroit d'où provenait l'interruption. Avec un sentiment d'intense soulagement, Boldizsar reconnut les tenues chamarrées des soldats de Macar Uiat, alors il poussa un hurlement de joie en brandissant son épée, galvanisant ainsi ses effectifs qui reprirent courage. Les secours se lancèrent dans un mouvement tournant qui encercla les pillards affolés, puis commencèrent à les massacrer sans pitié. Très rapidement, les ennemis pris dans la nasse ne pensèrent plus qu'à s'extraire de ce piège mortel en abandonnant toute tentative de combattre. Ils couraient en tous sens ou essayaient même d'apitoyer leurs adversaires en implorant merci, mais ni les militaires du royaume ni leurs alliés n'étaient d'humeur à pardonner une telle attaque, sachant que les assaillants n'auraient pas fait de quartiers si la fortune des armes leur avait été favorable.

Tout fut terminé en l'espace d'une heure. Les vainqueurs contemplaient avec satisfaction les cadavres mutilés jonchant le sable gorgé de sang. De la bande de pillards qui voulait terroriser la cité, il ne restait plus rien d'autre. Boldizsar rejoignit le char du roi de Macar Uiat devant lequel il s'inclina avec déférence.

— L'intervention miraculeuse de Votre Majesté nous a évité une amère défaite, déclara-t-il avec emphase. Veuillez me faire l'honneur de m'accompagner jusqu'à Telgilsh, notre reine voudra vous exprimer sa reconnaissance.

— Volontiers ! repartit le souverain. Nous vous suivons.

Tandis que les guerriers évacuaient les blessés, emportaient les morts et entassaient les corps des ennemis qu'ils brûleraient, le commandant remonta sur son char pour prendre la tête de la petite troupe qui se dirigeait vers la ville.

***

Adonia croyait languir des heures dans l'incertitude, mais un messager demanda à être reçu beaucoup plus tôt qu'elle ne l'avait imaginé. Incapable de décider si c'était un bon ou un mauvais signe, elle ordonna de le faire entrer, en retenant son souffle dans l'attente du désastre qu'elle redoutait.

— Boldizsar m'envoie prévenir Votre Majesté que nous avons vaincu les pillards, grâce à l'aide providentielle du roi Hiram de Macar Uiat, qui est arrivé à temps pour nous prêter main-forte, annonça l'éclaireur d'un ton triomphant.

— Baal soit loué ! s'écria la jeune fille avec ferveur.

— Comment ? Le roi Hiram est ici ? s'étonna Coriandre. Mais par quel miracle ?

— L'on ne m'a rien dit, répondit humblement le soldat. Je sais seulement qu'ils seront dans la cité très bientôt.

Adonia reprit instantanément son maintien royal, congédia l'émissaire, puis se leva en se tournant vers ses conseillers.

— Nous allons nous préparer à le recevoir avec tout le faste requis, d'autant que nous lui devons une éternelle gratitude.

Elle se hâta de donner les ordres nécessaires pour la réception, ainsi que le logement du roi et de sa suite, puis elle se rendit dans la grande salle d'audience, entourée de tous ses ministres qui dissimulaient leur étonnement sous un masque impassible. Tout en songeant qu'elle avait bien fait de ne pas se changer après son retour du temple, ce qui lui permettait d'accueillir son invité en tenue d'apparat, elle s'installa sur le trône surélevé, les yeux fixés sur la porte par laquelle son intendant introduirait les visiteurs inattendus.

Adad ouvrit les larges vantaux, puis s'avança d'un air important.

— Sa Majesté, le roi Hiram de Macar Uiat, et son fils, le prince Sikarbaal, proclama-t-il avec solennité.

Les deux hommes s'avancèrent d'un pas assuré pour venir s'incliner au pied de l'estrade avec une familiarité qui ôtait à ce geste toute idée de soumission.

— Veuillez nous excuser de nous présenter ainsi, couverts de poussière, commenta le roi avec un regard amical.

— Vous n'avez pas à vous justifier, affirma Adonia en quittant son siège pour se rapprocher d'eux. C'est ainsi qu'apparaissent les héros. Nous sommes vos obligés. Par quel miracle êtes-vous arrivés à temps pour nous sauver ?

— J'ai appris récemment par des marins que le roi d'Égypte, Taharqa, avait repoussé des pillards du désert vers l'ouest. Comme ils osent rarement s'approcher des côtes, j'en ai conclu qu'ils risquaient d'attaquer Telgilsh. Alors, j'ai laissé la direction du royaume à mon fils aîné, puis je suis venu avec mon cadet et mon armée pour vous prêter main-forte. Je suis heureux que mon intervention ait servi à quelque chose.

— Je vous convie à séjourner ici aussi longtemps que vous le souhaitez, déclara la reine en souriant à ses hôtes avec reconnaissance. Un grand banquet aura lieu ce soir pour célébrer la victoire.

Un soupçon de sabotage

Février 1921

« ... *Comme je vous l'ai laissé entendre dans ma dernière lettre, le nom de Telgilsh est totalement inconnu des nombreux spécialistes de la civilisation phénicienne sur la planète. Aucun document écrit ne mentionne cette ville, aucun échange commercial ne semble avoir eu lieu avec elle et même les traités d'alliance entre cités de la région n'en parlent pas. Ceci est très étonnant, on dirait que ce comptoir a été volontairement enseveli dans l'oubli par ses voisins. Mais pour quelle raison ? Mystère !*

D'autre part, je me suis à nouveau renseigné au sujet de Lowell Penwarden, comme vous me l'aviez demandé, mais je n'ai obtenu que des commentaires élogieux. Sur tous les chantiers où il est intervenu, l'on n'a eu qu'à se louer de ses brillants résultats. Ce que vous m'apprenez sur la lenteur surprenante avec laquelle il traduit les textes que vous lui confiez ne correspond pas le moins du monde à sa réputation. Je ne sais que vous conseiller, mais si cela nuit à l'unité ou au bon fonctionnement de votre équipe, n'hésitez pas à le remplacer. Je vous en citerai d'autres qui sont tout à fait désireux de travailler avec vous.

Votre toujours dévoué,

Fergus Noor. »

Moira reposa la missive du directeur du British Museum avec un soupir de découragement. Il avait beau faire tout son possible pour satisfaire à ses requêtes, ses ressources semblaient plus limitées qu'elle ne l'imaginait. Lorsque la stèle avait livré le nom de la ville, elle avait espéré lever enfin un coin du voile sur sa destinée, mais le silence qui l'entourait était resté aussi impénétrable qu'auparavant, pourtant elle gardait l'espoir de découvrir des indices sur le site même de ce royaume fantôme. Par contre, les informations de Fergus sur Lowell ne lui indiquaient pas comment se comporter envers lui. Si tous ses supérieurs l'encensaient, pourquoi se montrait-il si exécrable avec elle ? Et seulement sur certains aspects de son domaine ? S'il rencontrait des problèmes avec les inscriptions que l'on exhumait, pourquoi ne l'avouait-il pas au lieu de traîner ainsi en donnant une mauvaise image de lui-même ? Évidemment, elle pouvait le renvoyer selon l'avis du conservateur, mais, malgré ses sautes d'humeur, elle ressentait une certaine affection pour le jeune homme, si bien qu'elle ne voulait pas lui infliger une telle humiliation. Cependant, comme l'étude des documents risquait de se révéler cruciale pour la poursuite des recherches, elle devrait peut-être s'y résoudre si l'archéologue ne s'activait pas davantage. Elle tapota pensivement sur le plateau de bois qui lui servait de bureau, puis rangea la lettre avec les autres d'un air décidé.

Mettant ces soucis de côté, la jeune femme se replongea dans sa besogne en s'étonnant, une fois de plus, que la direction d'un chantier de fouilles exigeât autant de paperasses. Elle avait l'impression de délaisser le terrain pour remplir des formulaires ou s'occuper de tâches administratives. En soupirant, elle songea qu'elle devait aussi répondre à sa mère qui, après s'être remise de son absence durant les fêtes de fin d'année, lui demandait maintenant quand elle comptait revenir à Londres. Mais un vacarme assourdissant la fit sursauter, avant que résonnent des cris et des gémissements qui la poussèrent à se précipiter dehors. Le spectacle la désespéra. D'un commun accord, les membres de l'équipe avaient résolu de remonter les colonnes dont les pierres n'étaient pas brisées, afin que Lowell disposât des textes entiers gravés dessus pour ses traductions. Deux des piliers avaient été restaurés sans problème, mais c'était le troisième, en cours de montage, qui venait de s'effondrer, coinçant deux manœuvres sous ses énormes blocs. Elle courut vers le lieu du drame en constatant que Tyler, qui avait déjà pris les choses en main, distribuait ses ordres aux ouvriers s'apprêtant à soulever les lourds tambours pour libérer leurs camarades.

— Ah, Moira ! s'exclama-t-il en la voyant arriver. Il me faut de quoi faire des brancards. J'ai envoyé Violet chercher la pharmacie de secours, et Alvin est en train d'appeler l'aérodrome de Tataouine. Je ne remercierai jamais assez Bryan de nous avoir fourni ce matériel de radio.

— Est-ce grave ? glissa-t-elle avec inquiétude.

— Nous ne le saurons que lorsque nous les aurons dégagés.

La jeune femme se dépêcha d'aller quérir ce qu'il réclamait, en s'interrogeant sur les causes d'un tel accident, alors qu'ils prenaient toutes les précautions nécessaires pour protéger les intervenants sur le site. Mais, sachant que l'on n'en était pas à la recherche des responsabilités, elle préféra recenser avec Violet et Joyce les remèdes disponibles, avant d'apporter deux longues planches sur lesquelles on étendrait les blessés.

Dans l'heure qui suivit, ils s'activèrent tous afin de prodiguer les premiers soins aux employés dont, heureusement, la vie n'était pas en danger. Mais ce fut avec un soulagement indicible que Moira vit enfin atterrir l'avion de Bryan. Elle s'élança vers lui dès qu'il en fut sorti, pour trouver dans ses bras un réconfort qu'il était seul à savoir lui dispenser.

— Que s'est-il passé ? s'enquit-il en l'embrassant.

— La colonne en cours de remontage s'est effondrée sur les manœuvres.

Il l'écarta à bout de bras pour la fixer avec incrédulité.

— Mon Dieu ! Comment est-ce possible ?

— Je n'en sais rien ! gémit-elle en se tordant les mains, puis elle se ressaisit par un gros effort de volonté. Nous nous sommes uniquement occupés de les soigner pour l'instant.

Il se hâta de revenir à des considérations pratiques.

— Bien sûr ! J'ai démonté les sièges afin de les faire voyager allongés, ce sera plus confortable pour eux.

— Je vais les accompagner, annonça Tyler en s'approchant tandis que les ouvriers installaient leurs compagnons dans l'appareil.

Le jeune homme se tourna vers lui avec un sourire un peu forcé.

— Si vous voulez, mais vous devez vous asseoir par terre.

L'anthropologue esquissa une grimace résignée.

— Tant pis ! C'est la moindre des choses.

Alors que Bryan emmenait ses passagers à Tataouine, Moira revint vers le lieu du sinistre avec ses adjoints pour examiner les pierres qui étaient tombées. Elle se pencha sur chacune d'elles en la scrutant sous toutes ses faces, afin de mettre le doigt sur le plus infime détail inexplicable qui lui donnerait un début de piste.

— Je ne vois vraiment pas ce que tu cherches, protesta Lowell planté à quelques pas, sans un geste pour participer aux investigations. Ils auront posé les blocs en déséquilibre, ce qui a provoqué ce drame. C'est juste un accident, comme cela arrive souvent.

— On peut l'envisager, reconnut la jeune femme, les yeux fixés sur les tambours écroulés. Mais les deux premières colonnes ont été remontées sans problème. Pourquoi se seraient-ils montrés plus négligents pour la troisième ?

— Venez voir ici ! appela Alvin agenouillé auprès d'une pierre destinée à soutenir un chapiteau.

La directrice le rejoignit vivement, pendant que les autres s'agglutinaient derrière elle.

— Qu'y a-t-il ?

— Tous ces blocs sont érodés par le sable, donc les arêtes sont arrondies. Mais celui-ci a les bords profondément entaillés, ce qui le rend particulièrement instable.

— D'où cela vient-il à ton avis ?

— Ça ressemble à des coups de ciseau, et je dirais même qu'ils sont récents.

La jeune femme horrifiée recula d'un pas, en essayant d'ignorer la cassure toute fraîche du tambour.

— Non ! Tu ne veux pas dire qu'il s'agit d'un sabotage ?

— Pas forcément. C'est peut-être une simple maladresse.

— Mais enfin ! Personne ne frappe au ciseau sur des pièces archéologiques, s'insurgea Joyce, les bras écartés comme pour prendre ses collègues à témoin.

Incapable de croire à de la malveillance, Violet imagina une explication moins dérangeante.

— L'un des manœuvres a voulu la dégager plus vite. L'outil aura dérapé par erreur.

— Je vais les interroger pour tenter d'en savoir davantage, conclut Alvin en se relevant avec décision.

Moira reprit son travail interrompu, le cœur troublé, mais les rainures visibles sur la pierre incriminée lui revenaient sans cesse. Elle se refusait à admettre que quelqu'un de son équipe eût pu faire cela intentionnellement, pourtant le doute, qui s'était insinué en elle, la taraudait. En accord avec ses amis, elle avait donné congé pour la journée aux ouvriers choqués par l'accident survenu à leurs camarades, si bien qu'il régnait sur la plaine un calme inhabituel, telle une sourde menace. En sortant, après s'être enfin débarrassée de ses papiers, elle aperçut ses employés tunisiens auprès du campement, occupés à prier selon leurs coutumes qu'elle trouvait curieuses, mais qu'elle se serait bien gardée de commenter. Alors, désœuvrée, elle s'avança entre les renflements qui indiquaient l'emplacement de vestiges non encore exhumés, en s'efforçant de vider son esprit. Elle marchait lentement, évitait de piétiner ce qui affleurait afin de ne rien abîmer, la tête baissée, laissant ses pensées vagabonder d'elles-mêmes. Mais, lorsqu'elle se retrouva devant un monticule de sable assez haut pour lui barrer la route, elle s'immobilisa en balayant les alentours d'un air vague. Au fond, là-bas, du côté opposé de la cuvette était situé le temple d'Echmoun ; à la droite de la jeune femme, cette butte étendue était un autre édifice sacré, plus grand et plus riche ; derrière elle se dressait le palais royal ; tandis qu'entre ces trois pôles s'étalait la cité grouillante de vie. Avec un brusque sursaut, la directrice revint à la réalité, se passa une main sur le visage afin d'effacer cette vision hallucinante de vérité, en songeant qu'elle avait de la chance que personne ne fût avec elle. Ces images surgissant à l'improviste, qui lui présentaient Telgilsh avec une précision étonnante, commençaient à l'inquiéter sérieusement, d'autant que les découvertes les avaient toujours corroborées jusque-là. Elle finissait par craindre que sa raison ne fût pas aussi stable qu'elle le croyait, alors, par prudence, elle n'en parlait à personne.

La jeune femme fit quelques pas en direction des tentes pour rejoindre ses amis, mais elle s'arrêta presque aussitôt, hantée par ce qu'elle venait de voir. Avec hésitation, elle se munit des outils adéquats, s'approcha de l'éminence qui occupait un vaste espace à la périphérie du site, s'agenouilla, puis s'attela à en déblayer le pourtour. Très vite, des pierres apparurent, qui ne formaient pas un mur comme au sanctuaire d'Echmoun, mais semblaient placées en décalage d'un rang sur l'autre, telles les marches d'un escalier monumental. Moira était tellement absorbée par ses trouvailles, que le crissement de pas sur le sable l'effleura sans éveiller son attention, jusqu'à ce qu'une voix derrière elle la fit tressaillir.

— Que fais-tu donc là ? Je t'ai cherchée partout.

Elle se retourna brutalement, comme une enfant prise en faute, mais l'exaltation reprit le dessus.

— Oh, Violet ! Regarde : il y a un escalier ici. Je suis sûre qu'il s'agit d'un autre temple.

— Ce n'est pas très professionnel de fouiller ainsi sans ordre, remarqua son amie d'un ton réprobateur. Lowell a-t-il seulement des photos de ce secteur ?

La jeune femme se releva avec un geste du bras qui englobait la cuvette entière.

— Mais oui ! Il a photographié tous les vestiges. Cela ne t'excite-t-il pas ?

— Bien sûr, mais je ne vois pas pourquoi tu es venue gratter ici, comme ça, sans prévenir.

— J'avais besoin de me changer les idées.

La dessinatrice se pencha avec intérêt sur les blocs découverts.

— Oui, je comprends. Vas-tu affecter une deuxième équipe ici ?

— Je crois que oui. J'ai envie que l'on avance plus vite, acquiesça la directrice en frottant ses mains l'une contre l'autre afin de les débarrasser du sable collé dessus.

— Je viendrai prendre quelques croquis demain matin.

— Pourquoi pas tout de suite ?

— Le soleil va bientôt se coucher, la lumière n'est plus favorable. Rentre donc avec moi.

Moira se redressa en réalisant qu'il était bien plus tard qu'elle ne le croyait, jeta un coup d'œil inquiet vers le ciel en se demandant si Bryan ramènerait Tyler ce jour-là, mais surtout frémit en imaginant les raisons qui avaient pu les retarder à ce point. Comme en réponse à ses interrogations, un bruit de moteur se fit entendre dans le lointain, enfla rapidement tandis que les deux amies traversaient la plaine, pour devenir assourdissant au moment où l'avion se posait alors qu'elles atteignaient le campement. Elles s'arrêtèrent devant la grande tente en attendant que les arrivants les rejoignent, pour entrer ensemble dans ce qui servait de salle de séjour. Alvin, qui lisait tranquillement, remarqua aussitôt l'air fatigué des deux hommes, aussi les invita-t-il à s'asseoir, tout en se dirigeant vers le bar pour leur préparer des cocktails reconstituants.

— Alors, racontez ! réclama la directrice en se laissant tomber dans un fauteuil. Pourquoi avez-vous mis si longtemps à revenir ?

Tyler s'installa auprès d'elle avec un soupir exaspéré.

— L'administration française est une véritable plaie. J'ai dû remplir une quantité incroyable de formulaires en tout genre, et exposer cent fois comment s'était produit l'accident. C'est tout juste s'ils ne m'ont pas accusé d'avoir voulu tuer ces pauvres hommes.

— Ils n'ont pas forcément tort, hélas, commenta Alvin en lui glissant un verre entre les mains.

— Comment ça ?

Le géologue détailla ses investigations qui mettaient en doute les causes du drame.

— Oh, là ! Il ne faut surtout pas en parler aux fonctionnaires, sinon ils risquent de nous faire fermer le chantier, recommanda l'anthropologue après avoir avalé une gorgée de la boisson revigorante.

Moira approuva avec un frisson d'horreur à la perspective de devoir abandonner sa chère cité.

— Je suis d'accord, mais il ne faudrait pas que cela se reproduise.

— Peut-être n'est-ce réellement qu'une maladresse.

— J'ai interrogé tous les ouvriers, à part les deux blessés, intervint Alvin d'un ton grave. Ils m'ont assuré qu'ils n'avaient jamais utilisé de ciseau pour dégager les ruines.

Tyler balaya ses collègues d'un regard étonné.

— Alors qui serait-ce ?

— Je n'en ai aucune idée, souffla la directrice avec découragement.

— Explique donc ce que tu as repéré, Moira ! s'exclama Violet pour changer de sujet.

La jeune femme s'exécuta volontiers, décrivit les premières marches de l'escalier qu'elle imaginait monumental, puis évoqua le temple qu'elle était persuadée de trouver au-delà. Ses adjoints l'écoutèrent avec curiosité, s'extasièrent sur ces vestiges dont ils espéraient beaucoup, avant de se lancer dans de grandes spéculations sur la taille et le plan de la ville qui se précisaient grâce à cette découverte. Ils continuèrent leurs controverses tout au long du dîner qui suivit, afin d'éviter de s'appesantir sur les questions que suscitaient les observations d'Alvin sur la colonne écroulée. Pourtant, lorsque l'aviateur était avec eux, ils préféraient généralement discuter de l'actualité internationale pour l'inclure dans la conversation plutôt que parler de travail, mais, ce soir-là, le pilote ne leur tint pas rigueur de cette attitude qu'il comprenait parfaitement.

Tout le monde se retira de bonne heure, en souhaitant que les choses reviennent à la normale dès qu'ils recommenceraient à fouiller. Bryan accompagna Moira dans sa tente sans soulever la moindre réflexion. Depuis le vingt-cinq décembre où il était resté dormir au camp avec l'assentiment tacite de l'équipe, l'on considérait leur relation comme naturelle, si bien que l'on n'y faisait plus attention.

— Tu es inquiète, n'est-ce pas ? interrogea-t-il en se déshabillant.

Elle replia un bras sous sa tête pour mieux le voir.

— Évidemment ! Tu saisis ce que ça veut dire. C'est l'un de mes collaborateurs qui est l'auteur de ce sabotage. Dans quel but ?

Pour une fois, le jeune homme avait abandonné ce sourire désinvolte qu'elle aimait tant, alors qu'il s'approchait du lit pour s'allonger près d'elle.

— Il n'y a que deux solutions. Soit pour te nuire personnellement, soit pour nuire au chantier. Soupçonnes-tu quelqu'un ?

— Non, pas du tout, affirma-t-elle un peu trop vivement.

— Donc, tu as des doutes, conclut-il en l'attirant contre lui. Je ne te demande pas sur qui, mais sois très prudente. Je n'aimerais pas que tu sois la prochaine victime.

Elle essaya de se relaxer dans ses bras, mais il eut beau user de toute sa douceur et sa délicatesse, elle ne put oublier qu'un serpent s'était glissé dans son paradis. Les heures s'égrenaient lentement, sans ralentir le tourbillon de ses pensées. Elle caressa les cheveux de son amant qui sommeillait la tête sur sa poitrine, en s'efforçant de faire le vide dans son esprit pour parvenir à s'assoupir. Sur l'écran de ses paupières closes, la cité se dessinait telle qu'elle l'avait vue l'après-midi même, avec ses rues étroites, ses places où l'on bavardait entre amis, son immense esplanade surplombée par le vaste temple et son palais royal entouré de jardins fleuris, parsemés de fontaines miroitantes. Heureuse, elle s'y promenait avec le sentiment bien ancré d'y être chez elle, puis sourit en apercevant une silhouette familière. Mais, comme elle pressait le pas, impatiente de la rejoindre, le paysage s'obscurcit soudain, tandis qu'une angoisse irraisonnée la poussait à s'enfuir. Cependant, où qu'elle se tournât, elle ne sentait que des parois inébranlables sous ses doigts, sans la moindre lueur pour combattre cette nuit totale. Alors, submergée par une panique incontrôlable, elle hurla en se débattant.

— Doucement ! Doucement ! lui souffla la voix chaude de Bryan tandis qu'il la berçait tendrement.

Tremblant de tous ses membres, elle passa une main sur son visage en gémissant.

— Oh, mon Dieu !

— Tu as fait un cauchemar, ce n'est rien, murmura-t-il d'un ton réconfortant. Détends-toi.

— C'est affreux, exhala-t-elle en s'accrochant à lui. J'ai peur de sombrer dans la folie.

Il se redressa contre les oreillers pour s'installer plus confortablement, sans lâcher la jeune femme qu'il serrait sur son cœur.

— Sûrement pas ! Raconte-moi ça.

— Quelquefois, lorsque je me balade sur le site, j'ai l'impression que la ville ressurgit telle qu'elle était avant sa destruction. C'est hallucinant de précision. Et c'est la deuxième fois que j'en rêve, mais ça se termine toujours mal. Tout devient noir, puis je me retrouve enfermée entre des murs que je ne peux pas voir, avec la sensation de suffoquer.

— Ce n'est pas pour autant que tu perds la raison, voyons ! affirma son amant en la caressant d'un doigt léger. Cette cité n'est pratiquement pas sortie de tes pensées depuis presque un an. Il est normal que tu la visualises avec davantage de détails à mesure que vous progressez. Quant à tes songes, s'ils se finissent mal, c'est parce qu'il vous manque tant de réponses, que tu crains de ne pas y arriver.

La jeune femme s'écarta pour plonger son regard de jade dans celui de son compagnon, surprise par la simplicité de l'explication.

— Tu crois vraiment que ce n'est que ça ?

— Que serait-ce d'autre ? Cette ville est détruite depuis plus de deux mille ans. Comment aurais-tu pu la connaître ?

— C'est vrai, admit-elle en se nichant contre lui, rassérénée.

Grâce au solide bon sens du jeune homme, elle réussit à se rendormir paisiblement, si bien qu'elle se réveilla en meilleure forme qu'elle ne l'aurait imaginé. Le pilote la quitta après le petit-déjeuner, mais, comme il la sentait encore troublée, il promit de revenir ce soir-là pour lui procurer le réconfort de sa présence face à une ambiance certainement moins sereine que les membres de l'équipe l'espéraient. La suspicion s'était insinuée dans le petit groupe, quoique nul ne l'exprimât ouvertement, au point que l'organisation du labeur s'en ressentait.

Après mûre réflexion, Moira décida de scinder en deux ses effectifs afin d'attaquer le jour même le dégagement du deuxième temple. Elle confia à Tyler la mission de veiller au remontage des colonnes, sachant qu'il repérerait toute trace suspecte, tandis qu'elle prenait en main le nouveau site, secondée par Alvin qui la remplacerait lorsqu'elle s'occuperait des tâches administratives. Joyce et Violet naviguaient d'un endroit à l'autre, offrant leurs compétences là où elles étaient requises, mais lorsque Lowell proposa de surveiller les recherches, lui aussi, la jeune femme le renvoya à ses déchiffrements en lui rappelant sèchement qu'elle n'avait toujours pas reçu la transcription des papyrus.

— Tu n'aurais pas dû lui parler si durement, observa la dessinatrice qui traçait les premières esquisses de l'escalier à peine visible. Il va croire que tu le soupçonnes.

— Bien sûr que non, protesta Moira qui dirigeait le transport des gravats. Je suis incapable de concevoir que l'un d'entre nous se conduise d'une façon aussi méprisable. J'espère que vous en êtes tous conscients.

— Certes. Mais tu connais sa susceptibilité maladive.

— Je sais. Pourtant j'avoue que je commence à perdre patience avec lui. Pourquoi met-il autant de temps à traduire ces inscriptions ?

Un peu plus loin, le géologue, qui délimitait la zone de fouilles, leva les yeux pour intervenir dans la discussion.

— Oui, c'est assez curieux. Tous ses commentaires sont très pertinents, alors qu'est-ce qui le bloque dans cette écriture ? Je ne pense quand même pas qu'il le fasse exprès.

— Effectivement, ce serait stupide, acquiesça Violet, tandis que la directrice hochait la tête d'un air de doute.

Dans les semaines qui suivirent, la besogne se poursuivit à un bon rythme. Bryan avait apporté de bonnes nouvelles des ouvriers blessés qui manifestaient la ferme intention de revenir travailler sur le chantier dès qu'ils seraient guéris, ce qui avait permis d'alléger l'atmosphère dans l'équipe. L'archéologue, un peu froissé par les remarques de sa supérieure, se concentrait sur ses textes afin de lui en transmettre le décryptage rapidement, l'anthropologue s'était aisément transformé en chef maçon, si bien que chaque jour un pilier se dressait dans le ciel de Telgilsh, tandis que du côté opposé, les manœuvres avaient exhumé l'escalier monumental deviné par la jeune femme, puis attaquaient la périphérie du temple. Comme aucun incident majeur ne s'était produit depuis le drame, tout le monde cherchait à se persuader qu'il s'était bien agi d'un accident malheureux. Également rassurée sur ses cauchemars grâce aux explications convaincantes de son amant, Moira abordait avec confiance la deuxième phase d'activité, certaine qu'elle lui offrirait des éclaircissements.

— C'est étonnant, observa la dessinatrice assise sur les anciens degrés, un matin, en fixant le croquis qu'elle venait de terminer. On dirait l'entrée d'un sanctuaire grec plutôt qu'égyptien comme l'autre.

— C'est aussi mon avis, approuva Alvin debout auprès d'elle. Il faudrait peut-être demander à Lowell de l'expertiser.

La directrice balaya les environs du regard en soulignant ses paroles de gestes démonstratifs.

— C'est vrai que nous n'avons pas trouvé de fondations de pylônes, comme dans le temple d'Echmoun. Par contre, je ne serais pas surprise que ces renflements, sous le sable, soient encore des colonnes brisées, mais où est le mur d'enceinte ?

— Seul Lowell pourrait répondre à ce genre de questions, insista Violet d'un ton éloquent, soutenue par le géologue.

— Oui, tu as raison. Je vais le faire venir, céda Moira sans enthousiasme.

Heureux d'être appelé sur le terrain pour une fois, l'archéologue scruta l'escalier ainsi que les espaces devant et au-dessus, puis arpenta les deux endroits avec un air de concentration intense. Enfin, il revint en souriant vers le petit groupe qui attendait ses déductions, visiblement désireux de se faire pardonner sa lenteur sur les traductions en brillant dans d'autres domaines.

— Effectivement, ce monument n'a pas de pylônes, confirma-t-il. Je pense qu'en haut des marches, s'élevait un péristyle devant un mur percé d'une porte à double battant.

— Comme les temples grecs, alors ! s'exclama Violet triomphalement.

Lowell secoua la tête avec véhémence.

— La civilisation grecque s'est répandue plus tard. Ce sanctuaire est plutôt issu d'un mélange d'influences du Moyen-Orient, comme les Mèdes ou les Assyriens, ce qui n'exclut pas que l'on découvre des traces égyptiennes à l'intérieur. Au pied de l'escalier s'étendait certainement un grand parvis sur lequel étaient déposés les stèles et les ex-voto, voire quelques autels.

Debout non loin de là, Moira approuvait. En écoutant l'archéologue, elle retrouvait la vision qu'elle avait eue le jour de l'accident, ainsi que dans le rêve qui avait suivi. Cependant, comme elle considérait que l'interprétation de Bryan s'appliquait parfaitement à ce cas, elle ne ressentait aucune inquiétude à voir ses pressentiments se renforcer. Elle tourna les yeux vers le lieu où elle avait situé le palais royal, en se promettant que ce serait le prochain secteur qu'elle ferait fouiller dès qu'elle aurait assez de monde.

— On croirait que tu le savais déjà, s'amusa son amie en remarquant son expression convaincue.

— Pas du tout ! Mais les conclusions de Lowell me paraissent cohérentes avec ce que nous voyons.

Planté face aux degrés, Alvin esquissa dans l'air la silhouette de l'édifice.

— C'est vrai. J'imagine facilement l'aspect de ce bâtiment d'après ses explications. Dès que nous aurons dégagé la terrasse, je prendrai des échantillons afin de dater ce temple, comme pour celui d'Echmoun.

— Si nos déductions sont exactes, c'était le sanctuaire principal de Telgilsh, ajouta Moira en contemplant la butte d'un air songeur. Il devait donc être beaucoup plus vaste que l'autre.

— Très bien raisonné, sourit l'archéologue, qui se déplaça pour désigner un point au loin. Cela ne m'étonnerait pas qu'il en subsiste des vestiges jusqu'à cette dune, au fond.

Le géologue ne put retenir une exclamation de surprise, en adressant un regard incrédule à son collègue.

— Mais, ça fait presque un kilomètre ! Il serait immense.

La directrice se contenta d'acquiescer tout en observant la zone indiquée, mais, incapable d'expliquer d'où elle le tenait, elle se garda de préciser que sous l'épaisse couche de sable se cachait une entrée secondaire menant aux réserves et aux logements des prêtres. D'un ton chaleureux, elle remercia Lowell de son érudition, puis, le plus aimablement possible, elle lui demanda où il en était de ses traductions.

— J'ai enfin terminé les gravures du temple, qui sont des incantations à Echmoun, déclara-t-il en tentant de dissimuler son embarras. Je t'en apporterai une copie ce soir. J'étais en train de commencer à déchiffrer le premier papyrus quand tu m'as appelé.

— C'est parfait, se força-t-elle à répondre dans l'espoir de l'inciter à continuer sur sa lancée.

Comprenant ce qu'elle attendait de lui, le jeune homme tourna les talons pour retourner à sa besogne sans insister, tandis que Moira faisait activer le désensablement du monument. Puis, pendant qu'Alvin surveillait l'activité des ouvriers, elle revint vers Violet qui traçait les grandes lignes de ce que Lowell venait de décrire sur une nouvelle feuille de papier.

— Tu es bien dure avec lui, commenta la dessinatrice tandis que la jeune femme se penchait sur l'esquisse, mais c'est peut-être la seule solution pour qu'il se concentre sur ses tâches.

La directrice se redressa en jetant un coup d'œil étonné à son amie.

— Pourquoi ? Je lui ai parlé gentiment pourtant.

— Oui, mais l'obliger à passer toutes ses journées sous une tente où l'on étouffe, courbé sur des textes peu intéressants, plutôt que de se joindre au reste de l'équipe, c'est assez sévère.

— S'il allait plus vite, il aurait tout le temps d'être avec nous.

— Je sais, mais il est jeune. Cela doit lui paraître une vraie punition.

Moira eut un geste agacé, tandis qu'elle laissait son regard glisser sur les nombreux renflements qui parsemaient la plaine.

— Cesse donc de le plaindre, Violet ! Ce n'est plus un enfant. Et ce n'est pas la première fois qu'il travaille sur un chantier de fouilles. Il sait ce qu'il en est. D'ailleurs, selon mes renseignements, il ne s'est jamais conduit comme ça avec ses précédents directeurs.

— Alors, pourquoi le fait-il ici ?

— C'est la bonne question. Je ne dois pas savoir m'y prendre avec lui, j'imagine.

— Ça, c'est vraiment curieux, observa la dessinatrice d'un air songeur en reprenant son fusain.

Le séjour d'Hiram

Mai 684 av. J.-C.

L'ambiance était festive dans la grande salle où se déroulait le banquet de la victoire. Disséminés dans la pièce autour de petites tables, les convives se délectaient de l'excellente nourriture, appréciaient la musique et les évolutions des danseuses, papotaient gaiement, tandis que les serviteurs s'empressaient autour d'eux. Sur l'estrade dominant l'assistance, Adonia bavardait avec Sikarbaal, qui avait quatre ans de plus qu'elle, pendant que son vizir s'entretenait avec Hiram des dernières nouvelles qu'apportaient les voyageurs.

— Il semble que la situation se soit calmée dans les cités de l'Est[11], commenta le souverain en reposant sa coupe de vin. Le roi assyrien, Sennacherib, paraît avoir oublié ses désirs de conquête depuis qu'il a détruit la ville de Babylone[12] qui s'était rebellée contre lui. La plupart du temps, il réside dans sa capitale, Ninive, où il dirige de grands travaux d'embellissement.

— J'avais entendu dire qu'il avait envahi l'Égypte, observa Coriandre qui mangeait de bon appétit, pourtant vous avez mentionné le roi Taharqa en arrivant.

— En effet, il a essayé, mais il a connu de sérieux revers à Mennefer[13]. Depuis, il laisse le pays relativement tranquille, tout en clamant qu'il l'a vaincu. Cela n'empêche pas Taharqa de gouverner réellement, mais il rencontre bien des soucis avec les princes du delta qui se soulèvent régulièrement.

---

[11] Les villes phéniciennes de Tyr, Sidon, Byblos et Arwad

[12] En 689 av. J.-C.

[13] En 690 av. J.-C.

Relégué à l'arrière de l'espace réservé, Hailama faisait grise mine en voyant la reine rire et plaisanter avec le prince qui mettait toute son ardeur à la divertir. Bien sûr, elle accomplissait son devoir de souveraine en se montrant aimable avec ses invités, mais en contemplant le physique avantageux de Sikarbaal, le jeune homme ressentait la morsure de la jalousie à l'idée de sa propre insignifiance. Malheureux, il aurait volontiers quitté la salle de réception afin de se réfugier dans sa chambre, mais il refusait de céder la place à son rival sans combattre. Alors, pour s'occuper, il détailla les participants au festin, jusqu'au moment où ses yeux tombèrent sur Belshazzar flanqué de son âme damnée, Hyrum. Lui non plus ne semblait guère s'amuser ni apprécier la présence du roi Hiram, qu'il fusillait du regard sans se cacher malgré les remontrances de son ami.

— Mais cesse donc de le fixer comme ça, chuchotait le jeune noble d'un ton pressant.

— Est-ce que tu te rends compte qu'il ne s'est pas intéressé à moi un seul instant ? grinça le jeune homme furieux, en heurtant sa coupe si violemment que des gouttes de vin en jaillirent.

Hyrum haussa les épaules avec une moue de mépris.

— C'est normal, il ne sait même pas qui tu es.

— Elle s'est bien gardée de me présenter, sachant qu'il ne s'adresserait plus qu'à moi s'il savait, affirma le prince qui se redressait orgueilleusement.

— Mais non ! assena son ami d'un ton excédé. Elle est la souveraine de Telgilsh, donc son unique interlocutrice.

— C'est moi qui devrais être le roi.

Alarmé, le jeune noble observa les groupes alentour afin de s'assurer que personne ne les épiait.

— Chut ! Tais-toi ! Quelqu'un pourrait nous entendre.

— Je m'en fiche ! Il faut bien le révéler enfin.

Comme l'esclandre menaçait, Hyrum réussit, à force de persuasion, à entraîner Belshazzar hors de la pièce, en maudissant son ami qui le privait de tous les banquets officiels à cause de son manque de contrôle sur lui-même. Hailama sourit avec plaisir devant le départ du terrible cousin, qui constituait au moins une bonne nouvelle. Il aurait aimé qu'Adonia décidât de se retirer assez tôt, afin d'aller la rejoindre dans sa chambre en cachette, grâce aux multiples ruses qu'ils avaient mises au point ces derniers mois. Mais la reine, qui appréciait la compagnie de ses hôtes, ne paraissait guère fatiguée, si bien qu'il finit par regagner l'appartement qu'il partageait avec son père, le cœur lourd, convaincu qu'elle n'avait même pas remarqué son absence. Cependant, comme tout danger était écarté, il se consolait à l'idée que la vie allait retrouver son cours tranquille dès que les importuns reprendraient la route, certainement le lendemain.

Malheureusement pour lui, le roi et son fils ne montrèrent aucune hâte à repartir. D'ailleurs, en écoutant les conversations, le jeune homme comprit que son amie leur avait offert de demeurer à Telgilsh autant qu'ils le désiraient, ce qui semblait combler leurs attentes. En grinçant des dents devant la satisfaction de Coriandre, il réalisa que celui-ci avait œuvré pour que les invités aient envie de rester aussi longtemps que possible. Il en ressentit une tristesse d'autant plus profonde, qu'étant le fils du vizir, il n'échapperait pas aux obligations que son rang lui imposait, dont la première était une attitude irréprochable envers le prince.

Ce jour-là, après avoir sacrifié aux devoirs de sa charge, Adonia emmena Sikarbaal découvrir le jardin qu'elle aimait tant, en entraînant Hailama dans son sillage.

— C'est magnifique, admira le visiteur. Ma mère aussi aime beaucoup les fleurs. Elle entretient notre parc avec soin. Est-ce la vôtre qui a créé ces massifs ?

La jeune fille cueillit un bouton d'acacia, puis le fit distraitement tourner entre ses doigts.

— Je n'ai pas connu ma mère, qui est morte à ma naissance. Je n'ai pas tellement le temps de m'y intéresser, alors ce sont nos jardiniers qui s'en occupent. Mais j'apprécie de m'y promener chaque fois que je le peux.

— Je suis désolé. Ce doit être difficile pour vous de ne plus avoir vos parents. Mon père dit que vous êtes très courageuse.

Elle alla s'asseoir sur un banc ombragé avec un sourire charmant à l'adresse du prince.

— Je suis très flattée de ce compliment. J'essaie de me comporter au mieux pour que mon peuple soit heureux, mais je dois reconnaître que sans l'amitié d'Hailama et le soutien de son père, je me serais sentie perdue.

— C'est important de pouvoir compter sur quelqu'un de confiance, approuva Sikarbaal dont les prunelles pailletées d'or fixaient le jeune homme avec une expression chaleureuse.

— Oh, je ne fais pas grand-chose, corrigea modestement Hailama, navré d'éprouver de la sympathie pour l'intrus.

Adonia fit glisser la conversation sur la grande cité d'où venait son hôte, l'écouta d'un air fasciné dépeindre les bateaux dans le port, puis réclama des explications sur l'immensité de la mer, sous le regard découragé de son ami qui redoutait de plus en plus qu'elle lui échappât totalement.

— Ainsi, vous êtes là, jeunes gens, constata Hiram qui arrivait en compagnie de Coriandre et Paltibaal qu'il avait déjà rencontré lorsque Balthézar régnait encore.

— Sikarbaal me décrivait votre royaume, expliqua la jeune fille, les yeux brillants.

Hailama avait été le seul à remarquer le rapide coup d'œil dont l'illustre visiteur avait enveloppé la souveraine et le prince, aussi frémit-il devant le sourire engageant avec lequel il répondit.

— Peut-être aurez-vous l'occasion d'y venir un jour. Votre père souhaitait que je vous convie à séjourner chez nous tant que vous étiez encore libre de vos mouvements. Malheureusement, il est parti trop tôt.

— Cela m'aurait beaucoup plu.

— Sa Majesté voudrait accomplir ses dévotions au temple, intervint le vizir que son fils trouvait un peu trop rayonnant.

Trop bien élevée pour montrer sa surprise, Adonia leva un visage serein vers son hôte.

— Mais, naturellement. Il suffit d'avertir Itthobaal. D'ailleurs, je pense qu'il serait judicieux d'organiser une célébration pour fêter la victoire et remercier Baal de vous avoir menés jusqu'à nous au moment opportun.

— C'est aussi mon opinion, approuva Hiram.

À cet instant, le scribe de la reine apparut au bout d'une allée, scruta les environs, puis repartit un peu plus loin, comme s'il cherchait quelqu'un. Supposant, à juste titre, qu'il désirait lui parler, la jeune fille le héla impérieusement, mais patienta jusqu'à ce qu'il s'inclinât devant elle pour l'interroger.

— Qu'y a-t-il, Baldo ?

— Un messager est venu du chantier de votre tombeau, Majesté.

Adonia soupira d'un air las.

— Oh, non ! Ça ne va pas recommencer. Que voulait-il ?

— Nous prévenir que les pillards ont dévasté la sépulture de Balthézar. La dalle qui en défendait l'entrée est brisée, le mobilier est éparpillé un peu partout, et même le couvercle du sarcophage est fendu.

— Par Baal ! Il faut réparer tout ça ! s'exclama la souveraine furieuse en sautant sur ses pieds.

— Bien sûr ! Mais nous devons surtout aviser Itthobaal qui conduira un rituel pour effacer les souillures engendrées par un tel acte, et apaiser l'esprit de ton père, ajouta Coriandre tout aussi scandalisé.

La jeune fille reprit le chemin du palais d'un pas si vif que ses compagnons eurent du mal à la suivre.

— Ces sauvages ne respectent vraiment rien !

— Je suis navré, assura le roi en se maintenant à ses côtés. Ce doit être d'autant plus pénible pour vous que votre deuil est récent. Si je peux faire quoi que ce soit, n'hésitez pas à me le dire.

Omettant une seconde les règles de la diplomatie, elle refusa un peu brusquement qu'il s'immisçât dans un sujet trop personnel.

— Je vous remercie, mais nous réglerons cette situation sans problème. Allons au temple ! Ainsi je mettrai le grand prêtre au courant de ces événements pour élaborer les cérémonies à venir.

Itthobaal, qui se montra extrêmement choqué par la profanation du mausolée de Balthézar, promit de s'y rendre le jour même afin de calmer la colère du roi défunt. Rassurée de savoir que son père allait retrouver sa sérénité un instant troublée, Adonia évoqua la célébration d'action de grâce qu'Hiram et elle désiraient organiser en l'honneur de Baal.

— Voilà bien la marque des grands souverains, sourit le prélat. Ils n'oublient jamais ce qu'ils doivent aux Dieux. Je m'occupe des préparatifs avec mes adjoints. Est-ce que demain vous agrée ?

— Tout à fait, approuva la reine après avoir consulté le roi du regard.

Ce soir-là, le repas fut plus intime que la veille. Seuls les proches de la souveraine étaient conviés à dîner avec les visiteurs, ce qui provoqua une nouvelle crise de fureur de l'adolescent, exaspéré d'être toujours considéré comme quantité négligeable par sa cousine. Pendant qu'Hyrum tentait de le neutraliser par tous les moyens, Sikarbaal, ignorant les difficultés que rencontrait la jeune fille, s'émerveillait de l'atmosphère paisible de la cité.

— Comme il fait bon vivre chez vous, s'extasia-t-il en se calant sur ses coussins.

— Oui, tant que Belshazzar se tient tranquille, observa Adonia avec amertume.

— Qui est-ce ?

Elle se pencha pour grappiller dans les plats.

— Mon cousin. Il essaie régulièrement de me nuire avec l'aide d'un traître que nous n'avons pas encore identifié.

— Mais pourquoi ?

— Parce qu'il estime que la couronne aurait dû lui revenir.

— Pourtant, vous êtes la seule héritière légitime de Balthézar, n'est-ce pas ? s'étonna le prince en scrutant la jeune fille d'un air perplexe.

— Oui, mais bien des gens, même chez nous, jugent que la place d'une femme est au fond de la maison avec les enfants. C'est pourquoi il s'efforce de me discréditer auprès de la population.

La souveraine accepta la coupe de vin offerte par son interlocuteur, qui lui souriait d'un air réconfortant.

— Il n'y arrivera pas, affirma-t-il avec confiance. Mon père vous soutiendra.

— C'est très aimable à vous deux.

Après le souper, tandis qu'elle se livrait aux mains d'Asherah qui la préparait pour la nuit, Adonia repensa à cette conversation, en la rapprochant des recommandations d'Itthobaal concernant ses futures noces. Elle devait admettre que le prince cadet de Macar Uiat faisait un prétendant tout à fait présentable, qui aurait plus de poids qu'Hailama face à Belshazzar, malgré la peine que cette éventualité lui causait. Écartelée entre son devoir et son amour, elle repoussa ces pensées importunes en se persuadant qu'elle avait tout le temps de prendre une décision, quoique à seize ans, elle eût dû être mariée depuis longtemps. Elle se dirigeait vers son lit après le départ de la servante, lorsqu'un léger bruit attira son attention vers la fenêtre par laquelle son ami entrait.

— Je ne t'attendais pas ce soir, Hailama, remarqua-t-elle d'un air las en s'immobilisant.

Cette réaction peu accueillante le convainquit encore davantage, alors il s'avança d'un air décidé.

— Je me doute que tu es fatiguée, mais j'avais besoin de te voir. J'ai l'impression que je suis en train de te perdre.

— Qu'est-ce qui te fait dire ça ?

— Je suis sûr que le roi Hiram et mon père prévoient de t'unir au prince.

Aussitôt, elle ressentit une profonde culpabilité d'avoir envisagé cette union sans déplaisir.

— Coriandre ne m'en a pas parlé.

— Parce qu'il veut que cela vienne de toi, tu le connais. D'ailleurs, il me semble que tu ne dirais pas non.

Elle s'assit sur le lit en essayant vainement de faire taire sa mauvaise conscience.

— Que vas-tu chercher ? C'est toi que j'aime. Je n'imagine pas ma vie sans toi, tu le sais.

— Est-ce bien vrai ? demanda-t-il en la serrant dans ses bras.

— Absolument ! N'aie pas peur. Crois-tu vraiment que Sikarbaal a envie de venir s'enterrer ici ?

— Avec toi, c'est le paradis.

— Pour toi, pas pour lui, voyons.

Le lendemain, les deux souverains, qui se rendaient au temple côte à côte dans leurs litières, traversèrent le parvis sous les acclamations d'une foule admirative. Les porteurs les déposèrent au pied des marches, qu'ils gravirent pour aller rejoindre Itthobaal paré des attributs de sa charge et entouré de son collège de prêtres. Ceux-ci s'inclinèrent avec ensemble, tandis que le prélat conviait ses visiteurs à franchir les lourds vantaux donnant sur la cour d'honneur de l'édifice. Contrairement aux grandes fêtes religieuses pendant lesquelles le peuple était admis dans la première partie du sanctuaire, ce rituel spécial était célébré en toute intimité, le roi et la reine seuls, communiquant avec la divinité par l'intermédiaire de son serviteur. Pourtant, malgré la longueur de la cérémonie, lorsque Adonia et Hiram ressortirent du monument, ils furent surpris de constater que la population, encore rassemblée sur la place, faisait toujours preuve de la même ferveur.

— Vos sujets vous sont très attachés, remarqua le roi en redescendant l'escalier.

— Ils savent que je ne désire que leur bien, assura la jeune fille avec sincérité.

Le retour au palais s'effectua lentement, au milieu des vivats et des cris de reconnaissance adressés aux souverains que la joie populaire mêlait dans un même élan de gratitude. En descendant de litière devant la façade de la résidence, Adonia vit approcher Hailama et Sikarbaal qui paraissaient avoir lié amitié. Alors, elle leur sourit malgré ses scrupules, avec la triste certitude que son choix, quel qu'il fût, ne satisferait aucun des deux. Pourtant, comme ni Coriandre ni Hiram n'avaient encore abordé la question, elle voulut se convaincre qu'elle bénéficiait d'un délai supplémentaire avant de prendre une décision.

Dans les jours qui suivirent, malgré un fort sentiment de culpabilité, la jeune fille prétexta la restauration du tombeau de son père pour ne pas évoquer son avenir qui conditionnait celui de sa cité. Dès qu'elle devinait une certaine réserve dans les propos, ou qu'elle surprenait des échanges de regards significatifs, elle se hâtait d'orienter la conversation sur des terrains moins dangereux. Depuis l'arrivée de ces visiteurs inattendus, elle n'était plus aussi déterminée à refuser un mariage de raison avec ce prince au physique avantageux, qu'elle trouvait fort sympathique, mais, sachant à quel point elle ferait souffrir son ami d'enfance, elle évitait de se prononcer de crainte de perdre sa tendresse. Alors, déchirée par ce dilemme qu'elle ne savait comment résoudre, elle s'efforçait de gagner du temps en attendant un improbable événement qui lui indiquerait le chemin à suivre.

D'ailleurs, elle était très occupée par ses devoirs royaux qu'elle ne pouvait abandonner, auxquels s'ajoutait la lourde tâche de divertir ses hôtes qui ne semblaient pas pressés de partir.

— J'ai pensé à quelque chose, annonça-t-elle à Coriandre alors qu'ils terminaient de clore les dossiers du jour.

Il cessa de ranger ses documents pour la fixer avec un espoir qui éveilla une profonde douleur chez Adonia.

— À quel sujet ?

— Pour distraire le roi Hiram et son fils.

— Des jeux de société ? plaisanta-t-il afin de masquer sa déception.

Elle rejeta la suggestion d'un haussement d'épaules, puis se leva de son fauteuil pour faire quelques pas dans la pièce.

— Mais non ! Je me disais que l'on pourrait prévoir une chasse dans le désert. Mon père le faisait lorsqu'il avait des invités.

— C'est une excellente idée, approuva le vizir qui se mit debout à son tour, d'un air redevenu sérieux. Mais qui les accompagnera ?

— Moi, bien entendu.

Il l'enveloppa d'un coup d'œil perplexe.

— Tu n'as jamais chassé de ta vie.

— Je me contenterai d'applaudir à leurs exploits, déclara-t-elle en joignant le geste à la parole.

Alors, il acquiesça d'un sourire en se dirigeant vers la porte.

— Pourquoi pas ? Je me charge de l'organisation, si tu veux.

Ce projet plaisait bien à Coriandre qui espérait voir le prince Sikarbaal briller à cet exercice, ce qui lui attirerait l'admiration de la souveraine. Hiram et lui avaient déjà parlé plusieurs fois de l'éventuel mariage entre les jeunes gens, qui offrirait d'inestimables avantages aux deux royaumes, mais ils ne voulaient pas brusquer Adonia qui évitait visiblement la question. Comprenant que les conjurations ourdies par son cousin, survenant si tôt après la disparition de Balthézar, aient pu la bouleverser, le roi considérait que l'on pouvait lui laisser un peu de temps pour se reprendre, tout en assurant le vizir qu'il était prêt à intervenir si Belshazzar allait trop loin. Mais Coriandre aurait quand même bien aimé arracher au moins une promesse à la jeune fille avant que les visiteurs s'en aillent. Alors, il se lança dans la préparation du divertissement avec un grand enthousiasme.

Au petit matin, ils traversèrent l'oasis dans un grondement de tonnerre, sous les regards intrigués des paysans mal réveillés qui se rendaient dans les champs. Pour ne pas retarder les chasseurs avec sa litière, Adonia avait préféré se planter fièrement sur le char de son père, conduit par un soldat émerveillé de l'honneur qui lui était échu. De ses conseillers, seuls Coriandre, Ahinadab et Barekbaal les avaient accompagnés, mais la jeune fille savait que son vizir et le responsable des Finances se contenteraient de demeurer en arrière auprès d'elle, pendant que leur collègue prendrait part à la chasse. Elle souriait en voyant devant elle, Sikarbaal et Hailama, dont les véhicules roulaient de concert, discuter avec animation sans se soucier des cahots. N'ayant guère l'habitude de voyager ainsi, la reine ne se sentait pas très à l'aise, aussi se tenait-elle très droite afin de donner le change, en contemplant les immenses étendues sableuses qui les entouraient.

Les éclaireurs, envoyés en reconnaissance la veille, avaient aperçu des lions qui gîtaient dans des éboulis rocheux à quelque distance de Telgilsh, si bien que l'on avait décidé de tenter la capture d'un de ces fauves. La petite troupe suivait donc la piste à peine visible qui menait au gibier convoité, mais restait attentive aux animaux représentant des proies appréciables, qui surgissaient à l'improviste. Loin à sa droite, Adonia discerna le sommet pyramidal de la tour surmontant le tombeau de Balthézar, qui lui rappela le court rituel mené par Itthobaal quelques jours plus tôt, avant que les ouvriers scellent à nouveau le caveau pour l'éternité. Pendant qu'elle y assistait, la conviction que son père ne l'aurait pas accueillie auprès de lui n'avait cessé de croître en elle, alors elle avait compris que le prélat avait eu raison de la dissuader de l'agrandir. Mais le char continuait à bonne allure, si bien que le monument disparut très vite au milieu des dunes, ne laissant place qu'à la ligne lointaine où se rejoignaient la terre et le ciel.

Comme le cocher immobilisait son attelage, la jeune fille jeta un coup d'œil circulaire à la recherche des rochers constituant le but du périple, sans rien apercevoir qui pût correspondre à la description des pisteurs. Elle allait interroger son conducteur sur la cause de cet arrêt intempestif, quand elle vit Hiram, dont le véhicule se trouvait juste derrière l'avant-garde, bander son arc en fixant un point dans l'azur. À son tour, elle leva la tête, les yeux plissés pour mieux voir, mais, en découvrant l'oiseau de grande envergure qui planait majestueusement au-dessus d'eux, elle sentit son cœur se serrer devant tant de beauté. Pourtant, lorsque le tir du roi eut fait mouche, elle applaudit comme les autres l'exploit de son hôte, le félicita pour sa dextérité, sans rien montrer de son dégoût quand l'un des rabatteurs rapporta le volatile mort.

La compagnie reprit son chemin, mais les paroles se faisaient plus rares, tandis que chacun scrutait les alentours en quête d'un gibier qui lui donnerait l'occasion de prouver son adresse. À quelques pas de la souveraine, les jeunes gens, qui s'étaient lancé un défi amical, tiraient sur tous les animaux que croisait la troupe, en se complimentant mutuellement chaque fois que l'un d'eux réussissait son coup. La jeune fille évitait de regarder vers l'endroit où s'entassaient les dépouilles, tout en reconnaissant qu'elle apprécierait les mets délicats que ses cuisiniers en tireraient pour le banquet du soir. Pourtant, comme elle préférait de beaucoup entendre le murmure des voix de Coriandre et Barekbaal plutôt que le sifflement des flèches, elle attendait avec impatience que cesse le massacre.

Enfin, une haute falaise se dressa devant eux, barrant l'horizon tel un mur infranchissable, constellé de taches sombres qui étaient autant de grottes dans lesquelles pouvaient se tapir les lions. Le cortège s'arrêta à distance de sécurité pour laisser tout le monde descendre des chars, tandis que les chasseurs se regroupaient afin de mettre au point leur stratégie. Cette fois, il ne s'agissait pas de rivaliser d'habileté, mais de réaliser des mouvements d'ensemble qui isoleraient la proie, avant de l'enfermer dans une cage. Se désintéressant de ces discussions techniques, Adonia s'approcha de ses conseillers avec l'espoir d'une conversation plus gaie.

— Je n'aimerais pas me trouver seule ici, remarqua-t-elle en frissonnant.

Coriandre contempla la plaine jonchée de rochers de toutes tailles qui s'étendait au pied de l'impressionnante muraille.

— C'est assez désolé.

— Je n'arrive pas à comprendre comment les pillards survivent dans cette immensité, renchérit Barekbaal qui considérait, lui aussi, ce paysage hostile.

Le vizir se dirigea vers les coussins que venaient d'installer les serviteurs sur une zone dénuée de cailloux, puis adressa un sourire engageant à ses compagnons.

— À ce propos, venez donc déguster une collation bien méritée pendant que nos pisteurs organisent leurs actions. As-tu faim, Adonia ?

— Un peu, admit la jeune fille en le rejoignant. Nous avons déjeuné très tôt ce matin.

Lorsqu'ils se furent restaurés, la reine eut envie de se dégourdir un peu les jambes avant le trajet du retour, si bien qu'elle s'éloigna du campement, tout en prenant soin de demeurer au large de la falaise où l'on voyait s'agiter les silhouettes des chasseurs. Savourant le calme et le silence du désert qui invitaient à la méditation, elle avançait le regard fixé sur le sol, perdue dans des pensées informulées. Au loin, des cris éclatèrent, annonçant que les rabatteurs avaient débusqué leur gibier, mais cela ne forma qu'une légère griffure sur la sérénité qu'elle ressentait à marcher ainsi dans cet environnement qui ne connaissait pas la fièvre des désirs humains. Puis retentit le martèlement des sabots d'un cheval, accompagné par le frottement des roues sur le sol dur, révélant la féroce poursuite du lion. Soudain, un grondement tout proche lui fit lever la tête pour découvrir, face à elle, une hyène qui montrait les crocs d'un air menaçant. En un éclair, elle se revit toute petite avec son père lui expliquant d'un air grave qu'elle ne devait jamais détaler devant un animal dangereux, sous peine de l'inciter à attaquer. Alors, elle s'obligea à maîtriser son mouvement instinctif de panique, se redressa de toute sa taille sans quitter le fauve des yeux, en réfléchissant à la façon dont elle allait se tirer de ce mauvais pas. Un bras puissant la souleva de terre, tel un fétu de paille, puis la plaqua au fond d'un char tandis qu'une flèche sifflait au-dessus d'elle. Pendant que le véhicule continuait sa course folle en tressautant sur les cailloux, elle vit Sikarbaal s'agenouiller devant elle avec sollicitude.

— Comment vous sentez-vous ?

— Bien, affirma-t-elle en s'asseyant courageusement. Je vous remercie.

— C'est tout naturel.

Comme le char s'arrêtait enfin, il l'aida à se relever, puis à descendre du véhicule, avec des égards auxquels elle n'était pas accoutumée. Tout le monde se précipita vers elle, soulagé de constater qu'elle n'était pas blessée.

— Baal soit loué ! Tu es saine et sauve, s'exclama Coriandre en l'enlaçant. Mais n'as-tu pas entendu nos cris d'alarme ?

Elle secoua la tête d'un air d'excuse.

— À vrai dire, je n'y ai pas fait attention. Je croyais que c'était les chasseurs.

— Je suis heureux que tout se soit bien terminé, déclara Hiram en s'approchant.

Adonia se tourna vers le roi, tandis que le vizir reprenait une attitude plus conforme à son rang.

— Grâce à votre fils, s'amusa la jeune fille. Cela devient une habitude chez vous de me protéger.

— Je ne demande que ça, assura le prince, mais je n'étais pas seul. Voyez.

Il désignait Hailama qui les rejoignait avec, sur ses épaules, le charognard dont le cou était percé d'une flèche bien ajustée. On le félicita pour ce tir parfait, puis l'on décida de faire une pause, afin de laisser à la souveraine le temps de se remettre. Tandis que les provisions circulaient à nouveau entre tous les membres du groupe, qui trinquaient joyeusement pour célébrer l'imposant butin qu'ils ramenaient, la jeune fille s'enquit du fauve pour lequel ils étaient venus jusque-là.

— Hélas, il semble que nos proies soient déjà reparties, soupira le roi alangui sur les coussins, qui portait une coupe de vin à ses lèvres.

— Comment ? s'étonna Adonia assise à côté de lui, en grignotant sans véritable appétit. Vous n'avez pas trouvé un seul lion ?

Sikarbaal, qui était resté debout, se rapprocha pour intervenir dans la conversation.

— Non. Et la présence des hyènes confirme qu'ils ne sont plus là. Nous avons parcouru ce chemin pour rien.

— Pas du tout, corrigea son père en lui adressant un regard sévère. Ce fut une très agréable promenade qui nous a permis de profiter pleinement des délices de la chasse. Ce séjour à Telgilsh est un réel enchantement.

— J'en suis très heureuse, affirma la reine qui n'avait rien perdu de cet échange muet.

Sur la route du retour, les paroles se firent plus rares, tout le monde étant un peu fatigué de la longue course au grand air. Leur entrée dans la ville attira des coups d'œil curieux accompagnés de sourires amicaux prouvant que le roi de Macar Uiat et son fils étaient bien appréciés des habitants de la cité, ce qui rendit la jeune fille songeuse.

Il y en avait un, pourtant, qui ne les aimait pas du tout. Celui-là tremblait de colère et de frustration en les voyant descendre de char devant le palais, d'autant que l'entente cordiale régnant entre tous les participants le faisait grincer des dents.

— Observe-les, maugréait Belshazzar d'un air furibond. Parce qu'ils ramènent un peu de gibier, on croirait qu'ils sont les égaux des Dieux.

— Ils en rapportent beaucoup, que nous aurons plaisir à déguster ce soir, rectifia Hyrum près de lui.

— Et pourquoi n'ai-je pas été invité à cette sortie ? Ils sont partis à l'aube pour que je ne puisse pas me joindre à eux.

Son ami se retint de lui répondre qu'il était trop insignifiant pour que la souveraine prît une telle précaution à son encontre.

— Oui, ce n'est pas très malin de la part de ta cousine de vouloir t'écarter à tout prix, reconnut-il au contraire. Mais ne lui montre surtout pas que tu es vexé, cela la réjouirait trop.

Des artefacts introuvables

Mars 1921

Le second temple, qui émergeait peu à peu de sa gangue de sable, répondait aux attentes de l'équipe en livrant des artefacts en parfait état, ainsi que de gros blocs de pierre prêts à être remontés pour lui redonner sa splendeur d'antan. Moira recensait chaque trouvaille, la décrivait dans un carnet dédié à cet usage, puis y ajoutait sa photo prise par Lowell et développée par Joyce.

— C'est curieux, observa Tyler un soir où elle faisait à haute voix l'inventaire de leur trésor. On croirait que ce sanctuaire a été abandonné soudainement, comme celui d'Echmoun. Je n'ai jamais entendu parler de monument où l'on ait dénombré autant d'objets précieux, même pas dissimulés.

— S'il y a bien eu un tremblement de terre, comme nous le pensons, ce pourrait être l'explication, suggéra la jeune femme en rangeant son cahier avant de s'asseoir à son tour.

— Et aucun pillard n'en aurait profité ? Ça me paraît bizarre.

— Ça l'est certainement, approuva Alvin qui venait d'entrer dans la grande tente. Mais je suis formel : cet édifice présente la même datation que l'autre.

La directrice le fixa avec stupeur.

— Cela voudrait-il dire que tout le royaume s'est arrêté de vivre au même moment ?

— On le dirait bien, acquiesça le géologue en acceptant le verre que lui tendait son collègue.

Violet se pencha en avant, les yeux brillants d'espoir.

— Aurions-nous découvert une nouvelle Pompéi ?

— Pas tout à fait, objecta l'anthropologue avec un geste de frustration. Où seraient les habitants ? Nous n'avons pas trouvé d'ossements jusqu'ici, ce qui

147

n'est pas logique. Avec ce climat très sec, nous aurions même dû retrouver des corps plus ou moins momifiés.

— Peut-être sont-ils encore quelque part sous le sable, proposa Joyce qui avait remarqué le regard déçu de la dessinatrice.

— Mais les prêtres vivaient dans les temples. Or, nous avons dégagé la presque totalité des logements de celui d'Echmoun sans rencontrer personne.

Moira hocha la tête pensivement, tout en buvant une gorgée de son sherry.

— Alors, ils auront eu le temps de fuir, ou bien les survivants ont enterré les morts avant de quitter la ville. Nous le saurons si nous mettons la main sur des tombes.

— Les nécropoles se situaient toujours hors des cités, intervint Lowell qui n'avait rien dit jusque-là. Mais, pour dénicher celle de Telgilsh, il faudrait d'abord définir les anciennes limites de l'oasis, puis creuser tout autour.

Alvin se tourna vers lui d'un air effaré.

— C'est un ouvrage colossal ! Je doute que nous ayons les finances pour l'entreprendre.

— Je ne le pense pas non plus, reconnut la directrice en masquant sa déception. Si nous parvenons déjà à nettoyer toute la plaine, ce sera bien.

Quelques jours plus tard, Bryan arriva un après-midi en apportant tous les ingrédients pour un repas de fête, à la grande surprise des scientifiques. Pourtant, il refusa de s'expliquer en adressant un charmant sourire aux curieux, puis entama une conférence avec le cuisinier du chantier, dont tout le monde fut exclu.

— À quoi riment tous ces secrets ? s'étonna Joyce qui fouillait le deuxième sanctuaire avec Moira. Es-tu au courant ?

— Non, je ne vois vraiment pas, répondit la jeune femme aussi perplexe que son amie.

— Sans doute a-t-il une bonne nouvelle à nous apprendre.

— Peut-être, mais je n'imagine absolument pas laquelle.

Repoussant à plus tard la résolution de ce mystère dont elle n'avait pas la clef, la directrice se replongea dans ses recherches avec d'autant plus d'intérêt qu'elle approchait du centre de la partie couverte, qui devait receler des pièces encore plus précieuses. Ils avaient dégagé les fondations de plusieurs petits locaux que Lowell avait identifiés comme des chapelles de dieux secondaires, sur le sol desquelles gisaient des statues en pierre figurant l'idole qui y était adorée. L'archéologue n'avait pas encore réussi à décrypter le nom de chacune, mais il y travaillait avec plus d'ardeur que sur les textes à déchiffrer.

La jeune femme buta sur quelque chose de dur sous la couche de terre, qu'elle se mit à gratter avec précaution pour ne pas risquer de briser le vestige. Après des heures de labeur acharné, une surface lisse et métallique apparut, dont la couleur ternie était indéniablement dorée. Alors, avec un frisson de plaisir, elle songea qu'il s'agissait certainement d'un objet cultuel en or massif, peut-être un calice comme celui d'Echmoun. Elle se courba de nouveau vers le sol, déterminée à lui arracher son trésor le plus vite possible, mais un bruit de pas l'interrompit.

— Qu'as-tu trouvé là ? demanda Joyce.

La directrice désigna sa découverte d'un geste plein d'orgueil.

— Un artefact en or. Sans doute utilisé durant le rite.

— Magnifique ! s'enthousiasma son amie en se penchant pour mieux voir. Mais ça devra patienter jusqu'à demain.

— Pourquoi ?

La chimiste se mit à rire.

— Mais parce que la nuit va tomber. Décidément, lorsque tu te concentres sur un sujet, tu ne vois rien d'autre.

En relevant la tête, Moira vit que le soleil atteignait le sommet des dunes, ce qui signifiait que la cuvette ne tarderait pas à être plongée dans la pénombre. Alors elle abandonna sa trouvaille à regret, en se promettant d'y revenir le lendemain, dès le petit-déjeuner avalé.

— Nous allons enfin savoir, observa Joyce en se dirigeant vers le camp.

— Savoir quoi ?

— Voyons, Moira ! Rappelle-toi de ce que Bryan a apporté tout à l'heure.

— Ah, oui ! Je n'y pensais plus. Et bien, allons nous rendre belles en son honneur.

À son entrée dans la grande tente, le jeune homme fut ravi de constater que les membres de l'équipe, répartis dans les fauteuils en l'attendant, avaient soigné leurs toilettes dans le but de se montrer à la hauteur de son repas, d'autant que lui-même s'était habillé dans un style moins décontracté que d'habitude. Il sourit devant les regards interrogateurs de ceux qu'il en était venu à considérer comme des amis.

— Allez-vous nous expliquer tous ces mystères ? lança Tyler d'un air amusé, tandis que les domestiques servaient des cocktails à la ronde.

Le pilote leva son verre en direction de sa maîtresse.

— J'ai l'impression qu'elle-même ne s'en souvient pas, mais aujourd'hui, c'est l'anniversaire de Moira.

— Est-ce vrai ? s'étonna la jeune femme. Je l'avais bel et bien oublié.

— Mon Dieu, Bryan ! Vous auriez dû nous prévenir, protesta Violet avec un peu d'humeur.

L'aviateur écarta les bras en un geste d'excuse.

— En réalité, je ne me le suis remémoré que très récemment. En faisant quelques rangements chez moi, je suis tombé sur la déclaration que nous avons dû rédiger en arrivant à Tataouine après notre accident dans le désert.

— Alors, cela fait plus d'un an que Wilson est mort, commenta Moira d'un ton songeur. C'est curieux comme il s'est effacé rapidement de ma mémoire.

— Parce que tu as toujours été occupée, assura Joyce. C'est une bonne chose. Il ne faut pas vivre dans le passé.

— Voilà un conseil très avisé à offrir à une archéologue, s'esclaffa Alvin.

Tout le monde partit d'un grand éclat de rire, tandis que Bryan s'avançait au milieu d'eux pour porter un toast à l'héroïne de la fête. Puis l'on s'installa autour du succulent dîner, auquel tous les convives firent honneur dans une ambiance joyeuse et amicale.

— Mes amis ! s'écria Moira en attaquant le premier plat. Ce jour est doublement faste. En effet, j'ai décelé un objet en or dans le grand sanctuaire, tout à l'heure.

Tyler lui adressa un regard affectueux depuis l'autre côté de la table.

— C'est une excellente nouvelle.

— Qu'est-ce que c'est ? s'enquit Violet avec curiosité.

— Je ne l'ai pas encore complètement dégagé, donc je n'ai pas pu déterminer sa forme exacte, mais je suppose que c'est un calice, comme celui du temple d'Echmoun.

Lowell, qui ne s'était guère mêlé à la conversation jusque-là, se tourna vers elle d'un air intéressé.

— Où l'as-tu trouvé ? Près du naos ?

— Pas très loin, en tout cas. Pourquoi ?

— Ce pourrait être la statue du dieu principal, prononça-t-il d'un ton pensif.

La jeune femme battit des mains avec une expression extasiée.

— Oh ! Ce serait merveilleux.

— Alors, nous verrons demain, conclut hâtivement Alvin. Si nous parlions d'autre chose ? Sinon, Bryan va nous maudire.

— Bien sûr que non, s'amusa le pilote. Je comprends qu'une telle découverte soit un véritable événement.

Quand la soirée prit fin, les amants se dirigèrent vers la tente de Moira, dans laquelle ils s'enlacèrent dès que le pan de toile se fut rabattu. Mais, avant de se déshabiller, l'aviateur sortit un petit paquet de son blouson, qu'il tendit à sa maîtresse. Sachant que les autres n'avaient rien prévu pour cette occasion qu'ils ignoraient, Bryan avait préféré attendre d'être seul avec la jeune femme afin de lui offrir son cadeau. Elle retint son souffle lorsque l'emballage révéla un ouvrage rare, écrit par un illustre professeur d'Oxford, qui recensait tous les signes de l'alphabet phénicien avec, pour chacun, sa signification et sa provenance.

— Oh ! C'est magnifique, murmura-t-elle, très émue. Comment fais-tu pour dénicher d'aussi splendides présents ?

— J'ai mes sources, répondit-il avec un sourire mystérieux.

Elle serra le recueil sur son cœur en fixant le jeune homme d'un air perplexe.

— Et moi, que puis-je faire ? Je ne sais même pas quand tombe ton anniversaire.

— Aucune importance, affirma-t-il avec insouciance tout en se dirigeant vers le lit.

— Ne crois pas que tu vas t'en tirer comme ça, menaça-t-elle en riant.

Elle rangea son livre parmi le peu de possessions auxquelles elle tenait, puis alla se glisser dans les bras de son amant, heureuse d'oublier ses ennuis pour quelques heures.

Le lendemain, lorsque Bryan fut parti, la jeune femme retourna sur le site du sanctuaire avec Alvin, afin de dégager l'objet entrevu la veille, tandis que les ouvriers continuaient leur va-et-vient incessant pour emporter les tonnes de sable qui encombraient le monument. Peu à peu, les contours de la chose se précisaient, laissant apparaître des formes chantournées qui ne pouvaient appartenir à un simple calice. À midi, ils avaient fait la moitié du travail, mais n'osaient pas crier victoire trop tôt, alors ils se contentèrent d'expliquer qu'ils n'avaient pas encore identifié l'artefact. Pourtant, plus l'après-midi s'avançait, plus ils devaient se rendre à l'évidence : Lowell avait raison. Finalement, Alvin souleva la statue enfin libérée de sa gangue de terre, sous les yeux de Moira, fascinée par la finesse de la sculpture et des gravures qui l'ornaient.

— C'est la plus belle pièce que nous ayons mise au jour, s'extasia-t-elle. Elle sera sublime dans une vitrine du British Museum.

Le géologue acquiesça, mais son sourire se muait en expression soucieuse.

— Je me demande si nous n'aurions pas intérêt à expédier nos objets les plus précieux dès maintenant.

— Pourquoi donc ?

— Parce qu'il y a beaucoup de vols sur les chantiers de fouilles.

— Ici, ce serait difficile, objecta la jeune femme en caressant le dieu avec tendresse. Rien ne peut entrer ni sortir sans que Bryan soit au courant. Jamais il ne serait complice d'un tel forfait.

— Oui, c'est vrai. Mais je n'aime pas voir s'entasser de tels trésors dans une tente.

Elle prit l'idole dans ses bras avec autant de précautions qu'une mère portant son enfant.

— Ne t'inquiète pas comme ça, voyons. Allons plutôt montrer notre trouvaille aux autres.

Tout le monde applaudit la superbe statuette en or massif que la directrice brandissait fièrement. Pour que son équipe pût l'admirer, elle la déposa sur une table placée au centre du salon, où chacun la détailla tour à tour en s'émerveillant de sa facture soignée. Moira n'oublia pas de féliciter Lowell pour son intuition qui s'était révélée si juste, pendant qu'il se penchait avec émotion sur les signes gravés dans le dos de la figurine. Cette fois, il ne lui fallut pas longtemps pour les déchiffrer, à la grande surprise de ses collègues.

— Il s'agit de Baal, annonça-t-il en se redressant. Cela explique la différence de construction entre les deux temples. Les sanctuaires de Baal comprenaient toujours une vaste surface pour accueillir le public les jours de fêtes religieuses, c'est la première cour derrière le mur de façade. Il devrait comporter aussi une caverne creusée dans le roc, réservée aux prêtres, mais, ici où il n'y a pas de falaise, je suppose qu'ils se sont érigé un espace à l'arrière du bâtiment.

Enfin, nous devrions exhumer une fosse dans laquelle ils mettaient les restes des victimes sacrificielles.

— Mais alors, que représentent les autres statues qui gisaient dans le même périmètre ? demanda Violet en se laissant tomber dans un fauteuil.

— Et que sont les pièces que tu qualifiais de chapelles ? ajouta Joyce qui s'approchait à son tour de l'idole.

L'archéologue contempla la sculpture d'un œil de propriétaire.

— Ce sont bien des chapelles dédiées à des divinités secondaires. Je suis sûr que parmi elles, nous trouverons son fils, le dieu Aliyan, et sa parèdre, la déesse Anath.

— C'est fantastique, se réjouit Moira, qui aurait aimé partager son bonheur avec son amant. Nous avons vraiment un site extraordinaire.

— En tout cas, cela nous promet encore de belles trouvailles, renchérit Tyler avec un sourire paternel à l'adresse de la jeune femme.

La chimiste récupéra la statuette pour l'emporter dans son atelier, où elle se chargerait de la débarrasser de la terre qui y adhérait encore, afin de lui rendre son éclat d'antan, avant de la ranger dans la tente où l'on stockait les artefacts étiquetés et recensés. Ce soir-là, trop excitée pour dormir, la directrice du chantier se mit à son bureau afin de rédiger une longue lettre à Fergus Noor qu'elle informait de tous les événements qui survenaient sur le terrain.

Dès le lendemain, ils s'attaquèrent au déblaiement du naos du temple avec une énergie renouvelée, en rêvant de dénicher de nouveaux trésors sans oser l'exprimer, tellement une découverte de cette nature semblait exceptionnelle. Mais la chance était avec eux. Après la précieuse figurine, ils trouvèrent les immenses monolithes rectangulaires, qui formaient le toit, presque debout, enchevêtrés les uns contre les autres, ce qui les avait empêchés d'écraser ce qui se trouvait en dessous lorsqu'ils étaient tombés à la suite du probable séisme. Après avoir dégagé le sable qui s'était accumulé durant des siècles, Alvin se glissa dans l'ouverture ainsi pratiquée, s'avança dans le sombre boyau, jusqu'à ce qu'il poussât un cri de joie en effleurant une paroi de pierre lisse.

— Est-ce quelque chose d'intéressant ? demanda Moira qui se tenait à l'entrée des éboulis.

— Je suis sûr que c'est le tabernacle de notre dieu, lui répondit la voix lointaine et étouffée du géologue.

— N'est-il pas brisé ?

— Je ne crois pas.

Alvin parvint à s'extraire, non sans mal, du tunnel formé par les énormes dalles, puis sourit à la jeune femme tout en époussetant ses vêtements.

— Je pense qu'il est en granit. Il paraît assez imposant, au moins sept pieds de haut.

— Comment allons-nous le sortir de là ? s'inquiéta la directrice en se penchant vers le trou obscur.

— Je n'en sais rien. J'ai un peu peur qu'en faisant bouger l'un de ces blocs, nous ne provoquions une réaction en chaîne.

Elle frissonna en imaginant la scène.

— Ils vont s'aplatir les uns sur les autres comme des dominos. Oui, c'est effectivement ce que je crains. Sans compter le danger pour les ouvriers. Je ne veux pas de nouvel accident sur le chantier.

Toute l'équipe s'assembla autour du cœur du sanctuaire pour observer l'état des vestiges, en discutant de la meilleure façon d'enlever la trouvaille d'Alvin, sans risque pour les manœuvres. Ils devaient également décider de ce qu'il fallait faire des monolithes dont le poids constituait une sérieuse objection à un éventuel déplacement.

— Comment les bâtisseurs de l'époque arrivaient-ils à manipuler des pierres de cette taille ? s'étonna Moira. Alors que nous, même avec nos moyens modernes, nous rencontrons des difficultés.

— C'est l'un des grands mystères non résolus, repartit Lowell qui jaugeait le chaos. En Égypte aussi, ils s'interrogent sur la construction des temples et des pyramides. Chaque historien a sa propre théorie, mais aucune ne semble totalement satisfaisante.

— Et toi ? Quelle est la tienne ? demanda Violet gentiment.

— Oh, je n'ai pas la prétention de détenir la vérité, protesta le jeune homme en rougissant.

— Mais tu as bien une idée.

— Je crois qu'ils ont dû combiner plusieurs techniques, mais surtout, se servir du sable omniprésent pour combler les vides. D'ailleurs, nous devrions nous en inspirer afin de prévenir une chute.

— Comment ça ? questionna Tyler.

L'archéologue s'approcha davantage, en soulignant ses propos de gestes explicatifs.

— Voyez ces dalles. Elles se soutiennent les unes les autres, mais elles s'appuient aussi sur le sable qui les recouvre. Contrairement à notre habitude, il faut le laisser sur place en ne bougeant qu'un bloc à la fois.

— Voilà qui est très ingénieux, commenta la directrice d'un ton admiratif.

— Nous pouvons même en rajouter si nous pensons que l'un des monolithes est en équilibre précaire, ajouta Alvin d'un ton approbateur. Ici, c'est un matériau abondant et gratuit.

Moira se tourna vers ses collègues d'un air indécis.

— Bon, mais une fois ces pierres au sol, qu'en faisons-nous ?

— On peut les emporter à la périphérie du site en les traînant avec des cordes, suggéra l'anthropologue.

— Cela me paraît bien, approuva la jeune femme en regardant Lowell qui acquiesça.

Le travail débuta dès le lendemain. Pour une besogne aussi compliquée, Moira avait décidé de suspendre l'activité dans les autres secteurs, afin d'affecter tous les ouvriers au dégagement des dalles, en insistant sur le respect des mesures draconiennes de sécurité. Ils avançaient très lentement, ôtaient le sable autour de chaque bloc en évitant de le déséquilibrer, puis le déposaient sur le sol pouce par pouce, en le retenant avec les câbles dont ils l'avaient entouré. Pour une fois, la jeune femme préférait que les manœuvres prennent tout leur temps, afin qu'il n'y eût aucun problème. Elle venait sur le temple pour observer la libération progressive des monolithes qui avaient jadis formé le toit de ce monument, puis, en souriant, elle se penchait dans l'espoir d'apercevoir le tabernacle qu'ils cachaient encore.

Comme aucune autre recherche n'était menée en parallèle, elle en profitait pour se consacrer aux tâches administratives qui s'accumulaient sur son bureau, puis elle passait ses heures libres à étudier le livre que Bryan lui avait offert pour son anniversaire. Par délicatesse, ses amis n'ayant pu lui offrir de cadeau à cette occasion, elle n'en avait pas parlé, afin de ne pas les embarrasser. De leur côté, les membres de l'équipe se servaient de cette période plus calme pour terminer les analyses en cours ou mettre à jour les comptes rendus de fouilles, sauf Lowell qui peinait toujours sur la traduction des papyrus et des tablettes de cire. Ce fut dans ce contexte tranquille qu'un matin Joyce vint trouver Moira d'un air ennuyé.

— Dis-moi, as-tu pris des artefacts dans l'entrepôt ?

Assise à sa table, la jeune femme leva les yeux vers son amie avec étonnement.

— Non, pourquoi l'aurais-je fait ?

— Je ne sais pas, moi, grogna la chimiste en s'appuyant d'une épaule contre l'un des poteaux de soutien. Pour en faire la description ou le recensement, par exemple.

La directrice recula son siège pour fixer sa visiteuse.

— Ce n'est pas le cas. Pourquoi me demandes-tu ça ?

Joyce fit quelques pas dans l'étroit espace entre l'ouverture et le bureau, puis se planta devant sa supérieure.

— Parce que je suis allée dans cette tente, tout à l'heure, où j'ai constaté qu'il manque plusieurs pièces parmi les plus précieuses, comme le calice d'Echmoun.

— Pardon ? sursauta Moira en se redressant vivement. Mais où sont-elles ?

— C'est justement ce que je voulais savoir.

— As-tu consulté les autres ?

— Non, tu étais la plus susceptible de les avoir empruntées.

Bien décidée à recouvrer ses trésors, la jeune femme sauta sur ses pieds sans prendre la peine de ranger ses documents, puis quitta son bureau en s'interrogeant sur la raison d'une telle disparition. Accompagnée de son amie, elle fit le tour du chantier pour questionner chaque membre de l'équipe, mais tous lui répondirent par la négative avant de la suivre dans son périple. C'est ainsi que le groupe entier aboutit dans la réserve dont chacun fouilla les moindres recoins avec fébrilité, dans l'espoir que les objets perdus ne soient que tombés derrière les étagères. Pourtant, lorsqu'ils se regroupèrent au centre de l'abri en échangeant des coups d'œil incrédules, ils furent bien obligés d'admettre qu'ils avaient ratissé toute la superficie en vain.

— Ce n'est pas possible ! s'exclama Tyler avec désespoir. Ils ne peuvent pas être loin.

— C'est certain, approuva la directrice en considérant les alentours d'un air vague. Bryan n'est même pas venu ces jours-ci, donc les artefacts sont forcément quelque part sur le site !

Alvin se tourna vers l'issue avec énergie.

— Cherchons partout.

— Oui, appuya Lowell qui semblait le plus furieux de la bande. Nous les retrouverons sûrement.

Ils visitèrent le salon, les laboratoires de Joyce, Alvin et Tyler, puis, quand il devint évident que les pièces volatilisées n'étaient pas dans les locaux communs, ils se dirigèrent vers les logements. Montrant l'exemple, la responsable ouvrit sa tente, puis se posta à l'entrée, les bras croisés.

— Allez-y, regardez partout. Je ne veux pas voir un seul endroit épargné, recommanda-t-elle.

Un peu gênés, ils obéirent, enclins pourtant à passer rapidement sur sa malle à vêtements ainsi que sa correspondance privée, mais elle insista pour qu'ils examinent l'ensemble de ses possessions en détail, avant de rappeler qu'ils auraient à subir la même chose. Alors, malgré leurs scrupules, ils passèrent au crible tout ce qui meublait l'espace exigu, sans découvrir ce qu'ils recherchaient. La scène se renouvela dans chacun des logis de toile, dont l'occupant demeurait à l'écart afin que nul ne pût contester les résultats de l'inspection. Cependant, ils quittèrent le dernier sans avoir remis la main sur leur trésor.

— Il ne nous reste plus que le personnel, conclut Moira lorsqu'ils furent revenus dans la salle commune.

— Pourquoi l'un d'eux aurait-il commis une telle idiotie ? s'étonna Violet en se jetant sur un fauteuil. Isolés comme nous le sommes, ils savent qu'ils n'ont aucune chance de s'en tirer sans problème.

La directrice saisit un crayon qui traînait sur une table, puis joua distraitement avec en fronçant les sourcils d'un air perplexe.

— Je suis d'accord, ce vol n'a aucun sens. Pourtant, il a bien eu lieu. Donc, nous devons récupérer ces objets.

— Soyons très prudents avec les ouvriers, conseilla Tyler, appuyé des deux mains sur le dossier d'un siège. Si nous les accusons à tort, ils sont capables d'arrêter le travail immédiatement.

La jeune femme balaya son équipe des yeux, avant d'aller s'asseoir auprès de son amie.

— Alors, Alvin et toi, chargez-vous-en. Il vaut mieux éviter que nous leur tombions tous dessus.

— Nous userons de tact et de diplomatie, promit le géologue en se dirigeant vers l'extérieur, suivi de son collègue.

Les deux hommes réussirent à convaincre les employés tunisiens que cette perquisition était dans leur intérêt, afin de les blanchir de la suspicion qui planait sur le chantier, puis ils la menèrent tambour battant avant que nul n'eût pu changer d'avis, mais en vain. Quand ils rejoignirent leurs amis, qui n'avaient pas pu se résoudre à reprendre une activité, leurs visages parlaient pour eux.

— Cela devient carrément surréaliste ! s'écria Moira agacée. S'il n'y avait pas les photos et les dessins de Violet, je dirais que nous avons été victimes d'une hallucination collective. Comment ces artefacts ont-ils pu s'évaporer ainsi, sans laisser de traces ?

Tyler s'assit d'un air accablé.

— Une chose est sûre, c'est qu'ils n'ont pas pu sortir du site. Le voleur les a cachés quelque part dans le coin, sans doute pas très loin.

— Oui, mais où chercher dans cette immensité ? rétorqua Alvin en écartant les bras d'un geste large qui englobait l'ensemble de la plaine.

Violet regarda son amie avec un soupir de découragement.

— En tout cas, maintenant, nous savons avec certitude que c'est un vol délibéré.

— Ce ne peut être que l'un des tâcherons, déclara Lowell d'un ton sans réplique.

La directrice se leva brusquement, incapable de rester oisive plus longtemps.

— Gardons-nous d'accuser quiconque sans preuve. Soyez très vigilants et prévenez-moi aussitôt si vous constatez quoi que ce soit d'inhabituel. Pour le moment, j'ai peur qu'il n'y ait rien d'autre à entreprendre.

Elle quitta la tente d'un pas vif, sous les yeux de ses subordonnés qui retournèrent, eux aussi, vers le travail qu'ils avaient abandonné, mais ils passèrent plus de temps à s'interroger sur les raisons de ce vol qu'à s'immerger dans leur besogne. Au lieu de se remettre à étudier les dossiers qu'elle avait ouverts avant cette interruption, Moira rédigea un courrier relatant les faits avec précision pour Fergus Noor, dans l'espoir qu'il lui donnerait de bons conseils afin de dénouer la crise sans trop de dégâts, d'autant qu'elle ne croyait pas un instant que le malfaiteur fût l'un des ouvriers. Repoussant son instinct qui lui désignait un coupable trop évident, elle passa en revue chacun des membres de son équipe, en s'efforçant d'oublier qu'elle les considérait comme des amis, pour déterminer ce qui motivait une telle action. La voix de Bryan lui murmurait à l'oreille que ce délit avait été commis pour nuire au chantier ou bien la visait personnellement, comme il l'avait déjà affirmé lors de la chute de la colonne. Mais elle ne voyait pas qui avait intérêt à ruiner ces recherches ni qui lui en voulait au point d'aller jusqu'à commettre un crime. Avec un profond sentiment de découragement, elle songea qu'elle n'aurait pas dû revenir là, que cet endroit ne lui avait jamais apporté que des ennuis, qu'il ne pouvait qu'être maudit par les dieux. Puis, avec un sursaut de surprise, elle chercha d'où lui venaient de telles pensées, mais seules les images issues de ses rêves trop réels paraissaient y répondre, comme si ces visions et le présent n'étaient que deux facettes d'une même vérité. Pourtant, les cauchemars inconsistants qui la hantaient n'avaient rien de commun avec les graves soucis que lui causait la direction des fouilles de la cité. En soupirant, elle cacheta son enveloppe pour la confier à Bryan dès qu'il reviendrait, tout en se promettant de lui révéler les derniers événements, afin qu'il fût encore plus vigilant sur la nature de la cargaison qu'on lui remettait.

— Bon ! Une question se pose maintenant, commença-t-elle lorsqu'ils se retrouvèrent pour le dîner. Faut-il avertir la police ?

— Il me semble que nous n'avons pas le choix, acquiesça Lowell, le nez dans son assiette.

Tyler reposa bruyamment ses couverts en dardant un regard désapprobateur sur la jeune femme.

— Je ne suis pas d'accord. Si nous étions dans une colonie anglaise, je ne dis pas. Mais l'administration française est tellement lourde, que nous serions tous arrêtés avant d'avoir pu nous expliquer.

— Sans compter que nous pourrions dire adieu à notre site, renchérit Alvin en repoussant le plat qu'on lui proposait, l'appétit coupé. Je crois que nous devons régler cela en interne. Après tout, nous savons que les pièces sont toujours ici.

L'archéologue se décida à relever la tête pour soutenir son point de vue.

— Si nous ne disons rien et que quelqu'un le découvre, ce sera pire encore.

— Nous sommes les seuls au courant. Pour qu'un étranger l'apprenne, il faudrait que l'un d'entre nous le révèle, répliqua Joyce d'un ton glacial avec un coup d'œil soupçonneux à l'adresse du jeune homme. Laissons-nous un peu de temps. Ensuite seulement, si nous n'arrivons à rien, nous ferons intervenir les autorités.

Tout le monde se rallia à sa suggestion, puis l'on changea de sujet afin d'alléger l'atmosphère.

D'inquiétantes pénuries

Juin — juillet 684 av. J.-C.

Les invités avaient quitté Telgilsh sans que l'on eût fait la moindre allusion à un futur mariage entre Adonia et Sikarbaal, au grand dam de Coriandre. La jeune fille savait qu'elle n'avait obtenu qu'un court répit avant que ses proches la harcèlent de plus belle pour lui arracher au moins une promesse, mais elle ne se sentait pas capable de sacrifier son amour de jeunesse, même pour accomplir son devoir de souveraine. Plus que jamais, elle regrettait la mort prématurée de son père, qui l'obligeait à s'occuper de tant de choses diverses à la fois, sans lui laisser le temps de prendre le recul nécessaire à la situation. Depuis le départ des visiteurs, Hailama se montrait encore plus empressé auprès d'elle, dans l'espoir qu'elle se consacrât entièrement à lui.

De leur côté, le vizir et le grand prêtre, navrés de l'incertitude qu'entretenait la reine, cherchaient comment l'inciter à enfin accepter cette union sans risquer un refus définitif. Confortablement installés dans les luxueux fauteuils de l'appartement du prélat, ils en débattaient à n'en plus finir, mais leur découragement augmentait à mesure que les semaines s'écoulaient.

— Peut-être devrais-tu lui en parler à nouveau, observa Coriandre d'un air soucieux.

— Nous en avons déjà discuté cent fois, soupira Itthobaal en passant une main sur son crâne rasé. J'ai peur qu'elle se bute si j'insiste trop.

Le vizir but une gorgée de l'excellent vin de son hôte, sans parvenir à l'apprécier tellement il s'inquiétait pour l'avenir du royaume.

— Oui, mais ni le roi ni le prince n'attendront éternellement. Si ce mariage est vital pour nous, il ne l'est pas pour eux.

159

— Je sais, et je crois qu'elle aussi. Elle y viendra, mais elle souffre d'abandonner ses rêves d'enfant.

Coriandre heurta un peu brutalement sa coupe sur la table près de lui, en grommelant d'un air mécontent.

— Il est grand temps, cependant. Elle a déjà seize ans. De plus, je crains que son cousin n'en reste pas là.

— Il semble pourtant s'être calmé, objecta le grand prêtre en piochant dans une coupelle de dattes. Il ne s'est rien produit d'anormal depuis longtemps.

— C'est bien ce qui m'inquiète.

Alors que l'on arrivait en Kiraru[14] de l'an deux du règne d'Adonia, la paix régnait toujours sur la cité qui s'endormait dans la chaleur de l'été. Cette fois-ci, Barekbaal se montrait particulièrement attentif aux calculs que ses fonctionnaires effectuaient d'après le recensement des récoltes et des revenus divers, afin que l'erreur de l'année précédente ne se reproduisît pas. Confiante dans ses conseillers, la souveraine osait espérer que, devant les échecs répétés de ses minables complots, Belshazzar avait définitivement renoncé à ses vaines tentatives de lui nuire. D'ailleurs, les douze mois écoulés sans qu'il se fût manifesté d'une quelconque manière la renforçaient dans son optimisme prudent, quoiqu'elle maintînt une vigilance de tous les instants.

L'activité du palais se ralentissait, comme celle de la ville. Les dossiers à traiter se raréfiant, la jeune fille sommeillait durant les heures les plus chaudes, à l'instar de ses concitoyens. Par contre, lorsque la touffeur s'allégeait, elle appréciait de retrouver ses compagnons pour partager le dîner avec eux en bavardant à bâtons rompus.

— Qu'est-ce que c'est que ce plat ? s'étonna-t-elle un soir, en repoussant le récipient avec une grimace écœurée. Il n'a aucun goût.

— Je ne sais pas, répondit Coriandre tout aussi surpris, mais tu as raison. Le cuisinier nous a habitués à mieux.

Hailama reposa son écuelle en grognant de dépit.

— C'est tout simplement infect.

— Que l'on fasse venir le chef, ordonna la reine à un domestique qui se hâta d'obéir.

Celui-ci parut avec empressement, s'inclina devant la jeune fille, puis attendit d'un air inquiet qu'elle prît la parole.

— Que se passe-t-il ? Aurais-tu perdu la main ? Ces préparations sont terriblement fades.

— Je suis navré, Votre Majesté, mais je n'ai plus d'aromates pour relever mes recettes.

Adonia le toisa depuis son fauteuil en fronçant les sourcils d'un air sévère.

— Comment se fait-il ? As-tu omis d'en commander ?

L'homme écarta les bras en signe d'impuissance.

---

[14] Mois correspondant à juillet

— Non, mais je n'ai pas été livré. On m'a dit que les marchands ne s'étaient pas présentés.

— Qu'est-ce que c'est encore que cette histoire ? s'exclama la souveraine en regardant son vizir. Ces problèmes de ravitaillement ne vont pas recommencer.

Le Premier ministre s'efforça de cacher son trouble pour ne pas angoisser davantage la jeune fille.

— Je vais me renseigner dès demain. C'est peut-être juste un oubli.

— Très bien. Fais de ton mieux, recommanda Adonia au cuisinier avant de le renvoyer à ses fourneaux.

Le lendemain matin, Coriandre consulta Ahirom, visiblement perplexe devant cette affaire dont il affirmait tout ignorer. Cependant, il s'engagea, lui aussi, à découvrir pourquoi le palais n'avait pas reçu les provisions qu'il désirait, mais l'enquête traîna en longueur, au point que la jeune fille s'impatientait, lorsque quatre jours plus tard, le conseiller vint enfin lui faire un rapport sur ce qu'il avait appris.

— Je n'ai pas trouvé grand-chose. Les vendeurs qui transportent les épices ne sont pas venus depuis la fin de Dubuhana[15], mais je ne sais pas pourquoi. Malheureusement, il n'y en a plus la moindre réserve dans la cité.

— En as-tu discuté avec les chefs des caravanes ? interrogea Coriandre qui se tenait debout derrière la reine.

Le responsable du Commerce acquiesça d'un air navré.

— Oui, mais ils ne sont au courant de rien. Ils ont seulement constaté que leurs collègues n'étaient pas là.

— C'est très ennuyeux, insista Adonia d'un ton pressant. Bien sûr, cela rend nos repas peu appétissants, mais, ce qui est plus important, nous en avons besoin pour confectionner des remèdes, sans parler de la cosmétique. Il faut absolument obtenir ces livraisons.

— J'ai demandé à tous les commerçants de transmettre nos requêtes à leurs confrères dès qu'ils les rencontreront, assura Ahirom avec un sourire lénifiant. Espérons que ça ne tardera pas trop.

Le vizir fit quelques pas dans le bureau royal, puis se retourna vers le ministre d'un air contrarié.

— Alors, il ne nous reste plus qu'à patienter.

Mais les jours passèrent sans régler le souci. Les convois qui se présentaient à Telgilsh n'apportaient toujours aucun condiment, tandis que le conseiller s'agitait sans parvenir à rétablir la situation. Tourmentée par ces nouveaux ennuis, la souveraine ne dormait plus malgré la canicule qui s'appesantissait sur la ville. Chaque fois, qu'elle s'allongeait pour se détendre un peu, elle croyait voir son cousin ricaner sournoisement en la mettant au défi de contrer cette machination bien huilée.

---

[15] Mois correspondant à juin

— Crois-tu que ça provienne encore de Belshazzar ? s'enquit Hailama, un soir où il était venu la rejoindre.

Elle soupira en renversant la tête sur son oreiller.

— De qui d'autre sinon ?

— Peut-être y a-t-il vraiment un problème de fourniture dans les ports, suggéra-t-il en s'appuyant sur un coude pour mieux la regarder.

— J'en doute. Nous aurions été prévenus par nos alliés.

— Alors, que comptes-tu faire ?

D'un coup de rein, elle s'assit sur le lit en désordre.

— C'est bien la question. Jusque-là, Ahirom avait toujours réussi à dissiper nos tracas, mais, actuellement, il semble se heurter à de grandes difficultés.

— Si je peux t'aider sur ce sujet, dis-le-moi, offrit le jeune homme en posant les mains sur les épaules dénudées de sa compagne. Je ferais n'importe quoi pour toi.

Elle se blottit contre lui, mais elle songeait avec remords que Sikarbaal aurait facilement remédié à ces désagréments grâce aux moyens dont il disposait.

— Je sais. Mais, aujourd'hui, il ne s'agit pas d'aller courir après une caravane pour en interroger le chef, hélas. Ce serait trop simple.

Tous les soirs, la jeune fille faisait le point avec ses collaborateurs sur l'état des approvisionnements de la cité, avec la crainte que d'autres produits manquent à leur tour, mais, pour le moment, seuls les aromates semblaient touchés par la pénurie. Chaque jour, au lieu du réconfort qu'elle espérait, elle devait supporter les plates excuses du ministre du Commerce qui n'avançait pas dans ses investigations. Dans la ville, la grogne montait devant ces carences inexpliquées, tandis que certaines mauvaises langues accusaient le palais de monopoliser ces denrées très recherchées. Afin de calmer la plèbe avant qu'elle devînt incontrôlable, Adonia se résolut à apparaître en public afin d'expliquer la conjoncture, tout en regrettant de n'avoir aucune solution à proposer. Mais, alors qu'elle se préparait à cette confrontation délicate, Itthobaal vint lui demander audience.

— J'espère que tu ne viens pas m'apprendre une catastrophe, toi aussi, lui jeta la jeune fille en guise de bienvenue.

— Que Baal m'en protège, répondit-il sans se froisser devant cette nervosité compréhensible.

Elle s'installa à sa table de toilette pour que sa servante la coiffât, en essayant de se détendre un peu.

— Alors, tant mieux. Que veux-tu ?

— Mon établissement possède encore quelques réserves d'épices, et je crois que Balzer en a également. Alors, je te suggère de les distribuer au peuple, mais en les conservant pour les cas importants.

Enchantée de ce répit qui lui était accordé, la reine ne put s'empêcher de battre des mains.

— Ainsi, nous pourrons fabriquer des remèdes pour les malades. Merci, It-thobaal. Je ne sais vraiment pas ce que je ferais sans toi.

— C'est aussi le rôle des sanctuaires de préserver la population, affirma-t-il en s'approchant d'elle avec un sourire affectueux. Cela te permettra d'apaiser les esprits. Je vais aller au temple d'Echmoun afin de mettre nos biens en commun.

— Entendu.

Grâce à ce précieux appui, Adonia se présenta devant ses sujets avec plus d'assurance qu'elle ne l'avait espéré. Scrutant la foule rassemblée sur la vaste esplanade depuis la fenêtre des apparitions, elle ne découvrit que peu de visages renfrognés au milieu d'une assistance plutôt perplexe face à ces événements incompréhensibles. Elle commença donc son discours par un point précis de la situation, révéla qu'une enquête était en cours pour déterminer les causes de cette pénurie, puis elle annonça la bonne nouvelle que le prélat lui avait apportée un peu plus tôt. À mesure qu'elle parlait, des signes de satisfaction apparaissaient parmi son auditoire, jusqu'à se transformer en murmures approbateurs, voire en sourires. Un peu rassurée, la souveraine se rendit à son bureau, bien consciente qu'elle venait d'obtenir un délai qui ne lui épargnerait pas la colère de la populace si les livraisons n'étaient pas rapidement rétablies.

— Ce n'est pas vrai ! Elle ne va quand même pas gagner à tous les coups, ragea Belshazzar en rejoignant son logement.

— Calme-toi, conseilla Hyrum qui suivait les couloirs avec lui. Elle n'a réussi qu'à repousser l'échéance, c'est tout.

L'adolescent pénétra dans son appartement qui aurait pu être luxueux s'il n'avait pas la mauvaise habitude de casser tout ce qui lui tombait sous la main.

— Cet Itthobaal, quelle plaie ! Il est toujours plein de ressources.

— C'est normal, observa son ami en refermant la porte sur eux. Le grand prêtre de Baal dispose d'un domaine étendu, ainsi que de revenus considérables. Mais ils ne sont pas illimités non plus.

Le prince se retourna vers lui en brandissant un index menaçant.

— As-tu entendu ce qu'elle a dit au sujet du sanctuaire d'Echmoun ? Si Balzer me trahit, il le regrettera.

— Il ne peut pas refuser de donner ce qu'exige Itthobaal au nom du temple, rétorqua le jeune noble en s'alanguissant sur un empilement de coussins. D'ailleurs, s'il était déchu, il ne nous servirait plus à rien. Prends patience. Ce n'est que la première phase de notre plan, elle déchantera vite, crois-moi.

— Si tu le dis… Mais les rumeurs, que nous avons lancées, n'ont eu aucun effet sur le peuple, qui lui garde sa confiance.

Hyrum se versa à boire, puis leva sa coupe nonchalamment.

— Cela, non plus, ne durera pas.

— C'est possible, mais je voudrais déjà la voir vaincue, maugréa Belshazzar qui faisait les cent pas dans la pièce, les bras dans le dos.

Pendant ce temps, la jeune fille demandait à Ahirom d'activer ses recherches, mais aussi de s'arranger pour faire venir des marchands d'épices, quelle que fût la façon employée. Celui-ci lui assura qu'il avait déjà envoyé des messagers vers les cités de tous les alliés afin de remédier au problème.

— Bien, approuva Adonia accoudée à la fenêtre, son regard effleurant vaguement le mur d'enceinte. Je sais que nos amis ne nous laisseraient jamais dans l'embarras, alors nous ne devrions plus tarder à être approvisionnés.

Le conseiller acquiesça d'un air pénétré.

— J'en suis certain.

— L'urgence est de régler la situation, reprit la reine en s'arrachant à sa contemplation pour arpenter le bureau, mais cette fois-ci, je veux savoir qui se livre à des manœuvres aussi méprisables. Nous devons identifier le traître.

Paltibaal, devant qui elle s'était arrêtée, écarta les mains pour souligner son propos.

— Nous nous y emploierons de notre mieux. J'ai mis mes meilleurs enquêteurs sur l'affaire.

— De mon côté, je vous ferai part de tout ce que j'apprendrai, affirma le ministre du Commerce en se dirigeant vers la porte.

Un timide espoir apparaissait, permettant à la jeune fille de se persuader que cette histoire ne serait bientôt plus qu'un désagréable souvenir, tout comme les précédentes initiatives de son cousin. Mais, convaincue désormais qu'il ne cesserait jamais d'intriguer pour lui ravir le trône, elle prit la décision de le mettre hors d'état de nuire, en le privant de ses complices qu'elle ferait supprimer dès qu'elle les aurait découverts, afin de rétablir définitivement le calme dans le royaume.

Chaque jour, Adonia attendait des nouvelles du convoi tant espéré, en souhaitant, sans vouloir se l'avouer, qu'il vînt de Macar Uiat plutôt que de l'une des autres villes amies. Mais rien ne changeait. Des caravanes passaient par Telgilsh, troquaient leurs produits contre les productions de la cité, sans que l'on trouvât la moindre trace de la précieuse denrée dans les échanges. Ahirom, qui se chargeait d'interroger les négociants lui-même, revenait toujours avec des réponses identiques, personne ne savait pourquoi les vendeurs d'épices ne se joignaient plus à leurs collègues.

Une semaine plus tard, la reine, qui avait réuni ses collaborateurs comme tous les soirs, pointait les arrivages journaliers lorsqu'elle s'immobilisa, le pinceau en l'air, sourcils froncés.

— Qu'y a-t-il ? demanda Coriandre étonné.

— Baldo, montre-moi les listes de marchandises d'hier et d'avant-hier, ordonna-t-elle d'un ton sec.

Le scribe s'exécuta sans poser de questions, sous les regards surpris des conseillers.

— C'est bien ce qui me semblait, constata-t-elle en parcourant rapidement les feuillets. Cela fait trois jours que nous n'avons pas reçu de primeurs.

— C'est un peu long, reconnut le vizir.

Elle lui jeta un coup d'œil sévère, comme si elle s'agaçait de sa lenteur d'esprit.

— Ce n'est pas normal. D'ordinaire, nous en recevons tous les jours, parfois tous les deux jours, au minimum. Ahirom, renseigne-toi dès demain. Il y a encore quelque machination là-dessous.

— Je m'en occupe, promit le responsable du Commerce avec empressement.

— Ne crois-tu pas que tu t'inquiètes trop vite ? s'enquit Coriandre perplexe.

Elle posa son écritoire, puis se leva pour arpenter la pièce nerveusement.

— Sûrement pas. Il faut étouffer dans l'œuf cette nouvelle tentative. L'oasis ne produit pas assez de légumes pour nourrir tout le monde. Si nous ne réagissons pas immédiatement, nous allons tous mourir de faim. Belshazzar est un imbécile s'il imagine se concilier le peuple en l'affamant.

— Oh ! Même lui n'irait pas jusque-là, protesta Paltibaal choqué.

Elle se retourna vivement vers lui.

— Il est capable de tout. Mais je protégerai mes sujets de ses initiatives démentes.

— Il est encore possible que ces denrées nous parviennent demain, insista le vizir avec optimisme.

— Si c'est le cas, tant mieux.

Malheureusement, la jeune fille avait raison. Ahirom revint le lendemain en annonçant qu'aucun légume n'avait été apporté par les caravanes arrivées ce jour-là. Aussitôt, la souveraine réunit ses conseillers pour rétablir la situation avant qu'elle ne devînt dramatique. Les champs de Telgilsh produisaient principalement du blé et de l'orge dont on exportait une grande partie ; les maraîchers cultivaient des salades, des concombres et des oignons, mais pas les lentilles qui constituaient la base de l'alimentation de la plèbe ; enfin, l'on trouvait des palmiers dattiers le long du cours d'eau. Rien de tout cela ne suffisait aux besoins d'une population citadine riche d'environ un millier d'âmes. Bien sûr, il restait les livraisons de viande et de poisson, qui se poursuivaient toujours, mais seuls les plus aisés se permettaient d'en manger tous les jours. Cela voulait dire que les familles les plus misérables du royaume allaient, cette fois, pâtir des odieuses manigances de Belshazzar, ce qu'Adonia n'acceptait pas. Elle décida de sortir du palais avec ses proches, afin de recenser elle-même les ressources disponibles en produits frais, dans l'espoir de déterminer les solutions les mieux adaptées à ce problème.

Quelques heures plus tard, plusieurs chars entourés par une escorte de soldats quittèrent l'enceinte royale, sous l'œil narquois de Belshazzar qui les observait depuis sa fenêtre, dissimulé par un rideau.

— Elle s'en est rendu compte un peu trop tôt à mon goût, remarqua-t-il d'un ton dépité.

— Ça ne changera rien, assura Hyrum derrière lui. Elle ne peut pas obliger nos terres à rapporter plus qu'elles ne donnent déjà, tu le sais.

Le prince ne quittait pas des yeux le convoi qui s'éloignait en direction de la rivière.

— C'est ce que ton père nous a affirmé, mais il n'est pas paysan, après tout.

— Si c'était possible, ce serait déjà fait, ne penses-tu pas ?

Ayant perdu sa cible, le jeune homme se retourna avec une grimace dubitative.

— Je ne suis plus sûr de rien. Elle est capable de tout.

— Allons ! Ne t'inquiète pas comme ça, voyons, insista son ami en haussant les épaules. Nous réussirons, cette fois, je te le promets.

Belshazzar revint vers lui à pas lents, en écartant les bras d'un air perplexe.

— Il vaudrait mieux la tuer que de mettre au point ces plans compliqués.

— Si tu devenais régicide, les Dieux te retireraient leur faveur ! s'exclama Hyrum angoissé par cette suggestion.

L'adolescent saisit une datte qu'il enfourna dans sa bouche, puis il recracha le noyau.

— Bah ! Imagines-tu réellement que les Divinités ont une influence sur nos vies ?

— Mais, naturellement ! Par moments, Belshazzar, tu me fais peur en bafouant ainsi toutes nos croyances. Tu finiras par nous attirer la malédiction des Dieux, si tu ne surveilles pas tes actes et tes paroles.

— Je te trouve bien pusillanime. La seule chose que tu aies vraiment à craindre, c'est ma colère si un jour vous me trahissiez, toi ou ton père.

— Pourquoi me menaces-tu, alors que nous t'avons toujours été fidèles ? Ce n'est pas de la bonne politique, crois-moi.

Le jeune homme se jeta sur son lit, roula sur lui-même en soupirant, puis il se redressa, attrapa un coussin qu'il envoya par jeu sur son ami.

— Oublie ce que j'ai dit. C'est ma cousine qui me rend nerveux. Tu sais que j'ai confiance en vous.

— Je n'en doute pas, assura le jeune noble en souriant.

Pendant ce temps, le petit groupe était parvenu aux abords de la ville, d'où il contemplait les champs qui s'offraient au soleil implacable de ce début d'été. La terre brune, craquelée sous l'effet de la chaleur, se languissait des averses bienfaisantes qui ne tomberaient pas avant deux bons mois. Songeuse, la jeune fille se demandait si une irrigation soutenue permettrait d'obtenir une récolte plus rapide, mais, en lançant un coup d'œil à la rivière traversant l'oasis, elle comprit que son niveau était bien trop bas pour envisager cette solution. Alors, découragée, elle fit signe à son cocher de reprendre sa progression, afin d'inspecter l'ensemble des terres arables de son royaume. Après avoir parcouru toute l'étendue des terrains qui recevraient les semis de céréales sans rencontrer âme qui vive, la souveraine et son escorte arrivèrent dans la partie réservée au maraîchage, où ils découvrirent quelques hommes s'y activant malgré la canicule. Adonia fit arrêter le convoi, afin d'aller s'entretenir avec ces paysans qui avaient le courage de travailler dans une telle fournaise. Lorsqu'ils la virent apparaître, les maraîchers s'interrompirent pour s'incliner devant elle avec déférence.

— Salut à vous, énonça-t-elle avec un sourire avenant. Que cultivez-vous en cette saison ?

— Pas grand-chose, Votre Majesté, répondit l'un d'eux. La terre a soif.

Elle observa les parcelles poussiéreuses avec étonnement.

— Mais pourquoi êtes-vous ici, dans ce cas ?

— Nous ramassons ce qui reste, mais surtout nous nettoyons la glèbe pour les prochaines semailles.

— Pensez-vous qu'il soit possible de produire des légumes actuellement, sans attendre la pluie ? s'enquit-elle avec un frémissement d'angoisse.

Les agriculteurs s'entre-regardèrent avec surprise, sans comprendre la raison de cette curieuse requête, mais ils n'osèrent pas la demander.

— Ça paraît très difficile, Votre Majesté, intervint le plus âgé des paysans. Nous n'avons pas assez d'eau pour les nourrir.

— Je conçois que ce soit difficile, mais est-ce réellement impossible ?

— Si l'on ensemençait les champs en bordure de la rivière, qui sont les plus humides, puis que l'on protégeait les semis du soleil en les recouvrant d'une toile, on pourrait peut-être obtenir une récolte, hasarda l'homme en se grattant la tête d'un air dubitatif.

La reine dut faire un effort pour contenir le fol espoir qui s'était emparé d'elle.

— Alors, faites-le dès aujourd'hui, ordonna-t-elle.

— Mais ces parcelles ne nous appartiennent pas, protesta un autre maraîcher.

— Je vous enverrai un ordre de réquisition dès que je serai rentrée, déclara-t-elle en retournant vers son escorte qui se tenait en retrait. Il s'agit d'un cas de force majeure. Les soldats vous soutiendront si les légitimes propriétaires veulent vous empêcher d'utiliser leurs terres.

— Nous obéirons à Votre Majesté, répondit le vieux paysan en s'inclinant.

Satisfaite, Adonia les salua d'un signe de tête, puis remonta dans son char qui fit demi-tour pour prendre le chemin du retour. Derrière elle, s'accrochant au bord de son véhicule pour amortir les cahots, le félon tentait de ne pas montrer son dépit devant la réaction prompte et efficace de la jeune fille, qui rendait son action beaucoup moins catastrophique pour la cité qu'il ne l'avait espéré.

Ils pénétrèrent en ville au grand galop, mais furent obligés de ralentir afin de n'écraser personne dans les rues encombrées malgré la chaleur étouffante. Sachant qu'il fallait un événement exceptionnel pour que la reine sortît par un temps pareil, les passants désœuvrés s'écartèrent devant le convoi, puis le suivirent dans l'espoir de découvrir ce qui leur offrait une telle occasion d'apercevoir la souveraine, mais, comme les chars ramenaient au palais des passagers muets et impassibles, ils ne purent deviner la cause ni le but de cette promenade.

Dans la cour intérieure, Adonia et ses conseillers descendirent des véhicules, toujours sans parler autrement que pour renvoyer les cochers d'un ton bref, puis, d'un seul mouvement, ils se dirigèrent vers le bureau royal.

— Baldo ! lança-t-elle en entrant dans la pièce. Trouve-moi Boldizsar, tout de suite.

— Bien, opina-t-il en se levant prestement.

Alors seulement, la jeune fille se tourna vers ses collaborateurs en les défiant du regard.

— Je vous écoute.

— Il n'y a rien à dire, répliqua Coriandre avec un sourire affectueux. Tu as bien réagi.

— Nous ne sommes pas sauvés pour autant, observa Amilcare d'un ton soucieux.

Adonia soupira en s'asseyant dans son fauteuil, puis releva les yeux vers ses ministres debout devant elle.

— Je ne le sais que trop. Là encore, comme pour les épices, j'ai juste obtenu un délai. Ahirom !

— Oui, Majesté, s'empressa le conseiller.

— Tu dois absolument rétablir nos relations commerciales. Et vite !

Il écarta les bras en un geste d'impuissance.

— Je m'y emploie.

— Alors, fais mieux ! riposta la jeune fille d'un ton sec. Je ne laisserai pas mon peuple mourir de faim.

— Pourquoi as-tu convoqué Boldizsar ? intervint Paltibaal en voyant son collègue s'assombrir.

Elle secoua la tête d'un air mécontent, comme si elle imaginait la scène.

— Afin qu'il poste des soldats autour de ces cultures nuit et jour. Je suis certaine que mon cousin va essayer de les ruiner d'une façon ou d'une autre.

— C'est bien vu, commenta Barekbaal d'un ton admiratif.

Ahirom, qui s'était ressaisi, fit preuve d'un enthousiasme qu'il exprimait rarement.

— Nous devrions continuer, cela nous permettrait de ne plus être dépendants de nos voisins.

— C'est une idée stupide, coupa la souveraine avec un haussement d'épaules dédaigneux. Toi, mon ministre du Commerce, tu es bien placé pour savoir que nous avons autant besoin du blé, de l'orge et des autres céréales, dont le surplus nous offre une monnaie d'échange pour tous les produits que nous ne fabriquons pas.

— Ah, oui ! Pardon ! Je n'y avais pas pensé.

— En outre, nous épuiserions les terres en les sollicitant aussi intensivement, si bien que leur rendement finirait par chuter, ajouta le responsable de l'Agriculture.

***

Le vacarme, composé du grondement des roues, du martèlement des sabots, ainsi que des appels des cochers, avait interrompu la sieste de Belshazzar qui s'était précipité à sa fenêtre, avait évalué l'heure d'un coup d'œil au soleil, puis avait froncé les sourcils en avisant sa cousine qui entrait dans le bâtiment.

Alors, quittant son logis d'un pas rapide, il suivit les couloirs jusqu'au logement d'Hyrum et de son père, pour faire irruption dans la chambre de son ami sans le moindre égard pour son repos.

— Ils sont déjà rentrés, annonça-t-il avec fureur.

— Qui donc ? demanda le jeune noble d'un ton ensommeillé.

— Adonia et ses conseillers. Cela veut forcément dire qu'elle a conçu une solution.

— Attends un peu avant de t'affoler, soupira Hyrum en s'asseyant dans son lit. Mon père nous dira ce qu'il en est, mais je suis sûr que rien n'est perdu.

Les poings serrés, l'adolescent donna un coup de pied dans un coffre qui se trouvait à côté de lui.

— Ah, non ! protesta son ami en se levant vivement. Tu casses tout chez toi si tu veux, mais pas ici.

Il le prit par les épaules, le dirigea vers la porte, puis l'accompagna jusqu'à ses appartements en se résignant, une fois de plus, à sacrifier ses propres activités afin de lui procurer les distractions qui le feraient tenir tranquille. Ses doutes grandissaient chaque jour davantage au sujet du choix qu'ils avaient fait, son père et lui, de soutenir ce garçon immature et incapable de se contrôler, mais il savait qu'il était trop tard pour revenir en arrière.

Un nouveau sabotage

Avril — juin 1921

Pâques venait de passer sans qu'ils aient eu l'idée de le fêter dans la morosité qui planait sur le chantier. Depuis la disparition de plusieurs objets précieux, l'ambiance s'était refroidie entre les membres de l'équipe, qui se méfiaient les uns des autres sans vouloir se l'avouer. Ils préféraient se concentrer sur le dégagement du cœur du temple de Baal plutôt qu'évoquer ce vol, mais, convaincus que les biens dérobés n'étaient pas loin, ils avaient tous tendance à balayer d'un revers de main le sable qui formait des monticules suspects autour de la plaine. Dès son retour, Bryan avait appris le cambriolage de la bouche de Moira, soulagée d'en discuter avec la seule personne qui n'y était pas mêlée. Ils n'avaient pas trouvé comment obliger le coupable à se trahir, par contre le pilote avait approuvé, lui aussi, la suggestion de Joyce de ne pas impliquer les autorités françaises dans ce délit, afin de ne pas compromettre la mission. Depuis ce jour, le jeune homme inspectait minutieusement chaque colis qui lui était confié, pour s'assurer que nul ne cherchait à emporter les artefacts hors de Telgilsh.

— Je ne comprends pas, soupira Moira un soir en s'allongeant près de son amant. Qu'est-ce que le voleur espère ? J'ai répertorié ces pièces, j'en possède des photos et des dessins. S'il essaie de les vendre, on le découvrira tout de suite. Et puis, comment compte-t-il les sortir d'ici ?

— Peut-être n'y tient-il pas, suggéra Bryan, à demi redressé contre des oreillers.

— Mais, alors, pourquoi les aurait-il volés ?

Il s'assit complètement pour se tourner vers elle.

— Comme je te l'ai déjà dit, il désire ruiner ces fouilles pour une raison qui n'appartient qu'à lui, ou il veut diriger les soupçons contre quelqu'un. Enfin, il peut aussi attendre la fin du chantier en espérant que l'on ne vérifiera pas les bagages lors de votre départ.

— Je les considérais comme des amis, et maintenant je ne sais plus que penser, se désola la jeune femme.

L'aviateur caressa la joue de sa maîtresse d'un air songeur.

— Il n'y a certainement qu'une brebis galeuse, mais je ne vois pas comment l'identifier.

— Et, pourquoi n'a-t-il pas dérobé la statue de Baal, qui est notre trouvaille la plus précieuse ?

— Je l'ignore.

Elle s'appuya sur un coude en repoussant ses cheveux d'un geste nerveux.

— Tout cela n'a pas de sens. Est-ce le même qui a saboté la colonne du temple d'Echmoun ?

— C'est probable, effectivement, acquiesça-t-il en se rallongeant.

— Alors, ce sont sûrement les recherches qui sont visées. Mais je n'en discerne pas la cause.

Le jeune homme attira Moira dans ses bras en l'embrassant tendrement, afin qu'elle oubliât ses soucis pendant quelques heures. Elle s'abandonna d'un air absent, si bien qu'il dut s'employer d'abord à la détendre suffisamment pour qu'elle parvînt à trouver le plaisir, puis, voyant qu'elle était encore loin de la sérénité, il la garda contre lui en murmurant des mots doux à son oreille afin de l'aider à s'endormir. La tête sur la poitrine de son amant, elle tentait de combattre son stress, sans pouvoir échapper à l'image du sanctuaire de Baal autour duquel elle rôdait, comme si la clef du mystère y était enfouie quelque part. Cependant, arrivée en haut du vaste perron, elle aperçut au loin le palais dans toute sa majesté, alors elle comprit qu'elle se trompait en fouinant au mauvais endroit. D'un pas vif, elle dévala les degrés, mais, au lieu de se diriger vers l'entrée principale du bâtiment, elle tourna vers la gauche pour franchir une petite porte donnant accès aux jardins, afin d'aller se confronter avec celui qui provoquait toutes ces catastrophes. Elle marchait rapidement, tout en réfléchissant à la meilleure manière de mettre son adversaire hors d'état de nuire, jusqu'au moment où elle prit conscience que les allées s'allongeaient devant elle sans que son but se rapprochât. Étonnée, elle accéléra encore, mais, avec un frisson d'angoisse, elle vit le décor s'effacer pour laisser place à une obscurité profonde dans laquelle tout se fondait. Cette fois pourtant, elle refusa que l'épouvante l'envahît. En tâtonnant, elle remarqua qu'elle était assise sur ce qui devait être un sol de pierre, puis elle chercha autour d'elle de quoi s'éclairer, jusqu'à ce que sa main rencontrât une lampe à pétrole qu'elle alluma. Avec surprise, elle découvrit qu'elle était dans un tombeau, sur les parois duquel s'étalaient des scènes mythologiques qui ne lui étaient pas familières, quoique, curieusement, elle sût les décrypter. Alors, elle se releva pour longer le mur, en observant les inscriptions avec un tel intérêt, qu'elle oublia sa peur devant la magnifique œuvre d'art. Mais son émerveillement se transforma en terreur lorsque l'air se raréfia, si bien qu'elle perdit la lanterne qui s'éteignit, puis s'élança en hurlant.

— Toujours le même cauchemar, n'est-ce pas ? interrogea Bryan lorsqu'il eut réussi à la calmer.

— Il devient de plus en plus précis, soupira-t-elle agrippée à lui. Comme s'il s'agissait de véritables souvenirs.

— C'est impossible, voyons.

Elle fit l'effort de le lâcher pour s'asseoir dans le lit.

— C'est pourtant ce que je ressens. Dans ce rêve, je me dirigeais vers le palais royal pour y débusquer mon voleur dont je savais qu'il s'y trouvait, mais je ne l'ai pas atteint.

— Pourquoi ? demanda-t-il en lui caressant le dos.

— Je ne sais pas. À nouveau, je me suis retrouvée dans le noir. Cette fois, j'ai mis la main sur une lumière qui m'a permis de reconnaître que j'étais dans un hypogée avec de superbes peintures. Puis, je me suis mise à suffoquer, comme toujours.

Notant que cette évocation la faisait encore trembler, le pilote se redressa également pour la serrer contre lui.

— Je pense que plus tu te persuades de la réalité de tes visions, plus tu les nourris. C'est pourquoi elles se développent autant. Si tu admettais, une bonne fois pour toutes, que ce n'est que le produit de ton imagination, elles perdraient de leur force au point de disparaître.

— Le crois-tu vraiment ? s'enquit-elle d'une petite voix en levant les yeux vers lui.

— Bien évidemment. Réfléchis une seconde. Que serait-ce d'autre ?

Elle hocha la tête pensivement.

— Oui… tu dois avoir raison.

— Tu devrais faire une pause. Aller passer quelque temps en Angleterre, suggéra-t-il en s'écartant juste assez pour plonger son regard dans le sien. Cela te permettrait de te vider l'esprit.

— C'est ma mère qui en serait ravie, murmura la jeune femme avec un pauvre sourire. Mais je suis d'accord avec toi, j'ai besoin de changer de décor. Seulement, personne ne peut quitter le site avant que cette histoire d'objets volés n'ait été éclaircie. J'ai peur que nous n'ayons plus le choix, il va falloir prévenir les autorités françaises.

— Veux-tu que je t'emmène à Tataouine demain ?

Elle s'extirpa de ses bras avec décision, puis se mit debout en s'enveloppant dans son peignoir.

— Non, il faut d'abord que j'en informe les autres. Je n'ai pas l'intention de les prendre en traître.

— Pourtant, il y en a un dans le lot, observa le jeune homme d'un ton soucieux.

— Et bien, je n'en ferai pas autant.

173

Moira rôda sur le chantier toute la matinée du lendemain, examina le travail en cours, scruta la plaine et ses innombrables monticules en cherchant sous lequel étaient cachées les pièces archéologiques dérobées, sans trouver le courage d'annoncer à ses amis qu'elle avait résolu d'alerter la police. Elle était tellement perdue dans ses pensées qu'elle ne remarqua pas l'atmosphère contrainte qui régnait au déjeuner, puis se réfugia dans son bureau sitôt le café avalé, afin de déterminer la meilleure manière d'aborder ce sujet délicat.

— Que t'arrive-t-il ? s'enquit Joyce qui nota son sursaut lorsqu'elle pénétra dans la tente.

— Mais rien ! Je ne t'ai pas entendue entrer, c'est tout.

— Je ne parlais pas de cela. Tu n'as pas dit un mot durant le repas, après avoir erré telle une âme en peine depuis ce matin.

Comme la jeune femme soupirait sans répondre, son amie vint s'asseoir auprès d'elle en la regardant avec inquiétude, bien décidée à comprendre ce qui la mettait dans un tel état, mais elle n'eut pas le temps de poser la moindre question, que des cris venant de l'extérieur déchirèrent le calme du local. D'un même mouvement, elles se dressèrent pour courir vers la sortie, en redoutant déjà une nouvelle catastrophe.

Faisant cercle autour du grand temple, les ouvriers discutaient avec animation, mais restaient à distance respectable du secteur qu'ils devaient dégager. Perplexe, Moira les contemplait en se demandant si, par-dessus le marché, elle allait devoir faire face à une grève, quand elle vit Tyler et Alvin s'élancer vers le groupe d'un air angoissé. Alors, elle leur emboîta le pas, suivie de près par Joyce, si bien qu'elles arrivèrent auprès du contremaître en même temps que les deux hommes.

— Que se passe-t-il ? interrogea l'anthropologue hors d'haleine. Pourquoi ne reprenez-vous pas le travail ?

Le responsable désigna le naos avec une certaine emphase.

— On ne peut pas. Les blocs sont tombés.

— Comment ? s'exclama la directrice effarée. Ne les aviez-vous pas bien assurés ?

— Bien sûr que si ! Calés comme ils l'étaient, ils n'auraient pas dû bouger. Les gars commencent à dire que ce chantier a la scoumoune.

Alvin, qui observait le désastre avec désespoir, se retourna brutalement, les yeux luisants de colère.

— Ne dites pas de bêtises ! Vous avez dû vous tromper, c'est tout.

— Allons voir, coupa Tyler pour éviter que le débat s'envenimât. Cela nous permettra d'évaluer l'étendue des dégâts.

Ils se dirigèrent tous les quatre vers le lieu du drame, soulagés qu'il n'y eût pas de blessés cette fois, mais assez dubitatifs sur la cause réelle de l'affaire. Arrivés auprès de ce qui avait été le cœur de l'édifice sacré, ils s'immobilisèrent avec découragement en découvrant l'ampleur de la catastrophe. Les dalles s'étaient fracassées les unes sur les autres comme des dominos, bien que, par miracle, le tabernacle parût toujours intact. Le déblaiement des débris s'avérait très délicat si l'on ne voulait pas endommager davantage ces monolithes, dont certains étaient brisés en plusieurs morceaux.

— Il n'y avait pas assez de sable pour les stabiliser, constata le géologue d'un air entendu.

— Cependant, nous en avions encore rajouté, affirma le contremaître qui les avait suivis. Lorsque nous sommes partis manger, il y en avait une véritable muraille sous les premières pierres.

Sceptique, Tyler se pencha sur le chaos de blocs sans rien détecter d'anormal.

— C'est impossible. Ce sable n'aurait pas disparu tout seul. D'autre part, si quelqu'un avait été assez stupide pour le retirer, il aurait été écrasé par son propre piège.

— C'est pourtant la vérité ! Allah m'en est témoin, insista l'homme furieux d'être pris pour un menteur.

Craignant que la discussion dégénérât, Moira intervint vivement.

— Y a-t-il moyen de déterminer ce qui s'est vraiment passé ?

— J'y vais, annonça Alvin en s'arrachant à la contemplation du champ de ruines.

— Attention ! Ces pierres ne sont pas stables, avertit l'anthropologue d'un air soucieux.

— Je sais. Je les contournerai, en espérant que je trouverai quelque chose derrière.

Sans un mot, ils regardèrent le géologue s'engager au milieu des gravats qui entouraient le naos, appréhendant sans le dire que l'un des pans de mur encore debout s'effondre sur lui d'un seul coup.

— Il ne devrait pas pénétrer là, murmura le contremaître mal à l'aise. Il va attraper le mauvais œil !

— Vas-tu cesser avec ces superstitions d'un autre âge ? s'énerva Tyler d'un ton d'autant plus sec qu'il pensait la même chose sans se l'avouer.

Toutefois, malgré ces craintes, Alvin atteignit l'autre côté sans encombre, puis se glissa dans un mince interstice entre deux monolithes qui le dérobèrent à leur vue. Ils retinrent leur souffle en redoutant ses conclusions, mais aucun bruit ne leur parvenait, pas même le crissement du sable sous ses semelles. Le silence qui régnait autour d'eux devint très vite insupportable, si bien que Moira se détourna, prête à suivre le même chemin afin de contrôler l'état de son ami, mais elle avait à peine avancé que Joyce lui saisissait le bras pour la tirer en arrière.

— Où vas-tu ?

— Vérifier qu'il ne lui est rien arrivé !

— Non ! Si quelqu'un doit y aller, ce sera moi ! assena l'anthropologue péremptoirement. Mais tu t'affoles trop tôt ! Attendons encore un peu.

Résignée, la jeune femme revint s'accroupir devant les dalles écroulées pour scruter les abords du tabernacle dans l'espoir d'apercevoir le géologue derrière l'énorme boîte de granit, mais rien ne bougeait dans son champ de vision. Elle commençait à s'angoisser pour Alvin qu'elle imaginait blessé, voire tué, par un obstacle inattendu, à moins que quelqu'un de mal intentionné se dissimulât dans ces ruines. Mais une exclamation de Tyler la fit sursauter.

— Le voilà !

Levant la tête, elle le vit revenir en sautant avec aisance par-dessus les débris, pourtant son visage préoccupé n'augurait rien de bon. Alors, elle se remit debout sans pouvoir retenir un soupir de soulagement.

— Tu nous as inquiétés ! Pourquoi ne disais-tu rien ?

— Parce que vous ne m'auriez pas entendu, répliqua-t-il en les rejoignant. La voix s'étouffe entre ces épaisses parois.

— Qu'as-tu découvert ? demanda son collègue.

— Un nouveau sabotage, je le crains !

— Comment ça ?

— Le sable qui calait ces blocs a été enlevé partiellement, par-derrière afin que nul ne s'en aperçoive. Celui qui l'a ôté s'est montré très habile. Il n'a pas trop creusé afin de ne pas être écrasé par son propre piège, mais suffisamment pour que les pierres finissent par tomber d'elles-mêmes.

Moira pâlit de frayeur, tandis qu'elle visualisait les dramatiques conséquences de cet acte de malveillance.

— Alors, cela aurait pu arriver n'importe quand !

— Absolument ! C'est un miracle que personne n'ait été touché !

— C'est un véritable criminel ! Cette fois, nous n'avons plus le choix, nous devons prévenir les autorités !

Mais, à sa grande surprise, Tyler s'y opposa fermement.

— Je ne crois pas que ce soit sage. Nous n'avons aucune preuve !

— C'est vrai, nous n'avons que notre parole ! appuya le géologue en désignant les monolithes écroulés. Les policiers nous diront que nous accusons un mystérieux saboteur pour ne pas assumer nos propres lacunes. Il faudrait retrouver ces objets disparus avant.

— Je suis totalement d'accord, renchérit Joyce. Il vaut mieux les tenir à l'écart de tout ça tant que nous n'en savons pas davantage.

La directrice se tourna vers la vaste plaine ensoleillée qu'elle contempla quelques instants, puis, avec un soupir d'énervement, elle ramena son attention sur ses compagnons.

— Et comment trouverons-nous le responsable ? L'atmosphère ici devient irrespirable ! Après tout, la police est habituée à enquêter, elle décèlera des indices qui nous ont échappé.

— Je n'ai aucune confiance dans ces gens-là ! protesta Alvin en marchant de long en large. Ils vont mettre leur nez partout, et finalement nous expulser du chantier !

— Oh, je ne sais plus ce que je dois faire ! se lamenta Moira qui se tordait les mains de désespoir.

L'anthropologue passa un bras protecteur autour des épaules de la jeune femme.

— Pour le moment, je pense qu'il ne faut rien entreprendre. Le coupable commettra bien une erreur qui nous permettra de l'identifier. En attendant, appelons Lowell dont les conseils nous seront précieux pour sauvegarder ce qui peut encore l'être.

Comme ses collègues semblaient tous d'accord, la directrice accepta de reporter la déclaration aux autorités, en espérant que ce délai supplémentaire lui serait profitable. Durant le reste de l'après-midi, l'équipe déblaya les débris provenant de la chute des blocs, en essayant de protéger ceux qui étaient encore intacts, sous la direction de l'archéologue accouru avec empressement dès qu'il avait appris la nouvelle. De son côté, Violet prenait des photos de chaque étape, consignait le déroulement du drame, établissait des croquis de tous les éléments, à la requête de Moira qui voulait un compte rendu aussi exact que possible, pour l'ajouter au dossier des événements survenus sur le site depuis le début des fouilles.

Ce soir-là, ils se retirèrent tous de bonne heure, épuisés par les efforts accomplis pour réparer les dégâts, mais surtout peu désireux d'en discuter. La directrice avait décidé de ne pas annoncer publiquement les découvertes d'Alvin ni les déductions qui en découlaient, afin d'étudier les réactions de Violet et Lowell, les seuls à ne pas être au courant, dans l'espoir qu'ils laissent échapper un détail significatif, mais ils n'avaient posé aucune question. Soit ils croyaient à la thèse de l'accident qu'elle leur avait présentée, soit l'un d'eux était l'auteur du sabotage. D'un autre côté, Joyce, Tyler et Alvin lui avaient déconseillé d'avertir le commissariat, ce qui ressemblait à un indice de culpabilité, mais lequel des trois était le criminel ? Avec un soupir de lassitude, elle envisagea même que tous ses collaborateurs se soient ligués contre elle pour une raison qu'elle ne discernait pas, avant de se reprocher d'être trop soupçonneuse. Elle aurait aimé que Bryan fût auprès d'elle, mais le jeune pilote était tant sollicité, qu'il avait très peu de temps à lui consacrer, à son grand désappointement. Pour la première fois depuis longtemps, le souvenir de son époux défunt lui revint avec force, tandis que le chagrin qu'elle supposait disparu se réveillait.

Le lendemain, après avoir vérifié que le déblaiement suivait son cours, elle regagna son bureau pour écrire une longue lettre à Fergus Noor, dans laquelle elle lui demandait conseil sur la conduite à tenir devant les délits qui mettaient en péril le chantier. Lorsqu'elle eut cacheté sa missive, elle hésita à retourner sur le temple, mais, préférant éviter ses subordonnés dont elle ne savait plus si elle pouvait leur faire confiance, elle resta dans son logement. Alors, elle se saisit du livre que lui avait offert Bryan, le posa sur la table auprès du fac-similé de l'un des papyrus, puis se pencha dessus afin de voir si elle parvenait à comprendre quelques phrases. Elle ne s'était plongée dans cette activité que pour oublier un moment les ennuis qui l'écrasaient, mais elle se piqua au jeu, au point de ne plus penser qu'à ce décryptage difficile, si bien qu'elle sursauta quand Violet vint lui annoncer que le déjeuner était prêt.

Lorsque l'aviateur réapparut deux jours plus tard, il constata que l'ambiance s'était encore alourdie, mais, comme personne ne fit allusion au désastre durant le dîner, il s'interrogea en vain à ce sujet. Il lui fallut attendre d'être seul avec sa maîtresse pour poser enfin les questions qui lui brûlaient les lèvres.

— Est-ce ta décision de prévenir la police qui engendre une atmosphère aussi étouffante ? lança-t-il dès l'arrivée dans la tente, tellement il sentait la jeune femme nerveuse.

Elle eut un rire bref.

— Oh, non ! Pas du tout ! Nous avons eu un nouveau sabotage !

— Comment ? s'exclama-t-il en la regardant d'un air incrédule. Que s'est-il passé ? Es-tu sûre que ce n'est pas un accident ?

Se laissant tomber dans un fauteuil, Moira lui raconta la chute des pierres, précisa les découvertes d'Alvin qui interdisaient de s'illusionner, puis décrivit les différentes réactions des membres de son équipe devant ce nouvel épisode.

— Cela ne veut pas dire grand-chose, observa le jeune homme qui remplissait deux verres de whisky avant d'en tendre un à sa compagne. Leurs objections sont raisonnables. Vous avez tant travaillé sur ce site et tant donné de vous-mêmes que nul n'a envie de voir vos efforts ruinés par ces incidents. Quant à ceux qui ne sont pas au courant, soit ils croient réellement à ta version, soit ils ont des doutes, mais ne veulent pas en savoir plus. Rien de tout cela ne permet de désigner le coupable !

— Je sais ! admit-elle tandis qu'il s'asseyait en face d'elle. Mais que puis-je faire ?

— Temporiser en espérant que le saboteur commettra une erreur, comme te l'a conseillé Tyler. Il me semble effectivement que c'est votre meilleure chance.

Elle but lentement l'alcool qui ne la revigorait même pas, tandis que ses pensées tournaient autour du temple, puis avec un soupir elle reposa son verre avant de se lever.

— C'est bien lourd !

— Je le conçois parfaitement, assura-t-il en la rejoignant pour l'enlacer.

— Pourrais-tu venir plus souvent ? s'enquit-elle presque timidement.

Bryan secoua la tête d'un air de regret sincère.

— Je le voudrais bien, mais hélas, c'est impossible ! J'ai de plus en plus de mal à me libérer pour rester dormir ici. J'ai peur de ne pas être l'homme dont tu as besoin !

— Je n'ai rien à exiger de toi, reconnut-elle en se détournant pour se déshabiller. Notre relation n'a jamais été un engagement. C'est juste qu'en ce moment, les soucis s'accumulent tellement que je me sens submergée.

— Je comprends ! Je ferai mon maximum pour te soutenir.

Le déblaiement des blocs prit plus longtemps que la jeune femme ne l'avait escompté, si bien que mai était déjà commencé lorsqu'ils purent reprendre les fouilles. Comme le cœur du sanctuaire était enfin accessible, elle vint admirer le magnifique tabernacle en granit que l'accident avait heureusement laissé intact, tandis que, grâce aux explications de Lowell, elle imaginait l'aspect qu'il devait avoir lorsque l'édifice sacré était en activité.

— Nous devrions replacer la statue dedans pour la photographier, suggéra-t-elle en souriant.

— C'est une excellente idée ! s'enthousiasma Violet. Je vais la chercher.

Elle revint quelques minutes plus tard en serrant contre elle l'objet précieux enveloppé dans un tissu pour le protéger du sable. Ils démaillotèrent l'idole, la positionnèrent avec soin dans la niche qui avait été la sienne pendant des siècles, puis la dessinatrice régla son appareil, tandis que la directrice contemplait le centre du naos ainsi reconstitué. Pourtant, elle déplora son initiative, quand elle vit le bâtiment réapparaître dans son intégralité, d'autant qu'elle dut lutter pour ne pas se lancer dans des incantations dont elle ne savait d'où elles lui venaient.

— Que t'arrive-t-il ? s'inquiéta Joyce qui l'avait vue pâlir.

— Oh, ce n'est rien, répondit Moira en se passant une main sur le visage. Il fait un peu trop chaud pour moi.

Son amie la détailla avec un claquement de langue réprobateur.

— Et tu es sortie sans rien mettre sur ta tête. Tu devrais récupérer ton chapeau.

— Oui, tu as raison. Je m'y rends tout de suite.

Comme Violet avait terminé de prendre sa photo, les jeunes femmes enroulèrent la toile autour de la figurine, avant que la directrice ne l'emportât dans la tente où l'on stockait les artefacts, à laquelle elle avait assigné une garde permanente afin que rien d'autre ne disparût. Puis, refusant que ces visions incongrues la déstabilisent, elle retourna sur le site pour annoncer qu'elle allait reformer les équipes qui fouilleraient plusieurs secteurs à la fois, afin de progresser plus rapidement. Bien entendu, elle renvoya une partie de ses hommes sur le temple d'Echmoun qui était loin d'être dégagé, en laissa un deuxième groupe sur celui de Baal qui promettait encore de belles découvertes, puis, cédant à son intuition, affecta les derniers sur le lieu où elle situait le palais royal.

— Trois zones différentes, c'est beaucoup. Ne crois-tu pas ? s'étonna Tyler.

— Oui, je sais que l'on déblaierait plus vite les monuments si je ne séparais pas les ouvriers, mais je pense quand même que nous gagnerons du temps en attaquant plusieurs endroits à la fois.

— C'est une façon de voir qui n'est pas mauvaise, intervint Lowell. Après avoir identifié quelques points intéressants de la ville, on pourra toujours revenir sur celui qui nous paraît le plus fourni.

Au cours des semaines suivantes, le travail se poursuivit avec un enthousiasme factice qui ne trompait personne, quoique nul ne fît la moindre allusion à la chute des blocs de toit. Les pièces volatilisées ne réapparaissaient pas malgré les recherches discrètes, tandis que Moira ne surprenait aucune incohérence dans l'attitude de ses collaborateurs, qu'elle observait pourtant avec une attention soutenue. Elle s'épanchait longuement dans ses lettres à Fergus, qui la consolait de son mieux en lui offrant les sages conseils nés de son expérience sur le terrain, mais elle se sentait très isolée, d'autant qu'elle ne parvenait plus à accorder sa confiance à quiconque, sauf à Bryan dont les trop rares visites ne la réconfortaient guère. Elle tenait toujours très sérieusement son rôle de directrice de chantier, consacrait le temps nécessaire aux tâches administratives, se rendait sur les vestiges où elle surveillait de près ses employés, mais le cœur n'y était plus. Ce désenchantement eut une conséquence inattendue sur la jeune femme, qui constata avec surprise qu'elle n'était plus sujette à ces étranges hallucinations lorsqu'elle se promenait sur la plaine.

Pourtant, des trouvailles quotidiennes émaillaient le dégagement progressif des édifices. Objets de culte, statuaire et scènes délicates gravées sur les parois de pierre attiraient l'admiration sans réserve des scientifiques, heureux et fiers d'œuvrer sur un site aussi exceptionnel. Par contre, Lowell devait se forcer pour paraître satisfait lorsque l'on dévoilait des inscriptions, que Violet décalquait sur les colonnes, les stèles ou les murs des monuments. Mais, le jour où l'on retrouva sous le sable un coffret en bois précieux, qui contenait tout un lot de papyrus et de tablettes de cire ayant appartenu au grand prêtre de Baal, il ne put s'empêcher de tiquer, au grand étonnement de ses collègues. Cependant, au lieu de relever cette étonnante attitude, la directrice parut ne pas la remarquer, si bien que personne ne se permit d'y faire la moindre allusion.

Le seul endroit où l'on ne découvrait rien était le troisième secteur ouvert depuis peu, qui ne livrait que des tonnes de sable. Au bout de quelques semaines, Tyler osa suggérer qu'il serait plus utile de renforcer les équipes des temples plutôt que de s'obstiner à creuser dans un lieu où il n'y avait sans doute rien, mais, se fiant à ses visions, Moira lui rétorqua qu'ils finiraient bien par dénicher quelque chose.

Un matin, alors que la jeune femme était occupée à fouiller l'une des chapelles récemment nettoyées du sanctuaire de Baal, une clameur venant du groupe voisin la fit sauter sur ses pieds avec la crainte d'une autre catastrophe. Elle courut vers les ouvriers, rejointe par tous ceux qui travaillaient sur le temple comme elle, mais, à leur grand soulagement, ils n'aperçurent que des visages souriants parmi les hommes qui brandissaient des outils en signe de victoire. En arrivant auprès d'eux, Tyler poussa une exclamation de joie incrédule.

— Mais les voilà, les habitants de Telgilsh !

— Peut-être pas tous, tempéra Moira un peu essoufflée, mais une partie en tout cas.

Sous leurs yeux ébahis se dévoilaient de nombreux corps momifiés par la sécheresse du désert qui les avait conservés presque intacts.

— Leur position est assez curieuse, observa l'anthropologue. On dirait qu'ils sont placés en petits groupes.

— Regardez cela, intervint Lowell qui, pour une fois, était dehors avec eux. Ces petites choses sèches et dures sont sans doute des aliments. Je pense qu'il s'agit d'une scène de banquet, c'est pourquoi ils sont ainsi regroupés, probablement par ordre d'importance sociale.

— Faites attention, recommanda la directrice aux manœuvres qui dégageaient le sable. Il y en a peut-être d'autres plus loin. Il ne faudrait pas les abîmer.

— Il ne nous reste plus qu'à nous mettre à l'ouvrage, se réjouit Tyler en se frottant les mains.

— Effectivement, voilà de la besogne pour toi, reconnut la jeune femme en souriant. Avais-je tort de m'obstiner à creuser cet endroit ?

— J'avoue que non, s'amusa-t-il.

La famine guette

Juillet — août 684 av. J.-C.

Lors de l'audience du matin, Adonia fut confrontée au premier résultat de son action de la veille. Malgré la chaleur qui ralentissait les activités, plusieurs personnes se présentèrent en demandant à être reçues au plus vite. Depuis le fond de la salle, pendant qu'elle s'installait sur son trône, la reine les entendait discuter avec animation, ce qui lui indiquait qu'elle devait s'attendre à une controverse difficile. Alors, avec un soupir de résignation, elle se composa une attitude impassible, puis ordonna qu'on les fît entrer.

— Je vous écoute, messieurs, annonça-t-elle tandis qu'ils s'inclinaient avec déférence devant elle.

— Nous sommes propriétaires de parcelles situées le long de l'eau, expliqua l'un des hommes s'instituant interprète de ses compagnons. Mais, hier, des maraîchers sont venus les labourer. Lorsque nous avons protesté, des soldats nous ont expulsés sans ménagement en affirmant qu'ils avaient un ordre de réquisition. Nous ne pouvons croire que Votre Majesté s'empare ainsi de nos terres.

— C'est pourtant la vérité, rétorqua froidement la souveraine. Mais je vous assure que cela n'est que provisoire. Vous devez laisser ces paysans exploiter vos champs pour la sauvegarde de la cité.

Furieux de cette spoliation, l'homme leva les bras au ciel en oubliant où il se trouvait.

— Mais ces terrains avaient été ensemencés. Nous avons perdu notre prochaine récolte.

— Pour le moment, il s'avère plus urgent de planter des légumes que des céréales, assena la jeune fille d'un ton sans réplique. Seules vos parcelles plus humides nous le permettent.

Comme le cultivateur restait bouche bée, l'un de ses camarades s'avança.

— Comment allons-nous vivre si nous n'avons plus de revenus ?

— Lesquels, parmi vous, ne possèdent que ces terres contiguës à la rivière ?

Les agriculteurs se regardèrent avec embarras devant cette question précise, sans qu'aucun d'entre eux prît l'initiative de répondre.

— Vous savez très bien que je peux l'apprendre facilement, insista Adonia d'un ton glacial. Il me suffit de demander à Amilcare ou de consulter les archives.

— Euh… moi, j'en ai d'autres, admit celui qui servait de porte-parole.

Un murmure général d'assentiment suivit cet aveu.

— Donc, conclut la reine confortée dans sa détermination, vous ne serez privés que d'une petite partie de vos moissons. Selon vous, est-il plus essentiel d'amasser des fortunes ou de se nourrir ?

— De manger d'abord, reconnut le visiteur interloqué.

Elle lui adressa un froid sourire.

— C'est aussi ce que je pense. Étant donné que vous êtes d'accord avec moi, l'affaire est close. Soyez assurés, messieurs, que je me souviendrai de votre générosité.

Un peu dépités, les hommes quittèrent la salle sans comprendre pourquoi la souveraine jugeait cette réquisition utile, mais déjà certains de devoir faire une croix sur les profits importants générés par ces champs, les plus riches de l'oasis. Pourtant, l'attitude autoritaire, si inhabituelle, d'Adonia les dissuada de protester davantage, au risque de s'attirer des ennuis dont ils ne devinaient pas la nature, mais qui les inquiétaient obscurément. C'est pourquoi ils refusèrent de raconter à quiconque le déroulement de l'audience, tout en laissant entendre qu'ils avaient été mis au courant d'un secret d'État, afin de justifier leur discrétion. Adoptant un rôle plus valorisant que celui qu'ils avaient réellement joué, ils se comportèrent comme s'ils avaient eux-mêmes offert leurs terrains à la couronne, en affirmant à leur entourage que la reine agissait dans l'intérêt de la cité. Quand ces rumeurs lui parvinrent, Adonia, qui avait craint que son action arbitraire déclenchât les foudres de ses sujets, comprit qu'elle avait gagné un court répit avant d'être obligée de révéler la terrible pénurie qui menaçait le royaume. Tant que son cousin aurait une longueur d'avance sur elle, la jeune fille savait qu'elle ne parviendrait qu'à limiter les dégâts sans trouver de solution définitive.

— Elle fait exploiter les terres au bord de la rivière, dont elle a même réussi à obtenir l'approbation des propriétaires ! rugit Belshazzar en envoyant voler une potiche. Toute la population chante ses louanges !

— Cultiver est une chose, récolter en est une autre, commenta Hyrum d'un ton apaisant.

Le prince pivota sur lui-même en tendant le bras vers l'extérieur.

— Ah, oui ? Et comment comptes-tu ruiner ces cultures ? Des soldats les gardent jour et nuit.

— Oui, c'est impossible. Mais il faut du temps pour que des légumes arrivent à maturité. La ville sera en manque bien avant.

— Comment peux-tu le savoir ? Tu n'es pas paysan.

— Crois-moi, sourit le jeune noble en s'asseyant calmement. J'en suis certain, et mon père également.

L'adolescent tournait dans la pièce comme un lion en cage.

— Je l'espère vraiment, parce que j'en ai par-dessus la tête. Non seulement personne ne se plaint de l'absence d'épices, mais les gens ne savent même pas qu'ils risquent la famine. Ils conservent une foi aveugle dans cette idiote.

— Lorsque la vérité surgira, ils l'abandonneront immédiatement, assura Hyrum qui dégustait nonchalamment une grappe de raisin.

Le jeune homme se planta devant lui avec une expression pleine d'espoir.

— Pourquoi ne pas la divulguer nous-mêmes ?

— C'est trop tôt. Elle pourrait encore retourner la situation.

Belshazzar se dirigea vers la fenêtre d'un air boudeur.

— Chaque fois que j'émets une suggestion, tu dis non. Bientôt, je serai roi et je déciderai par moi-même.

— Naturellement, approuva Hyrum en frémissant devant cette perspective qui ne lui paraissait plus du tout attirante. Mais, en attendant, fais-moi confiance, s'il te plaît.

— Bon, d'accord ! Je sais que tu n'agis que dans mon intérêt.

Nerveuse, Adonia craignait, elle aussi, que les mesures qu'elle avait prises ne suffisent pas à préserver la population. Elle avait fait recenser toutes les provisions du royaume, réquisitionner les dépôts des temples et rationner les habitants du palais, afin de répartir au mieux les denrées. La première conséquence de la pénurie avait été l'interdiction des banquets, à la grande fureur du prince qui adorait se goberger tous les soirs, mais se retrouvait en pénitence comme les autres. Il s'en prit violemment à son ami qui n'avait pas anticipé la réaction de sa cousine, cria, tempêta, puis, saisi d'une soudaine inspiration, il lui reprocha de n'avoir pas constitué de réserve secrète afin qu'ils n'aient pas à souffrir de cette histoire. Mais il était trop tard pour corriger leur erreur, même en s'adressant au père d'Hyrum qui, lui non plus, ne pouvait se procurer davantage de nourriture que ce qui était concédé à chacun.

Le soir, lorsque la chaleur était un peu descendue, la jeune fille sortait dans le jardin afin de prendre l'air, dans l'espoir de se détendre en oubliant ses ennuis. Elle se promenait dans les allées, s'asseyait sur la margelle d'une fontaine, trempait ses mains dans l'eau pour se rafraîchir, en rêvant aux années heureuses de son enfance trop tôt disparue, qui contrastaient tellement avec le triste présent. Hailama venait la rejoindre, lui racontait les anecdotes amusantes dont il avait eu connaissance pour l'égayer un peu, mais souvent elle se contentait de sourire distraitement sans répondre.

— Cette affaire te soucie, observa-t-il un jour, debout devant elle. Mais elle finira par s'arranger. Tu dois garder confiance.

— J'en doute, murmura-t-elle en laissant ses yeux errer sur les bosquets alentour. Belshazzar paraît mieux organisé, cette fois-ci. Nous n'avons pas réussi à rétablir le commerce des épices, qu'il nous impose une pénurie de légumes. Qu'arrivera-t-il ensuite ?

— Que peut-il encore inventer ?

— Oh, il y a toujours pire.

Il s'assit près d'elle pour entourer de son bras les fines épaules de son amie.

— Ne noircis pas le tableau, voyons. Ahirom ne tardera pas à remettre les échanges en route.

— Il semble rencontrer beaucoup de difficultés, hélas, soupira-t-elle sans vouloir s'abandonner contre lui.

— Tu crois que quelqu'un bloque ses actions, n'est-ce pas ?

— C'est certain. Mais qui ?

Il se releva sans lui lâcher la main, puis l'emmena le long des chemins ombragés.

— Notre traître, sûrement.

— Oui, mais je ne vois pas qui. Je ne peux pas admettre que ce soit l'un de mes conseillers, se désola-t-elle en attrapant machinalement une fleur.

Il l'enveloppa d'un coup d'œil inquiet.

— Que pouvons-nous faire ?

— J'ai beau y réfléchir sans arrêt, je ne trouve pas de solution.

— Je vais chercher aussi de mon côté, promit-il avec un sourire chaleureux.

Elle le remercia sans insister pour ne pas le blesser, mais elle ne pensait pas qu'il pût mieux l'aider que ses ministres expérimentés. D'ailleurs, afin de couper court à cette conversation épineuse, elle préféra l'entraîner dans ses appartements où ils se livreraient à d'autres jeux, tandis que Coriandre les suivait d'un œil préoccupé. Sachant à quel point la jeune fille était perturbée par les manœuvres criminelles de son cousin, le vizir autorisait désormais son fils à la rejoindre plus souvent, dans l'espoir qu'il parvînt à la distraire. Cependant, il n'oubliait pas son projet d'unir la souveraine au prince de Macar Uiat, persuadé que là uniquement résidaient son salut et celui de Telgilsh.

Une semaine après le début de la mise en culture des parcelles humides, Adonia décida de se rendre sur place afin de constater par elle-même l'état des légumes, qui lui permettrait d'évaluer leur futur rendement. Ayant recensé les réserves, elle savait quand la cité n'aurait plus rien à manger, mais elle espérait que la prochaine cueillette lui offre de quoi tenir jusqu'au rétablissement des approvisionnements. Au lieu d'emmener tous ses conseillers, elle partit seulement en compagnie d'Amilcare, Coriandre et Hailama qui s'en réjouissait comme d'une promenade banale. Ils traversèrent la ville sous les regards étonnés des habitants, qui se demandaient à quoi rimait la réquisition de certains champs, mais se doutaient qu'elle revêtait une importance cruciale aux yeux de la reine pour qu'elle se déplaçât ainsi. Lorsqu'ils eurent dépassé la limite des maisons, la rivière miroitante apparut, entourée de part et d'autre d'un cordon de soldats qui veillaient à ce que personne n'approchât des terrains cultivés, hormis les maraîchers agréés. Ils s'écartèrent afin de laisser le char longer la rive, ce qui permit à ses passagers de contempler la terre brune sur laquelle apparaissaient déjà des pousses vertes fort prometteuses. Le petit groupe fit halte auprès des paysans, très affairés à tendre une toile qui maintiendrait les plants à l'ombre afin d'éviter que le soleil les brûlât.

— Ne vous arrêtez pas pour moi, ordonna Adonia en voyant qu'ils lâchaient le tissu dans l'intention de la saluer. Dites-moi simplement si vous êtes satisfaits de vos plantations.

— Oui, Votre Majesté, elles croissent bien, répondit l'un des cultivateurs.

— Dans combien de temps aurez-vous une première récolte ?

— Je dirais deux semaines, peut-être trois.

— C'est parfait, sourit la jeune fille soulagée. Continuez ainsi et je vous récompenserai largement.

Elle fit signe à son cocher de faire demi-tour, mais s'immobilisa encore un instant pour recommander la plus grande vigilance au chef des militaires, auquel elle déclara que les produits qu'il surveillait étaient plus précieux que de l'or.

— Tu dois être contente, observa Hailama quand ils furent dans le salon privé de la souveraine, à l'abri des oreilles indiscrètes.

— Pas vraiment, ce n'est qu'une solution provisoire, répliqua-t-elle d'un air soucieux en s'asseyant dans un fauteuil.

— Bien sûr ! approuva le vizir. Tu devrais le comprendre. Les propriétaires de ces champs ne vont pas supporter longtemps de devoir les mettre à la disposition de la reine. De toute façon, cette production est à peine suffisante pour nourrir la population.

Adonia se pencha en avant avec une expression préoccupée.

— C'est vrai. Il faut absolument rétablir le commerce, mais comment ? En as-tu une idée, Coriandre ?

— Hélas, non, soupira-t-il en s'installant à son tour sur un siège. Si Ahirom n'y parvient pas, j'ai peur de ne pas mieux réussir.

— Il faudrait trouver la cause qui a tout déclenché, suggéra le jeune homme qui tournait nerveusement dans la pièce.

— Cela impliquerait d'effectuer une enquête dans les ports, souligna son père d'un air dubitatif.

Amilcare se rapprocha pour intervenir dans la conversation, sans oser s'asseoir.

— Ahirom y a déjà dépêché des messagers.

— Oui, c'est exact, mais apparemment ils ne sont jamais revenus.

— Auraient-ils été assassinés ? s'enquit la jeune fille horrifiée.

Le vizir eut un geste vague de la main.

— Je n'en sais rien, mais expédier quelqu'un d'autre pourrait être dangereux.

— J'irai, moi, offrit Hailama en se plantant devant eux.

— Non ! Tu ne courras pas un tel risque, coupa la reine d'un ton péremptoire. D'ailleurs, je n'enverrai personne, ce serait une perte de temps.

Une semaine plus tard, Boldizsar se présenta au palais un matin de bonne heure. Comme les affaires se ralentissaient durant la saison chaude, Adonia n'avait pas reçu de demande d'audience ce jour-là, aussi était-elle seulement en train de se préparer dans ses appartements. Cependant, subodorant quelque chose d'important, elle ordonna qu'on le fît entrer dans la salle où elle prenait son petit-déjeuner.

— Que t'arrive-t-il, Boldizsar ? interrogea-t-elle tandis qu'il s'inclinait.

— Cette nuit, mes soldats ont repoussé une tentative de destruction des légumes que les maraîchers font pousser le long de la rivière.

— Je m'en doutais ! s'exclama-t-elle avec inquiétude. Y a-t-il eu des dégâts ?

— Heureusement, non. Les pillards n'ont pas réussi à s'en approcher.

Abandonnant son repas, la jeune fille se leva pour aller jusqu'à la fenêtre.

— Combien étaient-ils ?

— Trois ou quatre, pas plus, affirma-t-il en crispant ses doigts sur la poignée de son glaive.

— Ont-ils été identifiés ?

— Non, ils étaient vêtus de noir, la figure recouverte d'un pan de leurs turbans. Mais on suppose qu'ils étaient jeunes.

Elle revint vers lui, le visage soucieux.

— Des mercenaires, certainement. Recommande à tes gardes d'être encore plus attentifs. Je ne serais pas surprise qu'ils reviennent en plus grand nombre.

— Je le crains effectivement, mais ils nous trouveront sur leur chemin.

Lorsque le commandant fut reparti, la reine termina son petit-déjeuner, se para selon son habitude, puis gagna son bureau où elle mit Baldo au courant des événements de la nuit, qu'il retranscrivit sur papyrus afin d'en conserver une trace. Ensuite, elle s'attela aux rares dossiers en attendant ses conseillers, auxquels elle apprit la nouvelle à mesure qu'ils arrivaient. Comme ils prévoyaient quelque manœuvre de cette sorte, ils réagirent avec fatalisme, sauf Ahirom qui parut choqué.

— C'est de l'inconscience, s'écria-t-il d'un air stupéfait. Ces jeunes ne doutent de rien.

— Je ne vois pas ce qui t'étonne, répliqua Coriandre. Nous savons que Belshazzar est capable de tout, sans jamais calculer les conséquences de ses actes.

— C'est exact, reconnut le ministre du Commerce. Mais je n'imaginais quand même pas qu'il irait jusque-là.

— S'ils remettent ça, les soldats essaieront d'en attraper quelques-uns, pour les faire parler, indiqua Adonia. C'est l'ordre que j'ai donné à Boldizsar.

— Excellente idée, approuva Paltibaal, le juge suprême. Je me chargerai personnellement des interrogatoires.

L'après-midi même, Hyrum fit irruption dans l'appartement du prince en affichant un air sévère qui n'augurait rien de bon. Le jeune homme lui jeta un regard interloqué, puis l'invita à s'asseoir sans se rebeller pour une fois, mais le visiteur n'était guère enclin aux mondanités.

— Ainsi, tu as fomenté une attaque contre ces légumes, constata-t-il d'un ton rogue. Te rends-tu compte à quel point tu as failli ruiner notre action, en nous attirant des ennuis de surcroît ?

— Il faut bien résister, sinon elle va encore gagner, protesta l'adolescent.

Le jeune noble faisait les cent pas entre le lit et le fauteuil où était assis son ami.

— Que serait-il advenu, selon toi, si l'un de tes hommes avait été arrêté ?

— Je n'en sais rien. Où veux-tu en venir ?

— Il aurait tout avoué en te désignant comme le commanditaire. Ainsi ta cousine aurait obtenu ce qu'elle veut.

— Je n'avais pas songé à ça, admit le prince pensivement. Le crois-tu réellement ?

— Mais, bien entendu ! Tu es vraiment inconscient. Ne recommence plus jamais ce genre de sottise.

— Oh, bon ! Ça va, maugréa Belshazzar en jouant machinalement avec un bibelot. Quels sont tes projets ?

Hyrum se planta devant lui en agitant un index menaçant.

— Passer à la troisième phase de notre plan. Mais ne t'avise pas de prendre la moindre initiative qui remettrait tout en cause.

— Je te le promets, assura le jeune homme en souriant avec satisfaction.

Sah[16] débutait dans la chaleur étouffante de l'été, sans que la population de Telgilsh fût avertie des risques de pénurie qui planaient sur elle. L'on s'accommodait du manque d'épices sans trop grogner, tandis que la stricte répartition des denrées permettait à chacun de manger à sa faim, même si les gens regrettaient l'absence de variété dans le choix qui leur était proposé. Comme les magasins dans lesquels on gardait les vivres étaient loin d'être vides, la reine pouvait se montrer raisonnablement optimiste pour l'avenir proche grâce à la sévère gestion des réserves, d'autant que la future récolte s'annonçait plus abondante que les maraîchers ne l'avaient espéré. Cependant, la situation restait préoccupante dans la mesure où Ahirom se révélait toujours incapable de rétablir la circulation des marchandises.

Adonia venait de regagner sa chambre où elle s'apprêtait à sa sieste quotidienne, lorsque le responsable du Commerce se présenta à la porte. Surprise, elle le reçut dans sa petite salle d'audience personnelle en s'interrogeant sur ce qui motivait cette visite impromptue, alors qu'elle l'avait vu le matin même.

— Qu'as-tu à me dire de si urgent ? s'étonna-t-elle devant son trouble inhabituel.

---

[16] Mois correspondant à août

— Une mauvaise nouvelle, hélas. Nous n'avons réceptionné aucune livraison de viande ni de poissons, aujourd'hui.

— Ainsi mon cousin désire vraiment affamer la cité, murmura la jeune fille en pâlissant.

Abandonnant son intention de se reposer, la souveraine se rendit dans son bureau avec son collaborateur, pendant que des domestiques allaient quérir les autres membres du gouvernement. Catastrophés par cette calamité, ceux-ci réfléchirent aux moyens à employer pour pallier la pénurie qui ne tarderait pas à s'avérer dramatique. Avant même de rechercher les responsabilités, il fallait définir avec précision quelles étaient les ressources de Telgilsh, afin de déterminer combien de temps ils tiendraient sans ravitaillement.

— Ahirom, débrouille-toi comme tu veux, mais il faut régler ce problème au plus vite, ordonna la reine qui arpentait la pièce, en s'arrêtant tour à tour devant chacun de ses conseillers.

— Je m'en occupe tout de suite.

— Amilcare, recense toutes les têtes de bétail, puis évalue la quantité de poissons vivant dans la rivière.

Barekbaal se rapprocha d'un air inspiré.

— Il suffirait de reprendre les déclarations des propriétaires d'animaux au lieu de les dénombrer, cela gagnerait du temps.

Adonia lui jeta un coup d'œil dubitatif avant de se retourner vers son ministre de l'Agriculture.

— Ces documents peuvent nous aider, mais je préfère que tu recomptes tout personnellement.

— Je comprends, assura Amilcare avec un bon sourire. Je vais commencer le décompte immédiatement.

La souveraine s'immobilisa pour scruter les visages qui lui faisaient face, mais elle ne découvrit que ce à quoi elle s'attendait, aussi avec un grognement irrité se dirigea-t-elle vers la porte.

— Quant à moi, je vais voir Itthobaal afin de connaître les possessions des deux temples.

— Je t'accompagne, lança Coriandre en se précipitant sur ses pas.

— Entendu ! Paltibaal, essaie d'activer ton enquête. J'exige la tête des coupables.

— Je ferai de mon mieux, affirma le juge suprême en la suivant d'un regard soucieux.

La jeune fille et son vizir traversèrent les jardins, pour passer par une petite entrée qui donnait accès à l'édifice sacré sans franchir l'esplanade. Surpris par cette visite à l'heure de la sieste, le grand prêtre les entraîna vers ses appartements privés, afin de converser à l'abri des oreilles indiscrètes.

— J'espère qu'il ne s'agit pas d'une nouvelle catastrophe, prononça-t-il en guise de salut lorsqu'il eut refermé le battant sur eux.

Adonia se laissa tomber dans un fauteuil avec un soupir désenchanté.

— Hélas, si ! Nous ne recevons plus de viande ni de poissons.

— Finira-t-il par nous isoler en arrêtant toutes les caravanes, ou cherche-t-il simplement à nous affamer ?

— Il ira aussi loin qu'il le faut pour provoquer une rébellion de la population, à mon avis, répondit Coriandre d'un air contrarié.

— Belshazzar est un idiot, trancha la jeune fille en acceptant le verre que lui tendait Itthobaal. Il s'imagine qu'il apparaîtra en sauveur après m'avoir détrônée, mais il ne conçoit pas qu'il est beaucoup plus facile de paralyser le commerce que de le remettre en route. Plus cela durera, plus il lui faudra de temps pour rétablir la situation, si bien que le peuple lui reprochera d'avoir fait des promesses qu'il ne tient pas.

Faisant fi de tout décorum maintenant qu'ils étaient en petit comité, le vizir s'assit également, puis avala une gorgée de la boisson offerte par leur hôte, avant de prendre la parole.

— C'est exact. Et le traître qui le soutient ne l'a pas compris non plus.

— Pour l'instant, je voudrais savoir quelles sont les ressources de ton temple et de celui d'Echmoun en viande et poissons, reprit la reine en se tournant vers le prélat.

— Je pense que Balzer élève des poissons dans son lac sacré, tout comme nous. Quant à la viande, nous avons nos propres troupeaux augmentés des dons de nos fidèles. J'en ferai le décompte précis que je te transmettrai dès que possible.

— Merci. Cela me permettra de déterminer combien de temps nous pouvons résister.

Le grand prêtre approcha un tabouret de la souveraine, sur lequel il s'installa.

— Tu dois réagir. Si nous mangeons tout notre bétail, nous finirons par mourir de faim.

— Je le sais. Mais, cette fois, je n'ai pas l'intention de rester les bras croisés ni d'attendre que mes conseillers trouvent une solution. Il me faut vraiment ce recensement, mais je veux aussi convaincre le félon que je m'arrêterai là.

— Je m'en doutais, s'amusa Coriandre. C'est pourquoi j'ai voulu t'accompagner. Ici, c'est plus sûr, n'est-ce pas ?

— Absolument.

— Que projettes-tu ?

Trop nerveuse pour se tenir tranquille, Adonia se leva, fit quelques pas dans la pièce sous l'œil attentif de ses proches, puis s'immobilisa près d'eux.

— J'ai réfléchi à cette histoire de messagers partis et jamais revenus. C'est vrai ou faux, je n'ai aucune preuve. Alors, je vais en dépêcher d'autres dans le plus grand secret.

— N'est-ce pas dangereux, si les premiers ont réellement été assassinés ? s'inquiéta le vizir.

— Ils prendront la route avec des soldats, afin de se défendre en cas de besoin. Serais-tu d'accord, Coriandre, si je déléguais Hailama à Macar Uiat ?

Faisant taire son angoisse paternelle, celui-ci hocha la tête en se forçant à sourire.

— Volontiers. Il s'était bien entendu avec le prince Sikarbaal.

— Oui, c'est pourquoi j'espère qu'il nous obtiendra une aide conséquente.

— Tu peux utiliser ce temple à ta guise pour y organiser les départs, assura gravement Itthobaal.

La jeune fille se laissa tomber à nouveau dans son fauteuil d'un air désemparé.

— Merci. Je savais que je pouvais compter sur toi. Mais, à part vous deux, je n'ai plus confiance en personne.

— L'armée t'est fidèle, affirma le vizir avec conviction.

— Oui, mais je parlais de mes ministres. Je suis certaine, maintenant, que le traître est parmi eux.

— Je le pense aussi, hélas.

— Vas-tu envoyer seulement Hailama ? s'enquit le prélat s'intéressant aux détails pratiques.

— Non, je demanderai à Baldo de me trouver trois jeunes scribes courageux et discrets, que j'expédierai à Gigthis, Sabratha et Leptis Magna. Il faut rétablir les relations commerciales avec tous nos alliés en même temps si nous voulons éviter la catastrophe.

— Tu es vraiment une grande reine. Les Dieux devraient te favoriser.

— S'Ils ne le font pas, c'est qu'Ils ont leurs raisons, répliqua la souveraine en haussant les épaules.

— Ils attendent peut-être que tu fasses tes preuves, hasarda Coriandre qui l'enveloppait d'un regard affectueux.

— Qu'importe ! Nous avons à nous occuper de choses plus urgentes.

Au même instant, dans le palais, Belshazzar se réjouissait pleinement, pour une fois, persuadé que ce n'était plus qu'une question de jours avant que sa cousine ne lui cédât son trône. C'est pourquoi, au lieu de se rebeller contre le rationnement sévère imposé par la nouvelle pénurie, il préférait rêver aux somptueux festins qu'il s'offrirait lorsqu'il serait roi, sans deviner l'inquiétude d'Hyrum, à qui il promettait monts et merveilles. Mais, en écoutant les projets insensés de son ami, celui-ci imaginait la crise de fureur sans précédent qu'il piquerait, si quoi que ce fût tournait mal dans leurs plans.

Le souterrain

Juillet — août 1921

L'incroyable découverte avait enfin ranimé l'enthousiasme de l'équipe. En élargissant la zone de fouille, les ouvriers avaient dévoilé une grande pièce rectangulaire qui avait été identifiée comme une salle de réception, dans laquelle le petit nombre de corps montrait un excellent état de conservation, puis en creusant davantage, ils avaient atteint les fondations d'un immense bâtiment qui ne pouvait être que le palais royal, comme Moira l'avait toujours pensé. Tous les participants à ce que Lowell qualifiait de banquet présentaient des blessures mortelles, très certainement provoquées par la chute du toit ou des murs sur eux, ce qui renforçait l'hypothèse d'un tremblement de terre. Au centre de l'espace, le long du mur opposé à l'entrée, les chercheurs avaient trouvé les restes d'une estrade en bois sur laquelle les convives arboraient des bijoux de grand prix. Mais le cadavre le plus paré, portant notamment une couronne en or incrustée de pierres précieuses qui avait fait l'admiration de tout le monde, gisait presque au milieu de la surface, sous une colonne qu'il avait fallu déplacer pour le dégager.

— On peut en conclure que c'est le dernier roi de Telgilsh, commenta Tyler en désignant l'inconnu somptueusement vêtu. Si la traduction de Lowell est juste, il s'agirait d'Adon.

— Je ne sais pas pourquoi, mais ça me paraît bizarre, répondit la jeune femme d'un air songeur. Est-ce que les Phéniciens se transmettaient ainsi le trône entre amis ?

— Je l'ignore, mais je ne connais aucune société dans laquelle on le pratiquait.

— En tout cas, selon ma datation, le séisme est contemporain de la stèle, intervint Alvin en s'approchant avec précaution pour ne rien piétiner.

Moira tourna sur elle-même, les yeux fixés sur les parois ruinées, en essayant d'imaginer la fête qui se déroulait dans ce décor.

— Ce qui signifierait que ces agapes étaient organisées pour célébrer le sacre du nouveau roi.

— Alors, il n'aura pas régné longtemps, s'amusa le géologue.

— Non, en effet, murmura la directrice machinalement. J'aimerais que l'on déniche l'autre partie de la pierre.

— Elle a sans doute été réduite en poussière, avertit Tyler en s'agenouillant auprès d'une des momies.

— Oui, appuya Alvin avec un geste éloquent, si les dalles du toit sont tombées dessus, elle aura été broyée.

La jeune femme soupira, insatisfaite, sans parvenir à préciser ce qui la dérangeait dans cette scène.

— Dans ce cas, nous n'aurons jamais le fin mot de l'histoire, se désola-t-elle.

— C'est aussi cela, l'archéologie, déclara l'anthropologue concentré sur son expertise.

Il faisait tellement chaud que l'on ne fouillait que le matin et le soir, lorsque la température était à peu près supportable, si bien que le travail n'avançait guère. Moira profitait des moments où tout labeur extérieur était proscrit, pour poursuivre ses tentatives de déchiffrement des papyrus, sans le dire à Lowell qui aurait été terriblement vexé qu'elle doutât de ses compétences. Pourtant, plus elle progressait dans ce décryptage, plus elle concevait pourquoi il traînait sur les traductions, mais en même temps, elle s'étonnait qu'il ne se fût jamais justifié. Elle avait tenté plusieurs fois de l'amener à parler en usant de toute la délicatesse dont elle était capable, mais il n'avait pas semblé saisir ses subtiles allusions, si bien qu'elle n'avait pas insisté tout en s'interrogeant sur cet étrange silence.

La découverte des corps avait aussi allégé l'atmosphère en focalisant l'attention sur ce trésor, d'autant qu'avec les bijoux, ils avaient eu le grand bonheur de retrouver les vêtements presque intacts, ce qui apportait de nouvelles données sur l'habillement dans les colonies phéniciennes. Au cours des veillées, ils se lançaient dans de délicieuses controverses, durant lesquelles ils comparaient les diverses sources avec leurs constatations sur le terrain, relevaient les similitudes et les différences avec les trouvailles effectuées sur d'autres sites, puis cherchaient quelles influences avaient pu s'exercer pour expliquer ces modes divergentes. Tyler pensait que le contact avec les indigènes, ainsi que les mélanges qui avaient dû s'opérer au fil des siècles constituaient la base de l'originalité des toilettes, alors que Lowell soutenait, de son côté, qu'il fallait surtout tenir compte du climat, bien éloigné de celui des côtes libanaises. Chacun mettait son grain de sel pour appuyer l'un ou l'autre, souvent par jeu, mais l'on considérait généralement que la solution était dans la conjonction de ces multiples causes, ce que l'anthropologue, lui-même, reconnaissait volontiers. Pourtant, ce qui surprenait ses collègues, c'était l'entêtement de l'archéologue qui n'acceptait pas que les Phéniciens aient pu se fondre dans la population locale, quand il n'allait pas jusqu'à affirmer qu'avant leur arrivée personne ne fréquentait l'oasis.

— Décidément, je ne comprendrai jamais Lowell, soupira Moira en entrant dans sa tente en compagnie de Bryan, un soir où il était resté dormir avec elle.

— Oui, il fait preuve d'une curieuse obstination, acquiesça le jeune homme qui avait assisté à la dispute.

— Il y a beaucoup de questions sur lesquelles il se bloque ainsi, sans que l'on devine pourquoi.

— Tu finiras par devoir le remplacer.

La jeune femme ôta ses habits qu'elle accrocha dans l'armoire de toile qui les protégeait de la poussière.

— J'y ai déjà songé, mais ça m'ennuie. Il n'est pas mauvais quand il le veut, selon les sujets. Seulement, il ne tolère aucune contradiction, et surtout il refuse d'admettre ses lacunes sur certains points.

— Ça, je l'ai remarqué aujourd'hui, s'amusa le pilote qui se servait un whisky avant de s'asseoir. Pourtant, je croyais qu'il était spécialiste de la civilisation phénicienne. L'aurais-tu surpris en flagrant délit d'incompétence ?

— Oui, et cela grâce à toi.

— Je ne saisis pas.

Elle enfila un déshabillé vaporeux, puis s'approcha pour l'embrasser.

— Je me suis plongée dans le livre que tu m'as offert pour mon anniversaire, où j'ai réalisé quelques découvertes étonnantes.

— Raconte-moi ça, demanda-t-il en l'enlaçant tendrement.

— J'ai pris les copies des papyrus que Violet a exécutées, afin de les traduire. Or, je me suis aperçue que dans ces textes, il y a des signes qui ne se rencontrent pas dans l'alphabet phénicien. J'ai également trouvé des mots n'ayant aucun sens.

— Je vois, constata son amant d'un air dubitatif. Il n'en a rien dit, je suppose ?

— Non. J'ai bien essayé de l'amener à en parler, mais je n'ai pas réussi. Il a méprisé toutes mes tentatives.

— Et qu'en déduis-tu ?

Elle échappa à son étreinte pour aller s'installer devant sa table de toilette.

— Je te l'ai dit, je pense qu'il n'aime pas avouer qu'il ignore quelque chose.

— Non, je voulais dire de ces lettres et de ces termes inconnus, corrigea-t-il en allant la rejoindre.

Elle détacha ses cheveux qu'elle brossa vigoureusement.

— À mon avis, il n'y a qu'une seule explication. La langue phénicienne a évolué au contact des populations locales, en intégrant leur dialecte…

— … et comme il affirme qu'il n'y avait aucun peuple habitant là avant les Phéniciens, il ne veut pas admettre l'existence de ces anomalies dans les écritures que tu lui donnes, acheva Bryan en souriant. On tourne en rond.

— C'est un peu ça, reconnut la jeune femme.

Il passa doucement son index sur le cou de sa maîtresse, ce qui la fit frissonner d'anticipation.

— Crois-tu que quelqu'un soit capable de déchiffrer correctement ces inscriptions ?

— Je n'en ai aucune idée. Mais je vais les évoquer dans ma prochaine missive à Fergus Noor, puisque je sais maintenant que les traductions de Lowell sont toutes fausses.

— Ce qui t'amènera à le remplacer, conclut le pilote en se dévêtant à son tour.

Elle posa sa brosse, puis se dirigea vers le lit sur lequel il venait de s'allonger.

— Et bien, tant pis. Nous devons avancer, sinon le résultat de notre travail restera partiel, assena-t-elle en s'étendant près de lui.

Il l'attira dans ses bras avec un regard plein d'affection.

— Je t'approuve totalement. Et je suis content que tu ne fasses plus ces vilains cauchemars.

— Moi aussi, confessa-t-elle en se blottissant contre lui.

Aucun incident ne s'était produit depuis qu'une surveillance plus sévère du site avait été mise en place, mais Moira redoutait de nouveaux actes de malveillance qui détruiraient son œuvre. Pourtant, comme si le silence leur évitait le pire, aucun des membres de l'équipe n'y faisait allusion, pas plus qu'aux objets disparus qui n'avaient toujours pas été retrouvés. Ils préféraient commenter les articles des journaux apportés par Bryan, en savourant la distance qui rendait ces événements moins importants, d'autant qu'ils les apprenaient avec beaucoup de retard.

— Décidément, cette histoire de partition de l'Irlande n'en finira jamais, observa Tyler un soir où il avait fait particulièrement chaud. Comme une trêve est entrée en vigueur le onze juillet, on annonce que la guerre d'indépendance est terminée, des négociations s'organisent entre tous les partis dès le douze, mais le dix-huit, le principal interlocuteur quitte la discussion. Cela ne mène nulle part. D'ailleurs, la situation internationale me paraît de plus en plus tendue. Nous ne sommes pas à l'abri d'un nouveau conflit.

— Oh, voyons ! protesta Violet. La SDN[17] l'empêchera. C'est pour ça qu'elle a été créée.

— Peut-être, mais elle n'a pas assez de pouvoir.

Alvin, qui faisait les cent pas, vint s'accouder au bar à côté d'eux.

— Et la crise n'arrange rien. Tous les pays occidentaux connaissent un fort taux de chômage. Les États-Unis en sont à plus de quatre millions.

— De plus, les nationalismes ressurgissent avec force, renchérit l'anthropologue en se penchant en avant comme pour donner plus de poids à ses paroles. Nombreux sont ceux qui n'ont pas digéré le traité de Versailles et rêvent de revanche. Regardez ce Mussolini en Italie, il ne m'inspire aucune confiance. Les hommes de son mouvement sont brutaux et sans scrupule. Et puis, il y a ce parti nationaliste en Allemagne... J'ai oublié son nom, mais il ne vaut pas mieux à mon avis. Il faudrait l'étouffer dans l'œuf.

---

[17] Société des Nations

— Eh bien ! Nous sommes vraiment mieux ici, constata la dessinatrice en jetant un coup d'œil inquiet autour d'elle.

— Ce n'est pas sûr, objecta le géologue, tandis que les serviteurs distribuaient à la ronde des boissons glacées. La guerre du Rif n'est pas loin. Abd el-Krim a gagné la bataille d'Anoual le vingt et un juillet dernier. On raconte qu'il aurait fondé une république, mais je crains que les Espagnols n'en restent pas là. Ils vont contre-attaquer, c'est sûr. Cependant, je reconnais que nous sommes des privilégiés.

L'anthropologue abaissa son journal pour le scruter.

— Comment ça ?

— Lorsque l'on voit qu'il y a plus de deux millions de chômeurs dans le Royaume-Uni, nous avons beaucoup de chance d'avoir un emploi, surtout aussi agréable que celui-ci.

— Je suis entièrement d'accord, approuva Joyce qui sirotait son jus de fruits.

— C'est grâce à Moira, sourit Violet en s'installant auprès de ses collègues.

La jeune femme, qui venait de conférer avec le cuisinier au sujet des repas du lendemain, se retourna.

— Sûrement pas ! Avec vos compétences, vous auriez facilement été embauchés sur d'autres chantiers.

— Les crédits sont difficiles à obtenir, souligna Tyler en repliant son quotidien.

Elle rejoignit ses amis, un peu surprise par ces compliments qu'elle estimait immérités.

— Le British Museum aurait mis cet argent dans autre chose.

— Oui, mais pas forcément pour des fouilles. Il aurait pu acheter des objets d'art ou des livres rares. Ta découverte est exceptionnelle.

Lowell qui ne s'était pas mêlé à la conversation jusque-là, comme d'habitude, abonda dans le sens de l'anthropologue avec une exaltation quelque peu outrée.

— Oui, c'est certain. Elle est de celles qu'on ne rencontre qu'une fois dans sa vie.

— Je suis heureuse que vous la partagiez avec moi, conclut la directrice en s'asseyant avec un sourire.

En dehors des corps que Tyler analysait avec délice, le palais avait aussi fourni quelques ustensiles, en mauvais état pour la plupart, mais suffisamment parlants pour offrir un aperçu de la vie quotidienne dans ce lieu de vie et de pouvoir mélangés. À mesure que les recherches s'éloignaient de la salle du banquet, l'on retrouvait des cadavres appartenant à des domestiques assurant le service lorsque le bâtiment s'était effondré, si l'on se fiait aux morceaux de vaisselle brisés qui jonchaient le sol autour d'eux. Cependant, malgré l'excitation que ces trouvailles suscitaient, Moira ne négligeait pas les autres secteurs dont elle faisait régulièrement le tour afin de mettre à jour les plans qu'elle avait relevés. Le temple d'Echmoun montrait maintenant l'intégralité de son enceinte extérieure, auprès de laquelle ils avaient déterré un vaste bassin carré que Lowell avait identifié en tant que lac sacré, ainsi qu'une grande partie de sa disposition intérieure, tandis que celui de Baal commençait à livrer les secrets des locaux privés situés derrière le naos. En parcourant ces endroits qui lui paraissaient bien petits par rapport à l'immensité de la plaine encore recouverte de sable, la jeune femme se remémorait les lettres enthousiastes de Fergus, dans lesquelles il s'émerveillait qu'elle eût exhumé tant de choses en si peu de temps, alors qu'un chantier n'avançait pas si vite d'ordinaire. Le réconfort que lui apportait ce soutien épistolaire l'aidait à minimiser les incidents qui s'étaient succédé depuis plusieurs mois, en reléguant au second plan la disparition des artefacts.

Un matin d'août, Moira se promenait sur le site après avoir expédié son travail administratif, tandis que ses pensées, qui tournaient autour de la missive émanant du conservateur, arrivée la veille, butaient sans cesse sur le passage concernant les signes et mots inconnus dont elle lui avait envoyé un échantillon. Son correspondant lui expliquait qu'il en avait confié le décryptage à un archéologue spécialiste des populations d'Afrique du Nord, nommé Irwin Faircliff, en oubliant qu'elle l'avait rencontré au British Museum lors de leur premier entretien. Malgré elle, ce nom l'avait fait tressaillir, tandis que surgissaient dans son esprit la silhouette fine et racée du jeune homme, le regard franc et direct de ses yeux bleus, ainsi que les boucles blondes de ses cheveux toujours indisciplinés. Elle se souvenait de sa gentillesse lorsqu'elle était ressortie du bureau de Fergus complètement désorientée, au point qu'elle doutait d'obtenir ce qu'elle désirait si fort. Avec un pincement de regret, elle se dit qu'elle aurait dû lui proposer un poste au moment où elle constituait son équipe, malgré l'absence de son nom sur la liste que lui avait transmise le conservateur.

Elle considéra soudain les alentours, pour se rendre compte qu'elle avait dépassé les secteurs de fouilles. Alors, elle fit demi-tour en direction des logements, mais s'arrêta net quand elle vit Violet venir vers elle en agitant les bras.
— Que se passe-t-il ? s'inquiéta la directrice lorsque son amie l'eut rejointe. Ne m'annonce pas un nouvel accident.
— Pas du tout, sourit la dessinatrice. Viens avec moi, nous avons fait une découverte d'importance sur le sanctuaire de Baal.

Les jeunes femmes se hâtèrent vers l'arrière du monument d'où sortait une longue file d'ouvriers portant des paniers pleins de sable qu'ils allaient déverser à l'extérieur du site. Tyler, debout au bord d'une cavité creusée dans le sol, leur fit un signe joyeux, tandis que Lowell déboulait de son côté.
— Qu'avez-vous trouvé là ? demanda la jeune femme.
— Il semble que ce temple possédait des souterrains, expliqua l'anthropologue. Alvin est allé voir s'il pouvait en définir la taille.

Moira se pencha, afin d'évaluer le trou à leurs pieds.
— Mais, il y a des marches pour y descendre ! Quand même, c'est dangereux. Ils sont probablement à moitié écroulés, donc instables.

— C'est ce que je lui ai dit, mais il n'a rien voulu entendre.

— C'est très curieux, observa l'archéologue en jetant un coup d'œil autour de lui afin de déterminer à quel niveau du sanctuaire était située l'excavation. Je n'ai jamais rencontré de temples phéniciens ayant des sous-sols. Normalement, il ne devrait y avoir qu'une fosse dans laquelle ils mettaient les ossements des victimes sacrificielles.

— Celui-ci est particulier, affirma le géologue en surgissant dans l'ouverture. Il y a un couloir desservant plusieurs petits locaux fermés par des portes munies de verrous.

— Comment le sais-tu ? s'étonna la directrice.

Il gravit l'escalier sans difficulté, puis épousseta ses vêtements avant d'adresser un sourire à la jeune femme.

— J'ai retrouvé, éparpillés sur le sol, des panneaux de bois presque intacts ainsi que des serrures.

— Cela pourrait-il être une prison ? s'enquit Violet.

— Je ne pense pas, répondit Lowell. Plus vraisemblablement, c'était l'endroit où les prêtres logeaient les animaux offerts au temple pour des sacrifices.

— Ça paraît plus logique, approuva Moira. On imagine mal des criminels emprisonnés dans un sanctuaire. Comment allons-nous le visiter ?

— C'est encore en bon état, assura Alvin d'un ton convaincu. Il suffira d'étayer le plafond pour qu'il ne nous tombe pas dessus, mais je ne crois pas qu'il y ait de risques sérieux.

Joyce, qui venait de les rejoindre, scruta la cavité d'un œil critique.

— Comment se fait-il qu'il ne se soit pas effondré comme le monument ?

— Parce qu'il ne s'agit pas d'un ouvrage construit, expliqua le géologue en désignant les bords du trou. Voyez, ce tunnel est creusé profondément dans le sol, en laissant une large épaisseur de terre pour former le toit. Il y avait peu de chances que ça s'écroule.

— S'il y avait eu des gens dans ce souterrain au moment du séisme, ils en auraient réchappé, remarqua la jeune femme.

L'archéologue haussa les épaules avec dédain.

— Sans doute, mais nous ne le saurons jamais. D'ailleurs, c'est assez peu plausible. Tout le monde était en train de fêter le couronnement du nouveau roi.

— Oui, bien sûr. Tu as raison.

Durant les jours qui suivirent, les ouvriers s'affairèrent à placer des étais dans le sous-sol pour sécuriser son exploration, tout en nettoyant les marches qui n'étaient pas endommagées. Puis, dès que ce fut fini, les fouilleurs se mirent à la tâche en passant d'un local à l'autre, afin d'y retrouver des indices de leur occupation. Comme ils s'y attendaient, ils découvrirent des restes de végétaux qui avaient dû servir de nourriture pour le bétail enfermé là, ainsi que du foin pour les litières. La plupart des panneaux de bois montraient des traces de coups provenant des cornes et des sabots que les futures victimes sacrificielles avaient heurtés contre les portes. Quant aux serrures, elles s'étaient détachées des supports lors de la chute, mais n'étaient que très peu abîmées, seulement ternies et rayées par le sable. Au bout du couloir, à l'extrémité opposée à l'escalier, ils trouvèrent une autre issue composée d'une grande rampe dallée dont l'inclinaison permettait de faire circuler les bêtes, mais elle était bouchée par les nombreux débris des murs qui s'étaient écrasés dessus.

— Pourquoi se sont-ils fatigués à creuser ce souterrain alors qu'il aurait été plus simple et moins coûteux de construire des stalles à l'arrière du sanctuaire pour y loger les animaux ? s'étonna Tyler en élevant sa lampe afin de mieux voir l'espace devant lui.

— Je ne comprends pas non plus, confessa Lowell, perplexe. Je ne connais pas d'autre exemple de ce type dans les temples phéniciens.

La directrice désigna l'obscurité qui voilait toute une partie des galeries.

— Nous n'avons pas encore tout vu. L'explication repose peut-être plus loin.

— Oui, c'est possible, reconnut l'archéologue d'un air de doute.

Laissant ses adjoints poursuivre l'examen des tunnels du sanctuaire de Baal, Moira retourna sur celui d'Echmoun avec Alvin pour y effectuer des sondages afin de vérifier si lui aussi possédait un sous-sol. Supposant que, s'il existait, il serait également situé au fond de l'édifice, les chercheurs commencèrent par là, en grattant le sol dans l'espoir de détecter une anomalie qui en indiquerait l'entrée. Mais ils eurent beau examiner le monument, en élargissant peu à peu la zone de recherche, rien n'apparut.

— Soit il y avait une étable auprès des réserves, conclut le géologue debout entre les pylônes, soit l'on n'amenait les animaux que pour le sacrifice. En tout cas, il n'y a pas de souterrain sinon nous l'aurions trouvé.

Après cette quête inutile, l'équipe reprit son labeur routinier qui consistait à nettoyer chaque secteur afin de ne rien manquer des vestiges présents, tout en dégageant les murs de chacun des bâtiments. Les ouvriers travaillant sur le temple d'Echmoun en arrivaient aux magasins, où l'on stockait les denrées, placés à l'arrière du naos comme prévu. Le palais commençait à dévoiler son plan complexe, ressemblant à un labyrinthe de couloirs et de salles de différentes tailles dont on ne parvenait pas encore à déterminer l'usage. Quant au sanctuaire de Baal, les manœuvres, qui désensablaient le cœur de l'édifice, avaient mis au jour un immense bassin rectangulaire qui s'avéra être le lac sacré, tandis qu'Alvin, aidé de l'un ou l'autre de ses confrères selon les disponibilités, inspectait chaque recoin des galeries. Joyce était avec lui le matin où il avisa des détails troublants dans les deux réduits encadrant le pied de l'escalier.

— Regarde comme ces cloisons diffèrent de celles des autres locaux, remarqua-t-il avec surprise. On dirait que ceux qui ont excavé ces pièces n'ont pas pris la peine de lisser les parois.

— Oui, tu as raison. C'est d'autant plus étrange que les autres cellules ont un aspect bien soigné. Crois-tu qu'ils les ont bâclées parce que c'était les dernières ?

— À moins qu'ils n'aient pas eu le temps de les finir, hasarda le géologue d'un ton songeur. Il faut en parler à Lowell.

La chimiste se chargea d'aller faire part de leur découverte à Moira, tandis qu'Alvin allait quérir l'archéologue qui peinait sur ses traductions. Puis, ils se retrouvèrent, tous les quatre, à l'entrée du tunnel, impatients d'interpréter cette anomalie. Lowell fit le tour des pièces, observa les murs avec attention, passa même sa main dessus pour en sentir toutes les irrégularités, sous l'œil curieux de ses collègues. Enfin, il se tourna vers eux en souriant.

— Ces salles ne sont pas inachevées comme elles le paraissent, affirma-t-il d'un ton assuré. Bien au contraire.

— Alors, comment expliques-tu ces parois mal taillées ? interrogea Joyce.

— À l'origine, ces galeries n'existaient pas. Les prêtres ont fait creuser une seule grande salle, dont ces deux-là ne sont que les vestiges. C'est la fameuse grotte que j'ai évoquée. Comme ils n'avaient pas de montagne, ils l'ont créée sous terre.

— Voilà qui est astucieux, admira le géologue.

— Mais, alors, pourquoi ont-ils continué le souterrain ? s'étonna la directrice.

— Je pense qu'ils l'ont fait beaucoup plus tard, sans doute plusieurs générations après. Le temple a dû s'agrandir à mesure que les dons affluaient, jusqu'à ce que les religieux se trouvent trop à l'étroit pour loger des animaux dans leurs locaux.

— Mais pourquoi en sous-sol ?

— J'imagine qu'ils n'avaient pas la place de s'étendre sur l'arrière.

— Oui, cela paraît probable, approuva Moira en repensant à ses visions qui lui montraient le monument entouré de tous côtés par la ville.

À ce moment, Violet s'encadra en haut de l'escalier pour les héler d'un ton pressant.

— Qu'y a-t-il ? demanda la directrice en revenant vers les marches. Le repas est-il servi ?

— Pas du tout, il n'est que onze heures. Mais nous avons de la visite.

— Comment ? Bryan est arrivé ?

— Non. Des ouvriers ont entendu un bruit de moteur inhabituel, si bien qu'ils sont montés sur les dunes d'où ils ont repéré plusieurs véhicules qui viennent par ici.

— Des voitures ! s'exclama Moira en regagnant rapidement l'air libre, suivie de tous les autres. Qu'est-ce que ça signifie ?

L'expédition de la dernière chance

Août — septembre 684 av. J.-C.

Itthobaal ouvrit la porte de côté pour introduire la reine dans l'enceinte sacrée avec un clin d'œil complice.

— Ils sont arrivés, annonça-t-il sur le ton de la confidence.

— Quelle impression t'ont-ils faite ? s'enquit la souveraine.

— Ils me paraissent courageux. Évidemment, comme ils ne comprennent pas cette convocation secrète, ils sont assez nerveux, mais je pense qu'ils sont sûrs.

— Et bien, voyons comment ils vont réagir en apprenant ce que j'ai à leur dire.

Le grand prêtre la conduisit jusqu'à une petite pièce où se tenaient trois jeunes gens arborant la tenue des scribes, qui parlaient à voix basse. Dès qu'Adonia entra, ils s'inclinèrent avec un bel ensemble, mais elle remarqua leurs regards effrayés. Alors, elle s'installa sur un siège, les fit asseoir en face d'elle, puis expliqua en détail les machinations de Belshazzar en précisant dans quelle situation se trouvait la cité. Au fil de son discours prononcé d'un ton mesuré, ses interlocuteurs oubliaient leur inquiétude initiale, pour écarquiller les yeux en découvrant la catastrophe imminente qui menaçait Telgilsh.

— Voilà, vous savez tout, conclut la reine. Maintenant, j'ai une seule question à vous poser : êtes-vous prêts à affronter le danger pour m'aider à sauver notre royaume ?

— Oui, Votre Majesté, répondirent-ils en chœur.

Elle hocha la tête, réconfortée par leur intrépidité.

— Baldo m'avait certifié que vous étiez braves et loyaux, je vois qu'il ne s'était pas trompé. Vous allez vous rendre chacun dans la ville que je vous indiquerai, pour remettre un message au roi. Et vous ne reviendrez qu'avec une caravane apportant les denrées dont nous manquons. Votre rôle, sur place, sera d'activer les préparatifs afin de rentrer au plus vite.

— Partirons-nous seuls et à pied ? osa demander l'un des jeunes gens.

— Non, je ne veux pas risquer vos vies. Chacun d'entre vous voyagera en char, accompagné de plusieurs militaires. Mais je vous prie instamment de n'en rien dire à personne. Vous quitterez l'oasis secrètement, de nuit pour que ce soit plus discret. C'est aussi la raison pour laquelle je vous ai fait venir ici au lieu du palais.

— Est-ce pour ne pas affoler la population que vous insistez sur le silence ?

— Pas seulement. Il y a un traître dans mon entourage proche, c'est pourquoi je tiens à éviter qu'il ait vent de votre mission. Je le sais capable de tout pour vous empêcher de la réussir, même de vous tuer.

Comme cette information ne faisait pas vaciller la résolution des trois scribes, Adonia les congédia avec un sourire approbateur.

— Alors ? interrogea-t-elle en se tournant vers le prélat qui avait assisté à l'entrevue, debout au fond de la pièce.

— Ils y parviendront, affirma-t-il en se rapprochant d'elle. Ils sont décidés à sauver la cité. Je suis certain maintenant que tu peux te fier à eux.

— Je le pense aussi, opina la souveraine.

— Quand prendront-ils la route ?

— Dès que possible. Je rédigerai les lettres pour chaque roi avec Baldo demain matin, mais ça dépend surtout de Boldizsar. Il faut qu'il libère une vingtaine de soldats sans que quiconque le remarque. Ce n'est pas forcément aussi simple qu'il y paraît.

— Nous n'allons pas tarder à le savoir, s'il n'est pas en retard au rendez-vous que je lui ai donné, observa Itthobaal.

Un subalterne apporta des rafraîchissements qu'ils dégustèrent sans un mot, plongés dans des réflexions moroses, puis le grand prêtre retourna vers la petite porte pour accueillir son deuxième visiteur de la soirée. Le commandant, lui, n'avait pas grand-chose à apprendre sur la situation du royaume, c'est pourquoi il ne s'étonnait pas du luxe de précautions dont la reine entourait leur rencontre. Il l'écouta avec attention exposer son plan, en hochant la tête pour exprimer son assentiment.

— Je suis d'accord, déclara-t-il d'un ton ferme. Nous devons forcer ce blocus très rapidement.

— Comment vas-tu expliquer l'absence d'autant d'hommes pendant si longtemps ? s'enquit Adonia.

— C'est très facile, je les enverrai en manœuvres. Je le fais régulièrement. Officiellement, ils seront dans le désert.

— Quand seront-ils disponibles ?

— Voyons… ils ne doivent rien dire à personne, n'est-ce pas ?

— Surtout pas !

Boldizsar fit quelques pas, les yeux fixés sur le sol, les sourcils froncés, sous le regard angoissé de la souveraine, puis il releva la tête vers elle.

— Bon ! Je les choisirai et j'annoncerai la nouvelle demain. Le départ aura-t-il lieu de jour ou de nuit ?

— Il me semble que ce sera plus discret de nuit.

— Ils peuvent se regrouper ici, intervint Itthobaal.

— Donc, ils partiront ouvertement après-demain, mais en réalité, ils viendront ici, afin de prendre la route dès la nuit suivante. Cela te convient-il ?

— C'est parfait, assura la jeune fille.

Un peu réconfortée, elle regagna le palais, où elle se rendit directement dans sa chambre, en espérant qu'aucun domestique ne l'espionnait pour le compte de son cousin. Elle n'eut que le temps de se déshabiller, de se démaquiller avec l'aide d'Asherah, puis de se glisser dans son lit, avant qu'Hailama surgît dans la pièce comme presque tous les soirs de cette difficile période. Il vint s'allonger auprès d'elle en souriant.

— Où étais-tu donc passée ? demanda-t-il, appuyé sur un coude pour mieux l'observer. Je suis déjà venu tout à l'heure, mais je ne t'ai pas trouvée.

— J'étais au temple pour organiser une expédition secrète.

— Comment ? Mais je t'ai dit…

— Attends ! coupa-t-elle en s'asseyant brusquement. Tu en feras partie. Écoute-moi attentivement.

Elle lui raconta avec concision les deux rencontres qu'elle avait menées ce soir-là, avant de lui préciser que son père était d'accord pour qu'elle l'envoyât à Macar Uiat solliciter le roi Hiram.

— Très bien, dit-il gravement lorsqu'elle se tut. Mais comment vas-tu expliquer mon absence ?

— Tu vas séjourner dans la famille de ta mère, qui se plaint de tes trop rares visites.

Il la contempla avec admiration.

— Ah, oui ! C'est bien élaboré.

— C'est une idée de ton père, avoua-t-elle avec une grimace amusée.

— Ça ne m'étonne pas de lui. Entendu, j'en parlerai demain, mais sans insister, puis je m'en irai ostensiblement après-demain.

— Tu vas me manquer, soupira la jeune fille.

— Je penserai à toi sans cesse, promit-il en tendant la main vers elle. Grâce à ton amour, je réussirai ma mission.

Il fut un peu surpris par la réaction d'Adonia qui sauta hors du lit pour traverser la chambre d'un pas décidé, sans répondre à ses questions. Elle s'arrêta devant un coffret posé sur une table, dont elle sortit un objet qu'elle serra dans ses doigts, puis revint vers le lit. Comme il se redressait en la scrutant curieusement, elle ouvrit sa paume pour lui montrer l'amulette qui reposait dessus, avant de lui passer autour du cou la chaîne à laquelle elle était accrochée.

— Ce talisman me vient de mon père, révéla-t-elle. Il te protégera.

— Avec lui, je ne crains plus rien, assura le jeune homme en posant une main sur le bijou.

— Mon cœur t'accompagnera, murmura la reine en se rallongeant.

Avec tendresse, Hailama l'enlaça, tout en songeant à Sikarbaal qu'il se réjouissait de revoir, quoiqu'il tremblât de le voir marié avec la femme qu'il aimait. Alors, il écarta ces images importunes en se promettant d'utiliser les liens d'amitié, qui s'étaient noués entre le prince et lui, pour essayer d'obtenir autant d'aide que possible.

Le lendemain, Adonia se rendit dans son bureau de bonne heure, afin de travailler au calme avec Baldo sur la tournure des lettres qu'elle adresserait aux rois des cités alliées de Telgilsh. Lorsque le premier de ses conseillers se présenta, elle n'avait pas tout à fait fini, pourtant elle rangea vivement ces documents compromettants, attira l'un des dossiers empilés à côté de son scribe, puis se pencha dessus d'un air concentré avant de donner l'ordre de l'introduire.

Après avoir parcouru les affaires du jour pour déterminer les tâches de chacun de ses ministres, elle les congédia avec un soulagement coupable, puis, dès que la porte fut refermée, elle prit les brouillons des missives qu'elle tendit à Coriandre, le seul resté auprès d'elle, afin qu'il lui indiquât les termes diplomatiques corrects.

— Cela me paraît bien, approuva-t-il en les reposant. Tu deviens très habile dans l'art de t'exprimer avec prudence.

— C'est parce que j'ai un bon professeur, répondit-elle avec un triste sourire.

Alerté par son expression désabusée, le vizir réagit aussitôt.

— Que t'arrive-t-il ? Un problème dont tu ne m'aurais pas parlé ?

— Non, soupira-t-elle en se levant pour se dégourdir les jambes. J'ai honte de me méfier ainsi de mes proches collaborateurs, alors qu'ils sont certainement dignes de confiance !

— Ils le sont presque tous, oui, mais nous savons maintenant avec certitude qu'il y a un félon parmi eux. Alors, tu ne dois pas te culpabiliser des précautions que tu prends. Ceux qui sont loyaux comprendront que tu n'avais pas le choix.

— J'imagine que tu as raison.

Elle laissait ses yeux errer sur la cour qui s'étendait entre le palais et le mur d'enceinte, inconsciente du regard affectueux dont Coriandre l'enveloppait.

— Je suis très fier de toi. En deux ans, tu es devenue une grande souveraine malgré ton jeune âge. Les Dieux ne peuvent que s'en rendre compte.

— Je fais de mon mieux, ce qui n'est pas facile avec ce stupide Belshazzar, déplora-t-elle en tournant la tête vers lui. À propos, j'ai averti Hailama de la mission que je lui réservais.

— Et je suppose qu'il l'a acceptée ?

— Bien entendu. Il prévoit de mentionner cette visite à la famille de sa mère dès aujourd'hui.

— Alors, c'est parfait, conclut le vizir en se dirigeant vers la porte.

Dès que Coriandre fut parti, Baldo recopia les textes au propre, la reine les signa, les cacheta, puis les rangea en attendant de les remettre aux messagers. Elle était assez satisfaite de la façon dont elle se comportait devant la nouvelle aggravation de la situation, mais se désolait de ne pas parvenir à déterminer lequel de ses conseillers la trahissait aussi abominablement. Lors des entretiens du matin, elle les avait scrutés un à un sans le montrer, dans l'espoir de surprendre une lueur de plaisir devant son action inutile, mais elle n'avait rien discerné de tel. Avec un bel ensemble, ils avaient exprimé leur inquiétude face à ce risque grandissant de famine, puis, chacun à sa manière, ils l'avaient pressée de trouver une solution plus efficace que ce qu'elle préconisait, enfin ils s'étaient engagés à chercher de leur côté comment régler la crise avant qu'elle ne fît des ravages. Pourtant, la jeune fille savait que l'un d'eux était un fieffé hypocrite qui lui mentait sans vergogne.

Le lendemain, Boldizsar détacha une vingtaine de soldats pour des manœuvres dans le désert, avant de les conduire secrètement au temple de Baal où ils attendraient l'heure du départ. Hailama quitta ouvertement le domaine, s'enfonça dans les ruelles grouillantes de la cité, avant de retrouver Itthobaal au terme d'un long détour, afin de dépister un éventuel espion. Quant aux trois jeunes scribes, ils quittèrent le bâtiment après leur travail comme tous les soirs, puis se glissèrent jusqu'à la petite entrée du sanctuaire qui s'ouvrit immédiatement devant eux. Lorsque la souveraine les rejoignit à la tombée de la nuit, ils étaient prêts à partir, les groupes étaient constitués, mais les visages graves prouvaient qu'ils ne sous-estimaient pas le danger de cette mission. Elle donna les lettres aux émissaires en précisant chaque destination, Itthobaal appela la bénédiction des dieux sur leurs têtes, alla jusqu'à l'issue pour s'assurer que personne ne les épiait, puis les laissa sortir aussi silencieusement que possible. Ils traversèrent les faubourgs au pas pour éviter d'être repérés, mais dès qu'ils furent hors de portée des maisons, ils profitèrent de la lumière de la pleine lune pour lancer les chevaux au galop.

— Pourvu qu'ils réussissent, s'inquiéta Adonia en essuyant une larme discrète.

Dans les jours qui suivirent, la reine fut très soulagée de constater que nul n'avait remarqué l'absence des messagers. Aucun de ses conseillers ne se souciait de compter le nombre de secrétaires disponibles au palais, ils ne s'occupaient pas non plus de ce que Boldizsar faisait de ses soldats, et nul ne se serait permis de poser la moindre question sur les activités du fils du vizir. Amilcare lui apporta les chiffres du recensement du bétail présent sur l'oasis, tandis qu'Itthobaal, qui s'était rendu au temple d'Echmoun afin de faire le point sur les troupeaux de ce clergé, lui transmettait le décompte des bêtes appartenant aux deux édifices sacrés. Elle en discutait ouvertement devant ses ministres en sollicitant leurs avis sur la meilleure manière de gérer la nouvelle pénurie, sans parvenir à dénicher la faille dans les réponses qu'elle obtenait.

Se promenant avec son ami dans les rues de la ville, Belshazzar observait l'animation bon enfant qui régnait autour de lui, tout en commentant les derniers événements avec délice.

— Cette fois, elle est pieds et poings liés, ricana-t-il. Elle aura beau se débattre, elle ne trouvera pas de solution.

— C'est certain, approuva Hyrum avec un large geste qui englobait les demeures alentour. Comme elle est incapable de rétablir la situation, bientôt la cité tombera comme un fruit mûr, tu n'auras plus qu'à la cueillir.

— Quand révélerons-nous la vérité au peuple ? s'enquit le jeune homme d'un air gourmand.

— Pas tout de suite. Il faut attendre que le manque de nourriture devienne dramatique.

— Pourquoi ? Elle ne peut plus rien changer, de toute façon.

Le jeune noble lui jeta un regard de commisération qui, heureusement, resta inaperçu de son destinataire.

— Elle promettra d'arranger les choses grâce aux cultures en cours. Si nous parlons trop tôt, elle affirmera que personne ne risque de mourir de faim parce que les entrepôts sont remplis.

— Est-ce vrai ? Les dépôts sont-ils réellement pleins ?

— Ils le seront après cette récolte.

— J'aurais vraiment dû la détruire, grogna le prince dépité.

— Qu'importe. Cela ne repousse la débâcle que de quelques semaines.

— C'est bien long.

Hyrum entoura les épaules de son ami en lui adressant un sourire réconfortant.

— Allons ! Fais preuve de patience, pour une fois. Tu sais que tu monteras sur le trône dans très peu de temps.

— Oui, et je vous récompenserai royalement, toi et ton père, promit Belshazzar rasséréné.

Il avait dû accepter de mauvais gré que Balzer mît ses troupeaux ainsi que les poissons de son lac sacré à la disposition d'Itthobaal, comme il l'avait déjà fait avec ses épices et ses provisions de légumes. Baal étant le dieu principal du royaume, son prélat, qui avait la prééminence sur les autres clergés, pouvait tout exiger au nom de son temple. Mais, là encore, Hyrum avait su apaiser l'irritation de l'adolescent en lui démontrant à quel point il était crucial que Balzer gardât son poste jusqu'à la chute d'Adonia, afin de contrebalancer la toute-puissance des serviteurs de Baal.

Une semaine s'écoula dans le calme, sans apporter la moindre évolution. Les adversaires campaient sur leurs positions, persuadés d'un côté comme de l'autre qu'ils détenaient les meilleures chances de victoire, tout en conservant une prudente réserve. Les conseillers de la souveraine, inquiets de son immobilisme, élaboraient sans cesse des plans qu'elle refusait avec un abattement qui réjouissait secrètement le félon. Quant à Belshazzar, il imaginait déjà le faste de son couronnement, pendant qu'Adonia comptait les jours avant la venue des caravanes, tellement elle craignait que son cousin durcît encore le blocus.

Heureusement, une bonne nouvelle vint égayer cette période sombre. Les primeurs avaient mûri plus rapidement que prévu, ce qui éloignait le spectre de la famine, au grand soulagement des familiers de la reine, alors que Belshazzar devait contenir sa fureur. Enchantée de ce résultat, la jeune fille ordonna aussitôt de préparer son char pour se rendre sur le terrain, seulement suivie de Coriandre et Amilcare, dans l'espoir de laisser le traître au palais. En voyant passer la souveraine, les habitants de Telgilsh s'étonnèrent de cet intérêt inhabituel qu'elle montrait pour les travaux des champs, sans en deviner la raison. Arrivée à destination, Adonia fit quelques pas sur l'étroit sentier qui serpentait entre le cours d'eau et les terres cultivées, en rêvant avec nostalgie à l'époque, pas si lointaine, où elle y venait incognito pour échapper à l'atmosphère pesante de la résidence royale. Puis, avec un soupir désenchanté, elle fixa son attention sur les hommes qui la saluaient.

— C'est très bien, vous avez accompli une action extraordinaire. Je vous en félicite.

— Nous sommes aux ordres de Votre Majesté, affirma l'un d'entre eux en se rengorgeant fièrement.

Elle se força à sourire malgré ses soucis.

— Continuez comme cela et je vous récompenserai largement.

— Devons-nous encore semer des légumes sur ces parcelles ? s'enquit celui qui faisait office de porte-parole.

— Oui, si c'est possible.

Le paysan se gratta la tête d'un air dubitatif.

— Il faudrait que la terre se repose un peu, sinon la récolte sera moins belle.

— Combien de temps ? s'inquiéta aussitôt la souveraine.

— Pas avant la saison des pluies.

— Mais c'est encore dans un mois, au moins.

La jeune fille jeta un coup d'œil anxieux, par-dessus son épaule, en direction d'Amilcare qui s'empressa de la rejoindre avec une expression rassurante.

— Grâce à cette production, nos réserves sont pleines. Nous pouvons nous permettre de patienter un peu, sans grand risque.

— Dans ce cas, procédez comme il convient, conclut-elle à l'adresse des maraîchers qui se prosternèrent avant de retourner à leurs cultures.

Songeuse, elle fit demi-tour pour regagner son char, mais un petit groupe d'individus mal à l'aise, qui se tenaient derrière son escorte, suscita son étonnement. Elle les dévisagea avec la vague sensation de les avoir déjà vus, puis elle réalisa qu'il s'agissait des propriétaires dont elle avait réquisitionné les champs. Alors, elle se dirigea vers eux, tandis que les soldats l'entouraient avec vigilance.

— Vous constatez, messieurs, que vos biens n'ont pas été abîmés, déclara-t-elle avec amabilité en s'arrêtant devant eux.

Impressionnés, ils s'étaient tous inclinés profondément, mais l'un d'eux osa relever les yeux pour poser la question qui les taraudait.

— Nous en remercions Votre Majesté. Cependant, nous voudrions savoir quand nous pourrons récupérer ces terrains.

— Qu'en feriez-vous dans l'immédiat ? rétorqua la jeune fille d'un ton sec. Vous ne les ensemenceriez pas tout de suite, n'est-ce pas ?

— Euh… non ! Mais…

— Alors, attendez ! coupa-t-elle. Je vous préviendrai lorsque je n'en aurai plus besoin.

Les agriculteurs se courbèrent sans oser protester, mais ils pensaient avec dépit que leurs meilleures parcelles ne leur procureraient aucun profit pour l'année à venir, si le séquestre n'était pas levé très vite. Néanmoins, comme ils ne voulaient pas perdre la face en avouant qu'ils ignoraient ses raisons, ils persistèrent à soutenir ouvertement la reine.

Grâce à la récolte supplémentaire, la vie de la cité continua son cours tranquille, au grand dam de Belshazzar qui grognait devant son écuelle peu garnie.

— Dans cette histoire, nous sommes les seuls à souffrir de la pénurie. Elle nous restreint pour que le peuple mange à sa faim. C'est intolérable.

— Cela ne durera pas, affirma Hyrum. Tu le sais.

Le jeune homme hocha la tête d'un air boudeur, puis, afin d'oublier sa déception actuelle, il fixa ses rêveries sur son avenir rayonnant.

— Comment allons-nous rétablir l'approvisionnement lorsqu'elle m'aura transmis sa couronne ?

— Nous dépêcherons des envoyés sur la côte pour demander aux marchands de revenir, expliqua le jeune noble en enfournant une datte dans sa bouche.

— Mais ça prendra une éternité.

— Oui, c'est certain. Nous ne faisons pas de miracles.

Visualisant son banquet de sacre avec quelques légumes dans les assiettes, le prince fit la grimace, mais il eut l'intelligence de paraître s'inquiéter pour ses futurs sujets.

— Si nous temporisons trop longtemps, des gens mourront.

— C'est fort possible, reconnut son ami avec indifférence.

— Mais ce n'est pas ce que je veux.

— Tu désires monter sur le trône, n'est-ce pas ? Alors, c'est le prix à payer.

Belshazzar songea que sa cousine céderait, plutôt que de laisser la famine faire des ravages dans la population, donc il pourrait toujours réquisitionner les vivres restants pour son festin, alors il n'insista pas.

— Si tu le dis…

De son côté, Adonia évaluait le répit qui lui était octroyé avant de devoir annoncer publiquement les menaces de disette, tout en priant pour que les messagers ramènent des provisions avant la fin de ce délai. Comme elle préférait ne pas en parler dans son bureau, au risque d'être entendue par des individus malintentionnés, elle se rendait souvent au temple en compagnie de

Coriandre, officiellement pour procéder à ses dévotions, mais en réalité pour discuter avec Itthobaal et son vizir.

— Quand pensez-vous que nous recevrons les premières nouvelles de nos émissaires ?

— Même s'ils se sont hâtés, il leur aura fallu une bonne semaine pour atteindre leurs buts, calcula le grand prêtre en tapotant distraitement sur le meuble contre lequel il s'était accoudé.

— Le temps ensuite de convaincre les rois de nous aider, puis de constituer les caravanes, renchérit Coriandre debout auprès du fauteuil de la souveraine. Tu peux ajouter une semaine de plus, au moins.

— … et comme un convoi n'avance pas vite, le retour sera forcément moins rapide que l'aller. Cela nous fait au minimum un mois, conclut Itthobaal en se rapprochant.

— C'est bien long, soupira la jeune fille avec découragement.

Le vizir lui adressa un sourire réconfortant.

— N'oublie pas qu'ils ont pris la route depuis trois semaines déjà. Or, à ce jour, nous avons des réserves de nourriture pour un mois. Tu vois que tu n'as pas à t'inquiéter. Ils seront revenus largement avant que nous ne mourions de faim.

— Je l'espère bien, répliqua-t-elle sans exprimer ses doutes.

Aucun des trois ne voulait évoquer le danger qui menaçait les voyageurs si le traître avait eu vent de leur départ ni envisager que l'expédition fût vouée à l'échec. Ils reconnaissaient qu'un important retard des caravanes les mettrait en péril, mais jamais ils n'avouaient leurs craintes de ne pas revoir ceux qui étaient partis.

Les jours s'écoulaient lentement, dans l'impatience pour Belshazzar, dans l'angoisse pour sa cousine, mais rien ne semblait devoir changer. Les fortes chaleurs diminuèrent pour laisser place à une tiédeur plus supportable, comme un premier signe avant-coureur de l'arrivée des pluies, grâce à laquelle l'activité de la ville reprit doucement.

Une semaine après cette conversation dans le secret du temple, un jeune religieux vint demander audience à la reine en fin d'après-midi. Craignant une nouvelle catastrophe, elle interrompit le travail qu'elle menait avec son secrétaire pour recevoir son visiteur sans témoin.

— Le grand prêtre de Baal m'a confié un message pour Votre Majesté, annonça-t-il en la saluant respectueusement.

— Je t'écoute.

— Les guetteurs qui sont montés sur la plus haute dune surplombant la cité nous ont prévenus que plusieurs convois convergent vers Telgilsh.

La souveraine ne put retenir sa perplexité devant une information aussi banale, sans comprendre pourquoi le prélat avait éprouvé le besoin de lui adresser un émissaire pour si peu.

— Ce n'est pas une nouveauté.

— Non, Majesté, mais ceux-ci sont accompagnés par nos soldats.

Adonia s'adossa contre son siège, le souffle coupé tellement son soulagement était profond.

— Alors, ils ont réussi leur mission.

Toutes les tensions accumulées se relâchèrent d'un coup, au point qu'elle trembla de tous ses membres, sous le regard soucieux de Baldo, tandis que l'envoyé détournait la tête avec gêne. Mais, ravalant ses larmes inconvenantes, elle se redressa avec décision, puis questionna son interlocuteur d'une voix ferme.

— Quand seront-ils là ?

— Demain, dans la matinée, selon l'estimation des sentinelles, s'empressa-t-il de répondre comme si la scène précédente n'avait pas eu lieu.

Dès qu'elle l'eut congédié, la jeune fille se tourna vers son scribe qui souriait de toutes ses dents, pour le prier d'aller chercher Coriandre, avec lequel elle voulait partager son bonheur.

— Je suis aussi heureux que toi, déclara le vizir, mais nous ne devons pas brûler les étapes. Nous ignorons encore si ces caravanes nous livrent tous les produits dont nous manquons, dans les volumes nécessaires pour approvisionner le royaume. Alors, il vaut mieux ne pas les mentionner avant qu'elles soient là.

— Oui, tu as raison, reconnut-elle. Restons prudents jusqu'au bout.

Le lendemain, la souveraine procéda aux audiences publiques comme tous les matins, puis elle se rendit à son bureau pour y recevoir ses collaborateurs, avec lesquels elle traita les dossiers du jour le plus naturellement du monde. Contenant sa fébrilité, elle se contenta d'un coup d'œil complice à Coriandre, avant de se concentrer sur ce que lui disait Barekbaal au sujet d'un problème dans son administration. Mais, quelques instants plus tard, Ahinadab surgit dans la pièce, tellement excité qu'il en oublia de saluer la souveraine dans sa hâte de lui annoncer l'incroyable nouvelle.

— Les marchands sont de retour !

— Quels marchands ? s'étonna Ahirom.

— Les vendeurs de nourriture et d'épices. Quatre convois viennent d'arriver de Gigthis, Sabratha, Leptis Magna et Macar Uiat.

— Magnifique ! s'exclama Adonia. Quelles quantités apportent-ils ?

— Largement assez pour ravitailler la cité pendant plusieurs mois.

— Alors, nous sommes sauvés, se réjouit Coriandre.

Tous les conseillers se joignirent à lui pour célébrer la fin du blocus, sans comprendre par quel miracle il se terminait aussi soudainement, tandis que la reine et le vizir les observaient avec attention en cherchant lequel cachait son dépit. Malheureusement pour eux, le félon avait assez de sang-froid pour ne pas laisser paraître sa fureur d'avoir été déjoué.

Une pénible incarcération

Août 1921

Entourée des membres de son équipe, Moira regarda la file de voitures entrer dans la plaine en suivant le lit asséché de l'ancienne rivière. Elle reconnut sans peine les véhicules du guide qu'elle avait rencontré avec Tyler lors de leur arrivée, mais se montra très surprise en découvrant ses passagers. Il s'agissait de plusieurs hommes de la police coloniale, comme leurs uniformes le proclamaient, accompagnés d'un individu qui lui parut vaguement familier, mais qu'elle ne put identifier.

— Duncan Spikings, grinça Tyler auprès d'elle. Que vient-il faire ici ?

Alors, elle se souvint de l'archéologue qui s'était violemment opposé à ce que le British Museum lui confiât la responsabilité de ce chantier, ainsi que les crédits pour le mener à bien. Instantanément, elle sut qu'un danger la menaçait, quoiqu'elle ne pût déterminer quelle forme il prendrait, par contre elle douta de pouvoir s'appuyer sur ses collègues.

Le commissaire s'approcha du petit groupe en affichant un air important, tandis que Duncan se tenait en retrait.

— Madame Aliberti ? demanda-t-il plus fort qu'il n'était nécessaire.

— Oui, c'est moi, répondit Moira calmement, quoique son cœur battît la chamade. Que désirez-vous ?

— Ce monsieur nous a transmis une plainte contre vous, émanant du British Museum, pour vol de pièces archéologiques.

— Comment ? Mais c'est ridicule ! s'exclama Alvin.

— Ridicule ou pas, je vais devoir vérifier, répliqua le chef d'un ton froid.

— Alors, fouillez. Ne vous gênez pas, riposta la directrice en lui désignant sa tente.

213

Les policiers se répandirent à l'intérieur, où ils ouvrirent les malles et les coffrets sous l'œil furieux des scientifiques qui les observaient depuis l'entrée. La jeune femme, elle, les contemplait avec un curieux détachement, tandis que le piège fomenté par la brebis galeuse de son équipe se dévoilait à elle dans toute son ampleur. Maintenant, elle comprenait que Bryan avait raison : le traître cherchait bien à lui nuire personnellement.

— Ah, ah ! triompha l'officier lorsque l'un de ses hommes brandit un artefact indubitablement phénicien. Qu'avez-vous à nous dire ?

— Si cet objet se trouve là, c'est que quelqu'un l'y a mis, mais ce n'est pas moi, expliqua Moira patiemment comme si elle s'adressait à un enfant.

— Nous avons déjà retourné tout le campement sans retrouver ces pièces ! explosa l'anthropologue. Elles n'étaient pas ici, je peux vous l'assurer !

— Cela ne prouve rien. Elles ont été cachées ailleurs le temps de l'inspection.

Après avoir dévasté le logement de la jeune femme, les agents réunirent le butin qu'ils déposèrent sur le bureau, tandis que Moira et ses amis se jetaient des coups d'œil étonnés.

— Venez, monsieur Spikings ! appela le commissaire. Cela correspond-il à la liste que vous m'avez montrée ?

— Absolument, approuva l'archéologue en pointant chaque ligne de son papier.

Obéissant à l'ordre muet de la directrice, nul ne fit la moindre remarque, mais ses adjoints avaient noté qu'il manquait les artefacts les plus précieux, comme le calice d'Echmoun. Ces étranges absences prouvaient qu'il s'agissait d'un coup monté, mais, sachant qu'en les mentionnant trop tôt, ils perdraient leurs arguments les plus forts, ils préférèrent se taire dans l'espoir de confondre le véritable voleur plus tard.

— Madame Aliberti, je vous arrête, déclara le chef en se tournant vers elle d'un air satisfait. Veuillez nous suivre sans résistance.

— Laissez-moi au moins prendre quelques affaires, répliqua-t-elle posément.

— Ne t'inquiète pas, nous démontrerons ton innocence, lui murmura Tyler à l'oreille.

Elle se contenta d'un léger signe de tête, puis alla préparer un petit bagage sous la surveillance d'un policier, avant de s'asseoir à l'arrière d'un véhicule, encadrée par deux hommes sévères. Pendant que le chauffeur mettait son moteur en route, elle entendit Duncan annoncer à l'équipe qu'il reprenait la gestion du chantier, alors elle ne put retenir un sourire amusé en songeant qu'il ne savait pas dans quoi il s'aventurait. Mais, dès que le convoi s'ébranla, une angoisse profonde l'envahit devant l'accusation grotesque qu'elle ne voyait pas comment récuser.

Le trajet fut long et pénible. Comme ses voisins restaient silencieux, la jeune femme eut tout le temps de réfléchir au lent cheminement qui avait abouti à cette action d'éclat, quoiqu'elle fût incapable de déterminer qui, dans son groupe, avait pu commettre une telle bassesse. Elle espérait que ceux qui la soutenaient ne resteraient pas inactifs, mais elle craignait que la présence de

Duncan ne les empêchât de se livrer à une enquête approfondie pour retrouver les objets manquants, qui seuls lui permettraient de se justifier.

Ils franchirent les faubourgs de Tataouine après le coucher du soleil, si bien que ses geôliers enfermèrent Moira dans une cellule, en remettant le premier entretien au lendemain. Elle passa une nuit exécrable à ressasser les événements qui l'avaient jetée dans ce piège, quand elle ne sombrait pas dans un mauvais sommeil rempli de cauchemars, dont elle sortait convaincue que tout le monde l'avait abandonnée. Lorsqu'on lui apporta son petit-déjeuner, elle se sentait tellement épuisée qu'elle ne parvenait plus à ordonner ses idées, pourtant elle s'obligea à avaler le repas afin de réparer ses forces, puis elle se leva pour se diriger vers le lavabo. Elle fit la grimace devant le robinet qui ne débitait que de l'eau froide, en pensant qu'elle bénéficiait d'un meilleur confort sur le chantier, mais elle constata que la fraîcheur désagréable l'aidait à reprendre ses esprits. Une fois requinquée, elle s'apprêta avec soin dans l'intention de démontrer à ses gardiens qu'ils ne l'impressionnaient pas, si bien qu'en venant la chercher pour la mener en salle d'interrogatoire, ils ne purent retenir un mouvement de surprise en la trouvant si calme et maîtresse d'elle-même.

— Bien ! attaqua le commissaire dès qu'elle fut assise. Ces pièces établissent votre culpabilité sans contredit. Qu'avez-vous à dire pour votre défense ?

Elle posa ses bras sur la table qui la séparait de son accusateur, puis plongea son regard dans le sien.

— Vous avez tort. Ces objets attestent, au contraire, de mon innocence. Mr Spikings vous a menti. Votre liste est fausse. Il y manque les plus précieux des artefacts disparus.

— Pardon ? Vous prétendez que cet inventaire n'est pas complet ?

— Je l'affirme. D'ailleurs, vous pouvez le vérifier. Vous n'avez qu'à contacter Mr Fergus Noor, le conservateur du British Museum, à qui j'ai transmis, voici plusieurs mois, le recensement exhaustif des pièces volées avec leurs photos et les dessins effectués par miss Himsworth.

Un peu perdu devant l'assurance de Moira, l'officier adopta un ton plus conciliant.

— Pourquoi n'avez-vous pas prévenu la police de ce vol ?

— Parce que j'étais certaine que les objets n'avaient pas quitté le site, donc j'espérais les récupérer par moi-même. Je sais que c'est un de mes collaborateurs qui s'est livré à cette vile action, si bien que je préférais le démasquer personnellement, puis le renvoyer en Angleterre sans faire de scandale. Malheureusement, je n'ai pas réussi à le coincer.

Il secoua la tête en s'efforçant de raffermir sa conviction.

— Hum ! Rien ne prouve que vous ne soyez pas vous-même coupable. Vous pourriez essayer de vous dédouaner en rejetant la faute sur un autre.

— Dans ce cas, objecta la jeune femme sans se froisser, vous auriez retrouvé tous les artefacts dans ma tente.

— Pas forcément.

Elle se pencha en avant pour porter à son tour une attaque.

— Dites-moi, dans l'acte de dénonciation que l'on vous a adressé, est-il fait mention des sabotages qui ont été commis sur le chantier ?

— Quels sabotages ? s'écria le policier effaré.

— L'individu qui a dérobé ces pièces de valeur a également dégradé des morceaux de colonne que l'on était en train de remonter, ce qui a provoqué un accident dans lequel plusieurs de nos ouvriers ont été blessés. Ensuite, les buttes de sable qui soutenaient les dalles de couverture de l'un des temples ont été creusées, afin que ces lourdes pierres s'écroulent. Heureusement, cet effondrement s'est produit alors que nul n'était sur le site.

Mal à l'aise, le commissaire tentait de démêler cet écheveau embrouillé.

— Mais pourquoi ne l'avez-vous pas signalé ?

— Je le voulais, mais mon équipe s'y est opposée.

— Cela vous met dans une fâcheuse posture.

— Je ne vois pas pourquoi j'irais ruiner mon propre travail, en courant le risque d'estropier, voire de tuer, les gens qui fouillent avec moi, rétorqua froidement Moira. D'ailleurs, vous ne pouvez rien me reprocher. En tant que directrice, je suis parfaitement habilitée à détenir les pièces archéologiques appartenant au chantier jusqu'à leur remise au British Museum.

Il soupira en tapotant le dossier devant lui.

— C'est exact, mais l'existence de cette plainte m'oblige à enquêter.

— Alors, faites-le, mais ne vous trompez pas de cible. Et n'oubliez pas qu'il y a beaucoup de jalousie dans ce métier. Je n'ai pas une formation d'archéologue, donc il est évident que l'on a cherché à me discréditer pour prendre ma place.

— En fait, votre défense consiste à rejeter la faute sur quelqu'un d'autre, constata le chef de police, mais il avait perdu sa belle assurance.

— Je ne dis que la vérité, martela-t-elle fermement.

— Nous verrons, conclut-il en se mettant debout pour clore l'interrogatoire.

De retour dans sa cellule, Moira se sentit soudain très lasse, aussi s'approcha-t-elle du lit avec l'intention de s'y allonger un moment, mais le bruit venant de l'extérieur détourna ses pas vers la fenêtre. Elle s'appuya contre le mur pour contempler l'étroit panorama qu'elle découvrait derrière les barreaux. Sa prison, située sur le côté du bâtiment, donnait dans une ruelle rejoignant une rue plus large dont elle n'apercevait qu'un petit bout. Sous ses yeux coulait un flot ininterrompu de passants dans les deux sens. Des colons, marchant d'un pas pressé sans daigner regarder autour d'eux, croisaient des gens du cru vêtus à l'occidentale qui affichaient un air important. Des vendeurs indigènes portant le costume traditionnel traînaient des ânes dont les bâts contenaient des produits hétéroclites, tandis que des femmes européennes s'écartaient en plaçant un mouchoir parfumé sous leur nez. Des enfants dépenaillés, qui couraient au milieu de la foule, s'attiraient les menaces et les malédictions de ceux qu'ils bousculaient sans ralentir. Les yeux de la jeune femme s'attardèrent sur le mur d'en face dont la peinture ocre s'écaillait, laissant deviner les fissures qui le minaient. Devant cette vue peu engageante, elle songea que l'enceinte miteuse devait cacher des entrepôts en aussi mauvais état, mais, à cet instant, quelqu'un ouvrit le battant, ce qui lui permit d'entrevoir un jardin fleuri, ainsi que la moitié d'une fontaine blanche dont l'eau cascadante lui parut très tentante. Alors, pour ne pas céder à l'angoisse que cet enfermement lui causait, elle préféra s'étendre dans l'espoir de trouver enfin le repos.

Elle s'éveilla en sursaut lorsque le gardien chargé de lui apporter son déjeuner pénétra dans la cellule, mais en se redressant, elle constata avec satisfaction qu'elle se sentait mieux.

— Pourriez-vous me fournir de la lecture, ou est-ce trop demander ? s'enquit-elle avec une certaine ironie.

— Je ne pense pas que nous ayons beaucoup de livres ici, répondit-il d'un air ennuyé.

— Vous avez peut-être au moins des journaux ?

— Euh… oui. Je crois.

Elle s'installa devant la table bancale pour attaquer son repas avec appétit.

— Les heures sont longues, vous comprenez ? Je suis incapable de dormir jour et nuit comme les marmottes.

— Bon. Je vais voir ce que je peux faire.

— Merci.

En venant rechercher son plateau, l'agent lui tendit un paquet de magazines dont la plupart dataient de plusieurs semaines, mais elle se moquait de la fraîcheur des informations, du moment qu'elles lui fournissaient une distraction. Alors, elle se saisit du premier ouvrage, dont elle lut scrupuleusement tous les articles afin d'y consacrer le plus de temps possible, avant de passer au suivant. Elle parvint si bien à s'immerger dans ces événements locaux ou extérieurs, qu'elle eut du mal à reprendre pied dans la réalité quand la porte s'ouvrit en milieu d'après-midi.

— Vous avez de la visite, annonça le policier en s'écartant pour laisser entrer Bryan.

Avec un cri de joie, Moira se leva vivement pour se jeter dans les bras de son amant, à la fois stupéfaite et soulagée par sa présence.

— Je suis venu dès que j'ai appris la nouvelle, lui dit-il en l'embrassant. Cette histoire est complètement absurde.

— Souviens-toi lorsque tu affirmais que le saboteur ne cherchait qu'à me nuire. Eh bien, tu avais raison. Je suis persuadée qu'il travaillait en relation avec Duncan Spikings depuis le début.

— C'est probable, reconnut le jeune homme en s'asseyant sur l'unique chaise de la cellule. Apparemment, il n'est pas du tout apprécié de tes collègues.

Elle prit place sur le lit en le dévisageant avec étonnement.

— Comment l'as-tu su ?

— De la même manière que j'ai eu connaissance de ton arrestation. Je suis allé au chantier ce matin. Tyler m'a confié secrètement une dépêche à télégraphier à ce Mr Fergus Noor pour lequel tu m'as souvent donné des lettres.

— Je comprends, commenta-t-elle pensivement. Duncan a produit une plainte émanant soi-disant du British Museum, mais Tyler n'y croit pas. Moi non plus, d'ailleurs.

— J'ai expédié ce message avant de venir, alors nous le saurons très vite.

Elle jeta un regard circulaire en soupirant d'un air découragé.

— J'aimerais tellement sortir d'ici.

— Ils ne t'ont pas maltraitée, au moins ? demanda-t-il en la scrutant avec inquiétude.

— Non, pas du tout. Le commissaire m'a interrogée, mais il s'est montré très correct. Pourtant, le temps me paraît long.

Il vint s'asseoir auprès d'elle, glissa un bras autour de ses épaules et la serra tendrement contre lui.

— Je voudrais t'emmener, mais, en France, il n'y a pas de liberté sous caution comme chez nous.

— Sais-tu où ils en sont de l'enquête ? questionna-t-elle pour changer de sujet.

— Non, ils ne m'ont rien dit.

— Y avait-il des policiers sur le site ?

— Non, aucun.

— Comment veulent-ils découvrir la vérité s'ils ne vont pas là-bas ?

— Je l'ignore.

Lorsque le pilote fut reparti, la jeune femme se rassit sur son lit avec tristesse. Elle tentait de s'accrocher à l'espoir suscité par l'envoi du télégramme à Fergus, qui n'était certainement pas à l'origine de cette accusation, mais elle craignait qu'il n'eût pas le pouvoir de faire tomber l'absurde procédure. D'autre part, elle doutait de l'efficacité des agents qui ne semblaient pas conduire les recherches avec beaucoup de sérieux, comme s'ils se satisfaisaient de la coupable qu'on leur avait livrée sur un plateau.

La soirée fut terrible. Elle sentait son moral baisser avec la lumière, emportant ses dernières illusions. Elle voulut se replonger dans les journaux, qu'elle avait finalement assez peu lus, sans parvenir à se concentrer sur les textes. Alors, elle revint à la fenêtre en essayant de distinguer les ombres qui circulaient devant sa prison, mais la ruelle n'était pas éclairée, si bien qu'elle n'apercevait que la lueur des réverbères de la grande rue, trop éloignée pour qu'elle y vît quelque chose de précis.

Elle dîna sans appétit, puis, désœuvrée, elle se coucha, mais le sommeil ne venait pas. Des images du chantier passaient sans cesse devant ses yeux, tandis qu'elle examinait la culpabilité de chacun de ses subordonnés. Elle avait beau savoir avec certitude que c'était l'un d'eux qui avait volé les pièces archéologiques, sans compter les accidents qui auraient pu être mortels, elle n'en imaginait aucun dans ce rôle. Perplexe, elle se dit que les enquêteurs arrêteraient facilement le criminel, s'ils cherchaient à définir lequel des intervenants avait des relations suivies avec Duncan Spikings en Angleterre. Malheureusement, elle redoutait qu'ils ne se lancent pas dans des investigations aussi poussées. Peu à peu, ses pensées s'effilochaient en mélangeant ses collègues, les fouilles, les monuments en partie dégagés et, curieusement, la rivière asséchée sur laquelle Bryan se posait. Cependant, le cours d'eau n'était pas si aride que ça. Au contraire, il se remplissait rapidement devant elle en faisant reverdir les champs cultivés qui le jouxtaient, ainsi que les palmiers dattiers plantés sur ses rives. En se retournant, Moira vit se reconstruire les temples, les maisons dominées par la demeure royale, aussi approuva-t-elle d'un vigoureux hochement de tête en songeant que tout revenait dans l'ordre. Elle allait s'engager dans la rue face à elle pour gagner le palais, lorsque des mains anonymes l'attrapèrent brutalement, la tirèrent en arrière, puis la firent basculer dans une complète obscurité. Après une chute interminable, elle atterrit sur le sol dur et froid du tombeau inconnu, si bien qu'elle tâtonna à la recherche de la lampe qu'elle avait déjà utilisée. Dès qu'elle l'eut allumée, elle explora le caveau en étudiant les peintures aux couleurs éclatantes, jusqu'à ce qu'elle arrivât à l'extrémité haute du couloir fermé par une dalle de pierre scellée hermétiquement, qui lui interdisait tout espoir d'en sortir. Paniquée, elle glissa ses doigts le long des joints en priant pour y déceler une faille, mais la lanterne commença à donner des signes de faiblesse, tandis que la jeune femme ne parvenait plus à respirer, alors elle frappa de toutes ses forces sur ce mur qui l'emprisonnait, en hurlant désespérément.

Elle se redressa d'un coup de rein, promena autour d'elle un œil hagard, puis reconnut soudain l'endroit où elle se trouvait. L'aube emplissait la cellule d'une lumière blafarde qui la rendait encore plus repoussante, ce qui incita la prisonnière à se rallonger en abaissant les paupières afin d'échapper à la déprimante vision. Mais, tout en luttant pour ne pas fondre en sanglots, elle se disait que sa vie et ses rêves se rejoignaient dans cette geôle sordide.

La matinée dura une éternité, au rythme des échos de la vie animée qui se déroulait à l'extérieur, sans lui permettre d'espérer une quelconque délivrance. À midi, elle dut s'obliger à avaler son repas, tellement elle se sentait découragée. Sans cesse, elle repensait à l'entretien qu'elle avait eu la veille avec le commissaire, en décortiquant le moindre propos, afin de vérifier si elle s'était montrée assez convaincante. Mais plus les heures s'écoulaient, plus elle doutait de l'efficacité de sa démonstration. Alors, pour ne pas sombrer tout à fait, elle chercha des arguments plus percutants qu'elle développerait lors de son prochain interrogatoire, en se demandant s'il aurait lieu le jour même. Elle était assise en tailleur sur son lit, profondément plongée dans ses pensées, lorsque la porte s'ouvrit devant Bryan qui souriait avec satisfaction. Aussitôt, elle tomba dans ses bras en retenant ses larmes.

— Tu n'as pas l'air d'aller bien, observa-t-il en l'écartant doucement pour mieux la scruter.

— C'est difficile, avoua-t-elle d'une voix tremblante. J'ai recommencé à faire le même cauchemar cette nuit.

— Ça ne m'étonne pas. Tu rêvais que tu étais enfermée dans un caveau, n'est-ce pas ?

— Oui, comme à chaque fois.

Il jeta un regard circulaire sur la misérable pièce avec un rictus ironique.

— Cela y ressemble bien. Il est grand temps que tu en sortes.

— Comme je le voudrais, gémit-elle en s'accrochant à lui.

Il la serra tendrement contre sa poitrine.

— Allons, calme-toi. Je suis venu pour t'emmener.

— Comment ? souffla-t-elle avec stupéfaction.

— J'ai reçu la réponse de Fergus Noor. Il atteste que le British Museum n'a jamais porté plainte contre toi. Au contraire, il exige ta libération immédiate, en stipulant au passage que Duncan Spikings n'est pas mandaté pour agir au nom du musée. J'ai transmis ce message au commissaire qui l'examine en ce moment même.

— Oh, mon Dieu ! Ce serait trop beau, s'extasia-t-elle sans parvenir à relâcher son étreinte, comme si ce fragile espoir allait disparaître si elle s'éloignait de son amant.

À cet instant, le chef de la police entra dans la cellule, en tentant de dissimuler sa contrariété d'avoir été joué par l'archéologue. Aussitôt, la jeune femme s'obligea à se redresser pour ne pas lui laisser deviner à quel point sa réclusion l'avait déstabilisée.

— Madame Aliberti, vous êtes libre, annonça-t-il avec raideur. Cependant, je me dois de tirer cette histoire au clair, aussi je vous demande de ne pas retourner sur le chantier de fouilles jusqu'à la fin de mon enquête.

— Pas de problème, assura-t-elle en se forçant à lui sourire. Je n'ai guère envie de revoir Mr Spikings.

— C'est bien. Je vous avertirai des résultats de nos investigations. Veuillez me dire où vous allez loger.

— Chez moi, intervint l'aviateur en pressant la main de son amie. Vous connaissez mon adresse.

— Entendu, je le note.

Un peu étourdie, Moira suivit Bryan à travers le dédale des rues poussiéreuses du centre-ville, jusqu'à un immeuble modeste, mais en parfait état, au deuxième étage duquel il habitait. Il lui fit les honneurs de son appartement, s'excusa pour le joyeux désordre qui y régnait, puis désigna la salle d'eau en lui suggérant de prendre un bain afin de se détendre.

— J'ai encore du mal à réaliser que ce cauchemar est fini, commenta-t-elle en le rejoignant après s'être changée.

— Je ne t'ai pas tout dit, expliqua son compagnon qui posait des boissons fraîches sur la table du salon. Dans sa lettre, Fergus précise qu'il est au courant du vol et des sabotages dont tu lui as envoyé un rapport détaillé, mais aussi que tu as écouté ses conseils en cherchant le coupable toi-même.

Elle vint s'asseoir sur le canapé auprès de lui, puis accepta un verre de jus de fruits.

— Je l'avais dit au commissaire lors de mon interrogatoire, mais j'ai eu l'impression qu'il ne me croyait pas. D'ailleurs, il manque les artefacts les plus précieux, qui n'ont pas été récupérés dans ma tente.

— Il s'en rendra compte par lui-même en consultant le message qui contient la liste complète des objets volés.

— Mais oui ! Voilà pourquoi il ne veut pas que je retourne sur le chantier. Ainsi, il prouvera plus facilement mon innocence s'il retrouve les pièces dérobées.

Le pilote l'enveloppa d'un regard affectueux avant de reprendre la parole avec une certaine hésitation.

— Il y a autre chose… j'ai toujours pensé que tu suspectais quelqu'un. Veux-tu me dire de qui il s'agit ?

— Tu te trompes, soupira-t-elle d'un air lointain. Je n'arrive pas à les imaginer en voleurs, pas plus qu'en saboteurs. Et encore moins en assassins.

— En es-tu sûre ?

— Oui, vraiment. J'y ai réfléchi sans parvenir à une conclusion. J'ai la certitude que c'est l'un d'entre eux, mais lequel ? Il faudrait trouver celui qui fréquentait Duncan Spikings à Londres.

Bryan reposa son verre, puis se tourna vers elle avec décision.

— Ton Fergus, lui, a plus que des soupçons.

— Que racontes-tu là ?

— Dans son télégramme, il suggère aux policiers de se renseigner sur Mr Penwarden.

— Lowell ! Non ! Je ne peux pas y croire ! protesta-t-elle d'autant plus véhémentement qu'une petite voix lui soufflait qu'elle le savait depuis le début. J'avoue que son attitude est parfois un peu déroutante, mais aller jusqu'au délit juste pour me nuire, c'est inimaginable.

Le jeune homme se leva, les sourcils froncés.

— Je ne sais pas pourquoi, mais il ne m'a jamais plu.

— Oh, non. Fergus doit se méprendre, répéta Moira avec moins d'assurance.

— Nous verrons. Laissons les enquêteurs faire leur travail, et en attendant, détends-toi. Cela ne te fera pas de mal de prendre un peu de vacances, déclara-t-il en se dirigeant vers la porte de la cuisine.

La jeune femme acquiesça gaiement, heureuse de se sentir à nouveau libre de ses mouvements, mais surtout pleine de gratitude envers le conservateur dont le soutien s'était révélé déterminant dans cette affaire compliquée. Elle constata avec amusement que Bryan avait préparé un dîner de fête afin de célébrer sa libération, alors elle fit honneur à ce repas qui effaça le souvenir de la maigre pitance servie en prison. Cette nuit-là, elle dormit sans cauchemar, grâce à son amant qui la tint dans ses bras tout au long des heures nocturnes, afin de lui apporter le réconfort de sa présence.

— J'ai envie d'envoyer un message à Fergus pour le remercier de son appui si efficace, annonça-t-elle en entrant dans la cuisine pour le petit-déjeuner.

Le jeune homme, qui versait le café dans les bols, secoua la tête d'un air dubitatif.

— Je pense qu'il vaut mieux l'éviter tant que les investigations sont en cours. Les flics pourraient s'imaginer que vous êtes de mèche tous les deux.

— Crois-tu ? s'étonna-t-elle en s'asseyant. Alors, la moindre parole, la moindre action, aussi innocentes soient-elles, peuvent être mal interprétées.

— La police est soupçonneuse, c'est bien connu.

Elle prit un toast sur lequel elle étala de la confiture d'un air lointain, puis elle releva les yeux vers lui.

— Bon ! Je suivrai tes conseils. Je n'ai pas l'intention de me jeter, moi-même, dans le piège dont tu m'as sortie.

— C'est plus sage, approuva-t-il en souriant tandis qu'il s'installait sur une chaise en face d'elle. De la même manière, n'essaie pas de contacter tes collègues pour le moment.

Elle ne put retenir un frisson d'horreur en revoyant la cellule miteuse.

— Oh, non ! Sûrement pas. Cette courte incarcération m'a largement suffi.

Bryan avait réussi à se libérer de ses obligations pour passer la journée avec Moira, afin de l'aider à revenir dans le monde familier qu'elle n'avait pourtant pas quitté longtemps. Curieusement, ces deux jours, qui avaient paru une éternité à la jeune femme, devenaient un gouffre infranchissable entre le passé et l'avenir, comme si sa vie avait basculé sans retour possible. La pénible expérience lui avait ouvert les yeux sur la fragilité de son univers, qu'un seul individu malintentionné pouvait détruire en un instant. Songeuse, elle se demandait si ses cauchemars récurrents ne cherchaient pas justement à l'avertir de la précarité des choses humaines, mais elle avait la sensation qu'il lui manquait encore des clefs pour comprendre ces visions énigmatiques.

Les jours suivants, elle se promena dans les rues de Tataouine, flâna dans les boutiques, tout en regrettant l'absence de Violet et Joyce, avec lesquelles elle avait adoré faire du lèche-vitrines. Fermement, elle repoussa les pensées insidieuses qui lui murmuraient à l'oreille que l'une d'entre elles était peut-être la voleuse recherchée, malgré les soupçons de Fergus au sujet de Lowell, auxquels elle avait bien du mal à adhérer. Chaque fois qu'elle tentait de se représenter l'archéologue en train de saboter la colonne du temple d'Echmoun, ou de creuser le sable sous les blocs de pierre du sanctuaire de Baal, son esprit s'embrouillait au point qu'elle ne parvenait plus à réfléchir. Pourtant, elle devait admettre qu'elle n'avait pas d'explication satisfaisante pour l'attitude parfois incompréhensible du benjamin de ses subordonnés. Lorsqu'elle repensait à l'expression haineuse qu'elle avait surprise sur son visage le soir de Noël, elle s'interrogeait sur ses véritables sentiments envers les membres de l'équipe. Alors, rejetant ces conjectures qui lui sapaient le moral, elle décida d'acheter un cadeau pour chacun de ses collègues, en prévision de son retour sur le chantier qu'elle voulait célébrer en grande pompe.

L'échange d'ambassadeurs

Septembre — octobre 684 av. J.-C.

Hyrum pénétra dans la chambre dévastée, mais il s'immobilisa au bout de quelques pas, les bras croisés, en toisant d'un air sévère l'adolescent qui sanglotait violemment, recroquevillé sur le sol au milieu des débris. Depuis que le blocus de la cité avait été levé d'une manière inattendue, Belshazzar ne décolérait pas, brisait tout ce qui lui tombait sous la main, frappait ses esclaves qui n'osaient plus l'approcher, sans que personne parvînt à le raisonner.

— Vas-tu cesser de faire l'enfant ? demanda le jeune noble d'un ton glacial.

— Elle a gagné ! hurla le prince. Te rends-tu compte que je ne peux plus rien contre elle ?

Son ami s'avança précautionneusement dans la pièce pour éviter d'abîmer les semelles de ses sandales sur des morceaux pointus.

— Je sais. Toutes nos tentatives ont échoué. C'est vraiment une grande reine malgré son jeune âge.

— Alors, toi aussi tu me lâches ! s'exclama le jeune homme en le fixant avec incrédulité.

— Je ne t'abandonne pas, mais il faut te résigner. Le trône de Telgilsh n'est pas pour toi, les Dieux ne le veulent pas.

— C'est hors de question ! Jamais, je ne m'avouerai vaincu !

Hyrum écarta les bras en un large geste qui englobait le palais et ses dépendances.

— Tu l'as dit toi-même, elle est intouchable. De toute façon, être roi est une lourde responsabilité. Profite donc de la vie dorée et sans souci que tu mènes.

— Je serai roi à n'importe quel prix, jura Belshazzar les dents serrées en se remettant debout.

223

— On ne peut pas aller contre le destin. Si tu défies les Dieux, tu le regretteras.

— Je me moque bien des dieux.

Le jeune noble fronça les sourcils d'un air désapprobateur devant ce blasphème.

— Mon père et moi ne soutiendrons plus tes initiatives.

L'adolescent tendit un index menaçant, tandis que la fureur colorait à nouveau son visage.

— Si vous me trahissez, je révélerai que vous m'avez aidé !

— Nous ne te trahirons pas. Simplement, nous n'irons pas plus loin. Tiens-toi donc tranquille et reconnais ta défaite, assena son ami en tournant les talons.

De son côté, tout à sa joie d'avoir réussi à rétablir la situation en préservant son peuple, Adonia savourait le bonheur de travailler dans une ambiance enfin détendue. Tous ses conseillers l'avaient congratulée pour sa démarche radicale, mais s'étaient bien gardés de lui demander pourquoi elle l'avait tenue secrète. Le traître s'était joint à ce concert de louanges, en cachant son inquiétude devant le risque qu'elle parvînt à le démasquer grâce aux contacts qu'elle avait pris avec les rois des autres villes. Il analysait chacun de ses agissements, retraçait chacun de ses pas, se répétait toutes ses conversations clandestines, mais surtout il cherchait qui le désignerait comme coupable. Bien sûr, il s'était toujours montré très prudent, n'avait jamais dévoilé son identité ni sa fonction, quant à son fils, notoirement ami de Belshazzar, en aucun cas il ne l'avait impliqué ouvertement. Pourtant, chaque fois qu'il se trouvait en présence de la souveraine, il entretenait la conviction qu'elle remonterait fatalement jusqu'à lui.

Pendant qu'Amilcare et Ahirom surveillaient la répartition des vivres apportés par les caravanes, la jeune fille passait son temps en audiences privées avec une profonde délectation. Elle commença par recevoir les maraîchers qui étaient parvenus à nourrir la cité en pleine saison sèche.

— Je vous félicite, messieurs, annonça-t-elle. Vous avez démontré votre efficacité et votre savoir-faire dans une période difficile pour le royaume. Désormais, vous pouvez vous consacrer à vos propres terrains. Mais, avant, je tiens à vous récompenser pour votre précieuse contribution.

Elle fit signe à son intendant qui s'approcha des paysans pour leur distribuer des étoffes fines, ainsi que des bijoux en pâte de verre colorée, qui serviraient de monnaie d'échange sur le marché. Émerveillés par ces somptueux cadeaux, les cultivateurs la remercièrent avec effusion, puis se retirèrent en réfléchissant déjà à tout ce qu'ils feraient avec cette petite fortune.

Les propriétaires des terres situées en bordure de la rivière comparurent ensuite, avec l'espoir inavoué de récupérer leurs biens.

— Vous avez eu l'intelligence de me laisser utiliser vos champs sans en connaître la raison, commenta la reine d'un air avenant. Maintenant, je vous les rends. Comme je ne suis pas une ingrate, j'écouterai vos futures demandes avec une bienveillance particulière. Cependant, je veux également tenir ma promesse de vous attribuer une gratification pour votre générosité.

À nouveau, Adad s'avança pour offrir à chacun des hommes présents un lot de parures en argent, dont la valeur avait été calculée pour être équivalente aux gains générés par les parcelles réquisitionnées. Enchantés, les agriculteurs s'inclinèrent avec déférence en réaffirmant leur fidélité à la souveraine.

Enfin, ce fut le tour des trois scribes qui étaient allés chercher de l'aide dans les autres cités. Ils avaient déjà raconté leur odyssée à Coriandre qui l'avait répétée à Adonia, mais la jeune fille ne les avait pas revus. Elle les salua d'un sourire complice lorsqu'ils pénétrèrent dans sa salle d'audience privée, où elle avait préféré les recevoir loin des oreilles indiscrètes.

— Vous avez rempli votre mission au-delà de mes espérances, déclara-t-elle chaleureusement. Je dois avouer que j'ai tremblé pour vous durant votre absence, tellement je craignais que mes ennemis montent un piège pour vous faire échouer.

— Nous n'avons rencontré aucune difficulté, Votre Majesté, assura l'un des jeunes gens.

— Avez-vous pu apprendre pourquoi les commerçants ne venaient plus ?

— Ils ont tous donné la même réponse à nos questions : un inconnu est venu les avertir que vous étiez en train de conclure un marché avec des vendeurs concurrents. Il leur a déconseillé de revenir à Telgilsh en affirmant que vous vouliez les taxer au plus haut.

La reine frémit devant une telle duplicité.

— Savez-vous qui est cet homme ?

— Hélas, non ! Ils nous ont décrit un individu de taille moyenne, portant des vêtements de couleur terne sans le moindre bijou, qui gardait toujours un pan de son turban sur son visage. Il leur a paru plutôt jeune quoiqu'il parle d'une voix étouffée.

— Ce portrait peut s'appliquer à n'importe qui, soupira la souveraine avec découragement. Enfin ! L'essentiel est que les livraisons soient rétablies. Je veux vous récompenser pour votre engagement héroïque. Baldo sait ce que vous avez fait pour le royaume, si bien qu'il appuiera votre avancement chaque fois que ce sera possible, mais cela ne suffit pas pour une telle action. Approchez-vous !

Elle se tourna pour attraper un coffret posé près d'elle, dont elle sortit de lourds anneaux en or qu'elle tendit à chacun. Incrédules, ils acceptèrent ce cadeau royal en se récriant qu'ils ne méritaient pas un tel présent, mais elle repoussa d'un geste leurs protestations.

— Vous avez risqué vos vies pour moi, ça n'a pas de prix.

— Votre Majesté pourra toujours faire appel à nous, assurèrent ses interlocuteurs émerveillés.

Quand ils furent partis, Adonia se rendit à son bureau avec une sensation de légèreté qu'elle n'avait pas expérimentée depuis fort longtemps. Elle sourit à Baldo, s'enquit des dossiers du jour d'un ton enjoué tout en s'installant, puis elle accueillit cordialement ses collaborateurs, avant de se pencher sur leurs problèmes respectifs en songeant qu'ils étaient bénins à côté du désastre évité de justesse. Cependant, fiché à l'arrière-plan de son esprit demeurait l'angoissante question de l'identité du conseiller qui avait élaboré la conspiration démoniaque. Si l'on se fiait à la vague description que les marchands avaient donnée aux messagers, il fallait chercher parmi les plus jeunes membres du gouvernement, mais la reine savait que le félon pouvait fort bien avoir employé un intermédiaire pour ne pas être démasqué. D'autre part, cet inconnu prenant grand soin de son anonymat était peut-être son cousin, forcément mêlé à cette histoire. Malheureusement, elle se doutait qu'elle ne trouverait pas de preuves contre lui, si bien qu'elle ne pourrait pas le mettre hors d'état de nuire. L'unique façon de remonter jusqu'à lui était de découvrir qui étaient ses complices, mais rien ne permettait d'impliquer l'un ou l'autre des ministres dans cette terrible affaire.

— Que penses-tu de tout ça ? demanda-t-elle à Coriandre lorsqu'ils furent seuls.

— Rien de bon, répondit-il d'un air soucieux. Une fois de plus, nous n'arrêterons pas les responsables de cette conjuration. Bien sûr, nous avons rétabli la situation, mais pour combien de temps ?

— Crois-tu qu'il va recommencer ?

— Cela m'étonnerait beaucoup qu'il se reconnaisse vaincu. Il va certainement tenter autre chose.

La souveraine quitta son fauteuil pour arpenter le bureau.

— Que Baal nous protège ! Nous n'en aurons donc jamais terminé ?

— Il faudrait écraser ce serpent une fois pour toutes, glissa le vizir en la regardant attentivement.

— Mais comment ? Je ne veux pas utiliser les mêmes méthodes que lui, en le condamnant arbitrairement.

— Ce ne serait pas injuste puisque nous savons qu'il est derrière ces actions malfaisantes.

Adonia se retourna d'un bloc pour le dévisager d'un air horrifié.

— Alors, tu me conseilles de le faire occire ?

— Si tu ne le fais pas, il finira par te tuer.

— Il n'irait pas jusque-là ! protesta-t-elle avec véhémence. De toute manière, si je me conduisais aussi abjectement que lui, les Dieux me désavoueraient.

— De nombreux monarques ont pratiqué l'assassinat politique sans déplaire aux Divinités, insista Coriandre avec toute la persuasion dont il était capable.

Elle reprit ses va-et-vient fébriles pour essayer de calmer son esprit en ébullition.

— Je m'y refuse.

— Dans ce cas, il faut trouver un moyen réellement efficace de te protéger, conclut-il d'un ton pressant.

Cette reddition la détendit suffisamment pour qu'elle se rassît.

— Comme me marier, n'est-ce pas ? Oui, je l'envisage.

Le vizir se contenta de cette demi-promesse, en espérant bénéficier d'assez de temps pour convaincre la jeune fille avant que Belshazzar ne lançât sa prochaine offensive. Il résolut de s'en ouvrir à Itthobaal afin que, de son côté, le grand prêtre évoquât la question lorsque la reine viendrait prier dans le temple. Elle avait d'ailleurs annoncé son intention d'offrir un sacrifice pour remercier les Dieux d'avoir épargné son peuple.

Ce soir-là, encore secouée par sa conversation avec Coriandre, Adonia raconta sa journée à Hailama en lui rapportant les propos de son père, ainsi que son propre étonnement.

— Je n'imaginais pas qu'il soit aussi sanguinaire.

— Peut-être ne le pensait-il pas vraiment, observa le jeune homme qui voyait clair dans le jeu du vizir.

La souveraine, qui se laissait déshabiller par sa servante, se tourna vers lui d'un air étonné.

— Pourquoi m'aurait-il poussée à commettre une telle action s'il n'était pas certain de son bien-fondé ?

— Parce qu'il était sûr que tu la rejetterais, mais que ça lui permettrait d'aborder un sujet crucial, expliqua son ami d'un air las.

— Celui de mes noces ?

Il quitta son fauteuil pour s'allonger sur le lit.

— Oui, il considère que c'est la seule façon d'assurer ta sécurité.

— Il n'a peut-être pas tort, murmura la jeune fille songeuse, avant de le rejoindre.

— Il a même complètement raison. C'est ce qui me fait tellement peur, avoua Hailama en l'attirant contre lui.

— Pourquoi ? Ne veux-tu pas m'épouser ?

— Ce n'est pas moi qui te protégerai assez efficacement contre ce scorpion.

La tête posée sur la poitrine de son compagnon, elle faisait glisser un index le long de son torse lisse.

— Qu'est-ce qu'un autre ferait de mieux ?

— Il aurait une armée, ainsi que l'aide d'un royaume allié.

— J'ai déjà des soldats qui me sont fidèles et le soutien de plusieurs cités.

— Tu as pu constater que cela ne l'arrête pas. Mais s'en prendre au fils d'un roi prêt à le venger, c'est une autre histoire.

Elle s'écarta d'un geste vif, s'appuya sur les coudes pour le contempler, peu désireuse de continuer cette conversation qui la troublait.

— C'est trop compliqué. Je verrai plus tard. Raconte-moi plutôt comment s'est passé ton voyage à Macar Uiat.

Il aurait dû insister jusqu'à ce qu'elle cédât, il le savait, pourtant il abandonna la question, replia un bras sous sa nuque pour mieux la voir, puis entama son récit.

— Tout s'est parfaitement déroulé. Personne ne nous a suivis. Nous n'avons rencontré que peu de monde sur le chemin, ce qui nous a permis d'avancer très vite. La ville n'est pas plus étendue que la nôtre, mais il y a des champs cultivés sur une surface infinie, parce que le désert est très éloigné. Les températures sont plus basses, peut-être à cause du vent qui est beaucoup plus froid et plus humide que chez nous. Mais le plus étonnant, c'est la mer.

— Alors, tu l'as vue, souffla-t-elle, les yeux brillants.

— Oui. Je n'aurais jamais cru qu'une telle immensité d'eau existe.

— Est-ce aussi vaste qu'on le dit ?

— Bien plus ! On n'en voit pas le bout. Où que tu tournes le regard, tu ne vois que de l'eau jusqu'à l'horizon.

Elle soupira lourdement, tandis que son cœur se serrait d'angoisse.

— Comme j'aimerais l'admirer par moi-même.

— Peut-être auras-tu l'occasion d'y aller.

— Je n'y crois guère. Dis-moi, comment le roi t'a-t-il reçu ?

Hailama sourit au souvenir des jours agréables qu'il avait coulés dans cette lointaine cité.

— De la même manière qu'il s'est comporté ici. D'une façon simple et directe. Il se souvenait de moi, tout comme son fils. Lorsque je lui ai expliqué nos difficultés, il a aussitôt donné des ordres pour que l'on rassemble tous les marchands présents dans sa ville, afin de former la caravane que je t'ai ramenée. Ensuite, il m'a invité à loger au palais jusqu'à ce que tout soit prêt, puis il a chargé Sikarbaal de s'occuper de moi. C'est lui qui m'a fait découvrir le port et les bateaux.

— Les bateaux… répéta Adonia d'un ton extasié. J'en ai vu des représentations, mais je ne parviens pas à me les imaginer dans la réalité.

— Ils sont très grands. Beaucoup plus hauts que moi, sans compter les mâts. Ceux qui voguent avec toutes leurs voiles ressemblent un peu à des oiseaux.

— Que de merveilles ! Telgilsh doit te paraître bien terne à côté.

— Pas du tout, contesta ardemment le jeune homme. Notre cité est plus belle. Quant au désert de pierres qu'il faut traverser avant d'atteindre Macar Uiat, il est trop aride à mon goût.

— Comment veux-tu qu'un prince ayant toujours vécu là-bas se plaise chez nous ? reprit la jeune fille qui ne lui prêtait pas attention.

Courageusement, Hailama plaida la cause de son rival.

— Sikarbaal m'a affirmé qu'il avait beaucoup aimé Telgilsh. J'ai également rencontré son frère, le prince héritier. Il m'a confirmé qu'il considérait notre alliance comme essentielle pour son royaume.

— Nous verrons bien, coupa la reine en s'allongeant près de lui. Je suis fatiguée.

Il ne fut plus question du prince de Macar Uiat ni d'un autre dans les jours suivants. Adonia se rendit au temple comme elle l'avait annoncé, mais refusa d'écouter Itthobaal lorsqu'il entama le sujet, en prétextant qu'elle avait d'autres soucis en tête pour l'instant. Afin que les approvisionnements ne soient plus rompus, elle commença par recevoir les marchands qui avaient été bernés par cet inconnu, auxquels elle certifia qu'elle n'avait nulle intention d'augmenter les taxes dont ils s'acquittaient pour exercer leur activité à Tel-gilsh. Elle insista aussi sur le fait qu'ils pouvaient demander audience au palais à n'importe quel moment, s'ils ressentaient quelque inquiétude concernant le négoce ou les déplacements. Ensuite, elle conversa longuement avec Coriandre sur l'opportunité d'expédier un représentant du royaume dans chacune des villes avec lesquelles elle maintenait des relations diplomatiques et commerciales. Elle s'assurerait ainsi un interlocuteur toujours disponible, qui interviendrait dès les premiers troubles, mais surtout qui œuvrerait en permanence pour le bien de sa cité dans l'entourage des différents monarques. En agissant ainsi, elle savait qu'elle risquait de devoir à son tour héberger les ambassadeurs des autres villes, mais cela ne la gênait pas, bien au contraire. La présence d'étrangers de haut rang dans la résidence aurait peut-être le mérite de freiner les tentatives criminelles de son cousin, qui craindrait de se déconsidérer à leurs yeux. Le vizir l'encouragea dans ce sens, puis suggéra tout naturellement d'envoyer son propre fils comme représentant auprès du roi Hiram. Amusée par cette manœuvre peu subtile, la souveraine félicita le conseiller pour son abnégation, mais rétorqua qu'elle ne voulait pas lui enlever son unique enfant.

— Tu m'as sauvé la vie, s'écria Hailama, ce soir-là. Je ne pourrais pas vivre loin de toi.

Elle sourit malgré la tristesse qui voilait ses prunelles.

— Ton père est très héroïque. Il était prêt à se priver de toi pour le bien du royaume, alors qu'il est déjà veuf.

Avec l'aide de Coriandre, la reine établit une liste des fonctionnaires assez diplomates pour devenir de bons ambassadeurs, convoqua chacun d'entre eux à un entretien dirigé par son vizir devant elle, avant de proposer le poste aux meilleurs. Parmi eux, il y avait les trois scribes qui avaient déjà démontré leur courage et leur dévouement à la patrie, mais un seul accepta de s'exiler pour servir son pays.

Lorsque le recrutement fut terminé, la souveraine fournit à ses représentants les moyens de paraître à leur avantage devant les monarques qui les recevraient, puis leur confia des cadeaux précieux à offrir à ces rois en signe de gratitude pour le soutien qu'ils avaient apporté à Telgilsh. Une cérémonie fut organisée sur le parvis qui s'étendait entre le palais et le temple de Baal, en présence de tous les hauts dignitaires, durant laquelle Itthobaal appela la bénédiction des dieux sur les nouveaux ambassadeurs. Enfin, la foule s'écarta pour regarder passer les escortes conséquentes qui protégeraient chaque diplomate sur la route, puis souligneraient son rang dans la cité où il résiderait. Depuis l'estrade sur laquelle elle se tenait, la jeune fille soulagée contemplait ce départ en grande pompe, brillante démonstration à l'adresse de son cousin qui désormais n'avait plus la capacité de lui nuire. Pourtant, par précaution, elle avait mené toutes ses audiences en secret, afin que le traître qui sévissait dans son entourage ne pût faire échouer ce projet.

— Cette fois, c'est bien fini, constata Hyrum qui rentrait en compagnie de Belshazzar dans l'appartement de ce dernier. L'installation de ces représentants dans chaque ville nous interdit toute tentative de discréditer la reine, au risque d'être repérés, voire identifiés.

— C'est insupportable, grogna le jeune homme en se jetant sur un empilement de coussins. Il faut trouver une autre solution.

Son ami fit quelques pas dans la salle, les sourcils froncés.

— Il n'y en a pas. Tu le sais. Nous en avons déjà parlé.

— Je ne supporterai pas de la voir se pavaner ainsi sous mes yeux pendant des années.

— Tu peux toujours quitter la cité pour aller t'établir ailleurs, avança le jeune noble d'un air soigneusement indifférent.

Le prince se redressa vivement, ses prunelles grises lançant des éclairs.

— Alors, tu crois que je vais lui laisser la victoire aussi facilement ? Et, qui plus est, abandonner le terrain pour qu'elle vive en paix ? Sûrement pas !

— C'est ridicule, protesta Hyrum en contenant son angoisse. Si tu ne te tiens pas tranquille, elle te jettera en prison.

Belshazzar se rallongea avec un geste dédaigneux de la main.

— C'est ce que l'on verra. Va-t'en puisque tu ne m'es d'aucune utilité.

Brutalement congédié, le jeune noble s'éloigna en songeant avec appréhension que l'adolescent n'avait encore jamais refusé de suivre ses conseils. Alors, il décida d'avertir son père, dans la crainte d'une action irréfléchie qui les mettrait tous en danger.

— Elle nous a déjoués très finement, commenta le traître en reposant le document qu'il étudiait. Maintenant, nous sommes réduits à l'impuissance. Nous avons eu tort de soutenir Belshazzar, mais c'est trop tard, elle ne doit jamais l'apprendre, sinon nous irons droit à la mort.

— C'est pourquoi il faut le convaincre de renoncer à ses rêves de royauté, approuva son fils d'un air soucieux, mais il ne m'écoute plus. Jusque-là, j'exerçais un certain contrôle sur lui, mais j'ai peur de l'avoir perdu.

— Nous devons l'annihiler d'une façon ou d'une autre.

— Je lui ai suggéré de s'installer dans une autre cité, mais il ne veut rien entendre, déplora Hyrum qui tournillait dans le bureau.

Son père haussa les épaules, puis reprit sa tablette de cire qu'il balaya d'un regard absent.

— Cela ne m'étonne pas, il est trop enraciné ici. Occupe-le en permanence pour qu'il ne pense plus à autre chose.

— C'est plus facile à dire qu'à faire, maugréa le jeune noble en se dirigeant vers la sortie.

Il se rendit dans les établissements douteux des bas-fonds de la ville, à la recherche des plus jeunes parmi les esclaves arrivées récemment pour satisfaire aux goûts pervers de Belshazzar, afin de gagner le délai nécessaire à l'élaboration d'un plan qui l'éliminerait définitivement.

La souveraine guettait avec impatience la réaction des divers rois à l'apparition imprévue de ses ambassadeurs, qui donnait une nouvelle tournure à leurs relations. Mais ils prenaient leur temps pour évaluer toutes les conséquences que cet échange de diplomates impliquait, si bien que Mepha[18] se termina sans qu'Adonia eût reçu de missives de ses émissaires. Bien sûr, un monarque se devait d'être prudent devant un changement d'une telle importance, aussi essayait-elle d'imaginer sa propre attitude face à une situation similaire, mais elle n'y parvenait pas.

— Crois-tu qu'ils vont refuser de recevoir nos délégués ? demanda-t-elle à Coriandre en contenant son inquiétude.

— J'espère que non, soupira le vizir d'un ton soucieux, mais il s'agit d'une initiative inédite dans notre région, alors tout peut se produire.

— Que ferons-nous s'ils nous les renvoient ?

Debout près du siège de la reine, le Premier ministre secoua la tête d'un air dubitatif.

— Il nous faudra trouver une solution différente.

Craignant qu'il ne lui reparlât de mariage, elle revint sur le sujet d'origine.

— Pourquoi mettent-ils si longtemps à nous répondre ?

— Peut-être parce qu'ils se consultent les uns les autres, suggéra-t-il en lui jetant un coup d'œil navré.

Elle sourit avec soulagement.

— Ah, oui ! Je n'y avais pas songé. Alors, nous attendrons qu'ils se décident.

Quelques jours plus tard, les sentinelles signalèrent l'approche d'imposantes caravanes, que la présence de nombreux chevaux, ainsi que la magnificence des voyageurs identifiaient comme des visiteurs de marque. Pourtant, au lieu de s'en réjouir, la souveraine arpenta nerveusement la pièce, sans pouvoir se défaire de la crainte qu'il s'agît du retour de ses représentants. C'est pourquoi, le lendemain matin, lorsqu'un messager envoyé par les gardes surveillant les entrées de la ville se présenta dans le bureau royal après l'audience publique, la jeune fille, assise dans son fauteuil, eut bien du mal à conserver un maintien impassible pendant qu'il s'inclinait selon le protocole.

— Je t'écoute. lança-t-elle d'un ton impatient, les mains crispées sur les accoudoirs.

— C'est un homme important doté d'une escorte, Votre Majesté. Il affirme être l'ambassadeur du roi de Gigthis.

— Alors, nous l'accueillerons avec tous les égards qui lui sont dus, déclara Adonia qui contenait sa joie.

Dès que l'émissaire fut reparti, elle se tourna vers Coriandre avec une expression ravie.

— Nous avons réussi. C'est merveilleux !

— Je le crois aussi, approuva-t-il gravement.

---

[18] Mois correspondant à septembre

Incapable de tenir en place, elle quitta son siège, tandis que ses pensées filaient à toute allure.

— Baldo ! Fais venir Adad afin qu'il veille à la préparation des appartements pour les quatre diplomates et leurs suites.

Elle s'interrompit, prise d'un doute subit, puis releva les yeux pour consulter son vizir.

— Je ne vais pas trop vite, n'est-ce pas ?

— Il me paraît impensable que l'un de ces rois ait accepté ton représentant, si les trois autres les ont refusés, assura-t-il avec un regard réconfortant.

— Alors, nous allons fêter l'arrivée de ces ambassadeurs par un festin mémorable. Comme désormais Belshazzar ne constitue plus une menace pour moi, je veux que cet événement soit gravé dans les mémoires.

— Reste quand même prudente, conseilla le Premier ministre. Ce serpent est capable de tout.

Quelques heures plus tard, la reine installée sur son trône, qu'encadraient tous ses ministres, recevait les lettres de créance des diplomates, qui avaient également apporté des cadeaux émanant de leurs monarques respectifs. Avec un gracieux sourire, Adonia leur souhaita la bienvenue dans sa cité, en formulant le désir qu'ils s'y sentent aussi bien que chez eux. Puis, elle les invita au banquet organisé en leur honneur, afin de célébrer les excellentes relations unissant tous les royaumes.

Noyé dans la foule des courtisans assistant à la scène, Belshazzar bouillait de fureur d'avoir, une nouvelle fois, été ignoré par sa cousine qui ne l'avait pas présenté à ces hauts dignitaires.

— Il faut que je parvienne à me concilier ces hommes, murmura-t-il à Hyrum debout à côté de lui.

— À quoi te serviront-ils ?

— À travers eux, je pourrai la discréditer auprès de leurs souverains, expliqua l'adolescent d'un air gourmand.

— Ça, c'est très astucieux, approuva le jeune noble avec un enthousiasme qu'il était loin d'éprouver, tout en se promettant de prévenir son père dès que possible.

Le goût délicieux de la liberté

Août 1921

Duncan jubilait. Son plan avait marché comme sur des roulettes. Le temps que Moira parvînt à prouver son innocence, elle serait tellement écœurée par ces tracasseries, qu'elle abandonnerait toute velléité de reprendre cette place qu'il considérait comme imméritée. D'un air satisfait, il contempla la grande plaine recouverte de sable sur laquelle les temples et le palais paraissaient flotter tels des vaisseaux fantômes sur une mer irréelle. Il s'avouait que la jeune femme avait fait preuve de beaucoup d'initiative, sans oublier ses intuitions fulgurantes qui avaient permis de faire avancer ces fouilles bien plus vite qu'on aurait pu l'imaginer. Ce n'était peut-être pas une manière académique de travailler, mais elle avait démontré son efficacité, même si l'archéologue reconnaissait en son for intérieur qu'il n'aurait pas eu l'audace d'en faire autant. Maintenant que cette merveille lui appartenait, toute la gloire de la découverte lui reviendrait lorsqu'il rapporterait les artefacts au British Museum, excepté naturellement ceux qu'il avait soustraits pour son propre compte, afin de les vendre très cher à des amateurs éclairés. Avec amusement, il pensa à ces policiers français qui s'étaient montrés très décontenancés quand il leur avait mis sous le nez la fausse plainte émanant du musée londonien. Comme ces hommes avaient avalé toutes les couleuvres qu'il leur avait servies, ils ne chercheraient pas plus loin que les évidences soigneusement fabriquées qu'il avait étalées devant eux. Quant aux scientifiques, qui n'avaient émis aucune protestation, ils semblaient avoir accepté sa version de l'affaire sans s'interroger, même s'ils n'appréciaient pas d'œuvrer sous sa direction.

Il fronça les sourcils lorsqu'un bruit de moteur encore lointain frappa ses oreilles. Il s'agissait très certainement de ce Bryan Leakner dont il se méfiait depuis que son complice l'avait prévenu qu'il était l'amant de Moira, mais comme c'était le seul pilote disponible sur Tataouine, il s'avérait difficile de se passer de ses services. Alors, peu désireux de se trouver en face du jeune homme, il rentra dans sa tente en laissant à ses adjoints le soin de réceptionner le chargement.

— On vous demande, annonça froidement Violet en apparaissant dans l'ouverture une heure plus tard.

Étonné, Duncan leva la tête, tout en prenant soudain conscience que le ronronnement au-dehors venait seulement de se taire après avoir enflé lentement.

— Je viens, répondit-il sans s'abaisser à poser la moindre question.

Pourtant, il n'y avait pas d'avion posé sur la rivière asséchée, mais un convoi de véhicules qu'il connaissait bien pour l'avoir utilisé quelques jours plus tôt. Les membres de l'équipe, le visage fermé, s'étaient rassemblés devant le logement de Lowell, livide et effrayé, qui lui jeta un coup d'œil implorant. Alors, il s'avança en affectant un air hautain, se planta sur le seuil avec assurance, prêt à interpeller celui qui se permettait de venir ainsi perturber leur labeur, mais ses paroles s'étranglèrent dans sa gorge. Au milieu du mobilier retourné sans grandes précautions, le commissaire en personne brandissait le calice d'Echmoun, tandis que ses hommes tenaient les autres artefacts manquants.

— Messieurs Penwarden et Spikings, je vous arrête, déclara l'officier triomphalement.

— C'est une tragique méprise ! protesta l'usurpateur, toute superbe envolée.

— Vous me l'expliquerez au poste, répliqua son interlocuteur avec jovialité.

Deux policiers se saisirent du jeune archéologue qui semblait sur le point de s'évanouir, le conduisirent vers l'une des voitures, pendant que leurs collègues faisaient monter son chef dans un autre véhicule, afin que les complices ne puissent pas se parler.

— Voilà une bonne chose, conclut Tyler en se frottant les mains de satisfaction. Maintenant, il nous reste à prévenir Moira.

— Laissez-moi m'en charger, intervint le commissaire. Il faut que j'interroge ces deux individus pour obtenir des aveux, ce qui ne devrait pas poser de problème quand je vois l'état du plus jeune. À mon avis, il craquera rapidement. Je vous renverrai votre directrice avec toutes vos pièces archéologiques dans quelques jours.

— Très bien ! Alors, nous attendrons, mais pas trop longtemps.

Le convoi s'éloigna sous les regards soulagés de tout le groupe, content de ne plus devoir supporter l'odieux bonhomme.

— Reprenons nos tâches afin de prouver à notre chère Moira que nous n'avons pas perdu notre temps, malgré tout, décréta l'anthropologue en se dirigeant vers les ruines qui émergeaient du sable.

— Ne serait-ce pas la plus merveilleuse des surprises si nous découvrions un nouveau trésor, comme la statue de Baal ? renchérit Violet d'un ton enthousiaste.

Joyce, qui leur emboîtait le pas, se mit à rire.

— Ne rêvons pas non plus. Rien que l'avancée du dégagement des monuments lui fera plaisir.

— J'avoue que je suis plutôt heureux d'être enfin débarrassé de Lowell, reconnut Alvin d'un ton contrit. Je ne l'ai jamais apprécié, sans savoir pourquoi.

— Je crois que nous éprouvions tous ce sentiment, acquiesça Tyler tandis que les deux jeunes femmes opinaient.

Ensemble, ils s'immergèrent dans les fouilles, afin de juguler leur impatience de retrouver celle avec qui ils avaient tant aimé travailler.

Au même instant, la jeune femme qui occupait leurs pensées flânait dans le souk de Tataouine, en cherchant ce qui plairait à chacun d'entre eux. Doutant toujours de la culpabilité de l'archéologue, elle avait décidé de l'inclure dans ses présents, mais, à son grand désarroi, elle manquait d'inspiration. Elle était attirée par des documents concernant les peuplades anciennes ayant vécu dans le nord de l'Afrique avant la venue des Phéniciens. Or, elle savait qu'il refusait d'admettre l'existence de ces tribus. Alors, elle se tourna vers des objets modernes, afin de ne pas risquer de le vexer, mais, comme il possédait déjà tout le nécessaire, elle buta, là aussi, sur un obstacle infranchissable.

— As-tu passé une bonne journée ? demanda Bryan en rentrant ce soir-là.

— Oui, excellente ! Je me suis promenée dans les boutiques où j'ai trouvé presque tous mes cadeaux. Il ne me reste plus que Lowell, mais je ne parviens pas à définir ce qui lui conviendrait.

Le jeune homme s'assit sur le canapé, prit le verre qu'elle lui tendait, tandis qu'elle filait dans la cuisine surveiller le plat qu'elle avait concocté pour le dîner.

— Attends un peu, conseilla-t-il quand elle le rejoignit. Si c'est vraiment ton criminel, tu ne le reverras pas.

— Je ne peux pas le concevoir.

— Alors, pour qui pencherais-tu ?

Elle se laissa tomber auprès de lui, son verre à la main.

— C'est le problème. Tyler, qui a bien connu mon mari, se considère comme mon protecteur attitré. Jamais il ne ferait une chose pareille. Alvin m'est très dévoué. Depuis qu'il a accepté d'emblée de collaborer avec moi, il ne m'a pas donné la moindre raison de le soupçonner. D'ailleurs, s'il avait été l'auteur des dégradations, il en aurait plutôt détourné notre attention. Quant à Joyce et Violet, ce sont des amies proches. De toute façon, elles n'auraient pas été capables physiquement de commettre ces sabotages.

— Donc, on en revient à Lowell.

— J'aimerais tant que ce ne soit personne. Que l'on se soit trompé depuis le début.

Bryan glissa un bras autour des épaules de sa maîtresse, tandis qu'elle se blottissait contre lui.

— Tu pourrais peut-être y croire si cet archéologue corrompu n'était pas arrivé, mais tu sais que ce n'est pas la vérité.

— Hélas, oui ! Cette horrible expérience me l'a démontré, reconnut Moira en frissonnant.

Elle aurait aimé savoir si l'enquête avançait, mais, le commissaire ne l'ayant pas contactée malgré sa promesse, elle craignait de nouvelles complications. Afin de se changer les idées, elle avait écrit une longue lettre à sa mère, dans laquelle elle lui racontait tout ce qu'elle avait tu jusque-là, en essayant de minimiser les risques qu'elle avait courus dans l'espoir d'éviter une de ces explosions dont Jane était coutumière. Désormais, elle restait seule du lever au coucher du soleil, lorsque son amant rentrait, tellement fatigué qu'il s'écroulait sur le canapé sans autre désir que de dormir. De plus en plus souvent, elle se disait qu'il n'était pas l'homme dont elle avait besoin, tout en reconnaissant qu'elle avait toujours pu compter sur lui dans les pires moments qu'elle avait connus.

— Prévois-tu de te rendre bientôt sur le site ? demanda-t-elle un soir en espérant qu'il y trouve les réponses à ses questions.

— Il le faudrait bien, soupira-t-il en passant une main sur son front. Cela fait presque une semaine que je n'y suis pas allé, mais j'ignore quand j'en aurai le temps. Moi aussi, je voudrais obtenir des renseignements.

Devant ses traits tirés, elle s'en voulut de le presser ainsi, pourtant elle ne put s'empêcher d'insister.

— Les policiers ne t'ont-ils pas sollicité pour les y conduire ?

— Non, ils utilisent les voitures de ce convoyeur que tu n'aimes pas. Il a davantage de places que moi.

Elle hocha la tête.

— Bien sûr ! Je devrais le savoir puisque c'est ainsi qu'ils m'ont ramenée.

Bryan se releva pour aller chercher son agenda, mais il ne put envisager un vol vers Telgilsh avant le lundi suivant, au grand dam de Moira qui dut se résoudre à patienter encore.

Le surlendemain en fin de matinée, la jeune femme terminait de s'habiller, quand elle eut la surprise d'entendre frapper à la porte. Perplexe, elle ouvrit, pour se retrouver devant le commissaire qui lui adressa son sourire le plus engageant.

— Comme promis, je viens vous mettre au courant de notre enquête, préluda-t-il tandis qu'elle le faisait asseoir en lui offrant un rafraîchissement.

— Je suis tout ouïe, assura-t-elle en s'installant face à lui.

— Nous avons perquisitionné le chantier de fouilles, où nous avons découvert les objets manquants dans la tente de l'archéologue, Mr Penwarden.

La jeune femme acquiesça avec amertume.

— Alors, c'était bien Lowell.

— Ça n'a pas l'air de vous surprendre, s'étonna le policier en la scrutant.

— Bryan m'a raconté que c'était la suggestion de Mr Noor. D'ailleurs, depuis le début des recherches, j'avais constaté de nombreuses incohérences dans son travail, au point que je projetais de le renvoyer.

— Lorsque nous l'avons interrogé, il a avoué sans résistance qu'il était l'auteur des sabotages ainsi que des vols, mais il a précisé qu'il agissait sur l'ordre de Mr Spikings. Nous avons, d'ailleurs, saisi dans ses papiers toute une correspondance sur ce sujet, qui ne laisse pas la moindre place au doute. Vous voilà définitivement blanchie.

Moira sourit avec un soulagement palpable.

— Je vous remercie ! Qu'allez-vous faire de ces deux hommes ?

— Nous avons reçu ce matin la plainte officielle du *British Museum* à leur encontre. Une vraie, cette fois, ajouta le chef avec un clin d'œil complice. Donc, nous allons les extrader vers l'Angleterre où ils seront jugés. Vous pouvez retourner sur votre site quand vous voulez.

— J'en suis ravie.

— Nous tenons à votre disposition les pièces archéologiques qui nous ont servi de preuves.

Ce soir-là, la jeune femme annonça la nouvelle à son amant, qui promit de l'accompagner au commissariat pour récupérer ses trésors. Mais il eut beau éplucher ses rendez-vous, il ne put avancer son voyage vers la cité antique, malgré l'impatience de Moira. Alors, elle occupa son temps en rédigeant un courrier pour Fergus Noor, à qui elle expliqua en détail le dénouement de l'affaire, avant de le prier de lui adresser un archéologue pour succéder à Lowell. Pourtant, quoiqu'elle en eût très envie, elle n'osa pas suggérer que le futur membre de son équipe fût Irwin Faircliff, tout en se reprochant sa timidité à cet égard.

Enfin, le grand jour arriva. La veille, les jeunes gens étaient allés reprendre possession des artefacts appartenant au *British Museum*, qu'ils avaient soigneusement emballés afin qu'ils ne soient pas abîmés durant le transport. Ce matin-là, ils se rendirent à l'aérodrome en savourant la fraîcheur que le soleil levant remplacerait bientôt par une fournaise irrespirable en cette fin de mois d'août torride. Tandis que l'avion décollait en douceur comme d'habitude, Moira assise près de l'aviateur souriait en songeant que bientôt elle serait au milieu de ses vieilles pierres, ainsi que les qualifiait sa mère avec dédain. Elle se pencha pour admirer le désert à travers la vitre en se demandant, une fois de plus, ce qui l'attirait dans ce paysage aride. Puis, ce fut l'atterrissage que seul un pilote habile comme Bryan pouvait réussir. La jeune femme eut à peine le temps de descendre de l'appareil que des bras l'enserrèrent avec fougue, tandis qu'une cacophonie de voix retentissait autour d'elle. En riant, elle se dégagea, révéla qu'elle désirait rester en vie encore un moment, et pria par conséquent qu'on la laissât respirer.

— Excuse-nous ! s'exclama Violet, la plus enthousiaste. Mais nous sommes tellement contents de te voir de retour parmi nous.

— Chaque jour, nous guettions le ciel, renchérit Joyce, moins démonstrative, mais tout aussi radieuse.

Moira fit un geste vers l'avion.

— J'aurais pu rentrer plus tôt, mais Bryan était pris.

— Je suis navré que mon agenda soit si chargé, intervint le jeune homme.

Tyler lui adressa un regard bienveillant.

— Cela n'a pas d'importance. L'essentiel est que notre Moira aille bien.

— Nous savions qu'elle était chez vous, donc nous n'étions pas inquiets, ajouta Alvin avec une grimace entendue.

La jeune femme étendit les mains en enveloppant son équipe d'un coup d'œil affectueux.

— C'est bon de vous retrouver.

— Outre des provisions, nous avons aussi rapporté les objets que les policiers ont rendus à Moira, annonça l'aviateur qui revenait vers l'appareil.

— Viens, dit la chimiste en glissant son bras sous celui de la directrice, tandis que les hommes s'occupaient de la cargaison. Tu vas constater que nous avons effectué du bon travail en ton absence.

— Prétendrais-tu que ce Spikings est meilleur que moi ? plaisanta son amie.

— Pas du tout ! Je parlais des recherches que nous avons menées depuis son arrestation.

— Durant son bref séjour, nous n'avons rien accompli, avoua la dessinatrice qui les accompagnait.

— Pourquoi donc ? s'étonna la jeune femme.

— Parce que nous n'en avions pas envie, tout simplement.

— Mais n'a-t-il rien dit à ce sujet ?

— Il ne s'en apercevait même pas.

— Comment ça ?

Joyce haussa les épaules avec une moue de dédain.

— Il ne sortait jamais de sa tente, ne se promenait pas sur le site comme toi, et participait encore moins aux fouilles. Monsieur était beaucoup trop éminent pour se salir les mains. Il se contentait de nous demander si la besogne avançait bien, sans écouter nos réponses. Quant à Lowell, il se comportait comme un petit chien avec son maître.

— Dès que Duncan est arrivé, nous avons su que c'était Lowell le saboteur, appuya Violet d'un ton méprisant. Il était évident qu'ils se connaissaient très bien.

— Et dire que je ne voulais pas y croire, conclut la directrice avec tristesse.

Les trois copines s'engagèrent au milieu des ruines, admirèrent le temple d'Echmoun dont le dégagement était presque fini, longèrent le palais royal qui avait encore grandi pendant leur séparation, puis terminèrent par le sanctuaire de Baal qui laissait deviner ses magasins, construits sur l'arrière comme l'on s'y attendait. Les scientifiques entraînèrent la revenante vers le souterrain qu'elle explorait lorsque les policiers avaient été signalés.

— Je sais déjà que les deux premières pièces sont tout ce qui reste de la grotte primitive. Il n'est peut-être pas nécessaire que j'y descende maintenant.

— Mais tu n'as pas vu ce que nous avons découvert hier, insista la dessinatrice avec enthousiasme.

La jeune femme réalisa que ses amies ne la laisseraient pas tranquille tant qu'elles ne lui auraient pas montré tout ce qui avait changé depuis son départ, alors, résignée, elle les suivit dans les marches. Au bas de l'escalier, elle cligna des yeux en se retrouvant dans l'obscurité, puis elle progressa prudemment derrière la lampe de Joyce jusqu'à l'endroit qu'on lui désignait. Il s'agissait du mur de l'une des cellules, sur lequel on distinguait des signes gravés d'une main malhabile, qui ressemblaient aux lettres de l'alphabet phénicien.

— Qu'est-ce que ça signifie ? s'enquit Moira en plissant les paupières pour mieux voir.

— Ça, nous l'ignorons, répliqua la chimiste. Lowell était le seul à savoir les déchiffrer, enfin c'est ce qu'il prétendait.

— Oui, c'est vrai. J'avais oublié.

— J'en ai fait un relevé complet, exposa Violet en passant sa paume sur le mur comme si elle le caressait.

— Parfait. Alors, je vais travailler dessus.

Joyce sursauta au point que la lumière dériva un instant.

— Comment ? Mais tu ne connais pas cette écriture.

— Je vous éclairerai plus tard, promit la jeune femme en retournant vers la porte.

— Attends ! s'exclama la dessinatrice en la retenant. Nous avons également trouvé des débris de vaisselle sur le sol du local.

— Donc, il y avait des gens enfermés là ?

— C'est probable.

Elles quittèrent le souterrain, pour rejoindre les hommes qui bavardaient à l'ombre de l'appareil après avoir terminé leur besogne.

— Alors, tu as repris possession de ton territoire ? demanda Bryan avec un sourire complice. J'espère qu'ils n'ont rien endommagé en ton absence, au moins ?

— Oh, non ! Pas du tout, assura la directrice en entrant dans le jeu. Rentre tranquille.

— Vous n'allez pas repartir comme ça, Bryan ! s'insurgea Violet. Restez au moins déjeuner avec nous.

— Je ne peux pas, malheureusement, refusa le pilote avec regret. J'ai rendez-vous à Tataouine en fin de matinée. Mais je reviendrai dès que possible.

Il embrassa Moira avec beaucoup de tendresse, salua cordialement les autres membres de l'équipe, puis grimpa dans son avion dont il mit les moteurs en marche. Tout le monde recula pour se mettre à l'abri du sable que l'appareil soulevait en rafales, mais, contrairement à leur habitude, ils observèrent tous le décollage en agitant les bras jusqu'à ce que Bryan fût trop haut pour les voir. Alors seulement, ils se dirigèrent vers la tente commune, afin de fêter les retrouvailles, mais aussi de faire le point sur les fouilles. La jeune femme fit un crochet par son logement, où elle prit dans ses bagages les cadeaux choisis pour chacun de ses compagnons. Ils se montrèrent très émus lorsqu'elle leur offrit ces présents qui exprimaient mieux que des mots les sentiments qu'elle entretenait à leur égard. Puis, fièrement, ils exhibèrent les amphores découvertes dans les magasins du temple de Baal, ainsi que des poteries décorées que les prêtres utilisaient au service des dieux possédant une chapelle dans l'édifice. La directrice s'extasia sur le parfait état des objets, les couleurs vives, ainsi que la finesse des peintures qui semblaient terminées de la veille, au lieu d'être âgées de plus de deux mille ans. Mais, lorsque les artefacts eurent été rangés, la conversation retomba sur les événements récents qui les avaient tous beaucoup marqués, tandis qu'ils s'installaient dans les fauteuils de toile.

— Cela ne me surprend pas de Spikings qui est un homme envieux et totalement incompétent, affirma Tyler avec mépris. Si j'avais su que Lowell le connaissait, je t'aurais conseillé de t'en débarrasser immédiatement.

— En tout cas, ça explique pourquoi notre archéologue refusait d'admettre qu'il ait pu y avoir une population locale avant les Phéniciens, commenta Moira pensivement. J'ai assisté à une dispute véhémente au British Museum entre Duncan et un autre historien à ce sujet.

— Oui, j'aurais dû m'en douter. Je l'ai déjà entendu soutenir cette thèse farfelue, moi aussi.

Alvin se pencha en avant pour attirer leur attention.

— Ils étaient toujours ensemble sans jamais sortir du bureau, alors nous avons saisi l'occasion pour inspecter la tente de Lowell discrètement. Comme nous le prévoyions, nous avons facilement retrouvé les pièces manquantes, mais nous n'y avons pas touché en attendant les policiers, afin de ne pas l'alerter.

— Mais que voulaient-ils en faire ? s'étonna la jeune femme.

L'anthropologue eut un geste vague de la main.

— Oh, certainement, les vendre à leur propre profit. Il existe des collectionneurs malhonnêtes qui sont prêts à mettre des fortunes dans des bibelots authentiques, sans s'inquiéter de leur provenance.

— C'est réellement navrant. Je me demande où Lowell avait bien pu les dissimuler.

— Nous ne le savons pas avec certitude, mais les ouvriers nous ont signalé que des monticules de sable avaient été dérangés derrière leur campement, exposa Joyce. C'était peut-être sa cachette.

— Cela aurait eu l'avantage de ne pas le désigner si jamais on avait découvert les objets, ajouta le géologue. Son but était de faire accuser les employés à sa place.

— C'est vraiment ignoble ! s'exclama Moira outrée.

— Je me suis souvenue d'un autre détail récemment, intervint la chimiste. Lorsque nous sommes arrivés, il a prétendu avoir égaré son appareil photo, mais je suis sûre qu'il l'avait laissé en Angleterre, afin de nous empêcher de débuter les fouilles.

— Alors, il n'a accepté de travailler avec moi que pour ruiner le chantier ? Il est encore plus pervers que je ne le pensais.

Tyler lui adressa un sourire réconfortant.

— Maintenant, c'est fini. Nous sommes débarrassés de cet odieux personnage, si bien que nous n'avons plus à craindre le moindre sabotage ni le moindre vol. Par contre, il nous faudrait quand même un archéologue honnête pour changer, afin de nous aider à décoder ce que nous trouverons.

— J'ai écrit à Fergus Noor pour le remercier de son intervention qui m'a bien aidée, raconta la jeune femme, puis je l'ai prié de nous envoyer un remplaçant.

— Alors, c'est parfait. Nous allons enfin progresser sans que rien ne nous freine. Espérons que celui-là saura déchiffrer nos inscriptions.

— En réalité, le problème vient de ce qu'il y a des signes et des mots n'appartenant pas au vocabulaire phénicien. Je le sais parce que Bryan m'a fait cadeau d'un livre décryptant cet alphabet, grâce auquel je me suis lancée dans l'interprétation des papyrus que nous avons retrouvés, mais je n'en ai rien dit pour ne pas vexer Lowell.

— Cela veut-il dire que ses traductions sont fausses ? s'enquit Violet avec curiosité.

— À peu près toutes, oui.

Alvin ne put retenir un grognement de découragement.

— Voilà qui est génial !

— Fergus est au courant. Je lui ai expédié un échantillon des lettres et termes inconnus, donc il en tiendra compte au moment de nous choisir un nouveau spécialiste.

Ils furent interrompus par les hommes de l'intendance qui venaient mettre la table, alors, plutôt que de démarrer des fouilles pour si peu de temps, les membres de l'équipe décidèrent, avec l'accord de la directrice, de ne reprendre la besogne qu'après le déjeuner. Tandis que Violet allait chercher des boissons qu'elle servit à la ronde, ils commentèrent les informations apportées par Bryan, puis réclamèrent à la jeune femme un récit complet de son séjour à Tataouine. Comme l'arrestation du traître lui avait redonné confiance en ses collègues, elle accepta de leur narrer son incarcération, ses angoisses, le sentiment d'abandon qu'elle avait éprouvé, mais également le réconfort offert par les visites de son amant. Cependant, lorsqu'elle souligna à quel point ils lui avaient manqué durant les longues journées passées à se promener dans la ville en attendant le pilote toujours absent, ils saisirent aussitôt le désenchantement sous-jacent dans ses propos. Alors ils échangèrent des coups d'œil entendus, convaincus que cette liaison touchait à son terme.

Le repas avalé, ils firent le tour du chantier tous ensemble, tandis que chacun signalait les avancées sur son secteur, ainsi que ses espoirs de futures découvertes. Arrivés au temple de Baal dont les réserves commençaient à livrer leur mystère, ils évoquèrent naturellement les graffitis du souterrain, que

Moira s'engageait à essayer de traduire. Ils s'apprêtaient à se séparer afin de gagner leurs postes, quand ils s'immobilisèrent en voyant la jeune femme se planter en haut de l'escalier monumental. Étonnés, ils la rejoignirent, mais, avant qu'ils aient émis le moindre son, elle désigna l'espace couvert de sable au pied des marches.

— Ici, il y avait une immense esplanade, expliqua-t-elle d'un ton assuré. Si Telgilsh célébrait le couronnement d'un nouveau roi, ses habitants se sont regroupés là pour le banquet de fête. Je pense que je vais affecter l'équipe du sanctuaire d'Echmoun sur ce quartier.

— Cela paraît une excellente déduction, approuva Tyler en suivant son regard.

Alvin indiqua la vaste surface ouverte devant eux.

— Oui, mais s'ils étaient en plein air, ils ont eu le temps de se sauver au moment du séisme. Ici, il n'y avait rien pour leur tomber dessus.

— C'est exact, reconnut Moira. Mais il faut bien commencer par un bout. Nous trouverons au moins des traces de leur présence.

— Tu sembles si sûre de toi, observa Violet d'un ton perplexe. On croirait que tu y étais.

La jeune femme se força à sourire pour ne pas laisser deviner son secret.

— C'est un peu ça. J'ai parfois l'impression de voir la cité telle qu'elle était à cette époque.

— À force d'y travailler, ce n'est pas étonnant, commenta l'anthropologue, les yeux fixés sur l'antique parvis. Je suppose que cela nous le fait à tous, plus ou moins fortement.

Moira reprit possession de son logis avec un plaisir bien plus grand qu'elle ne l'avait imaginé. Elle caressa le sous-main en cuir que lui avait offert sa mère avant son départ, contempla les différents bibelots qu'elle avait amassés depuis son arrivée, avant de réaliser soudain combien il était étrange qu'elle retrouvât ainsi son décor jusque dans ses moindres détails après le passage de l'usurpateur. Balayant la pièce familière avec émotion, elle comprit qu'elle devait cette délicate attention à ses collègues, qui avaient tenu à lui offrir ce témoignage d'amitié. Alors, elle attira à elle la pile de dossiers qui réclamaient sa signature, avec un sentiment de plénitude qui rendait la tâche fastidieuse presque agréable.

En rejoignant ses amis ce soir-là, la jeune femme les remercia du fond du cœur, tandis que le cuisinier servait un repas de gala qui donnait un air de fête à ce dîner.

La tempête de sable

Octobre 684 av. J.-C.

Adonia savourait le calme revenu, soulagée d'avoir écarté la menace de famine qui planait sur Telgilsh, mais elle continuait à se faire du souci pour l'avenir. Elle avait constaté que, malgré ses sentiments, Hailama l'encourageait à ce mariage avec Sikarbaal, sachant que c'était la seule manière d'assurer sa sécurité et celle du royaume. Pourtant, elle avait beau trouver le prince très sympathique, elle ne pouvait se résoudre à sacrifier l'amour profond qu'elle ressentait pour son ami. Une fois de plus, elle tenta de se persuader qu'après son échec retentissant, son cousin allait cesser de comploter contre elle, mais elle n'y croyait pas vraiment. Elle poussa un soupir de découragement en regardant autour d'elle les allées fleuries du jardin, dans lequel elle se baladait pour profiter des derniers rayons du soleil. Face à elle, au carrefour de plusieurs chemins, se dressait une fontaine dont la sculpture représentait un poisson inconnu. Songeuse, elle s'assit sur la margelle de pierre, en se promettant de demander à son ami s'il en avait vu à Macar Uiat. À ce moment, comme si ses pensées l'avaient attiré, elle aperçut le jeune homme au bout d'une charmille, qui lui adressait un signe joyeux, avant de la rejoindre en courant.

— Je me doutais que tu étais ici.

— Tu me connais tellement bien, approuva-t-elle machinalement.

Il se posa auprès d'elle, lui prit la main en scrutant ses traits avec inquiétude.

— Que t'arrive-t-il ? Il ne recommence pas à t'ennuyer, au moins ?

— Non, rassure-toi. C'est le futur qui m'angoisse.

Alors, toute insouciance envolée, le jeune noble se fit grave.

— Il faut que tu te décides rapidement.

243

— C'est bien ce qui me soucie. Mais n'en parlons pas ce soir. Dis-moi plutôt si tu as vu un poisson comme celui-ci à Macar Uiat.

Il secoua la tête d'un air réprobateur, pourtant, devant le visage fermé de la souveraine, il n'osa pas insister.

— Non. À vrai dire, je n'ai vu aucun poisson. Pour cela, il aurait fallu que j'aie le temps de me promener sur le marché, mais ça n'a pas été le cas. Tu aurais dû poser la question à Sikarbaal lorsqu'il est venu.

— Je n'y ai pas songé.

— Peut-être en auras-tu l'occasion un jour prochain, insinua-t-il délicatement.

Elle sauta sur ses pieds d'un air mécontent devant cette allusion qu'elle n'appréciait guère.

— Si tu n'as rien de plus amusant à me raconter, je vais me coucher.

— D'accord, mais je t'accompagne, répliqua-t-il en se levant à son tour.

Elle l'aimait trop pour demeurer longtemps fâchée, aussi lui sourit-elle tendrement.

— Si tu veux.

Cependant, ils ne rentrèrent pas ensemble dans le palais, de peur que leur intimité ne revînt aux oreilles d'Hiram qui pourrait en prendre ombrage. Même si aucune démarche n'avait été engagée pour préparer un éventuel mariage entre Adonia et Sikarbaal, le projet subsistait dans tous les esprits. Alors, tandis que la reine se dirigeait vers ses appartements, le jeune homme se rendit dans son propre logement, avant de revenir se glisser dans la chambre royale par la fenêtre.

Belshazzar, quant à lui, n'était pas resté inactif. Conformément à ce qu'il avait annoncé à Hyrum, il avait tenté à de nombreuses reprises de contacter les ambassadeurs installés à Telgilsh, mais toujours en vain. Chaque fois, le scribe du haut personnage l'avait éconduit sans ménagement, en lui laissant entendre que son maître avait des affaires beaucoup plus importantes à traiter que de le recevoir, ce qui avait encore alimenté sa fureur.

Il ruminait un nouvel échec lorsque son ami le rejoignit dans son salon jonché d'objets brisés.

— Je suis certain qu'ils ont été prévenus contre moi, lança-t-il d'un ton exaspéré en guise de bienvenue.

— C'est bien possible, acquiesça le jeune noble en s'asseyant avec précaution sur un fauteuil bancal. Ta cousine se méfie de toi.

L'adolescent allongé sur des coussins éventrés lui jeta un regard soupçonneux.

— Cette idée ne viendrait-elle pas de toi, par hasard ?

— Moi ? Pourquoi aurais-je fait cela ? D'ailleurs, je n'ai aucune relation avec ces messieurs. Enfin, voyons ! Je suis de ton côté.

— Parfois, je me le demande. Tu voudrais que je cesse de comploter pour obtenir ce qui m'est dû.

244

Hyrum secoua la tête avec commisération, puis il reprit les arguments qu'il développait inlassablement pour neutraliser le dangereux cousin.

— D'abord, le trône ne te revient pas de droit comme tu le prétends. Tu le sais fort bien. Ensuite, les multiples revers que la souveraine nous a infligés prouvent que les Dieux ne veulent pas que tu règnes, j'en ai la conviction. Mais je ne ferai jamais rien pour te nuire.

— Il est vrai que ce n'est pas dans ton intérêt, admit Belshazzar un peu radouci. Mais ces hommes qui me prennent de haut m'irritent grandement.

— Oublie-les !

Le prince se mit debout, fit quelques pas dans la pièce en évitant de piétiner les débris, puis se retourna vers son ami.

— Oh, je n'ai pas besoin d'eux ! Es-tu déjà passé dans le quartier où ils ont été logés ?

— Non, je ne crois pas. Pourquoi ?

Le jeune homme engloba la salle d'un large geste, les sourcils froncés.

— Parce que c'est le plus luxueux de tout le palais. Les appartements sont beaucoup plus grands et plus confortables que le mien. Ils ne sont que des diplomates au service de leurs maîtres, pourtant ils bénéficient d'un ameublement somptueux. Alors que moi, qui suis de sang royal, je n'ai qu'un mobilier misérable.

Hyrum se leva sans même jeter un coup d'œil au carnage.

— Si tu ne le cassais pas sans arrêt, il serait plus beau.

— Je fais ce que je veux ! hurla l'adolescent en frappant sur une table basse qui se brisa net, illustrant ainsi la remarque de son ami.

Le jeune noble haussa les épaules, puis quitta le logement sans un mot pour aller rapporter à son père la conversation qui l'inquiétait. Non seulement Belshazzar devenait de plus en plus incontrôlable, mais, en outre, il commençait à se détourner d'eux, ce qui risquait de les mener droit à la catastrophe. La présence des ambassadeurs étrangers, qui aurait dû l'inciter à la prudence, le poussait au contraire à adopter une conduite excessive qui attirait l'attention sur lui de façon négative.

— Tu me sembles soucieux, nota son père lorsqu'il entra.

— C'est le moins que l'on puisse dire. Belshazzar m'angoisse au plus haut point. Il a tenté de prendre contact avec les diplomates, mais il s'est fait rembarrer vertement, si bien qu'il nous soupçonne de les avoir prévenus contre lui.

— Il a raison.

— Comment ?

Le traître s'appuya contre le dossier de son fauteuil en joignant l'extrémité de ses doigts.

— Je les ai avertis au nom de la reine que son cousin complotait contre elle, si bien qu'ils devaient se méfier de lui comme de la peste.

— Tu as fait ça ! s'exclama Hyrum effaré. Mais c'est terriblement dangereux !

— Ça l'est moins que de laisser Belshazzar raconter n'importe quel mensonge à ces ambassadeurs. Par leur intermédiaire, les rois découvriront ce qui se trame ici, donc ils protégeront la souveraine. Enfin, je l'espère.

Hyrum arpenta nerveusement la pièce sous les yeux de son père, avant de se planter devant lui.

— S'il le devine, nous sommes morts.

— Certes ! Mais ces hommes sont rompus au secret, ils savent tenir leur langue.

Les jours passaient tranquillement. Lors de ses entretiens avec les représentants des autres cités, Adonia avait appris les vaines tentatives de Belshazzar pour se concilier leurs bonnes grâces, mais aussi l'heureuse initiative de l'un de ses conseillers qui les avait informés de la situation. Alors, elle avait confirmé que son cousin cherchait sans cesse à lui nuire, en imaginant des projets déments qui privaient la population de nourriture et de médicaments, dans le seul but de lui ravir le trône. Indignés par cette ambition démesurée, soutenue par une brutalité aveugle, les diplomates lui avaient assuré qu'ils ne favoriseraient jamais un homme aussi peu attentif aux besoins du peuple, ce qui avait conforté la reine dans sa volonté de rapprochement des différents royaumes alliés.

L'on était à la mi-Etanim[19] lorsqu'en se levant, la jeune fille remarqua la curieuse atmosphère qui régnait autour d'elle, ainsi que la lumière voilée qui n'éclairait que partiellement l'appartement malgré l'heure déjà avancée. En fronçant les sourcils, elle s'approcha de la fenêtre pour scruter le ciel d'un air soucieux.

— Nous allons avoir droit à une tempête de sable, constata-t-elle d'un air sombre.

— On dirait bien, acquiesça Asherah qui préparait les éléments de sa toilette.

À ce moment, l'on entendit au loin des coups de marteau annonçant que les domestiques étaient en train de boucler toutes les ouvertures, afin que le sable ne s'infiltrât pas partout avec les rafales. C'était la procédure courante lors de ces aléas climatiques fréquents dans la région, auxquels tous les habitants de Telgilsh savaient comment faire face. Chacun s'enfermait dans son logement en bouchant les plus petits interstices afin de s'isoler le mieux possible, puis l'on attendait que les vents se calment en jouant ou travaillant à la lueur des lampes à huile. Enfin, lorsque l'ouragan s'apaisait, tout le monde s'entraidait pour nettoyer la ville, afin que la vie reprît son cours. Pourtant, ce jour-là, sans pouvoir l'expliquer, Adonia se sentait tracassée.

— Asherah, envoie quelqu'un chercher l'un des guetteurs, ordonna-t-elle. Je veux savoir quand la tempête doit arriver sur nous.

Un peu surprise, la servante se hâta d'obéir sans poser de questions, mais elle ne comprenait pas pourquoi cette histoire semblait tant préoccuper sa

---

[19] Mois correspondant à octobre

maîtresse. Après tout, ce n'était qu'une tornade comme ils en avaient connu tant d'autres.

Lorsqu'elle revint après avoir transmis l'ordre, elle trouva la jeune fille toujours plantée devant la fenêtre, les yeux fixés sur l'horizon d'un air angoissé. Bien résolue à ignorer cet événement anodin, Asherah l'entraîna vers la salle d'eau, où elle la doucha, la massa avec des huiles parfumées, dans l'espoir de la détendre assez pour qu'elle oubliât son inquiétude irrationnelle. Puis, suivant le cérémonial ordinaire, elle ouvrit le grand coffre dans lequel elle serrait les habits de la souveraine, afin que celle-ci décidât de ce qu'elle revêtirait. Mais, ne parvenant pas à obtenir l'attention de sa maîtresse, elle choisit elle-même une robe qu'elle drapa avec soin, sortit la parure associée, avant de présider à la coiffure et au maquillage. La jeune fille se laissa faire sans un mot, l'esprit tellement ailleurs qu'elle ne jeta qu'un coup d'œil dans le miroir que lui tendait l'esclave, en approuvant d'un signe de tête machinal. Elle se posait sans appétit devant son petit-déjeuner, lorsque le veilleur requis se présenta à la porte de l'appartement. Alors, abandonnant son repas, elle le reçut dans sa salle d'audience privée.

— Quand l'ouragan sera-t-il sur nous ? s'enquit-elle d'un ton anxieux.

— D'ici deux heures environ, Majesté.

— Vous paraît-il particulièrement fort ?

L'homme écarta les bras pour renforcer ses propos.

— Il ressemble à un gigantesque mur noir qui fonce vers nous. Les anciens disent qu'ils n'ont jamais vu ça.

La reine opina, confortée dans ses pressentiments.

— C'est bien ce qui me semblait. Alors, mettez-vous à l'abri ainsi que tous vos collègues.

Dès qu'il se fut retiré, elle se mit en quête de Baldo, sans écouter Asherah qui se désolait de la voir partir le ventre vide. Le secrétaire était seulement en train de s'installer à sa place dans le bureau royal, aussi leva-t-il les yeux d'un air surpris devant l'irruption brutale de la jeune fille.

— Baldo ! Trouve-moi autant d'hommes que possible pour sillonner la cité en recommandant à toute la population de se munir de provisions conséquentes avant de barricader les maisons, ordonna-t-elle d'un ton sans réplique.

— Euh, oui ! Mais ce n'est qu'une simple tempête de sable.

— C'est la plus violente que nous ayons connue. Baal seul sait combien de temps elle durera. Je ne veux pas qu'un seul de mes sujets meure de faim par manque de prévoyance. Va et dépêche-toi !

Étonné, le scribe sortit en hâte malgré son scepticisme sur la gravité du péril, mais, dans le couloir, il croisa Itthobaal qui courait en faisant fi de sa dignité de grand prêtre, ce qu'il n'avait encore jamais vu. Jetant un coup d'œil par-dessus son épaule, il le vit intercepter Adonia sans ménagement, au moment où elle s'apprêtait à retourner dans ses appartements. Alors, convaincu qu'il se passait réellement quelque chose d'anormal, il se précipita vers le quartier des domestiques, afin d'expédier des messagers dans toutes les directions, mais aussi de vérifier avec Adad que les réserves du palais étaient bien garnies.

— Que t'arrive-t-il, Itthobaal ? demanda la souveraine en scrutant les alentours.

Mais le prélat se moquait bien d'être entendu.

— Telgilsh est en danger, les Dieux sont en colère !

— Je le sais, sourit-elle, tandis qu'elle reprenait sa marche. Je viens de prendre les mesures nécessaires pour que tous les habitants se mettent à l'abri en s'assurant qu'ils ont à manger pour plusieurs jours.

Il l'enveloppa d'un regard admiratif.

— C'est bien ! Tu es vraiment une bonne reine. Lorsque j'ai constaté à quel point les augures étaient mauvais, je suis immédiatement venu t'avertir. Mais, je suis ravi que tu n'aies pas eu besoin de mes avis.

— L'oracle t'a-t-il expliqué également pourquoi les Divinités nous adressent une telle menace ?

— Hélas, non ! Mais je ne serais pas étonné que ce soit ton cousin qui nous attire cette malédiction.

Elle hocha la tête d'un air sombre.

— Il y a longtemps que je l'envisage.

— Tu devrais le bannir du royaume.

— Pour cela, il me faudrait une raison. Or, je n'ai pas la moindre preuve concrète de ses malversations.

Le grand prêtre s'immobilisa soudain en lui faisant face.

— Alors, tu dois en trouver une rapidement.

— J'y travaille, soupira-t-elle tristement, ainsi que mes conseillers. Je compte beaucoup sur l'enquête que mènent Paltibaal et ses fins limiers.

— Je prierai pour leur réussite.

La jeune fille regagna enfin ses appartements dont toutes les ouvertures avaient été bouchées pendant son absence, s'installa sur un siège pour s'attaquer au petit-déjeuner qu'Asherah avait tenu chaud, tandis que ses pensées tournaient follement. Elle terminait de se restaurer quand Coriandre survint en arborant un air soucieux.

— Baldo m'a appris que tu avais envoyé des messagers dans toute la ville. Pourquoi ?

— Parce que la tornade sera plus forte que toutes celles que nous avons connues.

— Comment le sais-tu ?

Elle se leva en époussetant les miettes sur sa robe.

— J'ai interrogé un guetteur qui m'a décrit une véritable muraille noire fonçant sur nous. D'autre part, Itthobaal m'a prévenue que les auspices sont mauvais.

— Je vois… commenta le vizir songeur. Adad a renforcé les défenses habituelles du palais, ce qui me paraissait exagéré, mais j'ignorais les présages. Espérons que les Dieux se montreront cléments malgré tout.

La main sur la poignée de la porte, elle se retourna vers lui.

— J'ai chargé Itthobaal de leur promettre un sacrifice s'Ils épargnent la cité.

— Excellente idée !

Ce matin-là, il n'y eut pas d'audience publique. Quant aux ministres qui pénétrèrent dans le bureau de la reine, ils le firent plus par désœuvrement que parce qu'ils avaient des dossiers à traiter. Tout le monde attendait l'arrivée imminente de l'ouragan, en redoutant sa violence que les dispositions prises par Adonia rendaient encore plus effrayante. Seul Belshazzar ricanait en prétendant que sa cousine se couvrait de ridicule avec ces précautions inutiles.

Vers le milieu de la matinée, les conseillers étaient réunis autour de la souveraine, lorsqu'un mugissement encore lointain interrompit la conversation. En silence, ils écoutèrent le bruit enfler pour devenir un hurlement qui emplissait l'espace autour d'eux, jusqu'à supplanter tous les autres sons. Puis, un crépitement se joignit à la plainte du vent, au point qu'ils durent combattre l'envie instinctive de se boucher les oreilles afin d'occulter ce vacarme assourdissant. À cet instant, ils s'avouèrent que la jeune fille avait eu raison de prendre ces mesures de protection extraordinaires, mais ils doutèrent que cela suffît à les protéger de la fureur qui se déchaînait au-dehors. En réprimant ses tremblements, Adonia se leva, s'approcha de la fenêtre, posa une main sur la planche qui ne bougeait pas le moins du monde malgré les coups de boutoir que la tornade lui assenait.

— Adad a fait doubler tous les panneaux ! brailla Baldo afin qu'elle le comprît.

Elle lui répondit d'un signe de tête, en se forçant à paraître enjouée pour ne pas montrer sa peur. Alors, tandis que les autres tentaient de contenir leur angoisse, Coriandre rejoignit la jeune fille, la prit par les épaules, puis la serra contre lui d'un geste paternel.

— Pense que, grâce à toi, tous les habitants de Telgilsh sont à l'abri de ce fléau, glissa-t-il pour la réconforter. Ici, nous ne craignons rien, le bâtiment est solide. Il a affronté tellement de tempêtes qu'il résistera également à celle-ci.

— Je l'espère bien ! Mais ce bruit est véritablement effrayant.

Ahinadab se planta devant eux pour attirer leur attention.

— Quelqu'un devrait peut-être s'occuper des ambassadeurs ! Ils n'ont sûrement pas l'habitude de ce genre d'ouragan !

La reine acquiesça gaiement, avec la conviction que son ministre n'exprimait un tel altruisme que pour trouver un dérivatif à sa propre crainte. Alors, rassemblant autour d'elle tous ses conseillers, afin qu'ils l'entendent malgré le vacarme omniprésent, elle leur proposa de se réunir dans l'une des petites salles de réception pour organiser des jeux de société, en y invitant les diplomates. Tout le monde manifesta son accord par de vigoureux hochements de tête ainsi que de grands sourires approbateurs, puis ils se dirigèrent vers la porte tandis qu'Adonia envoyait Baldo prévenir les dignitaires étrangers de ses décisions.

Située au centre du palais, la pièce choisie par la souveraine pour y regrouper ses familiers et ses hôtes ne comportait qu'une seule fenêtre ouvrant sur une cour intérieure, ce qui l'isolait au mieux des éléments en furie. Installés sur d'épais coussins, à la lumière des nombreuses lampes à huile qui donnaient un air de fête, les ambassadeurs retrouvaient leur bonne humeur en s'adonnant aux différents jeux disséminés sur des tables basses avec les ministres désœuvrés.

À l'autre extrémité de l'immense bâtisse, l'ambiance était nettement moins festive dans l'appartement de Belshazzar. L'adolescent, recroquevillé sur son lit, plaquait ses mains sur ses oreilles, afin de ne plus percevoir les hurlements du vent qui tourbillonnait autour de l'édifice en faisant trembler les murs, comme s'il voulait l'arracher au sol sur lequel il était ancré.

— Pourquoi as-tu peur ? railla Hyrum. Je croyais que ta cousine racontait n'importe quoi. Que ce n'est qu'une petite tempête comme nous en avons déjà connu.

— On dirait la fin du monde, gémit le prince sans relever la moquerie qui l'aurait mis en rage dans d'autres circonstances.

Son ami enfonça le clou, en se demandant, une fois de plus, comment il avait pu croire que cet être immature ferait un bon roi.

— Grâce à la prévoyance de la reine, nous sommes bien protégés. Tu n'as pas à t'inquiéter.

Le jeune homme tressaillit lorsque le crépitement des grains de sable s'intensifia sur le toit et les panneaux de bois qui condamnaient les ouvertures.

— Nous allons tous mourir ! s'écria-t-il au comble de la panique.

— Mais non ! s'impatienta le jeune noble avec mépris. Si tu continues à te conduire comme un enfant, je m'en vais.

— Non ! Ne m'abandonne pas !

— Alors, calme-toi ! Trouvons plutôt une occupation pour faire passer le temps.

**

Cet ouragan exceptionnel souffla sans discontinuer durant trois jours et trois nuits, tandis que la population apeurée suppliait les dieux de l'épargner. Puis, le vent tomba aussi soudainement qu'il était venu, laissant la place à un silence de mort presque plus angoissant que l'effroyable vacarme qui l'avait précédé. Aussitôt, Adonia donna l'ordre de déclouer les planches défendant les issues, afin de contrôler l'état de la ville après cet épisode inhabituel, en espérant que ses sujets avaient eu le temps de se prémunir contre cette tornade plus violente que celles qu'ils subissaient d'ordinaire. Mais, lorsqu'elle se risqua à l'extérieur, le spectacle fit chavirer son cœur. Le jardin qu'elle aimait tant n'était plus qu'un amas de sable sculpté, représentant une suite de vagues aux crêtes figées, comme une dérisoire parodie de la mer tant vantée par Hailama. Se tournant du côté opposé, elle frissonna en découvrant une cité fantôme, ensevelie sous un linceul mordoré qui effaçait tous les reliefs, au-dessus duquel surnageaient les chapiteaux des colonnes et les toits des deux temples. Pendant un bref instant, elle resta muette, prisonnière d'un terrible pressentiment qui lui montrait cet éphémère aspect transformé en éternelle réalité. Alors, elle rejeta l'affreuse vision, adressa une rapide prière à Baal, puis regarda les ministres qui l'avaient accompagnée.

— C'est encore pire que je ne l'avais imaginé ! s'exclama-t-elle. Il faut enlever le sable pour voir qui a besoin d'aide. Que tout le monde s'y mette immédiatement. La résidence peut accueillir les malades, les blessés ou ceux qui n'ont plus de toit.

Les conseillers se chargèrent de former des groupes qu'ils conduisirent sur le terrain, tandis que Baldo réquisitionnait les scribes du palais qui recenseraient les ressources, afin de s'assurer qu'elles seraient équitablement réparties. Très vite apparurent des petites silhouettes noires au sommet des dunes recouvrant la ville, qui semblaient s'agiter en tous sens, sans ordre apparent. Pourtant, si l'on observait plus attentivement, l'on se rendait compte que ces gens s'activaient avec une méthode dont l'efficacité fut démontrée lorsque les premières maisons furent extraites de leur gangue blonde.

Il fallut plusieurs jours pour remettre la cité en état, mais il s'avéra bientôt que la tornade n'avait causé que des dégâts mineurs grâce à la prévoyance de la souveraine. Les équipes bien coordonnées portèrent secours aux rares habitants qui n'avaient pas eu le temps de se constituer des réserves suffisantes, ainsi qu'à ceux dont les demeures n'avaient pas résisté à l'ouragan. Mais, dans l'ensemble, Telgilsh avait bien survécu à cet avertissement envoyé par les dieux. Seul Belshazzar trouva encore matière à se plaindre.

— Elle s'est évertuée à divertir ses ministres et les ambassadeurs, mais elle n'a rien fait pour moi, rageait-il en tournant comme un lion en cage. Elle n'a même pas vérifié que j'étais à l'abri.

— Tu ne voulais quand même pas qu'elle se soucie de toi, après tout le mal que tu lui as infligé ! protesta Hyrum avec indignation.

— Je suis son cousin. La dernière personne vivante de la famille royale. Elle me doit tous les égards. Je te jure qu'elle me paiera cette indifférence.

— Tu es irrécupérable, soupira son ami en quittant la pièce.

Pourtant, redoutant quelque initiative qui les mettrait tous en danger, il préféra rapporter la conversation à son père.

— Je ne vois pas ce qu'il pourrait faire, objecta le félon avec un haussement d'épaules. Ce n'est qu'un enfantillage de plus.

— Il est capable de tout, j'en ai peur.

— Alors, surveille-le sans en avoir l'air, c'est l'unique action que nous puissions envisager. Mais ne t'affole pas trop. Je pense qu'il oubliera vite cette crise de mauvaise humeur. Il est tellement versatile.

Hyrum suivit ces conseils avisés en tentant de contenir son angoisse, mais Belshazzar ne semblait pas se comporter différemment de l'ordinaire, si bien qu'après plusieurs jours d'espionnage, le jeune noble finit par se dire que son père avait raison de ne pas prendre l'adolescent au sérieux. Alors, il se replongea dans son quotidien avec un certain soulagement.

Une semaine après la tempête, un homme se présenta au palais en demandant à parler à la reine. Comme la séance publique n'était pas encore terminée, on le dirigea vers la grande salle où la souveraine recevait tous ceux qui souhaitaient lui soumettre leurs ennuis. Patiemment, il attendit son tour, s'avança au pied de l'estrade sur laquelle était posé le trône, puis s'inclina avec déférence.

— Je t'écoute, annonça Adonia. Quel est ton problème ?

— Je suis le contremaître chargé de superviser la construction du tombeau de Votre Majesté, exposa le quidam. Depuis l'ouragan, mon équipe et moi-même sommes restés sur Telgilsh pour aider au dégagement de la ville, mais, ce matin, nous sommes retournés sur le chantier où nous avons trouvé une situation catastrophique. Des tonnes de sable recouvrent les murs déjà montés, et le puits d'accès est totalement comblé. Il nous faudra des mois pour tout remettre en état.

— Ne t'inquiète pas, déclara la jeune fille. Nul ne te blâmera pour ce retard qui n'est pas de ta faute. Commence dès maintenant les réparations. Je viendrai constater les dégâts dès que j'en aurai le temps.

— Bien, ma Reine.

Lorsque la souveraine eut regagné son bureau après la fin des audiences, Coriandre revint sur cette nouvelle désagréable.

— Cela n'a pas l'air de te déranger que ta sépulture ait été presque détruite par la tornade.

— Tu sais que je ne m'y attache guère. Je me moque de l'endroit où l'on mettra mon corps après mon décès. D'ailleurs, rien ne presse.

— Oui, c'est vrai. Tu es très jeune. Tu ne vas pas mourir tout de suite, heureusement.

Avec un sourire amusé, Adonia attrapa le premier dossier du jour, afin de ramener son vizir à des sujets qui l'intéressaient davantage, peu désireuse de continuer à disserter sur la question de son hypogée.

***

La nuit était tombée depuis longtemps sur le palais silencieux, lorsqu'une ombre se glissa sans bruit le long de la terrasse qui bordait les appartements royaux. La silhouette atteignit la fenêtre de la chambre, dont elle écarta prudemment le rideau afin de s'assurer que l'occupante était endormie, avant de balancer sur le sol un sac de toile qu'elle avait tenu serré entre ses mains, puis elle s'enfuit en courant d'un pas léger.

Hailama s'éveilla en sursaut sans comprendre ce qui s'était insinué dans son sommeil pour le troubler ainsi. Songeur, il contempla la pièce autour de lui en cherchant à retrouver sa sérénité, mais une tache sombre sur le sol, dont il était certain qu'elle n'y était pas quand ils s'étaient couchés, attira son attention. Il scrutait ce qui ressemblait à un paquet de chiffons, lorsqu'il perçut un mouvement qui lui fit dresser les cheveux sur la tête. Alors, il secoua la jeune fille qui dormait auprès de lui.

— Adonia ! Réveille-toi !

— Qu'y a-t-il ? demanda-t-elle d'une voix ensommeillée.

— Un serpent dans la chambre !

Le nouvel archéologue

Septembre 1921

La chaleur commençait à peine à redescendre, alors que l'automne pointait, si bien que Moira avait l'impression de fondre dans la touffeur de sa tente. Avec impatience, elle se saisit des derniers dossiers à parapher pour en terminer au plus vite, afin de sortir prendre l'air. D'ailleurs, elle avait hâte de savoir ce que donnait le dégagement de l'esplanade débuté deux semaines auparavant, qui dès l'abord s'était révélé très prometteur. On avait déjà retrouvé des planches, des tréteaux et de la vaisselle cassée confirmant qu'un banquet était en cours à cet endroit comme dans le palais, mais que les convives l'avaient précipitamment abandonné. Avec un sourire ravi, elle songea que, depuis son retour presque un mois plus tôt, elle n'avait pas fait un seul cauchemar, de même que les ruines ne s'étaient plus transformées sous ses yeux, selon l'expérience désagréable qu'elle avait vécue plusieurs fois. C'était peut-être dû à l'ambiance beaucoup plus détendue qui régnait maintenant sur le chantier depuis l'arrestation de Lowell. Elle avait reçu une lettre de Fergus Noor qui se réjouissait de l'heureuse conclusion de cette affaire, lui certifiait que le saboteur et son commanditaire seraient traités avec toute la sévérité qu'ils méritaient, puis lui annonçait négligemment qu'un nouvel archéologue était en route pour la rejoindre, sans préciser son nom. Elle en avait été très surprise, mais, comme les communications étaient difficiles, elle s'était résolue à attendre que l'inconnu arrivât pour découvrir son identité.

Satisfaite, la jeune femme repoussa enfin la pile de documents, s'étira avec volupté avant de gagner l'issue de la tente, sans oublier de mettre son chapeau, afin de se protéger du soleil brûlant. Elle s'immobilisa pour observer la grande plaine sur laquelle les fouilleurs ressemblaient à des fourmis désorientées cherchant leur chemin, puis elle s'engagea gaiement sur la piste qui menait à la vaste esplanade. Comme chaque secteur avait son propre intérêt, Moira faisait alterner les membres de l'équipe, afin qu'ils aient l'occasion d'œuvrer sur l'ensemble du site. Ce système, qui convenait à tout le monde, évitait que la routine émoussât l'engouement de ses collaborateurs pour cette magnifique cité. Ce matin-là, c'était Tyler qui dirigeait le dégagement de l'immense espace à ciel ouvert, en houspillant les ouvriers qui n'allaient pas assez vite à son goût.

— Tout se passe-t-il comme tu le désires ? s'enquit la directrice en le rejoignant.

— Oui, parfaitement. Si seulement ces indigènes étaient un peu moins lents.

La jeune femme contempla un instant les va-et-vient incessants, puis laissa son regard glisser sur le sable en se demandant ce qu'il cachait encore.

— Leur rythme de vie est différent du nôtre. Peut-être ont-ils raison, après tout.

— L'argent n'est pas éternel. Cela fait presque un an que nous sommes ici à travailler sans interruption, ce qui est déjà exceptionnel, mais rien ne dit que le British Museum reportera notre dotation pour l'année à venir.

Elle pivota vers son compagnon en essayant de contenir ses alarmes.

— Oh, voyons ! Fergus nous envoie un nouvel archéologue. Ce n'est pas pour arrêter le chantier.

— Non, évidemment ! Mais le prochain budget pourrait être moins généreux si le musée a d'autres projets à mener en parallèle. Nous n'avons pas de temps à perdre.

— Nous verrons bien. Mais…

À ce moment, des cris éclatèrent à l'autre bout de la place, tandis que le contremaître courait vers eux avec un sourire jusqu'aux oreilles.

— Nous avons décelé des corps ! cria-t-il avec enthousiasme.

— Allons voir, décida Tyler en lui emboîtant le pas.

Accompagné de Moira, l'anthropologue s'avança avec précaution au milieu des débris jonchant le sol, qu'une équipe était en train de répertorier, avant de les emporter dans la tente où l'on essaierait de reconstituer les objets dont ils provenaient. Arrivé à la limite du sable qui recouvrait encore une grande partie de l'esplanade, il se pencha vers les cadavres momifiés et entremêlés qui, tous, étaient tournés du même côté.

— Voilà qui est curieux. Même en admettant qu'ils se soient affolés, pourquoi ne se sont-ils pas enfuis dans tous les sens.

Perplexe, la jeune femme leva les yeux, mais elle sentit son cœur se serrer lorsque la cité lui apparut telle qu'elle était avant le tremblement de terre. En frissonnant, elle secoua la tête, puis massa ses paupières pour effacer la vision dont elle se croyait débarrassée.

— Qu'y a-t-il ? s'inquiéta Tyler qui se rapprochait d'elle.

— Rien du tout, répliqua-t-elle vivement. Mais il me semble que cette position n'est pas si étonnante que ça. Quand on est terrifié, on a tendance à vouloir se réfugier chez soi, même si ce n'est pas une bonne idée. Or, la ville est devant nous. Là, sous le sable.

— Pourtant, n'as-tu pas dit qu'il y avait des habitations autour du temple ? Alors, on aurait dû en trouver dans la direction opposée.

Elle désigna le monumental escalier ruiné, ainsi que les lourds tambours de pierre éparpillés partout.

— Pas forcément. Parce que les colonnes devaient s'écrouler avec fracas, en faisant peur à tout le monde.

— Oui… tu n'as pas tort.

Il s'agenouilla auprès des corps en commençant par les compter avant d'essayer de discerner à qui appartenait chacun des membres mélangés.

— C'est effectivement une scène de panique. Ils ont couru comme des fous, sont tombés les uns sur les autres, en s'étouffant mutuellement.

— Le séisme a dû être très fort et très soudain, en déduisit Moira qui n'osait plus regarder la cité ensevelie.

— Oui, nous sommes véritablement face à une nouvelle Pompéi. Cela nous promet encore de magnifiques découvertes, sourit l'anthropologue en se frottant les mains.

Laissant son collègue à ses premières constatations, la directrice se rendit sur le palais, où, là aussi, le dégagement progressait bien. Alvin la salua avec enthousiasme, puis l'entraîna dans une visite guidée du bâtiment en commentant le plan que ses aides étaient en train d'établir. Ils avaient déjà mis au jour de nombreux appartements, sans parvenir encore à déterminer lequel était celui du roi.

— Aucun indice n'est suffisamment parlant pour le moment, expliqua-t-il en suivant ce qui avait dû être un couloir. Mais, comme je ne connais pas bien les pratiques des Phéniciens, je suis peut-être passé à côté de quelque chose d'important sans le savoir.

— C'est bien possible. Pourtant, ce ne serait pas de ta faute. Nous en apprendrons davantage lorsque le nouvel archéologue nous rejoindra.

— Je l'espère, en tout cas. Ah ! Ici, nous sommes à la porte des jardins.

D'un geste large, il désignait l'amas de sable qui s'étendait jusqu'aux dunes délimitant la grande plaine.

— Je ne pense pas qu'ils étaient aussi vastes, s'amusa Moira soulagée de ne pas les voir ressusciter sous ses yeux. Mais ils nous offriront peut-être quelques surprises. Qui sait ?

— C'est probable. Il y avait sans doute des constructions que nous n'avons pas encore trouvées.

Poursuivant son circuit, la jeune femme acheva son parcours sur le sanctuaire de Baal où Joyce dirigeait les travaux avec son efficacité coutumière. Elle accueillit son amie avec un grand sourire, avant de l'attirer vers l'arrière de l'édifice où la distribution des magasins se dévoilait.

— Nous continuons à découvrir une impressionnante quantité d'amphores.

— Ça prouve que celui qui gérait les réserves du temple était quelqu'un de prévoyant, observa Moira avec amusement.

— ... et que le clergé de Baal était très riche.

— Riche, donc puissant, acquiesça la directrice d'un air songeur. Il devait peser lourd sur le gouvernement de la cité. Le roi avait tout intérêt à se le concilier.

Les jeunes femmes revenaient vers la première cour d'un pas tranquille, au milieu des pans de murs écroulés qui seraient peut-être remontés un jour.

— As-tu réussi à déchiffrer les inscriptions du souterrain ? s'enquit la chimiste tandis qu'elles passaient entre l'escalier d'accès et l'ancien lac sacré.

— Non, pas vraiment. Je n'obtiens qu'une suite de noms mêlés à des mots que je ne comprends pas.

— J'espère que notre futur archéologue sera plus cultivé que Lowell.

Elles contournèrent le naos en évitant de lorgner la dévastation provoquée par le traître.

— Tout le monde l'attend avec impatience, s'amusa la jeune femme. Moi aussi, d'ailleurs. J'aimerais bien savoir ce que recèlent ces papyrus. Je suis sûre que nous en saurons davantage sur le royaume et son histoire, si nous parvenons à les traduire.

— Avec la lenteur des voyages en mer, il n'arrivera pas avant le début de l'année prochaine.

— J'en ai peur, reconnut son amie qui se souvenait de l'interminable traversée pour aboutir enfin en Tunisie.

À ce moment, un bruit de moteur se fit entendre au loin, puis envahit d'un coup la grande plaine en rebondissant contre les dunes.

— Lui, au moins, est plus rapide, plaisanta Joyce en voyant Moira s'éclairer à l'écoute de ce vacarme qui annonçait toujours une visite agréable.

La directrice quitta le site des fouilles pour se diriger vers la rivière asséchée servant de piste d'atterrissage, en contemplant l'avion qui descendait avec une précision extraordinaire vers l'étroite bande de terre dure qu'il ne devait pas rater sous peine de capoter dans le sable. Après avoir dépassé le village de toile dans lequel elle vivait depuis un an, elle atteignit l'oued à l'instant où Bryan coupait ses moteurs. Avec un sourire affectueux, elle s'immobilisa au pied de l'aile, en couvant des yeux le jeune pilote qui la rejoignait d'un bond léger pour l'embrasser tendrement.

— Je n'ai pas que du chargement pour toi aujourd'hui, l'informa-t-il en se retournant vers l'appareil. Il y a aussi un passager.

— Un visiteur ? s'étonna-t-elle. Venant de Tataouine ?

— Non ! De beaucoup plus loin.

Se tournant dans la direction qu'il indiquait, la jeune femme vit apparaître, de l'autre côté de l'avion, une silhouette bien découplée qui s'avançait d'une démarche souple et assurée. Lorsque l'inconnu eut contourné la queue de l'appareil, le soleil joua dans sa chevelure, lui faisant un halo doré autour de la tête, qui permit à Moira de le reconnaître.

— Mr Faircliff ! s'exclama-t-elle, enchantée.

— Je ne pensais pas que vous vous souviendriez de moi, alors que nous ne nous sommes rencontrés qu'une seule fois, constata le jeune homme avec une expression amicale.

— Oh ! Je ne risque pas de l'oublier. J'étais complètement désemparée ce jour-là, mais vous m'avez grandement réconfortée.

— Duncan s'était encore montré odieux, selon sa détestable habitude. Mais je n'aurais jamais imaginé qu'il irait si loin. J'ai appris qu'il a entraîné le petit Penwarden sur le chemin du crime. Je suis vraiment désolé que vous ayez dû subir tous ces désagréments.

La jeune femme secoua la tête, peu désireuse de s'étendre sur ces mauvais souvenirs.

— C'est du passé maintenant, tout est revenu dans l'ordre. Ainsi, c'est vous, notre nouvel archéologue.

— Fergus m'avait déjà présenté les échantillons de vos lettres, évoquant vos difficultés avec le décryptage des inscriptions, qui m'avaient captivé. Alors, quand, après cette histoire, il m'a demandé de rejoindre votre équipe, j'ai accepté avec grand plaisir.

— J'en suis absolument ravie. Venez que je vous fasse visiter nos installations.

Elle ne remarqua même pas que Bryan les regardait s'éloigner avec tristesse, le cœur serré devant la réaction de la jeune femme, qui débordait du cadre de son travail. La joie qu'elle s'efforçait de contenir, ainsi que la lumière brillant dans ses prunelles, disait assez qu'Irwin ne lui était pas indifférent. Depuis le départ, l'aviateur savait que leur relation était vouée à disparaître, à cause de leurs intérêts et de leurs modes de vie trop divergents pour qu'ils puissent construire ensemble quelque chose de solide, mais cette certitude ne l'aidait guère à admettre que cela se déroule sous ses yeux. Avec un soupir, il ouvrit la porte de la soute tandis que le cuisinier et ses aides prenaient livraison de sa cargaison.

Le déchargement terminé, le pilote mettait son avion en position de décollage, lorsque Tyler surgit auprès de lui avec un grand sourire.

— Vous ne partez pas déjà, j'espère ! s'écria-t-il d'un ton désapprobateur. Êtes-vous si pressé ?

— Pas aujourd'hui, avoua le jeune homme un peu gêné.

— Alors, restez déjeuner avec nous.

— Volontiers.

— Ça ne vous ressemble pas, de vous faire prier, nota l'anthropologue tandis qu'ils se dirigeaient de concert vers la tente commune.

Bryan baissa la tête un instant pour ne pas montrer son désarroi.

— C'est que vous accueillez un nouveau membre. Alors, je ne veux pas m'immiscer dans votre groupe.

— Comment ? L'archéologue est déjà là ? Qui est-ce ?

— Un certain Faircliff.

— Irwin ? Mais je le connais très bien.

— Moira aussi, apparemment.

— C'est donc cela qui vous chagrine, observa finement Tyler avec un coup d'œil scrutateur.

— Mais pas du tout.

Sans relever la protestation trop véhémente, l'anthropologue s'effaça à l'entrée de l'abri pour laisser passer son compagnon, avant de le suivre à l'intérieur où il alla saluer l'arrivant d'une poignée de main amicale, tandis que Bryan, peu désireux de se mêler à ces retrouvailles qui lui arrachaient le cœur, s'installait dans un fauteuil. La même scène se reproduisit avec quelques variantes à l'apparition de chacun des spécialistes, sous le regard de plus en plus triste du jeune homme qui ne pouvait que constater la popularité de son passager. Après l'inévitable cri de joie devant l'identité du voyageur, Violet, la plus démonstrative, s'accrocha à son cou avec enthousiasme, Joyce l'embrassa affectueusement, tandis qu'Alvin lui donnait une accolade des plus fraternelles. En survenant au milieu de ses subordonnés, la directrice rayonnante mit fin aux effusions.

— Mes amis ! Je crois que, cette fois, l'on peut dire que notre équipe est au complet. Nous sommes sûrs maintenant d'accomplir du bon travail.

— Ça, c'est sûr, approuva Tyler avec un grand sourire.

— Je propose que nous organisions une petite fête de bienvenue pour Irwin, suggéra Alvin d'un air inspiré.

Enchantée, Violet battit des mains comme une enfant.

— Excellente idée !

En s'approchant calmement du groupe, le pilote nota la gêne de l'archéologue devant cet accueil qu'il n'attendait pas.

— Ne vous mettez pas en frais pour moi.

Oubliant la présence de son amant, Moira adressa un sourire éblouissant à son nouvel adjoint.

— C'est un plaisir. Nous n'avons pas si souvent l'occasion de sortir du train-train quotidien.

— Naturellement, vous restez avec nous, Bryan, décréta la chimiste en se tournant vers l'aviateur.

Certain désormais que sa maîtresse lui échappait, le jeune homme faillit céder à une impulsion irraisonnée de sauter dans son avion pour s'enfuir le plus loin possible, mais un sursaut d'orgueil le convainquit de ne pas abandonner le terrain sans combattre. Alors, avec une sérénité qu'il était loin de ressentir, il accepta l'invitation comme une évidence, en lançant un clin d'œil complice à la jeune femme.

L'après-midi, tandis que Moira emmenait Irwin visiter le chantier, avant de lui montrer les inscriptions relevées par Violet, ainsi que les papyrus et les tablettes apparemment indéchiffrables, ses collaborateurs se relayèrent pour promener le pilote au milieu des ruines, en s'arrangeant pour qu'il ne fût jamais seul. Puis, ils se retrouvèrent tous autour du repas de gala, après avoir revêtu des toilettes un peu plus habillées pour faire honneur au nouveau venu.

Aucune ombre ne vint troubler la joyeuse ambiance de la soirée. Grâce au réconfort discret que ses amis lui avaient prodigué, Bryan avait surmonté sa peine, sans même éprouver la moindre rancune envers l'archéologue. Au contraire, s'appuyant sur l'appréciation unanime des membres du groupe, il se disait que, si Irwin était aussi charmant qu'il le paraissait, ce serait une bonne chose pour Moira de reconstruire un couple solide avec lui. Pourtant, il se demanda s'il n'allait pas un peu vite en besogne, devant l'attitude du jeune homme visiblement inconscient des sentiments qu'il éveillait chez sa directrice.

— Alors, Irwin ? s'enquit Tyler pendant que les serviteurs apportaient des cocktails. Que penses-tu de notre cité, maintenant que tu as tout vu ?

— C'est un site incomparable, s'enthousiasma l'archéologue en agitant un peu trop son verre qui éclaboussa tout autour. Je n'aurais jamais rêvé de contempler pareille merveille un jour. C'est une découverte majeure.

Joyce fit un bond en arrière pour éviter d'être tachée, sans qu'il s'en aperçût.

— Pourras-tu déchiffrer nos textes ?

— Oui, bien sûr.

— C'est extraordinaire ! Ça semble tout simple pour toi, alors que pour nous c'est un vrai mystère depuis un an.

Irwin haussa les épaules avec une moue de mépris.

— Je ne comprends pas ce type qui n'a pas réalisé la chance qu'il avait de travailler dans un endroit aussi exceptionnel.

Violet se rapprocha prudemment.

— Cela ne nous explique toujours pas pourquoi il n'a pas pu traduire ces papyrus.

— D'après ce que j'ai pu voir, l'écriture utilisée ici mélange l'alphabet phénicien avec des signes issus de la langue locale. Le vocabulaire est construit de la même façon. Or il ne pratiquait que le phénicien classique, donc il a été totalement dérouté par ce langage.

— Et, comme il refusait d'admettre qu'il ait pu exister un peuplement antérieur à l'arrivée des Phéniciens, il s'est bloqué dessus, conclut l'anthropologue en vidant son verre.

— Enfin, nous allons progresser dans la connaissance des événements qui se sont déroulés ici, en débutant par la stèle qui m'intrigue beaucoup, intervint Moira tandis qu'ils se dirigeaient vers la table. Mais j'aimerais d'abord que vous m'indiquiez comment vous avez atterri ici aussi vite.

— C'est vrai. Notre voyage a duré des mois. Pourquoi pas le tien ? appuya la dessinatrice tout en se servant dans le plat qu'on lui présentait.

L'archéologue les considéra avec amusement.

— Je suis venu en avion.

261

— En avion ! De Londres ? s'étonna le géologue, tandis que la directrice jetait un coup d'œil interrogateur à son amant.

— Mais oui ! Pas d'une seule traite, évidemment. J'ai pris la ligne régulière qui relie Londres à Paris, puis j'ai rejoint un groupe de personnes qui avaient retenu un vol jusqu'à Toulouse.

Tyler se pencha par-dessus la table en jouant machinalement avec son pain.

— Pourquoi Toulouse ? Il n'y a pas de liaison entre ici et Toulouse, que je sache.

— Non, pas directement. Mais, depuis que la ligne Toulouse-Rabat-Casablanca est ouverte, beaucoup de pilotes font couramment l'aller-retour Paris-Toulouse. Ensuite, j'ai dû patienter plusieurs jours avant de trouver quelqu'un qui accepte de me conduire ici, en faisant étape à Majorque et Alger pour ravitailler.

— C'est un sacré périple, observa Bryan avec admiration.

— Et risqué avec ça, ajouta Violet avec une grimace péremptoire.

Irwin secoua la tête d'un air entendu.

— Il n'y a pas plus de danger qu'en bateau. Et puis, c'est plus rapide. Je crois que l'aéronautique est le mode de transport de l'avenir.

— Je le pense aussi, approuva Moira en souriant à son amant. En avion, nous pourrions passer Noël à Londres.

Alvin arrêta un instant de dépiauter la volaille dans son assiette pour se redresser d'un air moins enthousiaste.

— Si l'on ne tombe pas durant le voyage.

— Tu prends bien l'avion de Bryan pour aller à Tataouine.

— Oui, mais c'est moins loin. Et puis, Bryan est un excellent pilote.

— Je ne me suis jamais lancé au-dessus de la Méditerranée... murmura le jeune homme, les yeux perdus dans le vague, sans relever le compliment.

— Tu devrais essayer, suggéra sa maîtresse avec un tendre regard.

Il se força à revenir à la conversation en cachant ses sentiments sous un sourire, selon son habitude.

— Pourquoi pas ?

Lorsque la soirée se termina, l'aviateur et la directrice regagnèrent ensemble la tente de la jeune femme, sous l'œil intrigué d'Irwin, qui se retira à son tour dans son logement sans oser interroger ses collègues à leur sujet. De son côté, Bryan se garda bien d'évoquer l'archéologue, afin de ne pas gâcher l'un de ces moments d'intimité de plus en plus rares, à cause de l'accroissement de son activité. Tiraillée entre l'attirance qu'elle ressentait pour son nouveau collègue et l'affection qu'elle avait développée pour son amant, Moira lui était reconnaissante de son silence complice. Elle se nicha confortablement dans les bras du jeune homme, en se persuadant que personne ne lui demandait de choisir entre les deux, d'autant qu'elle s'en savait incapable.

Le lendemain, ce fut avec un pincement au cœur que Bryan décolla de la cité ensevelie, tandis qu'une petite voix lui soufflait qu'à son prochain passage, il ne retrouverait peut-être plus sa maîtresse. Irwin s'attaqua au décryptage des inscriptions découvertes depuis le début du chantier, en commençant par celles que Lowell avait déjà traduites, afin de rectifier les éventuelles erreurs. Quant à la jeune femme, elle entama le tour des fouilles avec une sensation de légèreté plus prononcée encore que depuis le départ du traître, inspecta gaiement les différentes équipes, puis jeta un coup d'œil sur les secteurs en cours de dégagement, convaincue que des trouvailles exceptionnelles les attendaient encore. Elle finit son circuit par les divers ateliers, avant de s'arrêter chez l'archéologue, afin de s'assurer qu'il était bien installé.

— Est-ce que tout va comme vous le voulez ? s'enquit-elle en le voyant penché sur les feuillets de son prédécesseur.

Il releva la tête avec un léger sursaut, puis sourit en l'identifiant.

— Oh, parfaitement !

— Vous contrôlez les traductions de Lowell, constata-t-elle en s'approchant, les yeux rivés sur les documents. J'ai toujours pensé qu'elles étaient entièrement fausses.

— Non, pas complètement. C'est là, le problème. Il a déchiffré correctement les mots phéniciens, puis, pour donner un sens aux textes, il a inventé le reste.

La directrice se recula de quelques pas, comme si une trop grande proximité avec le jeune homme la mettait mal à l'aise.

— Donc, vous allez devoir tout reprendre depuis la base. Si vous avez besoin de quoi que ce soit, n'hésitez pas à le réclamer. Les ressources de Tataouine sont incroyablement riches.

— Je n'y manquerai pas.

Moira gagna son propre bureau pour s'atteler à son travail, le cœur en fête sans savoir pourquoi. L'arrivée de l'archéologue semblait avoir dissipé tous les soucis qui l'accablaient comme par enchantement. Même la perspective de voir à nouveau la ville se reconstruire devant elle lui paraissait désormais bénéfique, puisque ces visions lui avaient permis de faire progresser les recherches très rapidement.

Lorsque l'équipe se réunit autour du repas de midi, elle aborda un projet qui la tentait depuis un bon moment, sans qu'elle eût osé en parler jusque-là.

— J'aimerais quand même retrouver la nécropole de Telgilsh, émit-elle prudemment.

— Tu veux nous faire fouiller le désert ! s'exclama Tyler avec stupéfaction. Voyons, c'est impossible !

— C'est pourtant ce que nous faisons déjà.

— Oui, mais nous dégageons des ruines visibles. Nous n'avons pas la plus petite idée de l'endroit où elle se trouve.

— Ce n'est pas tout à fait exact, intervint Irwin. À mon avis, elle ne peut être située qu'au sud de la cité.

Alvin secoua la tête d'un air réprobateur.

— C'est encore très vaste, malgré tout.

— Oui, mais nous pouvons facilement déterminer les limites de l'oasis à partir de la rivière asséchée, puis réaliser quelques sondages au-delà.

Peu convaincu par ces considérations qu'il qualifiait de fantaisistes, l'anthropologue affina ses arguments.

— Pour ça, il nous faudrait embaucher de nouveaux ouvriers. Or nous ne connaissons pas la valeur de la prochaine dotation.

— Fergus m'a confié avant mon départ qu'il avait l'intention de soutenir ce chantier en continuant à lui attribuer la majeure partie de son budget, révéla l'archéologue gaiement.

Ravie de cet appui inespéré, la directrice préféra quand même clore la discussion avant qu'elle ne tournât à l'affrontement.

— Nous attendrons donc de savoir combien il nous octroie. Mais, si nous recevons suffisamment de fonds, nous effectuerons les forages préconisés par Mr Faircliff.

— Je sais que les sépultures sont toujours passionnantes, mais ici nous avons une ville entière, grommela Tyler. Cela devrait nous suffire !

Désireux, lui aussi, de changer de sujet, Irwin se pencha en avant pour adresser un sourire radieux à ses collègues.

— J'ai corrigé la traduction de votre fameuse stèle.

— Oh ! Formidable ! s'exclama Moira enchantée. Alors ? Que raconte-t-elle réellement ?

Quittant sa chaise, le jeune homme lui tendit une feuille sur laquelle il avait transcrit le texte incomplet.

— « Moi, Adonia, reine de Telgilsh, déclare transmettre la couronne à mon cousin Belshazzar dans l'intérêt du royaume, afin qu'il œuvre pour la prospérité de mon peuple bien-aimé et le protège du mal. », lut-elle à haute voix.

— Oui, c'est ça.

Songeuse, elle agita le papier qu'elle tenait à la main.

— C'est complètement différent de ce que Lowell nous avait traduit. J'ai toujours pensé qu'il avait tort, mais il ne voulait pas en démordre.

— C'est normal, il y a là-dedans des mots tirés du vocabulaire des populations locales, indiqua l'archéologue en reprenant sa place. Leurs langages se sont mélangés au fil des siècles, mais, comme il adhérait à la thèse de Duncan qui refusait d'admettre qu'il y ait eu un peuplement antérieur, il ne risquait pas de progresser.

— Donc, le roi dont on fêtait le sacre était ce Belshazzar, et non un certain Adon qui n'existait même pas, commenta le géologue avec un dédain marqué pour son ancien confrère.

Irwin préféra ignorer ce mépris unanime envers son prédécesseur.

— C'est un prénom que l'on rencontre chez les Phéniciens. Mais, en l'occurrence, il s'agissait d'Adonia qui était reine. Les termes employés sont très précis.

La chimiste s'appuya contre son dossier en fronçant les sourcils avec perplexité.

264

— C'est curieux. Était-ce courant qu'un souverain lègue son trône avant sa mort ?

— Non ! Je n'en ai jamais entendu parler.

— Sans doute était-elle très vieille et sans descendance, suggéra Violet en quêtant l'approbation de ses amis.

Le jeune homme secoua la tête d'un air dubitatif.

— Même ainsi, c'est bizarre. Son héritier aurait dû attendre qu'elle décède pour lui succéder.

— La suite du texte en révélait peut-être la raison, observa Joyce avec un soupir d'impuissance.

— Oui, c'est possible. Mais nous ne le saurons jamais, hélas.

La dessinatrice sourit comme si elle venait de recevoir l'inspiration.

— Est-ce que l'un des corps dans le palais pourrait être le sien ?

— Je doute que nous puissions l'identifier avec certitude, tempéra Tyler au grand dépit de sa collègue. Il faudrait déjà que nous sachions quel âge elle avait. Pour le moment, nous n'avons trouvé que des femmes jeunes parmi les participants au banquet.

— Il y a aussi l'inscription du souterrain, réfléchit la directrice à haute voix. Je m'y suis attaquée avant votre arrivée, mais je n'ai réussi à traduire qu'une liste de noms.

L'archéologue reposa sa tasse de café.

— J'essaierai de voir si elle nous fournit de plus amples explications, mais ne vous faites pas trop d'illusions. Il est vraisemblable qu'elle n'ait aucun rapport avec la stèle. Par contre, ce qui est intéressant dans ce sous-sol c'est que l'on n'ait retrouvé aucun squelette d'animal, alors qu'il servait certainement à loger les victimes sacrificielles.

— Comment le justifiez-vous ? Et que pensez-vous de la vaisselle que l'on a découverte ?

— Je n'en sais rien ! C'est juste une énigme de plus, qui ne sera peut-être jamais résolue.

— C'est un peu ce que je crains, avoua Moira en se levant de table, donnant ainsi le signal de reprise du travail.

Un projet de mariage

Octobre 684 — janvier 683 av. J.-C.

Blottis l'un contre l'autre, à la lueur de la lampe à huile qu'ils n'osaient pas éteindre, Adonia et Hailama tentaient d'effacer de leurs esprits les images de ces dernières heures pour se rendormir. Après avoir découvert le cobra qui rampait vers eux, ils s'étaient jetés hors du lit d'un seul bond pour détaler vers la porte sans un regard en arrière, mais un sifflement menaçant les avait poussés à encore accélérer l'allure. Comme dans ces cauchemars où l'on n'atteint jamais son but, il leur avait semblé courir vers un mur qui s'éloignait toujours, avec la sensation que la gueule hideuse du serpent effleurait leurs peaux nues. Incapables d'expliquer comment ils avaient échappé au pire, ils se souvenaient seulement de s'être retrouvés dans le couloir, où les torches fixées aux murs avaient révélé que nul reptile ne sinuait sous leurs pieds. Ils s'étaient alors contemplés en silence, trop essoufflés pour parler, puis s'étaient accrochés l'un à l'autre en tremblant, tandis que leurs cœurs affolés battaient à l'unisson. Au bout d'un long moment, ils avaient échangé quelques mots incohérents, mais il leur avait fallu plus longtemps encore pour qu'ils songent enfin à donner l'alerte.

Tout ensuite était allé très vite. Les gardes prévenus de la présence d'un naja dans la chambre royale avaient pris la situation en main. Le premier était allé quérir des carrés de tissu pour couvrir les jeunes gens, en réveillant Asherah au passage afin qu'elle s'occupât d'eux, tandis que son collègue se procurait un bâton fourchu avec lequel il coincerait la tête du reptile avant de l'attraper. Pendant que la gouvernante faisait avaler une boisson chaude aux adolescents qui frissonnaient, les soldats avaient pénétré prudemment dans la pièce, en cherchant le serpent partout sans le voir ni l'entendre. Ils n'avaient trouvé que le sac de toile ayant servi à le transporter, si bien qu'ils commençaient à se dire que l'animal était sorti par la fenêtre, lorsque l'un des deux avait eu l'idée de tirer lentement sur les draps du lit. C'était là qu'ils l'avaient découvert, lové dans la chaleur générée par les corps endormis, d'où il était peu disposé à se laisser expulser. Après quelques efforts infructueux, les hommes étaient parvenus à le jeter au sol, sur lequel ils l'avaient plaqué plus facilement, puis l'avaient à nouveau glissé dans le sac, qu'ils avaient solidement refermé. Ils avaient barricadé les ouvertures avec des planches, comme durant les tempêtes de sable, afin que nul ne s'introduisît chez la reine, avant d'autoriser Asherah à effacer toute trace du cobra dans la chambre. Alors seulement, la domestique avait permis au couple de regagner sa couche pour se reposer un peu, mais ils ne pouvaient pas fermer les yeux.

— Il a voulu me tuer, murmura Adonia, répétant ce qu'elle avait dit dès qu'elle avait quitté la pièce.

— Tu dois l'empêcher de nuire, une fois pour toutes, affirma Hailama d'un ton péremptoire.

— Mais comment le prouver ?

— Il a fallu qu'il se procure ce serpent quelque part. Les enquêteurs de Paltibaal pourront suivre la piste de la transaction.

Elle frémit, tandis que ses prunelles inquiètes faisaient le tour de la chambre.

— J'ai peur !

— Il n'y a pas de raison, assura-t-il en la serrant dans ses bras. Regarde ! Les issues sont condamnées et les gardes veillent à l'entrée de ton logement. Nul ne peut plus pénétrer ici sans qu'on le sache.

— Sans toi, je serais morte.

— Et bien, je suis toujours là. Détends-toi et essaie de dormir, tu ne risques plus rien.

Le lendemain, le jeune homme se rendit dans l'appartement qu'il partageait avec son père pour lui raconter les événements de la nuit. Coriandre fronça les sourcils d'un air soucieux en apprenant la tentative d'assassinat contre la souveraine.

— Il faut la mettre définitivement à l'abri, déclara-t-il en adressant un coup d'œil sévère à son fils.

— Je sais. Moi aussi, je lui ai déjà parlé de ce mariage dont vous rêvez, Itthobaal et toi. Ne t'imagine pas que je tente de l'en détourner, bien au contraire.

Rassuré, le vizir s'adoucit au point de poser une main réconfortante sur l'épaule d'Hailama.

— Je n'ignore pas combien c'est difficile pour toi, mais elle court un grand danger que ta présence ne suffit pas à éloigner.

— J'en ai conscience, acquiesça le jeune homme tristement. Je préfère, de beaucoup, la voir unie à Sikarbaal qui la défendra, plutôt que de la perdre parce qu'elle veut rester avec moi.

— Je vois que tu es sensé, c'est bien.

Lorsque Coriandre rejoignit Adonia pour les audiences du matin, il la trouva bien pâle, mais, comme ce n'était pas l'endroit pour une conversation intime, il gagna sa place sans rien dire. Courageusement, la jeune fille se comporta en reine, écouta chaque quémandeur, répondit de son mieux à toutes les demandes, en renvoyant parfois les visiteurs à l'un ou l'autre de ses conseillers lorsqu'il s'agissait de leur domaine. Pourtant, après le départ du dernier solliciteur, elle quitta la grande salle avec soulagement, désireuse de se retrouver en petit comité afin de chercher de l'apaisement auprès de son vizir.

— Hailama m'a mis au courant, attaqua Coriandre dès que la porte du bureau fut refermée. Nous devons agir vite.

— Que faire ? interrogea la jeune fille en s'asseyant dans son fauteuil. Les soldats ont capturé le cobra, mais comment prouver que c'est Belshazzar qui l'a introduit dans ma chambre ?

— Comment ? s'écria Baldo horrifié. Un cobra ! Dans ta chambre, Majesté ? Quand est-ce arrivé ?

Elle se tourna vers son scribe en réalisant que l'information ne s'était pas encore répandue dans le palais.

— Cette nuit, mais, heureusement, il ne m'a pas mordue.

— Publions la nouvelle afin de découvrir qui sait quelque chose à ce sujet, décréta le vizir qui marchait de long en large. Mais l'on doit surtout te protéger de ces entreprises criminelles.

— Les gardes ont barricadé mes fenêtres.

— Oui, mais tu ne peux pas vivre ainsi enfermée en permanence. Tu as besoin d'une solution définitive, et tu sais laquelle.

— Me marier, murmura-t-elle d'une voix tremblante.

Le vizir s'immobilisa devant elle, en plongeant son regard dans le sien.

— Cela devient urgent. Adonia, tu dois te montrer raisonnable, c'est ta vie qui est en jeu.

La souveraine appuya sa tête contre le dossier avec lassitude, en contenant les larmes qui lui montaient aux yeux.

— Oui, mais j'aime Hailama.

— Il t'aime aussi, c'est pourquoi il veut te voir en sécurité, unie à Sikarbaal. S'il te plaît, laisse-moi préparer un courrier pour le roi Hiram, afin de commencer les préliminaires en vue de cette union, plaida Coriandre avec toute la persuasion dont il était capable.

— D'accord, soupira-t-elle, trop secouée pour s'y opposer.

Lorsque tous les conseillers furent réunis autour de la reine, le vizir se chargea de les aviser de la tentative d'assassinat dont elle avait été victime dans la nuit. Terriblement choqués, ils promirent d'assister Paltibaal qui mettait ses meilleurs limiers sur l'affaire, avec la ferme intention de la résoudre. Nul ne doutait de l'identité du meurtrier, mais ils savaient qu'il serait difficile de trouver des indices pour l'incriminer.

De retour chez lui, le traître, qui refusait de cautionner un régicide, raconta l'histoire à son fils d'un air accablé.

— Ainsi, il a osé le faire ! s'exclama Hyrum horrifié. Quelle position allons-nous adopter ?

— Il faut coopérer avec la souveraine pour essayer de lui apporter les preuves qu'elle réclame, répondit son père assis en face de lui. Nous ne pouvons pas le suivre sur cette voie-là.

— Je suis d'accord, mais il vaudrait mieux qu'il ne l'apprenne pas, sinon je ne donne pas cher de notre vie.

— C'est vrai ! Toi, tu ne dois rien tenter, quant à moi, je n'accomplis que mon travail.

Son fils se redressa d'un air inspiré.

— Et si nous nous débarrassions de lui, une bonne fois pour toutes.

— Non ! Si nous faisons ça, la reine devinera que c'est nous qui l'avons trahie. Oh, comme je voudrais qu'elle soit déjà mariée et hors de portée.

Le jeune noble lui adressa un regard étonné.

— Mariée à qui ?

— Au fils du roi de Macar Uiat. Mais surtout, n'en dis rien à Belshazzar.

— Bien sûr que non. Crois-tu vraiment que cela suffira à le calmer ?

Le félon hocha la tête en fronçant les sourcils.

— Si ce n'est pas le cas, Sikarbaal n'hésitera pas à riposter, lui.

L'après-midi du même jour, Adonia se rendit au temple de Baal pour remercier le grand dieu de l'avoir épargnée, mais également lui demander conseil sur la conduite à tenir, afin de protéger son royaume des complots de son cousin. Pourtant, comme chaque fois qu'elle le consultait, l'oracle resta inexplicablement muet.

— Les Dieux peuvent bien se taire, nous connaissons ton devoir, affirma Itthobaal d'un ton sans réplique, tandis qu'ils traversaient l'édifice sacré.

— Oui, tout le monde me le dit.

— Alors, qu'attends-tu ?

Elle soupira en laissant ses yeux s'égarer sur les bâtiments contenant les réserves du sanctuaire, tandis que son compagnon la contemplait avec inquiétude.

— Coriandre est en train de préparer une lettre que j'enverrai au roi Hiram, pour savoir si son fils Sikarbaal accepterait de m'épouser.

— Te voilà enfin raisonnable, se réjouit le grand prêtre soulagé. Je te félicite. Et n'écoute pas Hailama s'il tente de t'en détourner.

— Aucun risque ! Il me pousse à cette union depuis longtemps.

Itthobaal ne put retenir un geste de surprise.

— Voilà qui me rassure pleinement. Je l'imaginais plus inconséquent. Je pense que, plus tard, il fera un aussi bon vizir que son père.

— C'est aussi mon avis, approuva la jeune fille tristement.

— Tu verras comme il est confortable de t'appuyer sur un conjoint qui a été élevé pour régner, assura son ami en ouvrant la petite porte donnant sur le palais. Tu te sentiras beaucoup moins isolée.

— Si tu le dis…

Ce soir-là, Adonia regagna sa chambre d'un air abattu en songeant que, désormais, elle dormirait seule jusqu'au jour de ces noces qu'elle ne désirait guère. C'est pourquoi elle se montra aussi étonnée qu'inquiète en voyant Hailama surgir, alors qu'elle venait de se coucher.

— Ton père se mettra en colère s'il apprend que nous continuons à nous voir ainsi.

— Pas du tout, sourit le jeune homme en s'asseyant au bord du lit. Nous nous sommes mis d'accord pour que je ne te quitte pas tant que ton futur mari n'est pas arrivé.

Elle frissonna au souvenir du cobra.

— C'est vrai que, sans toi, je serais morte. Mais ce sera encore plus difficile de nous séparer.

Il s'allongea auprès d'elle, l'attira dans ses bras, puis l'embrassa tendrement.

— Ne te désole pas. Je ne m'éloignerai jamais de toi. Nous serons ensemble tous les jours, comme maintenant.

— Oh, comme j'aurais voulu ne pas monter sur le trône, soupira-t-elle en se serrant contre lui.

Durant la saison des pluies, les communications étaient moins aisées, peu de caravanes arrivaient dans l'oasis, mais les habitants de Telgilsh, prévoyants, avaient constitué des réserves de tous les produits dont ils faisaient grande consommation. La vie se déroulait tranquillement, au rythme des travaux des champs que plus rien ne perturbait. Coriandre élaborait les termes diplomatiques de la lettre à adresser au roi Hiram, mais, comme il faudrait attendre que les chemins sèchent avant d'envoyer un messager vers Macar Uiat, il prenait tout son temps pour peaufiner son texte. Bien entendu, il avait consulté l'ambassadeur de cette cité, qui lui avait promis son appui inconditionnel à ce sujet, ce qui le rendait d'autant plus optimiste. Au même moment, Hyrum tentait de juguler les initiatives démentes de Belshazzar.

— Ainsi, tu as essayé de la tuer, constata-t-il d'un ton désapprobateur. Crois-tu que ce soit judicieux ?

— C'est l'unique chose à faire, affirma l'adolescent vautré sur son lit. Tous les beaux plans compliqués que vous avez mis en œuvre, ton père et toi, ont échoué. Je n'aurais pas dû vous écouter.

— C'est toi qui seras exécuté lorsque les enquêteurs seront remontés jusqu'à toi. Tu es vraiment inconséquent.

Le prince se redressa pour toiser son ami d'un air fat.

— Ils n'établiront jamais que c'est moi qui ai jeté le cobra dans sa chambre.

— Il leur suffit de prouver que tu l'as acheté.

— Alors, je leur souhaite bien du plaisir.

— Arrête avant que cela ne tourne mal. Tu nous mets tous en danger.

Belshazzar tendit un doigt menaçant, tandis que son visage se crispait de fureur.

271

— Si tu as peur, il fallait y penser avant. Lâche que tu es ! Bientôt, je serai roi. Ton père et toi n'avez pas intérêt à me trahir maintenant, sinon vous le regretterez.

Le jeune noble secoua la tête avec désespoir.

— Mais nous ne t'abandonnons pas. Seulement, nous n'admettrons jamais le meurtre, je te l'ai toujours dit.

— Ne t'occupe pas de ça. Contente-toi de tenir ta langue, lança l'adolescent en se rallongeant d'un air satisfait.

Très soucieux, Hyrum rapporta la conversation à son père.

— Nos échecs répétés l'ont enragé au point de le pousser aux pires extrémités. D'autant que je n'ai plus aucune influence sur lui, hélas.

— Comme nous n'avons pas davantage de pistes que la souveraine, il sait que nous ne pouvons pas le dénoncer, observa le traître planté devant la fenêtre, les bras croisés derrière le dos.

— Il attirera la malédiction des Dieux sur nous, soupira le jeune homme en se laissant tomber dans un fauteuil.

— C'est ce que je crains, acquiesça son père en se retournant. Essaie de le surveiller pour l'empêcher de recommencer.

Coriandre montra la lettre à Adonia en commentant les passages délicats, afin qu'elle comprît à quoi elle s'engageait en acceptant d'épouser Sikarbaal. La jeune fille l'écouta attentivement, posa quelques questions de détail, mais finit par approuver la totalité de la missive qu'elle signa d'une main tremblante, avant de la confier à Baldo pour qu'il la cachetât.

— Les dés sont jetés, murmura-t-elle tristement, les bras relâchés sur les accoudoirs.

— Oui, mais tu sais que tu as pris le bon parti, glissa le vizir avec un sourire affectueux.

Elle releva les yeux vers lui d'un air accablé.

— C'est le seul possible pour le royaume, mais pour moi ?

— Pour toi aussi. Sinon, ton cousin te tuera. Il nous l'a démontré récemment.

Elle frémit à cette cuisante évocation.

— C'est vrai ! Tu as raison, bien sûr. Mais ce n'est pas plus facile pour autant.

Dès qu'elle eut terminé son travail, la reine sortit dans le parc, afin de réfléchir à la décision irrévocable qui marquait un tournant important dans sa vie. Tout en marchant dans les allées familières encore recouvertes de sable, elle voyait défiler son existence, depuis sa petite enfance jusqu'à cette nuit d'effroi où elle avait échappé de peu à la morsure du cobra. Le cœur serré, elle se rendait compte qu'Hailama faisait tout naturellement partie de la moindre de ses réminiscences. Ensemble, ils avaient grandi, découvert leur environnement, s'étaient entraînés mutuellement à transgresser les limites posées par les parents, mais chacun d'eux en avait subi seul les conséquences pour épargner son complice. Elle sourit malgré elle en retraçant les innombrables jours où ils s'étaient faufilés hors des jardins pour jouer au bord de la rivière ou grimper sur les dunes surplombant la cité. Pourtant, en revoyant les gardes du palais affolés qui couraient en tous sens afin de la retrouver, elle reconnaissait qu'elle avait souvent provoqué le danger par ignorance. Soudain, elle s'arrêta devant l'entrée d'un bosquet qui lui rappelait tant de souvenirs, quoiqu'il n'y eût plus la moindre plante sur les claies dévastées. C'était là, bien à l'abri des regards, que son ami et elle s'étaient adonnés aux jeux d'adultes pour la première fois, un après-midi étouffant, alors qu'on les croyait en train de faire la sieste dans la pénombre de leurs chambres, quelques mois avant la mort de son père. Les prunelles noyées, elle s'assit sur la margelle branlante d'une fontaine encore vide, en essayant de chasser son chagrin. Mais elle ne réussissait pas à détourner ses pensées des moments exquis passés avec Hailama, partout où ils pouvaient s'isoler pour savourer ces heures qui n'appartenaient qu'à eux, en se promettant de ne pas se quitter. Alors, elle enfouit son visage dans ses paumes, en sanglotant sans retenue sur ce bonheur qu'elle ne connaîtrait jamais.

— Allons, allons ! Ne pleure pas comme ça, voyons, souffla une voix à son oreille tandis que des bras l'enlaçaient tendrement.

Elle se laissa aller contre son ami, sans parvenir à tarir les larmes qui ruisselaient sur ses joues, tandis qu'il l'embrassait en lui murmurant des mots doux qu'elle n'entendait même pas. Ils restèrent de longues minutes enlacés, sans parler, conscients que ces instants privilégiés disparaîtraient dès l'arrivée du prince de Macar Uiat.

— Le messager ne tardera pas à partir, chuchota la jeune fille en essuyant ses yeux. Il prendra la route dès que les chemins auront séché. Dis-moi, combien de temps nous reste-t-il avant que Sikarbaal s'installe ici ?

— Davantage que tu l'imagines. Mon père m'a expliqué que nous recevrons une réponse diplomatique aussi alambiquée que celle que tu expédies. Selon la suite que tu y donneras, les échanges de courriers se poursuivront longtemps avant que ton fiancé se décide à venir. Cela peut durer des mois.

Elle leva la tête vers lui sans savoir s'il voulait la réconforter ou se convaincre lui-même.

— Oh, je ne crois pas. Coriandre fera tout pour abréger ces politesses.

— Oui, c'est bien son intention, mais ça ne dépend pas que de lui. Si Hiram veut respecter tous les usages, elles traîneront quand même un certain temps.

Elle passa une main sur son front en soupirant.

— Je ne sais plus ce que je dois souhaiter. Parfois, je voudrais que Sikarbaal soit ici dès demain, mais, à d'autres moments, j'aimerais qu'il ne vienne jamais.

— Allons, calme-toi, conseilla le jeune homme en la serrant contre lui. Profitons de ce répit, quelle qu'en soit la durée. De toute façon, nous continuerons à vivre l'un près de l'autre.

Hailama avait raison. L'émissaire avait quitté la cité vers le milieu d'Etanim, mais, à la grande surprise de la souveraine, il revint dès le début de Bul, alors qu'elle se préparait à célébrer le deuxième anniversaire de la mort de son père. Il rapportait une longue lettre émanant du roi Hiram, qui acceptait en termes diplomatiques d'envisager l'union de son fils Sikarbaal avec la reine de Telgilsh. Lorsque la jeune fille la montra à Coriandre, celui-ci grogna de déception et d'impatience en constatant que le souverain entendait se conformer aux règles en vigueur pour ce genre de démarche. Comme il ne semblait pas avoir conscience de l'urgence de la situation, le vizir osa bousculer les convenances en lui renvoyant une missive dans laquelle il lui faisait part des derniers événements, tout en lui rappelant les difficultés qu'Adonia avait résolues avec son aide. En parallèle de ce courrier officiel, le Premier ministre en rédigea un second adressé à leur ambassadeur à Macar Uiat, afin qu'il fît pression sur le roi pour activer ce mariage qui seul assurerait la sécurité de la souveraine, puis il demanda au représentant d'Hiram de l'appuyer pour convaincre le monarque d'accélérer les formalités.

Depuis l'échange de diplomates, des courriers sillonnaient régulièrement les routes entre tous les royaumes, aussi Coriandre ne se cachait-il pas pour envoyer ces missives qui pouvaient paraître anodines. Pourtant, ces relations très étroites entre Macar Uiat et Telgilsh attirèrent l'attention de Belshazzar, qui s'étonna de voir circuler autant de lettres sur ce seul chemin. Alors, il chercha pourquoi sa cousine entretenait une correspondance aussi abondante avec Hiram. Cependant, il préféra se tourner vers des intermédiaires moins bien placés qu'Hyrum, mais surtout moins regardants sur les façons d'obtenir ce qu'ils voulaient. C'est ainsi qu'il découvrit le projet d'épousailles entre Adonia et le fils du souverain de Macar Uiat, ce qui provoqua chez lui une nouvelle crise de fureur destructrice.

Prévenu par les domestiques apeurés, le jeune noble pénétra en catastrophe dans la pièce ravagée.

— Que t'arrive-t-il encore ?

— Tu étais au courant et tu ne m'as rien dit ! hurla l'adolescent dardant sur lui un regard meurtrier. C'est la pire des trahisons !

— Mais à quoi fais-tu allusion ?

— Des noces d'Adonia et de Sikarbaal !

Son ami écarta les mains, paumes ouvertes, les yeux écarquillés.

— Pardon ? Mais je ne sais rien là-dessus. Qui te l'a dit ?

— J'ai mes sources ! Crois-tu donc pouvoir me dissimuler quelque chose ? Pourquoi ne me l'as-tu pas annoncé ?

Hyrum croisa les bras, le visage impassible.

— Il m'aurait été difficile de te dire ce que je ne savais pas, rétorqua-t-il froidement.

— Ne mens pas ! cria Belshazzar en le menaçant avec une lourde statuette qu'il tenait à la main. Ton père était forcément dans le secret !

Sachant qu'il jouait un jeu dangereux, le jeune noble s'approcha du prince avec une telle volonté de le convaincre que ses paroles sonnaient juste.

— Mais réfléchis un peu ! La reine sait qu'il y a un traître dans son entourage, donc elle ne raconte pas tout à ses conseillers, loin de là. Ni mon père ni moi n'en avons entendu parler. Es-tu bien sûr de ce que tu avances, au moins ?

— J'en suis certain. Mais ça ne se passera pas comme ça ! J'empêcherai cette union par tous les moyens, grogna le jeune homme, les poings serrés.

Désespéré, son ami abattit sa dernière carte avec une fausse désinvolture.

— Hum ! Fais attention quand même. S'attaquer au roi Hiram est beaucoup plus risqué que de t'en prendre à ta cousine.

L'adolescent redressa sa petite taille avec un air de fatuité qui le rendait ridicule.

— Ne me considère pas comme un demeuré. C'est elle qui m'intéresse, pas lui. Je ne tiens pas à fragiliser nos relations avec cette cité dont nous avons besoin. Lorsque je serai roi, je conserverai nos traités d'alliance.

Catastrophé, Hyrum alla prévenir son père de ce que Belshazzar avait surpris, ainsi que des intentions qu'il manifestait à ce sujet.

— T'a-t-il dit exactement ce qu'il comptait faire ? interrogea le félon.

— Non, malheureusement. J'ai l'impression qu'il ne me fait plus confiance. Il n'a pas voulu m'expliquer non plus comment il avait acquis ce renseignement. Mais quand il mentionne « tous les moyens », cela veut dire qu'il ira jusqu'au meurtre si c'est nécessaire. Il nous a déjà prouvé qu'il en était capable.

— La souveraine est bien protégée.

— J'espère que ça suffira, répliqua le jeune homme d'un air anxieux.

Cependant, les jours coulaient tranquillement. Pendant que le messager reprenait la route de Macar Uiat, Adonia gérait son travail sans montrer à quel point elle se sentait déchirée entre ce mariage de raison et son amour profond pour Hailama. Parfois, elle souhaitait que l'émissaire ne revînt pas, qu'Hiram refusât cette union ou que Sikarbaal répugnât à venir s'installer à Telgilsh. Mais, à d'autres moments, elle désirait que les préparatifs s'accélèrent, afin d'en avoir fini avec l'incertitude qui la rongeait.

Les cérémonies en hommage à Balthézar furent célébrées avec toute la pompe requise, conduites par la jeune fille qui découvrit à cette occasion que son chagrin avait disparu. Bien sûr, son sentiment de perte irréparable ne s'atténuait pas, mais elle avait appris à vivre avec, d'autant que les soucis quotidiens prenaient le pas sur ses souvenirs douloureux. L'image de son père s'effaçait de sa mémoire, remplacée par les hommes bien vivants sur lesquels elle s'appuyait pour gouverner, comme pour diriger sa vie privée. Elle sourit à Hailama qui la couvait du regard, tout en songeant avec amertume que la sollicitude qu'il lui manifestait s'avérait pire que son deuil. Peut-être aurait-il fallu qu'il s'écartât pour qu'elle se disposât à accueillir son futur époux, mais, au contraire, il ne la quittait guère afin de la défendre contre toute nouvelle tentative de la part de son cousin. Après le banquet rituel, elle alla visiter son propre tombeau que les ouvriers continuaient à dégager du sable qui s'était entassé dedans, au point d'obturer complètement la descenderie vers la chambre funéraire.

Cette fois, à la grande surprise d'Adonia et de Coriandre, le roi laissa passer Merphaïm[20] sans répondre à leur missive. L'ambassadeur de Telgilsh à Macar Uiat restait tout aussi silencieux, ce qui inquiétait encore davantage le vizir qui craignait d'avoir froissé le souverain en se montrant trop direct, quoique le représentant d'Hiram lui eût affirmé à plusieurs reprises que le monarque n'était nullement susceptible.

— Nous devrions dépêcher quelqu'un d'autre avec nos excuses, ce qui nous permettrait peut-être d'obtenir une explication, proposa Coriandre d'un air préoccupé, alors que le mois tirait à sa fin.

— Il faudrait déjà savoir si notre messager est bien arrivé, rétorqua la jeune fille avec bon sens.

Alarmé, il se tourna vers elle.

— Pourquoi ? Tu crois qu'il aurait eu un problème ?

Elle haussa les épaules.

— Si notre traître a informé Belshazzar de ce projet de mariage, tous ceux qui se rendent à Macar Uiat sont en danger.

— Oui, c'est vrai. Je n'y avais pas pensé, gronda le vizir en arpentant le bureau royal de long en large.

— Je vais demander à Paltibaal d'expédier des enquêteurs sur le chemin, sous la protection de soldats. Ainsi, nous saurons si nous avons fait une gaffe diplomatique ou s'il s'agit de quelque chose de plus grave, décréta la souveraine en regardant Baldo qui, obéissant à son ordre muet, se leva aussitôt.

Pagruma débutait, quand deux fonctionnaires rattachés au ministère de la Justice prirent la route de Macar Uiat, escortés par un groupe conséquent de militaires. Nerveuse, Adonia guettait leur retour avec la crainte qu'ils lui annoncent une tragique erreur de diplomatie ou la disparition mystérieuse de son émissaire, sachant que dans les deux cas, elle devrait affronter de nouveaux soucis qu'elle ne savait comment résoudre.

Les jours s'écoulaient, pleins d'une attente fébrile qui poussait la reine et Coriandre à imaginer le pire, au point qu'une alliance entre Belshazzar et les pillards du désert ne leur paraissait plus invraisemblable, tellement le cousin dément se révélait capable de tout pour prendre le pouvoir, même au risque de détruire la cité. C'est pourquoi, lorsque les envoyés revinrent au bout d'une semaine, la souveraine les reçut immédiatement en compagnie de son vizir et de Baldo, qui consignait tous les entretiens de sa maîtresse pour les archives de la royauté.

— Alors, messieurs, avez-vous découvert où est passé notre messager ? s'enquit la jeune fille en s'efforçant de rester impassible.

— Hélas, oui, Votre Majesté, répondit l'un des hommes. Nous avons trouvé son cadavre au bord de la piste.

— Que Baal nous protège ! s'exclama la reine horrifiée. Est-il mort naturellement ?

---

[20] Mois correspondant à décembre

— Oh, non, expliqua le deuxième. Il a été assassiné. Quelqu'un lui a défoncé le crâne, puis a volé les messages qu'il portait.

— Sait-on s'il partait ou s'il revenait de Macar Uiat ?

— C'est impossible à dire. Il n'avait rien sur lui qui puisse permettre de deviner dans quel sens il allait, d'autant que les charognards n'ont pas laissé grand-chose de lui. Nous l'avons identifié à son sceau.

Coriandre s'avança pour récupérer le précieux objet que lui tendait le chargé de mission, donna une confortable rétribution à chacun, puis rejoignit la jeune fille qui congédia les enquêteurs avec de chaleureux remerciements. Cependant, dès qu'elle fut de retour dans son bureau, à l'abri des oreilles indiscrètes, Adonia se tourna vers son Premier ministre d'un air soucieux.

— Désormais, nous devrons fournir une escorte à chaque courrier que nous enverrons vers Macar Uiat.

Il hocha la tête gravement.

— Nous n'avons pas le choix. D'ailleurs, il faut en expédier un autre sans tarder. Je suggère que l'on renvoie les mêmes missives, avec une note explicative au cas où le roi les aurait déjà reçues. En tout cas, cette affaire lui prouvera que nous n'avons pas de temps à perdre en vaines politesses.

— Que Baal nous vienne en aide, frissonna la souveraine. Belshazzar est vraiment capable du pire.

277

Le voyage vers Londres

Octobre — décembre 1921

Depuis un mois qu'Irwin Faircliff avait rejoint l'équipe, sa présence avait donné un coup de fouet à tout le monde. Il s'était attaqué aux traductions litigieuses avec une aisance qui avait fait l'admiration de ses collègues, en rendant tout leur sens aux inscriptions du temple d'Echmoun. Évidemment, la directrice ne lui imposait pas de rester à son bureau pour travailler sur ces documents, si bien qu'on le voyait quotidiennement faire le tour du site en s'émerveillant de ce qu'il découvrait, quand il ne dirigeait pas lui-même l'un des groupes. Son enthousiasme spontané ainsi que sa simplicité lui avaient attiré l'affection de tous, même de Bryan qui appréciait sa conversation. Ce fut, d'ailleurs, lors d'une soirée à laquelle le pilote assistait que Moira aborda un sujet rapidement évoqué le jour de l'arrivée de l'archéologue, auquel elle avait beaucoup réfléchi.

— Ma mère ne cesse de m'envoyer des lettres comminatoires pour que je passe Noël avec elle, avoua-t-elle en glissant un doigt sur le bord de son verre de sherry.

— Cela me paraît difficile, objecta Tyler, un peu surpris. Il aurait fallu le prévoir plus tôt.

— Pas vraiment, si j'y vais en avion…

— C'est vrai, renchérit gaiement Irwin. Je n'ai guère mis plus de deux semaines pour venir ici…

Le silence subit l'alerta un instant trop tard. Il s'interrompit avec gêne en scrutant ses confrères pour en pénétrer la raison, mais ils avaient détourné les yeux. Moira exhala un profond soupir, puis se tourna vers Bryan avec un sourire incertain.

— Crois-tu que tu pourrais m'emmener en France ?

— Ce doit être faisable, acquiesça le jeune homme songeur. Il faut que j'étudie les cartes et la direction des vents.

— Alors, tu vas réellement nous abandonner cette année ! s'exclama Violet d'un air de reproche.

— Rien ne vous empêche d'en faire autant.

Elle regretta aussitôt sa réplique devant les coups d'œil significatifs qui lui répondirent. Heureusement, Alvin mit un terme à la scène muette en regardant l'aviateur.

— Non, merci. Ce n'est pas que je n'aie pas confiance en toi, Bryan, mais le trajet entre ici et Tataouine me suffit largement. Je ne me sens pas à l'aise quand je n'ai pas les pieds sur terre.

— Sur un bateau, tu ne les as pas non plus, plaisanta Joyce pour alléger l'atmosphère.

— Ce n'est pas la même chose. Sur un navire, on ne tombe pas d'aussi haut.

— Je comprends, sourit le pilote. De toute façon, je n'ai que quatre places au maximum. Si vous voulez tous partir, il faudra que je fasse deux voyages.

— Je n'ai pas l'intention de rentrer non plus, affirma Tyler.

Bien que s'interrogeant sur les sous-entendus qui lui échappaient, Irwin osa intervenir avec précaution.

— Bien sûr, je suis le dernier arrivé, mais, comme j'ai quitté l'Angleterre un peu en catastrophe, je profiterais bien de ce vol pour clore quelques questions en suspens. Si ça n'ennuie personne, naturellement.

Comme ni Joyce ni Violet ne prévoyaient de repartir à Londres, l'affaire fut rapidement réglée. Bryan promit de s'informer auprès des autorités et de ses confrères pour établir un plan de vol fiable, puis de prévenir ses passagers aussi tôt que possible, afin qu'ils s'organisent. Cette annonce refroidit un peu les membres de l'équipe qui se désolaient de ne pas réveillonner tous ensemble à Tataouine comme l'année précédente. D'ailleurs, la jeune femme non plus ne semblait guère enthousiaste en remerciant son amant de cet arrangement, au point qu'il s'en étonna, lorsqu'ils se retrouvèrent seuls après la soirée.

— Tu me demandes de te conduire en France pour passer les fêtes avec ta mère, et c'est tout juste si tu ne me reproches pas d'accepter.

— Ne le prends pas comme ça, voyons, protesta-t-elle en s'asseyant devant sa table de toilette afin de se brosser les cheveux. Je te suis très reconnaissante de tout ce que tu fais pour moi. Mais je regagne Londres par devoir plutôt que par plaisir. J'ai beau aimer beaucoup ma mère, je sais que nous nous disputerons à la minute où nous nous reverrons.

— Ah ! Je saisis mieux.

— Je serais plus heureuse si tu m'emmenais là-bas pour d'autres raisons.

Il plia ses vêtements sur le dossier d'une chaise, puis vint poser ses mains sur les épaules nues de sa maîtresse en effleurant sa nuque d'un tendre baiser.

— Et moi, j'apprécierais davantage ce périple si nous étions seuls.

— Ne me dis pas que tu es jaloux d'Irwin, s'amusa-t-elle en se retournant pour l'embrasser.

— Bien sûr que non. Nous ne sommes pas engagés l'un envers l'autre. Seulement, c'était l'occasion de profiter un peu de nous. Même quand tu étais chez moi, j'avais trop de travail pour que nos tête-à-tête soient agréables.

Elle se leva pour se diriger vers le lit avec le jeune homme, mais au lieu de se glisser dans ses bras, elle s'allongea face à lui.

— C'est vrai. Mais nous ne pouvions pas refuser de passager.

En soupirant, il s'étendit sur le dos.

— Oui, mais j'ai peur que nous n'ayons pas d'autre opportunité.

— Pourquoi ? s'enquit-elle en fronçant les sourcils. Tu ne vas pas changer d'activité, n'est-ce pas ? Donc, je continuerai à faire appel à toi pour tous mes déplacements. Ou alors, tu parles de nous deux. Aurais-tu l'intention de me quitter ?

— Pas du tout. Mais peut-être est-ce toi qui rencontreras quelqu'un d'autre, murmura-t-il en détournant les yeux. Tu mérites mieux que moi. Je le sais.

— Je te trouve bien sérieux ce soir, gronda-t-elle en l'attirant contre elle.

Réalisant la déception de ses collègues, Moira leur expliqua les rapports compliqués qu'elle entretenait avec sa mère, afin de se faire pardonner sa défection. En parallèle de ses tâches, elle prépara ses bagages dans lesquels elle inclut les artefacts les plus précieux, craignant que, malgré le départ de Lowell, ils ne soient pas en sécurité sur le chantier. De leur côté, les quatre membres restants de l'équipe activèrent les fouilles en cours, afin de s'offrir quelques jours de vacances durant l'absence de la directrice, en déléguant la garde du site aux ouvriers qui s'étaient portés volontaires.

Comme une telle expédition s'avérait quand même hasardeuse, ils partirent le premier décembre pour être sûrs d'arriver avant Noël. Bryan avait établi un plan de vol jusqu'à Toulouse, qui reprenait à l'envers les haltes qu'Irwin avait effectuées à l'aller, mais, par précaution, il avait prévu de pousser jusqu'à Paris si aucun pilote n'était disponible. Il y eut de grandes embrassades au pied de l'avion, des promesses de se revoir dès janvier, sans que personne osât exprimer son inquiétude devant un voyage aussi périlleux, puis l'aviateur arracha son appareil du sol avec sa dextérité habituelle. Songeuse, Moira voyait l'ancienne oasis disparaître au milieu des dunes, en se disant qu'elle allait lui manquer, quoiqu'elle ne ressentît aucune crainte pour son retour.

— As-tu peur de ne pas y revenir ? cria le jeune homme pour qu'elle l'entende.

— Non, pas du tout, répondit-elle sur le même ton. J'ai une totale confiance en toi, tu le sais bien. Mais la perspective de retrouver le froid ne m'enchante guère.

Au soir de la première étape, Irwin fit compliment à Bryan de ses talents de pilote avec une sincérité qui ne laissait pas de place au doute.

— Je n'ai jamais fait un périple en avion si confortable. D'ordinaire, on est ballotté dans tous les sens, mais pas avec vous.

— C'est parce que j'ai la chance d'avoir un très bon appareil.

L'archéologue protesta amicalement.

— Vous êtes trop modeste. Ce n'est sûrement pas la seule raison.

— L'unique fois où j'ai été secouée avec Bryan, c'est lors de la tempête de sable qui nous a fait capoter, raconta la jeune femme en prenant affectueusement la main de son amant.

— Ah, évidemment ! Mais c'est un cas très particulier.

— Oui, reconnut l'aviateur un peu gêné. Je n'avais jamais rencontré de telles conditions de vol. Nous avons joué de malchance.

— Mais tu as quand même réussi à poser l'avion, souligna Moira avec un tendre regard. C'est grâce à toi si je suis en vie.

Le jeune homme acquiesça d'un signe de tête, sans oser lui rappeler qu'elle avait perdu son mari dans cet accident, mais il se demanda, une fois de plus, pourquoi elle n'en parlait jamais. Alors, il préféra détourner la conversation sur les projets de ses passagers durant leur séjour en Angleterre, immédiatement rejoint par Irwin qui évoqua ses amis et sa famille en narrant quelques anecdotes pittoresques qui les amusèrent beaucoup.

— J'irai rendre visite à Fergus dès que j'aurai posé mes bagages, annonça la directrice. Je ne suis pas très à l'aise avec ce trésor que je transporte.

— Je compte aller le voir, moi aussi, ajouta l'archéologue.

— Alors, nous irons ensemble.

— Avec joie.

Bryan les écoutait avec le sourire, mais son cœur se serrait à l'idée que les jeunes gens se retrouveraient plus librement à Londres que sur le chantier où ils n'étaient jamais seuls. Cependant, malgré la peine que cela lui causait, il espérait avoir été assez clair avec sa maîtresse pour qu'elle n'éprouvât aucun scrupule à s'engager avec Irwin si elle le désirait.

Le périple se poursuivit sans difficulté notable, au rythme des étapes de ravitaillement qui permettaient aux voyageurs de se reposer un peu, mais ils ne s'y attardaient que le temps nécessaire avant de reprendre l'air, de crainte d'arriver trop tard. À Toulouse, ils cherchèrent un pilote qui emmènerait les passagers à Paris, mais ils ne reçurent au mieux que des demi-promesses auxquelles ils n'osaient se fier. Alors, Bryan prit la décision qu'il avait laissée en suspens depuis le départ.

— Puisque personne n'est disponible, je vais vous conduire à l'aéroport du Bourget, d'où partent les avions pour l'Angleterre.

Enchantée, Moira s'accrocha à son cou.

— Tu es un amour. Qu'est-ce que je ferais sans toi ?

— Bah ! Ce n'est rien, affirma le jeune homme en l'enlaçant tendrement. Je me doutais qu'à l'approche de Noël, vous auriez du mal à trouver quelqu'un, donc j'avais déjà établi mon plan de vol jusqu'à Paris.

— Je ne sais vraiment pas comment vous remercier, renchérit Irwin, un peu gêné.

Bryan lui sourit sans lâcher la taille souple qu'il pressait contre lui.

— C'est tout naturel. À vrai dire, ça m'amuse de changer un peu d'horizon. Ça faisait longtemps que je n'avais plus volé au-dessus de l'Europe.

À Paris, les voyageurs obtinrent facilement des sièges dans l'avion du lendemain, puis ils rejoignirent le pilote pour prendre congé de lui. Celui-ci, qui se tenait dans le grand hangar où il avait parqué son appareil, discutait passionnément avec un jeune homme en combinaison de mécano. À leur apparition, il se tourna gaiement vers eux.

— Je vous présente monsieur Jean Mermoz qui est aviateur dans l'armée française.

— Oh ! Je ne suis encore qu'un apprenti, protesta son interlocuteur qui avait tout juste vingt ans. Mais j'aimerais découvrir ce désert dont vous me parlez.

— Sûrement un jour, assura Moira chaleureusement. Vous avez toute la vie devant vous.

Puis, avec une grimace d'excuse, elle glissa son bras sous celui de son amant, afin de l'entraîner un peu à l'écart.

— Nous avons nos places pour demain.

— C'est parfait. Ainsi, vous serez à Londres largement à temps pour les fêtes. Quand prévoyez-vous de rentrer ?

— Je pense que nous reprendrons l'avion dans les premiers jours de janvier.

— Très bien, calcula-t-il en comptant sur ses doigts. Le premier janvier étant un dimanche, j'imagine que vous ne décollerez pas avant le mardi, au moins. Alors, je vous attendrai ici à partir du mercredi, si ça te convient.

Elle le dévisagea avec incrédulité.

— Comment ? Tu viens nous chercher à Paris. Tu es vraiment adorable. Mais nous allons beaucoup t'accaparer. Tes clients ne vont pas râler ?

— J'ai prévenu tous mes clients que je serai absent jusqu'à l'année prochaine. J'ai l'intention de rester en France dans l'intervalle.

— En France ? Pourquoi pas en Angleterre, dans ce cas ?

Il lui sourit, mais, au fond de ses prunelles, elle surprit pour la première fois une profonde tristesse qui la fit frémir.

— Je n'ai plus personne là-bas. D'ailleurs, je n'ai pas envie de m'y balader. Par contre, j'ai plein d'amis français que je vais essayer de revoir. Ne t'inquiète pas pour moi, je ne m'ennuierai pas.

— Bon ! admit-elle un peu décontenancée. Alors, c'est entendu. Nous nous reverrons ici la première semaine de janvier.

Perplexe, elle rejoignit Irwin en réalisant qu'elle ne savait rien de son amant, tandis que Bryan renouait sa conversation avec le soldat aussi passionné d'aviation que lui. L'archéologue s'avoua soulagé que le jeune homme les ramenât, ce qui rendrait leur périple de retour bien plus facile, puis il se dirigea vers l'hôtel avec Moira qui regrettait déjà son compagnon. Après ce qu'elle avait décelé dans ses yeux, elle se reprochait de ne pas s'être davantage intéressée à lui, au lieu de se concentrer uniquement sur le réconfort qu'il lui apportait. Elle s'était confiée à lui, s'était appuyée sur lui dans les mauvais moments, lui avait fait partager sa joie lors de ses découvertes de pièces rares, mais elle ignorait d'où il venait, s'il avait de la famille, voire ce qu'il aimait ou détestait.

Ils prirent l'avion pour Londres sans avoir revu le pilote, mais à mesure que les miles la séparant de sa mère se réduisaient, la jeune femme ne parvenait plus à détacher ses pensées de ces retrouvailles qu'elle désirait et redoutait tout à la fois. L'appareil se posa en douceur sur une piste de meilleure qualité que la rivière asséchée de Telgilsh. Ils suivirent le flot des voyageurs, se présentèrent aux formalités douanières, puis Irwin eut la courtoisie de trouver un taxi pour Moira, qu'il quitta en lui donnant rendez-vous le lendemain au British Museum.

La jeune femme regardait défiler les rues londoniennes avec un sentiment de plaisir et d'étonnement mêlés qui la mettait mal à l'aise. Elle avait perdu l'habitude de ces voies bien léchées, aux maisons alignées comme à la parade, aux vitrines éclairées au gaz, scintillantes sous leurs décorations de Noël… mais luisantes de pluie, comme toujours en Angleterre. Pourtant, cet esprit de fête qui caractérisait la Nativité réveillait en elle la nostalgie de ces préparatifs dont sa mère établissait le calendrier immuable d'une année sur l'autre, auxquels elle adorait participer lorsqu'elle était petite. Aussi fut-ce avec un certain entrain qu'elle jaillit du véhicule devant sa demeure, grimpa quatre à quatre les marches du perron, avant de carillonner à la porte. Comme ce voyage s'était organisé très vite, elle n'avait pas envoyé de lettre pour prévenir de son retour, si bien qu'elle se demandait comment elle allait être reçue. Le battant pivota, dévoilant une femme au visage revêche, visiblement prête à refouler un démarcheur, mais qui se figea, bouche bée, devant sa fille. En riant, Moira lui sauta au cou pour l'embrasser, avant de réaliser que Jane était toute décontenancée par ces manières exubérantes qui n'étaient pas dans le caractère anglais.

— Moira ! Si je m'attendais, articula-t-elle enfin d'une voix étranglée. Mais que fais-tu ici ?

— Puisque tu réclamais que je vienne passer les fêtes avec toi, je me suis décidée sur un coup de tête, expliqua la jeune femme en souriant.

— Mais comment as-tu fait le trajet si vite ?

Elle poussa calmement sa mère vers le hall d'entrée.

— J'ai pris l'avion. Je te raconterai plus tard, laisse-moi au moins le temps de m'installer. Tu n'as pas l'air enchanté de me voir.

La brave dame s'écarta vivement devant elle, puis referma l'huis sur le froid extérieur.

— Oh, si ! Je suis ravie, au contraire. Mais je ne t'espérais plus. Je vais arranger ta chambre.

— Faisons-le ensemble.

Lorsque l'effervescence provoquée par cette arrivée inattendue fut un peu retombée, les deux femmes se retrouvèrent dans le salon où le thé était servi. Tout en dévorant de bon appétit les sandwichs et autres douceurs qui accompagnaient cette boisson bien éloignée du thé à la menthe de Tunisie, Moira narra la venue d'Irwin Faircliff sur le chantier, sa découverte de ces nouveaux moyens de transport qui se développaient en Europe, ainsi que sa décision d'en profiter pour revenir en Angleterre sans avoir à gaspiller la moitié de l'année sur un bateau. Cependant, par crainte de questions trop personnelles, elle parla vaguement des modalités de son voyage sans mentionner Bryan Leakner. Jane l'écoutait avec intérêt, l'interrogeait sans insister outre mesure sur les détails, mais se réservait l'opportunité d'approfondir tous ces sujets plus tard. Par contre, elle fut très intéressée quand sa fille lui montra les pièces archéologiques destinées au British Museum.

— Heureusement qu'en Tunisie, nous n'avons pas un Pierre Lacau comme en Égypte, remarqua Moira en contemplant ses trésors.

— Qui est-ce ? demanda sa mère un peu perdue.

— L'actuel directeur du service des antiquités égyptiennes.

— Je ne saisis toujours pas tes propos.

— En Égypte, la réglementation est très stricte en ce qui concerne les fouilles archéologiques, exposa la jeune femme patiemment. Tous les artefacts doivent être déclarés à l'État dont ils restent la propriété. Ils sont entreposés dans les musées locaux. En Tunisie, c'est un peu différent. Il y a aussi un service des antiquités qui, jusqu'à cette année, était dirigé par M. Alfred Merlin, mais il est moins rigide sur l'affectation de ces objets. D'ailleurs, un certain Dr Carton, qui a travaillé sur Carthage, se moque totalement des règles en vigueur. Il se livre à un véritable commerce illégal. C'est beaucoup trop à mon avis. Je suis sûre que des pièces inestimables vont disparaître, ce qui n'est pas bon pour l'avancement de nos connaissances de cette époque.

Jane reposa un peu sèchement sa tasse vide.

— Je te trouve très confuse. Tu semblais approuver ce qui se passe en Tunisie, mais tu finis par me dire le contraire.

— Non, je t'explique simplement que nous n'aurions pas pu rapporter ces artefacts pour le British Museum si nous étions en Égypte, alors que j'ai obtenu sans problème l'accord de M. Louis Poinssot, le nouveau directeur des antiquités. Ce que je désapprouve c'est l'acquisition d'objets anciens par des collectionneurs privés, souvent sans scrupule.

— Ah, oui ! Je comprends mieux. En tout cas, ces pièces sont magnifiques. Surtout cette statue en or.

Sa fille caressa le dieu séculaire avec tendresse.

— C'est pourquoi j'ai préféré la mettre à l'abri avant de me la faire voler.

Bien entendu, il fut question des ennuis que Duncan et Lowell avaient causés à Moira, de son court séjour en prison, ainsi que de l'heureux dénouement grâce à l'intervention de Fergus Noor.

— Je lui dois une fière chandelle, commenta la jeune femme. C'est aussi pourquoi j'irai lui rendre visite dès demain.

— Je t'accompagnerai, si tu veux.

— Ce n'est pas la peine. J'ai prévu d'y aller avec Mr Faircliff qui est revenu en même temps que moi.

Aussitôt, la brave dame dressa l'oreille avec intérêt.

— Qui est ce Mr Faircliff ?

— Notre nouvel archéologue. Je t'en ai parlé tout à l'heure. C'est lui qui est venu en avion à Tataouine.

— Quel âge a-t-il ?

Furieuse de n'avoir pas su tenir sa langue, sa fille se lança dans l'emballage des objets précieux.

— Je n'en sais rien. Écoute, maman, tu ne vas pas recommencer ! C'est juste un collègue de travail. Ne me fais pas regretter d'être rentrée !

— Bon, bon ! Je n'ai rien dit, ronchonna sa mère en attrapant un gâteau pour garder une contenance.

Elle enchaîna sur un autre sujet afin d'éviter une dispute malvenue, mais elle avait remarqué la douceur subite dans le ton de Moira lorsque celle-ci avait mentionné son adjoint, ainsi que la lumière qui avait brillé un instant dans son regard, aussi commençait-elle déjà à ourdir un stratagème pour se faire présenter l'archéologue.

Le lendemain, la jeune femme prit un taxi pour transporter les fragiles colis qu'elle n'aurait pas pu emporter à pied. Mais, devant le British Museum, alors qu'elle donnait la monnaie au chauffeur, quelqu'un ouvrit la portière en lui tendant galamment la main.

— Désirez-vous de l'aide, belle damoiselle ? demanda une voix au timbre chaud qu'elle identifia immédiatement.

— Volontiers, répondit-elle en posant sa paume sur celle d'Irwin. Vous prendriez-vous pour un chevalier, Mr Faircliff ?

Alors que tous les membres de l'équipe appelaient l'archéologue par son prénom depuis son arrivée sur le chantier, Moira, qui n'avait jamais pu s'y résoudre, observait malgré elle un ton cérémonieux lorsqu'elle s'adressait à lui. D'ailleurs, le jeune homme se comportait de la même manière à son encontre, sans qu'elle pût déterminer si c'était de la réserve ou de la timidité.

— Qui sait ? Je l'ai peut-être été dans une vie antérieure, plaisanta-t-il en s'emparant des paquets les plus lourds.

— Pourquoi ne pas vous être spécialisé dans le Moyen-âge, alors ?

— Si je l'avais fait, je n'aurais pas eu le bonheur indicible de travailler sur la merveille que vous avez découverte.

— Il est vrai que Telgilsh vaut tous les sacrifices, admit la jeune femme gaiement.

Ensemble, ils pénétrèrent dans le grand hall, tandis que le gardien quittait son poste pour venir au-devant d'eux d'un air peu accueillant.

— Que faites-vous dans ce musée avec ces colis ? aboya-t-il.

Irwin, qui disparaissait derrière un empilement de paquets, se mit de côté pour regarder l'irascible concierge.

— Les offrir à Mr Noor.

Instantanément, le cerbère se radoucit.

— Oh ! Mr Faircliff ! Excusez-moi, je ne vous avais pas reconnu. Et vous non plus, Mrs Aliberti. Voulez-vous que je vous aide ?

— Non, merci ! Cela ira, nous connaissons le chemin.

Ils s'engagèrent le long des couloirs, dans lesquels l'archéologue avait guidé Moira le jour de sa première rencontre avec le conservateur, jusqu'à une porte que la jeune femme se rappelait bien. Elle toqua au battant qu'elle tint ouvert pour son compagnon, avant d'entrer à son tour dans ce bureau qui lui évoquait tant de souvenirs.

— Moira ! s'exclama Fergus en se levant vivement. Que je suis heureux de vous voir ! Et vous êtes là aussi, Irwin. Mais par quel miracle… ?

— Nous vous apportons les trésors que les fouilles ont révélés jusqu'ici, coupa l'archéologue en déposant ses colis avant de prendre ceux de sa collègue.

— Mais vous êtes parti depuis peu. Et vous, Moira, vous ne m'avez pas prévenu de votre retour.

La jeune femme lui adressa un sourire éblouissant.

— Ce voyage s'est décidé un peu précipitamment. Grâce à ce nouveau mode de transport qu'est l'avion, Mr Faircliff nous a rejoints en septembre. Alors, voyant à quel point le trajet en était raccourci, j'ai eu envie de rentrer fêter Noël avec ma mère cette année. Et puis, cela me permettait de ramener tout ceci avant que quelqu'un d'autre ait l'idée de nous le voler.

— Je suis enchanté de votre visite.

— Voyez ces merveilles, intervint Irwin qui avait commencé à ouvrir les emballages.

Oublieux du reste, le conservateur, l'archéologue et la directrice passèrent les heures suivantes à déballer, classer, puis établir la liste des objets rapportés de la cité perdue, dont Fergus admirait la beauté, ainsi que le parfait état de préservation. À sa demande, Moira racontait à nouveau les circonstances qui avaient présidé à chacune de ces découvertes, tandis qu'Irwin, très enthousiaste, affirmait qu'aucune photo ne traduisait la magie qui s'exhalait de ce site exceptionnel.

— Eh, bien, s'amusa le conservateur. Il n'a pas fallu longtemps pour que cette ville vous envoûte.

— C'est vrai qu'il y règne une atmosphère que je n'ai ressentie sur aucun autre chantier, confirma la directrice en couvant des yeux les artefacts. Évidemment, je n'ai pas exploré les hauts lieux de l'archéologie, comme l'Égypte par exemple.

Le jeune homme tendit l'inventaire complété à leur mécène avec un fugitif sourire.

— Moi j'y suis allé. Mais l'on n'y éprouve pas cette sensation si particulière. C'est peut-être dû au fait que la vie s'est arrêtée brutalement à Telgilsh.

— Avez-vous trouvé ce qui s'est passé ? s'enquit Fergus qui se rasseyait derrière son bureau en désignant deux fauteuils face à lui.

— Non, pas encore. Nous soupçonnons qu'il s'est produit un tremblement de terre très violent, alors que la ville entière fêtait le couronnement d'un nouveau roi. Mais nous ne connaissons pas les détails, d'autant que certaines inscriptions ne cadrent pas avec ce que nous savons de cette civilisation.

Moira secoua la tête d'un air mécontent.

— Oui, mais il faut remettre les choses dans leur contexte. Les traductions de Lowell sont presque toutes fausses. Lorsque Mr Faircliff en aura rétabli le sens exact, nous en saurons davantage.

— Donc, avec un peu de chance, vous éluciderez le mystère, conclut le conservateur sans relever le ton cérémonieux entre les deux collègues.

Avec un acquiescement muet, la jeune femme laissa glisser son regard sur les pièces archéologiques.

— Qu'allez-vous faire de tous ces objets ?

— À la suite de vos lettres, j'ai prévu d'ouvrir un nouveau département dans le musée pour les exposer. Mais, comme je ne m'attendais pas à ce que vous me les apportiez aussi vite, je n'ai encore rien entrepris. J'en parlerai avec Gordon.

Satisfaite de savoir que ses artefacts ne moisiraient pas au fond d'une réserve, la directrice songea que de telles découvertes avaient dû faire changer d'avis l'administrateur financier, qui n'avait guère apprécié de devoir lui allouer des subsides. Elle se demanda s'il n'avait pas approuvé secrètement l'action répréhensible de Duncan, mais elle chassa ces pensées importunes afin de se concentrer sur le présent.

— À ce propos, vous m'avez écrit que vous étiez d'accord pour renouveler la dotation en faveur de notre chantier. Quand aurons-nous l'argent ?

— Vous l'emporterez avec vous lorsque vous repartirez.

— C'est magnifique, s'extasia-t-elle en se tournant vers Irwin. Alors, nous effectuerons ces sondages.

Fergus les scruta tour à tour avec étonnement.

— Quels sondages ?

— Nous avons dans l'idée de repérer la nécropole de la cité, expliqua l'archéologue en se redressant sur son siège. Pour cela, il nous faut chercher au sud de Telgilsh. Mais, comme nous ne pouvons pas fouiller tout le désert, nous réaliserons des forages de loin en loin afin de la localiser.

— Excellente méthode ! Je vous souhaite d'aussi belles réussites que celles que vous avez déjà rencontrées.

Naturellement, le conservateur évoqua le plan machiavélique de Duncan en s'apitoyant sur Moira, malgré la répugnance de la jeune femme qui n'aimait guère se souvenir de cet épisode douloureux, aussi son collègue abrégea-t-il la conversation en prétendant qu'il était attendu. Ils prirent congé de Fergus Noor, promirent de revenir au moins une fois avant le départ, puis quittèrent le musée, enchantés de voir se concrétiser leurs rêves les plus fous. Cependant, lorsqu'ils se retrouvèrent sur le trottoir, ils se regardèrent gauchement, en hésitant à se séparer.

— J'imagine que tout votre temps est déjà pris, hasarda Irwin.

— Pas du tout ! En fait, je n'ai rien de prévu, mais il va falloir que je trouve quelque chose pour échapper à ma mère, sinon je vais étouffer, plaisanta Moira, le cœur battant.

— Alors, peut-être accepteriez-vous de dîner avec moi un soir ? Nous pourrions assister à un spectacle.

— Volontiers.

Avec un sourire timide, le jeune homme lui tendit sa carte, prit la sienne en promettant de la contacter rapidement, puis il s'éloigna d'un pas si vif qu'il semblait fuir.

Une machination secrète

Janvier — février 683 av. J.-C.

Dès qu'il avait appris la mort de l'émissaire, Hailama s'était proposé pour aller porter les messages en personne à Macar Uiat, mais Adonia tenait beaucoup trop à son ami pour le laisser courir un tel risque. Alors, elle avait recruté un homme rompu aux dangers qui rôdaient sur les pistes du désert, auquel elle avait confié les nouvelles missives en lui affectant une escouade de soldats afin d'assurer sa sécurité. Puis, l'angoissante attente avait recommencé.

— Que se passe-t-il cette fois ? soupira la jeune fille en repoussant la correspondance qui ne contenait pas les réponses tant désirées.

— Tu dois manifester un peu plus de patience, répliqua Coriandre. Ton courrier n'est parti que depuis une semaine, il ne peut pas être déjà revenu.

— Oui, c'est vrai. Tu as raison. Mais je voudrais tellement être sûre qu'il est vivant.

— Avec le nombre de guerriers qui l'accompagnent, il ne craint rien. Tu n'as pas à te ronger.

Muselant ses alarmes, la reine se concentra sur les dossiers du jour, en commençant par le rapport décevant de Paltibaal au sujet de l'enquête sur le cobra qui avait failli la tuer. Le ministre de la Justice avait découvert celui qui avait vendu le reptile, mais ce marchand, parfaitement innocent, se révélait incapable de décrire son client qui avait pris soin de ne jamais montrer son visage. Ainsi s'envolait le dernier espoir de la souveraine d'obtenir un élément tangible qui la conduirait à Belshazzar.

— Tu vois que je n'ai pas été inquiété, affirmait précisément le cousin démoniaque à son ami. Elle est ridicule à chercher des preuves avant de m'accuser. Lorsque je serai roi, je n'aurai pas ce genre de scrupules, tu peux me croire.

— J'en suis convaincu, acquiesça Hyrum en frémissant intérieurement. Mais ton stratagème n'a quand même pas fonctionné. Quelles sont tes intentions ?

— Oh, j'ai bien d'autres idées. Ne t'en fais pas pour moi.

— Je m'en doute, mais lesquelles ?

— Tu le sauras en temps voulu. Laisse-moi, maintenant !

Le jeune noble quitta l'appartement en cachant sa peur devant l'assurance nouvelle affichée par l'adolescent, qui ne lui disait rien qui valût. Bien sûr, il en parlerait à son père, mais, comme ils avaient perdu le peu de contrôle qu'ils avaient pu exercer sur ce jeune homme instable, il n'en espérait plus grand-chose. Malheureusement, leur engagement dans les conspirations menaçant Telgilsh leur interdisait de raconter ce qu'ils savaient sous peine d'être condamnés à mort. Découragé, Hyrum s'approcha de la fenêtre, mais, en apercevant le prince qui se dirigeait vers la ville sans escorte, il s'interrogea avec anxiété sur le but certainement inavouable de cette promenade gardée secrète.

Belshazzar suivait les rues animées, en lançant des regards rancuniers à ces gens qui continuaient leurs activités comme s'il n'existait pas. Avec fureur, il songea que chaque sortie de sa cousine provoquait une grande effervescence dans toute la cité, où chacun abandonnait son travail pour s'incliner devant elle. En serrant les poings, il se jura qu'un jour prochain, tous les habitants de Telgilsh se prosterneraient à ses pieds, puis, avec un sourire mauvais, il se répéta le projet qu'il avait mis au point dans le silence de sa chambre. Cette fois, il ne manquerait pas sa cible, il en était sûr. À nouveau, il regretta d'avoir fait confiance à Hyrum et son père qui avaient échoué dans tout ce qu'ils avaient entrepris, mais, comme il avait encore besoin d'eux, il préféra différer le châtiment qu'il leur réservait. Les hauts pylônes du temple d'Echmoun apparaissaient face à lui, alors il hâta le pas pour atteindre la porte, dont il terrorisa le gardien en exigeant avec arrogance d'être reçu immédiatement par le supérieur.

— Qu'y a-t-il donc de si urgent ? s'étonna Balzer, brutalement arraché à ses prières.

— Je tiens à te parler sans témoin, répliqua l'adolescent en jetant un coup d'œil au domestique qui apportait des rafraîchissements.

Le grand prêtre congédia son esclave avec un soupir de résignation.

— Bien ! Je t'écoute.

— Comme personne n'a réussi à trouver un moyen vraiment efficace pour me débarrasser de ma cousine, j'ai pris les choses en main, moi-même. Après avoir beaucoup réfléchi, j'ai maintenant un plan qui ne peut pas rater.

— Que viens-je faire là-dedans ?

— Tu vas suivre mes consignes. D'ailleurs, ce n'est pas compliqué.

Se penchant en avant dans son excitation, le jeune homme dévoila en détail ce qu'il attendait de son interlocuteur, puis termina sur une note de triomphe.

— Ce que tu me demandes là est très grave, s'exclama Balzer horrifié. En m'engageant au service des Dieux, j'ai aussi prêté serment d'œuvrer pour le bien.

— Où est le problème ? Tu œuvreras pour *mon* bien, et celui de ton sanctuaire par la même occasion. Veux-tu, oui ou non, qu'Echmoun devienne le Dieu principal de la cité ?

— Oui, mais pas à ce prix.

— Dis-moi, Balzer, tu n'es pas originaire de Telgilsh, n'est-ce pas ? laissa tomber négligemment le prince.

Le prélat l'observa d'un air intrigué.

— Tu le sais. Pourquoi ?

— Qu'est-ce qui t'a amené dans notre royaume ?

— Mes ancêtres étaient parmi les colons qui ont fondé un comptoir marchand très loin au nord d'ici, en bord de mer. Ce n'est qu'un village insignifiant, qui s'appelle Carthage[21]. Mes parents sont morts lorsque j'étais petit, mais j'ai eu le bonheur d'être recueilli au temple d'Echmoun où j'ai effectué mon noviciat, avant de gravir tous les échelons de la prêtrise. Malheureusement, comme le supérieur avait mon âge, je n'avais aucune chance d'accéder au plus haut grade. Alors, quand des commerçants itinérants m'ont parlé de Telgilsh, j'ai choisi de m'y installer, avec l'espoir qu'une ville si importante m'offre de meilleures opportunités. Effectivement, l'on m'a accueilli avec beaucoup de bienveillance dans ce sanctuaire, dont l'ancien grand prêtre était très âgé, si bien que je lui ai rapidement succédé.

— C'est une belle histoire, commenta l'adolescent, puis il fixa son regard sur le prélat en durcissant le ton. Tu n'aimerais pas que tous tes efforts pour atteindre le sommet soient ruinés par une stupide erreur de jugement, n'est-ce pas ?

— Serais-tu en train de me menacer ?

— Pas du tout. Je tiens seulement à te démontrer où réside ton intérêt. Réfléchis un peu, je ne te demande rien de répréhensible.

N'y tenant plus, Balzer se leva pour arpenter la pièce de long en large, tiraillé entre son désir et sa crainte.

— Je ne comprends pas ! Pourquoi en veux-tu autant à ta cousine ?

— Moi, je n'ai pas connu mes parents, donc c'est mon oncle Balthézar qui a pris mon éducation en charge. Oh, bien sûr, je n'ai manqué de rien. Mais il m'a toujours tenu à l'écart d'Adonia, avec laquelle je n'avais pas le droit de jouer quand nous étions enfants. Je l'observais de loin lorsqu'elle s'amusait librement dans le jardin avec Hailama, alors que moi, je vivais sous surveillance constante. Dans toutes les circonstances, il se méfiait tant de moi que je ne décidais jamais par moi-même. En grandissant, j'ai voulu m'engager dans l'armée, mais il me l'a interdit, comme tout ce que j'ambitionnais d'ailleurs. Il me confinait au palais en affirmant qu'il prendrait toutes les précautions afin

---

[21] Carthage aurait été fondé en 814 av. J.-C., mais n'est devenu une grande puissance qu'au IVe siècle av. J.-C.

que je n'accède jamais au trône. Alors, j'ai juré de conquérir la couronne par tous les moyens. Pour cela, tu vas m'aider.

— Tu ne me laisses pas tellement le choix.

— Tu ne le regretteras pas, promit le jeune homme enchanté d'avoir obtenu l'appui du grand prêtre.

Le prince reprit le chemin de la résidence, en contemplant tous ces gens qui formeraient bientôt son peuple d'admirateurs. Emporté par ses rêves de grandeur, il se voyait déjà élevé au-dessus de la foule sur un siège plaqué d'or, paré de bijoux somptueux à l'égal des Dieux. Jamais les rois de Telgilsh n'avaient fait preuve d'une telle magnificence, il le savait, mais des nomades issus des tribus qui traversaient le désert lui avaient décrit des scènes semblables, ayant cours dans un pays fabuleux qu'ils nommaient les Deux-Terres. Comme il s'était montré indisciplinable et paresseux au point que ses précepteurs avaient tous jeté l'éponge, Belshazzar ignorait s'il s'agissait d'une vérité ou d'une légende, mais il s'en moquait. Il se plaisait simplement à se représenter en monarque fastueux, sans comprendre qu'en se comportant ainsi, il ruinerait le royaume en quelques mois. Dans son orgueil démesuré, inconscient des devoirs qui incombaient à un roi, il s'imaginait allongé sur des coussins moelleux, savourant une existence oisive tout entière consacrée au divertissement, au milieu de domestiques empressés, qu'un claquement de doigts faisait galoper pour satisfaire ses moindres désirs. La vue de son appartement aux meubles mal réparés le ramena si brutalement à la réalité, qu'il jura entre ses dents, tout en se retenant de taper sur le premier objet venu.

À la fin de Pagruma, aucune réponse d'Hiram n'était encore arrivée, ce qui angoissait Adonia. Elle en parlait souvent avec Coriandre, qui envisageait de renvoyer un émissaire à Macar Uiat, afin de découvrir ce qui provoquait ce délai incompréhensible. Pourtant, craignant de froisser le souverain, ils préférèrent consulter son ambassadeur avant de prendre une décision.

— Hiram est un monarque très prudent, expliqua le diplomate confortablement installé dans la pièce principale de son luxueux logement. Moi non plus, je n'ai pas eu de lettre de lui ces derniers temps, mais cela ne m'étonne guère.

— Pensez-vous qu'il pourrait mettre fin à ce projet de mariage ? s'inquiéta le vizir qui était resté debout.

— Non, je ne crois pas. Mais il étudie toutes les facettes de la situation afin d'adopter la position la plus favorable pour son fils. Il est capable, dans sa missive, de vous donner son avis sur la meilleure façon de vous débarrasser de cette menace permanente.

— C'est vrai que l'on peut s'attendre à tout de sa part, reconnut la jeune fille assise en face de son hôte. Je n'oublierai jamais comment il s'est porté à notre secours, alors que nous n'étions même pas au courant de la présence des pillards avant l'attaque.

Coriandre se plaça derrière le dossier de la souveraine, les yeux fixés sur le représentant.

— Donc, si je vous ai compris, vous nous conseillez de temporiser encore avant de le relancer ?

— Oui. Avec l'escorte que vous avez fournie à votre messager, je suis persuadé que le roi a bien reçu la dépêche. Il a pleinement conscience de votre hâte, mais laissez-lui le temps de formuler sa réponse. Une trop grande insistance lui déplairait.

— Bon ! Alors, nous patienterons, conclut la reine en se levant. Je ne veux, en aucun cas, lui paraître importune.

Une bonne nouvelle arriva à point nommé pour la distraire de ce retard qui lui pesait sans qu'elle voulût se l'avouer. Le contremaître chargé de la construction de son tombeau la prévint que la descenderie et la chambre funéraire étaient enfin dégagées du sable qui les obturait, si bien que les peintres avaient commencé à dessiner sur les murs les scènes que la jeune fille avait choisies. Quant à la structure extérieure qui avait peu souffert de l'ouragan, elle montait rapidement. Alors, sachant qu'une visite royale était gratifiante pour les ouvriers, Adonia annonça qu'elle se rendrait sur le chantier dans les prochains jours.

Elle était heureuse également de récupérer son parc, qui avait été dévasté par la tempête. Les jardiniers avaient travaillé d'arrache-pied pour lui redonner sa splendeur d'antan, redessiné les allées, replanté les massifs de fleurs, ainsi que les écrins de verdure dans lesquels elle aimait à s'isoler lorsque ses devoirs de souveraine le lui permettaient. Ils venaient de mettre un point final à l'achèvement de la restauration, en remontant les fontaines qui animaient ce superbe décor. Alors, elle alla s'y promener, afin d'oublier un moment les soucis que lui causaient ces tractations compliquées avec Hiram, ainsi que les conspirations démentes de son cousin.

— Cela faisait longtemps que je ne t'avais retrouvée ici, sourit Hailama qui la rejoignait au carrefour de plusieurs chemins.

— Décidément, plaisanta-t-elle gaiement, je ne peux pas flâner ici sans que tu viennes m'y relancer.

Il fit semblant de se détourner pour s'éloigner avec une grimace espiègle.

— Si je te dérange, dis-le-moi.

— Tu sais que ce n'est pas le cas.

Alors, il se rapprocha d'elle en regardant autour de lui d'un air émerveillé.

— Les jardiniers ont effectué une besogne admirable. Quand je pense que ce jardin n'était plus qu'un amas de sable stérile, il y a un peu plus de trois mois.

— Ne dis pas ça, frissonna la jeune fille en resserrant ses bras autour de son buste.

— C'est pourtant la vérité.

— Oui, mais ça me rappelle de trop mauvais souvenirs.

— Cet ouragan t'avait donc angoissée à ce point, s'inquiéta-t-il en voulant l'enlacer.

— Non, ce n'est pas ça, protesta-t-elle avec un vif recul. C'est l'apparence de la cité après son passage. Je n'arrive pas à effacer cette image de mon esprit.

Le jeune homme s'engagea dans l'un des sentiers en hochant la tête.

— Il est vrai que ce n'était pas beau à voir. Mais tout a été remis en ordre. Pourquoi cela t'obsède-t-il ainsi ?

— Lorsque je suis sortie du palais, juste après la tempête, la certitude s'est imposée à moi que cette dévastation deviendrait bientôt une réalité irréversible. C'était un avertissement des Dieux.

— Je comprends que tu aies reçu un choc en voyant ton royaume dans cet état, concéda-t-il en réglant son pas sur celui de sa compagne, mais ne crois-tu pas que tu accordes trop de crédit à une simple impression ?

La reine laissa ses yeux se perdre sur les massifs encore en boutons.

— C'était beaucoup plus fort que ça. Ce pressentiment ne cesse de me hanter. Je suis sûre que les Divinités ont décidé notre perte.

— Allons, voyons ! Tu dois te ressaisir, gronda-t-il d'un ton désapprobateur. Telgilsh est une ville importante, comment veux-tu qu'elle disparaisse soudainement ?

— Je ne sais pas, mais j'ai peur, chuchota-t-elle en jetant un bref coup d'œil anxieux vers l'azur immaculé.

Il s'immobilisa face à elle avec un large geste qui englobait toute la plaine.

— C'est impossible ! Nos valeureux soldats nous défendront jusqu'à la mort, sans compter nos alliés qui sont là pour nous aider si jamais nous sommes à nouveau attaqués. Nul ne peut nous détruire.

— Nous ne pouvons pas aller contre la volonté des Dieux.

— Itthobaal t'a-t-il confirmé ce présage ? insista-t-il en posant ses mains sur les fragiles épaules.

— Je n'ai jamais osé lui en parler.

— Alors, fais-le. Cela te rassurera sûrement.

— Tu parviens toujours à me réconforter, Hailama, soupira Adonia en se blottissant contre lui.

Aux premiers jours d'Ibalatu[22], la souveraine ordonna de préparer sa litière pour se rendre sur son tombeau, afin d'honorer la promesse qu'elle avait faite au contremaître. Comme chaque fois qu'elle sortait du palais, les habitants de la cité se massèrent le long de son parcours en exprimant toute l'affection qu'ils ressentaient pour cette reine dont la grande intelligence compensait son extrême jeunesse. Souriante, elle répondait par des signes de la main à ces manifestations amicales qui lui réchauffaient le cœur. Cependant, lorsque le convoi laissa derrière lui les champs cultivés pour atteindre la lisière de l'oasis, la jeune fille observa l'horizon désertique avec un certain malaise. Incrédule, elle sentait monter en elle un profond sentiment d'insécurité qui l'incitait à se réfugier au sein de l'enceinte protectrice de la résidence. Alors, faisant taire ses alarmes, elle affermit son maintien en regardant grandir devant elle les tours jumelles des mausolées.

---

[22] Mois correspondant à février

Tous les ouvriers, qui s'étaient rassemblés devant l'entrée, s'inclinèrent avec un bel ensemble lorsqu'elle prit pied sur le sol mal équarri. Elle prononça quelques mots simples, afin de les féliciter du travail admirable qu'ils avaient effectué en si peu de temps, puis elle emboîta le pas du contremaître, très fier de lui faire découvrir la chambre funéraire dont les peintures étaient à peine sèches. Accompagnée par Coriandre et Ahinadab, Adonia emprunta la descenderie en pente douce, puis pénétra dans la pièce carrée, au milieu de laquelle se dressait le sarcophage en granit sur les parois duquel était gravé son nom. Elle le contempla un moment en essayant vainement de s'imaginer couchée dedans, avant de se tourner vers les scènes qui décoraient les murs suivant le déroulement traditionnel des cérémonies qui se poursuivaient d'un plan à l'autre. Émerveillée, elle identifia les différents dieux du panthéon phénicien représentés avec une précision remarquable.

— C'est parfait, conclut-elle en souriant. Vous avez su recruter des artisans très habiles.

— Votre Majesté me comble, affirma le contremaître avec une courbette ravie.

— Je vous rends seulement justice. Si vous continuez ainsi, ma demeure d'éternité sera plus belle que celle de mon père.

Au sortir de la tombe, la souveraine distribua quelques gratifications aux employés enchantés, puis elle se réinstalla sur sa litière en se plongeant dans ses pensées, sans accorder la moindre attention au trajet de retour. Avec étonnement, elle réalisait qu'elle n'avait rien ressenti dans la sépulture, comme si cet endroit ne lui était pas destiné malgré les inscriptions portant son nom. Pourtant, elle avait la sensation de plus en plus forte que sa fin était proche, tout comme celle de son royaume, mais elle avait apprécié les fresques murales de la même manière que lorsqu'elle visitait un atelier de peintre, qui ne servait qu'à exposer le savoir-faire de son propriétaire. Alors, selon les conseils d'Hailama, elle se résolut à consulter Itthobaal dès le lendemain sur ces pressentiments qui la hantaient depuis l'ouragan.

— Je te sens troublée, observa le grand prêtre après les politesses d'usage. Que t'arrive-t-il ?

— Depuis la tempête qui a failli détruire la ville, je suis la proie de terribles intuitions qui annoncent ma mort imminente, ainsi que la destruction de Telgilsh, avoua-t-elle d'une petite voix effrayée en se recroquevillant sur son fauteuil. Est-ce que l'oracle t'en a parlé ?

Il fit quelques pas avant de la regarder sans pouvoir lui cacher son air soucieux.

— Les présages sont confus, mais je ne crois pas que les choses soient aussi graves que tu l'imagines. Pourquoi les Dieux se montreraient-ils si cruels avec toi ? Tu les as toujours honorés avec beaucoup de respect.

— Alors, que signifient ces visions qui me poursuivent jour et nuit ?

— C'est un avertissement du Ciel. Oui. Mais il me semble que ce n'est qu'une éventualité.

— C'est-à-dire ?

— Cela se produira si tu ne suis pas le chemin qu'Ils ont tracé pour toi.

— Mais quel est-il ?

Bien ennuyé, le prélat réfléchit un moment avant de répondre.

— Tu t'es toujours conduite avec droiture pour le bien de tes sujets, alors je ne vois qu'une seule cause possible : tu dois réduire ton cousin à l'impuissance en épousant Sikarbaal.

— Mais les démarches sont en cours. Si elles traînent en longueur, ce n'est pas de mon fait.

— Je sais tout ça, mais tu as déjà trop hésité avant d'accepter cette union. C'est, sans doute, pourquoi les Divinités te préviennent qu'il ne faut pas revenir sur ta décision.

La reine se redressa avec une expression solennelle.

— Je te promets que je ne changerai pas d'avis, même si ça me coûte.

— C'est bien ! Les Dieux ne peuvent qu'être satisfaits de ton attitude.

Adonia quitta le temple avec un sentiment de réconfort qu'elle n'avait pas éprouvé depuis très longtemps. L'affreuse image de son royaume enseveli sous le sable pour l'éternité s'atténuait, tandis que son optimisme réapparaissait timidement.

Le lendemain, un messager apporta une lettre d'Hiram qui accédait enfin à l'appel pressant de la jeune fille. Après avoir évalué tous les aspects de la situation, il recommandait à la souveraine de tenir son cousin sous étroit contrôle jusqu'à l'arrivée de la délégation de Macar Uiat, mais suggérait surtout de célébrer les noces dès Nisannu[23]. Quoique cette date rapprochée leur laissât à peine quelques semaines pour tout organiser, Coriandre ne voulut pas entendre parler de refus. La reine tenta bien de souligner qu'il faudrait prévenir en urgence les autres rois, qui n'auraient que le temps de venir pour assister à ce mariage précipité, mais elle céda devant la détermination de son vizir.

Dès le jour suivant, les préparatifs de ce grand événement mirent le palais en effervescence. L'union d'Adonia et Sikarbaal fut annoncée officiellement, ce qui réjouit tous les habitants de la cité, même les proches de la souveraine qui estimaient le délai suffisamment court pour empêcher Belshazzar de nuire à sa cousine. D'ailleurs, selon les conseils de son futur beau-père, Adonia avait confié à Paltibaal le soin d'affecter des espions à la surveillance du jeune homme, mais les rapports qu'ils lui adressaient ne contenaient rien de suspect. L'adolescent s'adonnait à des activités anodines, visitait les maisons de luxure en compagnie d'Hyrum ou bien traînait sur les bords de la rivière avec des individus peu fréquentables, mais il le faisait si ouvertement que cela ne prêtait pas à conséquence.

La reine rédigea sa réponse à Hiram, ainsi que les invitations qu'elle enverrait aux autres souverains avec lesquels elle entretenait des relations diplomatiques. Puis, quand sa correspondance fut terminée, elle souscrivit à l'appel

---

[23] Mois correspondant à avril

pressant d'Itthobaal, qui piaffait d'impatience en voyant les jours s'envoler si rapidement. Comme elle disposait de très peu de temps pour fixer tous les détails de la cérémonie, elle se rendit quotidiennement au temple de Baal pour conférer avec le grand prêtre. Lorsqu'elle rentrait, son intendant réclamait des précisions sur le plan de table, la préséance à respecter entre les convives, le menu du repas de noces ou la durée du séjour de chaque invité. Ensuite, elle gagnait son bureau où elle traitait les affaires du royaume qu'elle ne pouvait négliger, quoiqu'elle fût sans cesse interrompue pour satisfaire à des exigences parfois saugrenues. Ce rythme effréné ne lui offrait de repos que la nuit, entre les bras d'Hailama qui ne semblait pas envisager de s'éloigner, même aussi près du mariage.

— Cette organisation m'épuise tellement, que Sikarbaal ne voudra plus de moi s'il me trouve dans cet état, confia-t-elle un soir à son ami.

— Tu ne devrais pas te laisser accaparer ainsi, observa-t-il en la serrant tendrement contre lui. Prends quelques moments pour te détendre. J'ai remarqué que tu ne vas plus jamais dans le jardin.

— C'est vrai, tu as raison. Je vais suivre ton conseil, sinon je finirai par exploser. J'ai parfois envie de me mettre à hurler lorsque l'on me pose des questions idiotes.

De son côté, Belshazzar décida de retourner converser avec Balzer. Bien entendu, les espions qui le surveillaient lui emboîtèrent le pas, mais, comme le jeune homme avait l'habitude de prier Echmoun qu'il préférait depuis toujours à Baal, cette visite ne parut pas suspecte.

— As-tu fait ce que je t'ai ordonné ? s'enquit-il dès qu'il fut seul avec le grand prêtre.

— Oui, je l'ai achevé, acquiesça son interlocuteur avec réticence, mais avec la nouvelle que les crieurs ont annoncée, j'imagine que tu vas modifier tes plans.

Le prince jeta un regard glacial au prélat angoissé.

— Certainement pas. Mais je n'ai plus de temps à perdre, évidemment. C'est pourquoi je suis venu voir où tu en étais.

Balzer avala sa salive avec difficulté, tout en triturant le bas de sa tunique.

— Oh, voyons ! Ce n'est plus possible. Ce serait très dangereux.

— Effectivement, si j'attendais l'arrivée d'Hiram et de ses sbires, je n'aurais aucune chance de réussir, mais je n'en ai pas l'intention. Montre-la-moi !

Avec une répugnance appuyée, le grand prêtre passa dans une petite pièce annexe d'où il rapporta une lourde stèle en pierre, sur laquelle était gravé un texte surmontant un croquis sommaire. Il la posa contre un coffre afin qu'elle tînt debout, puis s'en écarta vivement comme si elle le brûlait. Le silence s'établit tandis que l'adolescent la dévorait des yeux avec délectation, puis il hocha la tête pour marquer son approbation.

— J'aime beaucoup ce dessin. Maintenant, lis-moi ce qui est écrit là.

Comme les mots s'enchaînaient sans complication, Balzer scruta Belshazzar avec surprise, mais constatant que celui-ci restait sérieux, il répéta les termes de l'inscription à voix basse, afin que nul ne l'entendît.

— C'est exactement ce que je voulais ! s'exclama le prince avec un sourire ravi.

— Si l'on apprend que c'est moi qui l'ai composée, je suis mort.

Le visage du jeune homme prit une expression implacable.

— Personne ne peut le découvrir. Toi et moi sommes les seuls au courant. Donc, s'il y avait une fuite, je saurais d'où elle vient…

Frémissant devant la menace à peine voilée, le prélat préféra changer de sujet.

— Penses-tu vraiment que quelqu'un y croira ?

— Je me moque que l'on y croie. Ce qui compte c'est que nul ne puisse la contester.

Les préparatifs de Noël

Décembre 1921

Jane attendait le retour de Moira avec une telle impatience, que sa fille la trouva dans le salon, portant déjà ses chaussures ainsi que son chapeau, son manteau posé auprès d'elle sur un fauteuil.

— Ah, enfin ! s'exclama-t-elle en se levant précipitamment.

— Mais que t'arrive-t-il ? s'étonna la jeune femme. Pourquoi es-tu si pressée ? Où allons-nous ?

— L'une de mes amies d'enfance nous a invitées pour le thé. J'ai cru que tu ne rentrerais jamais.

— Tu ne m'en avais rien dit.

Le regard de la brave dame se déroba un instant.

— Non ? Je le croyais pourtant. Elle est passée ce matin, alors que tu n'étais pas encore levée.

Un peu suspicieuse, Moira se prépara pour répondre à cette invitation inattendue, tout en s'interrogeant sur la véritable raison du silence de sa mère à ce sujet. Lorsqu'elle redescendit les marches du perron, un peu plus tard, elle fit la grimace en constatant que la nuit enveloppait déjà la ville, alors qu'il était à peine plus de quatre heures. Avec nostalgie, elle repensa aux couchers de soleil sur les dunes mordorées, resserra sa pelisse en regrettant la chaleur qu'il fallait parfois combattre par tous les moyens, puis repoussa ces plaintes stériles pour grimper dans la voiture à cheval qui patientait devant la demeure.

— On dirait que cette visite te déplaît, commenta aigrement Jane, bien calée contre le dossier capitonné. J'espère que tu sauras te tenir sans me faire honte.

— Maman ! Je n'ai plus cinq ans, allégua la jeune femme outrée en s'asseyant à côté d'elle. D'ailleurs, je n'ai rien contre. Je cherche seulement ce qu'elle cache.

— Toujours ton damné esprit soupçonneux. Comme si l'on n'agissait jamais sans arrière-pensée.

Sa fille lui jeta un coup d'œil scrutateur.

— Tu m'as trop habituée à ce genre d'entourloupe pour que je ne me méfie pas, surtout quand tu oublies très opportunément de me prévenir.

— En tout cas, j'ai bien vu que tu faisais grise mine quand tu es sortie, ronchonna la brave dame en haussant les épaules.

— C'est parce qu'il fait déjà sombre, déplora Moira en fixant le rectangle noir qui ouvrait sur l'extérieur. À Telgilsh, le soir vient moins tôt, toute l'année.

— Peut-être, mais c'est un pays de sauvages, trancha sa mère.

La jeune femme posa ses mains sur la banquette pour atténuer les cahots, ce qui ne l'empêcha pas de protester.

— Pas du tout ! La Tunisie est une contrée très civilisée, au contraire. J'ai un choix de marchandises plus vaste à Tataouine qu'à Londres.

Satisfaite d'avoir détourné la conversation, Jane continua dans ce registre jusqu'à l'arrivée. Puis, elle descendit dignement du véhicule, sous l'œil amusé de sa fille qui se demandait si elle se déciderait un jour à utiliser des taxis automobiles au lieu de ces vieux carrosses bringuebalants. Avec sa mère, Moira s'avança vers la maison qu'elle ne connaissait pas, sur le seuil de laquelle se tenait l'amie d'enfance qu'elle n'avait jamais rencontrée. De plus en plus méfiante, elle suivit son hôtesse, qui l'introduisit dans un salon où elle ne fut guère surprise de découvrir un grand jeune homme aussi empressé que maladroit, qui lui adressa un regard de chien fidèle tout en bégayant quelques mots incohérents. Durant l'interminable cérémonie du thé, elle résista vaillamment aux efforts conjugués des deux femmes qui tentaient de lui faire accepter un dîner avec le fils prodigue, tandis que celui-ci déroulait une litanie de compliments hors de propos, mais semblait considérer les fouilles qu'elle menait comme un futile passe-temps. Elle retint un soupir de soulagement lorsque sa mère prit enfin congé de leurs hôtes en les remerciant de cette aimable invitation.

Le retour se fit dans un silence boudeur, chacune remâchant ses griefs dans son coin sans oser démarrer la dispute. Mais, quand elles furent rentrées chez elles, Moira résolut de prendre l'initiative pour éviter que Jane gâchât les courtes semaines qu'elles avaient à passer ensemble. Alors, elle s'approcha de la cheminée en présentant ses mains glacées aux flammes, tournant le dos à son interlocutrice afin de conserver son calme.

— Écoute, maman. Je sais que tu ne veux que mon bien, mais tu ne peux pas me rendre heureuse malgré moi. Laisse-moi décider de ce qui me convient, s'il te plaît.

— Je ne vois pas ce que tu reproches à ce jeune homme, répliqua sa mère en s'installant dans son fauteuil. Il est issu d'une excellente famille, il a été éduqué dans l'une des plus prestigieuses écoles d'Angleterre, donc il fera son chemin dans la vie.

— Je n'en doute pas, rétorqua la jeune femme en contenant son exaspération. Mais il ne m'attire pas.

— Tu ne vas pas continuer à gratter la terre dans ces pays barbares toute ta vie. Il faut que tu convoles à nouveau pour avoir des enfants.

Balançant entre colère et amusement, Moira esquissa un demi-sourire.

— Je ne gratte pas la terre, mais plutôt le sable en l'occurrence. D'autre part, si je me remarie un jour, ce sera avec un homme que j'aurai choisi moi-même.

— C'est ça ! Quand je serai trop vieille pour connaître mes petits-enfants, ronchonna la brave dame, qui fouillait dans son sac à ouvrage pour en sortir son tricot.

Sous les yeux de sa fille, la braise rougeoyante dessinait le visage d'un jeune homme aux boucles blondes, alors, troublée par cette vision inattendue, elle se retourna brusquement.

— Mais tu n'es pas vieille ! Tu n'as même pas cinquante ans.

— Dis-moi. Tu n'as pas l'intention d'épouser un de ces Arabes qui pullulent par là-bas, au moins ?

— Je te rappelle que c'est leur nation, donc il est normal qu'ils y soient nombreux, riposta la jeune femme d'un ton sec en s'approchant de la fenêtre. D'ailleurs, il n'y a pas de mariage en vue pour l'instant.

— Bon, bon ! capitula sa mère, tandis que ses aiguilles cliquetaient vigoureusement. Moi, ce que j'en dis, c'est pour toi.

Incapable de voir autre chose à travers la vitre que son propre reflet, Moira revint à pas lents s'asseoir auprès du feu.

— Justement ! Je n'ai que peu de semaines à rester ici, alors ne les gâche pas en me présentant tous les hommes qui te paraissent convenables. Songeons plutôt à Noël. Je suis partie si rapidement que je n'ai pas eu le temps d'acheter des cadeaux. Veux-tu que nous allions faire un tour dans les boutiques demain ?

— Oui, c'est une bonne idée, acquiesça Jane, rassurée que la dispute n'eût pas dégénéré.

Le lendemain matin, les deux femmes étaient encore en train de s'habiller, lorsque l'on sonna à la porte. Intriguée, Mrs Radden envoya sa femme de chambre s'enquérir de la raison de cette visite à une heure aussi indue, puis elle se précipita chez sa fille en retenant son excitation.

— Un coursier est venu déposer une lettre pour toi, annonça-t-elle, les yeux brillants.

— C'est probablement un message du conservateur du British Museum concernant les artefacts que je lui ai apportés hier, commenta la jeune femme d'un ton paisible qui contrastait avec l'attitude de sa mère.

— Ah ! Le crois-tu vraiment ? grommela Jane d'un air déçu.

— Que serait-ce d'autre ?

Pourtant, lorsque Moira descendit au salon en prenant au passage l'enveloppe qui était placée sur la table de l'entrée dédiée au courrier, elle eut de la peine à empêcher ses doigts de trembler. Elle s'installa dans un fauteuil près de la fenêtre pour ouvrir le pli, avec le fol espoir de s'être trompée sur sa provenance. Quelques minutes plus tard, quand sa mère pénétra dans la pièce à son tour, la jeune femme regardait au-dehors d'un air pensif, ses deux mains couvrant le papier déplié sur ses genoux.

— Alors ? lança la brave dame avec avidité. Est-ce bien ce que tu imaginais ?

Moira se tourna lentement vers elle, encore incertaine sur ce qu'elle devait admettre. Lorsqu'il s'agissait de ses amours, Jane semblait douée d'un sixième sens qui rendait inutiles tous les faux-fuyants, la jeune femme en avait fait l'expérience quelques années auparavant, lors de sa rencontre avec Wilson. Elle se souvenait des subtiles allusions de sa mère au sujet de l'apprenti archéologue, alors qu'elle-même ne voyait pas clair dans ses sentiments. Aujourd'hui, la perspicacité de la brave dame l'obligeait à affronter ce trouble secret qu'elle s'était toujours efforcée de chasser.

— Non, murmura-t-elle avec hésitation. C'est une invitation de mon adjoint, Irwin Faircliff.

— Encore un archéologue, constata Jane en glissant un doigt sur le manteau de la cheminée pour s'assurer qu'il n'y avait pas de poussière. Décidément, tu n'en sortiras jamais.

— Arrête un peu avec ces sous-entendus. Il s'agit simplement de politesse. Nous ne pouvons pas nous ignorer durant notre séjour ici, alors que là-bas, nous sommes ensemble à longueur de journée.

— Où te convie-t-il ? s'enquit sa mère sans relever l'explication boiteuse.

— Il me propose d'assister à un opéra à Covent Garden, puis de souper ensuite.

— Alors, c'est un gentleman. Quand aura lieu cette soirée ?

La jeune femme se remit debout avec décision.

— Demain. Et, avant que tu le réclames : oui, je te le présenterai.

— Mais j'y comptais bien.

Moira excédée quitta la pièce pour rédiger sa réponse aux quelques lignes qu'elle espérait sans vouloir se l'avouer.

Pendant l'après-midi, alors qu'elle courait les magasins avec sa mère, comme convenu la veille, elle ne put détacher ses pensées de cette échéance qui la rendait fébrile. Elle désirait des cadeaux originaux qu'elle rapporterait à chacun de ses collègues, tout en regrettant la diversité des objets qu'offrait le souk de Tataouine. Malgré son rang de capitale, elle déplorait que Londres n'exposât qu'un choix réduit de produits qui ne paraissaient guère exotiques.

— Tu es bien difficile, s'indigna Jane. Tous les pays membres de l'Empire britannique nous envoient leur production.

— Oui, tu dois avoir raison, reconnut la jeune femme distraitement.

— Cela n'a pas d'importance. Laisse-toi un délai de réflexion, puis tu te décideras dans quelques jours, lorsque tu auras l'esprit plus libre, observa la brave dame avec un fin sourire.

Moira leva vivement la tête, mais devant le regard affectueux que Jane lui adressait, elle n'eut pas le cœur de se fâcher, aussi se contenta-t-elle d'acquiescer en posant les yeux sur la vitrine face à elle. Avec surprise, elle vit le visage qui la hantait se dessiner sur la glace, puis s'effacer au profit du duo qu'elle formait avec sa mère, alors elle se pencha en avant pour comparer son reflet avec celui de la femme auprès d'elle, en constatant qu'elles se ressemblaient bien plus qu'elle ne l'avait imaginé. Avec remords, elle réalisa qu'elle n'avait pas, un seul instant, songé à chercher un présent pour Jane, quoiqu'elle fût spécialement venue afin de fêter Noël avec elle.

— Qu'as-tu donc vu de si intéressant ? demandait celle-ci au même moment.

— Oh, rien ! Ces prix sont exorbitants, déclara sa fille en se promettant de réparer son oubli dès que possible.

— Oui, cette boutique est assez chère.

La jeune femme se détourna pour reprendre sa direction première, au milieu de la foule se pressant à l'assaut des magasins à la recherche de l'objet rare qui prendrait place au pied du sapin.

— À Tataouine, tu achètes des marchandises de très bonne qualité pour presque rien.

La brave dame fit une grimace éloquente.

— Décidément, tu es devenue plus tunisienne qu'anglaise. Il est grand temps que tu reviennes vivre au pays.

— Je ne sais pas si je rentrerai définitivement… s'interrogea Moira d'un ton rêveur. Il fait trop froid ici.

— Tu n'envisages quand même pas d'élever tes enfants ailleurs qu'en Angleterre, protesta sa mère horrifiée.

La jeune femme se mit à rire.

— Je n'en suis pas encore là. Allons, dégote-nous un bon salon de thé avant que nous soyons complètement gelées.

Après une nuit agitée, Moira passa la journée du lendemain dans un état d'énervement qui l'empêchait de se concentrer sur la moindre activité. À peine était-elle vêtue et coiffée qu'elle distinguait dans son miroir un défaut rédhibitoire qui la poussait à tout changer, jusqu'à ce que l'intervention de sa mère l'obligeât à fixer son choix. Ensuite, elle descendit à l'office afin de veiller à la préparation des petits fours pour l'apéritif qu'elles avaient prévu d'offrir à Irwin avant le départ vers l'opéra, mais là encore son indécision parvint à exaspérer la cuisinière en quelques minutes. Alors, avec un calme imperturbable, Jane dirigea sa fille vers le séjour, en lui suggérant de lire afin de s'occuper l'esprit. Docilement pour une fois, celle-ci alla fureter dans la bibliothèque avec l'espoir d'y trouver quelque chose d'assez captivant pour qu'elle oubliât son rendez-vous. Musardant au hasard des rayons qui couvraient tous les murs de la pièce, du sol au plafond, elle décela un ouvrage ayant appartenu à son défunt mari, qui traitait de la civilisation phénicienne. Elle l'emporta comme un trésor dans le salon, s'installa dans le fauteuil le mieux éclairé, puis se plongea dans la synthèse des fouilles déjà effectuées tant dans les villes d'origine du peuple phénicien comme Sidon, Tyr et Byblos, que dans les comptoirs disséminés le long des côtes méditerranéennes incluant Carthage. Passionnée par son sujet, elle ne vit pas sa mère glisser la tête par la porte pour constater en souriant qu'elle était enfin apaisée.

Lorsque la sonnette retentit, elle balaya la pièce autour d'elle d'un air égaré en cherchant le décor familier de sa tente, avant de revenir à la réalité. Mais elle n'eut pas le temps de se composer une attitude, que, déjà, l'on introduisait le visiteur qui n'avait guère quitté ses pensées depuis la veille. Alors, encore tout imprégnée des effets de sa lecture, elle s'avança avec la même animation qu'elle mettait sur le chantier quand l'un des membres de son équipe exhumait un objet précieux.

— Entrez donc, Mr Faircliff. Je suis très heureuse de vous voir.

Il la salua poliment.

— Moi de même, Mrs Aliberti.

— Regardez ce que j'ai déniché en explorant la bibliothèque de mon époux, annonça-t-elle d'un air ravi en lui tendant le livre qui l'avait tant enthousiasmée.

— Un très bon ouvrage, commenta-t-il après y avoir jeté un coup d'œil. Il est très bien documenté et son auteur ne tombe pas dans ce travers si fréquent de privilégier le sensationnel au détriment des découvertes véritables.

Elle déposa le volume sur un guéridon près d'elle sans marquer de surprise.

— Ainsi, vous l'avez lu.

— Bien évidemment.

— Je regrette de n'avoir pas eu l'idée de fouiner dans ces livres avant de partir. Cela m'aurait peut-être permis de comprendre que Lowell nous mentait depuis le début.

— Allez-vous vraiment rester debout toute la soirée ? interrompit Jane en pénétrant dans le séjour.

Moira porta une main à sa bouche.

— Oh, pardon. Je manque à tous mes devoirs.

— Ce n'est rien, assura Irwin gaiement.

Pour se rattraper, la jeune femme procéda au moins à des présentations en règle.

— Voici ma mère, Mrs Radden.

L'archéologue s'inclina avec respect devant la bonne dame qui accepta ses hommages aussi gracieusement que possible, malgré la grimace agacée de sa fille face à ces minauderies d'un autre âge. Alors, pour écourter la scène, elle invita le jeune homme à s'asseoir, tout en sonnant afin qu'on apportât la collation préparée en l'honneur de leur visiteur.

— Pour en revenir à ce livre, reprit Irwin afin de briser le silence gênant qui s'était installé, je vous encourage vivement à le terminer. Je pense, effectivement, qu'il vous aurait donné de nombreuses clefs pour mieux déchiffrer le sens de certaines de vos trouvailles sur le terrain.

— J'en ai bien l'intention, acquiesça Moira, enchantée de continuer sur le seul sujet avec lequel elle se sentait à l'aise. D'ailleurs, je vais me lancer dans des fouilles d'un autre genre, afin de traquer d'éventuels volumes complémentaires dans la bibliothèque.

Sa mère but une gorgée de sherry, puis reposa son verre sur la table basse en soupirant.

— Tu n'as pas fini si tu dois les ausculter un à un. J'ai peur de ne plus te voir du tout.

— Votre collection est-elle si importante ? s'étonna l'archéologue.

— Beaucoup plus que vous ne l'imaginez, sourit la jeune femme. Wilson, qui avait déjà hérité de multiples ouvrages de son père, était tellement passionné qu'il a passé une grande partie de sa vie à pister toutes les parutions concernant l'archéologie.

Jane se leva pour tendre elle-même le plat de petits fours au jeune homme.

— Pourquoi ne reviendriez-vous pas un jour prochain, afin que ma fille vous montre cette bibliothèque ?

— Oh, oui ! Je le ferai avec plaisir, appuya Moira d'un ton engageant. D'ailleurs, vous pourriez m'indiquer les livres les plus intéressants.

— Volontiers, accepta Irwin avec un peu trop d'empressement.

La brave dame se rassit en adressant à son hôte l'innocence de son regard de jade.

— Le mieux pour que vous ayez tout le temps nécessaire serait que vous veniez déjeuner avec nous. Disons après-demain, voulez-vous ? À moins que vous ne soyez déjà pris ?

— Euh… non. Cela me convient, opina l'archéologue un peu étourdi par cette invitation inattendue.

Afin de mettre un terme aux manœuvres détournées de sa mère, la jeune femme embraya sur ses promenades décevantes dans les boutiques, à la recherche de cadeaux à rapporter aux amis qu'elle avait laissés en Tunisie, puis, avec un sourire amical, elle interrogea son collègue sur ce qu'il avait fait depuis son retour. Irwin répondit dans le même registre, narra avec humour la réaction de sa famille face à son arrivée inopinée, ainsi que sa propre détresse absolue devant l'obligation d'offrir des présents à chacun, alors qu'il souffrait d'un manque chronique d'inspiration. Aussitôt, Jane se pencha pour lui conter sur le ton de la confidence que son défunt époux se faisait toujours assister d'une amie dans le choix de ses cadeaux de Noël, tellement il se sentait incapable de deviner ce qui plairait à sa femme et sa fille. Médusée, Moira la contemplait en se demandant pourquoi elle ne lui avait jamais raconté cette anecdote, mais, en décelant la lueur d'espoir dans les yeux du jeune homme, elle saisit le but que poursuivait sa mère. Furieuse de se faire ainsi piéger, elle déclara qu'avec les embarras de la circulation londonienne, ils devraient se presser pour ne pas être en retard à Covent Garden.

La soirée fut délicieuse. Avec un peu de malice, la jeune femme constata que l'archéologue avait opté pour Aïda, un opéra de Verdi ayant pour cadre l'Égypte ancienne, dont le livret avait été supervisé par Auguste Mariette lui-même, prétendait-on. Lorsque le rideau s'ouvrit, Moira s'amusa en découvrant les décors qui lui rappelaient un peu Telgilsh, puis elle se passionna pour l'amour interdit des héros, jusqu'à ce qu'un coup d'œil involontaire vers son voisin lui fit prendre conscience que seule une timidité mal placée les séparait. Alors, durant le souper, quand Irwin reprit la fable de Jane, elle se proposa de bonne grâce pour l'accompagner dans ses courses, tout en précisant qu'elle ignorait les goûts des membres de sa famille.

— Je le conçois, assura l'archéologue. D'ailleurs, je serais très heureux de vous les présenter à mon tour. Consentiriez-vous à venir déjeuner chez moi un jour de cette semaine ?

— Oh ! Euh… volontiers, balbutia la jeune femme en réalisant trop tard que sa franchise risquait d'apparaître comme du calcul. Mais ce n'était nullement le sens de mon observation. Je ne voudrais pas que vous vous mépreniez.

— Je l'avais bien compris. De toute façon, j'avais l'intention de répondre à votre aimable invitation, donc je suis ravi que vous m'en donniez l'occasion.

— Alors, dans ce cas, j'accepte avec plaisir, Mr Faircliff.

Il posa ses couverts si sèchement qu'elle eut peur d'avoir commis une gaffe, puis il plongea son regard dans le sien sans pouvoir s'empêcher de rougir.

— J'aimerais également que vous m'appeliez Irwin, si vous voulez bien. Sur le chantier, j'ai noté que j'étais le seul dont vous n'utilisiez pas le prénom. Évidemment, votre groupe s'est soudé depuis un an…

— Bien sûr, coupa vivement Moira tout aussi mal à l'aise. J'avoue que vous m'intimidez par vos immenses connaissances. Je sais que je ne suis pas à la hauteur. C'est vous qui devriez diriger ces fouilles.

L'archéologue secoua la tête avec véhémence.

— Oh, non ! Comme je vous l'ai déjà dit, cela vous revient de droit parce que c'est vous qui avez découvert le site.

— Bon, d'accord, conclut-elle gaiement. Je vous appellerai Irwin, si vous m'appelez Moira.

Après ce premier pas difficile, la situation se simplifia très vite entre les jeunes gens, en grande partie grâce à leur entourage. Tout d'abord, ils passèrent un après-midi enchanteur dans la vaste bibliothèque de Moira, se penchèrent avec passion sur les ouvrages rares qu'elle contenait, mais n'osèrent exprimer à quel point ils appréciaient de se sentir si proches. Puis, ce fut au tour de la jeune femme de rencontrer les membres de la famille d'Irwin, qui l'accueillirent chaleureusement, mais, habituée aux manœuvres naïves de Jane, Moira n'eut aucune peine à saisir les allusions voilées de la sœur du jeune homme, tout comme elle sut lire derrière l'attitude feutrée de ses parents. Seul le frère lui parut assez indifférent, jusqu'au moment où elle surprit le sourire entendu qu'il adressait à l'archéologue, alors elle détourna les yeux afin de ne pas rajouter à sa gêne.

Cette pression, qu'ils subissaient l'un et l'autre, contribua rapidement à créer une certaine complicité entre eux, si bien que lorsqu'ils se retrouvèrent comme prévu pour faire ensemble leurs achats de Noël, ils se confièrent les réflexions qu'ils avaient dû subir après ces deux déjeuners.

— Ma mère ne rêve que de me remarier, soupira la jeune femme tout en essayant de se maintenir à la hauteur de son compagnon au milieu de la bousculade. Elle se plaint de n'avoir pas encore de petits-enfants.

Irwin lui tendit son bras pour que la foule ne les séparât pas.

— Toute ma famille me reproche d'être encore célibataire à mon âge. Ma sœur prétend même qu'elle ne pourra pas se marier si je ne le suis pas, étant donné que je suis l'aîné.

— C'était peut-être vrai dans le passé, mais plus maintenant. D'ailleurs, elle a bien le temps. Et vous aussi. Quel âge avez-vous ?

— J'aurai vingt-neuf ans en 1922.

— C'est bien ce que je disais. Moi, je vais sur mes vingt-sept ans.

— On ne le croirait jamais, affirma-t-il galamment.

Elle sourit devant cette politesse désuète, puis son regard se fit songeur.

— Je suis heureuse de vivre loin de ces simagrées hypocrites.

— Oui, cela permet de s'amuser sans s'attirer de commentaires.

— S'amuser est le mot, répliqua-t-elle vivement en comprenant à quoi il faisait allusion. J'ai beaucoup d'affection pour Bryan. Il a été là au bon moment, mais ça s'arrête là.

Il la contempla avec une lueur d'admiration.

— Je ne m'autoriserais jamais à vous juger. Au contraire, j'aime beaucoup votre attitude libérée de femme moderne.

Elle se contenta de répondre par un sourire à cette appréciation qui ne laissait pas de l'inquiéter, au point qu'elle commençait à douter des sentiments qu'elle lui prêtait. Récemment, elle avait lu que les femmes menant leur vie sans s'occuper des conventions angoissaient les hommes, qui se sentaient menacés dans leur suprématie, aussi se demandait-elle si Irwin n'était pas dans ce cas. Elle reconnaissait que l'archéologue paraissait très sûr de lui lorsqu'il s'agissait de son métier, alors qu'il semblait d'une timidité maladive dans la vie quotidienne, au moins devant elle. Au souvenir de la famille dont tous les membres s'étaient montrés courtois à son égard, mais se conduisaient de manière classique, pour ne pas dire surannée, elle décida de rester sur la réserve afin d'offrir à son compagnon l'occasion de faire le premier pas. Alors, se cantonnant dans son rôle de conseillère, elle donna son avis sur les objets qu'il sélectionnait, en fonction de ce qu'elle avait perçu de chaque destinataire, puis elle s'enquit de son opinion sur les cadeaux pour ses collègues demeurés en Tunisie.

— Je ne m'en serais jamais sorti sans vous, affirma le jeune homme avec sincérité, alors qu'ils prenaient le thé après avoir terminé leurs courses.

— Je peux dire la même chose, assura Moira en souriant. Quand j'ai réfléchi à des idées pour nos amis, tout ce que j'ai vu m'a paru terne et sans intérêt. C'était peut-être parce que j'étais avec ma mère.

— Pourtant, votre mère est tout à fait charmante.

— Je ne dis pas le contraire, mais nos rapports ont toujours été très compliqués. Nous nous adorons, mais nous ne pouvons pas nous empêcher de nous disputer à tout propos. Enfin, je suis ravie d'avoir déniché un présent pour elle. Je finissais par désespérer.

Coupant court à ce bavardage anodin, Irwin darda sur elle le regard pénétrant de ses yeux azur.

— Je sais que nous avons promis à Fergus de retourner le voir avant notre départ, puis que nous rentrons ensemble en Tunisie, mais ça ne me suffit pas. Je n'ai pas l'intention de me creuser le crâne pour trouver des prétextes boiteux afin de vous revoir d'ici là. Si vous êtes d'accord, Moira, j'aimerais vous inviter de temps en temps, afin que nous allions nous promener.

— Mais, volontiers. Ce sera avec grand plaisir.

— Nous pourrions également assister à une représentation théâtrale, si vous aimez cela. Mon frère m'a dit grand bien d'une pièce qui se joue actuellement.

— Oui, j'apprécie beaucoup le théâtre. Je serais très heureuse d'y aller avec vous.

De retour chez elle, enchantée par les propositions de l'archéologue, la jeune femme se félicita d'avoir adopté cette attitude qui devait le rassurer. Elle monta dans sa chambre où elle dissimula le paquet pour sa mère, remit un peu d'ordre dans sa tenue, s'obligea à respirer calmement dans l'espoir que Jane ne devinerait pas son excitation, puis elle descendit au salon en prenant un air innocent.

— As-tu passé un bon après-midi ? demanda la bonne dame dont les aiguilles cliquetaient joyeusement.

— Excellent, sourit-elle en se laissant tomber dans un fauteuil. J'ai tous les cadeaux pour mes amis.

— Mr Faircliff était-il satisfait de ton aide ?

Moira envoya valser ses chaussures, afin d'exposer ses pieds à la chaleur du feu, avec un soupir de bien-être.

— C'est ce qu'il m'a semblé. Mais, comme je ne connais pas bien les membres de sa famille, j'espère que je ne l'ai pas induit en erreur. Je ne les ai rencontrés qu'une seule fois.

Sa mère lui jeta un coup d'œil inquisiteur par-dessus ses binocles.

— C'est suffisant pour se faire une opinion. Quand le reverras-tu ?

— Je ne sais pas. Nous n'avons rien décidé.

Une mystérieuse disparition

Février — mars 683 av. J.-C.

Ibalatu se terminait, alors que l'effervescence atteignait son comble dans le palais. Un nouveau courrier d'Hiram venait de prévenir qu'une partie de la suite du prince prendrait la route dans les prochains jours, si bien qu'elle serait à Telgilsh vers le milieu d'Hiyaru. Les logements étaient déjà prévus, mais il fallait les aménager en parallèle des préparatifs de la noce, qui occupaient le personnel depuis l'aube jusqu'après le coucher du soleil. Sur l'esplanade qui s'étendait entre le temple et l'enceinte royale, un banquet serait offert au peuple, afin qu'il partageât le bonheur de sa reine, ce qui compliquait encore un peu plus l'organisation. Même les ambassadeurs étaient submergés par les nombreuses requêtes de leurs souverains respectifs, un peu étonnés par l'annonce de ce mariage précipité. Pourtant, cette fête ne devait pas occulter les besoins habituels de la population ni les innombrables soucis qui se posaient quotidiennement dans la gestion d'une aussi grande cité, c'est pourquoi Adonia assumait ses devoirs de souveraine sans se laisser distraire par la proximité de cet événement qui allait changer sa vie.

Le premier jour d'Hiyaru, un domestique du sanctuaire de Baal se présenta au bureau royal avec un message pressant de la part du grand prêtre. Étonnée, la jeune fille ordonna qu'on l'introduisît immédiatement.

— Que se passe-t-il ? s'enquit-elle avec inquiétude, tandis que le serviteur s'inclinait. Est-ce que, par hasard, les présages seraient mauvais ?

— Je ne sais pas, Votre Majesté. Mon maître vous demande de venir au temple, dès que possible pour un problème de la plus haute importance.

— Bon ! Dites-lui que je viendrai bientôt, déclara la reine en échangeant un regard anxieux avec son vizir.

Le Premier ministre prit la pile de tablettes et de papyrus qu'il compulsa rapidement, puis il releva la tête lorsque le visiteur fut reparti.

— Ces dossiers ne sont pas essentiels.

— Je termine juste celui-ci, répliqua Adonia en désignant le document sur lequel elle travaillait avant l'interruption. Qu'y a-t-il de si urgent, à ton avis ?

— Je n'en ai pas la moindre idée, mais tu ferais mieux de ne pas traîner. Veux-tu que je t'accompagne ?

Elle lui adressa un sourire plein de reconnaissance.

— Oui, merci. J'apprécie ton soutien, Coriandre.

— C'est tout naturel.

À peine une heure plus tard, la souveraine se dirigea vers le sanctuaire de Baal en compagnie de Coriandre qui contenait son angoisse devant l'appel du prélat. Ils franchirent la petite porte donnant accès aux appartements des religieux, pour gagner la salle de réception où les attendait Itthobaal.

— Quelle calamité as-tu à m'apprendre ? attaqua la jeune fille.

— Aucune, répondit son interlocuteur étonné. Pourquoi ?

Elle s'assit dans le fauteuil qui lui était destiné, en toisant le grand prêtre.

— Qu'aurais-je pu supposer en recevant cette impérieuse convocation ?

— Oh ! Je suis désolé. Ce n'était pas dans mes intentions de t'inquiéter ainsi. Je me suis rendu compte que nous avons oublié quelque chose de déterminant dans la préparation de la cérémonie.

— Ce n'est que ça, protesta le vizir qui s'était rapproché de la reine. Tu aurais pu le dire à ton messager. Cela aurait évité que nous imaginions une nouvelle catastrophe.

— Bon, qu'importe, coupa Adonia d'un ton sec. Maintenant que nous sommes là, dis-nous ce que nous avons omis de si crucial.

Le prélat écarta les bras d'un air navré.

— Nous avons réglé tous les détails du mariage, mais ça ne suffit pas. Il faut y rajouter le couronnement de ton époux.

Elle sauta sur ses pieds pour arpenter la pièce, fébrile à cette perspective.

— Bien sûr ! J'aurais dû y penser.

Ils passèrent le reste de la matinée à combiner ce supplément à la liturgie initiale, tandis qu'un va-et-vient permanent de serviteurs s'établissait entre le temple et le palais, afin de transmettre les ordres. Pour l'occasion, la souveraine fit ressortir la couronne de son père, dont Itthobaal ceindrait la tête de Sikarbaal au moment décisif. Elle la caressa avec un pincement au cœur, en songeant qu'elle aurait préféré, de beaucoup, l'offrir à Hailama, puis se ressaisit courageusement pour reprendre le fil de sa conversation avec le grand prêtre.

Pendant ce temps, Belshazzar demeurait parfaitement oisif, observait l'effervescence qui régnait autour de lui d'un air sarcastique, ou invitait Hyrum à d'interminables parties de senet, un jeu arrivé d'Égypte dans les bagages des marchands nomades. Son ami avait bien tenté d'en apprendre davantage sur ses objectifs, mais le jeune homme s'était fâché si violemment qu'il n'avait pas osé insister. Depuis, le prince commentait les préparatifs grandioses en dénigrant avec délectation toutes les dispositions prises par les organisateurs, à la grande surprise d'Hyrum qui ne concevait pas pourquoi il s'intéressait ainsi au déroulement de cette fête, alors qu'il ne s'était pas senti concerné lors du sacre de sa cousine. En réalité, l'adolescent, qui réfléchissait déjà aux détails de sa propre accession au trône, s'inspirait de certains aspects de cette union qu'il était résolu à empêcher, tout en souhaitant une célébration beaucoup plus fastueuse que ce qui était prévu pour la jeune fille. Mais il se gardait de le révéler à son compagnon en qui il n'avait plus confiance, donc il se conduisait de manière futile, afin de ne pas lui mettre la puce à l'oreille. D'autre part, sachant que ses moindres faits et gestes seraient rapportés à la reine, il s'adonnait au grand jour à des activités inoffensives, en réservant aux heures les plus noires de la nuit ses rencontres secrètes, ainsi que la mise au point de son plan définitif. Pour la même raison, il n'était plus retourné au sanctuaire d'Echmoun, afin de ne pas éveiller les soupçons de ses suiveurs, alors qu'il n'était jamais allé prier très régulièrement.

— Je ne comprends pas en quoi cette cérémonie te passionne autant, s'étonna Hyrum après avoir dû subir de nouvelles critiques acerbes.

— Parce qu'il ne se passe jamais rien d'attrayant dans la ville, rétorqua Belshazzar d'un ton maussade. C'est le seul événement d'importance depuis nos complots ratés. Je m'ennuie, voilà tout.

— Pourquoi ne voyages-tu pas ?

— Oui, c'est une idée. Je le ferai peut-être après le mariage. D'ailleurs, le palais risque de devenir malsain pour moi avec l'installation de ce prince arrogant.

Le jeune noble se contenta d'approuver d'un signe de tête cette réponse trop sensée qui ne correspondait pas à la personnalité du jeune homme. L'adolescent avait voulu détourner son attention avec ce projet qu'il n'avait pas le moindre désir de concrétiser, mais son ami était trop subtil pour ne pas deviner la feinte derrière ce discours inhabituel. Hyrum sentit l'angoisse l'envahir d'autant plus fortement qu'il se savait impuissant à déjouer le plan du prince, que son père et lui n'avaient pas pu découvrir.

Des guetteurs postés sur la route de Macar Uiat avaient prévenu que la suite de Sikarbaal atteindrait la cité deux jours plus tard, ce qui avait provoqué une nouvelle crise de doute chez Adonia, qui pourtant n'en exprima rien pour ne pas inquiéter ses proches. Mais, lorsque le soir tomba, après des heures de travail intense partagées entre la gestion du royaume et les derniers préparatifs de la célébration à venir, elle se rendit dans le jardin, afin de profiter d'un peu de calme, dans la tiédeur des rayons du soleil couchant. Tout en respirant à pleins poumons l'air embaumé par le parfum des fleurs, la jeune fille arpenta les charmilles au pas de promenade, le regard glissant distraitement sur les massifs, tandis qu'elle tentait d'apaiser le tumulte de ses pensées. Elle contourna une fontaine qu'elle contempla en imaginant la présence de son fiancé à côté d'elle, puis refoulant ses larmes, elle songea avec ironie qu'au moins il lui apprendrait le nom de ce poisson étrange. Quand le mur d'enceinte se dressa devant elle, la reine rebroussa chemin pour s'orienter vers l'un de ces écrins de verdure dans lesquels elle aimait s'isoler. Elle s'installa sur le banc de pierre adossé à la muraille végétale, s'efforça de vider son esprit, mais ne put s'empêcher de sourire lorsqu'un froissement de feuilles annonça l'arrivée d'Hailama qui ne la laissait jamais seule bien longtemps. Elle n'eut pas le temps de constater son erreur qu'un choc violent lui faisait éclater le crâne, tandis qu'un voile noir s'abattait sur ses yeux.

Quand le jeune homme alla rejoindre Adonia comme presque tous les soirs, il s'étonna de ne pas la trouver. Il savait par les gardes qu'elle était allée s'aérer après avoir quitté son bureau, mais il eut beau inspecter chaque coin de l'immense parc, il ne découvrit aucune trace de la jeune fille. Intrigué, il supposa qu'elle était rentrée pendant qu'il la cherchait, si bien qu'il se dirigea vers l'appartement royal, où Asherah lui affirma qu'elle ne l'avait pas vue depuis le matin. Repoussant l'inquiétude qui s'insinuait dans son cœur, Hailama se rendit auprès de Coriandre avec l'espoir que son père saurait où était la reine, mais il fut à nouveau déçu. Cependant, cette absence inhabituelle troubla suffisamment le vizir pour qu'il se donnât la peine d'interroger les soldats et les domestiques lui-même, accompagné de son fils dont l'angoisse montait à chaque réponse négative. La souveraine avait été aperçue pour la dernière fois au moment où elle sortait, ensuite nul ne l'avait revue. Alors, réellement anxieux désormais, Coriandre décida d'organiser des recherches pour la retrouver au plus vite, avec la crainte qu'il fût déjà trop tard.

Malgré l'heure avancée, le vizir gagna le temple afin de vérifier que la reine n'était pas chez Itthobaal, tandis que tout le personnel de la résidence scrutait les moindres recoins. Étonné d'une visite aussi tardive, le grand prêtre reçut son ami immédiatement.

— Qu'est-ce qui te tourmente pour braver ainsi l'obscurité ?

— Je t'en prie, supplia le Premier ministre en joignant les mains, dis-moi qu'Adonia est avec toi.

— Adonia ? Mais non ! Je ne l'ai pas vue de la journée. Pourquoi ?

Avec un soupir de détresse, Coriandre se laissa tomber dans un fauteuil.

— Elle a disparu.

— Raconte-moi, exigea le prélat en s'asseyant près de lui.

— Elle a passé la porte du jardin au crépuscule, mais, lorsque Hailama a suivi le même chemin quelques instants plus tard, elle s'était évaporée. Nous l'avons cherchée dans tous les endroits où elle a coutume d'aller, sans succès. Les esclaves fouillent le domaine, mais je n'ai pas grand espoir, hélas ! J'aurais tant aimé qu'elle soit avec toi.

Itthobaal se rejeta en arrière, l'air grave.

— Qu'envisages-tu maintenant ?

— Continuer les investigations. Elle est forcément quelque part dans la ville.

— Tu veux chambouler toute la cité en pleine nuit ? Si les habitants apprennent cette absence inexplicable, cela risque de provoquer une belle panique.

Le vizir se prit la tête dans les mains avec accablement.

— Oui, tu as raison. L'appréhension me fait perdre le sens commun. J'ai envoyé quérir Paltibaal pour voir avec lui quelles actions entreprendre. Je rentre.

— Je te suis, déclara le grand prêtre en sautant sur ses pieds.

Après avoir éveillé l'inquiétude de son ami, Coriandre ne pouvait pas lui interdire de prendre part aux recherches, aussi l'entraîna-t-il sans attendre vers la sortie.

Le retour au palais n'apporta aucune bonne nouvelle. La souveraine restait introuvable, ce qui semblait prouver qu'elle n'était plus dans l'enceinte, sans que l'on comprît comment quelqu'un avait pu l'en arracher de force sans être vu. Pourtant, les gardes, qui n'avaient pas bougé de leur poste, juraient tous qu'aucun individu douteux n'avait franchi les issues. Sans s'attarder à ces témoignages, le vizir, accompagné du prélat, rejoignit son propre bureau dans lequel le ministre de la Justice faisait les cent pas.

— Que se passe-t-il ? Pourquoi tout ce remue-ménage ? attaqua Paltibaal.

— Adonia a disparu.

Le conseiller réprima un sursaut de surprise pour se concentrer sur les détails pratiques.

— Raconte-moi les circonstances exactes.

À nouveau, Coriandre reprit son récit, puis répondit aux questions précises de son collègue en s'efforçant d'être aussi clair que possible, tandis qu'Itthobaal se rongeait les ongles d'angoisse sans oser intervenir.

— Bon, conclut Paltibaal. Il paraît évident que la reine n'est plus dans la résidence, sinon vous l'auriez trouvée. Nous devons donc élargir le cercle de nos investigations, sans mettre la cité en émoi. Mes meilleurs limiers sillonneront les rues, dans l'espoir de surprendre quelque chose de suspect. C'est tout ce qui est réalisable avant le lever du jour.

— Alors, il faut patienter jusqu'à l'aube ? s'exclama le grand prêtre.

— J'en ai peur, acquiesça le vizir d'un air sombre.

Le juge suprême leva une main d'un geste qui se voulait rassurant.

— Oui, mais l'obscurité arrête aussi ceux que nous poursuivons. Ils n'ont pas pu sortir des limites de la ville, donc nous les repérerons facilement demain matin. Je donnerai des ordres afin qu'aucune caravane ne soit autorisée à partir avant que nous l'ayons fouillée. Gardez confiance, nous la récupérerons rapidement.

— Prions pour qu'ils ne l'aient pas tuée, soupira le prélat, les yeux au ciel.

Paltibaal coupa court aux lamentations d'un ton sec.

— Si nous commençons à penser à ça, nous perdrons tous nos moyens.

— C'est vrai, martela Coriandre, comme pour se convaincre lui-même. D'ailleurs, un régicide est un crime très grave. Peu de gens se risqueraient à commettre un tel acte honni des Dieux. Je suis sûr qu'elle est vivante.

— Que Baal la protège !

Après le départ du conseiller, Itthobaal et son ami s'efforcèrent encore longtemps de deviner où la jeune fille avait été emmenée, mais ils ne purent se résoudre à envisager qu'elle fût morte, tellement cette idée leur faisait mal.

La nuit était bien avancée lorsqu'ils se séparèrent enfin pour regagner leurs logements respectifs, quoiqu'ils n'imaginent pas dormir un instant. Dès qu'il entra dans son appartement, Coriandre vit surgir Hailama, les yeux rougis par les larmes.

— Savez-vous où elle est ? interrogea-t-il avec angoisse.

— Hélas, non ! Mais Paltibaal a mis ses meilleurs enquêteurs à sa recherche.

Le jeune homme secoua la tête avec désespoir.

— Ils ne la trouveront pas. Ou trop tard.

— Ne dis pas ça, voyons. Ils la découvriront demain. C'est certain.

— Elle est en danger. Je le sens !

— Je suis aussi inquiet que toi, affirma le vizir en posant ses mains sur les épaules de son fils. Mais nous ne pouvons rien tenter de plus ce soir. Tu ferais mieux de t'étendre et d'essayer de te reposer jusqu'au jour.

Au matin, Coriandre réunit les ministres d'Adonia, auxquels il annonça la disparition de la souveraine. Ceux qui connaissaient déjà la nouvelle hochaient tristement la tête, tandis que les autres ne cachaient pas leur désarroi.

— Comment la retrouverons-nous ? s'enquit Barekbaal en balayant les visages autour de lui comme s'il allait y lire la réponse.

— Mes limiers sont en train de quadriller la ville, expliqua Paltibaal qui s'était placé à côté du vizir, ainsi que de fouiller les caravanes présentes à Telgilsh aujourd'hui. Nul ne peut partir sans autorisation, donc je m'attends à la récupérer très vite.

— Bien entendu, c'est un coup de Belshazzar, commenta Ahinadab d'un ton acide. Où était-il cette nuit ?

— Selon mes espions, il n'a pas bougé d'ici.

— Quelqu'un a-t-il réellement vérifié ? Personne n'a vu Adonia sortir, pourtant elle n'est plus là.

— Aucun de nous n'y a pensé, reconnut le Premier ministre avec regret.

— Envoyons quelqu'un immédiatement, suggéra Ahirom, plein d'espoir.

— C'est inutile. Il aura eu tout le temps de rentrer se coucher, rétorqua sèchement Amilcare.

— De toute façon, il ne s'est pas compromis, renchérit Baldo avec mépris. Il a employé des hommes de main.

À ce moment, Boldizsar fit irruption dans le bureau avec une expression catastrophée.

— Je viens d'apprendre que la reine est introuvable. Comment puis-je vous aider ?

— Comment le sais-tu ? s'alarma Coriandre redoutant que l'information s'ébruitât intempestivement.

— J'ai expédié l'un de mes subordonnés prévenir le commandant, intervint Paltibaal.

— Ah ! Dans ce cas, c'est parfait. Mais soyez prudents. Rien ne doit transpirer pour l'instant. Nous devons d'abord découvrir ce qui s'est passé avant de l'annoncer à la population.

— Si nous la libérons rapidement, nous n'aurons même pas à en parler, approuva Boldizsar.

Le ministre de la Justice prit le bras de l'officier pour le conduire à l'écart.

— J'ai besoin que tu me donnes des soldats en appui. Je veux examiner le jardin en détail afin de déterminer où et comment on l'a enlevée.

— Et de quelle manière on l'a emmenée hors du domaine, ajouta Barekbaal, qui s'était approché des deux dignitaires.

— Si nous trouvons le début de la piste, il nous suffira de la suivre, répliqua Boldizsar d'un ton agacé. Nous connaissons notre métier.

— Ne commencez pas à vous chamailler, coupa le vizir en faisant signe au responsable des Finances de s'éloigner. D'accord, nous sommes tous tellement bouleversés que nous voudrions nous lancer à la recherche d'Adonia sans attendre, mais nous ne réussirions qu'à gêner les professionnels. Laissons-les travailler tranquillement, ils n'en seront que plus efficaces. Je ne doute pas qu'ils nous la ramèneront très bientôt.

Avec des sourires forcés, les membres du gouvernement se plièrent à la volonté du Premier ministre sans afficher l'incertitude qui les tenaillait, mais aucun d'entre eux ne pouvait repousser le souvenir angoissant de la première tentative d'assassinat à laquelle la souveraine avait échappé.

Dès qu'il quitta le bureau de Coriandre, le traître se rua chez lui pour prévenir son fils du drame qui se nouait, avec l'espoir qu'il possède des renseignements supplémentaires à fournir aux enquêteurs pour attraper les ravisseurs, mais le jeune homme navré se contenta de secouer la tête avant de se diriger vers la chambre de Belshazzar, bien décidé à lui extorquer la vérité.

Brusquement réveillé par cette irruption inhabituelle, celui-ci se redressa avec peine, se frotta les yeux, puis regarda son ami avec surprise.

— Et bien, que t'arrive-t-il ?

— Où est-elle ? questionna brutalement le jeune noble en s'avançant jusqu'au lit.

— Qui ?

— Ne joue pas l'innocent ! La reine est introuvable depuis hier soir, mais tu le sais, bien sûr.

Un sourire sardonique flotta sur les lèvres de l'adolescent.

— Comment ? Adonia a disparu ?

Serrant les poings de fureur contenue, Hyrum se retint de le frapper.

— Qu'en as-tu fait ? Où étais-tu cette nuit ?

— Mais dans mon lit, voyons ! Où voulais-tu que je sois ? ironisa le prince.

— C'est faux ! Je suis venu ici avant d'aller me coucher, mais tu étais absent.

Le jeune homme s'adossa nonchalamment à ses oreillers.

— Je suis allé rendre visite à certaines dames que tu connais, voilà pourquoi je suis rentré assez tard. Est-ce répréhensible ?

— Tu te moques de moi ! Arrête tout de suite ! Il est encore temps de revenir en arrière, dis-moi où elle est.

— Mais je l'ignore. Tu m'ennuies à la fin. Va-t'en ! grogna Belshazzar en se recouchant.

Désespéré, Hyrum rejoignit son père pour lui avouer son échec à faire parler l'adolescent. Désormais, les félons ne pouvaient que prier les dieux de protéger la souveraine en offrant leurs regrets sincères pour avoir soutenu le cousin dément.

L'amour, comme une évidence

Décembre 1921 — janvier 1922

Moira était très contente. Après une nouvelle incursion dans les boutiques bondées par la proximité de Noël, elle avait trouvé deux cadeaux qui devraient plaire à Irwin, du moins l'espérait-elle. Sujette à une indécision qui ne lui était pas coutumière, elle reconnaissait que la présence de sa mère l'avait aidée à fixer son choix. Elles avaient d'abord acheté un chapeau de meilleure qualité que celui porté par l'archéologue à Telgilsh, mais, comme la jeune femme ne s'en satisfaisait pas, elle y avait ajouté une de ces nouvelles montres-bracelets, bien plus pratique sur le chantier qu'une traditionnelle montre à gousset. Après avoir confectionné de beaux paquets, Moira les avait rangés dans sa chambre en refrénant son impatience, afin de ne pas les lui offrir avant la fête.

Conformément à ce qu'il lui avait déclaré, il venait lui rendre visite environ un jour sur deux, en lui soumettant chaque fois une idée de sortie inédite qui la ravissait. Il saluait Jane avec cette politesse vieillotte qu'elle appréciait tant, ce qui démontrait qu'il avait la délicatesse de s'adapter aux goûts de ses interlocuteurs, puis il entraînait Moira dans ce Londres qu'elle croyait connaître, mais où il lui faisait découvrir des endroits charmants dont elle ne soupçonnait pas l'existence. Elle rentrait chez elle rieuse et animée, les joues rougies autant par le froid que par le plaisir qu'elle avait pris dans ces promenades enchanteresses, avec le seul désir de revoir le jeune homme qui devenait une composante indispensable de sa vie. Mais, une semaine avant la Nativité, ces balades furent interrompues par la neige qui ensevelit la ville en une nuit.

Après sa toilette, la jeune femme se planta devant la fenêtre du séjour, d'où elle contempla avec tristesse le manteau blanc qui recouvrait le paysage, puis elle soupira lourdement.

— Comptais-tu sortir aujourd'hui ? demanda sa mère d'un ton compatissant.

— Je ne sais pas, mais ce qui est sûr c'est qu'Irwin ne viendra pas. Il est impossible de circuler avec toute cette neige.

— J'en suis désolée pour toi, ma chérie.

Avec un grognement, Moira se détourna de la vue déprimante qui s'exposait au-dehors pour saisir le livre qu'elle n'avait jamais terminé. Grâce à sa lecture passionnante, la matinée passa plus rapidement qu'elle ne l'avait craint. Pourtant, si la neige ne fondait pas très vite, elle voyait se dérouler devant elle de longues journées vides qu'elle ne savait comment occuper. Mais, alors qu'elle prenait le café au salon après le déjeuner, elle eut soudain l'idée d'aller fouiner dans la bibliothèque afin de meubler son après-midi, ce que sa mère approuva vivement. Ce fut le moment que choisit la sonnette pour carillonner, les figeant de surprise. Perplexes, elles faisaient le tour des gens susceptibles de braver ainsi les frimas, pour conclure qu'il ne pouvait s'agir que d'un coursier, lorsqu'une voix masculine résonna familièrement dans l'entrée. Un instant plus tard, Irwin pénétrait dans la pièce avec animation.

— Je vous salue, Mesdames, lança-t-il en s'inclinant poliment.

La jeune femme bondit de son siège, les yeux écarquillés.

— Irwin ! Mais comment êtes-vous arrivé jusqu'ici ?

— Sur mes deux jambes. Lorsque les automobiles et même les anciennes voitures n'assurent plus leur fonction, il reste encore les bonnes vieilles méthodes.

— Vous êtes venu à pied ? Mais c'est terriblement loin.

— En tout cas, c'est un plaisir de vous voir, intervint Jane qui trouvait que sa fille se montrait peu accueillante. Asseyez-vous donc ! Vous boirez bien un café avec nous ?

— Volontiers, merci, accepta le jeune homme en s'installant dans un fauteuil.

Réalisant à quel point elle semblait revêche, Moira adressa un sourire charmant au visiteur tandis qu'elle se rasseyait.

— Je suis enchantée que vous soyez là. Je me désolais à l'idée que cette neige nous empêche de nous rejoindre.

— Je n'ai pas l'intention de laisser les éléments me priver de votre présence.

— Absolument, acquiesça Mrs Radden en tendant une tasse fumante à son invité. Comme cela peut durer assez longtemps, il vaut mieux en prendre votre parti.

— Et après tu t'étonnes que je n'aie pas envie de revenir vivre ici, bougonna sa fille. À Telgilsh, nous ne rencontrons pas ces inconvénients.

— Il y a des tempêtes de sable qui sont tout aussi redoutables, nuança l'archéologue.

— C'est vrai ! Après leur passage, il faut nettoyer ce que nous avions déjà dégagé, ce qui double notre travail. Mais, au moins, il ne fait pas froid.

Irwin se mit à rire.

— Je n'imagine pas la neige sur le Sahara.

Heureuse de constater qu'il avait réussi à dérider Moira, Jane s'enquit de la façon dont les jeunes gens comptaient occuper l'après-midi.

— N'avais-tu pas parlé de recherches que tu voulais mener dans tes livres ? demanda-t-elle en se tournant vers sa fille.

— C'est une bonne idée, reconnut l'archéologue en voyant la jeune femme hocher la tête. Comme les rues ne sont pas déneigées, s'aventurer dehors est assez hasardeux.

— Mais oui. C'est plus agréable de rester au chaud, renchérit Moira qui ne désirait guère braver les rigueurs de l'hiver anglais.

— Alors, je vais donner l'ordre de faire du feu dans la cheminée de la bibliothèque, annonça sa mère en quittant le séjour.

Les jeunes gens plongèrent avec délectation dans les vieux ouvrages, plaisantèrent, pouffèrent sous une pluie de poussière lorsqu'ils remuaient les rayons les plus hauts, puis se taisaient soudain quand ils dénichaient un volume rare qu'ils mettaient de côté avec soin. Aussi passionnés l'un que l'autre, ils ne virent pas filer la journée, d'autant qu'à cause du ciel bas et plombé, ils durent conserver la lumière tout l'après-midi. Comme ils étaient tellement absorbés, Jane se garda de les interrompre pour le thé, mais, le soir venu, elle fit composer un dîner plus élaboré que d'ordinaire, puis elle ouvrit la porte de la pièce d'où fusaient des voix animées.

— Je suppose que vous allez souper avec nous, Irwin ? susurra-t-elle avec un sourire complice.

— Pourquoi ? s'étonna-t-il en sortant sa montre de gousset. Mon Dieu ! Est-il vraiment si tard ?

En jetant un coup d'œil par la fenêtre, Moira ne put retenir une exclamation de surprise.

— Mais il fait noir ! Quelle heure est-il donc ?

— Huit heures, répondit sa mère avec un parfait naturel. Ne commencez-vous pas à avoir faim ? Vous avez déjà loupé le thé.

— Nous n'avons pas vu le temps passer. Tu aurais dû nous prévenir.

— Je n'ai pas voulu vous importuner, vous paraissiez si occupés.

Irwin frotta gaiement son ventre plat.

— Ma foi, je reconnais que j'ai un creux.

— Alors, venez. Le repas est prêt.

La soirée fut très agréable. Les deux collègues recensèrent leurs découvertes, auxquelles Jane fit semblant de s'intéresser, tout en jubilant de les voir aussi proches l'un de l'autre. Après le dessert, elle les entraîna dans le salon, servit un vieux porto à l'archéologue en lui révélant avec fierté qu'il venait de la réserve de son défunt mari, tandis qu'elle-même et sa fille s'en tenaient à des tisanes bien chaudes. Le jeune homme envoya un clin d'œil amusé à sa directrice qui ne crachait pas sur un cocktail lorsqu'ils étaient à Telgilsh, mais il ne fit aucune remarque pour ne pas choquer la brave dame. Très vite, la conversation retomba sur les livres de la bibliothèque, puis dériva sur les recherches archéologiques, au grand plaisir de la mère de Moira qui se retira discrètement, satisfaite de la façon dont elle avait géré la situation.

L'horloge sonnant minuit ramena les jeunes gens à la réalité. Ils se fixèrent avec stupéfaction en comprenant que la nuit était bien entamée.

— Je vous laisse, s'écria Irwin en se levant précipitamment. Je suis impardonnable de vous faire veiller ainsi.

— Ce n'est pas sérieux, protesta son hôtesse qui se mit aussi debout. Vous n'allez pas rentrer à pied si tard, et vous ne trouverez aucun taxi. Restez donc dormir ici, j'en serai plus rassurée.

— Je ne veux pas vous déranger.

Elle secoua la tête amicalement.

— Il n'y a pas de problème, nous avons une chambre d'amis.

— Dans ce cas, j'accepte, céda-t-il, soulagé de ne pas avoir à refaire l'interminable chemin dans la neige à une heure aussi tardive.

La jeune femme le précéda vers l'étage, où elle ouvrit une porte donnant accès à une pièce bien meublée, mais glaciale.

— Je vais chercher des draps, annonça-t-elle en se détournant. Je dors juste en face. Si vous avez besoin de quoi que ce soit, n'hésitez pas à venir me le dire. Surtout, ne craignez pas de réveiller ma mère, elle loge tout au fond du couloir.

— Brrr ! Il fait froid, frissonna le jeune homme.

— Oui. Évidemment, on n'a pas pensé à allumer un feu. Venez vous réchauffer chez moi pendant que je prépare votre lit.

Irwin la suivit dans l'alcôve tiède et accueillante, mais lorsqu'elle voulut s'éloigner, il lui saisit le bras d'un geste plein de douceur.

— Ce remue-ménage est-il indispensable ? souffla-t-il avec un regard de velours.

Enchantée qu'il se décidât enfin, elle se serra contre lui, les yeux plongés dans les siens.

— C'est comme vous le désirez.

Le lendemain matin, Jane découvrit avec satisfaction que sa fille n'était pas levée pour le petit-déjeuner, alors elle sortit du linge masculin qu'elle avait retiré de la chambre de la jeune veuve après le décès de son époux, le posa sur le lit d'appoint, puis elle plaça un nécessaire de rasage dans la salle de bains. Lorsque, en milieu de matinée, elle entendit enfin du bruit au premier, elle sourit de plaisir à l'écoute des murmures indistincts prouvant qu'il y avait deux personnes là-haut. Pourtant, quand des pas retentirent dans l'escalier, elle évita de se montrer, afin de ne pas embarrasser son invité-surprise.

— Tu vois, commenta Moira devant la table du petit-déjeuner non débarrassée, on ne peut rien cacher à ma mère.

— Quand même, j'ai un peu honte de m'imposer ainsi chez elle, observa Irwin en s'asseyant face à elle.

La jeune femme, qui versait du thé dans deux tasses, se mit à rire.

— Ce n'est pas chez elle. Cette demeure m'appartient.

— Comment ?

— Le domicile de mes parents est situé dans un petit village du Berkshire. À la mort de mon père, ma mère s'y est retrouvée très isolée, alors, quand Wilson et moi avons quitté l'Angleterre pour le Maroc, nous lui avons proposé de venir garder la maison. Depuis, elle n'en est plus jamais repartie.

— Hum ! Je comprends, acquiesça le jeune homme en buvant une gorgée du liquide bouillant. Pourtant, je ne voudrais pas l'offusquer.

Tout en beurrant un scone, Moira lui lança un regard amusé.

— Aucun risque ! Elle paraît pudibonde, mais je suis certaine qu'elle est ravie que tu sois resté cette nuit. D'ailleurs, elle a manœuvré pendant l'après-midi, ainsi que la soirée d'hier pour aboutir à cette situation. Crois-moi. Si elle était choquée, il y a longtemps qu'elle aurait fait irruption dans la pièce pour nous le dire. D'autre part, nous n'aurions pas trouvé, fort opportunément, tout ce qu'il te fallait pour ta toilette.

— Il est vrai que cela m'a beaucoup étonné.

Lorsque Jane parut, elle les salua avec bonhomie, comme s'il avait toujours été prévu que l'archéologue dormît avec sa fille. Le jeune homme était très soulagé qu'elle ne soulevât aucune difficulté, mais il craignait que ce ne fût pas aussi simple avec sa propre famille. Pourtant, il s'inquiétait inutilement. Son frère et sa sœur se contentèrent d'allusions malicieuses qui marquaient leur approbation, quant à ses parents, ils l'encouragèrent avec l'espoir qu'il s'engage enfin dans une relation sérieuse.

À partir de ce jour, Moira et Irwin passèrent le plus clair de leur temps ensemble. Comme la neige fondait très lentement, ils se cloîtraient souvent dans la bibliothèque de la jeune femme, où ils partageaient des heures délicieuses au milieu des ouvrages anciens, unis dans une même passion pour l'histoire. Puis, après une veillée agréable durant laquelle Mrs Radden se faisait aussi discrète que possible, ils montaient dans la chambre qui abritait leurs ébats torrides. Cependant, d'un commun accord, ils réservèrent le réveillon et Noël à leurs proches, avant de se retrouver le lendemain encore plus épris, pour s'offrir les cadeaux qu'ils s'étaient mutuellement choisis. Cet amour qui débutait se suffisait à lui-même, pourtant, cédant à la pression qu'ils subissaient, les jeunes gens organisèrent un dîner afin de présenter la mère de Moira à la famille d'Irwin, avec la sensation gênante qu'il s'agissait de leur repas de fiançailles, quoique personne ne l'exprimât ouvertement.

Après le Nouvel An, ils allèrent au British Museum rendre visite à Fergus, que tous deux appréciaient beaucoup. Enchanté, le conservateur décrivit avec enthousiasme le projet qu'il avait conçu pour exposer les trésors, tandis que la jeune femme extatique imaginait déjà ses artefacts les plus précieux dans les vitrines d'une salle dédiée à Telgilsh.

— J'ai hâte de voir ça.

— Moi aussi, appuya l'archéologue radieux. Si la chance nous sourit, nous vous ramènerons de quoi remplir plusieurs salles.

— Mais je l'espère bien, renchérit Fergus. D'après vos rapports, je suis sûr que vous détenez une véritable mine d'or. Vous êtes plus heureux que la plupart de vos confrères.

Le jeune homme se carra dans son fauteuil, échangea un coup d'œil complice avec sa compagne, avant de répondre à son interlocuteur.

— C'est vrai. Un tel site ne se détecte qu'une fois dans une vie. Je suis très content que Moira ait bénéficié de cette aubaine, alors que tant d'autres s'échinent pour rien.

— Tiens, à ce propos, j'ai entendu dire que Lord Carnavon, qui finance les fouilles d'Howard Carter, commence à trouver que cela ne vaut pas l'argent investi.

— Je n'ai jamais compris l'intérêt de s'acharner à rechercher cet obscur pharaon, dont on n'est même pas certain qu'il ait réellement régné.

— Il a pourtant repéré au moins un cartouche au nom de Toutankhamon, souligna le conservateur d'un geste éloquent, en oubliant son cigare qui répandit des cendres partout sur son sous-main.

Irwin se pencha en avant avec passion.

— Peut-être, mais ce roi n'est pas sur les tables d'Abydos[24] qui recensent tous les prédécesseurs de Séthi 1er[25]. Je pense que les anciens Égyptiens devaient connaître mieux que nous leur propre histoire.

— Bah ! Quelle importance ? Qu'il prospecte ce qu'il veut, tant qu'il n'empiète pas sur votre territoire.

Moira, que cette affaire n'intéressait guère, approuva tout en se levant pour prendre congé, afin de clore la discussion. Fergus leur remit la dotation pour la suite du chantier, demanda à la jeune femme de continuer à lui expédier les comptes rendus réguliers qui le tenaient au courant des découvertes, puis les raccompagna jusque dans le hall principal sans paraître remarquer la modification des relations entre les jeunes gens. Pourtant, depuis sa première rencontre avec la veuve, il entretenait la conviction que ces deux-là étaient complémentaires, aussi regagna-t-il son bureau avec un sourire radieux en voyant ses prédictions se réaliser.

Le mercredi 4 janvier 1922, bien qu'impatients de retrouver Telgilsh, l'archéologue et sa directrice prirent l'avion pour Paris avec une boule au ventre, tellement ils redoutaient la réaction de leurs collègues devant leur rapprochement. Pourtant, ce n'était rien à côté de la honte qu'ils ressentaient à l'idée d'avoir trahi Bryan qui s'était montré si généreux envers eux, aussi fut-ce avec une certaine réticence qu'ils recherchèrent le pilote dès l'atterrissage au Bourget. On les dirigea vers le même hangar qu'à l'aller, mais, en apercevant l'appareil qu'elle connaissait si bien, Moira ralentit le pas avec un regard coupable à l'adresse de son compagnon.

---

[24] Liste de rois égyptiens gravée sur le mur du grand temple d'Abydos

[25] Roi égyptien ayant régné environ de 1312 à 1298 av. J.-C., père de Ramsès II

— Tu m'as dit que ce n'était pas sérieux entre vous, n'est-ce pas ? glissa Irwin comme pour se rassurer, sans oser la frôler.

— C'est vrai. Il me l'a plusieurs fois répété avant notre départ, mais tout de même, c'est un peu rude.

— Maintenant que c'est fait, il ne nous reste plus qu'à l'assumer.

Il s'avança d'un pas décidé, tandis que la jeune femme le suivait jusqu'à l'avion en observant autour d'elle pour repérer l'aviateur, mais en vain. Alors, elle s'arrêta, perplexe, tandis que l'archéologue furetait dans tous les coins pour trouver quelqu'un qui les renseignerait. De guerre lasse, ils allaient revenir à l'aérogare, lorsqu'un appel joyeux les fit se retourner vers la grande porte qui donnait sur la piste. Bryan venait vers eux en courant, les cheveux au vent, avec une expression amicale qui renforça leur culpabilité, au point qu'ils se sentirent incapables de lui répondre. Surpris, il s'immobilisa près d'eux en les scrutant l'un après l'autre.

— Mais que vous arrive-t-il ? Vous avez des visages à faire peur. Avez-vous eu des problèmes ?

— Non, pas du tout, affirma Moira en se forçant à sourire. Notre séjour s'est très bien passé. Et toi ? Comment as-tu occupé ton temps ?

— Je me suis baladé un peu partout et j'ai rencontré de vieux copains, formula-t-il évasivement. Je vous relaterai cela plus en détail lorsque nous en aurons le loisir. Où sont vos bagages ?

— Comme nous ne savons pas quand vous avez prévu de partir, nous les avons laissés à la consigne, exposa Irwin en détournant les yeux.

— J'ai une fenêtre de décollage réservée pour le tout début d'après-midi, ce qui nous conduira à Toulouse ce soir, si ça vous convient.

— C'est parfait, approuva la jeune femme avec un enthousiasme factice. J'ai hâte de rentrer à Telgilsh.

— On croirait que c'est ta maison, plaisanta le pilote. Venez donc à la buvette avec moi, je suis sûr qu'un bon café vous fera du bien.

Ils le suivirent sans parvenir à se mettre au diapason de sa bonne humeur. En entrant dans le local où se regroupaient les aviateurs, Bryan salua quelques collègues, puis commanda des cafés dans un français impeccable, avant de diriger ses invités vers une table située dans un angle de la pièce, ce qui leur assurait une certaine intimité.

— Je ne savais pas que tu parlais couramment français, observa Moira un peu étonnée.

— Il y a beaucoup de choses que tu ne sais pas, répliqua-t-il gravement. Maintenant, expliquez-moi ce que vous avez, tous les deux. On dirait que le ciel vous est tombé sur la tête.

— C'est un peu difficile à raconter, murmura l'archéologue gêné en adressant un regard de noyé à sa compagne.

Mais, à leur grande surprise, le pilote sourit largement en les contemplant l'un après l'autre.

— Je vois. Vous vous êtes enfin trouvés, n'est-ce pas ? J'espérais que ces vacances vous le permettraient.

— Comment ? s'exclama la jeune femme qui reposa sa tasse sans la boire. Tu pensais qu'Irwin et moi...

— Vous êtes faits l'un pour l'autre, cela crève les yeux, coupa Bryan, puis son expression se fit malicieuse. Je vous souhaite beaucoup de bonheur, ou devrais-je dire beaucoup de découvertes archéologiques ?

— C'est très généreux de votre part, remercia le jeune homme mal à l'aise.

— Mais pas du tout ! Je suis sincèrement heureux pour vous.

Comme l'aviateur ne semblait pas blessé, contrairement à ce qu'ils avaient craint, les jeunes gens lui narrèrent volontiers le séjour à Londres, depuis les visites au British Museum jusqu'aux manœuvres de leurs familles pour les rapprocher. Moira émerveillée décrivit comment Fergus mettrait en valeur leurs trouvailles, en rêvant tout haut à ces salles qui retraceraient l'histoire de la cité oubliée, ce qui amusa bien les deux hommes.

— Encore faudrait-il que l'on connaisse la chronologie de ce royaume. Or, nous en sommes très loin, remarqua Irwin qui commençait à se décontracter.

— Peut-être qu'ils ont exhumé des éléments inédits pendant notre absence, suggéra la jeune femme avec espoir.

— Accorde-moi quelques jours de patience. Mon avion ne vole pas plus vite que la lumière, plaisanta Bryan qui terminait son café.

Elle adressa un sourire lumineux à son ancien et son nouvel amant, soulagée que la situation se fût dénouée sans crise.

— Je le sais. Décidément, cet endroit ne cesse de me hanter. Pourtant, je n'en ai pas rêvé une seule fois durant les vacances. Je me demande pourquoi.

— Pour une raison évidente, glissa le pilote avec un rire espiègle qui fit rougir ses deux vis-à-vis.

Ils décollèrent en début d'après-midi comme prévu, tandis que Moira voyait sans regret la ville s'éloigner, puis elle s'appuya contre son dossier avec un soupir de contentement qui lui attira un regard étonné de l'aviateur.

— Est-ce la perspective de regagner Telgilsh qui te rend si joyeuse ?

— Oui, bien sûr, acquiesça-t-elle avec sérénité. Mais, pour l'instant, je savoure surtout ta manière souple de piloter qui nous évite d'être secoués comme nous l'avons été entre Londres et Paris.

Lorsqu'ils atterrirent à Toulouse, il faisait déjà noir, mais un taxi les attendait pour les conduire dans une auberge où Bryan avait réservé des chambres. Après une bonne nuit de sommeil, ils reprirent l'air pour suivre à l'envers le même parcours qu'à l'aller, en appréciant que la chaleur augmentât à mesure qu'ils approchaient de la destination. Au fil des étapes, le pilote raconta ses pérégrinations dans toute la France, qui l'obligèrent à dévoiler au passage quelques événements de sa vie que Moira ignorait, mais il refusa de s'étendre davantage. Retrouvant le fond de tristesse qu'elle avait décelé sous le sourire du jeune homme, son ancienne maîtresse n'osa pas insister.

L'arrivée à Tataouine trop tardive pour qu'ils repartent le jour même vers le site mit la jeune femme sur des charbons ardents, pourtant elle dut se résigner à prendre une chambre dans l'hôtel où elle avait séjourné avec ses collègues l'année précédente. Alors qu'elle s'y rafraîchissait avec Irwin avant le dîner, elle repensa à cette soirée qui lui avait fait découvrir Bryan sous un aspect qu'elle ne connaissait pas, au point de la précipiter dans ses bras sans jamais s'imaginer qu'il était l'homme de sa vie. Elle lui était très reconnaissante pour le soutien sans faille qu'il lui avait apporté durant les moments pénibles qui avaient ponctué les fouilles, tout comme elle savait qu'elle lui garderait toujours une profonde tendresse en souvenir des merveilleuses heures passées en sa compagnie. Cependant, lorsqu'elle contemplait l'archéologue qui s'habillait pour sortir, elle ressentait la paisible certitude que leurs existences étaient liées, comme si elle revenait enfin auprès de celui qu'elle avait toujours aimé.

— Ne me fixe pas comme ça, dit le jeune homme en levant la tête, sinon je risque fort de te déshabiller tout de suite.

— Je te trouve de plus en plus audacieux, lança-t-elle en s'écartant avec légèreté.

Abandonnant ce badinage qui menaçait de les mettre en retard, ils se hâtèrent de rejoindre le pilote qui patientait dans le hall. Ensemble, ils se dirigèrent vers un excellent restaurant dans lequel Moira était allée plusieurs fois avec son amant, sans que cela provoquât la moindre gêne entre eux, le voyage ayant été assez long pour leur permettre de clarifier la situation.

— Vous voici de retour, remarqua Bryan en souriant. Fini les vacances.

— Ce n'est pas ainsi que je le conçois, protesta la jeune femme. J'ai plutôt l'impression de rentrer enfin chez moi.

— Décidément, tu ne te déferas jamais de ce sentiment.

— C'est assez bizarre, intervint Irwin en reposant le menu qu'il étudiait. Moi, je n'y ai vécu que quelques semaines, mais j'éprouve la même chose.

Amusé, l'aviateur les enveloppa d'un regard attendri.

— Quand je disais que vous étiez faits l'un pour l'autre. Qu'y a-t-il de si spécial dans cette cité ?

— Je ne saurais l'expliquer, mais il me semble que je pourrais la dessiner telle qu'elle était au temps de sa splendeur, avança l'archéologue songeur.

Le pilote, qui portait son verre à ses lèvres, suspendit son geste avec étonnement.

— Ah, bon ! As-tu des visions, toi aussi ?

— Non, pourquoi ?

— Je te raconterai, coupa vivement Moira.

Réalisant que la jeune femme n'avait pas parlé de ses cauchemars à son nouveau compagnon, Bryan se hâta de changer de sujet pour effacer sa gaffe, soulagé qu'Irwin n'essayât pas de comprendre l'étrange allusion. Comme il ne revint pas dessus à l'hôtel, Moira, qui ne savait comment interpréter ces curieuses hallucinations, se persuada qu'il l'avait oubliée.

Le lendemain, ils retrouvèrent l'aviateur pour la dernière partie du périple, qui leur parut durer une éternité quoiqu'elle fût la plus courte. Avec impatience, ils scrutaient le désert sous les ailes de l'appareil, à la recherche des hautes dunes qui marquaient la limite du site. Pourtant, ils furent surpris lorsque l'avion piqua du nez alors que rien ne paraissait se démarquer de ce paysage minéral, mais, connaissant la grande habileté du pilote, ils ne doutèrent pas d'être arrivés à destination. D'ailleurs, un instant plus tard, après un virage sur l'aile, ils aperçurent le village de toile des ouvriers, puis les tentes de l'équipe dirigeante, enfin l'oued asséché qui servait de piste d'atterrissage.

Quelques minutes à peine s'étaient écoulées, qu'ils cherchaient déjà à se dégager en riant des bras qui les enlaçaient, tout en glissant qu'ils aimeraient bien respirer encore un peu si leurs amis les y autorisaient.

— C'est bon de vous revoir, affirma Joyce gaiement. Vous nous avez manqué, tous les trois.

— Je parie que vous avez eu des problèmes d'approvisionnement, plaisanta Bryan en ouvrant la soute.

Tyler se rapprocha pour l'aider à décharger.

— Pas vraiment ! C'est surtout votre compagnie et votre conversation après lesquelles nous soupirions.

— Moira, tu exagères ! Un homme ne te suffit pas, il faut que tu en monopolises deux pour toi toute seule, gronda Violet en agitant un index faussement menaçant.

— Ce n'est pas vrai, protesta la jeune femme. Je ne savais pas que Bryan avait prévu de rester en France. Je ne l'ai appris qu'à Paris.

Alvin désigna les fouilles d'un large geste avec une grimace expressive.

— Bien sûr, nous avions hâte de profiter à nouveau de ton entrain et de ta bonne humeur, mais tes intuitions fulgurantes nous ont aussi fait défaut.

— Sans compter que nous sommes bien embarrassés devant une découverte que nous ne savons pas interpréter, renchérit Tyler en s'arrêtant près d'eux, un colis dans les bras. Nous avons grand besoin de toi, Irwin.

— Mais le travail peut attendre, coupa Joyce d'un ton catégorique. Nous avons sûrement plein de choses à nous raconter, alors nous déjeunerons tous ensemble.

Dans l'obscurité

Mars 683 av. J.-C.

Adonia émergea lentement du puits profond dans lequel elle était tombée. Elle battit des paupières sans rien voir, puis elle tenta de tourner la tête dans l'espoir de saisir au moins une petite lueur, mais la douleur fulgurante qui lui transperça le crâne arrêta son mouvement à peine commencé. Alors, elle referma les yeux en attendant que le mal s'apaisât, avec le vague souhait qu'Asherah vînt la soigner, sans avoir la force de l'appeler. Elle avait oublié le passé récent, mais se sentait trop faible pour fouiller dans sa mémoire. D'ailleurs, le mal persistant lui interdisait de se concentrer sur quoi que ce soit.

Elle resta ainsi pendant un moment, flottant dans un univers confus traversé de brusques éclairs, puis ses idées se clarifièrent peu à peu. Le souvenir d'un choc violent sur la tête la poussa à lever un bras pour tâter le sommet de son crâne, mais un obstacle l'en empêcha, qu'elle crut être la couverture de son lit, jusqu'à ce qu'elle rencontrât une résistance inattendue. Alors, s'aidant des deux mains, elle chercha le bord de ce tissu dans lequel elle était enveloppée, en luttant pour ne pas que la terreur la submergeât lorsqu'elle s'aperçut qu'il l'emmaillotait de la tête aux pieds. Heureusement, elle repéra une petite ouverture qu'elle agrandit jusqu'à libérer ses deux bras. Palpant l'étoffe de l'extérieur, elle finit par en attraper un bout qu'elle déroula en se tortillant, malgré la douleur qui lui vrillait le crâne. Mais ses membres étaient si lourds qu'elle les laissait souvent retomber, avec l'angoisse de ne pas réussir à se débarrasser de ce linceul dans lequel on l'avait drapée. Elle ne comprenait ni où elle était ni ce qui lui était arrivé, aussi s'évertuait-elle à reconstituer le fil des événements. Si on l'avait crue morte lorsqu'on l'avait trouvée inconsciente, peut-être avait-on commencé à la préparer pour ses funérailles ? Pourtant,

329

cela n'expliquait pas pourquoi elle était étroitement enserrée, alors que la coutume voulait que l'on ensevelît les souverains dans leurs plus beaux habits, au lieu de les emballer dans un textile aussi rêche que celui-là. Comme la toile lui couvrait le visage, elle était impatiente de l'enlever, afin de découvrir son environnement, mais celle-ci était tellement entortillée autour d'elle en formant plusieurs couches superposées, qu'elle devait se forcer à la déplier calmement sous peine de l'emmêler encore davantage. En rageant après ceux qui l'avaient empaquetée ainsi, elle se rendit compte que la bande de tissu descendait d'abord jusqu'à ses orteils avant de remonter vers sa tête, ce qui l'obligeait à se dépêtrer à tâtons pour retrouver la lumière. Alors elle attendit que ses tremblements se soient apaisés, puis elle fit glisser la toile entre ses doigts, récupéra l'extrémité libre pour la rouler sur elle-même, afin d'éviter de se tromper dans l'obscurité.

Pendant qu'elle était ainsi occupée, elle tendait l'oreille en balançant entre l'espoir et la peur d'entendre du bruit, tout en se demandant si l'épaisse enveloppe n'étouffait pas tous les sons. Elle songeait que s'il s'agissait d'une méprise, la première personne qui arriverait auprès d'elle s'empresserait de la dégager en se réjouissant de la voir vivante, puis lui donnerait quelque chose pour soigner le mal lancinant qui lui battait les tempes. Par contre, si c'était un enlèvement, comme elle le craignait, il lui fallait à tout prix se sortir de ce cocon avant d'être surprise par ses geôliers. Pourtant, la situation ne lui semblait pas correspondre à l'une ou l'autre de ces éventualités, ce qui l'intriguait beaucoup. Bien sûr, des brigands embauchés par son cousin pouvaient l'avoir kidnappée pour la tenir prisonnière quelque part. Cela expliquerait qu'ils l'aient emmaillotée aussi étroitement pour qu'elle ne pût pas se délivrer, pourtant, s'ils avaient pris cette peine, ils auraient dû terminer le travail en rajoutant des cordes par-dessus, afin de s'assurer de sa totale impuissance. En oubliant ce détail important, ils avaient fait preuve d'une négligence surprenante qui risquait de leur coûter cher. Par contre, si ses proches l'avaient crue morte, cet enveloppement n'avait pas de sens. À moins qu'ils ne veuillent dissimuler son décès jusqu'à la venue du roi Hiram et de son fils, afin d'empêcher Belshazzar d'usurper le trône. Elle souhaitait de toutes ses forces que ce fût la bonne explication, tout en s'étonnant que le médecin du palais eût pu se tromper aussi lourdement en l'examinant, alors qu'il s'était toujours montré très compétent.

Elle ressentit un certain soulagement lorsque le tissu qu'elle enroulait résista, signe qu'elle arrivait à la partie encore entortillée autour de son corps. Alors, elle reprit ses contorsions sans parvenir à retenir les larmes s'échappant de ses paupières closes, tellement ces ondulations redoublaient la douleur qui cognait contre les parois de son crâne. Pourtant, la jeune fille sentait ses membres s'extirper progressivement de l'étoffe rugueuse, lui offrant une plus grande liberté de mouvement qu'elle mettait à profit pour accélérer sa libération. Cependant, elle prenait garde à ne pas faire de bruit, afin de ne pas alerter ses éventuels ravisseurs tant qu'elle ignorait dans quelle situation elle se trouvait. Enfin, la bande de toile se décrocha de ses orteils, glissa dans son dos, puis remonta jusqu'à l'arrière de sa tête. Avec des gestes saccadés, elle déroula les dernières coudées de tissu, mais une âcre odeur qu'elle ne savait identifier vint frapper ses narines. Curieuse de découvrir où elle était, elle ouvrit les yeux lentement, avec la crainte qu'une trop forte lumière augmentât son mal. Un instant, elle crut à une hallucination, en constatant qu'elle ne voyait toujours pas. Perplexe, elle palpa son visage, vérifia qu'elle n'avait plus rien dessus, que ses paupières étaient ouvertes, puis elle tourna la tête pour essayer de percevoir quelque chose, des ombres ou le moindre reflet qui lui donnerait un repère. Mais les ténèbres restaient impénétrables.

Repoussant la panique qui montait en elle, la reine s'efforça de réfléchir posément. On était probablement au milieu de la nuit, ce qui expliquait pourquoi il faisait si noir, pourtant un doute tenace lui évoquait la faible clarté qui ne disparaissait jamais de sa chambre, même aux heures les plus sombres. Soudain, le souvenir de la tempête de sable, si violente qu'elle les avait obligés à renforcer les habituelles protections du palais, surgit dans sa mémoire. Durant cette période difficile, dès que les lampes s'éteignaient, l'obscurité devenait aussi profonde que celle qu'elle expérimentait actuellement. Elle en conclut avec un soulagement immédiat qu'elle était enfermée dans une pièce dont on avait condamné les fenêtres, afin que personne ne devinât sa présence. Alors, elle sut que, malgré la douleur qui se réveillait au moindre mouvement, elle devait se lever pour trouver l'issue de sa prison.

Elle se redressa sur un coude, en luttant afin de ne pas retomber en arrière tellement sa tête lui semblait lourde ; elle tâtonna pour découvrir le bord de son inconfortable couche, avant de se rendre compte qu'elle était sur le sol ; puis elle replia ses jambes en s'appuyant sur les deux mains. Lentement, elle poussa sur ses bras en raidissant son dos, le front toujours penché en avant avec l'impression qu'un être invisible lui frappait le crâne en cadence. Un gémissement sourd lui parvint, qui la figea sur place de surprise. Quelqu'un d'autre aurait-il été enlevé en même temps qu'elle ? Interdite, elle tendit l'oreille, prête à interpeller ce compagnon d'infortune, mais lorsque le bruit se reproduisit, elle comprit avec découragement que c'était elle qui geignait de douleur. Alors, rappelant à elle toute sa volonté, elle se concentra sur son but jusqu'à parvenir à la position assise. Cependant, elle était incapable de se dresser tant que son sang battait aussi fort contre ses tempes, au risque de faire exploser sa cervelle.

— Très bien, murmura-t-elle pour briser ce silence angoissant. Voyons déjà ce qu'il y a par ici.

Joignant le geste à la parole, elle tâta le sol autour d'elle jusqu'à ce qu'en identifiant de la pierre, elle réalisât pourquoi le lit lui avait paru aussi dur. Elle repoussa le tissu qu'elle avait roulé, puis, s'aventurant un peu plus loin, elle discerna sous ses mains une solide cordelette dont la longueur lui fit penser qu'elle avait servi à la ficeler. De plus en plus étonnée, elle la fit glisser entre

331

ses doigts, repéra plusieurs nœuds non défaits qui confirmèrent son intuition, tandis que surgissaient de nouvelles questions sur la raison qui avait convaincu ses ravisseurs de la détacher. Étaient-ils tellement certains qu'elle ne parviendrait pas à s'enfuir ? Si c'était le cas, elle se promit de les détromper très bientôt. Lâchant la ficelle, elle balaya la dalle aussi loin que ses bras le lui permettaient, sans rien trouver d'autre. Alors, elle choisit au hasard une direction vers laquelle se traîner avec l'espoir d'atteindre un point d'appui qui l'aiderait à se mettre debout, mais elle buta presque aussitôt sur un obstacle. Elle effleura la chose lisse et dure face à elle, qu'elle reconnut comme un mur.

— Et bien, c'est mieux que rien, affirma-t-elle tout haut afin de se persuader elle-même.

Comme cette nuit persistante commençait à l'inquiéter, elle en arrivait à espérer que quelqu'un l'entendrait, même l'un de ses geôliers. Mais, seul le silence lui répondit, alors elle poursuivit ses efforts pour se lever, malgré la faiblesse qu'elle ressentait. Cependant, avant de tenter l'aventure, elle palpa son crâne avec précaution, afin de définir l'origine précise de cette migraine paralysante. Très vite, elle sentit un liquide poisseux qui souillait ses cheveux, puis elle distingua une plaie longue de quelques pouces, dont les bords étaient mous au toucher. Grimaçant de douleur, elle regretta de n'avoir aucun onguent à sa disposition pour en enduire sa lésion, afin d'apaiser ces élancements pénibles. Alors, plus déterminée que jamais à s'échapper de sa prison, elle plaça les mains sur le mur, se mit à genoux, avant d'oser poser un pied par terre. Pesant de tout son poids contre la paroi, elle força sa jambe à se déplier, se reposa sur son autre pied dès qu'elle le put, pour finalement réussir à se tenir droite.

C'était une grande victoire, mais qui ne la mènerait à rien si elle ne parvenait pas à conserver son équilibre qui lui paraissait des plus aléatoires. Des éclairs éclataient devant ses yeux, tandis que son cœur battait la chamade, au point d'envoyer tant de sang dans sa tête qu'il allait fatalement en jaillir par tous les orifices. Elle se plaqua contre le mur, se tourna avec difficulté pour s'y adosser, puis attendit que le mal diminuât en s'efforçant de respirer calmement. À nouveau, cette odeur indéfinissable lui rappela vaguement un souvenir désagréable, sans qu'elle pût le clarifier davantage. Pour l'instant, d'ailleurs, elle avait d'autres chats à fouetter que d'identifier un effluve quelconque, qui ne l'aiderait nullement. Par contre, quand elle serait sortie de sa geôle, cette senteur particulière lui permettrait peut-être d'estimer dans quel quartier de la ville elle se trouvait. Mais il lui fallait découvrir comment se libérer, ce qui passait par un déplacement hasardeux dans l'obscurité totale, avec le risque que sa blessure la handicapât de plus en plus si elle ne se dépêchait pas.

Comme ses vertiges s'espaçaient, elle sut que c'était le moment de bouger. Alors, elle se retourna vers la paroi qui lui servirait de guide, en posant ses mains sur la surface tellement lisse qu'elle l'effleura en tentant de deviner ce qui la rendait aussi homogène. Elle finit par conclure que ce mur était recouvert d'un enduit supportant des peintures soignées, ce qui n'était pas l'usage dans les habitations de Telgilsh. Même dans le palais, aucune pièce ne présentait de cloison ornée de cette manière, ses ancêtres ayant toujours considéré que cela coûtait trop cher pour une simple décoration. D'ailleurs, lorsqu'elle avait refait l'aménagement complet de son appartement, elle aussi s'était contentée de fresques bucoliques sur fond blanc qui lui plaisaient beaucoup, sans avoir ruiné le trésor. Elle songea que de telles dépenses ne la surprenaient guère de la part de son cousin qui possédait sans doute cette demeure, dont elle se demanda quelles malversations lui avaient permis de l'obtenir, alors qu'il n'avait pas de fortune.

Abandonnant ces spéculations stériles, Adonia revint à sa recherche de l'issue, mais incapable d'imaginer la forme de sa prison, elle choisit au hasard de partir vers sa gauche. Avec précaution, elle fit un premier pas, tâta le sol en s'étonnant qu'il lui parût si loin alors qu'elle n'avait pas l'impression d'avoir beaucoup levé son pied. Une fois que sa position fut affermie, elle rapprocha son pied droit de l'autre en glissant le long de la paroi, puis s'arrêta une seconde pour attendre que les élancements douloureux éveillés par ce léger mouvement s'atténuent. Elle recommença en luttant contre les vertiges qui menaçaient sa stabilité, mais il lui fallut quelques instants pour comprendre pourquoi sa progression était si difficile. Chaque pas l'obligeait à abaisser sa jambe bien plus qu'elle ne le croyait pour trouver son appui. Alors, elle réalisa qu'elle suivait une pente, ce qui expliquait la différence de niveau entre ses pieds. Un frisson d'épouvante la parcourut, tandis qu'elle chancelait sous le choc.

— Non ! Ce n'est pas possible, gémit-elle, affolée, en se plaquant davantage contre le mur.

Mais son solide bon sens reprit rapidement le dessus, en renforçant sa détermination à se sortir de ce piège. Elle repoussa l'image qui lui était venue à l'esprit, convaincue que de nombreuses raisons pouvaient justifier que les dalles du plancher ne soient pas droites. Puis, elle sourit. Bien sûr, le sable en dessous s'était tassé inégalement au fil du temps, voilà pourquoi elle était déroutée par la déclivité. Alors, elle se redressa, les mains posées sur la cloison qui lui servait de guide, bien décidée à découvrir l'ouverture sans se laisser déstabiliser par des peurs irrationnelles. Cette fois, comme elle avait compris le principe, elle ne perdait plus l'équilibre à chaque pas, mais, au contraire, anticipait la descente qui se révélait constante. Cependant, elle commençait à s'inquiéter en constatant qu'elle avançait ainsi depuis un long moment, sans atteindre le coin qu'elle espérait. Cette pièce devait être immense, pourtant quelque chose ne concordait pas avec le tableau qu'esquissait la longueur du mur. S'il y avait, derrière elle, une surface aussi vaste que la grande salle d'audience du palais, les quelques mots qu'elle avait prononcés à haute voix auraient dû se répercuter sur les parois en initiant un phénomène d'écho. Or, ses paroles s'étaient étouffées comme si elle se trouvait dans un espace confiné, ce que démentait l'interminable cloison. L'angoisse menaçait de la submerger. Elle se mordit les lèvres en se grandissant plus encore, afin de contenir ses frayeurs de petite fille.

— Je suis la reine de Telgilsh, affirma-t-elle fièrement pour conjurer sa crainte.

À nouveau, le son n'alla pas bien loin, pourtant, sans vouloir réfléchir à ce mystère, elle reprit sa marche obstinée vers une hypothétique issue.

Le changement brutal d'inclinaison la fit trébucher. Alors, d'un orteil prudent, elle tâta le sol qui ne penchait plus, puis elle glissa ses mains sur la paroi, étonnée de sentir le vide sous ses doigts. Elle était arrivée à un angle, mais pas celui qu'elle attendait. Au lieu d'un mur lui barrant le passage, il n'y avait rien sur sa gauche, par contre, droit devant elle, la cloison s'enfonçait dans l'inconnu. L'image d'un couloir débouchant dans un lieu ouvert s'imposa à son esprit, mais craignant qu'il ne s'agît plutôt d'un autre corridor, elle poussa un cri perçant, afin de se rendre compte de la façon dont il se propageait. Cette fois, le bruit rebondit contre les murs lointains d'une pièce de bonne dimension. Elle balança un instant entre se lancer à l'aveuglette, au risque de buter contre des meubles invisibles, et continuer ses lents tâtonnements, mais elle préféra longer la paroi dans l'espoir de découvrir enfin une porte. Alors, elle effectua un quart de tour à droite pour se placer face à la nouvelle cloison, soulagée de percevoir le sol bien aplani sous ses pieds, ce qui lui épargnerait une difficulté supplémentaire.

Comme la douleur paraissait s'atténuer, elle avançait avec davantage de confiance, tout en s'interrogeant sur la possibilité qu'une maison de la cité fût construite sur des dalles de pierre. En général, ce type de fondation était réservé aux monuments principaux, à l'exemple des temples dédiés aux dieux, mais rarement aux habitations. Le fil de ses pensées se rompit soudain, tandis qu'elle frémissait au souvenir de l'amitié que son cousin entretenait avec Balzer, le grand prêtre d'Echmoun. Est-ce que, par hasard, celui-ci aurait accepté de la séquestrer dans un quelconque recoin de l'édifice sacré ? Si c'était le cas, il pouvait dire adieu à sa charge, songea-t-elle avec colère, en prévoyant déjà de le bannir à vie du royaume dès qu'elle aurait recouvré la liberté.

Perdue dans ses réflexions, la jeune fille oubliait de sonder le sol à côté d'elle avant d'y poser le pied, si bien qu'elle sursauta en percutant un obstacle imprévu. Surprise, elle s'immobilisa pour tâter le terrain avec ses orteils, à la recherche de l'objet contre lequel elle venait de se cogner. Lorsqu'elle le récupéra, elle s'accroupit afin de le palper en s'étonnant de sa petite taille, jusqu'à ce qu'elle identifiât un simple récipient en terre cuite, comme l'on en utilisait dans toutes les cuisines de la ville. En plongeant sa main à l'intérieur, elle sentit sous ses doigts des restes séchés de nourriture indiquant que l'ustensile n'avait pas été nettoyé depuis très longtemps. Est-ce que cet endroit servait de dépotoir ? Était-ce cela l'odeur qui titillait ses narines sans qu'elle parvînt à la préciser ? Comme ce plat était insignifiant dans sa situation, elle se contenta de l'écarter de son chemin pour reprendre sa progression, en faisant attention à ne pas heurter autre chose. Cependant, à plusieurs reprises, elle frôla divers éléments qui affermissaient sa conviction qu'elle était dans un lieu où l'on se débarrassait des déchets inutiles, ce qui témoignait d'un total mépris pour sa personne. Le mur qu'elle suivait n'offrait aucune fissure ni la moindre rainure révélant la présence d'une porte, pourtant elle refusait de se décourager alors qu'elle était très loin d'avoir exploré tout le local.

Un nouveau pas lui fit atteindre une paroi perpendiculaire à celle qui la guidait. Enfin, elle était parvenue dans un angle, construit cette fois dans le bon sens. Conformément au plan qui se dessinait dans sa tête, elle devait effectuer un quart de tour sur sa gauche, afin de poursuivre sa route.

— Tu ne m'auras pas si facilement, Belshazzar, grogna-t-elle en entamant le sondage de ce pan de mur.

Cependant, son avancée fut entravée par les multiples objets qui jonchaient le sol, quoiqu'elle marchât très prudemment dans cet espace de plus en plus encombré. Elle s'obstina, pourtant, jusqu'au moment où elle buta contre un obstacle plus important que les autres, qui l'intrigua suffisamment pour qu'elle décidât de s'agenouiller afin d'estimer sa nature. Perplexe, elle fit glisser ses mains dessus, sentit que c'était en bois, avec des coins recouverts de métal pour les renforcer, ainsi que des arêtes vives, qui lui faisaient penser à un coffre précieux comme elle en possédait quelques-uns. La boîte assez haute lui arrivait presque à la taille, ce qui la persuada encore davantage qu'il s'agissait de ce qu'elle avait défini. Pourtant, elle ne pouvait imaginer pourquoi son propriétaire avait jeté à la poubelle un meuble de grande valeur, aussi continua-t-elle à le palper pour découvrir son défaut, jusqu'à ce qu'elle repérât un bibelot posé dessus. Le souffle coupé, elle reconnut une lampe à huile en terre cuite, alors, en tentant de contenir le fol espoir qui s'emparait d'elle, la reine plongea un doigt dans le réservoir qu'elle trouva plein.

— Oh ! Ce serait trop beau, murmura-t-elle avec incrédulité.

Elle tâtonna fébrilement sur le sol à la recherche d'une mèche et d'un briquet, en songeant avec désespoir qu'elle passait peut-être à côté sans les voir. Pourtant, après avoir balayé les environs sans succès, elle dut s'avouer vaincue. Dépitée, elle caressa une dernière fois le lumignon inutile, s'appuya sur le coffre pour se relever, mais suspendit son geste lorsque ses mains effleurèrent un objet inconnu. Il ne lui fallut qu'une seconde pour identifier les outils qu'elle cherchait. Alors, en réprimant ses tremblements de peur de répandre l'huile irremplaçable, elle battit la pierre afin d'obtenir une flamme. Elle se réjouissait de revoir enfin la lumière, tout en s'étonnant que ses geôliers aient laissé à sa portée cet attirail qui lui permettrait d'atteindre facilement l'issue de sa prison. Pendant quelques instants, la clarté soudaine l'éblouit au point qu'elle dut fermer les yeux, mais, dès qu'elle y fut habituée, elle se mit debout en élevant la main pour examiner les alentours.

Elle chancela sous le choc, ses paupières clignèrent à plusieurs reprises, ses doigts manquèrent de lâcher la lampe qui venait de lui révéler dans quelle geôle elle était enfermée.

Retour à Telgilsh

Janvier 1922

Irwin regarda avec curiosité la grande boîte que Tyler et Alvin déposaient sur son bureau, puis souleva le couvercle, sous lequel étaient rangés d'innombrables rouleaux de papyrus encore pourvus du sceau qui les cachetait, ainsi que des piles de tablettes de cire.

— Où avez-vous trouvé tout cela ? s'étonna-t-il.

— Dans le palais. Nous avons dégagé un nouveau secteur qui contenait un ensemble de petites pièces desservies par un long couloir. Dans la plus vaste de ces salles, il y avait des trous dans le sol, chacun occupé par un récipient en terre cuite, soigneusement bouché. C'était dedans.

— Hum ! Ça ressemble à des archives.

— C'est un peu ce que nous avons pensé, reconnut l'anthropologue en jetant un coup d'œil à son confrère. Nous avons exhumé des structures similaires dans les deux temples, dont Lowell nous avait assuré qu'il s'agissait des annales des prêtres.

Le jeune homme caressa les fragiles papyrus d'un doigt précautionneux.

— C'est effectivement le cas. J'en avais parcouru quelques rouleaux avant les fêtes. Ce serait donc les chroniques de la royauté de Telgilsh. C'est une découverte majeure.

— Nous finirons par tout connaître de cette cité, se réjouit le géologue en se frottant les mains.

— C'est prometteur, en tout cas. Mais je crains que cela prenne beaucoup de temps pour tous les dérouler.

— Moira va encore piaffer d'impatience, plaisanta Alvin.

337

Comme si cette allusion l'avait attirée, la jeune femme entra dans l'abri, pour venir se pencher sur le coffret ouvert.

— Violet m'a parlé de cette trouvaille, lança-t-elle avec enthousiasme. C'est formidable !

— Oui, mais il va falloir longtemps pour les déchiffrer, souligna Irwin tandis que le bleu de ses yeux se faisait plus intense en effleurant sa maîtresse.

Elle lui répondit par un sourire serein.

— Je m'en doute, mais qu'importe ? L'histoire de Telgilsh est là, à notre portée.

Leurs collègues s'entre-regardèrent avec stupéfaction devant cette réaction inattendue. En aucune circonstance, la directrice ne s'était montrée aussi patiente envers Lowell, au contraire elle le bousculait avec agacement, en estimant qu'il n'avançait jamais assez vite dans ses traductions. Bien sûr, sa relation avec l'archéologue changeait la donne, mais elle n'expliquait pas complètement cette attitude opposée.

La veille, lors du repas qui avait suivi l'arrivée, les jeunes gens avaient pris leurs amis par surprise en annonçant leur liaison. Les membres de l'équipe, qui se sentaient gênés par les rapports formels qu'entretenaient Irwin et Moira avant le départ, ne s'attendaient certes pas à un tel renversement de situation. Cependant, comme tout le monde connaissait les liens de la jeune femme avec Bryan, l'information avait été accueillie avec réserve, jusqu'à ce que l'aviateur précisât avec un sourire amusé que le nouveau couple avait sa bénédiction. Alors, ils avaient trinqué à la santé des amoureux, en suggérant avec malice de démonter la tente inutile, ce qui avait fait rougir les tourtereaux.

— Aurais-tu fait provision de constance à Londres ? s'enquit l'anthropologue.

La jeune femme étonnée se tourna vers lui.

— Pourquoi me demandes-tu ça ?

— Parce que si Lowell avait osé dire la même chose, tu l'aurais vertement rabroué.

— C'est vrai, mais le contexte est différent. Maintenant, je suis assurée que Fergus continuera à financer nos fouilles aussi longtemps que nécessaire. Et puis, je sais qu'Irwin est capable de lire ces papyrus, alors que j'ai toujours eu des doutes sur les compétences réelles de Lowell.

— Pourquoi ne l'as-tu pas remplacé avant, dans ce cas ? interrogea le géologue.

Elle soupira en écartant les bras d'un geste vague.

— Tu as raison, ça m'aurait évité bien des désagréments, mais je n'avais pas de certitude. Je le croyais simplement inexpérimenté. Je n'imaginais pas à quel point il était déterminé à me nuire.

— Par bonheur, tout cela est terminé, conclut l'archéologue en enveloppant sa compagne de son regard profond.

— Oui, nous allons enfin avancer sans entrave.

Ils quittèrent tous les quatre l'abri qui ne servait plus que de bureau à Irwin, afin de rejoindre Joyce et Violet qui les attendaient avec impatience pour faire le tour du chantier. Le reste de la journée de la veille avait été consacré à des échanges de cadeaux, aux récits mutuels des quelques semaines de séparation, ainsi qu'à l'installation du couple, si bien que la nuit était tombée avant qu'ils aient mis un pied sur les ruines. Bryan, qui était reparti dans l'après-midi, reprenait bien sûr ses livraisons régulières, mais il avait aussi promis de séjourner sur le site autant que ses obligations le lui permettraient. Après son départ, les jeunes gens avaient raconté à leurs amis le calme surprenant avec lequel le pilote avait pris la nouvelle qu'ils osaient à peine lui annoncer. Tout le monde avait admiré son abnégation, tout en reconnaissant que cette liaison ne pouvait pas durer.

Ils s'engagèrent sur le chemin aplani par les nombreux passages, tandis que la jeune femme contemplait le paysage avec émotion, heureuse de se retrouver dans cet endroit qu'elle aimait tant. Contournant le temple d'Echmoun qui n'avait guère changé, ils se dirigèrent tout droit vers le palais sur lequel des silhouettes s'activaient avec méthode, pendant qu'une file de porteurs transportait inlassablement les paniers remplis du sable qui recouvrait les vestiges. Avec fierté, les quatre fouilleurs firent visiter aux revenants le quartier qu'ils avaient sorti de l'oubli.

— Oui, c'est bien ce que je pensais, commenta Irwin qui parcourait les différentes salles en enjambant les murets de fondation. C'est toute la partie administrative de la résidence. La pièce où vous avez trouvé les rouleaux est le local dédié aux archives royales, donc logiquement celle qui communique avec elle était le bureau du roi.

— Le roi, oui. Mais lequel ? releva la directrice plantée dans l'une des alvéoles.

— Sans doute tous ceux qui se sont succédé sur le trône. Comme les assises correspondent aux murs encore existants, ce bâtiment a dû être bâti en une seule fois, puis fort peu réaménagé.

Violet tourna sur elle-même en observant l'ensemble des ruines avec émerveillement.

— Ça paraît tellement clair lorsque tu expliques.

— Crois-tu que l'appartement royal soit près d'ici ? demanda Tyler avec un coup d'œil dubitatif vers les tas de sable tout proches. Il semble que nous ne l'ayons pas encore dégagé.

L'archéologue désigna les maçonneries un peu plus loin, le long de ce qui paraissait être un couloir.

— Ça, je n'en suis pas sûr. Les souverains de Telgilsh n'étaient sans doute pas portés sur le spectaculaire. Il est possible que l'un des logements que vous avez exhumés soit celui du souverain, mais, sans aucun signe distinctif, il sera très malaisé de le reconnaître.

— Pourtant, nous avons facilement identifié le roi à ses bijoux somptueux.

— Parce que c'était le jour de son couronnement, selon nos déductions. Mais il ne devait les arborer que dans les grandes occasions.

— C'est assez évident, approuva Moira au souvenir de ses visions. Ce royaume n'était pas très riche, à mon avis.

Ils poursuivirent la visite, effleurèrent les jardins dont il était difficile de reconstituer l'aspect, puis atteignirent le sanctuaire de Baal, dans lequel ils pénétrèrent par ce qui avait été la petite porte de côté. L'équipe de fouille, qui continuait à nettoyer l'arrière du monument, mettait au jour les nombreux magasins contenant d'imposantes jarres dans lesquelles l'on entreposait les réserves. Revenant vers la façade, ils passèrent entre le lac sacré et le souterrain, contournèrent le naos, ignorèrent les diverses chapelles, traversèrent la cour d'honneur, puis s'arrêtèrent en haut de l'escalier pour profiter de la vue imprenable sur l'immense esplanade. Là aussi, l'on travaillait activement à débarrasser les tonnes de sable qui ensevelissaient toute la cité.

— Nous avons trouvé d'autres corps, annonça fièrement l'anthropologue, le doigt pointé vers l'extrémité opposée de la place. Tous tournés dans la même direction.

— Oui, c'est logique, appuya Irwin en balayant du regard ce que montrait son confrère. Dans la panique, ils se sont précipités vers leurs foyers.

— Alors, toi aussi, tu situes la ville par là ?

— Bien entendu. Penwarden ne vous a pas dit que des bêtises.

— Ce n'est pas lui qui l'affirme, mais Moira.

Le jeune homme adressa un tendre sourire à sa compagne.

— Alors, c'est encore plus vrai. Ce qui m'étonne, c'est que tu en doutes. Pourquoi ?

— Les dunes qui cernent le site n'étaient pas à cet endroit à l'époque, ce qui veut dire que l'agglomération a pu être bâtie sur un espace différent. Pourquoi n'y aurait-il pas eu des habitations tout autour du temple de Baal ?

— Mais c'était le cas, intervint la jeune femme avec un coup d'œil circulaire derrière elle.

L'archéologue acquiesça en tendant le bras pour désigner successivement les points qu'il évoquait.

— Oui, je le pense aussi. Mais, comme le séisme faisait tomber les colonnes, ils se sont enfuis du côté inverse. D'autre part, on ne doit pas se baser sur l'emplacement des dunes pour localiser la ville, tu as raison là-dessus. Je m'oriente par rapport au cours d'eau qui formait le centre de l'oasis. Les maisons étaient construites sur une seule berge afin de laisser l'autre aux cultures servant à nourrir la cité.

— Ça paraît si évident que je croirais presque la voir, observa Joyce qui suivait attentivement les explications de son collègue.

Moira hocha la tête, sans faire de commentaire. Pour elle, ce n'était pas une impression, mais une réalité. Une fois de plus, le royaume se reformait sous ses yeux tel qu'il était avant la catastrophe, avec sa joyeuse animation, ses demeures aux toits plats imbriquées les unes dans les autres, ses sanctuaires aux couleurs éclatantes, le terrain vague sur lequel campaient les caravanes, le tout bordé par la rivière miroitante qui marquait la limite des champs ondulants sous la brise. Mais, curieusement, elle n'avait aucune image du couronnement ni du tremblement de terre. Avec un frisson d'angoisse, elle se souvint de ses cauchemars qui se terminaient toujours dans un caveau, alors, pour chasser ces visions importunes, elle revint à ses projets.

— Maintenant que nous avons le budget nécessaire, nous allons embaucher des ouvriers pour effectuer des sondages, afin d'identifier la nécropole, déclara-t-elle gaiement.

— Cela m'aurait étonné que tu ne trouves pas le moyen d'y parvenir, s'amusa Tyler en lui jetant un regard affectueux. Toi, quand tu as décidé quelque chose, il faut que ça se produise quoiqu'il arrive.

Les yeux perdus sur la ligne d'horizon, Irwin ignora la plaisanterie.

— L'étude des sépultures est une composante indispensable de l'archéologie. Notre connaissance de toutes les facettes de la civilisation de Telgilsh restera incomplète si nous ne retrouvons pas ces tombeaux.

— C'est vrai. Sur le principe, je suis d'accord. Mais creuser le désert est une entreprise presque impossible.

— Il nous faudra plusieurs essais, c'est certain. Mais nous y parviendrons, si nous procédons méthodiquement.

Moira s'approcha du bord de l'escalier monumental, en coupant court à la discussion.

— De toute façon, nous ne nous lancerons pas à l'aveuglette. Au contraire, nous étudierons soigneusement les environs avant de commencer. Si nous allions voir ces nouveaux habitants que vous avez découverts ?

Ils descendirent avec précaution les degrés irréguliers en évitant les pierres à l'équilibre instable, puis s'engagèrent tout aussi prudemment sur la partie nettoyée de l'esplanade, dont le sol avait bougé à la suite d'une gigantesque poussée. La directrice marchait tête baissée en admirant le travail extraordinaire accompli par ces gens d'un autre âge qui, sans les techniques modernes, avaient réussi l'incroyable pari de paver cet immense espace avec des dalles de pierre de plusieurs tonnes, parfaitement ajustées entre elles. Elle était tellement absorbée qu'Irwin dut lui toucher le poignet pour la prévenir qu'ils avaient atteint le seuil du site de fouille. Alors, elle reporta son regard sur les cadavres entremêlés, tous allongés dans le même sens comme l'avait annoncé Tyler, mais recouvrant une zone de plus en plus large à mesure que l'on s'éloignait des premiers, tel un macabre éventail.

— Ils se sont piétinés sous l'effet de la panique, commenta l'archéologue d'un air pensif.

L'anthropologue, qui s'avançait à la limite du sable, approuva gravement.

— C'est sûr. Je me demande si quelques-uns sont parvenus à s'en sortir.

— Tout dépend de ce que nous découvrirons en arrivant à l'autre extrémité de ce charnier, observa Alvin, les yeux fixés sur l'hypothétique implantation des maisons.

— C'est assez abominable, frissonna Violet en croisant ses bras comme pour se protéger de cette vision d'horreur. Je n'aurais pas aimé me trouver là.

Avec un geste en direction du grand temple, Irwin fit quelques pas le long des corps momifiés.

— Si je me réfère à leurs croyances, ils ont pris ce séisme comme un châtiment envoyé par les dieux pour les punir de leurs péchés.

— Va savoir si ce n'était pas le cas, répondit Moira en souriant.

— Cette cité serait-elle comme Sodome et Gomorrhe ? s'amusa Joyce moins impressionnable que la dessinatrice. Quels vices inavouables allons-nous détecter dans les papyrus ?

Considérant que la visite était terminée, la directrice se détourna afin de gagner son bureau où les dossiers à traiter s'empilaient.

— Je l'ignore. Mais je vous félicite pour l'excellent travail que vous avez effectué.

— Attends. Tu n'as pas tout vu, protesta Violet en courant après elle. Il nous reste à te montrer les pièces que nous avons dénichées dans le palais et le temple de Baal.

Alors, ils reprirent tous ensemble le chemin vers le campement, pour pénétrer dans la tente où l'on entreposait les artefacts exhumés des différentes parties du site. En suivant ses collègues, la jeune femme ne put s'empêcher de songer que, maintenant, elle n'avait plus à craindre de voir disparaître leurs trouvailles les plus précieuses. Ses amis lui firent admirer des encensoirs en bronze, de magnifiques statuettes, des vases ornementaux dont la poignée était décorée d'une fleur de lotus, des ivoires délicats, des céramiques sculptées, ainsi que des récipients peints, de toutes formes et de toutes tailles.

— C'est superbe. Mais où avez-vous découvert autant d'objets ? s'étonna Moira en contemplant les rayonnages pleins avec perplexité.

— Beaucoup d'entre eux viennent d'une fosse que nous avons trouvée à l'arrière du temple de Baal, dans laquelle les prêtres ont dû enfouir les offrandes trop nombreuses qui les encombraient, expliqua Tyler avant de quêter du regard l'approbation d'Irwin.

L'archéologue hocha la tête en lui souriant amicalement.

— Oui. C'était le cas dans la plupart des sanctuaires phéniciens. N'en avez-vous pas retrouvé dans celui d'Echmoun ?

— Non, mais nous n'avons pas cherché, non plus. Il y avait aussi ces stèles, intervint Alvin en désignant une autre étagère d'un geste large.

La directrice s'en approcha pour les scruter avec attention.

— Elles sont splendides, et très finement gravées. Croyez-vous que celle du temple d'Echmoun possédait également des dessins sous le texte ?

— Très probablement, affirma Irwin, au grand dépit de la jeune femme qui se sentait frustrée de ne pas avoir récupéré la seconde moitié.

Pour changer de sujet, elle se dirigea vers l'endroit où étaient entreposées les innombrables amphores exhumées du sanctuaire de Baal, que Joyce avait nettoyées en les plongeant dans une solution d'acide chlorhydrique, afin de dissoudre les sédiments qui les défiguraient. Surprise, elle s'agenouilla pour observer les inscriptions sur les flancs.

— Mais ces pots sont tous marqués. Viens voir, Irwin ! On dirait que ces gravures indiquent leurs villes d'origine. Sur celui-là, je lis « Gigthis », qui était un comptoir phénicien situé au nord d'ici, sur la côte, près de l'île de Djerba.

Le jeune homme la rejoignit, s'accroupit auprès d'elle, les yeux fixés sur les signes qui ornaient les artefacts, puis acquiesça sans hésitation.

— Absolument ! Tu as raison. Celui-là provient de Macar Uiat, qui était la plus importante des trois cités ayant constitué Tripoli plus tard.

— Cela prouve que tous ces royaumes commerçaient ensemble.

— Certes ! C'est pourquoi il paraît vraiment curieux que nous n'ayons retrouvé aucun document mentionnant Telgilsh lors des fouilles de ces sites, conclut l'archéologue en se relevant.

Après le déjeuner, tandis que chacun prenait son poste, Moira se rendit dans la tente qui avait été la sienne, mais abritait désormais son couple, dans laquelle elle termina l'agencement de leurs affaires. Puis, elle gagna le logement qu'Irwin avait occupé à la suite de Lowell, où se trouvaient maintenant deux bureaux. Assis à l'un d'eux au milieu d'un désordre indescriptible, le jeune homme se penchait d'un air absorbé sur les libellés recopiés par Violet, tandis que, dans l'autre partie de l'espace, une planche et des tréteaux avaient été posés au hasard, entre des étagères vides et des caisses remplies de dossiers. La jeune femme remit en ordre ses propres éléments de travail, puis elle rangea tous les objets qu'utilisait l'archéologue, en se déplaçant avec légèreté pour ne pas briser sa concentration.

L'ombre commençait à envahir l'abri, si bien que la directrice disposait des lampes afin qu'ils puissent, l'un et l'autre, continuer leurs activités, lorsque Irwin leva la tête, puis s'étira en poussant un profond soupir.

— Ces traductions sont-elles si difficiles ? s'enquit la jeune femme avec inquiétude.

— Mais non. Pas du tout. Tiens ! J'ai déchiffré l'inscription du souterrain.

Elle s'approcha d'un air intéressé.

— Alors, que dit-elle ? Est-ce réellement une liste de noms ou me suis-je complètement trompée ?

— Ce n'est pas qu'une liste de noms, mais il y en a beaucoup, tu avais raison, sourit-il en lui tendant le papier sur lequel il avait retranscrit le texte.

— « Nous, Itthobaal, Coriandre, Hailama, Paltibaal, Ahinadab, Baldo, Barekbaal, Boldizsar et Amilcare, fidèles de la reine Adonia, avons été injustement enfermés ici parce que nous refusons d'obéir à l'usurpateur Belshazzar. », lut-elle les yeux brillants.

— C'est ça.

Elle reposa la feuille pensivement.

— Voilà l'explication de la présence de vaisselle. Et Adonia n'a pas transmis sa couronne de son plein gré. Que lui est-il arrivé, à ton avis ?

— J'ai peur que nous ne le sachions jamais.

— À moins de retrouver son tombeau.

— C'est pourquoi nous devons absolument découvrir la nécropole, acquiesça-t-il avec conviction. En espérant qu'elle nous procurera quelques réponses.

Coupant court à ces spéculations, Joyce surgit à ce moment-là pour leur annoncer que le dîner était servi. Alors, ils passèrent à table dans la tente commune, tandis que chacun narrait les faits saillants de son après-midi. La chimiste détailla les plus beaux artefacts qu'elle avait débarrassés de leurs sédiments, en plaisantant qu'elle n'aurait bientôt plus assez de bras pour faire face à l'augmentation vertigineuse des trouvailles qu'on lui apportait. Tyler raconta, avec gourmandise, ses analyses des corps enchevêtrés que les ouvriers nettoyaient un par un. Violet jubilait d'avoir trouvé, tout au fond de la première jarre entièrement vidée du sable qui la comblait, des restes de nourriture séchée qui permettraient de reconstituer le régime alimentaire des habitants de Telgilsh. Quant à Alvin, il déclara avec fierté que son équipe avait bien avancé dans les jardins, où elle avait dégagé les prémices d'une structure en pierre dont il ne savait encore si elle était grande ou petite. Ensuite, Moira leur répéta les termes de l'inscription du souterrain, qui provoquèrent une avalanche d'hypothèses allant des plus sérieuses aux plus farfelues.

Dans les jours qui suivirent, les scientifiques s'activèrent afin de mettre sur pied les nouvelles fouilles, tout en surveillant celles qui continuaient sur le site de la cité. Abandonnant pour un temps les traductions, Irwin étudia les cartes du voisinage, définit les anciennes limites de l'oasis en prenant pour centre la rivière asséchée, puis détermina les endroits les plus susceptibles d'abriter la nécropole. Tyler, de son côté, s'était rendu à Tataouine pour recruter d'autres manœuvres qui se chargeraient de ces sondages, tandis que la directrice veillait à l'intendance pour accueillir les arrivants. Violet, Joyce et Alvin, eux, suppléaient leurs collègues sur le terrain, afin que le dégagement des différents secteurs ne ralentît pas.

C'est ainsi qu'une semaine plus tard, alors qu'ils se délassaient dans la grande tente après le dîner, le géologue put enfin décrire à ses amis ce qu'était la construction que son groupe avait mise au jour dans le parc du palais.

— En fait, il s'agit d'une fontaine comportant un bassin circulaire de belle taille, expliqua-t-il. Au milieu se trouvait une sculpture assez haute évoquant un dauphin qui faisait jaillir l'eau de son bec.

— Comment le sais-tu ? s'étonna Moira qui servait du vieux porto rapporté de Londres.

— Les fondations sont presque intactes, c'est pourquoi je sais qu'elle était ronde. Quant au dauphin, nous l'avons exhumé en entier, avec encore quelques traces de peinture bleue.

— Le dauphin est un thème récurrent chez les Phéniciens, intervint l'archéologue confortablement installé dans son fauteuil de toile. Il décore tout type d'objets. Que ce soit sur des vases, des miroirs, des pièces de monnaie ou même des rasoirs.

Violet, qui préparait du thé pour ceux qui ne voulaient pas d'alcool, se retourna vers lui avec surprise.

— Mais, ici, nous sommes éloignés de la mer quand même.

— Oui, mais ce sont les colons phéniciens qui ont apporté ce genre de représentations. Les gens du coin devaient s'interroger devant ce curieux animal.

— C'est vrai, approuva l'anthropologue en acceptant le digestif que lui tendait la jeune femme. D'ailleurs, on retrouve sur certains murs encore debout des dessins de bateaux qui ne naviguaient pas sur la rivière.

Irwin tourna pensivement son verre entre ses mains.

— Ce mélange de cultures est unique. C'est dommage qu'il ait disparu si brutalement.

— N'y a-t-il aucun endroit où les Phéniciens se soient mêlés aux peuples locaux ? s'enquit Joyce qui sirotait son thé.

— Oh, si ! Partout où ils sont passés. Mais ils sont rarement allés si loin dans les terres. Je me demande ce qui les a poussés à le faire ici.

— Ce site est assez central, observa la directrice en s'asseyant auprès de lui. C'était un carrefour fréquenté par les caravanes transsahariennes, qui y rencontraient celles venant de la côte.

Le jeune homme lui adressa un regard admiratif.

— Ça, c'est une explication ingénieuse. Oui, ce lieu était sûrement stratégique pour le commerce.

— Voilà encore un mystère résolu grâce aux intuitions de Moira, s'écria Violet d'un ton enthousiaste.

De vaines recherches

Mars 683 av. J.-C.

Le parc du palais était envahi de soldats et d'enquêteurs qui passaient au peigne fin chaque pouce de l'espace disponible, sans oublier les massifs, ainsi que les chambres de verdure dans lesquelles la souveraine s'isolait volontiers. D'autres suivaient l'enceinte extérieure afin de déterminer à quel endroit les ravisseurs de la reine avaient franchi le mur, selon les ordres de Boldizsar qui jugeait avec raison qu'emmener quelqu'un contre son gré produisait forcément des traces. Devant l'une des fenêtres du bâtiment, une silhouette se découpait à contre-jour, ses yeux d'ambre trop luisants fixés sur les chercheurs.

— Ne reste pas là, conseilla Coriandre en posant une main sur l'épaule de son fils. Cela ne sert à rien.

— Je ne peux pas m'empêcher de penser que, si je l'avais rejointe plus tôt, elle serait toujours là, soupira le jeune homme sans tourner la tête.

— Ou tu aurais été ravi avec elle. Allons, cesse de t'angoisser. Nous la retrouverons.

— Si elle est encore vivante. Tu sais qu'il est capable de tout. Qu'a-t-il bien pu faire d'elle ?

Incapable de répondre à cette question de pure rhétorique, le vizir laissa son regard errer sur le paysage en tentant de contenir son anxiété. À ce moment, l'un des hommes appela ses camarades à grand renfort de gestes. Tout le monde se précipita, même Coriandre et Hailama.

— Voyez ici, expliqua le détective en désignant la banquette de pierre sous l'une des tonnelles. Il y a du sang, et la clôture est abîmée juste derrière.

— Qu'en déduisez-vous ? interrogea le vizir.

— Elle devait être assise sur ce banc, quelqu'un s'est glissé dans son dos pour lui assener un coup violent sur le crâne par-dessus la haie.

— Mais comment l'a-t-il enlevée ? insista Hailama qui retenait un frisson en imaginant la scène.

— Nous trouverons, affirma l'homme d'un ton assuré.

Les recherches reprirent en prenant l'abri de verdure comme point de départ, ce qui permit aux limiers d'aboutir rapidement à un endroit précis du mur d'enceinte, sur lequel on relevait des marques d'escalade, ainsi que des frottements importants, signe que l'on avait hissé un imposant paquet jusqu'au sommet.

— C'est là qu'ils ont grimpé, exposa l'un des soldats. Ils l'ont probablement enveloppée dans une couverture afin que ce soit moins voyant. Maintenant, il ne nous reste plus qu'à suivre la piste.

— Dépêchez-vous, recommanda Coriandre. Je crains qu'elle soit en danger.

— Nous ferons de notre mieux.

Le vizir et son fils regagnèrent le bâtiment, tandis que les enquêteurs se répandaient en petits groupes dans la ville pour chercher des témoignages qui les mettraient sur la trace d'Adonia. Refusant de se désespérer, Coriandre rejoignit Baldo, qui s'était installé comme tous les jours dans le bureau royal, où il se pencha sur les dossiers en cours, afin d'expédier le travail qu'il était capable de traiter. Au fil des heures, les différents ministres vinrent lui apporter les documents émanant de leurs administrations, qu'il classait en fonction de ce qu'il pouvait en faire. Mettant de côté ceux qui nécessitaient la signature de la reine, il s'attaqua aux autres afin que les habitants de la cité ne souffrent pas de l'absence de la souveraine. Concentré sur sa besogne, il n'échangeait que peu de mots avec le scribe, de peur de ne pas contenir son angoisse qui grandissait à mesure que le temps passait.

— A-t-on des informations ? s'enquit Itthobaal en entrant dans la pièce au milieu de l'après-midi.

— Hélas, non ! Ni Paltibaal ni Boldizsar ne se sont manifestés.

— C'est peut-être une bonne nouvelle, commenta le grand prêtre avec espoir. Cela veut dire qu'ils ont trouvé des indices.

— Je l'espère de tout mon cœur.

— Que fait Belshazzar ?

— Je l'ignore. Il s'est bien gardé de venir ici. On a renforcé la surveillance, donc je suppose qu'il n'a pas bougé de chez lui.

Le Premier ministre avait raison. L'adolescent était resté dans ses appartements sans démontrer la moindre velléité de sortir, sachant que l'on épiait tous ses faits et gestes. En observant les détectives qui ratissaient le jardin, il avait jubilé de joie mauvaise, s'était moqué des trouvailles que ces hommes imaginaient prometteuses, puis il s'était détourné de la fenêtre avec agacement. Comme son heure n'était pas encore arrivée, il envoya chercher Hyrum pour occuper ses derniers instants d'attente, avec l'intention bien arrêtée de jouir de l'inquiétude que le jeune noble ne parvenait plus à cacher.

— Que veux-tu ? demanda celui-ci avec brusquerie.

— Je m'ennuie, se plaignit le jeune homme vautré sur son lit. Il y a tant d'allées et venues dans le palais que je ne peux même pas mettre le nez hors de mon logement. Faisons une partie de senet.

Son ami fit quelques pas, les sourcils froncés.

— C'est à cause de toi que tout le monde est en effervescence. Dis-moi où elle est, s'il te plaît.

— Après tous les plans que vous avez conçus, ton père et toi, pour nous débarrasser d'elle, je ne comprends vraiment pas pourquoi tu t'inquiètes autant, ironisa le prince avec un sourire narquois. Nous voilà tranquilles maintenant, c'est l'essentiel.

— Nous étions d'accord pour la chasser, pas pour l'assassiner.

— Mais, je ne l'ai pas tuée, voyons ! Que racontes-tu là ?

— Après l'affaire du cobra, je ne te crois plus.

Belshazzar se redressa avec une expression sérieuse presque convaincante.

— Tu te trompes. J'ai réalisé justement que la tuer dresserait le peuple contre moi. Cesse donc de penser à elle. Réjouis-toi plutôt. Être le favori du roi est une excellente position. Toi et ton père avez votre avenir assuré.

— J'en suis enchanté, répondit Hyrum avec un sourire forcé en prenant soudain conscience du danger.

Résigné, il déplia le plateau de jeu en contenant son anxiété face à ce futur qu'il avait contribué à créer. Il regrettait amèrement d'avoir soutenu l'adolescent, depuis qu'il avait découvert à quel point celui-ci était immature, cruel et inconséquent, mais il était beaucoup trop tard pour s'en repentir. Si Adonia n'était pas retrouvée très vite, son cousin allait se conduire en tyran que nul ne devrait contredire sous peine de mort. Désormais, il faudrait que les traîtres se gardent de montrer leurs sentiments, approuvent le nouveau roi en toutes circonstances, mais surtout restent vigilants pour ne pas être occis sur un caprice du jeune homme. Persuadé que leur vie au palais serait brève, Hyrum se promit de quitter Telgilsh avec son père dès que possible.

Le soleil rasait les dunes entourant la cité, lorsque Paltibaal et Boldizsar se présentèrent devant Coriandre, l'air tellement abattu que le vizir devina leur échec.

— Ainsi, vos recherches n'ont pas abouti, constata-t-il en soupirant.

— Hélas, non, avoua le ministre de la Justice, tête basse.

— Non seulement nous ne savons pas où elle est, mais nous n'en avons pas la plus petite idée, souligna le commandant d'un ton désenchanté.

— Qu'en est-il de la piste que vos soldats avaient décelée au départ du jardin ?

— Elle ne nous a menés à rien. Ils ont interrogé tous les gens susceptibles d'avoir été dans les parages au crépuscule hier soir, mais personne n'a remarqué quoi que ce soit.

Coriandre jouait distraitement avec son stylet, sans s'apercevoir qu'il faisait des trous dans l'argile tendre de la tablette en équilibre sur ses genoux.

— Peut-être n'ont-ils pas posé les bonnes questions.

— Ils ont demandé si quelqu'un avait vu un ou plusieurs hommes emportant un paquet long et fin enveloppé dans une couverture, ce qui correspond à nos découvertes, expliqua Boldizsar sans se froisser.

— Et pour ne rien laisser au hasard, d'autres limiers ont cherché des individus transportant une jeune fille blessée ou malade, ajouta Paltibaal qui arpentait nerveusement le bureau.

— Nous avons même vérifié s'il y avait eu des déclarations de décès depuis hier, sans succès.

— Et les voyageurs ?

— Deux caravanes sont parties aujourd'hui, après avoir été dûment fouillées. Je suis sûr que la reine ne s'y trouvait pas.

Le vizir se releva en s'efforçant de conserver une bonne contenance malgré ses doutes grandissants.

— Alors, puisqu'elle est toujours ici, nous devons garder confiance. À nous de la retrouver.

De retour à son appartement, il écouta Hailama qui avait passé sa journée à sillonner les rues de la ville dans l'espoir de détecter un indice qui aurait échappé aux enquêteurs officiels. Celui-ci pensait avec juste raison que les ravisseurs d'Adonia se méfieraient des policiers de Paltibaal, ainsi que des soldats de Boldizsar, alors qu'ils n'accorderaient pas d'attention à un jeune homme anonyme se promenant au milieu de la foule. Malheureusement, il n'avait rien récolté d'intéressant ni surpris aucune conversation tendancieuse, bien qu'il se fût rendu jusque dans les quartiers les plus mal famés de Telgilsh. Face au désespoir de son fils, Coriandre le pressa contre lui pour le réconforter, quoiqu'il n'eût jamais été très porté sur les effusions.

— Nous la trouverons demain, assura-t-il d'un ton ferme. Il ne faut surtout pas abandonner maintenant. Elle compte sur nous.

— Cet après-midi, j'ai senti un grand vide se creuser en moi, gémit Hailama, les poings serrés sur sa poitrine. Je suis certain qu'elle est morte.

— Allons, voyons ! Tu te fais des idées. Rien ne permet de l'affirmer.

— Si Belshazzar veut la couronne, il ne peut pas la laisser en vie. Tu le sais aussi bien que moi.

Afin de repousser cette anxiété paralysante, le vizir tenta de réfléchir logiquement.

— S'il avait voulu l'assassiner, il l'aurait fait ici, comme lorsqu'il a introduit un cobra dans sa chambre. Pourquoi l'aurait-il enlevée, sinon pour la forcer à abdiquer ?

— Même si elle cédait, elle pourrait toujours appeler Hiram à l'aide pour reconquérir son trône par la suite, s'énerva le jeune homme avec de grands gestes inutiles. Non ! Je suis sûr qu'il l'a tuée.

— Essaie d'aller dormir un peu, conseilla son père gentiment. De toute façon, nous ne pouvons rien faire de plus cette nuit.

De son côté, Itthobaal avait intensément prié devant la représentation en or du grand dieu pour le supplier de préserver la jeune fille des inventions démentes de son cousin, tandis que la déprimante sensation de hurler dans le néant s'insinuait en lui. Puis, il était allé dans la partie du temple où officiait la prophétesse, afin d'en apprendre davantage sur le sort du royaume, mais, lorsque les présages s'étaient révélés plus mauvais que jamais, il avait regretté son initiative. Avec angoisse, il s'était souvenu de la terrible vision que lui avait décrite la reine après la tempête de sable qui avait englouti la cité, en redoutant qu'elle fût dans le vrai quand elle prétendait que la ville disparaîtrait avec elle. Pensif, il s'était ensuite dirigé vers le souterrain, afin d'évaluer quel sacrifice il offrirait aux divinités pour protéger Adonia et son peuple, mais il s'était aperçu avec stupeur que tous les emplacements étaient vides. Alors, furieux, il s'était lancé à la recherche du prêtre chargé de veiller sur les offrandes procurées par les fidèles.

— Comment se fait-il qu'il n'y ait aucun animal prêt à être immolé aux Dieux ? s'était-il enquis d'un ton mécontent.

— Parce que nous n'en avons pas reçu depuis longtemps, avait répondu calmement son subordonné.

— Je ne peux y croire. Les habitants de Telgilsh sont très pieux, ils apportent tant de dons que nous ne savons où les mettre d'ordinaire.

— C'est toujours le cas, mais depuis les lourdes pénuries dont nous avons souffert, ils préfèrent donner des objets plutôt que du bétail ou de la nourriture. Nous avons dû creuser une fosse dans laquelle nous avons enfoui les stèles, statues et autres bibelots destinés aux Divinités.

— Alors, nous ne pouvons procéder à aucune immolation ? avait grogné le prélat avec agacement.

— Si, mais il faut aller chercher une bête dans les troupeaux que nous entretenons sur l'autre rive. Veux-tu que j'envoie quelqu'un demain ?

— Je te le dirai si tel est le cas. Pour l'instant, je n'en sais rien.

Le grand prêtre avait regagné son logement en songeant que l'absence de victimes sacrificielles dans le temple était un mauvais présage de plus. Il avait beau tenter de se rassurer, le sort d'Adonia et celui du royaume lui semblaient inéluctablement scellés. Longtemps, il tourna dans son lit en se disant que la conjoncture allait fatalement empirer.

Ce matin-là, les ministres s'étaient réunis dans le bureau de Coriandre afin de déterminer ce qu'il convenait de faire. La situation devenait sérieuse. Devait-on prévenir la population que la reine était introuvable ? Fallait-il expédier des émissaires dans les cités alliées afin de diffuser l'information ? Enfin, le plus grave peut-être, quelle attitude adopter vis-à-vis d'Hiram et de son fils ? De leur côté, Paltibaal et Boldizsar conféraient dans un coin de la pièce pour s'accorder sur les nouvelles directions dans lesquelles ils orienteraient les recherches ce jour-là. Ils étaient tous tellement absorbés qu'ils mirent un moment à s'apercevoir que l'huis était ouvert. Sur le seuil se tenait Belshazzar. En silence, ils le regardèrent s'avancer d'un air important.

— Bon ! Je crois qu'il est temps de mettre les choses au point, déclara-t-il d'un ton hautain. Ma cousine a disparu, si bien que je suis le dernier représentant de la famille royale. C'est donc à moi de diriger Telgilsh.

— Nous savons parfaitement que c'est toi qui l'as enlevée, riposta Ahinadab. Où est-elle ?

— Dépêchez des messagers dans toute la ville pour ordonner au peuple de se rassembler dans le sanctuaire d'Echmoun, puis venez m'y rejoindre, exigea le jeune homme avec un froid sourire. Je vous le dirai là-bas.

Sans attendre de réplique, il ressortit, puis s'éloigna dans le couloir avant qu'ils aient pu réagir.

— Que faisons-nous ? s'enquit Barekbaal en refermant le battant.

— Je crains que nous n'ayons pas le choix, soupira le vizir, les yeux sur la porte close. Il a raison. En l'absence d'Adonia, c'est lui qui détient le pouvoir, que nous le veuillions ou non.

Baldo, qui pour une fois n'était pas assis en tailleur sur une natte, lui adressa un coup d'œil incrédule.

— Alors, il faudra lui obéir ?

— Hélas, oui ! Envoie des crieurs publics dans la cité, comme il l'a demandé. Nous devons gagner le temple d'Echmoun.

— Ce Balzer est certainement impliqué dans l'enlèvement de la reine, affirma Amilcare avec dédain.

— Évite ce genre de remarque, conseilla Paltibaal en posant une main sur l'épaule de son collègue. J'ai peur que nous devions surveiller nos paroles désormais.

— Si ce n'est que cela, ce n'est pas grave, murmura sombrement Coriandre qui fixait la fenêtre sans voir l'animation au-dehors.

Le ministre de l'Artisanat fit un pas vers lui avec inquiétude.

— Que veux-tu dire ?

— Je pense que nous sommes tous menacés, ou presque tous, martela le vizir en se retournant pour balayer du regard ses collaborateurs à la recherche du félon.

Seul un silence effaré lui répondit. Alors, il donna le signal du départ en annonçant qu'il se chargerait de prévenir le grand prêtre de Baal. Cependant, il commença par chercher son fils avant de se diriger vers l'édifice sacré, mais, incapable de dénicher le jeune homme, il finit par se rendre chez son ami, afin de le mettre au courant du désastre qui se dessinait.

— Ainsi, ce démon a enfin divulgué son implication dans cette disparition, constata Itthobaal en s'asseyant dans un fauteuil.

— Ça y ressemble. Il prétend qu'il nous dira où elle est, lorsque tout le monde sera réuni au sanctuaire d'Echmoun.

— C'est bizarre. S'il déclare qu'il ne la libérera que contre la couronne, le peuple le lynchera plutôt que de céder. D'autre part, s'il allègue qu'elle est morte, il nous sera facile de réclamer le corps, puis de prouver qu'elle a été assassinée.

Coriandre secoua nerveusement la tête.

— Je sais. À mon avis, il a inventé une fable pour expliquer l'absence d'Adonia. Reste à savoir si la population la gobera.

— Si elle n'y croit pas, nous avons encore une chance, observa le prélat avec espoir.

Le Premier ministre arpenta la pièce, sourcils froncés.

— J'en doute. D'abord, les habitants de Telgilsh ne connaissent pas Belshazzar aussi bien que nous. Ils ignorent à quel point il est dangereux. Ensuite, il a dû élaborer son plan très minutieusement avec l'aide de notre traître.

— Ah, oui ! Je l'avais oublié celui-là. L'as-tu démasqué ?

— Non. Étonnamment, nul n'a réagi quand ce serpent a fait irruption dans mon bureau. Il semble que son allié ne soit pas si fiable que ça, ou qu'il sache que sa position est encore fragile.

— Hier soir, j'ai consulté l'oracle, révéla Itthobaal en crispant ses mains sur les accoudoirs. Les présages sont extrêmement mauvais.

— Cela ne me surprend pas, reconnut le vizir d'un ton désabusé. J'ai cherché Hailama sans le trouver, hélas. Je pense que nous sommes tous condamnés, c'est pourquoi j'aurais voulu qu'il s'enfuie immédiatement.

Suivis de tout le personnel du temple, les deux amis traversèrent la ville en direction du deuxième édifice sacré de Telgilsh, dont le clergé avait toujours coopéré avec eux jusqu'à l'arrivée de Balzer. Prévenus par les crieurs, tous les sujets du royaume convergeaient vers le sanctuaire dans les rues engorgées, trop étroites pour contenir tant de monde. Le petit groupe se fraya un chemin dans la foule, mais, avant d'atteindre le monument, il s'éloigna du flot principal afin de se glisser dans une ruelle déserte qui donnait accès à une porte réservée aux seuls initiés. En habitué des lieux, le grand prêtre de Baal les guida dans le dédale des couloirs jusqu'à l'endroit d'où l'on dominait la cour d'honneur, qui se remplissait de gens étonnés et inquiets devant cette convocation inhabituelle. Là, ils retrouvèrent les membres du gouvernement ainsi qu'Hyrum et Hailama, massés à l'ombre des colonnes, qui leur adressèrent des coups d'œil anxieux. Pendant ce temps, les religieux, peu accoutumés à tant d'affluence, couraient en tous sens pour caser tant bien que mal l'assistance pléthorique, tandis que Balzer et Belshazzar brillaient par leur absence.

Lorsque la population fut rassemblée, le grand prêtre d'Echmoun apparut en compagnie du futur roi qui, pour la circonstance, avait revêtu une somptueuse tenue encore alourdie d'innombrables bijoux. Deux serviteurs les escortaient, supportant une stèle ornée d'un dessin sommaire, représentant une femme tendant une couronne à l'homme qui lui faisait face, accompagné d'un texte qui fit écarquiller les yeux des conseillers. Ceux-ci échangèrent des regards incrédules, mais la voix de l'adolescent ramena leur attention sur lui.

— Peuple de Telgilsh ! Je dois vous faire part d'une grande nouvelle ! La reine Adonia, ma cousine bien-aimée, s'est rendu compte que l'administration d'une ville comme la nôtre était une tâche trop lourde pour elle. Aussi a-t-elle décidé de quitter la cité en me laissant le soin de veiller à votre bien-être. Mais, avant de partir, afin qu'il n'y ait pas de contestation possible, elle a rédigé cette proclamation qui atteste ce que je viens de vous annoncer.

Alors, d'un large geste, le jeune homme fit avancer les porteurs pour que tout le monde vît bien la stèle, puis il ordonna à Balzer de la lire à haute voix. Celui-ci s'exécuta avec un empressement suspect aux yeux des proches de la souveraine, mais il dut s'y reprendre à deux fois pour parler assez fort afin que la foule l'entendît.

— « Moi, Adonia, reine de Telgilsh, déclare transmettre la couronne à mon cousin Belshazzar dans l'intérêt du royaume, afin qu'il œuvre pour la prospérité de mon peuple bien-aimé et le protège du mal. En ce mois de Hiyaru, de l'an 3 de mon règne, j'affirme devant les Dieux que ma décision est irrévocable. », déclara-t-il solennellement.

Un silence stupéfait accueillit cette révélation, tandis que les ministres atterrés cherchaient désespérément à démonter cet abominable mensonge, mais, comme ils ne possédaient aucune preuve de l'ignoble complot ourdi par le prince, ils étaient incapables de réfuter ses assertions. Ni le sang trouvé dans le jardin ni les traces d'escalade sur le mur d'enceinte ne permettaient d'accuser le monstre criminel d'enlèvement ou de meurtre. Pour qui ne connaissait pas Adonia, il était parfaitement vraisemblable que sa jeunesse n'eût pas résisté aux écrasants devoirs d'une monarchie, au point qu'elle se fût enfuie pour y échapper.

— Quelqu'un a-t-il un commentaire à faire ou une question à poser ? demanda l'adolescent enchanté de voir sa machination se dérouler aussi aisément.

Personne n'osa élever la voix. Les habitants de Telgilsh ne comprenaient pas pourquoi leur souveraine les avait abandonnés si soudainement, mais la présence des membres du gouvernement auprès du jeune homme les poussait à admettre ce changement de situation inattendu sans protester. D'ailleurs, Adonia n'ayant jamais publié les forfaits de son cousin dont peu de gens avaient ouï parler, nul ne devinait le danger qu'il représentait.

— Acceptez-vous Belshazzar comme votre nouveau souverain ? cria Balzer d'un air enjoué.

L'acclamation unanime qui lui répondit ne laissait planer aucun doute sur l'accord de la population, à la grande consternation des familiers de la jeune fille qui voyaient leurs pires alarmes se réaliser. Ils s'avisaient qu'ils étaient tombés dans un piège démoniaque en venant dans ce sanctuaire, où l'adolescent les avait attirés par de fallacieuses promesses, afin qu'ils cautionnent sa mascarade aux yeux du peuple. Désormais, il était trop tard pour sauver le royaume, mais le prince ayant découvert à quel point il était facile de recourir à l'assassinat, ils étaient tous menacés de mort dans les plus brefs délais.

Balzer haranguait la foule en célébrant les bienfaits que le futur règne apporterait, avant d'annoncer que le couronnement aurait lieu très bientôt, puis il renvoya l'assistance à ses activités coutumières. Comme la multitude commençait à se disperser lentement, Coriandre et ses amis s'éclipsèrent de leur côté, en constatant que Belshazzar entraînait le grand prêtre vers l'arrière du temple où devait se trouver son logement.

Dans un silence pesant, ils regagnèrent le palais par un itinéraire détourné afin d'éviter les encombrements, puis se réunirent dans le bureau de Coriandre dont ils verrouillèrent la porte.

— Qu'allons-nous faire ? demanda Ahinadab d'un ton plein d'espoir.

— Hélas ! Je crains que tout soit fini, soupira le vizir en s'asseyant dans son fauteuil, les jambes cassées.

— Si seulement nous savions où elle est, grogna Boldizsar en allant à la fenêtre.

Le ministre de l'Artisanat balaya les visages de ses confrères à la recherche du moindre signe prometteur.

— Il y a sûrement moyen de démontrer que cette stèle est un faux.

— Toi, Hyrum, intervint Paltibaal en se tournant vers le jeune homme. Tu es son ami. Tu dois savoir comment et par qui, il l'a fait fabriquer.

— J'étais son ami, souligna tristement l'interpellé. Il y a longtemps qu'il n'a plus confiance en moi. J'ai voulu le dissuader de ces actions condamnées par les Dieux, mais il ne m'a pas écouté. Tout comme vous, j'ai découvert dans le sanctuaire cette pierre dont je ne connaissais pas l'existence. Depuis la disparition de la reine, j'ai essayé d'obtenir ses confidences, mais sans succès.

Barekbaal se planta devant Coriandre avec assurance.

— Nous devons la récupérer à tout prix. C'est notre unique chance.

— Si elle est encore en vie, objecta Amilcare en frissonnant. Mais j'ai peur que non.

— Même si elle est morte, nous prouverons qu'elle a été assassinée, ce qui attestera que Belshazzar a menti en prétendant qu'elle est partie de son plein gré, observa Ahirom qui, comme Ahinadab, paraissait chercher la moindre lueur d'espérance.

Coriandre contemplait pensivement ses collaborateurs, étonné de constater que chacun d'entre eux semblait décidé à tout tenter pour contrer l'abominable complot, au lieu de fêter l'avènement du nouveau roi, comme l'on aurait pu le supposer de la part du traître qui avait soutenu le meurtrier de la souveraine. Il en déduisit que l'individu, quel qu'il fût, avait compris son erreur, mais trop tard. Réalisant que l'on attendait sa réponse, il revint à la conversation.

— Oui, ce pourrait être la solution. Mais où aurait-il pu la cacher ? En as-tu une idée, Hyrum ?

— Non, je ne vois pas… repartit le jeune noble en réfléchissant intensément. Le plus plausible serait dans les bas quartiers qu'il a toujours aimé fréquenter. La nuit du drame, il n'était pas dans son appartement, mais j'ignore où il est allé. Il a refusé de me le dire.

— Nous allons commencer par là, décréta le commandant en revenant auprès des ministres. Nous fouillerons chaque maison s'il le faut, mais nous la retrouverons.

— Attention, recommanda le vizir d'un ton pressant. Nous n'avons plus l'autorité. S'il apprend que nous continuons à la rechercher, il nous tuera. Quoi qu'il en soit, nous sommes tous en danger. J'aimerais que les jeunes, au moins, s'en aillent. Hailama et Hyrum, fuyez tant qu'il en est encore temps. Allez vous mettre à l'abri chez nos alliés.

Son fils se rapprocha pour lui poser une main sur l'épaule.

— Non ! En aucun cas, je ne t'abandonnerai.

— Moi, non plus, je ne veux pas m'enfuir, renchérit Hyrum en se plantant à côté de son père. Je sais que nous risquons gros, mais s'il est encore possible de sauver la reine, je voudrais en être. J'ai toujours l'espoir de le faire parler, s'il se croit assuré de la victoire.

Itthobaal leva les bras au ciel avec un regard angoissé.

— Que les Dieux nous gardent ! J'admire votre courage, mais j'ai peur qu'il soit inutile. Je ferai tout ce qui sera en mon pouvoir pour vous aider, quoique le temple de Baal ne représente plus un asile sûr, malheureusement. Ce démon ne respecte rien.

— Fais-tu confiance à ton personnel ? interrogea Coriandre en se tournant vers son ami.

— Oui, absolument. Pourquoi ?

— Nous pourrions nous réunir dans le sanctuaire pour nous concerter, ainsi que nous tenir au courant du résultat de nos actions.

— Bien entendu. Vous serez tous les bienvenus.

Le vizir se releva avec décision, puis balaya les visages en priant pour ne pas s'être trompé au sujet du félon.

— Bon, alors c'est ce que nous ferons. Mais, surtout, soyez très discrets. N'oubliez pas que nous sommes suspects à cause de notre loyauté envers Adonia.

Chacun prêta serment de combattre Belshazzar par tous les moyens, puis les conjurés se séparèrent afin que l'adolescent ne se doutât de rien lorsqu'il reviendrait au palais. Dès qu'il eut regagné son appartement, Coriandre supplia Hailama de rallier Macar Uiat, afin d'avertir Hiram et Sikarbaal de ce qui se tramait à Telgilsh, mais, de crainte que l'infâme cousin s'en prît à son père s'il découvrait sa fuite, le jeune homme lui opposa un refus sans appel. Alors, réalisant que la suite du prince devait arriver le jour même, le vizir se hâta d'envoyer des messagers à sa rencontre pour lui faire rebrousser chemin.

Les sépultures jumelles

Janvier — avril 1922

Moira souriait en contemplant les champs aux teintes variées qui s'étendaient autour d'elle, depuis la limite du désert jusqu'à la rivière bordée de palmiers. De jeunes pousses d'un vert tendre voisinaient avec des blés déjà hauts, qui commençaient à prendre cette belle couleur dorée annonçant une récolte abondante. Elle franchit le cours d'eau bien rempli qui apportait la vie à la cité, puis se dirigea vers le palais avec empressement pour y retrouver celui qui l'attendait. Ignorant les ombres anonymes qui peuplaient le bâtiment, elle traversa un labyrinthe de couloirs pour ressortir de l'autre côté, dans le jardin fleuri qu'elle aimait tant, avant d'atteindre la fontaine surmontée du dauphin bleu distribuant généreusement son eau. Au bout d'une allée parut la silhouette d'un jeune homme aux longs cheveux noirs encadrant un fin visage éclairé par des yeux d'ambre, qui lui fit froncer les sourcils de surprise, mais, comme il s'approchait, elle vit réapparaître avec bonheur les pupilles claires et les boucles blondes de son amant. Toute joyeuse, elle voulut se blottir dans ses bras, au moment même où le décor disparaissait d'un seul coup pour laisser la place à l'obscurité la plus complète. Paniquée, elle tenta de s'enfuir, se heurta à des murs infranchissables sur lesquels une vague lueur venant de nulle part dessinait une procession interminable de dieux et de déesses qui semblaient se moquer d'elle. Hurlant de terreur, elle vit soudain l'expression inquiète d'Irwin au-dessus d'elle, alors elle retomba en arrière avec un soupir qui ressemblait à un sanglot.

— Que t'arrive-t-il ? demanda le jeune homme. Calme-toi, voyons. Tu trembles de tous tes membres.

357

— J'ai fait un cauchemar, murmura-t-elle en passant une main sur sa figure. Toujours le même.

Il l'attira contre lui affectueusement.

— Raconte-moi ça.

Confortablement nichée dans ses bras, elle décrivit ses hallucinations précises de la cité, ainsi que la conclusion inévitable de tous les rêves qui la hantaient. L'archéologue l'écouta avec attention, sans l'interrompre une seule fois.

— Bryan prétendait que mes cauchemars provenaient des incidents qui se multipliaient sur le chantier. Pourtant, aujourd'hui, je sais que ça ne se reproduira plus. Alors, pourquoi ce rêve revient-il ?

— Je ne peux pas te l'expliquer, répondit Irwin gravement. Mais, étant donné que tes intuitions se sont toujours révélées justes, je pense que ce tombeau dont tu parles est authentique.

— Tout cela commence à m'angoisser réellement.

— Non, je ne crois pas que tu aies quoi que ce soit à craindre. Mais il y a certainement un lien mystérieux entre Telgilsh et toi.

— Lequel ?

— Je l'ignore. Il existe dans ce monde des choses que l'on ne peut pas interpréter. Il faut seulement les accepter. Puisque tu m'as confié ton secret, je vais t'avouer le mien : moi aussi, j'ai rêvé plusieurs fois de la ville grouillante de vie.

— Pourtant tu avais dit à Bryan que ce n'était pas le cas, s'étonna la jeune femme en levant les yeux vers son amant.

Il inclina pensivement la tête.

— C'était vrai. Ça ne s'est produit que depuis notre retour, mais n'a jamais tourné au cauchemar, comme pour toi.

— Tes visions correspondent-elles aux miennes ?

— Oui, très exactement, sauf pour ton hypogée. N'est-ce pas curieux ?

— Comme si nous avions déjà vécu ici, tous les deux, commenta Moira en se serrant contre lui avec un frisson.

— Qui sait ? Pour le moment, détends-toi et dormons un peu.

Le lendemain, ils ne racontèrent rien de cette nuit agitée, sachant que leurs collègues ne comprendraient pas ces rêves étranges qui leur semblaient si réels. Par contre, ils s'intéressèrent encore plus étroitement aux sondages qui avaient débuté dans le désert, au sud du chantier, au-delà de l'ancienne limite de l'oasis déterminée par l'archéologue. Malheureusement, les ouvriers ne trouvaient rien sous le sable, ce qui décourageait un peu plus l'équipe à chaque résultat négatif. Comme il fallait faire preuve de méthode pour ne pas rater la nécropole, les chercheurs, qui progressaient d'est en ouest, creusaient à intervalle régulier dont la distance avait été définie en fonction de la taille des cimetières phéniciens déjà découverts sur d'autres sites. Mais Irwin craignait que le mélange avec les peuples indigènes eût incité les habitants de Telgilsh à respecter des usages divergents qui pouvaient les induire en erreur, au risque de passer à côté des sépultures qu'ils traquaient.

Quelques jours après le cauchemar de la jeune femme, alors qu'ils se réunissaient dans la tente avant le dîner, Joyce fit une annonce qui leur remonta le moral.

— J'ai terminé de traiter les archives des prêtres, si bien que je me suis attaquée à celles de la monarchie dont j'ai déplié un premier rouleau.

— C'est formidable, s'enthousiasma Moira. Est-il lisible ?

— Tout à fait. Les caractères sont bien marqués. Évidemment, je n'en saisis rien, mais Irwin se fera une joie de nous le traduire.

— Volontiers, sourit le jeune homme en s'installant dans un fauteuil. Laisse-moi juste le temps de l'interpréter, moi-même.

Le lendemain, toutefois, avant de se plonger dans l'étude du papyrus enfin dévoilé, l'archéologue sacrifia à la coutume qui voulait qu'il fît le tour des ruines avec Moira tous les matins, afin de noter les progrès, les changements à effectuer, ainsi que les divers problèmes qui surgissaient quotidiennement. De nouvelles recherches dans le temple d'Echmoun avaient permis de déterminer qu'il ne possédait pas de fosse où l'on enfouissait les offrandes, ce qui confirmait que ce dieu n'était pas autant honoré que Baal et sa suite dans la cité. Contournant donc ce monument sur lequel plus personne ne travaillait, les amants parvinrent au palais où les fouilleurs s'activaient sur deux axes distincts. Ils continuaient à dégager l'extrémité du bâtiment en soupçonnant une communication avec le sanctuaire principal tellement ils s'en rapprochaient, mais ils ôtaient également le sable qui recouvrait l'immense parc sans en trouver la limite. Par contre, ils avaient découvert plusieurs autres fontaines ornées de sculptures variées. La jeune femme s'arrêta un instant pour dessiner en esprit le jardin tel qu'elle l'avait vu durant son rêve, puis frissonna malgré la chaleur ambiante.

— Toi, tu repenses à ce cauchemar, constata son compagnon en lui posant une main apaisante sur l'épaule.

— C'est vrai. Mais je me demande aussi pourquoi tu m'es apparu si différent avant de redevenir toi-même.

— Il n'y a pas de réponse à ça, tu le sais. Dans mes songes, je te vois sous les traits d'une frêle jeune fille aux longs cheveux bruns.

— Ce qui n'est pas tout à fait mon cas, s'amusa-t-elle en secouant ses courtes boucles auburn.

Ils reprirent le chemin vers le temple de Baal, où ils notèrent avec plaisir que les ouvriers avaient atteint le mur d'enceinte, quoiqu'il y eût encore beaucoup d'endroits à nettoyer pour lui rendre sa splendeur d'antan. Enfin, ils traversèrent l'esplanade en direction du charnier qui s'agrandissait chaque jour davantage, au grand bonheur de Tyler qui se délectait à analyser tous ces corps.

— Je crois vraiment que toute la population de Telgilsh était réunie ici, leur affirma-t-il en les voyant arriver.

— La plus grande partie, en tout cas, acquiesça Irwin, les yeux fixés sur l'indescriptible enchevêtrement.

— C'était une vaste et importante cité, appuya Moira qui regardait vers l'agglomération toujours ensevelie.

L'anthropologue hocha la tête d'un air dubitatif.

— C'est pourquoi il est tellement étrange que l'on n'en ait jamais déniché la moindre trace dans les archives des autres comptoirs phéniciens de la région. Pourtant, cette destruction brutale aurait dû marquer les esprits.

— C'est dommage qu'il ne se soit trouvé aucun observateur pour décrire le phénomène, comme Pline l'Ancien pour l'éruption du Vésuve, sourit l'archéologue d'un ton léger.

— Même s'il n'y a eu aucun survivant, les caravaniers ont forcément découvert la ville en ruine, puis prévenu les habitants du secteur, souligna la directrice, sourcils froncés.

Dépité de n'avoir pas réussi à détourner la conversation de ce sujet qui tournait à l'obsession chez sa maîtresse, le jeune homme préféra couper court.

— Il ne sert à rien de spéculer ainsi dans le vide. Je pense que nous ne le saurons jamais avec certitude.

— À moins que dans les documents…

— Non ! Ils ont obligatoirement été écrits avant la catastrophe. Seules les annales des cités voisines pourraient nous renseigner, mais le peu que l'on a retrouvé ne mentionne pas Telgilsh.

— Oui, c'est vrai, admit la jeune femme déçue. Tant pis.

Ils regagnèrent la tente qui abritait leurs bureaux, en repoussant la question qui les taraudait autant l'un que l'autre sans qu'ils veuillent l'admettre. Irwin plongea enfin dans le papyrus que Joyce lui avait confié, en délaissant ses traductions en cours, tandis que Moira résignée s'occupait du travail administratif qu'elle n'aimait guère, mais dont elle ne pouvait se dispenser. En milieu de matinée, toutefois, un vacarme annonçant une visite toujours agréable les interrompit. La jeune femme abandonna ses dossiers sans remords, tandis que son amant rangeait le fragile feuillet avant de la suivre. Ils atteignirent l'oued asséché au moment où Bryan stoppait ses moteurs et ouvrait le cockpit.

— Restes-tu déjeuner avec nous ? s'enquit Moira après que le pilote les eut salués cordialement.

— Oui, j'ai tout mon temps, aujourd'hui.

— Formidable, se réjouit l'archéologue en l'entraînant vers la grande tente. Nous allons te montrer nos dernières trouvailles.

Le repas fut très joyeux. Tout le monde goûtait la présence de l'aviateur qui devenait rare depuis le début de l'année. Il expliqua avec modestie que sa réputation commençait à s'étendre sur tout le nord de l'Afrique, si bien qu'il était très demandé pour des missions variées. De riches touristes désiraient se faire promener au-dessus du Sahara, sans comprendre que d'en haut, il n'était guère possible d'apprécier les paysages. Des hommes d'affaires de tous poils le requéraient pour qu'il les emmenât rapidement d'une ville à l'autre, afin de gagner du temps. Même des militaires avaient eu recours à lui pour inspecter leurs défenses, dans le but de s'assurer que le quartier général était bien protégé.

— Dernièrement, j'ai reçu deux propositions contradictoires, raconta-t-il avec amusement. Les entreprises Latécoère m'ont proposé d'établir une nouvelle liaison Toulouse-Tunis, et des contrebandiers ont tenté de m'enrôler pour passer des marchandises en fraude.

— J'imagine que vous avez accepté l'une et refusé l'autre, observa Tyler toujours très respectueux des règles.

— En fait, non. J'ai refusé les deux.

— Mais pourquoi ? s'étonna Alvin en se tournant pour scruter le pilote. Latécoère est un grand groupe qui a de gros moyens. Et puis, créer une ligne régulière est une réalisation prestigieuse.

Bryan lui adressa un sourire d'excuse, comme s'il devait se justifier.

— Oui, bien sûr. Mais je m'ennuierais à effectuer toujours le même parcours. Je préfère l'aventure, si elle reste dans un cadre légal, bien entendu.

— Cela ne me surprend pas, s'amusa Moira.

Comme elle voulait terminer le rapport pour Fergus Noor, afin que l'aviateur l'emportât, elle dut laisser à d'autres le soin de le guider sur le chantier, ce qui n'était pas un problème, étant donné que tous les membres de son équipe étaient volontaires pour s'occuper du visiteur qu'ils adoraient. Depuis le retour de Londres, les relations de la directrice et de son ex-amant n'avaient guère changé malgré la séparation, si bien que le jeune homme dormait au camp lorsqu'il en avait l'occasion, afin de savourer une veillée en leur compagnie, ce qui était toujours une fête.

Ce soir-là, lorsque Bryan fut reparti, ils se plongèrent dans les journaux qu'il avait apportés, afin de découvrir l'actualité du vaste monde, que l'isolement rendait moins importante.

— Ainsi donc, commenta l'anthropologue en abaissant les épais feuillets pour regarder ses amis, notre gouvernement a mis fin au protectorat qu'il exerçait sur l'Égypte[26].

— Oui, mais il a signé des conventions permettant à nos troupes de demeurer sur place pour assurer la protection de la population et du canal de Suez, nuança le géologue d'un air moqueur. Le sultan Fouad ne se débarrassera pas aussi facilement de nous.

Irwin leva la tête de l'article qu'il lisait.

— Avez-vous vu que la SDN vient de créer une Cour internationale de Justice qui siégera à La Haye ? C'est une très bonne idée à mon avis.

— Oui, mais il faudra lui procurer les moyens nécessaires pour son bon fonctionnement, approuva gravement Tyler.

— N'avez-vous rien de plus drôle à nous raconter ? protesta Joyce en s'asseyant auprès de Moira.

---

[26] 28 février 1922

Alvin replia son quotidien afin de mettre un encart en évidence avec un sourire malicieux.

— Si ! Il est écrit là que le président des États-Unis, Warren Harding, a fait installer un poste de TSF à la Maison-Blanche. Cela te plaît-il mieux ?

— Nous pourrions en faire autant ici, suggéra Violet en battant des mains. Ça nous ferait un peu de distraction.

— Ah, non ! Certainement pas, refusa la directrice. Je ne vais pas gaspiller mon budget dans des dépenses aussi futiles.

— Oh ! Ce n'était pas mon propos. Nous prendrions sur nos fonds personnels.

La chimiste esquissa une moue dubitative.

— C'est cher pour pas grand-chose, je crois. D'ailleurs, rien ne dit que nous capterions un signal ici. Nous sommes très isolés, tout de même.

— C'est ennuyeux, soupira l'archéologue en reposant son journal.

Moira le scruta avec stupeur.

— Comment ? Tu voudrais que nous achetions une radio ?

— Pardon ? Non ! Je parlais des soulèvements des habitants de Cyrénaïque[27] contre l'occupation italienne, expliqua le jeune homme qui n'avait rien suivi de la conversation. Il est déjà très difficile de fouiller les sites archéologiques qui s'y trouvent, mais ça ne va rien arranger.

— C'est vrai, appuya l'anthropologue en secouant la tête d'un air entendu. Nous avons de la chance ici que la région soit calme et que les autorités françaises nous laissent tranquilles. Pourvu que ça dure.

Quelques jours plus tard, l'un des ouvriers qui creusaient le désert revint tout excité au campement en milieu d'après-midi pour annoncer une découverte prometteuse. Aussitôt, abandonnant les tâches en cours, les scientifiques l'accompagnèrent jusqu'au lieu de la trouvaille, qu'ils atteignirent après une bonne demi-heure de marche. Ils se penchèrent sur le trou pratiqué dans l'épaisse couche de sable, au fond duquel le bord d'une grosse pierre taillée était visible, ce qui prouvait sans erreur possible qu'il s'agissait d'une construction humaine, mais ne permettait pas d'identifier le type de monument auquel elle appartenait.

— Ce sont bien des vestiges, confirma Irwin en se redressant. Nous allons établir un périmètre de protection, puis nous les dégagerons avec précaution, en élargissant progressivement le secteur afin de déterminer si nous sommes en périphérie de la zone ou en plein cœur.

L'archéologue prit la direction de la nouvelle équipe, tandis que ses collègues retournaient à leurs activités habituelles, enchantés que les sondages se soient finalement révélés productifs. Mais, comme ces ruines n'affleuraient pas, au contraire de la cité elle-même, il fallut plusieurs semaines pour les

---

[27] Province de Lybie

mettre au jour. Le jeune homme partageait son temps entre ce site plus difficile à nettoyer, et le déchiffrement des papyrus et des tablettes provenant des
archives royales, autant passionné par l'un que par l'autre.

— Le rouleau que m'a confié Joyce est véritablement le tout premier, déclara-
t-il un soir en souriant.

— L'as-tu enfin entièrement traduit ? s'enquit Moira émerveillée.

— Mais oui. Il raconte la fondation de Telgilsh par le roi Azmelqart.

— Alors, pourquoi ici ?

— Ton intuition était juste. En suivant les marchands approvisionnant les
côtes, qui rencontraient dans cette oasis les caravanes transsahariennes, il a
considéré que l'endroit était idéal pour y implanter une ville.

Tyler sourit affectueusement à la jeune femme.

— Je me demande pourquoi nous faisons des fouilles alors que tu connais
déjà tout.

— Je ne sais pas tout, loin de là. Mais ça paraissait logique. Serait-ce son tombeau auquel nous avons abouti ?

— Nous ne tarderons plus à le savoir, assura gaiement son amant. Mais, en
réalité, il y a deux sépultures côte à côte.

— Alors, il s'agit de la nécropole de Telgilsh.

— Probablement. Ceux-là, en tout cas, étaient des monuments funéraires imposants. Sûrement érigés pour des rois. Nous avons découvert des tours à
moitié détruites, aux toits pointus, qui devaient surmonter les chambres d'inhumation. Cependant, une chose est curieuse. L'un des mausolées paraît
beaucoup plus abîmé que l'autre, à moins qu'il n'ait pas été terminé.

Alvin se pencha en avant d'un air intéressé.

— Il était peut-être en construction pour le nouveau roi.

— C'est possible, mais si le tremblement de terre a eu lieu le jour de son couronnement, il n'a pas eu le temps de le mettre en chantier.

— C'est passionnant. J'ai l'impression de participer à une enquête policière,
s'enthousiasma Violet.

— C'est un peu ça, mais celle-ci remonte à plus de deux mille ans, s'amusa la
directrice.

Juin apportait une chaleur caniculaire, plus forte, leur semblait-il, que les
années précédentes, lorsque Irwin annonça que son équipe avait dégagé l'accès aux tombeaux. Le lendemain matin, au moment où les premiers rayons
du soleil peignaient le paysage en rose tendre, les ouvriers descellèrent la dalle
qui interdisait l'entrée de la tombe la mieux préservée, révélant progressivement le puits sombre de la descenderie. Les six amis restèrent un instant sans
bouger, contemplant avec émotion la demeure d'éternité qui ne paraissait pas
avoir été pillée, puis avec décision, l'archéologue alluma des lampes qu'il
donna à chacun, avant de s'approcher de la bouche béante.

— Allons-y, lança-t-il. Et soyez prudents. Comme tout a remué, les dalles
peuvent être instables.

Tout en marchant derrière son amant le long du couloir en pente douce, Moira dévorait des yeux les peintures sur les murs, en refoulant sa déception devant cette sépulture qui n'était pas celle de ses cauchemars, comme elle l'avait espéré. Quoique magnifiques, les décorations ne correspondaient pas à celles qu'elle observait avant que la terreur la réveille. Ils débouchèrent enfin dans la chambre funéraire, au seuil de laquelle ils s'immobilisèrent, muets d'admiration, en constatant que le monument était intact.

— Regarde-moi tous ces objets. C'est superbe, souffla Joyce émerveillée.

— Oui, ce mobilier nous sera d'une grande utilité, approuva Irwin en examinant la salle bien remplie. Ne touchez à rien, nous allons prendre des photos avant d'inventorier tout cela.

De son côté, la directrice longeait les cloisons, sa lampe à bout de bras, afin de découvrir tous les détails des décors qui n'avaient rien à voir avec l'hypogée dont la vision la poursuivait.

— Ce sont des scènes mythologiques, j'imagine, commenta Tyler en remarquant sa fascination.

— Sûrement, reconnut-elle. Qui est inhumé ici ?

L'archéologue s'accroupit devant l'une des extrémités du sarcophage dont il déchiffra rapidement les inscriptions, avant de passer au côté suivant à la recherche du nom du défunt.

— Il s'agit d'un certain Balthézar, annonça-t-il enfin. Probablement, l'un des rois de Telgilsh. J'espère que les archives royales nous permettront de les replacer dans l'ordre chronologique.

— Voyons le deuxième tombeau maintenant, décida Moira en retournant vers la porte.

Ils la suivirent à l'extérieur, puis se dirigèrent vers le monument qui offrait une apparence beaucoup moins belle. Là, curieusement, la dalle fermant le couloir n'était pas scellée, mais juste maintenue en place par des cales de bois. Les ouvriers n'eurent aucune difficulté à la retirer pour donner accès à la descenderie en bon état, qui présentait des murs chaulés sans le moindre ornement. D'un pas précautionneux, l'équipe s'engagea dans le corridor en levant haut les lampes, afin de ne rater aucun élément pouvant expliquer pourquoi la sépulture était si différente de la précédente.

— Ah ! s'exclama Irwin en s'arrêtant brusquement. Voyez ici.

Il désignait une paroi qui arborait un début de quadrillage avec, un peu plus loin, des dessins à peine esquissés de personnages ressemblant aux dieux de l'hypogée voisin. Ils s'entre-regardèrent avec perplexité, puis continuèrent lentement, tandis qu'apparaissaient au fil de leur progression des représentations de plus en plus précises, ainsi que les premières peintures. Arrivé au seuil de la chambre funéraire, l'archéologue scruta la pièce en hochant la tête d'un air entendu.

— C'est bien ce que je pensais, confirma-t-il avec assurance. Ce tombeau était en cours de construction. Nul n'est inhumé ici.

La vaste salle, vide de tout mobilier, hormis le sarcophage, prouvait sans ambiguïté qu'il avait raison. D'ailleurs, le couvercle du lourd cercueil n'était pas posé dessus, mais appuyé contre l'un des côtés, ce qui démontrait qu'il n'était pas occupé.

— Les décors étaient terminés ici, remarqua la directrice en pivotant sur elle-même pour les admirer.

De plus en plus déçue, la jeune femme comprenait que cette demeure d'éternité n'était pas non plus celle qu'elle voyait en rêve. Elle finissait par se demander si la sépulture existait réellement ou si elle mélangeait les documents qu'elle avait pu voir sur la civilisation phénicienne.

— Je suppose que nous n'avons aucun moyen de savoir à qui la tombe était destinée ? observa Joyce.

— Cela dépend si le sarcophage portait déjà les inscriptions consacrées, répondit Irwin en s'approchant de la grande cuve de granit.

Il constata que, là aussi, l'ornementation était inachevée. Les textes rituels, ainsi que les bas-reliefs, étaient juste ébauchés, quoiqu'il fût facile d'en extrapoler la fin. Tournant autour, il finit par découvrir le nom du propriétaire, qui lui fit écarquiller les yeux de surprise.

— Tenez-vous bien, s'écria-t-il. Ce mausolée était érigé pour la reine Adonia.

— Comment est-ce possible ? s'étonna Moira. Il aurait dû être achevé depuis longtemps.

— Voyons si je peux retrouver la pierre de fondation, reprit l'archéologue en furetant le long des murs.

— Oh, quand même. Elle est sûrement recouverte par les peintures.

— Pas forcément. Par superstition, le décorateur peut avoir décidé de ne la peindre qu'en dernier.

Le jeune homme commença à faire le tour de la pièce en scrutant plus particulièrement les angles, tandis que ses amis en faisaient autant dans la descenderie pour l'aider. Enfin, il poussa un cri de triomphe qui les attira tous vers le coin le plus reculé de la chambre funéraire.

— Elle est ici. Regardez.

— Alors ? Que dit-elle ? s'enquit Violet en se penchant comme si elle pouvait lire la gravure.

— Tu es aussi impatiente que moi, finalement, plaisanta Moira avec une tape amicale sur le bras de son amie.

— Cette pierre a été posée au mois de Matan de l'an deux du règne d'Adonia, annonça Irwin toujours agenouillé dans l'angle.

Alvin jeta un coup d'œil circulaire sur le caveau.

— Combien de temps fallait-il pour construire un monument tel que celui-ci ?

L'archéologue se mordilla les lèvres, tout en réfléchissant.

— Il est assez simple… Je dirais un an ou deux, pas plus.

— Elle a transmis sa couronne avant sa mort, pourtant elle n'a pas été ensevelie dans son tombeau qui, d'ailleurs, n'a jamais été terminé, résuma la directrice. C'est un cas vraiment étrange, ne trouvez-vous pas ?

— Il s'est passé quelque chose, c'est certain, approuva Irwing qui se relevait en brossant ses vêtements pleins de poussière. Mais j'ai peur que nous ne sachions jamais quoi. Je crains que les archives ne nous en donnent pas l'explication.

En attendant le sacre

Mars 683 av. J.-C.

Itthobaal avait à peine regagné son logement qu'un domestique vint le prévenir de l'arrivée d'un prêtre d'Echmoun. Un peu surpris, il se rendit dans sa salle d'audience, afin d'y recevoir ce visiteur importun.

— Que puis-je faire pour vous ? interrogea-t-il avec affabilité, quoiqu'il craignît des exigences démesurées.

— Belshazzar veut que son couronnement ait lieu dans notre temple, expliqua son interlocuteur d'un ton ennuyé. Alors, Balzer m'envoie vous prier de lui confier les bijoux ayant appartenu au défunt roi Balthézar.

— Bien volontiers, assura le grand prêtre sans montrer son soulagement. Je vous donnerai ce que Sa Majesté m'avait apporté, mais j'ignore s'il s'agit de l'ensemble des joyaux de la couronne.

— Je le préciserai à ma hiérarchie qui s'arrangera avec le futur roi, répondit le religieux, visiblement peu enchanté de cette mission.

Le prélat ordonna que l'on allât chercher les objets précieux qu'Adonia avait mis sous sa garde, puis il offrit un siège au prêtre d'Echmoun, lui fit servir un rafraîchissement, avant d'engager une conversation cordiale, comme si les événements des derniers jours n'avaient rien d'extraordinaire. Le peu d'enthousiasme qu'exprimait le visiteur, ainsi que sa réticence à aborder le sujet du sacre, le convainquit que le clergé de l'autre sanctuaire ne suivait son supérieur qu'avec circonspection.

— Savez-vous si la date a déjà été fixée ? s'enquit-il d'un ton confidentiel. Je dois vous avouer que j'ai consulté l'oracle hier, qui m'a délivré des présages bien peu favorables.

— Oh, je sais, soupira son interlocuteur. Nous en avons fait autant. Je ne devrais pas dire ça, mais depuis que Balzer est arrivé, rien ne va plus chez nous. Les entretiens secrets entre lui et le prince nous avaient inquiétés, aussi avons-nous demandé à notre prophète si Echmoun nous approuvait, mais la prédiction est effrayante. Je n'ose même pas vous la répéter tant cela m'angoisse.

— Si elle ressemble à ce que j'ai obtenu, je l'imagine assez bien, commenta pensivement Itthobaal.

À ce moment, un prêtre survint, portant un coffret contenant les bijoux d'Adonia, ainsi que ceux qu'elle destinait à Sikarbaal. Il le remit au religieux qui se hâta de prendre congé, afin de regagner son propre temple, en les remerciant d'un air emprunté. Lorsqu'il fut parti, le grand prêtre entama le tour de l'édifice pour vérifier que chaque dieu avait reçu ses offrandes quotidiennes malgré tous les bouleversements que vivait la cité. Ce jour-là, cependant, il se rendait compte que toutes les prières n'éloigneraient pas la malédiction que l'adolescent avait attirée sur Telgilsh. Tout en circulant d'une chapelle à l'autre, il repensait au décès de Balthézar, ainsi qu'à la réponse de la prophétesse quand il l'avait interrogée pour organiser le couronnement d'Adonia. Dès cet instant, les augures s'étaient révélés confus ou muets, ce qui laissait supposer que le règne de la jeune fille était placé dès l'abord sous le signe du désastre. Pourquoi les dieux ne l'avaient-ils jamais aidée ? Qu'aurait-elle dû accomplir pour mériter leurs faveurs ? Lui-même l'ignorait. Elle avait toujours fait passer le bien de son peuple avant le sien, mais surtout, elle n'avait jamais oublié sa profonde dévotion, avait offert aux divinités les sacrifices qui s'imposaient, les avait honorées lors de chaque fête religieuse. L'avaient-elles châtiée pour sa trop grande indulgence envers son cousin ? Aurait-elle dû réellement l'éliminer pour assurer la paix de ses sujets ? Choqué, le prélat trouvait la mesure un peu extrême. Même les dieux ne pouvaient approuver une attitude aussi sanguinaire. Évidemment, si Belshazzar était devenu criminel, alors Adonia aurait eu la charge de le punir en lui ôtant la vie, mais ce n'était pas le cas. Itthobaal s'arrêta si brusquement que l'un des domestiques qui nettoyaient le sanctuaire le percuta sans même que le grand prêtre s'en aperçût. Il venait de réaliser que personne ne s'était posé de questions au sujet de la mort soudaine du roi. Et si c'était le premier assassinat auquel s'était livré le prince malfaisant ? Alors, la jeune fille se serait montrée d'une faiblesse coupable envers un régicide, le meurtrier de son propre père, ce qui expliquerait la colère des divinités. Seulement, il était impossible de le prouver, pas plus que l'homicide d'Adonia qui était décédée depuis deux jours, le prélat en était certain.

De son côté, Coriandre ne savait que faire. Devait-il continuer à gérer le royaume jusqu'au sacre ou fallait-il laisser le soin au futur roi de s'occuper des dossiers en cours ? L'adolescent, qui n'était pas revenu du temple d'Echmoun, n'avait envoyé aucune instruction concernant les devoirs qui étaient les siens désormais. Découragé, le vizir jeta un coup d'œil aux documents que Baldo avait déposés sur le bureau royal, parmi lesquels il n'y avait rien d'urgent, alors il décida d'attendre que celui qui désirait si fort le trône prît conscience des obligations qui y étaient associées. D'un pas lent, il se dirigea vers son appartement, en regrettant à nouveau qu'Hailama n'eût pas voulu s'enfuir tant qu'il en était encore temps. Lorsqu'il entra, le jeune homme lui adressa un regard angoissé.

— Non, soupira-t-il en s'asseyant face à son fils. Je n'ai pas de nouvelle et je n'ai guère d'espoir d'en recevoir.

— Elle est forcément quelque part.

— Il l'a bien cachée, crois-moi. Nous ne la retrouverons jamais.

Hailama sauta nerveusement sur ses pieds.

— Ce n'est pas possible. Il faut agir.

— Je crains que nous soyons tous en danger. Va-t'en d'ici, s'il te plaît.

Le jeune homme qui arpentait la pièce se retourna pour fixer son père.

— Non. S'il découvre mon absence, il te la fera payer. Fuyons ensemble, si tu veux, mais je n'irai nulle part sans toi.

— Je n'abandonnerai pas le peuple de Telgilsh à ce fou sanguinaire, répliqua le vizir d'un ton las. En mémoire d'Adonia, je me dois de protéger ses sujets.

— Alors, je resterai avec toi, conclut son fils d'un ton définitif en se réinstallant dans son fauteuil.

Belshazzar ne revint au palais qu'en début de soirée, satisfait d'avoir réglé tous les détails de la cérémonie de son couronnement, aussi grandiose qu'il l'avait imaginée. Malgré sa répulsion envers ce meurtrier, Coriandre alla à sa rencontre d'un pas serein.

— Les dossiers s'empilent sur le bureau royal. Même si tu n'es pas encore intronisé, c'est à toi d'y veiller maintenant qu'Adonia est… partie.

— Quels dossiers ? demanda le jeune homme d'un air égaré.

— Tout ce qui concerne la gestion de la cité.

Le futur roi haussa les épaules avec une moue dédaigneuse.

— Ça ne m'intéresse pas. C'est encore toi le vizir, alors fais à ta guise.

— De nombreux documents réclament la signature royale, que je n'ai pas.

— Je verrai ça plus tard, déclara l'adolescent en se détournant pour gagner son logement.

— Toute l'activité du royaume sera bloquée si tu ne t'en occupes pas rapidement, insista le Premier ministre en le retenant par le bras. Tu as désormais la responsabilité des habitants de Telgilsh.

Les yeux assombris par la contrariété, le prince se dégagea brusquement.

— Tu m'ennuies, Coriandre ! Brûle ces fichus papyrus si ça t'amuse, mais laisse-moi tranquille.

Tournant les talons d'un mouvement sec, Belshazzar s'en fut vers ses appartements sous le regard résigné, mais nullement surpris du vizir. Il savait depuis toujours que le jeune homme, n'ayant pas l'étoffe d'un souverain, mènerait le pays droit à la catastrophe. Alors, il se dirigea vers le quartier dans lequel on avait logé les diplomates. Ceux-ci l'accueillirent avec empressement, inquiets devant les événements incompréhensibles qui se succédaient dans la ville.

— Que se passe-t-il réellement ? questionna le représentant de Macar Uiat s'instituant le porte-parole de ses collègues.

— Nous soupçonnons Belshazzar d'avoir assassiné Adonia, expliqua le vizir d'un air sombre, quoique nous n'ayons aucun moyen de le prouver. Il sera couronné prochainement sans que nous puissions nous y opposer, mais il est incapable d'assumer les devoirs d'un roi. Je vous suggère de repartir le plus vite possible, avant que survienne le désastre. Par contre, dites à nos ambassadeurs de ne surtout pas revenir.

— Ne pouvez-vous vraiment rien faire ?

Trop nerveux pour s'asseoir, le Premier ministre faisait les cent pas devant les fauteuils des diplomates qui l'observaient avec étonnement.

— Hélas ! La situation nous échappe complètement. D'ailleurs, je pense que nous, les proches de la reine, sommes tous condamnés à courte échéance.

— Pourquoi ne venez-vous pas avec nous ?

Coriandre s'immobilisa avec un petit sourire désabusé.

— Je veux essayer de protéger le peuple de ce fou furieux. Filez avant qu'il s'en rende compte.

Suivant ce conseil avisé, les représentants commencèrent à préparer les bagages, afin de prendre la route dès le lendemain matin, mais ils se promettaient d'obtenir l'aide de leurs souverains pour rétablir l'ordre dans Telgilsh.

Jamais soirée ne s'était déroulée si calmement dans le palais. Chacun semblait retenir son souffle dans l'attente de la tempête qui s'abattrait sur eux. Les membres du gouvernement s'étaient discrètement transmis les résultats négatifs des recherches engagées pour retrouver le corps de la souveraine, puis avaient refermé les portes de leurs logements sur l'avenir menaçant. Belshazzar, de son côté, avait eu l'intelligence de ne pas fêter ostensiblement sa victoire, aussi s'était-il contenté de mander Hyrum et son père auprès de lui pour annoncer qu'ils feraient partie de la cérémonie du sacre. Afin de ne pas déclencher une crise de fureur dirigée contre eux, ceux-ci avaient affiché un bonheur qu'ils étaient loin de ressentir, sans oser demander quels autres dignitaires l'adolescent garderait près de lui. Ensuite, ils avaient saisi la première occasion pour se retirer, mais ils accomplirent sans un mot le trajet jusqu'à leur appartement, en remâchant de vifs regrets d'avoir soutenu ce démon qui les avait endormis avec ses belles paroles.

— Cette fois, tout est bien fini, constata Hyrum d'un ton morne lorsqu'ils furent à l'abri des oreilles indiscrètes.

— Que Baal nous pardonne ! Qu'avons-nous fait là ? gémit son père en s'écroulant dans un fauteuil.

— Moi, j'étais trop jeune pour réaliser à quel point il était dangereux. Mais toi ! Comment as-tu pu te laisser aveugler ainsi ?

Le traître haussa les épaules en fixant le néant avec une expression désenchantée.

— J'avais pitié de lui. Balthézar se méfiait tant de lui qu'il ne lui octroyait aucune liberté, au point de lui interdire d'aller jouer avec Adonia lorsqu'ils étaient enfants. Ce garçon a grandi sans amour ni la moindre considération, alors j'ai cru que son caractère instable venait de là. J'imaginais que, si quelqu'un lui accordait sa confiance, il deviendrait un homme responsable, mais je me suis lourdement trompé. Le roi a encore fait preuve de trop d'indulgence envers lui, et pour le remercier, ce fou l'a assassiné.

Choqué, Hyrum sursauta, puis vint se planter devant son père.

— Comment ? Il aurait tué Balthézar.

— Je n'en suis pas sûr, mais je l'ai toujours pensé. Le roi était en excellente santé, ce décès subit est plus que suspect. Je ne comprends pas que personne ne se soit posé de questions à l'époque.

— Et tu l'as aidé quand même.

— Je sais, j'ai eu tort, soupira le félon en adressant un regard fautif au jeune homme. Je voulais lui offrir une chance, mais je me suis fourvoyé. Je suis autant coupable de la mort d'Adonia que lui, hélas. J'aurais dû faire part de mes soupçons à la reine, au lieu d'aider son cousin. Mon châtiment est de le voir triompher en sachant qu'il nous fera occire dès qu'il sera fatigué de nous. C'est pourquoi je voudrais que tu partes tant qu'il en est encore temps. Ne me donne pas cette douleur supplémentaire. Sauve-toi, s'il te plaît.

— Non ! Hailama a refusé de fuir, il ne sera pas dit que je me montrerai plus couard que lui.

Son père n'insista pas, réalisant qu'il était incapable d'infléchir le cours des événements, même pour préserver son fils de ce désastre qu'il avait contribué à déclencher.

Au matin, selon les conseils de Coriandre, les ambassadeurs et leurs suites quittèrent la ville avec bien moins d'ostentation qu'ils n'en avaient mise à y arriver. Ce départ discret ne fut pas rapporté à Belshazzar, que nul ne considérait comme le roi de la cité. Même les gardes du palais, qui se méfiaient de lui, préféraient, de beaucoup, obéir au vizir, si bien que son statut ne semblait pas avoir changé malgré l'annonce de la veille au temple d'Echmoun. Mais le jeune homme, tellement grisé par l'approche de son couronnement ainsi que la certitude qu'il détenait désormais le pouvoir, ne se rendait compte de rien. À son réveil vers midi, il se fit servir un repas très élaboré, à mille lieues de la frugalité observée par les souverains de Telgilsh, puis il procéda à une toilette soignée, se fit masser, parfumer, maquiller lourdement, avant d'endosser une tenue criarde, rehaussée de somptueux bijoux pris dans le trésor royal. Enfin, fier comme un paon, il sortit parader dans les couloirs en toisant d'un air hautain tous ceux qu'il croisait, sans deviner qu'ils pouffaient de rire derrière son dos.

Adoptant une démarche qu'il croyait majestueuse, l'adolescent pénétra dans la salle d'audience déserte, se dirigea vers l'estrade sur laquelle se trouvait le trône, mais il s'arrêta à quelques pas pour dévorer des yeux le siège d'apparat en bois doré, richement orné de scènes mythologiques, avant de sourire avec gourmandise.

— Allez me chercher les ministres, puis faites entrer les requérants, lança-t-il à la cantonade en reprenant sa marche, impatient d'atteindre son but.

Cependant, surpris de ne rien entendre, il se retournait en fronçant les sourcils d'un air mécontent afin de fustiger le peu d'empressement de ses serviteurs, quand il découvrit avec stupeur que la vaste pièce était vide. Depuis son lever, il se voyait en grand monarque entouré de courtisans zélés prêts à courir sur un simple regard de sa part, mais réalisait soudain qu'il n'intéressait pas davantage les habitants du palais qu'avant son coup d'éclat de la veille. Alors, au lieu de se souvenir raisonnablement que ni Adonia ni son père Balthézar ne s'étaient jamais fait suivre d'une cour, il plongea dans une de ces colères qui lui faisaient perdre tout contrôle sur lui-même. Il trépigna, hurla, se roula par terre, déchira ses beaux vêtements à défaut d'avoir des objets sous la main, jusqu'à ce que Coriandre, averti par un domestique, arrive en catastrophe.

— Que voilà une belle attitude pour un roi, commenta-t-il froidement en toisant le garçon que de grandes traînées noires laissées par le maquillage défiguraient.

— Pourquoi n'y a-t-il personne ? sanglota Belshazzar en levant la tête vers lui.

— Parce que tout le monde travaille. C'est également ce que tu es censé accomplir, d'ailleurs.

— Justement, je m'apprêtais pour les audiences.

Le vizir croisa les bras d'un air réprobateur.

— Elles ont lieu le matin, pas au début de l'après-midi. Un souverain digne de ce nom se lève avant ses sujets et agit afin qu'ils puissent s'amuser. Pas le contraire.

Vaincu pour un moment, le jeune homme se releva avec une expression d'enfant pris en faute.

— Que dois-je faire ?

— Commence par aller te laver et te changer. Cette tenue est ridicule. Ensuite, rends-toi dans le bureau royal, je te montrerai les dossiers les plus urgents.

Belshazzar regagna son appartement en remâchant son humiliation, furieux après le vizir qui s'était permis de le remettre à sa place, tout en reconnaissant qu'il ne pouvait pas se passer de lui pour l'instant. Il se rhabilla donc, puis se dirigea vers le bureau d'Adonia, bien décidé à trouver rapidement une solution pour ne pas se charger de ces tâches qu'il considérait comme indignes de lui.

Coriandre l'attendait avec Baldo, peu enchanté de subir ce nouveau maître qu'il savait parfaitement incompétent. Les deux hommes avaient trié les actes en gardant les cas les plus faciles pour cette leçon qui promettait d'être particulièrement pénible. Le prince s'assit sur le siège qu'on lui désignait, puis écouta les explications du vizir qui utilisait les termes les plus simples dans l'espoir que cet élève idiot le comprît. Mais, lorsqu'il mit dans les mains du futur roi un rouleau de papyrus illustrant le sujet qu'il venait d'aborder, Coriandre désespéra d'arriver à lui enseigner quoi que ce soit, en découvrant que Belshazzar ânonnait laborieusement les premiers mots sans parvenir à terminer la phrase.

— Ça suffit, décréta l'adolescent en jetant la feuille au hasard. Je n'ai pas l'intention de rester enfermé dans cette pièce en permanence à travailler sur ces stupides histoires. Que ces gens se débrouillent tout seuls. Je suis le roi. Je n'ai pas de temps à accorder à des choses sans importance.

— C'est ce que tu crois, répliqua le vizir d'un ton glacial. Mais, si tu ne règles pas les problèmes de ton peuple, tu détruiras ton royaume en quelques mois.

— C'est faux !

— Tu verras.

Le prince se releva, les yeux luisants de colère.

— Fais-la cette besogne ! Après tout, c'est ton rôle !

— C'est au roi de prendre les décisions pour son pays. Et c'est aussi à lui de parapher les documents officiels.

— Alors, prépare-les et je les signerai ! Dis-moi, est-ce toi qui as tenu les audiences, aujourd'hui ?

— Il n'y en a pas eu, répondit le Premier ministre avec un calme imperturbable. Les habitants de Telgilsh savent que tu n'es pas encore habilité à décider puisque tu n'es pas couronné, alors personne ne s'est présenté.

Un peu apaisé, le jeune homme lança un coup d'œil en direction de la fenêtre.

— Justement, j'attends que Balzer me transmette la date fixée par l'oracle pour mon sacre.

— Un messager t'a demandé ce matin, intervint Baldo négligemment. Il a eu l'air très surpris d'apprendre que tu n'étais pas levé.

— Que voulait-il ? s'exclama le futur roi en pivotant vers lui.

Le scribe haussa dédaigneusement les épaules.

— Je n'en sais rien. C'est toi qu'il désirait voir, pas moi.

Belshazzar quitta la pièce de fort méchante humeur, furieux de devoir renoncer à ses rêves de grandeur au profit d'une réalité qu'il n'imaginait pas si contraignante. En se dirigeant vers son appartement, il constatait avec amertume que nul ne se prosternait sur son passage, comme il l'avait espéré, par contre, on exigeait de lui qu'il accomplît un énorme labeur sans intérêt, qui ne lui apporterait aucune gloire. Il essaya de se convaincre qu'après son couronnement, la situation serait différente, pourtant, malgré lui, il revoyait sa cousine enchaîner les audiences et les tâches administratives jusqu'au coucher du soleil, lorsqu'elle sortait dans le jardin chercher un peu de répit. En refermant la porte de son logement, il ne put refouler ses larmes au souvenir du conseil avisé d'Hyrum, qui lui suggérait de se satisfaire de sa vie oisive et dorée. Dépité, il s'allongea sur son lit en se recroquevillant sur lui-même, comme un enfant qui vient de commettre une bêtise, aux conséquences de laquelle il tente vainement d'échapper.

Un coup frappé au battant l'obligea à se redresser afin de paraître à son avantage, tandis que son domestique ouvrait. Il s'agissait de l'émissaire dont Baldo lui avait parlé, qui revenait avec l'espoir de le rencontrer enfin. L'adolescent l'accueillit avec lassitude, persuadé que l'on allait encore lui imposer quelque chose d'ennuyeux.

— Le grand prêtre d'Echmoun a fixé la date pour votre sacre, expliqua l'homme.

— Ah ! s'exclama Belshazzar, les yeux brillants. Dites-moi quand.

— Demain.

— C'est formidable ! s'écria le jeune homme en dansant dans la pièce sans retenue, sous le regard effaré du coursier.

Dès que celui-ci eut détalé comme s'il avait le diable aux trousses, le prince requinqué par cette nouvelle expédia son valet prévenir Coriandre afin qu'il se chargeât de mettre tout le monde au courant. Puis, il fouilla dans sa garde-robe pour choisir sa tenue la plus chamarrée, en rêvant à la cérémonie grandiose qu'il avait planifiée avec Balzer. Il avait oublié tous ses doutes, au point qu'il commençait à se figurer que le vizir avait organisé la séance dans le bureau uniquement pour lui prouver son incompétence.

— L'as-tu averti ? s'enquit-il lorsque son serviteur revint.

— Oui, bien sûr.

— Et qu'a-t-il dit ?

L'esclave haussa les épaules.

— Il s'est contenté d'envoyer Baldo diffuser l'information, sans commentaire.

— Il a raison de rester prudent. Dès demain, je lui montrerai de quoi je suis capable, grogna Belshazzar, déçu que personne ne se réjouît avec lui.

En retournant vers ses préparatifs, il songea qu'être roi ne se révélait pas aussi amusant qu'il le croyait. Pourquoi ne venait-on pas tourner autour de lui en quêtant sa faveur, comme il le visualisait dans ses rêves enchantés ? Il se promit que dès le lendemain, il réformerait le système en obligeant tous les hauts dignitaires à le suivre partout où il irait, surtout Coriandre dont il exécrait la tranquille assurance. Devant lui, il se sentait comme un enfant pris en faute, alors qu'il se voulait un monarque absolu. Soudain, il réalisa que les ambassadeurs des autres cités auraient dû venir le féliciter pour son couronnement, tout en lui demandant le renouvellement des accords passés avec leurs royaumes, pourtant il ne les avait pas vus. Furieux de cette indifférence, il dépêcha son domestique pour les convoquer sur-le-champ, puis, en attendant leur arrivée, il évolua dans sa chambre en se représentant la scène avec délectation. Il les imaginait tremblants à l'idée de lui déplaire tandis qu'il les toisait avec hauteur, les menaçait de les renvoyer, avant de daigner enfin les agréer avec magnanimité.

— Pourquoi ne les as-tu pas ramenés avec toi ? aboya-t-il en voyant son valet revenir seul.

— Parce que je ne les ai pas trouvés.

— Comment ça, pas trouvés ? Où sont-ils ?

— On m'a dit qu'ils avaient quitté Telgilsh tôt ce matin.

— Où allaient-ils ? s'étonna l'adolescent qui ne comprenait toujours pas.

— Ils sont rentrés chez eux avec toutes leurs affaires et leurs suites.

La vérité s'imposa soudain au prince qui hurla.

— Ils se sont dérobés pour ne pas assister à mon sacre ! C'est insupportable ! Coriandre ! Je suis sûr que c'est Coriandre ! Celui-là, il me déteste ! Il a dû leur dire de partir, c'est certain ! D'ailleurs, ils me haïssent tous !

Une nouvelle fois, il plongea dans un accès de fureur qui lui fit dévaster son appartement, tandis que son serviteur se cachait, puis, quand le jeune homme s'écroula sur son lit en sanglotant, l'esclave balaya en silence de peur de relancer la crise. Peu à peu, Belshazzar s'apaisa, mais resta pelotonné sous ses couvertures, tout en ruminant cette défection qui l'humiliait au plus haut point. Il était sûr que quelqu'un avait prévenu les diplomates contre lui, afin qu'ils s'en aillent pour ne pas approuver sa prise de pouvoir plus que suspecte. Bien entendu, comme tous les membres du gouvernement étaient demeurés fidèles à la mémoire d'Adonia, le vizir n'était pas le seul qui eût pu le faire, n'importe lequel d'entre eux en était capable. Le prince se rendait compte qu'il ne réussirait jamais à obtenir d'eux l'attitude de courtisan dont il rêvait. Ils lui feraient la leçon en permanence, dans l'espoir de l'obliger à remplir ce qu'ils appelaient ses devoirs, sans la moindre considération pour son statut de roi.

— Je dois me débarrasser d'eux, grinça-t-il entre ses dents. Maintenant !

D'un bond, il sortit de son lit en ignorant le domestique qui levait la main par habitude pour se protéger des coups, se saisit d'un morceau de papyrus et d'un calame qu'il posa sur une écritoire rarement utilisée. Rageant contre la dureté des poils du pinceau qu'il avait abandonné sans le nettoyer plusieurs jours auparavant, il le trempa dans l'eau afin de le ramollir, puis se lança dans une série de signes bizarres ne ressemblant à rien, qui faisaient partie d'un code inventé pour remplacer l'écriture qu'il ne maîtrisait pas davantage que la lecture. Lorsqu'il eut fini, il contempla son œuvre avec un sourire mauvais, compta sur ses doigts en marmonnant pour lui-même, puis il releva la tête en hélant son valet d'un ton impérieux.

— Va me chercher le chef des gardes.

En attendant, il se planta devant un miroir, aplatit ses cheveux ébouriffés, puis échangea une nouvelle fois ses vêtements déchirés. Lorsque le soldat arriva, le jeune homme avait adopté une allure hautaine dans l'intention d'impressionner d'emblée son visiteur, mais celui-ci ne parut nullement intimidé.

— Vous m'avez demandé, émit-il d'un ton neutre.

— Sais-tu qui je suis ? interrogea Belshazzar d'une voix un peu trop forte.

Le garde le dévisagea avec une surprise mêlée de dérision.

— Bien sûr ! Vous êtes le cousin de la reine.

— Non ! Je suis le roi ! assena l'adolescent en dérapant dans les aigus.

— Pas encore. On raconte que vous serez couronné demain.

— Cela ne change rien ! C'est moi qui donne les ordres !

Prévoyant des moments difficiles avec ce nouveau souverain, le chef de la sécurité retint un soupir désabusé.

— Que voulez-vous ?

— Que tu fasses emprisonner tous ceux dont je vais te fournir les noms.

— Pardon ? s'exclama l'homme incrédule. Mais pour quelle raison ?

— Parce que je l'ordonne ! C'est une raison suffisante.

Belshazzar reprit son papyrus, puis commença à énumérer les patronymes qui se trouvaient sur sa liste, au grand effarement du soldat.

— Vous ne pouvez pas faire ça ! Ces gens vous sont indispensables !

L'adolescent se redressa d'un air vaniteux.

— Je n'ai besoin de personne. Obéis si tu ne veux pas finir avec eux.

— Je ne peux pas mettre de hauts dignitaires avec des voleurs et des meurtriers. D'ailleurs, la prison ne sera pas assez grande.

— Alors, enferme-les dans l'une des cellules du souterrain du temple de Baal.

Le chef des gardes secoua la tête d'un air réprobateur.

— Les Dieux ne vous le pardonneront pas.

— Je me moque des dieux.

Dès que l'homme fut parti accomplir sa mission avec une profonde répugnance, Belshazzar se tourna vers son serviteur qui se tenait tout tremblant derrière lui.

— Ramène-moi Hyrum et son père.

Ayant appris l'arrestation arbitraire des autres membres du gouvernement, ceux-ci arrivèrent en hâte, aussi catastrophés l'un que l'autre. Le tyran montrait déjà son vrai visage, ce qui confirmait leurs pires craintes. Enchanté de constater à quel point ils étaient inquiets, le prince sourit en songeant qu'il était finalement assez satisfaisant d'être redouté, puisque, de toute façon, il ne serait jamais aimé.

— Ahirom, je te nomme vizir, annonça-t-il fièrement.

L'expédition des artefacts

Août — octobre 1922

Depuis la découverte des monuments funéraires, les fouilleurs s'étaient consacrés au recensement du mobilier qui se trouvait dans le tombeau de Balthézar, ainsi qu'à la reproduction des peintures des mausolées, ce qui absorbait une partie de l'équipe à plein-temps. Seuls Tyler, qui était reparti vers son charnier après avoir examiné la dépouille du roi, et Joyce, qui s'occupait toujours des papyrus, restaient peu concernés par ces demeures d'éternité qui obsédaient leurs collègues. Alvin avait confirmé que la construction de l'hypogée d'Adonia était contemporaine de la destruction de Telgilsh, ce qu'Irwin avait aussi déterminé en parallèle grâce à l'étude des documents. Par contre, les chercheurs avaient été fortement étonnés en constatant que la sépulture jumelle se révélait de la même époque, ce qui semblait prouver que le souverain inhumé là était proche de la reine disparue. Là encore, ils espéraient que les archives royales donneraient davantage de renseignements, voire permettraient de dessiner l'arbre généalogique de cette lignée.

— Joyce t'a-t-elle apporté d'autres rouleaux ? demanda Moira en entrant sous l'abri.

— Oui, mais je n'ai pas beaucoup de temps pour les lire, répliqua le jeune homme qui venait de se rafraîchir au retour d'un après-midi passé à inventorier les trésors de la tombe. D'ailleurs, ils ne sont pas dans l'ordre chronologique, ce qui les rendrait incompréhensibles si j'essayais de les traduire. Je me contente de les classer en attendant de les avoir tous.

Elle acquiesça, les yeux sur le coffret que désignait son amant.

— Oui, tu as raison. C'est une tâche assez difficile comme ça, ce n'est vraiment pas la peine de la refaire plusieurs fois pour reconstituer toute l'histoire.

— Le dîner sera bientôt servi, annonça Joyce qui s'encadrait dans l'ouverture.

— Nous arrivons, assura l'archéologue en se tournant vers elle.

Ils se dirigèrent ensemble vers la tente commune en bavardant, heureux de ce moment de détente après une journée bien remplie. Le reste de l'équipe les accueillit avec des regards amicaux, tandis qu'ils s'installaient dans les fauteuils de toile qui constituaient leur salon.

— Nous sommes parvenus aux premières maisons, les informa Tyler avec fierté.

La jeune femme lui adressa un sourire affectueux.

— Magnifique ! Avez-vous trouvé d'autres corps ?

— Oui ! Il semble qu'il y en ait encore dans les rues. Du moins, dans l'amorce de ce que nous avons pu voir.

— Ceux qui se sont sortis de la mêlée ont probablement reçu des pans de murs sur la tête, observa Alvin d'un air dubitatif.

— C'est plutôt logique, renchérit Irwin en acceptant le cocktail que lui proposait un domestique.

Violet porta les mains à son visage avec commisération.

— Quelle tragédie !

— Nous n'y pensons pas, sinon nous n'avancerons à rien, expliqua l'anthropologue qui sirotait son verre avec sérénité. D'autant que nous avons découvert de nombreux enfants, dont certains n'avaient que quelques mois.

La dessinatrice frissonna d'horreur.

— Je suis contente de travailler sur les superbes peintures des tombeaux. Au moins, cela ne me procure que des émotions artistiques.

— Chacun à sa place, conclut la directrice amusée. C'est bien ainsi.

Lors du repas qui suivit, ils préférèrent commenter les articles des journaux apportés par Bryan le matin même.

— Ce qui se passe en Italie est très inquiétant, déclara Tyler d'un air soucieux. Les fascistes ont pris le pouvoir de fait, même s'ils ne le disent pas vraiment.

— Est-ce réellement aussi grave que tu le dis ? s'enquit Joyce, un peu incrédule.

— Plus encore, j'en ai peur. Les organisations ouvrières avaient proclamé une grève générale, mais les membres du PNF[28] ont envahi les villes pour contraindre par la violence les ouvriers à retourner dans leurs usines[29]. Ce Mussolini finira par diriger le pays. C'est d'ailleurs ce qu'il veut, j'en mettrais ma main au feu.

Violet repoussa le plat que le serviteur lui présentait pour la seconde fois.

— Heureusement que c'est plus calme chez nous.

— La guerre civile en Irlande ne vaut guère mieux, rétorqua le géologue en se resservant généreusement.

---

[28] Parti National Fasciste

[29] 2 août 1922

Le lendemain, en faisant le tour du chantier comme tous les matins, Moira se remémora l'inscription du souterrain qui soulevait une question que personne n'avait évoquée jusque-là. Songeuse, elle y descendit, alluma les lampes qui avaient été installées pour permettre de procéder à des analyses minutieuses, puis inspecta longuement l'entrée de la cellule dans laquelle ils avaient repéré un texte gravé. Mais elle ressortit bredouille en prévoyant d'interroger Irwin lorsqu'il reviendrait de la nécropole. Elle était tellement plongée dans ses pensées, qu'elle arriva sur le parvis sans remarquer le contremaître de l'équipe dégageant le palais, qui venait vers elle en courant, si bien qu'elle sursauta quand il lui mit une main sur l'épaule.

— Qu'y a-t-il ? lança-t-elle un peu brusquement.

— Nous avons buté sur une construction dans le fond du jardin. Des murs qui semblent très longs.

— Allons voir ça, décida-t-elle en refoulant ses doutes.

Ils traversèrent les parties désensablées du bâtiment principal, tandis que Moira revoyait le rêve dans lequel elle parcourait le labyrinthe des couloirs sans se perdre, débouchèrent dans ce qui avait été un parc verdoyant, suivirent les sentiers pratiqués entre des monticules de sable pour atteindre enfin l'endroit de la découverte. Tout d'abord, la jeune femme se dit qu'il s'agissait simplement de la clôture, comme elle l'avait imaginé, mais en y regardant de plus près, elle décela des détails troublants, des ruptures dans l'alignement impeccable des briques crues, qui ressemblaient à des passages. Alors, elle inclina la tête en souriant.

— Vous avez raison, c'est bien un édifice. Nous demanderons confirmation à Irwin lorsqu'il rentrera, mais ça me paraît certain. Continuez à enlever le sable afin que nous ayons une idée de la taille de cette bâtisse.

Enchantée par cette nouveauté prometteuse, elle reprit la direction de l'esplanade pour l'annoncer à Tyler, mais aussi noter où il en était de ses propres avancées. Elle le trouva penché sur des corps desséchés et entremêlés, qu'il caressait délicatement au pinceau, afin de les débarrasser des derniers sédiments qui les déformaient. En attendant qu'il terminât, Moira observa avec curiosité les alentours que des files d'ouvriers nettoyaient en remplissant des paniers de sable qu'ils allaient vider en dehors de la zone de fouille. Elle nota les fondations des premières maisons, ainsi que les creux entre elles qui indiquaient le départ des rues, heureuse d'apercevoir enfin la cité qui la hantait.

— Tu es bien joyeuse, remarqua l'anthropologue en relevant la tête.

— L'équipe du palais a exhumé une construction dans les jardins.

— Es-tu sûre que ce n'est pas le mur d'enceinte ?

— Oui, je viens d'aller le vérifier. Celui-là possède des ouvertures qui doivent être des portes.

— Effectivement, c'est une bonne nouvelle.

Elle s'agenouilla auprès de lui en scrutant les individus écroulés les uns sur les autres.

— Comment vas-tu démêler ces momies ?

— Je ne le peux pas. Si on essaie de les bouger, elles tomberont en poussière. Nous devrons décider plus tard de ce que l'on en fait.

— Cela dépendra de la destination que les autorités françaises donneront à ce site, réfléchit-elle avec une grimace de dépit. Je suppose que ça deviendra une attraction touristique, comme en Égypte.

— J'en ai peur.

La jeune femme regagna son bureau pour s'attaquer au travail administratif du jour, avec une forte envie d'accélérer le temps, afin d'admirer les ruines surgies du sable qui les recouvrait. Elle dut réaliser un gros effort sur elle-même pour se concentrer sur ces documents si peu intéressants en comparaison des fouilles qui se déroulaient au-dehors. D'ailleurs, elle s'arrangea pour expédier cette corvée, afin de passer l'après-midi sur le chantier à diriger le dégagement de la dépendance, dans l'espoir d'en définir rapidement la nature.

Ce soir-là, pendant le dîner, elle annonça la découverte qui provoqua une avalanche de propositions au sujet de l'utilisation de ce bâtiment.

— Et toi ? demanda-t-elle en se tournant vers Irwin lorsque la question fut épuisée. Où en es-tu de ton recensement des artefacts de la tombe ?

— J'ai presque terminé un premier inventaire grossier. Mais répertorier précisément ces trésors prendra des années à mon avis.

Elle lui adressa un regard incrédule.

— Nous n'allons pas attendre si longtemps pour poursuivre les recherches.

— Certes ! Dès que j'aurai la liste complète, nous chercherons la meilleure manière pour tout envoyer à Fergus. Nous ne pouvons pas garder ici ces objets précieux. D'ailleurs, maintenant que la sépulture est ouverte, certains risquent de s'abîmer à l'air libre.

— Parlons-en à Bryan, intervint Tyler. Lui nous dégotera la solution.

— Je le pense aussi, approuva l'archéologue en pianotant distraitement sur sa serviette.

Moira sourit d'un air radieux en imaginant ces merveilles dans des vitrines.

— Fergus pourra ouvrir plusieurs salles d'exposition avec tout ça.

— Il faudra beaucoup de travail, de préservation et de restauration avant. D'ailleurs, certaines pièces sont trop fragiles pour être exposées.

L'anthropologue se versa du vin d'un air songeur.

— C'est le même problème pour les corps que nous avons exhumés.

— À ce propos, je m'interrogeais ce matin, s'exclama la directrice en se souvenant de ses doutes. L'inscription du souterrain suggère que des hommes ont été enfermés là par Belshazzar. Nous y avons retrouvé de la vaisselle, mais aucun squelette. Où sont-ils selon vous ?

— Probablement ont-ils été exécutés ? hasarda Irwin, peu intéressé par le sujet. Ce roi ressemble de plus en plus à un tyran.

— Mais, si le séisme a eu lieu lors de son couronnement, il n'en aura pas eu le temps, insista la jeune femme en balayant les visages de ses amis.

Répondant à son appel, Alvin se pencha en avant à travers la table.

— Ils ont peut-être été transférés ailleurs. Nous n'avons pas la date de leur emprisonnement. Cela a pu se passer plusieurs jours auparavant.

— Ce qu'il faut, c'est déterminer le déroulement exact des faits, coupa Joyce d'un ton de maîtresse d'école. Nous inventons une fiction reposant sur les quelques indices que nous avons trouvés, mais elle est peut-être fausse.

Se plongeant à son tour dans la résolution de l'énigme, l'archéologue récapitula en comptant sur ses doigts.

— Nous avons une reine qui met en route la construction de son tombeau en l'an deux de son règne, mais ne le termine pas, puis n'est pas ensevelie dedans. Cette même souveraine transmet sa couronne à son cousin, volontairement ou pas, nous l'ignorons, mais nous savons que ses fidèles le traitent d'usurpateur, ce qui leur vaut d'être arrêtés. Enfin, nous supposons que le fameux cousin meurt alors qu'il fête son sacre, ainsi que la population presque entière. Ça ouvre la voie à de multiples interprétations. Joyce a raison, reconstituer la véritable histoire nécessite davantage d'éléments.

— Nous avons aussi constaté qu'aucun des comptoirs phéniciens existant autour de l'oasis n'en fait mention, alors qu'ils ont commercé avec elle ainsi que l'attestent les inscriptions des amphores du temple, ajouta Tyler.

— C'est vrai. Ça a certainement son importance, mais, pour le moment, je ne vois pas laquelle.

— Ça prouve qu'il nous reste encore un énorme labeur pour comprendre comment ce royaume a pu disparaître aussi complètement, conclut Moira. Peut-être que les papyrus nous expliqueront l'enchaînement des événements, mais nous devons aussi intensifier nos efforts afin de retrouver l'intégralité des sépultures.

Quelques jours plus tard, alors que les travaux de dégagement avançaient bon train dans la cité et le jardin du palais, l'aviateur fit son apparition dans le ciel de Telgilsh. Il se laissa complaisamment entraîner sur le chantier, les félicita de la progression rapide des fouilles, puis demanda avec un brin de malice à la directrice si les nouvelles découvertes correspondaient à sa vision de la ville. Mais il redevint sérieux lorsque Irwin lui parla des trésors du tombeau, en lui exposant qu'il cherchait un moyen sûr pour les envoyer à Londres.

— Vous ne pouvez pas vous fier à celui qui est venu ici avec les policiers, affirma-t-il péremptoirement. Je vous dénicherai quelqu'un d'autre, mais j'aurai besoin de connaître le volume global des objets à convoyer, ainsi que leurs tailles.

— Le plus simple serait que tu viennes voir par toi-même. Mais en as-tu le temps ? La nécropole est assez loin.

— Ça tombe plutôt bien, aujourd'hui je ne suis pas pressé, accepta Bryan en souriant.

Après le déjeuner, ils se rendirent ensemble sur le site des mausolées que le pilote n'avait jamais vus, afin d'évaluer la cargaison. Le jeune homme fut très impressionné par ces monuments imposants, ainsi que par la beauté des peintures qui les ornaient, mais il resta muet de stupeur devant l'énorme quantité de pièces archéologiques.

— Les gens qui les emporteront ne doivent pas savoir ce qu'ils déménagent, déclara-t-il en admirant les merveilles étalées, sinon rien de tout cela n'arrivera à bon port.

— Je vois que tu as une grande confiance en la nature humaine, plaisanta l'archéologue.

— Ces bibelots sont trop précieux. Ils tenteraient n'importe qui. Tu dois les emballer dans des caisses comme de vulgaires poteries.

Abandonnant son ton léger, Irwin fronça les sourcils d'un air dubitatif.

— Bon, d'accord. Mais je n'ai rien pour les mettre. Nous n'avions pas prévu de faire de telles découvertes.

— Je t'apporterai ce qu'il te faut en plusieurs fois. Je te trouverai aussi quelqu'un pour les conduire jusqu'à la côte. Je suppose qu'ils voyageront par bateau ?

— Oui, je n'ai pas d'autre choix. Je ne crois pas qu'il y ait d'avion assez grand pour les acheminer en Angleterre.

Bryan secoua la tête, tout en estimant l'importance du chargement.

— Peut-être en dirigeable, mais ça te coûterait une fortune.

— Le transport maritime me paraît plus sûr. D'ailleurs, ces artefacts dorment là depuis plus de deux mille ans, ils peuvent bien attendre quelques mois de plus.

Ce soir-là, l'archéologue et le pilote firent part de leur décision aux autres, puis Moira reparla de la bâtisse dans le parc, qui se dévoilait de plus en plus.

— C'est plutôt curieux. Elle est tout en longueur, divisée en petites pièces, toutes de taille identique, desservies par un couloir rectiligne qui allait d'un bout à l'autre.

— Peut-être s'agissait-il des logements des serviteurs, suggéra Violet qui passait les boissons à la ronde.

— Non, contesta Irwin avec assurance. Les domestiques, esclaves ou libres, logeaient auprès de leurs maîtres afin d'être disponibles à toute heure du jour ou de la nuit.

— Alors, ce pourrait être des chambres pour les invités, hasarda Joyce à son tour.

— Il y a plus simple. Cette construction est située au fond du jardin, n'est-ce pas ?

La directrice, qui s'était penchée pour voir où en était la préparation du dîner, se retourna vers lui avec étonnement.

— Oui, mais je ne vois pas où tu veux en venir.

— Avait-elle un accès direct à la cour devant le palais ?

— Très probablement.

— Et bien, ce bâtiment abritait des chevaux.

— Une écurie ! s'exclama Alvin en reposant son verre. Bien sûr ! Cela semble logique.

— Des chevaux, en plein désert ? s'étonna Tyler.

— Mais oui. Même si ces animaux sont délicats, les rois en raffolaient. Ils les utilisaient pour tirer leurs chars, à la chasse ou à la guerre.

— Alors, nous devrions détecter des restes de char, conclut Moira en se levant pour aller conférer avec l'intendant.

— Certainement, ainsi que dans la caserne, si nous la découvrons.

— Si c'est le cas, vous n'avez pas fini d'envoyer des objets à Londres, s'amusa Bryan. Je dois vous procurer un transporteur fiable qui puisse loger de gros volumes.

— Si Telgilsh devient un site touristique, je pense que nous devrons en laisser une partie sur place, corrigea l'archéologue.

— Non ! Ce serait trop risqué, protesta la jeune femme qui revenait pour les convier à s'attabler.

— Pas vraiment. Dans ce cas, il y aura des gardes qui verrouilleront le secteur. D'ailleurs, le climat d'ici convient beaucoup mieux pour conserver les pièces fragiles que la pluie et le froid de l'Angleterre. Mais tout ceci nous dépasse. Ce sont les gouvernements qui décideront.

L'aviateur mit plusieurs semaines pour dénicher un homme possédant une flotte de véhicules conséquente, suffisamment honnête pour qu'on lui confiât un trésor aussi précieux, qui acceptât de conduire une encombrante cargaison depuis le désert jusqu'au port de Zarzis. Pendant ce temps, Irwin avait terminé l'inventaire des artefacts que le tombeau recelait, puis en avait dressé une liste exhaustive, aussi précise que possible afin de contrôler que rien n'avait été touché lorsque Fergus Noor les réceptionnerait. De son côté, Moira enchantée avait reçu une lettre du conservateur qui la félicitait pour ces trouvailles inespérées, en s'émerveillant de ce que ses intuitions se révélaient toujours justes.

À la fin septembre, le convoyeur vint avec Bryan pour rencontrer les dirigeants du chantier de fouilles, afin de se mettre d'accord avec eux sur les modalités de transport, ainsi que la date à laquelle il viendrait prendre livraison de la marchandise. Au grand soulagement de l'archéologue, il se contenta de son affirmation selon laquelle il s'agissait de poteries et d'objets usuels n'ayant de valeur que pour les spécialistes. Pour preuve, d'ailleurs, Irwin lui présenta quelques éléments de vaisselle issus du palais, dont certains, qui venaient d'être restaurés, montraient leurs cicatrices fraîchement recollées.

Ensuite, ce fut le branle-bas de combat. Il fallait emballer soigneusement ce qui avait été sorti de la sépulture, pour que rien ne fût cassé durant le voyage. Toute l'équipe s'y mit en abandonnant pour un temps les autres activités, afin que ce fût prêt quand le voiturier arriverait. Le pilote leur avait fourni une grande quantité de caisses de toutes formes et de toutes tailles, qu'il avait glanées un peu partout, sachant que le volume de bibelots était énorme. Pendant des jours, ils s'efforcèrent de caser des artefacts aux contours très divers dans des boîtes pas toujours adaptées, tout en les protégeant plus que nécessaire tellement ils avaient peur d'en abîmer un. Les ouvriers rapportaient chaque colis au camp dès qu'il était rempli, pour le ranger dans la tente qui servait de réserve, mais dont on avait retiré les pièces précieuses afin de ne pas attiser la convoitise des camionneurs.

— C'est très curieux, remarqua Moira en parcourant la salle funéraire lorsque la dernière caisse eut été enlevée. Cette tombe vide me donne la chair de poule, alors que ça ne me faisait rien lorsqu'elle était pleine.

— Sans doute parce que l'on se sent un peu comme des voleurs, répondit Irwin qui l'accompagnait pour s'assurer de n'avoir rien oublié.

— C'est vrai. Nos intentions sont bonnes, mais ce roi ne verrait certainement pas d'un bon œil que nous vidions ainsi sa demeure d'éternité, même dans le but de mieux connaître les mœurs de son époque. Il penserait que nous hypothéquons son séjour parmi les dieux.

— Certes ! Et ceux qui ont entassé là toutes ces merveilles pour qu'il ne manque de rien nous taxeraient de sacrilèges. Allons, viens. Sortons d'ici puisque cela te met mal à l'aise.

— Peut-être parce que c'est trop proche de mon cauchemar, frissonna la jeune femme en examinant la chambre autour d'elle. Je ne vois jamais que les peintures et rien d'autre. Celui-là pourrait être aussi un tombeau inachevé.

— À moins qu'il n'existe pas, reprit l'archéologue en l'entraînant le long de la descenderie vers l'extérieur. Même si tes visions se sont toujours révélées justes sur la cité, ce rêve ne serait qu'une extrapolation.

— Il me paraît bien réel, pourtant.

— De toute façon, si c'est la sépulture d'un des rois de Telgilsh, nous finirons bien par tomber dessus.

— C'est vrai. Nous reprenons les recherches de la nécropole, se réjouit Moira en balayant des yeux le paysage ensablé autour des mausolées.

On était déjà à la mi-octobre lorsque le transporteur réapparut, sans Bryan cette fois, mais avec un impressionnant convoi de véhicules bringuebalants, capables d'avaler les pistes rocailleuses et les dunes du désert sans protester. Ses hommes chargèrent les caisses bien fermées avec une délicatesse fort appréciée des scientifiques, qui les regardaient faire en cachant leur angoisse. La directrice se félicitait d'avoir envoyé à Fergus la liste dressée par Irwin, sans pouvoir s'empêcher de trembler en voyant partir à l'aventure de tels trésors.

— Pourvu que tout se passe bien, soupira Tyler quand le dernier camion eut disparu dans un nuage de poussière.

— Bien sûr, je ne serai totalement rassurée que lorsque j'aurai reçu une lettre de Mr Noor m'annonçant que tout est arrivé en bon état, reconnut Moira accrochée au bras de son amant. Mais je pense que si Bryan nous l'a présenté c'est qu'il est digne de confiance. De toute façon, c'est trop tard. Dès demain matin, nous nous remettrons à nos fouilles. J'ai hâte de contempler la première maison dans son entier.

L'équipe de Tyler avait commencé à dégager l'une des demeures qui bordaient l'esplanade, ce qui n'était pas une mince affaire. Comme dans le palais, les murs s'étaient écroulés à l'intérieur, si bien qu'il fallait non seulement enlever le sable, mais aussi déblayer les gravats afin de déterminer le plan d'origine. Quant à l'écurie découverte au fond du parc, elle dévoilait peu à peu ses différents boxes, dans lesquelles ne subsistaient que peu de vestiges.

— C'est étonnant, déclara la jeune femme. Nous avons retrouvé quelques pièces de harnachement et un char magnifiquement décoré qui devait être le véhicule royal, mais pas un seul squelette de cheval ni d'autres chars. Pourquoi, à votre avis ?

— Peut-être étaient-ils tous dans les champs au moment du séisme, suggéra Alvin.

Irwin hocha la tête pensivement.

— C'est possible. Mais cela n'expliquerait pas l'absence de véhicules. À moins que les survivants ne les aient utilisés pour quitter la ville.

Le tremblement de terre

Mars 683 av. J.-C.

Aucun d'entre eux n'avait résisté lorsque les gardes étaient venus les arrêter. Ils avaient suivi docilement, simplement étonnés qu'on les conduisît au temple de Baal, au lieu de prendre la direction de la prison. Malheureux d'avoir dû obéir sous la menace, les soldats avaient au moins laissé plusieurs torches aux captifs, afin qu'ils puissent s'éclairer.

— Quelle ironie d'être enfermé dans mon propre sanctuaire, constata Itthobaal avec amertume ! Je savais que l'absence d'animaux dans ce souterrain était un mauvais présage, mais je ne prévoyais pas de me retrouver à leur place.

— J'ai essayé de faire travailler Belshazzar cet après-midi, expliqua Coriandre en s'asseyant par terre, le dos au mur. Je suppose que c'est ce qui a déclenché sa colère. Il s'est rendu compte qu'il n'était pas à la hauteur, contrairement à ce qu'il pensait, mais il ne veut pas l'admettre. Donc, il fait disparaître les seuls capables de le révéler.

— Je crois également qu'il a découvert le départ des ambassadeurs, si bien qu'il nous soupçonne de les avoir prévenus contre lui, ajouta Barekbaal qui tournait en rond.

— Il a raison, c'est moi qui y suis allé.

Ahinadab, qui scrutait ses compagnons, sursauta soudain.

— Attendez ! Il manque quelqu'un. Où se trouve Ahirom ?

— Auprès de Belshazzar, j'imagine, répliqua l'ancien vizir avec indifférence. Je l'ai toujours suspecté d'être le traître que nous cherchions.

— Pourquoi ? Parce qu'il est le père d'Hyrum ?

387

— Oui, mais aussi parce que, comme beaucoup de personnes dans Telgilsh, il ne tolérait pas que des femmes deviennent reines. Ce n'était pas dans la culture de nos ancêtres. D'ailleurs, lorsque le premier roi, Azmelqart, a fondé notre cité, ce n'était pas dans les règles de succession. C'est l'un de ses descendants, n'ayant que des filles, qui a changé cette loi afin que la couronne ne sorte pas de sa famille, mais peu de gens l'ont approuvé. Et, encore aujourd'hui, une grande partie de la population le condamne.

— Pourquoi ne nous as-tu rien dit ?

— Parce que je n'ai jamais eu la moindre certitude. L'amitié de son fils et de Belshazzar ne permettait pas de l'accuser d'une telle forfaiture.

— Je comprends maintenant, commenta pensivement Paltibaal adossé à la paroi auprès de son collègue. Il était le mieux placé pour organiser le blocus de la ville. En tant que responsable du Commerce, il était en relation permanente avec les marchands, donc il pouvait leur faire avaler n'importe quoi.

— C'est pourquoi j'avais conseillé à Adonia d'envoyer des émissaires secrets aux autres cités, afin qu'il ne l'apprenne pas. Je vous l'ai caché pour éviter que vous ne le mettiez au courant innocemment.

— Mais, hier, il paraissait aussi effondré que nous.

— Je crois qu'il a enfin saisi que son prétendant est très dangereux, si bien qu'il regrette de l'avoir aidé. Mais c'est trop tard.

Amilcare se tourna vers le grand prêtre également assis sur le sol.

— Pourquoi les Dieux n'ont-ils pas soutenu Adonia, au lieu de livrer notre pays à ce fou sanguinaire ?

— Je me demande si elle n'aurait pas dû le châtier pour le décès de son père. Le terrible soupçon qu'il ait pu assassiner Balthézar m'est venu à l'esprit aujourd'hui.

— Je n'en serais pas surpris, intervint Coriandre avec un soupir las. En réalité, je l'ai toujours pensé, mais je n'ai pas voulu ajouter à la peine d'Adonia. De toute façon, je n'avais pas non plus de preuves.

— C'est vrai qu'il est mort bien soudainement, reconnut Boldizsar qui fixait la porte d'un air vague, mais je n'aurais jamais imaginé une telle horreur.

Accroupi en tailleur, un peu à l'écart des autres, Baldo ne put retenir un gémissement.

— Si Baal nous juge complices, nous sommes tous condamnés.

— Sans doute, acquiesça Itthobaal d'un air sombre. Je peux vous dire, maintenant, que notre prophète ainsi que celui du temple d'Echmoun annoncent la fin du royaume. Mais il nous reste une chance. Les prêtres d'ici me sont fidèles, ils nous délivreront dès qu'ils en auront la possibilité. Par contre, il nous faudra fuir, nous ne pouvons plus sauver Telgilsh.

— Je propose que nous laissions une trace de cette injustice pour ceux qui viendront après nous, suggéra Ahinadab avec un geste en direction des parois. Gravons nos noms sur l'un de ces murs, afin que les Dieux et les hommes s'en souviennent à jamais.

L'idée leur parut bonne, aussi se mirent-ils à fureter dans la cellule à la recherche de l'objet adéquat, jusqu'à ce qu'ils découvrent un caillou assez dur qu'ils se passèrent de main en main, afin d'inscrire leur nom dans la liste des réprouvés.

De son côté, Balzer arpentait nerveusement le sanctuaire en vérifiant que tout était prêt pour la cérémonie, redoutant que la moindre anicroche lui attirât les foudres du futur roi, d'autant que les visages fermés de son personnel lui faisaient craindre le pire. Lorsqu'il avait consulté l'oracle pour fixer la date du couronnement, la réponse avait été claire : aucun jour n'était favorable. Alors, convaincu que l'adolescent immature refuserait de patienter longtemps, il s'était décidé à organiser ce rituel dès le lendemain, afin de s'en dépêtrer très vite. L'arrestation de tous les membres du gouvernement, ainsi que d'Itthobaal, lui faisait comprendre à quel point sa propre position était fragile, si bien qu'il envisageait de quitter la cité aussitôt après le banquet pour échapper à la vindicte du tyran.

La nuit fut agitée pour beaucoup de monde, mais un soleil radieux finit par se lever sur la ville pavoisée en l'honneur du nouveau roi. Ignorant la malédiction que le cousin maudit allait engendrer, les habitants de Telgilsh se préparaient dans la joie pour cette fête qui leur offrait une journée de repos. Ils se résignaient volontiers à subir une interminable liturgie, sachant qu'ensuite ils profiteraient des agapes que le souverain dispensait traditionnellement à ses sujets. De longues planches posées sur des tréteaux encombraient déjà l'esplanade située devant le temple de Baal, n'attendant plus que l'arrivée des convives.

Dans le palais, bouffi de satisfaction, Belshazzar s'apprêtait pour la plus importante étape de sa vie. Il était non seulement débarrassé de tous les obstacles vers le trône, mais surtout maître absolu de ce royaume qu'il avait tellement désiré. Il eut une pensée pour cet oncle tant haï, qui ne se méfiait pas encore assez de lui, ainsi que pour cette cousine férocement jalousée, qui ne se mettrait jamais plus en travers de sa route. Avec un sourire de jubilation, il se tourna vers le miroir afin de vérifier que son maquillage correspondait à ce qu'il voulait, puis il se leva en étendant les bras, afin que les domestiques qu'il avait réquisitionnés lui enfilent ses vêtements d'apparat. Si, dans la cité, l'on ne se défiait pas encore de lui, les résidents de la demeure royale, eux, savaient déjà à quel point il était dangereux, si bien que les serviteurs contrôlaient mal leurs tremblements en l'habillant. Mais cela ne lui déplaisait pas, bien au contraire. Régner par la terreur lui permettrait d'obliger tous les gens qui l'approcheraient à se prosterner devant lui, comme il en rêvait depuis toujours. Les esclaves terminèrent en lui présentant les bijoux précieux, qu'il prit un à un en savourant sa revanche sur toutes ces années d'humiliation.

Hyrum et son père se préparaient aussi pour le sacre, en n'échangeant que de rares paroles après avoir discuté une grande partie de la nuit. Ils avaient envisagé de s'introduire dans le sanctuaire de Baal pour libérer les prisonniers puis s'enfuir avec eux, voire d'assassiner Belshazzar afin d'épargner la ville, mais ils avaient compris que ce n'était pas réalisable. Désormais, plus personne n'aurait confiance en eux. Ni leurs anciens amis qui avaient deviné leur double jeu ni le futur roi qui s'était déjà lassé d'eux. La nomination d'Ahirom au poste de vizir était un piège dont ils avaient conscience, mais il était impossible de refuser un tel honneur, surtout avec un souverain aussi tyrannique. Alors, il ne leur restait plus qu'à se comporter conformément à ce qu'exigeait le dictateur, tout en guettant la première occasion pour se soustraire à cette menace diffuse, mais bien réelle.

Lorsque l'adolescent fut prêt, il quitta son logement avec un sourire satisfait en songeant au luxueux appartement de Balthézar qu'il s'approprierait le soir même. Immédiatement, les soldats postés dans le couloir lui emboîtèrent le pas, comme il l'avait exigé, tandis que les domestiques couraient rassembler les habitants du palais, afin que le nouveau roi se montrât entouré d'une suite importante. D'une démarche qui se voulait solennelle, mais qui n'était que ridicule, Belshazzar sortit dans la cour où se trouvait une litière découverte hâtivement badigeonnée de peinture dorée, en attendant d'être plaquée de feuilles d'or selon les désirs du souverain. Aveuglé par sa propre magnificence, le jeune homme ne vit pas que le travail avait été tellement mal fait que de nombreux endroits conservaient les couleurs d'origine, tandis que les dieux censés le protéger étaient si mal dessinés qu'on ne les reconnaissait pas. Ce modeste véhicule, bien représentatif de la royauté de Telgilsh, que ses prédécesseurs avaient utilisé sans grandiloquence, offrait maintenant une apparence d'une telle prétention qu'elle en était risible. Cependant, il s'installa fièrement dessus, toisa avec mépris tous ceux qui l'environnaient pendant que les porteurs le hissaient sur leurs épaules, puis il adopta une posture hiératique qui lui seyait bien mal.

Le cortège franchit l'enceinte du domaine, afin d'affronter la foule qui s'était massée tout au long du parcours jusqu'au temple d'Echmoun. Des gardes ouvraient la route, suivis de la litière ceinte d'un cordon de soldats, venaient ensuite Ahirom et son fils, seuls dignitaires rescapés de la brutale épuration qui avait indigné tout le monde, enfin le reste des résidents, scribes subalternes et serviteurs, fermaient la marche. Tous ces gens formaient un défilé coloré et pittoresque relevant de la mascarade, aux antipodes de la majesté qu'imaginait Belshazzar. Face à cet incroyable tableau, les spectateurs demeuraient bouche bée de stupéfaction, se détournaient pour cacher leur fou rire, ou baissaient la tête afin de ne plus voir une mise en scène si pitoyable, mais personne n'acclamait le nouveau roi qui sentait sa fureur monter dans ce silence pesant. La procession atteignait l'extrémité de l'esplanade, lorsqu'il se décida à appeler ses domestiques pour intimer au peuple l'ordre de le saluer selon son rang. Toutefois, en tournant le regard qu'il avait tenu fixé devant lui jusque-là, il découvrit des rues vides de toute assistance. Peu intéressée par cette parodie des anciennes vertus royales, la multitude s'était rapidement dirigée vers l'édifice religieux, afin de se trouver une place tranquille, de préférence derrière une colonne, pour s'y occuper d'agréable manière. Confronté à un tel abandon, le prince faillit plonger dans une de ses fameuses colères, mais se rappelant à temps le couronnement tout proche, il se reprit, réajusta sa pose, puis ordonna d'un ton sec que l'on accélérât. Néanmoins, tout au long des voies désertées, il rumina sa vengeance en se promettant de faire payer cher cette défection à ses sujets.

L'arrivée au temple d'Echmoun fut grandiose, ce qui versa un peu de baume sur l'amour-propre blessé du futur roi. Balzer, entouré de son clergé, l'accueillit avec une déférence marquée, avant de le mener vers l'estrade sur laquelle était disposé le trône. Pourtant, en jetant un rapide coup d'œil autour de lui, Belshazzar se rendit compte qu'il y avait beaucoup moins de monde que lors de la présentation de la fausse stèle. Ce jour-là, toute la population s'était tassée dans la cour trop petite afin de savoir enfin ce qui se tramait, puis l'avait acclamé sans arrière-pensée. Aujourd'hui, les gens commençaient à comprendre qu'ils allaient devoir supporter un souverain tellement infatué de lui-même qu'il en était ridicule, si bien qu'un grand nombre avait décidé de se dispenser de la corvée d'assister au sacre, certainement plus grandiloquent et pitoyable que ce qu'ils avaient déjà vu. Mais la cérémonie débutait sous la houlette énergique du grand prêtre craignant un dérapage devant le peu d'enthousiasme de l'assistance, qui considérait tous les effets imaginés par l'adolescent sans rien manifester. Comme le regard du jeune homme s'assombrissait de plus en plus, Balzer expédia rapidement ces interminables simagrées, lui posa la couronne sur la tête en retenant un soupir de soulagement, puis proclama d'une voix joyeuse que Telgilsh avait à nouveau un roi.

Plus intéressés par la perspective d'un repas gratuit que désireux de faire allégeance au souverain, les spectateurs se ruèrent vers la sortie sous les yeux dépités de Belshazzar qui n'avait pas encore quitté son siège. Ne pouvant emprisonner tous ses sujets sous le prétexte qu'ils ne se prosternaient pas à ses pieds, il remonta sur sa litière, en remâchant sa rancœur durant tout le trajet de retour dans les rues vides. Même ce jour de gloire qu'il attendait avec tant d'impatience ne lui apportait que des désillusions.

Rentré au palais, il se dirigea vers la salle des banquets, fortement tenté d'envoyer des soldats ramasser tous les ingrédients du festin offert aux habitants de la cité à l'occasion de son couronnement. Mais c'était déjà trop tard. En traversant l'esplanade, il avait pu voir les convives attablés, qui ripaillaient gaiement sans lui accorder la moindre attention.

— Ce peuple est vraiment ingrat, maugréa-t-il en faisant asseoir Hyrum près de lui.

— Les gens d'ici ne sont pas accoutumés à un tel décorum, lui remontra son ami. Laisse-leur le temps de s'y faire.

— Ils n'ont rien dit, rien exprimé, alors qu'ils avaient acclamé Adonia qui avait une cérémonie beaucoup moins belle que la mienne.

— Ils s'en rendront compte plus tard, hasarda Ahirom installé à proximité en sa qualité de vizir.

Le roi serra les poings avec rage.

— S'ils ne saisissent pas d'eux-mêmes, je saurai les y forcer. Ils apprendront à s'aplatir devant moi.

— Pour cela, il faudra recréer un gouvernement.

L'adolescent se rembrunit encore.

— Ah, non ! Pas aujourd'hui ! Ne m'ennuie pas avec ce genre de détail trivial, Ahirom !

— Bien sûr, acquiesça hâtivement le ministre. Nous en reparlerons plus tard, lorsque tu seras disponible.

Cette fois, le souverain lui adressa un grand sourire réjoui.

— Exactement ! Toi, au moins, tu me comprends. Maintenant, mangeons, buvons et amusons-nous.

Hyrum et son père échangèrent un coup d'œil navré en réalisant que le royaume allait être livré à lui-même, que son monarque exigerait de chacun une soumission d'esclave, puiserait dans le trésor pour ses propres désirs jusqu'à la ruine de Telgilsh, pendant que ses sujets iraient chercher la prospérité ailleurs. Malheureusement, quoiqu'ils soient en partie responsables de cette catastrophe, ils ne pouvaient plus l'éviter. Alors, ils grignotèrent un peu du repas pantagruélique exigé par le jeune homme, qui se vengeait dessus de toutes les déceptions qu'il devait essuyer. Sans doute finirait-il totalement ivre, mais c'était peu important face au désastre qui menaçait la ville.

— Que va-t-il arriver à tous ceux que tu as fait emprisonner hier ? demanda négligemment le jeune noble.

— Je sais qu'ils se mettront toujours en travers de ma route, donc ils mourront, répondit Belshazzar avec un rire d'enfant cruel.

Sans oser regarder son fils ni émettre le moindre commentaire, Ahirom changea précipitamment de sujet, afin de ne pas afficher l'horreur qu'il ressentait.

— Vas-tu renouveler nos accords avec les autres cités ?

— Leurs ambassadeurs sont partis comme des voleurs, grogna l'adolescent qui n'avait toujours pas digéré cette humiliation. Alors, pour obtenir mon pardon, il faudra qu'ils se montrent très convaincants, en commençant par m'offrir des excuses publiques.

Alarmé, le vizir se pencha en avant, tout en élaborant une formulation prudente.

— Les relations diplomatiques sont toujours très délicates. N'oublie pas que nous avons besoin de ces échanges commerciaux pour nourrir le peuple et alimenter l'artisanat.

— Je m'en fiche. Ils doivent me respecter comme ils respectaient Balthézar, et même Adonia.

— C'est pourquoi tu dois prouver que tu es respectable.

Le jeune homme se redressa avec fatuité.

— Je suis le roi. C'est suffisant !

Découragé, Ahirom se rendait compte qu'il ne fallait pas poursuivre cette dangereuse discussion, mais il savait maintenant que la ruine de Telgilsh serait encore plus rapide qu'il ne l'avait imaginé, puisqu'il s'avérait impossible de contredire Belshazzar sur le moindre détail. Cependant, grâce à Coriandre qui avait eu la présence d'esprit de renvoyer les diplomates pour leur propre sécurité, il restait encore l'espoir que les alliés sauvent le royaume en se liguant contre ce bouffon qui se croyait roi. Pour le moment, il se creusait la tête afin de trouver une conversation sans risque, lorsqu'un bruit sourd se fit entendre, tandis que la vaisselle cliquetait anormalement.

— Qu'est-ce que c'est ? s'étonna Hyrum.

— Je n'en sais rien, répondit son père. On dirait que le sol se met à vibrer.

Le grondement enflait, les vibrations s'accentuaient au point que, même assis, ils devaient se tenir pour ne pas perdre l'équilibre. Déjà, des lézardes apparaissaient sur les parois, tandis que les colonnes qui soutenaient le toit se tordaient tels des serpents furieux.

— Mais… le palais va s'écrouler ! s'exclama Belshazzar avec fureur. Qu'est-ce que c'est que cette construction de mauvaise qualité ?

— Non ! s'affola Ahirom. C'est un tremblement de terre ! La malédiction des Dieux est sur nous !

Balzer sauta sur ses pieds, puis se rua vers la porte en hurlant.

— Il faut sortir d'ici au plus vite avant que le plafond nous écrase !

— C'est pas vrai ! Ils n'ont pas le droit ! rugit le roi en tendant un index menaçant vers le ciel.

Hyrum l'attrapa par le poignet pour l'obliger à se mettre debout, puis l'entraîna vers l'issue que tous les convives présents dans la pièce s'efforçaient d'atteindre rapidement. Mais les murs, qui gondolaient de plus en plus, s'aplatirent soudain comme un château de cartes, tandis que le toit s'effondrait sur l'assistance dans un hurlement de fin du monde.

Un terrible silence plana sur la terre apaisée, sous les yeux enfin satisfaits des dieux. Dans ce qui avait été la salle du banquet, Belshazzar, à plat ventre, tourna la tête avec effort pour essayer de percer l'obscurité, tenta de se redresser malgré le poids énorme qui pesait sur son dos, en vain.

— Venez m'aider ! Je suis coincé ! appela-t-il, mais seuls quelques gémissements lointains lui répondirent.

Alors, serrant les dents, il voulut à nouveau s'extraire des décombres, sans parvenir à bouger d'un pouce. Incapable de se retourner, il tâta l'objet qui le bloquait, pour découvrir avec terreur qu'il s'agissait de l'un des piliers soutenant le plafond. Seul, il n'avait aucune chance de se dégager, mais les gens qui festoyaient à l'extérieur avaient dû voir le bâtiment s'abattre, aussi allaient-ils organiser très vite les secours. S'exhortant à la patience, il replia ses bras afin de poser sa tête dessus en attendant que l'on vînt le délivrer.

***

La catastrophe avait pris tout le monde au dépourvu. Sur la grande esplanade, le peuple se gobergeait joyeusement en se moquant du nouveau souverain qui n'avait pas le sens de la mesure. L'on dénigrait ses attitudes ridicules, sa prétention insupportable, tandis que des histoires commençaient à circuler sur les crises de fureur qui lui faisaient perdre tout contrôle. Plus inquiets qu'amusés, les moins avinés envisageaient déjà de déménager dans une autre cité avant que ce bouffon ruinât le royaume. Mais un hurlement interrompit les conversations.

— Regardez les colonnes du temple de Baal ! Elles ondulent !

Alors, ils réalisèrent que le sol tremblait de plus en plus fort sous leurs pieds. D'abord hébétés, ils se dévisagèrent en silence, puis tournèrent la tête pour constater que tout vacillait autour d'eux. La chute d'un premier linteau sur les marches du grand escalier les poussa à se lever pour s'éloigner le plus possible de cet endroit dangereux. L'écroulement des piliers accéléra le mouvement, mais, lorsque la résidence et les maisons qui bordaient la place s'affaissèrent avec fracas, ils s'enfuirent paniqués en piétinant les malheureux qui étaient tombés à terre, sans même s'en rendre compte. Ceux qui réussirent à s'extraire de cet enchevêtrement mortel foncèrent droit devant eux le long des rues, aveugles aux poutres ou pans de murs qui les fauchaient par surprise.

***

Dans la caserne où les soldats festoyaient également, le séisme ne fut d'abord pas remarqué. L'armée entière, du simple fantassin au plus haut gradé, avait le cœur lourd à la suite de l'arrestation arbitraire de leur commandant. Conscients qu'ils possédaient la force sans laquelle Belshazzar ne maîtriserait pas le royaume, ils échafaudaient un plan pour libérer tous les prisonniers, quitte à faire un coup d'État en remplaçant ce pantin qui ne méritait pas le trône.

— Nous devons nous organiser en deux groupes, expliqua le second de Boldizsar. Le premier pénétrera dans le sanctuaire afin d'ouvrir le souterrain. Je suis presque sûr que nous obtiendrons l'appui des prêtres qui doivent être aussi furieux que nous de l'emprisonnement d'Itthobaal. Le deuxième entrera dans le palais pour s'emparer de ce roi fantoche. Là encore, les gardes qui n'ont jamais aimé le cousin à moitié fou seront de notre côté.

— Pourquoi ne pas y aller maintenant, pendant qu'il est occupé à bâfrer et s'enivrer ? demanda un jeune officier bouillant.

— C'est un peu tôt, mais tu n'as pas tort. Nous pouvons agir aujourd'hui même, lorsqu'il sera ivre mort, comme une grande partie de la population. Ainsi, personne ne nous arrêtera.

— Avant qu'il ait compris ce qui lui arrive, nous aurons rétabli la situation, se réjouit l'un des militaires.

— C'est quoi ce bruit ? coupa brusquement le responsable.

Ils firent silence pour écouter le sourd grondement, auquel ils n'avaient pas fait attention jusque-là, puis tournèrent la tête dans tous les sens pour essayer d'en localiser la source.

— Regardez ! s'affola un convive qui désignait les murs fissurés.

— Vite ! Sortez tous d'ici ! hurla le gradé en repoussant son siège.

D'un bond, ils se levèrent en bousculant le mobilier dans leur hâte, mais il était déjà trop tard. Les parois cédèrent, tandis que le plafond les écrasait sans leur laisser la moindre chance.

***

Dans le sous-sol du temple de Baal, les événements furent perçus bien différemment. Les prisonniers, assis par terre autour du repas que les geôliers avaient apporté, commentaient les nouvelles qu'ils avaient reçues en même temps.

— Cela s'annonce très mal pour Belshazzar, déclara Coriandre en mangeant de bon appétit. La plèbe n'a pas mis longtemps à prendre sa mesure, si bien qu'elle s'en détourne déjà, ce qui n'augure rien de bon pour la suite.

— Les soldats, non plus, ne le suivront pas, certifia Boldizsar. Il n'a rien d'un chef.

— Les prêtres d'Echmoun, qui ne font pas confiance à Balzer, sont tentés de s'associer aux miens, ajouta Itthobaal. Ils les ont invités à déjeuner tandis que leur supérieur est au palais.

— En résumé, il n'a aucun soutien, conclut Paltibaal en souriant. Voilà un règne qui risque d'être fort court.

L'ancien vizir haussa les épaules avec dédain.

— Il est tellement immature et inconséquent qu'il n'a pas songé à s'assurer un entourage fort et fidèle. Mais il ne va pas tarder à tomber de haut, lui qui se voit en monarque absolu.

— Il comprendra déjà son absence de pouvoir réel lorsqu'il voudra nous faire exécuter, affirma Ahinadab. Nul ne lui obéira.

— De toute façon, nous ne serons plus là, trancha le grand prêtre. Mon collaborateur, qui est venu tout à l'heure, m'a révélé que le personnel du sanctuaire nous libérera cette nuit. Nous partirons immédiatement.

— Je suis d'accord, acquiesça Coriandre. Mais il nous faudra garder un œil sur ce qui se passe ici, afin de préserver le peuple qui ne doit pas payer pour les turpitudes de ce fou furieux.

— Nous irons chercher l'appui d'un souverain allié. Je propose Hiram, suggéra Barekbaal.

— Oui, ça paraît évident. Après tout, Belshazzar a assassiné sa future belle-fille.

— Quel est ce bruit ? coupa Hailama en levant une main pour obtenir le silence.

Son père tourna la tête, l'oreille tendue.

— Je ne sais pas. Que font-ils là-haut ?

— Voyez ! La vaisselle bouge ! s'exclama Amilcare.

— Sentez-vous ces vibrations ? demanda Itthobaal. C'est un tremblement de terre.

395

Tandis que le grondement enflait de manière inquiétante, ils contemplèrent les parois de la cellule avec la crainte de les voir se craqueler, puis ils levèrent les yeux vers le plafond avec encore plus d'angoisse, sachant qu'ils n'avaient aucun moyen de se protéger si jamais il s'écroulait sur eux. Mais aucune lézarde n'apparaissait dans les murs ni le toit, quoique les secousses augmentent en intensité de minute en minute. Les neuf hommes enfermés là se regardaient avec anxiété, condamnés à vivre ou périr ensemble dans cet endroit minuscule qui pourrait bien devenir leur tombeau. N'osant plus parler ni remuer, comme si la moindre initiative pouvait précipiter le destin, ils attendaient en retenant leur souffle que la nuit éternelle les engloutît.

Une accalmie un peu plus longue poussa Hailama à se lever, prendre une torche, puis faire le tour des cloisons afin de les examiner en détail, sous les yeux attentifs de ses compagnons, qui restaient muets de peur d'influencer le résultat de l'inspection.

— Il n'y a aucune fissure, annonça-t-il finalement d'un ton soulagé.

— Mais… le plafond… murmura Ahinadab terrifié.

— Rien non plus, affirma le jeune homme en brandissant sa lumière, afin que tous constatent par eux-mêmes qu'il disait vrai.

— C'est normal. Ce souterrain a été creusé très profondément, expliqua le grand prêtre. Les murs sont très larges pour soutenir l'énorme épaisseur de terre et de pierres au-dessus de nous. Il faudrait plus qu'un séisme pour les ébranler.

À ce moment-là, une trépidation plus violente que les précédentes déséquilibra Hailama qui s'effondra sur son père en lâchant sa torche. Coriandre le serra instinctivement dans ses bras, tandis que Baldo rattrapait de justesse la flamme avant qu'elle brûlât quelqu'un. Au même instant, un éclatement brutal les fit sursauter. Alors, ils cherchèrent autour d'eux quel nouveau danger les menaçait.

— Oh ! La porte ! s'écria Boldizsar en tendant le doigt.

Pivotant dans la direction qu'il indiquait, ils découvrirent avec étonnement que le panneau de bois qui verrouillait l'issue s'était abattu d'un seul bloc, leur rendant ainsi la liberté. Alors, ils se levèrent lentement, encore incrédules, puis ils s'approchèrent de l'ouverture en piétinant la vaisselle posée au sol sans même en avoir conscience.

— Les secousses semblent avoir cessé, nous pouvons nous risquer à l'extérieur, mais faites attention aux blocs de pierre instables, recommanda Itthobaal.

La nécropole

Octobre — novembre 1922

Debout au milieu de l'esplanade, Moira contemplait les abords de la cité, qui se dévoilaient à ses yeux. En souriant, elle regardait le va-et-vient des ouvriers tel un ballet bien réglé, puis revenait aux premières maisons, entre lesquelles s'enfonçaient des rues. Sans effort, elle pouvait décrire les formes et les couleurs de ces demeures au temps où Telgilsh vivait encore, quoiqu'elles soient toutes à moitié écroulées.

— On croirait que tu espères faire ressurgir cette ville du néant à force de l'admirer, prononça une voix dans son dos.

— Oh ! Irwin, tu m'as fait peur ! sursauta-t-elle.

— Désolé ! Mais veux-tu me dire ce que tu fais là ?

— Tu as raison, je voudrais déjà l'apprécier en entier.

Il passa un bras autour de ses épaules, en soulignant ses paroles de l'autre main.

— Ce n'est pas pour demain. La dégager entièrement des sables qui la recouvrent est un travail de titan. Nous en avons pour des années. D'autant qu'elle n'a pas été nettoyée après le tremblement de terre. Tout a subsisté en l'état.

— C'est vrai. Cela me rappelle les images de San Francisco après le séisme de 1906[30], que j'ai vues au cinéma.

— Effectivement ! Ça y ressemble, mais je ne crois pas que Telgilsh ait brûlé.

— Sûrement pas, s'amusa-t-elle en secouant ses boucles auburn. Ici, il n'y avait pas de conduites de gaz pour exploser.

L'archéologue la prit tendrement par le poignet.

---

[30] 18 avril 1906

— Viens voir ! Nous avons trouvé de nouveaux vestiges derrière le temple de Baal.

Ensemble, ils traversèrent l'imposant monument en notant au passage que les logements et magasins de l'arrière étaient presque désensablés, franchirent le mur d'enceinte, puis s'arrêtèrent dans ce qui avait dû être une rue contournant l'édifice. En face apparaissaient les fondations de bâtiments plus petits, qui bordaient la voie en ménageant de grands vides entre eux.

— Ce sont des maisons, affirma la jeune femme d'un ton assuré. C'est tout un quartier qui partait du mur du palais, s'étendait autour du sanctuaire, avant de rejoindre le reste de la cité.

— On croirait vraiment que tu as vécu ici à l'époque, plaisanta son amant.

— Je finis par le penser aussi, tant mes visions sont précises.

Irwin fronça les sourcils d'un air mécontent.

— Tu arriveras à t'hypnotiser toi-même à force de te laisser obséder par cet endroit. Mais, pour en revenir à ces bâtisses, je les identifie également comme des habitations. Telgilsh était une ville très vaste.

— Nous devons affecter un groupe sur ce secteur.

Le couple reprit la direction du village de toile, en discutant de la nouvelle répartition du personnel, afin de couvrir la plus grande surface possible. Depuis le départ des pièces archéologiques, l'équipe s'était remise à chercher la nécropole qui devait se situer tout près des deux mausolées, mais, pour le moment, rien n'avait surgi des sables. De son côté, Tyler progressait doucement dans les rues et les demeures du centre-ville, qui lui réservaient chaque jour de belles surprises. Il continuait à exhumer des corps éparpillés, les uns tombés dans les ruelles, les autres recroquevillés sous les toits écroulés, mais également du mobilier ainsi que des objets usuels, dont certains encore entiers. Dans l'écurie, l'un des locaux récemment nettoyés avait livré une litière fermée, décorée de peintures délicates aux teintes éclatantes, dont les rideaux assortis présentaient un parfait état de conservation. Tout cela les occupait tellement qu'ils avaient abandonné provisoirement le remontage des édifices pour se consacrer au dégagement de la totalité de la plaine, afin de reconstituer le fil des événements.

Lorsque les jeunes gens annoncèrent cette découverte, leurs collègues s'émerveillèrent, une fois de plus, des intuitions de Moira qui leur avait appris l'existence de ce quartier dès qu'ils avaient détecté le temple de Baal.

— Ne nous dispersons pas trop, quand même, avertit l'anthropologue. Nous avons maintenant cinq divisions de fouilles distinctes, ce qui va réduire le nombre d'ouvriers sur chacune d'entre elles, au risque de ralentir le travail.

— Pas forcément, objecta l'archéologue. Nous n'avons pas besoin d'autant de monde sur chaque site, mais l'on peut renforcer une équipe en cas de trouvaille importante. Sur le palais, par exemple, comme la dépendance n'est pas très grande, il faut peu de personnel.

Quelques jours plus tard, Bryan profita d'une livraison pour passer un peu de temps avec ses amis, en affirmant qu'il ne rencontrait nulle part une telle atmosphère de sérénité. Avec empressement, les fouilleurs le traînèrent au milieu des sables pour admirer les premières maisons de la nouvelle zone.

— Je finirai par en savoir plus sur l'Histoire que je ne l'aurais jamais imaginé, constata-t-il avec amusement. Moi qui, à l'école, considérais cette matière comme ennuyeuse.

— Parce que tu n'avais pas de bons professeurs, assura Irwin qui venait de lui décrire avec précision les demeures dont il ne restait que les fondations.

— C'est sans doute vrai. Tu devrais enseigner. Je suis sûr que tu saurais passionner tes élèves.

— Certainement pas. Je m'ennuierais si je n'étais pas sur le terrain.

Ce soir-là, les scientifiques parcoururent les journaux apportés par l'aviateur, en commentant les informations qu'ils apprenaient parfois plus d'une semaine après leur diffusion.

— Tiens, s'étonna Tyler. Nous avons changé de Premier ministre. Ce n'est plus Lloyd George, mais Andrew Bonar Law.

— Où est la différence ? demanda Joyce.

— Le premier était un libéral, alors que le second est un conservateur. Ça signifie que le gouvernement de coalition a échoué. Il va y avoir des élections.

— Notre pays va-t-il, lui aussi, basculer vers l'extrême droite comme en Italie ? s'inquiéta Alvin.

— Les conservateurs ne sont pas des extrémistes. Heureusement !

Irwin leva la tête de son article pour regarder ses collègues avec curiosité.

— Qu'arrive-t-il en Italie ?

— Mussolini a remporté la présidence du Conseil, comme l'avait prédit Tyler, expliqua le géologue.

— Il faut dire qu'il a marché sur Rome avec ses « chemises noires », comme ils se font appeler, puis il a forcé Luigi Facta[31] à démissionner pour obtenir sa place, ajouta l'anthropologue. Le roi Victor-Emmanuel a tout accepté.

Moira, qui était allée se rafraîchir avant le dîner, se laissa tomber dans un fauteuil en protestant.

— Voilà qui est charmant. N'avez-vous pas mieux comme nouvelles ?

— Hélas, non.

— Mais si, s'interposa Bryan. Dans le domaine technique, nous progressons à pas de géant. Récemment, les Américains ont réussi à faire décoller puis atterrir un appareil sur un porte-avions. C'est un exploit, je peux vous l'assurer.

— Ça ne me surprend pas que tu t'y intéresses, sourit amicalement Alvin. J'avoue que, pour ma part, cette histoire m'avait échappé.

Joyce tapota sur le magazine qu'elle tenait en main.

— Moi, j'ai vu que l'on est en train de traduire en français les aventures de Sherlock Holmes. C'est quand même plus pacifique.

---

[31] Président du Conseil du 2 février au 28 octobre 1922

— Parce que, selon toi, l'aviation ne serait pas pacifique ? interrogea le pilote amusé.

— Pas vraiment ! C'est une arme redoutable.

— Oui, tu as raison. Je dois l'admettre.

— Le problème est l'usage que l'on en fait, remarqua Tyler. C'est comme toutes les inventions humaines.

Mais les bouleversements du monde extérieur ne retinrent pas longtemps l'attention des chercheurs. Quelques jours plus tard, Irwin revint au milieu de la matinée en arborant une expression tout excitée qui interpella immédiatement la directrice assise à son bureau.

— Que se passe-t-il ?

— Nous avons trouvé la nécropole.

Elle eut un sourire radieux.

— Magnifique ! Où est-elle ?

— Non loin des deux tombeaux, en allant vers le sud. Selon ce que nous avons pu voir, il semble que les sépultures soient imbriquées les unes dans les autres, comme au Puig des Molins, sur l'île d'Ibiza.

— Je ne connais pas.

— C'est un cimetière phénicien réellement fascinant, expliqua le jeune homme d'un ton enflammé. J'ai eu la veine de travailler dessus pendant quelques mois.

— Le nôtre est certainement plus passionnant.

Il se mit à rire.

— Tu es bien chauvine ! En tout cas, il est au moins aussi grand, sinon plus.

— Combien de temps faudra-t-il pour le fouiller ?

— De nombreuses années. Nous allons commencer par dégager les premières tombes que nous avons découvertes, mais en parallèle, je vais faire des sondages afin de déterminer les limites de la nécropole.

— Y a-t-il des hypogées royaux dedans, à ton avis ? s'enquit-elle pleine d'espoir.

— Sans doute pas. Ils doivent être érigés à la périphérie, comme ceux que nous avons déjà visités.

— Alors, nous ne sommes pas près de retrouver celui de mon cauchemar.

Elle se rendit sur le site avec l'équipe afin d'admirer les tombes, mais resta stupéfaite devant les trous dans le sol, auprès desquels se dressaient des pierres grossièrement taillées et décorées indiquant l'entrée des sépultures. Contenant sa déception, la jeune femme laissa son regard errer sur le paysage de dunes moutonnantes qui rejoignaient l'horizon, sans montrer la moindre trace d'un éventuel monument rappelant les mausolées. Découragée, elle comprit qu'ils avaient eu un coup de chance qui ne se renouvellerait pas, pourtant, elle était sûre que l'hypogée dont elle rêvait leur apporterait la réponse à beaucoup de questions.

— Que représentent ces dessins ? demanda Violet en s'agenouillant devant l'un des monolithes.

— Le symbole de la divinité vénérée par le disparu, expliqua l'archéologue.

— C'est assez primaire comme sculpture.

— Sans doute parce que celui ou ceux qui sont enterrés là n'étaient pas très riches. Nous aurons des stèles finement gravées, mais aussi des pierres sans aucune décoration.

— Ah, oui ! Je n'avais pas pensé à ça.

Moira s'arracha à sa contemplation du panorama, pour s'intéresser au cimetière enfin révélé.

— Y a-t-il des objets dans les tombes ?

— Là aussi, cela dépend du statut du défunt. Les Phéniciens ensevelissaient une ou plusieurs personnes dans la même sépulture, en les plaçant dans un sarcophage, un cercueil ou un simple suaire, mais parfois, ils incinéraient les corps dont ils mettaient les cendres dans des urnes ou des amphores.

— Ce qui veut dire que nos trouvailles risquent d'être fort variées, conclut Alvin en se frottant les mains de satisfaction.

— Exactement ! Chaque tombe sera une nouvelle aventure.

Enfin, déridée, la directrice se mit à rire.

— Si nous devons y passer le reste de notre vie, nous aurions intérêt à nous faire construire une habitation ici.

— Ce n'est pas une mauvaise idée, approuva Irwin gaiement.

La découverte tant attendue bouleversa l'organisation du chantier en obligeant Moira à engager des ouvriers supplémentaires pour ôter le sable qui s'était accumulé dans les puits d'accès, quand il n'avait pas totalement comblé les sépultures. D'autre part, l'archéologue avait constitué une deuxième équipe qui sondait le désert, afin de déterminer les limites de l'immense nécropole.

Pendant ce temps, sur le site principal, grâce au dégagement qui se poursuivait dans les différentes zones, la cité ressurgissait de sa gangue mordorée. Peu à peu, les maisons apparaissaient, reformant le paysage originel avec ses venelles tortueuses, ses rues plus larges et ses places souvent agrémentées de fontaines. Certaines demeures luxueuses possédaient un jardin avec son propre point d'eau, mais la plupart se contentaient d'une courette où l'on faisait la cuisine en plein air pour éviter les odeurs. Évidemment, l'on n'en était qu'au début, si bien que presque toutes ces merveilles reposaient encore sous le sable, mais Moira, qui les visualisait déjà, s'impatientait de la lenteur des avancées.

— Il faudrait que tu viennes sur mon secteur, Irwin, demanda Tyler un soir. Je n'arrive pas à comprendre le plan d'une masure. Comme tous les murs sont tombés lors du tremblement de terre, je n'ai plus que les soubassements qui ne m'aident pas vraiment à m'y retrouver.

— Je viendrai demain, promit l'archéologue.

— Moi aussi, renchérit la directrice. Cette demeure m'intrigue.

Le matin suivant, ils se rejoignirent tous les trois au bord de l'esplanade, pour examiner les alignements de briques crues formant les fondations du bâtiment incriminé, dont ils firent le tour en cherchant à reconstruire l'image complète de la construction.

— C'est curieux, commenta Irwin, perplexe. On dirait qu'il y a deux parties distinctes, sans communication entre elles. Je n'en vois pas l'utilité.

— Mais oui ! Tu as raison ! s'exclama Moira d'un air inspiré. En réalité, il ne s'agit pas d'une bâtisse, mais de deux. Elles ont été construites l'une contre l'autre.

L'archéologue acquiesça pensivement en désignant des carrés voisins.

— C'est bien possible. Dans ce cas, ces espaces jumeaux, sur l'arrière, seraient les cours de chaque foyer.

— … et ces renfoncements qui nous posaient problème serviraient de base aux escaliers menant aux toits.

— Je n'aurais jamais deviné ça tout seul, avoua l'anthropologue d'un air admiratif.

— Ce genre de bâtiment existe encore en Afrique du Nord, expliqua Irwin. Nous aurions dû y penser tout de suite.

— Je le saurai la prochaine fois que je dégagerai une maison bizarre, plaisanta Tyler.

Lorsque Bryan revint, quelques jours plus tard, il tendit les journaux à Moira avec un sourire en coin qui la rendit dubitative jusqu'à ce qu'elle remarquât les gros titres de certains d'entre eux, alors elle lui lança un coup d'œil amusé. Cependant, comme l'équipe était dispersée sur les fouilles, elle se contenta de demander au jeune aviateur s'il passerait la journée avec eux, comme il le faisait parfois.

— Non, répondit-il d'un air dépité, je dois repartir immédiatement pour prendre des clients qui m'attendent. C'est bien dommage. J'aurais voulu voir la réaction de tes collègues.

— Je te raconterai, promit-elle pour le consoler.

Ce soir-là, elle prit un malin plaisir à distribuer elle-même les quotidiens, au lieu de les laisser en pile sur une table. Puis elle s'assit en espérant que quelqu'un atteindrait l'encart qui l'avait fait sursauter, ce qui ne tarda pas.

— Non ! Ce n'est pas croyable ! s'exclama Alvin.

— De quoi parles-tu ? s'étonna Irwin.

— Howard Carter ! Il a repéré la tombe de Toutankhamon[32].

L'archéologue posa son magazine d'un air songeur.

— Alors, il l'a finalement identifié son roi fantôme…

— Ce qui me paraît incroyable, à moi, c'est que toute la presse s'est précipitée en Égypte pour immortaliser cette trouvaille, alors que nous avons mille fois mieux ici ! grogna l'anthropologue désappointé.

— Oui, mais personne ne le sait encore, observa la directrice. Nous nous sommes mis d'accord avec Fergus pour ne rien dire, afin de ne pas être envahis de journalistes.

---

[32] 4 novembre 1922

Irwin hocha vigoureusement la tête.

— C'est beaucoup mieux comme ça. Nous ne sommes pas équipés pour recevoir des visiteurs. Un hypogée est facilement défendable, mais imaginez un peu ce qu'il faudrait faire pour sécuriser notre site.

— Tu as raison, reconnut Joyce. Je n'aimerais pas que des gens qui n'y connaissent rien piétinent partout au risque d'abîmer des vestiges importants.

— Et puis, je détesterais œuvrer sous l'œil de spectateurs, renchérit Violet. Je me sentirais comme un animal au zoo.

— Lorsque nous révélerons notre découverte, elle éclipsera sans difficulté cette sépulture, assura l'archéologue. Cependant, il faut avouer que c'est un joli coup quand même, depuis le temps qu'il la cherche.

Moira tapota l'article qu'elle lisait.

— Il ne l'a pas encore ouverte. J'espère pour lui qu'elle n'a pas été pillée, comme la plupart des autres.

— Il y a peu de chance qu'elle soit intacte, expliqua son amant, mais, dans certains endroits, les pillards ont été dérangés, si bien qu'ils n'ont pas tout emporté. C'est ce que je lui souhaite.

— Nous en saurons plus dans les prochains journaux, conclut la chimiste. Les reporters ne le lâcheront pas comme ça.

Le travail, qui continuait sur un rythme soutenu dans tous les secteurs du chantier, apportait chaque jour son lot de surprises, ce qui n'empêchait pas les membres de l'équipe de spéculer sur ce qui se passait à l'est de chez eux. Dans le local dédié à cet usage, les artefacts s'accumulaient sur les étagères avant leur restauration, ou prêts à être emballés pour un futur envoi. Ce fut là qu'Irwin aperçut son amie, un après-midi de fin novembre, plantée dans un angle où elle caressait pensivement un jouet en bois en parfait état, que Tyler avait rapporté la veille.

— Que fais-tu là ? s'étonna-t-il.

Elle lâcha l'objet pour se tourner vers l'entassement impressionnant de pièces archéologiques.

— Rien ! En fait, je songeais que si notre première cargaison arrive à bon port, nous pourrons en expédier une deuxième rapidement.

— D'accord, mais je suis certain que ce n'était pas à ça que tu pensais, affirma-t-il en posant ses mains sur les épaules de la jeune femme. Que t'inspirait ce jouet ?

Il la comprenait trop bien pour qu'elle pût le tromper, alors elle céda avec un soupir.

— Je me sens vieille.

— Ce n'est pas ce que tu me disais à Noël dernier.

— Non, c'est juste un coup de cafard. Ça ne durera pas, assura-t-elle en détournant la tête.

— Vivre sous la tente n'est supportable que pendant un moment, observa le jeune homme avec un large geste qui englobait tout ce qui les entourait. Il nous faudrait un endroit à nous. La suggestion, que tu as émise l'autre jour, d'acheter une maison dans le coin n'est pas mauvaise.

Stupéfaite, elle plongea ses yeux dans le regard azur de son compagnon.
— Es-tu sérieux ?
— Plus encore que tu ne le crois. Je veux construire ma vie avec toi.
— Oh, c'est merveilleux, souffla-t-elle en l'enlaçant avec fougue.

Ils décidèrent de se rendre à Tataouine dès que possible, afin de prospecter les maisons à vendre, mais d'attendre que la transaction fût effectuée avant d'en parler à leurs collègues. Une installation permanente modifierait en profondeur la façon de travailler, ainsi que les relations au sein de l'équipe dont certains membres voudraient peut-être les imiter. Par contre, comme Bryan connaissait tout le monde dans la ville, ils se promirent de lui demander son aide pour cette recherche délicate, sachant qu'ils pouvaient compter sur sa discrétion. Pourtant, lors de sa visite suivante, quoique le pilote passât la journée avec eux, les tourtereaux ne purent réserver un instant pour l'entretenir en particulier. D'ailleurs, les dernières nouvelles d'Égypte occultèrent un temps leurs préoccupations intimes.
— Ça y est ! Il a ouvert le tombeau[33] ! s'écria l'archéologue en parcourant le journal.

Violet se pencha en avant avec un tel enthousiasme qu'elle faillit choir de son siège.
— Et alors ? Qu'a-t-il découvert ?
— Tout le mobilier. C'est magnifique ! Apparemment, la tombe a été visitée, mais elle n'a pas été pillée.
— S'il y en a autant que dans la sépulture de Balthézar, ils ne sont pas près d'achever l'inventaire, commenta Alvin en souriant.

Irwin acquiesça, les yeux fixés sur la liste sommaire.
— Il semble que oui. L'hypogée n'est pas très grand, mais il est rempli d'objets de toutes sortes. Cela va faire avancer notre compréhension de cette civilisation.
— Voyez ces photographies, intervint Tyler qui tenait un autre quotidien. Ces pièces sont splendides.

Moira vint s'appuyer sur son épaule pour détailler les images.
— Le char ressemble beaucoup à celui que nous avons trouvé. La seule différence c'est que le nôtre n'était pas démonté.
— C'est normal. Il était dans l'écurie, prêt à servir, et pas dans un monument funéraire.
— J'espère qu'ils pourront conserver toutes ces merveilles, reprit la directrice d'un ton soucieux. N'oubliez pas que ces fouilles ont été financées par un mécène privé. Il ne faudrait pas qu'il s'en empare pour sa collection personnelle.

L'archéologue replia son quotidien en secouant la tête avec conviction.

---

[33] 29 novembre 1922

— Pierre Lacau, le directeur du département des Antiquités, ne laissera pas partir un tel trésor. Pour ça, il est beaucoup plus strict que le nôtre.

Ce soir-là, lorsque l'aviateur repartit, Moira regarda l'appareil décoller, un peu dépitée de ne pas avoir pu lui confier leur projet secret, puis elle regagna sa tente à pas lents en se promettant de lui parler dès qu'il reviendrait.

La dévastation

Mars 683 av. J.-C.

Itthobaal se tourna d'abord vers la grande porte par laquelle on faisait entrer les animaux, qui était tombée comme celles de tous les boxes, mais la descente en pente douce paraissait obstruée par des gravats difficiles à enlever. Alors, il se dirigea vers l'escalier en priant pour qu'il ne fût pas également bouché, suivi par ses huit compagnons qui restaient silencieux face à la gravité de la situation. Si toutes les issues étaient condamnées par les débris provenant du séisme, ils n'avaient aucune chance de s'en sortir, à moins que des survivants pensent à venir les délivrer. Ils s'arrêtèrent un instant devant le panneau de bois toujours en place, tandis que l'espoir s'amenuisait, puis le grand prêtre posa sa main sur la poignée qu'il tira prudemment, en s'écartant pour ne pas être englouti par les restes brisés qui dévaleraient les marches. Au lieu de l'avalanche redoutée, un magnifique rayon de soleil leur caressa les pieds, comme pour les inviter à grimper les degrés intacts qui les ramèneraient à l'air libre. Ils s'élancèrent vers la liberté en s'interrogeant sur ce qu'ils allaient découvrir à l'extérieur.

— Suis-je bête ! grommela le prélat. Cet accès ne risquait pas d'être encombré, il n'y a aucune construction autour.

— Quelle désolation, s'exclama Coriandre en balayant les alentours du regard.

Le sanctuaire n'était plus qu'un amas de ruines fumantes. Les lourds monolithes qui formaient le plafond de la zone centrale s'étaient effondrés sur le naos, la plupart des colonnes étaient au sol, l'eau du lac sacré avait disparu dans les fissures du sol, tandis que le mur d'enceinte présentait de larges sections fracassées.

— Qu'importe ce bâtiment, répliqua Itthobaal avec indifférence. Cela se répare. L'essentiel est de sauver les vies, si c'est encore possible. Allons voir audehors si des gens ont survécu à ce tremblement de terre.

— Ne veux-tu pas commencer par ton personnel ? s'étonna Paltibaal en cherchant autour de lui.

— Tout le monde était parti au temple d'Echmoun. Il me semble vous l'avoir dit. Il n'y a personne ici.

— Je suppose que, comme à chaque couronnement, le peuple était rassemblé sur l'esplanade pour festoyer, intervint l'ancien vizir. C'est le premier endroit où aller.

Ils traversèrent l'édifice en prenant garde aux pierres branlantes qui ne demandaient qu'à tomber, contournèrent le cœur du monument aux chapelles éventrées, puis arrivèrent dans la cour d'honneur pleine de décombres.

— Un vrai parcours du combattant, murmura Ahinadab en faisant la grimace.

— Soyons prudents. Il ne s'agirait pas de nous blesser maintenant, recommanda Barekbaal.

— Ce qui m'inquiète, c'est que l'on n'entend rien, observa Baldo en levant la tête. Ce n'est pas normal.

— Tu as raison, reconnut le grand prêtre. Les bruits de la ville parviennent jusqu'ici d'habitude.

Ils s'entraidèrent, afin de franchir les obstacles qui parsemaient l'espace entre eux et la grande porte, dont les deux battants pendaient sur leurs gonds tordus ; ils marquèrent un temps d'hésitation devant ce silence pesant ; puis, Coriandre s'avança jusqu'à l'escalier monumental en partie disloqué, d'où il contempla avec consternation le spectacle, tandis que les autres s'immobilisaient à ses côtés, muets de stupeur.

— Quel désastre, souffla le prélat.

— Tu disais que les présages annonçaient la fin du royaume, et bien la voilà, commenta Boldizsar avec amertume. Il n'y a plus rien à protéger.

— Même si les apparences nous portent à croire que c'est inutile, nous devons vérifier qu'il n'y a réellement pas de survivants, assena l'ancien vizir.

Ils descendirent avec précaution les marches disjointes pour s'approcher de la terrible scène qu'ils venaient de découvrir. Les tréteaux et les planches gisaient à terre, jonchés de vaisselle brisée ainsi que de restes de nourriture ; plus loin, l'enchevêtrement des corps entassés dans la même direction racontait la panique qui s'était emparée de tous ces gens rassemblés là pour une fête ayant viré au drame. Surmontant leur répulsion, ils atteignirent cet amoncellement de cadavres sur lesquels ils se penchèrent, afin de chercher le moindre signe de vie, mais ils ne trouvèrent que des membres flasques et des visages que la terreur avait marqués de façon indélébile.

— S'ils n'avaient pas tenté de fuir, ils seraient encore en vie, constata Hailama en désignant l'immense parvis. Rien n'est tombé ici.

— Nul ne peut enrayer une peur irraisonnée, répondit son père tristement. Nous n'aurions sans doute pas fait mieux.

— Certains ont dû s'échapper quand même, intervint Amilcare qui scrutait les alentours. Où sont-ils ?

— À l'extérieur de la ville... hasarda Paltibaal, les yeux fixés vers la rivière.

— Si c'est le cas, nous les retrouverons plus tard, décréta Itthobaal en se tournant vers les premières demeures. Pour le moment, nous devrions explorer les rues de la cité.

Debout près de lui, ils observèrent les masures effondrées et les voies encombrées d'objets hétéroclites avec perplexité.

— Je ne sais pas si nous irons bien loin, mais faisons très attention où nous mettons les pieds, recommanda Coriandre. Nous pourrions prendre un morceau de mur sur la tête.

— Scindons-nous en plusieurs groupes, suggéra Boldizsar. Ainsi, nous serons plus efficaces.

— Tu as raison. Nous sommes neuf, donc formons trois équipes de trois personnes.

Après avoir convenu de se rejoindre sur l'esplanade à la fin de l'inspection, chaque groupe s'engagea dans la première rue de son secteur en enjambant les décombres pour atteindre les maisons. Tout au long de leur progression, ils eurent la douleur de trouver des gens qui gisaient au milieu des ruelles, tués par des poutres, des briques ou des murs entiers.

— Oh, non ! C'est horrible ! gémit Hailama qui examinait une habitation avec son père et Baldo.

L'ancien vizir l'attira dans ses bras, afin de le distraire du macabre tableau qu'ils apercevaient parmi les ruines. Une jeune femme, n'assistant pas au banquet, s'était réfugiée sous une table avec son bébé, mais le plafond les avait écrasés.

— J'ai peur que nous ne récupérions aucun survivant, maugréa Baldo en s'éloignant pour masquer son émotion.

De son côté, Paltibaal qui patrouillait avec Barekbaal et Amilcare s'arrêta net en débouchant sur une petite place, au centre de laquelle se dressait une fontaine fissurée représentant une déesse coiffée d'un bateau, mais celui-ci s'était détaché de son support pour assommer un enfant qui devait se tapir contre la margelle.

— La colère des Dieux n'a même pas épargné les innocents, soupira-t-il.

— Alors, pourquoi nous ? interrogea Barekbaal.

— Seul Itthobaal saurait peut-être nous répondre, répliqua Amilcare en détournant le regard.

Au même moment, le grand prêtre pénétrait en compagnie d'Ahinadab et Boldizsar dans le temple d'Echmoun qui n'était pas en meilleur état que le sien. Là aussi, le toit s'était écroulé, les piliers avaient roulé à terre, les chapelles et le naos étaient endommagés, pourtant le silence qui accueillit les visiteurs semblait bien plus angoissant que les dégâts matériels. Contournant les décombres, ils aboutirent dans une cour intérieure où avait été installée une grande tablée pour l'ensemble du clergé de Telgilsh, mais ne discernèrent qu'une nouvelle scène d'horreur. Le péristyle s'était effondré sur les convives affolés qui avaient vainement tenté de gagner les issues, avant d'être broyés par les énormes blocs de pierre.

— Ils ne méritaient pas de mourir, murmura le prélat en s'asseyant sur une colonne couchée, les jambes coupées.

— Nous ne pouvons pas les laisser sans sépulture, déclara Boldizsar d'une voix cassée.

— Crois-tu qu'à neuf, nous puissions enterrer toute la ville ? protesta Ahinadab.

— Non, mais au moins ceux-ci. Les serviteurs divins.

— Il faudrait les dégager. Je doute que ce soit possible, observa Itthobaal d'un air abattu.

— Nous prendrons une décision lorsque nous aurons rejoint les autres, mais avant, j'aimerais voir la caserne, demanda le commandant.

Se relevant avec peine, le grand prêtre les guida vers la porte de côté qui était au sol, ainsi qu'une partie du mur d'enceinte. Comme aucun quartier de la cité n'avait échappé à la destruction, ils ne furent guère surpris de découvrir le bâtiment militaire complètement dévasté. Les parois tombées vers l'intérieur étaient recouvertes par la toiture, si bien qu'il était impossible d'y pénétrer, mais ils apercevaient des membres disloqués indiquant avec certitude que les soldats de la garnison s'y trouvaient.

— Pourquoi y aurait-il eu une exception ? soupira Boldizsar avec amertume.

Quand les trois groupes se rejoignirent sur l'esplanade, les survivants arboraient tous la même expression de découragement qui se passait de commentaires. Alors, avec un parfait ensemble, ils se tournèrent vers le palais qu'ils avaient évité de contempler jusque-là. La résidence ne présentait que des ruines à l'aspect désolé, au-dessus desquelles ne surnageaient que quelques pans de murs branlants entourés, ironie suprême, d'un jardin luxuriant que la catastrophe n'avait pas abîmé.

— Il est inutile que nous nous risquions là-dedans, jugea Coriandre. Personne ne peut y avoir survécu.

— Regardez ! s'écria Boldizsar avec excitation. Ça bouge là-bas.

— Ah, oui ! Tu as raison, approuva Amilcare en mettant sa main en visière sur ses yeux.

Au-delà des vestiges de la ville apparaissaient les rares palmiers rescapés, plantés sur les bords de la rivière, au pied desquels gisaient les troncs qui n'avaient pas résisté au séisme. C'était là, dans ce fatras de branches emmêlées, qu'ils avaient décelé des mouvements plus évolués que de simples végétaux agités par le vent. N'osant encore se réjouir, les neuf hommes se dirigèrent vers le cours d'eau, en priant les dieux pour y retrouver de nombreux habitants de Telgilsh, mais, à mesure qu'ils avançaient, se dévoilaient des silhouettes n'ayant pas grand-chose d'humain.

— Les chevaux, murmura Boldizsar, dépité.

Il s'agissait bien d'un groupe d'équidés encore nerveux, qui vinrent vers eux dès qu'ils eurent détecté leur approche, à la recherche d'un contact rassurant.

— Ce ne sont pas les nôtres, ajouta le commandant en caressant le plus proche de lui. Ceux-là viennent de l'écurie royale.

— Comment ont-ils réussi à s'enfuir ? s'étonna Ahinadab.

— Allons voir, répondit l'ancien vizir après avoir balayé d'un coup d'œil l'espace autour de lui. Il n'y a aucun survivant ici non plus, hélas.

Les champs ne présentaient que des cultures poussant vaillamment au milieu des arbres abattus, tandis que, plus loin, l'on apercevait les troupeaux qui s'étaient remis à brouter après le grand chambardement. Alors, découragés, ils reprirent le chemin de la cité dévastée, suivis par les chevaux qui ne semblaient plus vouloir les quitter.

Contournant le palais aplati, ils rejoignirent l'écurie qui paraissait en meilleur état, au point qu'ils purent entrer dans une partie du bâtiment.

— Cela va nous servir, constata Boldizsar en désignant les harnachements avec satisfaction. Nous attellerons les canassons pour leur faire tirer les plus gros débris, afin de dégager les corps des religieux.

— D'accord, accepta Coriandre. Nous ensevelirons au moins ceux-là avant d'émigrer.

— Regardez ! Les chars sont également intacts, s'écria Baldo joyeusement.

— Avec ça, nous irons plus vite, se réjouit Hailama.

— Enterrons d'abord les prêtres, coupa son père. Je pense que nous ne partirons pas avant demain.

Les équidés encore traumatisés par la catastrophe refusaient le mors en hennissant à n'en plus finir, si bien que les rescapés durent user de beaucoup de douceur pour les calmer, avant de les brider.

Sous les décombres, dans ce qui avait été la salle de réception, Belshazzar releva la tête en entendant ce raffut, soudain tout joyeux. Enfin, les secours arrivaient pour le délivrer de la masse qui le retenait prisonnier.

— À l'aide ! cria-t-il aussi fort que possible. Je suis ici !

Mais seul le silence lui répondit. Même les gémissements qu'il avait perçus après ses premiers appels s'étaient tus, tandis que les bruits extérieurs s'éloignaient. Alors, la fureur le prit. Il était le roi. Ces hommes qui s'activaient au-dehors auraient dû s'inquiéter de lui avant tout autre, en commençant par le chercher dans ces ruines au lieu de s'occuper du peuple. Une telle désinvolture était inadmissible. Il se promit de châtier les coupables dès qu'il serait sorti de là, puis, n'ayant d'autre exutoire, il assena de violents coups de poing sur le sol en grognant de dépit.

Pendant ce temps, les survivants étaient parvenus à ce qui avait été le second temple de la ville, dans lequel ils s'attaquaient avec courage au déblaiement des gravats afin de rassembler tous les corps, pour leur donner une sépulture minimale qui permettrait aux divinités de les retrouver. La plupart étaient coincés sous de lourdes pierres provenant du toit, des murs ou des colonnes ornant le monument, quand ce n'était pas l'une des statues arrachées de leur socle, ce qui rendait la besogne d'autant plus pénible. Ils n'échangeaient que les rares paroles indispensables pour coordonner les actions, tout en s'efforçant de contenir leur émotion à chaque cadavre récupéré qu'ils déposaient avec soin auprès des autres. Comme ils connaissaient chacun d'entre eux pour les avoir côtoyés lors des différentes cérémonies religieuses qui rythmaient la vie de la cité, ils ne repoussaient que difficilement ces souvenirs heureux. Mais celui qui souffrait le plus était le prélat voyant disparaître la famille qu'il formait avec le personnel de son sanctuaire, sans compter les membres du clergé d'Echmoun avec lesquels il était toujours resté en relation malgré Balzer.

— C'est cette maudite stèle, ragea Barekbaal en découvrant la pierre encore intacte dont le bas dépassait d'un pan de mur.

— C'est forcément un faux, mais Belshazzar n'a pas pu l'élaborer lui-même puisqu'il ne savait ni lire ni écrire, intervint l'ancien vizir.

— Ainsi, il était analphabète de surcroît, mais il se prenait pour un roi, commenta le commandant avec mépris.

— Je suis sûr que c'est Balzer qui l'a gravée, affirma Hailama.

— Ne médis pas des morts, recommanda son père. Les Dieux savent à quoi s'en tenir.

En jubilant, Amilcare se saisit d'un marteau avec lequel il fracassa la partie accessible de la stèle jusqu'à la réduire à un tas de minuscules fragments, content de ce défoulement salutaire, mais déçu de ne pouvoir la réduire à néant.

Lorsque tous les religieux eurent été regroupés, les survivants décidèrent d'aller chercher les véhicules disponibles dans l'écurie royale, afin de les transporter plus facilement, avec l'aide des chevaux calmés par le dur travail. Cependant, sortir les chars du bâtiment pour les amener jusqu'à l'espace dégagé de la grande cour fut d'autant plus pénible, que les roues fragiles n'étaient pas faites pour circuler sur un sol couvert de débris. Là encore, les neuf hommes s'interpellèrent à pleins poumons pour coordonner leurs mouvements, quand ils ne hurlaient pas des encouragements aux équidés qui s'arc-boutaient pour arracher les véhicules aux nombreuses embûches.

De nouveau, Belshazzar leva la tête avec l'espoir que les bruits se rapprochent enfin. Les reliefs du festin qu'il apercevait sur le sol, hors de sa portée, attisaient sa soif sans lui permettre de l'étancher. La bouche pâteuse, il s'efforça de hurler afin de se faire entendre, mais sa voix ne traversait pas l'amoncellement des ruines autour de lui.

— C'est bon, constata Boldizsar en examinant le résultat avec satisfaction. Nous avons repris tous les chars.

— Sauf celui d'Adonia, corrigea Hailama qui détournait les yeux pour ne pas voir la résidence dévastée dans laquelle il avait vécu toute sa vie.

— Évidemment ! Aucun d'entre nous n'utiliserait le véhicule de la reine.

— À ce propos, avez-vous vu la litière royale ? demanda Coriandre avec un sourire moqueur. Elle a été barbouillée de peinture dorée.

— Ça, c'est forcément une idée de Belshazzar, s'amusa Ahinadab.

— Il était vraiment aussi stupide que ridicule, renchérit Baldo avec dédain. J'imagine que le peuple n'a pas dû apprécier.

— Qu'importe, coupa Paltibaal. Occupons-nous de notre tâche.

D'un commun accord, ils avaient décidé de ne pas aller jusqu'à la nécropole située beaucoup trop loin dans le désert, mais d'inhumer les prêtres à la limite des cultures, ce qui représentait déjà un gros travail. Ils repartirent donc vers le temple pour y charger les cadavres, sans se douter que le grondement des roues qui s'éloignaient avait fait fondre en larmes le jeune roi désespérant de plus en plus que l'on vînt à son secours.

Ils franchirent les champs cultivés qui montraient leurs pousses vertes désormais inutiles, ainsi que les pâtures où se reposaient les animaux qui les regardèrent passer avec une souveraine indifférence. La nature, suivant son cycle immuable sans se soucier des malheurs des hommes, ne gardait que les arbres tombés sous la violence des secousses comme unique séquelle du drame qui s'était déroulé quelques heures plus tôt. Les rescapés s'arrêtèrent à la lisière de l'oasis pour chercher le meilleur endroit où creuser.

— Là-bas, suggéra Coriandre en tendant le bras vers une zone sableuse. Nous ne devrions pas avoir trop de mal à les enterrer.

Tenant les chevaux par la bride, ils rejoignirent le lieu proposé où Amilcare enfonça une longue barre rigide dans le sol, afin de s'assurer qu'il n'y avait pas de couche trop dure sous le sable.

— C'est bon, annonça-t-il. Nous avons la profondeur requise.

Alors, se saisissant d'outils appropriés, ils creusèrent avec ardeur dans l'espoir d'avoir terminé avant la nuit. N'ayant ni le temps ni l'effectif nécessaire pour les ensevelir individuellement, ils avaient décidé de préparer une tombe commune dans laquelle ils allongeraient les religieux côte à côte avec tout le respect qui leur était dû.

Les heures s'écoulaient rapidement sous un soleil de plomb, mais ils avaient eu la prévoyance de se munir de récipients qu'ils avaient remplis à la rivière, si bien qu'ils se rafraîchissaient autant qu'ils le souhaitaient, tout en poursuivant leurs efforts. On arrivait au milieu de l'après-midi, lorsqu'ils purent enfin contempler leur œuvre avec satisfaction. Ils avaient devant eux une longue excavation suffisamment profonde pour décourager les prédateurs du désert, et assez vaste pour contenir les dépouilles. La seule chose qu'ils regrettaient c'était de ne pas avoir la moindre offrande à déposer dans la sépulture, ni de linceul pour envelopper les cadavres qui reposeraient à même la terre. Mais, étant donné les circonstances très particulières, c'était le mieux qu'ils puissent faire. Tout naturellement, l'ancien vizir prit la direction des opérations.

— Bien ! Maintenant, nous allons nous mettre par groupes de deux, afin d'emporter les corps dans le caveau. Pendant ce temps, Itthobaal prononcera les prières adéquates.

Avec déférence, ils étendirent chaque défunt à côté du précédent, tandis que le grand prêtre psalmodiait la liturgie funèbre, debout au bord du trou. Ils se recueillirent en écoutant les dernières paroles du prélat, puis ils comblèrent le tombeau improvisé aussi vite que possible, impatients d'en avoir fini avec cette corvée. Enfin, ils reprirent les chars pour revenir vers la cité dévastée.

— Que va-t-on faire des animaux ? demanda Hailama en désignant les troupeaux.

— Rien du tout, répondit Amilcare. Il faudrait être beaucoup plus nombreux que nous le sommes pour les emmener.

— Pour l'instant, nous devons trouver de quoi manger, ainsi qu'un lieu sûr afin d'y passer la nuit, décréta Coriandre. Demain, nous émigrerons vers Macar Uiat où j'espère que le roi Hiram nous accueillera.

— Son ambassadeur l'aura déjà mis au courant d'une partie de la situation, observa Paltibaal.

— Avec ce que je lui ai expliqué avant qu'il parte, je pense que son souverain acceptera de nous aider, approuva l'ancien vizir.

De retour dans la ville, ils cherchèrent un bâtiment pas trop détruit pour s'y installer, de préférence à la périphérie plutôt que dans les rues encombrées de gravats, d'autant qu'ils ne désiraient guère se retrouver devant des cadavres.

— Nous pourrions retourner dans le souterrain, suggéra Ahinadab. Nous y serions à l'abri.

— C'est vrai, mais je n'y tiens pas, frissonna Barekbaal.

— Non, ce n'est pas une bonne idée, protesta le grand prêtre. Si jamais la terre tremblait à nouveau, nous risquerions d'y rester enfermés pour de bon.

— Tu as raison, renchérit Coriandre. Choisissons plutôt un endroit d'où nous nous échapperons facilement en cas de problème.

Ils tournèrent un moment sans parvenir à se décider, jusqu'à ce qu'ils échouent au temple d'Echmoun où ils étaient certains de ne plus rencontrer un seul corps. Dans le monument, tout ce qui pouvait tomber était déjà au sol, si bien qu'ils ne risquaient pas grand-chose à s'y établir, par contre, les magasins étaient presque intacts, ce qui assurait un dîner consistant pour réparer leurs forces mises à mal par l'intense effort qu'ils avaient fourni. Alors, tandis que ses compagnons préparaient le repas, Itthobaal fit une offrande au dieu qui les recevait dans sa demeure, afin qu'il leur fût favorable. Puis, ils mangèrent de bon appétit, s'allongèrent sur les matelas qu'ils avaient pris dans les logements éventrés, en s'enroulant dans des couvertures pour combattre le froid de la nuit.

À l'aurore, le soleil filtrant à travers les lézardes du mur d'enceinte leur caressa le visage pour les ramener à une réalité plus cauchemardesque que leurs rêves. Ils clignèrent des yeux, s'entre-regardèrent en cherchant à se souvenir des événements qui les avaient amenés là, puis ils se redressèrent lentement en dérouillant leurs membres engourdis dans la fraîcheur matinale. Après une rapide toilette, ils se retrouvèrent autour du petit-déjeuner auquel ils firent honneur.

— Avant de partir, nous devons nous munir de provisions pour la durée du voyage, expliqua Boldizsar, habitué aux sorties dans le désert. Il faut également prendre les plaids et de quoi faire du feu.

— Je ne sais pas s'il y a suffisamment de réserves ici, mais allons voir dans mon sanctuaire, proposa le grand prêtre en jetant un coup d'œil sceptique vers l'arrière du bâtiment.

L'ancien vizir, qui avait fini de manger, fit quelques pas entre les colonnes écroulées en étirant ses bras.

— Oui, ça s'impose. Il vaut mieux en avoir trop que pas assez. Nous avons le nombre de chars nécessaire pour tout transporter.

— Et que ferons-nous des chevaux supplémentaires ? s'enquit Hailama qui engloutissait sa bouillie de céréales.

— Nous les attacherons derrière le dernier char. Ils ne survivront pas s'ils demeurent ici.

Ils se scindèrent en deux groupes. Le premier emballa tout ce qui restait dans les entrepôts du temple, ainsi que les couvertures, tandis que le second se dirigeait vers l'autre édifice religieux, afin d'y récupérer les aliments qui serviraient sur la route. Le roulement sourd des véhicules sur l'esplanade réveilla Belshazzar qui souleva sa tête pour mieux entendre, mais il n'essaya même pas d'appeler, sachant à quel point c'était inutile. Le bruit se rapprocha, puis reflua, en approfondissant encore un peu plus sa conviction désespérée que personne ne viendrait le sauver.

— Formidable, se réjouit Itthobaal en notant que là aussi les magasins n'avaient que peu souffert. Nous avons l'essentiel.

— Nous n'aurons jamais la place d'emporter tout ça ! s'exclama Coriandre qui l'avait accompagné.

— Nous ne prélèverons que ce qui nous sera utile. De toute façon, si Macar Uiat est aussi riche qu'on le dit, nous n'aurons pas besoin de plus.

— C'est une ville très prospère, assura Hailama. J'ai pu le constater par moi-même.

Pendant que ses amis déposaient les récipients dans les chars, le grand prêtre alla jusqu'à l'arrière du sanctuaire pour jeter un coup d'œil au quartier d'habitation qui s'étendait tout autour, puis il revint vers eux en faisant la grimace.

— Les rues de ce secteur ne sont plus praticables, nous allons devoir suivre un autre chemin, annonça-t-il.

— Cela ne m'étonne guère, répliqua Baldo. Aucune partie de Telgilsh n'a été épargnée.

— Les Divinités voulaient sa destruction totale, soupira l'ancien vizir. Nos fautes étaient bien graves pour avoir provoqué une telle colère de leur part.

Ayant fait le plein de denrées, ils rejoignirent leurs compagnons qui avaient aussi terminé le chargement, puis, avant d'abandonner la ville, ils firent un crochet par la rivière afin de remplir d'eau les nombreux pots destinés à cet usage. Alors, prenant la piste qui contournait la cité, ils s'éloignèrent sans un regard vers leur royaume détruit, en ignorant qu'ils condamnaient ainsi Belshazzar à une mort atroce.

— Hyrum avait raison, murmura celui-ci dans le silence angoissant. J'ai défié les Dieux qui m'ont puni pour ça.

Enfouissant son visage dans ses bras, il se remit à pleurer comme un enfant.

Une visite inattendue

Décembre 1922

Les scientifiques, dont aucun ne prévoyait de quitter le pays, discutaient avec animation de l'organisation des fêtes de fin d'année. Irwin et Moira désiraient séjourner au moins une semaine à Tataouine, afin d'y chercher une maison tout en profitant d'une certaine intimité, mais ils comprenaient leurs amis qui souhaitaient passer le réveillon de Noël avec eux. D'autre part, comme la cohabitation forcée sur le chantier n'offrait guère d'occasions au couple de trouver un peu de solitude, leurs collègues avaient bien l'intention de se faire discrets. C'est pourquoi les jeunes gens envisageaient de partir quelques jours avant le reste de l'équipe, qui les rejoindrait pour le soir de la Nativité. Pourtant, un événement imprévu vint tout remettre en question.

Environ une semaine avant le départ des tourtereaux, l'avion de Bryan se posa sur la rivière asséchée deux jours seulement après être venu apporter une cargaison. Très étonnée, Moira sortit de son bureau pour courir vers l'appareil, au pied duquel elle arriva alors que le pilote en émergeait à peine. Il sauta près d'elle en lui adressant ce salut désinvolte qui n'appartenait qu'à lui.

— Je suis toujours enchantée de te voir, déclara-t-elle en lui rendant son sourire, mais je ne pensais pas que tu reviendrais aussi vite. Y a-t-il une raison particulière ?

— Absolument, badina-t-il. J'ai une livraison spéciale pour toi.

— Comment ça, pour moi ?

— Viens avec moi.

Le jeune homme contourna l'avion pour aller ouvrir l'autre porte, suivi par la directrice qui s'interrogeait sur l'identité du passager qu'il amenait. S'immobilisant auprès de l'aile, elle leva la tête, mais se figea de surprise devant le visiteur inattendu.

— Maman ! s'exclama-t-elle, incrédule. Que fais-tu là ?

— Cela fait plaisir de constater à quel point tu es heureuse de ma présence, remarqua Jane d'un ton aigre, tandis que l'aviateur l'aidait à descendre de l'appareil.

— Ah ! Ne commence pas, protesta la jeune femme. Je suis ravie que tu sois là, mais je n'imaginais certes pas que tu viendrais ici.

— J'avais envie de contempler par moi-même ces merveilles qui te tiennent éloignée de moi, expliqua la bonne dame en regardant autour d'elle. Mais il n'y a que des ruines ici !

— Ce sont ces ruines les merveilles en question, s'amusa Moira en lui prenant le bras. Nous allons t'aménager un logement, mais j'ai peur que tu trouves le confort un peu spartiate.

— Tant pis ! Je ferai avec.

Elles se dirigèrent vers les tentes avec Bryan qui portait le bagage de Jane, mais s'installèrent dans la salle commune pendant que le personnel établissait un endroit acceptable pour loger la mère de la directrice.

— Alors ! Raconte-moi ce qui t'a donné l'idée de venir ici, demanda la jeune femme en s'asseyant dans un fauteuil.

— Comme je savais que tu ne reviendrais pas cette année pour Noël et que je désirais te voir, j'ai décidé de te rejoindre, répondit la brave dame comme si c'était la chose la plus simple du monde.

— Mais comment es-tu arrivée ?

— J'ai pris un bateau qui m'a débarquée à Zarzis, puis un taxi m'a conduite à Tataouine où l'on m'a dirigée vers ce charmant jeune homme.

— C'est le mot exact, appuya Moira en jetant un coup d'œil complice à l'aviateur. Sans Bryan, le chantier ne survivrait pas, et nous non plus.

— Je fais seulement mon travail, corrigea modestement le pilote.

L'un des domestiques apparut en annonçant que la tente pour Jane était prête, alors la directrice se leva, mais, avant de sortir, elle se tourna vers le jeune homme.

— Restes-tu déjeuner avec nous ?

— Mais oui. J'ai tout mon temps.

— Alors, tu devrais aller faire un tour sur le site, lui conseilla-t-elle avec le sourire, sachant que sa mère risquait de l'accaparer toute la matinée.

Ensuite, elle guida la bonne dame vers son logis provisoire, en se préparant à affronter les critiques acerbes qu'elle ne manquerait pas de recevoir.

Jane se planta au milieu de l'abri pour observer le lit protégé afin que les insectes, scorpions et autres serpents ne s'y introduisent pas ; les coffres hermétiques qui contenaient les vêtements et objets de toilette ; le fauteuil en toile, ainsi que la planche posée sur des tréteaux en guise de bureau. Sans un mot, Moira attendait le verdict en se raidissant déjà pour ne pas répliquer vertement, mais les remarques qu'elle redoutait ne vinrent pas.

— C'est plus confortable que je ne le croyais, conclut sa mère gaiement. Mais j'imagine que ce n'est quand même pas facile de vivre ici en permanence.

— En fait, nous n'y faisons pas trop attention. Nous sommes plus souvent dehors, sur les fouilles.

— Oui, évidemment.

— Je vais t'aider à ranger tes affaires, puis je te ferai visiter les ruines, proposa la directrice en joignant le geste à la parole.

Ensemble, elles vidèrent le mince bagage de Jane, qui sidéra sa fille accoutumée à la voir voyager avec des malles pleines à craquer. La brave dame lui raconta qu'ignorant l'espace disponible pour la loger et les habits adaptés à la vie dans le désert, elle avait préféré prendre peu de chose, quitte à en acheter sur place si cela s'avérait nécessaire. Lorsqu'elles eurent fini, Moira entraîna sa mère sur le site, impatiente de lui faire admirer ses trésors, tout en se disant qu'elle ne saurait pas les apprécier à leur juste valeur.

Elles commencèrent par le temple d'Echmoun où la jeune femme expliqua la destination du monument, ainsi que les découvertes qu'il leur avait réservées, avant de détailler l'aspect qu'il avait quand il fonctionnait. Surprise, elle constata que Jane l'écoutait attentivement, en regardant autour d'elle d'un air réellement intéressé. Puis, elles se rendirent sur l'esplanade pour y rejoindre Tyler qui bavardait avec Bryan. Moira présenta sa mère à l'anthropologue, qui la salua avec déférence, avant de relater ses dernières trouvailles, mais un cri l'interrompit au milieu d'une phrase.

— Mon Dieu, quelle horreur ! s'exclama la bonne dame en portant ses mains à sa bouche.

— De quoi parlez-vous ? s'étonna-t-il.

— De tous nos corps, je parie, s'amusa la directrice. Ne t'émeus pas comme ça, maman. Ils sont morts depuis plus de deux mille ans.

— Comment pouvez-vous travailler là-dessus ?

— Parce que c'est passionnant, sourit Tyler. Ça nous permet de savoir ce que mangeaient et comment vivaient nos lointains ancêtres.

— On se croirait au milieu d'une grande catastrophe.

— C'est exactement ça, affirma Moira. Ce que tu contemples est le résultat d'un séisme qui a détruit entièrement la ville. Viens voir le sanctuaire de Baal. Là, au moins, il n'y a pas de cadavres.

Elles continuèrent la visite par le grand édifice religieux, passèrent dans le palais en évitant les lieux où gisaient les squelettes, flânèrent dans ce qui avait été le jardin que la jeune femme décrivit avec précision en se référant à ses visions, puis elles aboutirent dans l'écurie où elles s'arrêtèrent pour admirer le char délicatement orné, ainsi que la litière aux somptueux rideaux.

— Nous avons trouvé autre chose d'assez curieux, annonça Alvin en s'approchant.

Une nouvelle fois, la directrice fit les présentations avant de suivre le géologue qui l'entraînait vers une pièce tout juste dégagée, afin de lui dévoiler l'objet que son équipe venait de sortir des sables.

— C'est une chaise à porteurs, commenta Moira.

— Oui, mais regarde : elle est barbouillée de peinture dorée visiblement posée à la hâte. Il y a même des endroits où il n'y en a pas. Quant aux dessins, ils sont à peine dignes d'un enfant de six ans.

— Oui, tu as raison. Ce badigeon recouvre l'ancien décor. Nous devrions peut-être l'enlever ?

— Hum ! Nous risquons de tout abîmer.

— Il faut que Violet étudie la question pour nous dire si c'est faisable. Je demanderai également leur avis à Irwin et à Joyce.

Mettant un terme à cet entretien, la jeune femme ramena Jane vers le village de toile pour lui montrer la tente où l'on rangeait les vestiges rapportés des fouilles, avant de terminer par celle dans laquelle travaillait la chimiste. Ensuite, comme il était près de midi, les trois femmes se rendirent dans la salle commune où elles retrouvèrent l'archéologue et la dessinatrice qui n'avaient pas encore rencontré la mère de Moira.

Le déjeuner fut très joyeux. Tout le monde s'émerveillait du long périple que Jane avait affronté juste pour fêter Noël avec sa fille, tandis que la brave dame se rengorgeait fièrement devant cette admiration unanime. Irwin lui promit de l'emmener visiter la nécropole durant l'après-midi, encouragé par Violet qui vantait la beauté des peintures murales des tombeaux, au grand amusement de la directrice sachant que sa mère y serait totalement hermétique. Mais elle approuva cet arrangement, soulagée de se consacrer à sa besogne pendant quelques heures.

Effectivement, Moira récupéra Jane, fatiguée par la longue marche vers les hypogées qui ne l'avaient guère enthousiasmée.

— Je n'aimerais pas que l'on vienne fureter dans ma sépulture, grogna-t-elle en se laissant tomber sur un siège. Quelle chaleur ! Comment fais-tu pour la supporter aussi bien ?

— Au début, j'avais du mal, mais je m'y suis habituée, répondit la jeune femme. Maintenant, je trouve qu'il fait trop froid en Angleterre.

Ce soir-là, comme Bryan était resté avec eux, les chercheurs discutèrent de l'organisation des fêtes, un peu chamboulée par l'arrivée inopinée de la brave dame. Finalement, il fut décidé qu'Irwin, Moira et sa mère partiraient pour Tataouine un peu plus tôt que prévu, afin que Mrs Radden n'eût pas à endurer trop longtemps l'isolement du chantier, puis que leurs amis les rejoindraient pour le réveillon qu'ils passeraient tous ensemble. La directrice n'osa pas exprimer trop ouvertement sa satisfaction, mais, pour une fois, elle devait reconnaître que la présence de Jane lui convenait, en lui offrant une bonne raison de s'absenter du site pour une longue période.

— Tu vas être contente, annonça l'archéologue deux jours plus tard, alors qu'ils se déshabillaient sous leur tente. J'ai jeté un coup d'œil sur le dernier rouleau de papyrus que Joyce m'a apporté.

— Qu'est-ce qu'il raconte ? s'enquit la jeune femme qui démêlait sa courte chevelure.

— Il parle du règne de Balthézar.

— Le nôtre ?

— Bien sûr.

Elle reposa sa brosse sur la tablette en fixant son amant dans le miroir.

— Sais-tu quel lien il y avait entre lui et Adonia ?

— Oui, c'était le père et la fille.

— Formidable !

Il vint poser ses mains sur les épaules dénudées de Moira.

— Selon ce que j'ai lu, il semble que sa fille lui ait succédé alors qu'elle était très jeune, après qu'il soit mort subitement.

— Aurait-il été assassiné, lui aussi ?

— Nous ne le saurons jamais, sourit-il pendant qu'elle se mettait debout. Ses contemporains ne paraissent pas le soupçonner.

Elle se dirigea vers le lit en soupirant d'impatience.

— Pourvu que d'autres rouleaux nous donnent des précisions.

— En réalité, j'ai déjà quelques documents sur Adonia, mais je ne les ai pas lus. J'attends de tous les avoir pour m'y atteler. Sois patiente, Joyce arrive à la fin. Tu n'as plus longtemps à te morfondre.

Il s'allongea auprès de sa maîtresse, l'attira contre lui pour l'embrasser tendrement, tandis qu'elle se blottissait dans ses bras en laissant libre cours à son amour.

À la date fixée, le jeune couple s'installa dans l'avion avec un peu de remords à l'idée du projet qu'il cachait aux membres de l'équipe, alors que Jane jubilait de retrouver la civilisation. Bryan s'était chargé de réserver deux chambres à l'hôtel où ils avaient leurs habitudes, en promettant de passer quelques soirées avec eux, mais il fut très étonné par la requête que lui soumit Moira dès qu'ils eurent atterri, pendant que son compagnon emmenait sa mère vers le hall de l'aérodrome.

— Irwin et moi voudrions acquérir une propriété à Tataouine, annonça-t-elle en le regardant verrouiller son appareil. Pourrais-tu nous indiquer à qui nous adresser pour en trouver une ?

Le jeune homme se retourna pour la fixer avec surprise.

— Alors, vous avez l'intention de vous établir ici.

— Pour le moment, oui. Loger sous la tente en permanence devient pesant. Or, le chantier durera encore des années.

— Je comprends, acquiesça-t-il en traversant les pistes avec elle. Demain, je vous présenterai un agent immobilier que je connais. C'est grâce à lui que j'ai dégoté mon appartement. Je pense qu'il pourra vous aider. Mais ne comptez-vous pas le dire aux autres ?

Elle esquissa un sourire un peu emprunté.

— Si, bien sûr. Mais nous ne voulions pas en parler avant de savoir si c'était possible.

Ce soir-là, au dîner, Moira informa sa mère de leur dessein, au grand désarroi de celle-ci. Se tenant la tête à deux mains comme s'il s'agissait d'une catastrophe nationale, elle gémit qu'elle avait définitivement perdu sa fille, qu'elle ne s'en remettrait pas, qu'elle n'avait plus de raison de vivre, sous le regard médusé de l'archéologue.

— Allons, maman, gronda la jeune femme impatientée par ces simagrées. Que je campe ou que j'occupe une maison ne fait aucune différence pour toi.

— Une tente c'est provisoire. Si vous achetez une demeure ici, vous ne reviendrez pas en Angleterre.

N'ayant encore jamais assisté à ce genre de scènes, le jeune homme crut y mettre fin en faisant appel à des arguments raisonnables.

— Il y a fort peu de fouilles archéologiques au Royaume-Uni. Notre travail est ici.

— C'est bien ce que je dis, larmoya Jane avec une parfaite mauvaise foi. Je mourrai toute seule comme une pestiférée.

— Voudrais-tu résider ici ? suggéra perfidement sa fille.

— Dans ce pays de sauvages ? Très peu pour moi.

— Donc, rien ne changera. Nous te rendrons visite comme l'année dernière ou c'est toi qui viendras. Par contre, tu auras davantage de commodités dans notre logis que sous une toile, où tu ne t'es guère plu. Alors, où est le problème ?

— Comment verrai-je grandir mes petits-enfants ?

Excédée, Moira jeta brutalement sa serviette sur la table, avec une furieuse envie de remonter dans sa chambre.

— Pour le moment, il n'y en a pas ! Et ce n'est pas en projet !

Irwin intervint pour calmer la discussion qui s'égarait dans des directions inattendues.

— Ne vous inquiétez pas, Jane. Lorsque nous serons établis, nous vous accueillerons plus longtemps. D'autant qu'avec le développement de l'aviation, les déplacements seront plus faciles.

Le lendemain, ils rencontrèrent l'agent immobilier de Bryan, qui promit de dénicher très rapidement ce qu'ils cherchaient parmi les multiples maisons disponibles dans la ville. Enchantés, ils prirent rendez-vous l'après-midi même afin d'en visiter deux, dont il affirmait qu'elles leur plairaient sûrement.

— Soyez prudents quand même, recommanda le pilote lorsqu'ils furent seuls. Il est très honnête, mais n'a aucune idée de ce qui plaît aux Occidentaux. Ne prenez pas tout ce qu'il vous dit pour argent comptant. Vous risquez de tomber sur de nombreux taudis avant de repérer quelque chose qui vous convienne.

— Merci de nous prévenir, répondit l'archéologue. Cela nous évitera des désillusions.

Ils eurent une pensée de reconnaissance envers leur ami en voyant les « villas avec tout le confort désirable » que l'agent immobilier leur montra ce jour-là. Ce n'était en réalité que des masures branlantes, sans eau courante, ni installations sanitaires, ni même cuisine digne de ce nom. Quoique surpris par leur refus catégorique, le brave homme écouta attentivement la description de la demeure qu'ils recherchaient, en promettant de ne leur proposer que des résidences correspondant à ces critères.

— À ce compte-là, autant emménager dans les bâtisses de Telgilsh, maugréa Moira, tandis qu'ils regagnaient l'hôtel. Certaines ne sont pas en plus mauvais état.

— Allons, ne te décourage pas dès le premier jour, tempéra Irwin en s'efforçant d'ignorer le sourire satisfait de sa belle-mère. Nous finirons bien par trouver.

— Peut-être devrions-nous la faire construire ?

— Je doute que ce soit mieux. D'ailleurs, nous n'avons pas le temps de surveiller une construction.

Entre les visites immobilières, les jeunes gens faisaient découvrir la ville et les mœurs locales à Jane, qui se retenait de tout critiquer pour ne pas les vexer, mais grimaçait de dégoût devant des spectacles qui choquaient sa mentalité de bourgeoise anglaise. Par contre, elle appréciait beaucoup les incursions dans les souks, où elle achetait des vêtements amples et colorés qui masquaient son embonpoint bien mieux que les habits occidentaux, ainsi que de nombreux produits inconnus à Londres. Le soir, ils retrouvaient Bryan, avec lequel ils s'amusaient des réactions épidermiques de la brave dame, pour oublier un moment leurs désillusions.

— Ne vous inquiétez pas, ce que vous cherchez existe, affirmait le pilote. Je connais beaucoup de Français qui sont implantés ici, dans des habitations très agréables à vivre. Ayez juste un peu de patience, mais je sais que ce n'est pas le fort de Moira.

— C'est le moins que l'on puisse dire, plaisanta l'archéologue avec un tendre regard à l'adresse de sa compagne.

Jane exhala un soupir de noyée en secouant la tête d'un air accablé.

— Je ne t'ai pourtant pas élevée comme ça. Mais je n'ai jamais réussi à t'apprendre que parfois il fallait savoir attendre. Tu as toujours tout voulu, tout de suite.

— C'est ma fête, ce soir, protesta la jeune femme vexée. Quand je me suis enfin décidée, il faut que ça bouge rapidement. Je suis comme ça.

Le lendemain matin, ils se dirigèrent vers une zone résidentielle dans laquelle était située une perle rare, selon leur guide. Il s'agissait de la demeure d'un homme d'affaires qui s'occupait officiellement d'import-export, alors qu'en réalité, il s'adonnait à un lucratif, mais illégal commerce d'œuvres d'art et de vestiges archéologiques, que les émeutes en Libye avaient fait péricliter. Comme les autorités le recherchaient, il avait dû fuir précipitamment en vendant sa villa pour un prix dérisoire, qui avait éveillé la méfiance des jeunes gens lorsque l'agent l'avait annoncé. Cependant, ils s'étaient laissé persuader d'aller quand même jeter un coup d'œil, certains que cette maison ne pouvait être pire que ce qu'ils avaient déjà visité.

Un grand mur d'enceinte encerclait la propriété en cachant l'intérieur, ce qui ne rassurait guère le couple. Le Tunisien poussa la petite porte d'accès au domaine, puis s'avança d'un pas conquérant, tandis que ses clients suivaient avec moins d'enthousiasme. Pourtant, dès le seuil franchi, ils se figèrent, le souffle coupé. Le battant de bois tout simple ouvrait sur un patio garni de massifs de fleurs aux couleurs éclatantes, qui précédait l'entrée spacieuse illuminée par les rayons du soleil. Un vaste hall distribuait les différentes pièces du rez-de-chaussée, dont une cuisine équipée avec toutes les commodités modernes, ainsi qu'un immense séjour prolongé par une terrasse couverte donnant sur un luxuriant jardin agrémenté d'une fontaine. À l'étage, chacune des confortables chambres possédait sa propre salle de bains, ce qui enchanta Moira. Les yeux brillants, elle se tourna vers Irwin, sans tenir compte de la grimace de dépit de sa mère qui avait voulu se convaincre que les jeunes gens ne trouveraient jamais rien à leur goût.

— Cette résidence nous conviendrait, murmura-t-elle sans oser encore y croire.

— Les meubles sont-ils compris dans la vente ? demanda le jeune homme à l'agent qui arborait un grand sourire de satisfaction devant leur réaction.

— Oui, bien sûr. Le vendeur a emporté ses affaires personnelles. Tout ce qui reste est pour l'acheteur.

— Très bien ! Nous la prenons, décida l'archéologue en adressant un clin d'œil à sa compagne.

Ils revinrent à l'agence immobilière afin d'y remplir les papiers, sachant malgré tout qu'ils devraient encore attendre plusieurs semaines avant d'emménager dans la demeure. Pourtant, leur bonheur d'avoir concrétisé ce projet se teintait d'inquiétude à l'idée des bouleversements qu'ils allaient introduire dans les coutumes établies, en cessant de camper à plein-temps sur le chantier.

— J'espère qu'ils ne vont pas considérer cela comme une trahison, s'angoissa la jeune femme tandis qu'ils regagnaient l'hôtel. Je ne voudrais pas détruire l'entente parfaite qui règne entre nous.

— Ils sont assez intelligents pour comprendre qu'une tente ne nous offre pas l'intimité dont nous avons besoin, affirma son amant en passant un bras autour de ses épaules. Je ne pense pas qu'ils nous le reprocheront.

— Alors, c'est définitif ? se lamenta Jane. Vous ne reviendrez pas ?

Moira retint un soupir irrité, mais un coup d'œil de son concubin l'incita à faire preuve de patience devant le désarroi de sa mère.

— Tu as pu constater que la maison est grande, avec de nombreuses chambres pour accueillir nos proches. Toi, la première. La famille d'Irwin pourra aussi nous rendre visite.

— J'aurais tant aimé loger auprès de toi.

— Dès que j'ai épousé Wilson, tu savais que je quitterais l'Angleterre. Ne préfères-tu pas que je sois heureuse ici, plutôt que je dépérisse à Londres ?

La brave dame enveloppa le couple d'un regard dubitatif, puis, apparemment convaincue, elle hocha la tête.

— Oui, bien sûr. Si tu le vois comme ça…

— Tu n'es pas malheureuse, voyons ! Tu as beaucoup d'amis autour de toi, tu es maintenant assurée d'habiter à Londres jusqu'à la fin de tes jours puisque je ne dois plus vendre mon bien, enfin tu peux venir nous voir quand tu le veux.

Jane acquiesça sans oser demander si les jeunes gens prévoyaient de se marier ou s'ils avaient l'intention de continuer à vivre ainsi, en dehors des lois morales de leur milieu. Elle se garda bien de raconter qu'elle avait revu les parents d'Irwin, qui avaient émis, eux aussi, l'espoir que leurs enfants convoleraient bientôt en justes noces, mais elle réfléchit à la manière dont ils prendraient la nouvelle qu'elle rapporterait à son retour de Tunisie.

La veille de Noël, Bryan amena le reste de l'équipe qui retrouva le couple à l'hôtel. Durant le rapide déjeuner qu'ils partagèrent, il ne fut même pas question des fouilles, tellement les arrivants ne songeaient qu'à se précipiter dans les boutiques pour les achats de cadeaux, si bien que les jeunes gens préférèrent attendre un moment plus favorable pour évoquer la résidence. Alors, laissant leurs compagnons se perdre avec délectation dans les souks, les tourtereaux accompagnés de la mère de Moira retournèrent dans la villa dont l'agent leur avait confié les clefs, afin de dresser la liste de ce qui manquait ou de ce qu'ils devraient remplacer dans le mobilier. Ils y passèrent un après-midi d'autant plus agréable, que la brave dame ayant enfin accepté cette installation les aidait volontiers de ses conseils, sans omettre quelques exigences en prévision de ses futurs séjours.

Après un passage dans les chambres où ils revêtirent des habits de fête, ils rejoignirent leurs collègues, ainsi que Bryan dont la présence était incontournable, puis se dirigèrent vers l'établissement où ils avaient réservé une table.

— C'est quand même dommage qu'il n'y ait pas de messe de minuit, regretta Jane en s'asseyant.

— Ne dis pas ça, s'il te plaît, protesta sa fille avec un frisson incoercible. Cela me rappelle Lowell qui se servait de ce prétexte pour masquer la haine qu'il éprouvait à mon égard.

— Ce mot me paraît un peu fort, s'étonna Tyler, assis auprès de la bonne dame. Il désirait te nuire, c'est sûr, mais quand même.

— Je t'assure que je n'exagère pas. Je l'avais vu sur son visage pendant que je dansais avec Bryan, mais je n'ai pas voulu y croire non plus. J'avais tort, hélas.

Irwin lui prit la main, tout en levant sa coupe de champagne à l'adresse de ses amis.

— C'est bien fini, tout ça. Ce soir, oublions cette affaire et ne pensons qu'à nous amuser.

— Tu as raison, appuya Joyce lorsqu'ils eurent tous trinqué, mais, si tu le permets, je voudrais parler boulot un instant. Je suis sûre que ça vous fera plaisir.

Voyant l'archéologue incliner la tête, elle poursuivit avec un léger sourire.

— Voilà, j'ai terminé de dérouler tous les papyrus des archives royales.

— C'est magnifique ! se réjouit Moira. À notre retour, Irwin pourra enfin déchiffrer toute l'histoire de Telgilsh. Nous saurons peut-être ce qui est arrivé à Adonia, et pourquoi son cousin lui a ravi la couronne.

— Espérons-le, approuva le jeune homme. La nouvelle année nous apportera peut-être la découverte d'autres mausolées royaux, qui sait ?

Avec une certaine hésitation, la jeune femme regarda son compagnon qui acquiesça gravement, alors elle se lança.

— En tout cas, elle sera synonyme de changements pour nous.

— Qu'allez-vous nous annoncer ? plaisanta Violet rieuse. Nous auriez-vous caché quelque chose ?

— Oui. En quelque sorte. Nous venons d'acheter une maison à Tataouine.

La chimiste reposa ses couverts avec surprise.

— C'est tout ? Je te croyais enceinte, pour le moins.

— Ah, non. Pas encore, répliqua la directrice interdite. Alors, ça ne vous fait rien ? Je craignais que ça vous déplaise.

— Pas du tout, affirma Alvin en lui souriant amicalement. À vrai dire, nous nous y attendions.

— Oui, renchérit l'anthropologue. Nous nous demandions quand vous alliez vous décider. Il est normal que vous ayez besoin de plus d'intimité.

— Nous la montrerez-vous, cette demeure ? s'enquit la dessinatrice avec curiosité.

— Mais oui. Dès demain, si vous voulez, promit Moira enchantée par cette réaction qui la rassurait.

Un exil définitif

Mars — avril 683 av. J.-C.

Avec un triste sanglot, Hailama se retourna pour voir la ville qui s'effaçait peu à peu derrière eux.

— Il n'y a plus rien à faire, commenta son père qui tenait les rênes d'une main ferme. Nous devons rendre grâce aux Dieux de nous avoir épargnés. Désormais, nous partons vers une nouvelle vie.

— Pourquoi n'ont-Ils pas soutenu Adonia ?

— Nous en avons déjà parlé. Nul ne peut aller contre la volonté divine, nous ne pouvons que l'accepter. Mais pense que son meurtrier a été tué, dorénavant elle repose en paix où qu'elle soit.

Abandonnant sa douloureuse contemplation, son fils s'appuya contre le rebord du char qui avançait au rythme du galop des chevaux.

— Comment allons-nous vivre maintenant ?

— Je ne sais pas. Prions pour que le roi Hiram nous accueille.

En silence, le jeune homme fixa son regard sur l'horizon, tandis que les brillantes images de son univers à jamais perdu le tourmentaient sans trêve. Il ne cessait de dérouler le fil des événements, le long duquel il pointait les indices révélant l'identité du traître, les actions non accomplies, ou les erreurs à ne pas commettre, malgré la souffrance qu'il en récoltait. Avec un soupir désenchanté, il referma ses doigts sur l'amulette qu'Adonia lui avait donnée avant son premier départ pour Macar Uiat, en songeant que le talisman l'avait protégé au-delà de ce qu'il aurait pu imaginer. Sachant qu'aucune parole de réconfort n'adoucirait un tel chagrin, Coriandre se contentait d'espérer que le temps le guérirait. Tandis qu'il guidait son attelage sur le chemin cahoteux, l'ancien vizir se demandait si Hiram déciderait de rebâtir Telgilsh pour installer Sikarbaal sur le trône, quoique cette éventualité le heurtât profondément.

— Il est plus de midi, nous pourrions faire une pause, cria Paltibaal derrière eux.

— Bonne idée, acquiesça Coriandre en tirant sur les rênes.

Ils s'assirent sur le bas-côté après avoir sorti quelques provisions auxquelles ils touchèrent peu malgré la fatigue du voyage. De grandes lampées d'eau leur suffirent à se rassasier, tandis qu'ils échangeaient de vagues propos désabusés, sans être capables d'évoquer l'abomination qu'ils avaient vécue.

— Nous venons de nulle part, marmonna Barekbaal, les yeux égarés dans le lointain. Désormais, nous sommes des apatrides.

— Sans arrêt, je revois ces visions d'horreur…, ajouta Boldizsar, guère plus en forme.

— Peut-être reviendrons-nous un jour, suggéra Ahinadab en se tournant vers ses compagnons avec espoir.

Baldo secoua la tête en réprimant un frisson de répulsion.

— J'y ai trop de souvenirs pénibles. Je n'ai aucune envie de retourner vivre là-bas.

— Moi non plus, approuva Amilcare d'un air morne.

— De toute façon, nous parlons dans le vide, intervint Itthobaal. Nous ignorons ce qui nous attend. La décision ne nous appartient pas.

— C'est vrai, appuya Coriandre. Nous serons déjà bien heureux de trouver un foyer au bout de notre route.

Dès qu'ils furent reposés, ils repartirent vers ce royaume où ils espéraient reconstruire leurs vies, pourtant, à chaque tour de roue, les liens qui les rattachaient à Telgilsh se tendaient un peu plus, en menaçant de leur arracher le cœur. Malgré l'allure rapide des chevaux, ils croyaient accomplir un périple immobile entre des dunes toujours identiques, dont la monotonie était à peine troublée par de rares rochers émergeant du sable, ou quelques palmiers signalant l'existence d'un point d'eau précieux au milieu de cette aridité. Cependant, ces immensités sableuses, semblables au décor familier entourant l'oasis qui abritait la cité disparue, leur apportaient un réconfort d'autant plus appréciable qu'ils le savaient éphémère. Hailama avait raconté que l'environnement de Macar Uiat était fort différent, puisque la ville se situait en bord de mer, aussi s'emplissaient-ils les yeux de ce désert qu'ils aimaient, quoiqu'ils ne puissent imaginer un autre paysage que celui-là.

Alors que l'astre descendait vers les crêtes en allongeant les ombres devant eux, ils aperçurent, non loin du chemin, une falaise avec un surplomb qui formait un abri naturel, parfait pour y passer la nuit.

— Cela me paraît bien, observa Boldizsar d'un air songeur, mais je vais quand même aller m'assurer qu'aucune bête sauvage n'y a élu domicile.

— Lorsque je suis allé à Macar Uiat, j'ai déjà bivouaqué à cet endroit, indiqua Hailama. Je n'ai rencontré aucun problème.

— Oui, mais ça peut avoir changé depuis. Attendez que je vous fasse signe avant de me rejoindre.

Le commandant se dirigea vers la paroi de pierre en frappant le sable avec un bâton pour en déloger d'éventuels reptiles sur lesquels il valait mieux ne pas marcher, puis il inspecta les cavités, avant de se retourner vers ses compagnons en agitant les bras. Alors, ils quittèrent à leur tour la piste en tenant les chevaux par la bride, mais les roues des chars s'enfonçaient tellement dans ce sol meuble qu'ils durent décharger les véhicules pour atteindre enfin leur but. Ils organisèrent le campement afin de se protéger des visites indésirables, allumèrent du feu, puis cuisinèrent un dîner qu'ils dévorèrent de meilleur appétit que le repas précédent, en essayant d'entretenir une conversation languissante.

Les premiers rayons du soleil les ramenèrent à la triste réalité, mais, n'ayant pas d'autre choix que d'avancer vers un avenir incertain, ils réparèrent leurs forces avec un solide petit-déjeuner, puis reprirent la route sans entrain. Jour après jour, ils progressèrent avec la douloureuse certitude que Telgilsh s'éloignait au rythme du galop des roussins, jusqu'à disparaître dans un lointain inatteignable, comme si le chemin qu'ils suivaient s'effaçait derrière eux. Un matin, les dunes laissèrent la place à une plaine semée de rochers de toutes tailles, au milieu desquels poussaient de rares buissons rabougris.

— Quel panorama repoussant, commenta Coriandre en balayant les alentours d'un regard désabusé.

— Oui, approuva son fils. C'est la partie la moins belle du trajet. Mais, plus loin, c'est beaucoup plus vert, tu verras.

Pourtant, ce désert de pierres qui défilait sans fin sur les côtés du char ne laissait rien espérer d'autre malgré l'affirmation d'Hailama. À la pause de midi, ils échangèrent leurs impressions qui n'étaient guère flatteuses pour cet endroit peu accueillant.

— J'ai entendu des marchands ambulants vanter ce genre de terrain, raconta Boldizsar. Ils disaient qu'ils le préféraient cent fois à nos dunes dont le sable s'infiltre partout, jusque dans les tentes bien closes.

— Pourtant, c'est un pays désolé, observa Ahinadab qui lançait des coups d'œil méfiants autour d'eux, l'on ne peut imaginer qu'il y ait de la vie ici.

— Détrompe-toi. Il y a au moins autant d'animaux que chez nous, sinon plus.

— Sikarbaal pensait que rien ne survivait en dehors de l'oasis, rapporta Hailama en souriant. Il s'est montré très étonné lorsque je lui ai expliqué que nous avions une faune importante.

— Ce qui prouve que nous sommes aussi ignorants de leur environnement qu'ils le sont du nôtre, conclut l'ancien vizir. Nous allons devoir nous adapter à un autre mode de vie.

La réflexion jeta un froid dans l'assistance, en les rappelant à la réalité qu'ils avaient oubliée un court instant, alors le commandant se leva pour donner le signal du départ, afin de noyer leur désespoir dans l'action.

Le lendemain, des champs s'étendirent à perte de vue autour des chars qui roulaient sur une terre noire et humide, tandis que les voyageurs contemplaient ces paysages inconnus sans comprendre comment l'on pouvait vivre parmi tant de verdure. Coriandre frissonna avec un bref regard vers son fils qui s'était enveloppé dans une épaisse toile.

— Il fait glacial ici.

— Oui, c'est ce que j'avais découvert lors de mon premier périple, confirma le jeune homme.

Il s'accroupit dans le fond du char pour sortir un second tissu qu'il posa sur les épaules de son père afin de le réchauffer. Un coup d'œil vers l'arrière lui apprit que leurs compagnons s'étaient également couverts, mais il ne put retenir un sourire en notant les expressions maussades devant cet endroit tellement différent de tout ce qu'ils connaissaient.

Au milieu de l'après-midi, l'ancien vizir plissa les yeux pour scruter la curieuse masse qui se rapprochait d'eux, comme si elle se dressait sur la piste.

— Qu'est-ce que c'est que ça ? murmura-t-il peu rassuré.

— De quoi parles-tu ? s'enquit Hailama.

— Tu ne vois pas cette chose qui nous barre la route ?

Éberlué, Coriandre dévisagea son fils qui venait soudain d'éclater de rire.

— Qu'y a-t-il de si drôle ?

— Mais c'est Macar Uiat.

— Quoi ?

L'ancien vizir examina la haute muraille entourant l'agglomération, dans laquelle était percé un large portail à deux vantaux que gardaient des soldats en armes.

— Voilà qui ne paraît guère hospitalier.

— De grandes richesses transitent par là grâce au port, observa le jeune homme. Il faut bien qu'ils se protègent des voleurs.

— Alors, voyons s'ils ne nous prennent pas pour des brigands, conclut son père en encourageant son attelage.

Il s'avança jusqu'à l'entrée de la cité, puis s'arrêta devant les militaires qui avaient croisé leurs lances en travers du chemin.

— Qui êtes-vous et que venez-vous faire ici ? demanda celui qui devait être leur chef, sans montrer d'agressivité particulière.

— Je me nomme Coriandre et je suis le vizir de Telgilsh, déclara-t-il en adoptant le maintien hautain qui convenait à son rang. Ceux qui m'accompagnent sont tous de hauts dignitaires. Nous désirons être reçus par le roi Hiram.

— Très bien, accepta l'officier en faisant signe aux gardes. L'un de mes hommes va vous conduire auprès de Sa Majesté.

Soulagé de n'avoir pas été refoulé, le père d'Hailama poussa ses chevaux sous la double porte, imité par ses compagnons, en songeant que rien n'était joué. Ils suivirent le soldat chargé de les mener dans le dédale des rues, un peu rassurés de découvrir un environnement familier composé d'échoppes et d'ateliers d'artisans, de marchés proposant les mille produits nécessaires à une grande ville, de places agrémentées de fontaines fournissant l'eau aux foyers du quartier, ainsi que de bâtiments publics abritant l'administration du pays. Loin sur la gauche, entre les maisons, ils apercevaient une vaste étendue bleue qu'ils ne pouvaient identifier, ainsi que de hauts bâtons dépassant des toits, dont ils ne devinaient pas l'usage. La population cosmopolite qui hantait les ruelles les étonnait aussi par la diversité des vêtements et des langues utilisées.

Soudain, la voie déboucha sur une esplanade plus large encore que la leur, au fond de laquelle trônait le palais.

— Il est bien plus grand que le nôtre, souffla Coriandre surpris.

— Oui, mais il n'y a pas davantage de décorum que chez nous, répliqua son fils.

À la demande de leur guide, les gardes royaux ouvrirent le portail afin de les laisser pénétrer dans la cour d'honneur où ils mirent pied à terre, tandis que des domestiques accouraient pour s'occuper des équidés. Le soldat les annonça à l'intendant qui se courba avec déférence devant le représentant d'un royaume allié, puis les invita à l'accompagner à travers le labyrinthe des couloirs jusqu'au bureau du roi, devant lequel il les fit attendre quelques instants, avant de les introduire dans une pièce meublée avec la même simplicité que celle d'Adonia.

— Mes amis, soyez les bienvenus à Macar Uiat ! s'écria Hiram en venant vers eux les mains tendues.

— Merci à toi de nous recevoir aussi chaleureusement, répondit Coriandre en s'inclinant.

— J'ai appris par mon ambassadeur les problèmes que vous rencontrez à Telgilsh. Je suppose que c'est à cause de cela que vous êtes ici ?

— C'est pire encore, hélas.

— Venez vous asseoir et racontez-moi tout ça.

Le roi, qui avait noté les visages marqués de ses visiteurs, leur fit servir une excellente collation, puis s'installa auprès d'eux sur les coussins pour écouter le récit de la catastrophe qui avait anéanti leur pays. Lorsque l'ancien vizir se tut, Hiram, qui n'avait rien dit jusque-là, se contenta de poser quelques questions pour préciser certains points obscurs.

— Il n'y a pas de mots pour exprimer l'horreur que je ressens, déclara-t-il gravement. Bien sûr, vous avez toute ma compassion, mais ce qui compte maintenant, c'est de reconstruire vos vies. Vous êtes mes hôtes, naturellement. Vous logerez au palais au moins jusqu'à ce que je vous trouve un emploi correspondant à vos compétences. Je veux que vous considériez Macar Uiat comme votre nouvelle patrie. Toi, Itthobaal, je te présenterai notre grand prêtre de Baal, que tu apprécieras certainement. Quant à votre royaume détruit, il me semble que le mieux est d'interroger les Dieux sur ce qu'il convient d'en faire. Qu'en pensez-vous ?

— C'est la sagesse même, approuva Coriandre. Nous te rendons grâce pour ton accueil si amical.

— C'est tout naturel, voyons. Je sais que Balthézar et même Adonia en auraient fait autant pour mes sujets dans la même situation. J'avais bien compris que tu voulais accélérer la procédure du mariage, mais je n'avais pas imaginé que le danger était si pressant. Je suis navré de n'avoir pas réussi à protéger votre reine et votre cité.

— Nous avons tous péché par aveuglement, avoua tristement l'ancien vizir. Récemment, nous avons réalisé que Belshazzar avait sans doute également assassiné Balthézar.

— Comment ? s'exclama le roi effaré. Il l'aurait tué !

— Certes ! Il est mort bien subitement.

— Ce garçon était un vrai démon.

— Le pire est qu'il a attiré la colère divine sur nos têtes en provoquant le décès de bien des innocents.

— Demain, j'irai au temple pour consulter l'oracle, décida Hiram. Je vous invite tous à m'y accompagner, ensuite nous prendrons les mesures nécessaires. Mais, pour le moment, l'on va vous indiquer vos logements où vous pourrez vous reposer. Je vous attends pour le dîner afin de vous divertir un peu.

Ils le remercièrent encore, puis suivirent l'intendant qui les conduisit dans un quartier du palais donnant sur les jardins, où il leur attribua des appartements contigus, confortablement meublés. Avec un certain sentiment d'irréalité, ils crurent se retrouver chez eux, quoique l'air ambiant fût chargé d'une humidité qu'ils ne connaissaient pas.

— C'est merveilleux de recouvrer un foyer, soupira Coriandre en se laissant aller dans un fauteuil.

— Je t'avais dit que le roi se comportait avec autant de simplicité qu'Adonia, rappela Hailama debout devant la fenêtre.

— Oui. Je l'avais constaté à Telgilsh, mais je n'étais pas sûr qu'il en userait de même chez lui.

— Maintenant, tu le sais.

Un domestique pénétra dans la pièce en annonçant d'un ton feutré qu'il avait été affecté au service exclusif de Coriandre et Hailama, ce qui réconforta encore un peu plus les deux hommes, fort sensibles aux bienfaits dispensés par leur nouveau souverain. L'esclave, qui avait apporté les bagages déchargés des chars, commença par ranger leurs maigres possessions dans les coffres prévus à cet effet.

— Il va falloir nous procurer des vêtements plus chauds, observa l'ancien vizir en frissonnant. Mais, comme nous avons tout perdu dans le tremblement de terre, je n'ai pas grand-chose à troquer.

— Le roi nous loge, c'est déjà énorme, souligna son fils qui regardait distraitement au-dehors. Et il a promis de nous fournir un emploi, ce qui nous permettra de gagner notre vie.

— C'est vrai. Nous pouvons lui être profondément reconnaissants pour cela.

Ils furent interrompus par Sikarbaal qui s'engouffra dans le salon avec un large sourire.

— Je viens d'apprendre votre arrivée. J'en suis enchanté, même si les circonstances ne sont pas favorables. Je souhaite que vous vous sentiez bien ici.

— Merci, c'est très aimable de ta part, répondit Coriandre tandis que le prince embrassait fraternellement Hailama.

— Nous pourrons nous livrer à toutes les activités que nous n'avons pas pu faire lors de ton premier séjour chez nous, reprit Sikarbaal à l'attention du jeune homme.

— J'ai peur, hélas, qu'Hailama ne doive chercher un travail rapidement, objecta l'ancien vizir.

— Ne vous inquiétez pas. Mon père veillera sur vous.

Le prince entraîna d'autorité le jeune noble avec lui, pendant que Coriandre allait visiter les logements de ses compagnons, en constatant avec plaisir que chacun d'entre eux disposait d'un serviteur. Alors qu'ils se détendaient ensemble, l'ambassadeur dépêché auprès d'Hiram par Adonia survint pour s'informer des événements de Telgilsh, mais il se décomposa à mesure que les survivants lui narraient les désastres successifs qui s'étaient abattus sur la cité martyre.

— Que Baal nous protège, gémit-il lorsqu'ils se turent. Pourquoi les Dieux ont-ils voulu la destruction totale de notre royaume ?

— Nous l'ignorons, avoua Itthobaal. Chaque fois que j'ai interrogé l'oracle, il est resté muet.

— Il aurait fallu tuer ce démon.

— Sans doute, reconnut Coriandre, mais maintenant, c'est trop tard. Les Divinités s'en sont occupées.

Au dîner, le roi, son épouse et ses fils s'efforcèrent de réconforter les exilés en entretenant une discussion amicale la plus éloignée possible des sombres images qui les hantaient. Les princes et leur mère vantaient les qualités de la ville, qu'ils incitaient les nouveaux arrivants à découvrir dès le lendemain, tandis que le père racontait les dernières informations qu'il avait reçues du vaste monde.

Le matin suivant, en accompagnant Hiram au temple avec ses amis, Itthobaal marqua un arrêt devant la façade du superbe monument, pendant que son cœur s'emplissait du désir de servir les dieux dans cet édifice bien différent du sien, mais tout aussi majestueux. Le grand prêtre, qui venait accueillir le souverain selon les règles, se déclara enchanté de rencontrer ce confrère dont il avait beaucoup entendu parler, tout en conduisant les visiteurs dans sa pièce de réception. Tandis qu'on leur offrait des rafraîchissements, Coriandre se chargea de résumer l'histoire de la cité détruite, écouté sans un mot par le prélat visiblement choqué.

— Nous sommes venus te trouver pour te demander de consulter les augures, afin de connaître le sort que les Divinités réservent à Telgilsh, conclut Hiram lorsque l'ancien vizir se tut.

— Bien volontiers. Vous avez raison. Il faut savoir quelle est la volonté divine pour s'y conformer, surtout dans un cas aussi tragique.

Le grand prêtre quitta la salle, pendant que le silence s'appesantissait sur le petit groupe trop angoissé pour converser. L'attente s'éternisait, pourtant même le roi se taisait dans la crainte de provoquer une nouvelle catastrophe en exprimant son appréhension. Alors qu'ils échangeaient des regards anxieux, le prélat revint enfin, mais son expression grave leur fit comprendre d'emblée que la réponse de l'oracle n'était pas favorable.

— Les Dieux sont très en colère contre votre royaume, annonça-t-il en se rasseyant. Cet endroit a été souillé par des actes maudits, c'est pourquoi Ils ne veulent pas le voir revivre.

— Nous devons nous incliner devant Leur décision, reconnut Itthobaal tristement. S'Ils nous ont épargnés, ce n'est certainement pas pour que nous commettions l'erreur de Les défier.

— Je suis d'accord, appuya Hiram en adressant aux exilés une grimace compatissante.

— C'est un peu ce que je craignais, soupira Coriandre d'un air morne. En abandonnant Telgilsh, j'ai senti que nous n'y retournerions pas.

— Mais allons-nous laisser périr les animaux qui sont dans les champs ? s'inquiéta Amilcare.

Le souverain se leva pour faire quelques pas dans la pièce en réfléchissant, puis il se tourna vers eux.

— Non. Je vais envoyer des hommes pour les ramener ici. J'aimerais que l'un d'entre vous les guide.

— Moi, j'irai, s'offrit Boldizsar en sautant sur ses pieds pour se mettre au garde-à-vous.

Amilcare se plaça à côté de lui, sans adopter le maintien militaire.

— Moi, aussi.

— Très bien, je vous remercie, accepta le roi. Rentrons pour former cette expédition.

Tandis que tout le monde se regroupait afin de suivre Hiram, le grand prêtre intercepta Itthobaal avec un sourire engageant.

— Pourrais-je m'entretenir un moment avec vous ?

— Volontiers, acquiesça celui-ci étonné.

Les autres regagnèrent le palais sans même jeter le moindre coup d'œil autour d'eux, se rendirent dans le bureau royal qu'ils connaissaient déjà, puis s'assirent sur les coussins en écoutant le souverain organiser le dernier voyage vers leur royaume perdu, avec une sensation d'irréalité qu'ils ne pouvaient combattre.

— Vous ne devrez toucher à rien, recommanda le roi à ceux qui guideraient le convoi. Ne rapportez rien d'autre que les bêtes. N'entrez même pas dans la ville, c'est plus prudent.

— Nous ferons très attention, promit l'ancien officier.

Debout devant la fenêtre par laquelle il regardait vaguement, Hiram se repassait tous les détails de la catastrophe.

— Je ne sais pas si vous avez eu raison d'enterrer vos prêtres, mais cela venait d'un bon sentiment. J'espère que les Dieux ne vous en tiendront pas rigueur.

— Quand partons-nous ? s'enquit Amilcare.

Le souverain se retourna vers eux.

— Dans quelques jours, le temps de préparer la caravane. Penses-tu que les troupeaux survivront jusque-là ?

— Oui, je crois. S'ils n'ont plus d'herbe, ils se nourriront avec les cultures.

Hochant la tête, le roi s'assit dans son fauteuil en les scrutant un à un.

— Bon. Maintenant, parlons de votre avenir. Coriandre ! Mon vizir, qui se fait vieux, m'a récemment demandé l'autorisation de prendre sa retraite, accepterais-tu de le remplacer ?

— Avec plaisir, consentit celui-ci, perplexe devant un tel honneur.

— J'avoue que j'ai envié Adonia d'avoir quelqu'un d'aussi compétent que toi sur qui s'appuyer. Quant à toi, Hailama, mon fils Sikarbaal désire que tu lui tiennes compagnie. Es-tu d'accord ?

— Certes !

— Toi, Boldizsar, lorsque tu rentreras de cette mission, je voudrais que tu secondes mon commandant en chef qui ne s'en sort pas avec les pillards du désert.

À son tour, le guerrier acquiesça d'un air enchanté, puis Hiram engloba Amilcare, Paltibaal, Barekbaal, Baldo, ainsi qu'Ahinadab d'un coup d'œil spéculatif.

— Lors de mon séjour chez vous, j'ai tant admiré l'efficacité de votre gouvernement que j'ai tenté de réorganiser le mien à votre manière, mais tous mes essais se sont révélés infructueux. Alors, comme vous êtes déjà habitués à œuvrer ensemble, j'aimerais que vous endossiez ici les fonctions que vous exerciez là-bas.

Cette proposition était si inattendue qu'ils mirent quelques instants avant de réagir, puis ils s'entre-regardèrent avec incrédulité sans même songer à répondre. Voyant que le silence se prolongeait, Coriandre intervint vivement.

— Je suis sûr que nous allons faire du bon travail dans des conditions si favorables.

Alors seulement, ils réalisèrent que le roi les observait, aussi s'empressèrent-ils de formuler cet assentiment qui, pour eux, allait de soi.

— Je n'aurais jamais imaginé que vous pousseriez la générosité jusqu'à nous donner une position comparable à celle dont nous bénéficiions à Telgilsh, alors que nous ne sommes plus que des exilés sans patrie, souffla Baldo émerveillé.

— Vous êtes des hommes de valeur, le reste ne compte pas, affirma le souverain avec un sourire bienveillant.

— Nous pouvons commencer dès aujourd'hui, suggéra Barekbaal.

— Non. Vous avez besoin de vous remettre de vos émotions avant de reprendre une activité. Ce que vous avez vécu est si horrible que vous en éprouverez fatalement le contrecoup. Prenez le temps de vous reposer, détendez-vous en visitant Macar Uiat, découvrez notre économie qui diffère sensiblement de la vôtre. D'ailleurs, vous serez bien plus à l'aise si vous connaissez notre société. Nous en reparlerons dans quelques jours.

Ils regagnèrent donc leurs appartements en commentant ces perspectives avec animation, quoiqu'ils aient encore du mal à se convaincre que leurs épreuves étaient terminées. Comme ils n'avaient guère envie de se séparer, ils se réunirent dans le logement du nouveau vizir, où Itthobaal les rejoignit une heure plus tard avec une expression radieuse qui augurait de bonnes nouvelles.

— Que te voulait donc le grand prêtre ? demanda Coriandre, tandis que son ami s'asseyait auprès d'eux.

— M'offrir d'intégrer son temple en qualité de responsable en second. Pour continuer à servir Baal, je me serais contenté du dernier rang. Alors un tel cadeau est inespéré.

— Cela ne risque-t-il pas de provoquer des jalousies dans le clergé ?

— Non. Il m'a présenté à tout le personnel sans que je ressente la moindre animosité. Au contraire, les religieux les plus gradés, qui auraient pu briguer la place, m'ont plutôt paru soulagés de mon arrivée.

— Je suis très heureux pour toi.

— Merci. Et vous ? Qu'allez-vous devenir ?

Se coupant la parole dans leur excitation, ils détaillèrent la générosité du souverain, tandis que le sourire du prêtre s'élargissait à mesure du récit.

Deux semaines plus tard, l'expédition ramena tous les troupeaux qui paissaient dans les champs de Telgilsh. Au palais, les exilés avaient facilement repris leurs fonctions, mais Coriandre avait eu la douleur d'envoyer un courrier racontant la catastrophe à chacune des autres cités alliées de l'ancien royaume.

Une découverte bouleversante

Avril — mai 1923

Moira tendit la main vers le pichet d'eau qu'elle trouva vide, alors, abandonnant pour quelques instants ses documents arides, elle alla le remplir au robinet de la cuisine, puis fit un détour par le bureau de son compagnon, afin de jeter un œil sur son travail. Elle l'aperçut penché sur un rouleau de papyrus qu'il maintenait à plat grâce à des poids de métal posés aux quatre coins, l'air tellement absorbé qu'elle hésita à le déranger. Mais elle n'eut pas le temps de s'éloigner qu'il relevait la tête.

— J'avance bien, si c'est ce que tu veux savoir, lança-t-il avec un sourire amusé.

— Je venais juste voir si tu avais besoin de quelque chose, se défendit-elle sans conviction.

Il désigna un verre près de lui.

— Pourrais-je avoir un peu d'eau ? J'ai l'impression que notre Adonia a dû faire face à de nombreux pièges concoctés par son cousin démoniaque.

— À ce point ?

— Plus encore. Il est aussi question d'un mystérieux traître présent dans son entourage.

— La pauvre.

— Oui. Elle n'a pas dû avoir la vie rose.

Depuis le début de l'année, les jeunes gens avaient emménagé dans leur maison de Tataouine, où ils accueillaient volontiers les amis qui désiraient venir en ville, mais ils retournaient régulièrement sur le chantier suivre les fouilles. Irwin avait apporté les archives royales dans son cabinet, mieux équipé que sa tente, où il profitait du calme de son foyer pour progresser dans ses traductions, tandis que Moira y expédiait sa besogne administrative sans être importunée en permanence. Lorsqu'ils regagnaient Telgilsh, ils se consacraient exclusivement au terrain, ce qui les rendait beaucoup plus disponibles pour leurs collègues. Dans les premiers jours de janvier, ils avaient accompagné Jane à Zarzis où elle avait pris un bateau qui l'avait ramenée en Angleterre, mais, connaissant désormais leur environnement, elle ne cessait de les inonder de lettres qui réclamaient tous les détails de leur vie. La jeune femme excédée par cette ingérence ne voulait plus y répondre, si bien que c'était son amant qui se chargeait d'envoyer des missives lénifiantes, afin d'apaiser les inquiétudes de la brave dame.

— Crois-tu que nous finirons par obtenir le fin mot de cette histoire ? demanda Moira d'un air de doute.

— Je l'espère, mais pas maintenant. Comme nous repartons demain pour le site, je n'aurai pas fini de tout traduire.

— J'ai hâte de savoir s'ils ont fait de nouvelles découvertes.

— Moi, j'aimerais bien qu'ils définissent enfin les limites de la nécropole. Elle me paraît assez tentaculaire.

Le lendemain, de bonne heure, ils rejoignirent Bryan à l'aérodrome, afin de reprendre la direction de la cité perdue. Grâce à cette installation à Tataouine qui leur avait donné l'équilibre dont ils avaient besoin, ils passaient d'une activité à l'autre sans jamais se lasser. Aussi fut-ce avec une émotion intacte qu'ils aperçurent les ruines émergeant du sable, puis le village de toile planté non loin de l'oued asséché servant de piste à l'avion. Les retrouvailles furent joyeuses comme toujours, puis, tandis que les jeunes gens pénétraient dans le bureau pour faire le point sur les documents arrivés en leur absence, chacun se rendit sur son secteur sauf Alvin qui semblait assez excité.

— Nous avons effectué une grande trouvaille.

— Serait-ce un nouveau tombeau ? s'enquit la directrice avec espoir.

— Non. Nous n'avons toujours pas atteint les confins du cimetière.

Déçu, Irwin secoua la tête.

— Alors de quoi s'agit-il ?

— Nous sommes parvenus à l'extrémité du quartier qui s'étendait derrière le temple de Baal. Or, juste à la lisière de la cité, nous avons déterré une stèle.

— Curieux, s'étonna la jeune femme. Pourquoi n'est-elle pas auprès du sanctuaire ?

— C'est précisément la question que nous nous sommes posée.

L'archéologue fronça les sourcils d'un air songeur.

— Parce que ce doit être une stèle frontière. Il devait y en avoir plusieurs qui marquaient les bornes du royaume. Où est-elle ?

— Nous l'avons rapportée dans la tente avec les autres vestiges.

— Bien. Je la verrai plus tard.

Après avoir feuilleté les papiers dont aucun ne sortait de l'ordinaire, les tourtereaux entamèrent le tour du site, comme à chacun de leurs retours, pour mesurer la progression des fouilles. Dans le palais royal dont ils avaient enfin décelé le mur d'enceinte, ils s'arrêtèrent pour admirer la restauration en cours de la chaise à porteurs découverte avant Noël. Avec l'aide de Joyce qui lui avait fourni les produits les mieux adaptés à ce genre de travail, Violet débarrassait le véhicule du barbouillage doré dont il avait été enduit, tandis que le décor soigné choisi par les rois de Telgilsh réapparaissait peu à peu. Sans vraiment comprendre pourquoi, Moira ressentait un immense plaisir devant la disparition de ces peintures prétentieuses et ridicules qui défiguraient la belle litière.

En quittant l'écurie, ils parcoururent le secteur partiellement nettoyé qui entourait le grand temple, dans lequel les fouilleurs n'avaient exhumé aucun squelette, puis ils rejoignirent le centre de la cité où le dégagement se poursuivait sans problème majeur.

— Venez voir la construction que nous avons mise au jour, lança Tyler en venant à leur rencontre.

Il les conduisit le long des rues dont les ouvriers avaient ôté les plus gros débris, jusqu'à une place devant une bâtisse aplatie qui avait dû être imposante. Une équipe s'activait à retirer les morceaux du toit qui recouvraient l'intérieur, mais on apercevait déjà des bras et des jambes signalant sans risque d'erreur que, là aussi, il y avait du monde.

— Ce bâtiment a-t-il des dépendances ? interrogea Irwin en scrutant la ruine.

— Le mur qui continue sur l'arrière semble en effet l'indiquer, acquiesça l'anthropologue. Mais nous ne l'avons pas encore dégagé.

— En fonction de sa taille, je dirais qu'il s'agissait de la caserne, mais cela reste à confirmer. Dans les annexes, vous devriez détecter une écurie.

Très satisfaits de ces découvertes, les jeunes gens reprirent la direction des tentes en bavardant avec animation.

— Ce serait parfait si nous repérions enfin ce tombeau, soupira la directrice.

— Ça viendra, s'il existe.

Ils pénétrèrent dans la réserve, afin de recenser les nouvelles pièces entreposées sur les étagères, sans oser les toucher pour ne pas les abîmer.

— Il est grand temps d'organiser une expédition, remarqua l'archéologue en constatant que l'espace commençait à manquer.

— Oui, je crois que je vais m'en occuper dès à présent.

La première cargaison d'objets précieux était arrivée en excellent état au British Museum, d'où Fergus avait envoyé une lettre enthousiaste, dans laquelle il exprimait son admiration pour les splendides artefacts, se plaignait gaiement de n'avoir pas assez de salles d'expositions, mais promettait d'assigner la place d'honneur aux vestiges de Telgilsh dans les nouveaux aménagements.

— Ah ! Voilà la fameuse stèle, nota l'archéologue en s'agenouillant devant.

Il parcourut le texte avec une expression de plus en plus perplexe, tandis que Moira se réjouissait devant la pierre entière, au contraire de celle du temple d'Echmoun.

— Nous connaissons désormais la raison du silence inexplicable au sujet de ce royaume, déclara Irwin en se relevant.

— Comment ça ?

— L'inscription prévient quiconque passerait par là d'éviter cette cité maudite par les dieux. Voilà pourquoi personne n'a nettoyé les décombres ni essayé de reconstruire les maisons. S'il y a eu des survivants, ils sont allés s'installer ailleurs.

— Certains ont forcément survécu, ne serait-ce que pour poser cette pierre, souligna Moira.

— Je pense qu'il y en avait plusieurs comme celle-là, tout autour de la ville. Mais ce sont peut-être les habitants des royaumes qui commerçaient avec Telgilsh, qui ont planté ces avertissements après avoir découvert le désastre.

— Oui, c'est possible.

— Cela explique aussi pourquoi nous n'avons rien trouvé dans les archives des cités alentour. Leurs dirigeants ont sûrement détruit tous les documents ayant trait à Telgilsh pour respecter ces soi-disant ordres divins.

Au déjeuner, ils firent part de ces trouvailles à leurs amis qui se montrèrent très intéressés par la traduction de la stèle, puis interrogèrent l'archéologue sur le déchiffrement des papyrus, mais lorsque celui-ci raconta ce qu'il avait déjà appris concernant le règne d'Adonia, ils s'indignèrent devant les manigances sordides de Belshazzar.

— Cet homme était un vrai monstre ! s'exclama Violet furieuse.

— Je crois qu'il était aussi jeune qu'elle ou presque. D'après mes calculs, elle avait quatorze ans lorsqu'elle est montée sur le trône.

— Ce n'était qu'une enfant, s'apitoya Tyler en reposant son verre de vin. Comment aurait-elle pu se défendre contre un démon pareil ? Pauvre gosse ! Mais je suis d'accord avec toi. En examinant le squelette du roi, j'ai constaté qu'il n'avait pas plus de dix-huit ans.

Moira se tourna vers lui avec curiosité.

— Comment est-il mort ?

— C'est difficile à dire. Il a été écrasé par une colonne qui a brisé plusieurs de ses vertèbres lombaires en paralysant probablement ses jambes, mais son torse est demeuré intact. Alors, il peut avoir survécu quelques jours avant de mourir de déshydratation.

— C'est assez atroce, frissonna Joyce.

L'anthropologue hocha gravement la tête.

— Oui, tu as raison. Si ça s'est bien passé ainsi, il a payé cher ses crimes.

Les jours suivants, la directrice commença à préparer une liste d'objets qui feraient partie de la prochaine expédition vers Londres, en tenant compte de leur valeur, de leur fragilité ainsi que de l'intérêt qu'il y avait à les exposer dans un musée. Mais, dès qu'elle avait un moment de répit, elle rejoignait la dessinatrice qui s'était installée dans l'extrémité la mieux préservée de l'écurie, pour y restaurer la litière royale à l'aide de produits toxiques qu'elle préférait utiliser à l'air libre plutôt que dans un local fermé. La jeune femme s'asseyait sur ce qui restait du mur de soutènement, regardait son amie travailler, tout en bavardant. Elle admirait les couleurs originales, aussi fraîches que si elles avaient été peintes la veille, en s'étonnant elle-même de la profonde satisfaction qu'elle ressentait devant la disparition de l'horrible badigeon doré.

— Quel mauvais goût il fallait avoir pour faire une chose pareille ! remarqua-t-elle avec dédain.

— On croirait que tu détestes ce Belshazzar, alors que tu ne connais rien de lui, plaisanta Violet.

— C'est vrai. En fait, je l'assimile un peu à Lowell qui voulait me nuire sans justification.

Le jeune couple était sur le chantier depuis une semaine, lorsqu'en rentrant du site funéraire, Irwin annonça une nouvelle d'importance qui réveilla l'espoir de Moira.

— En effectuant des sondages pour trouver les limites de la nécropole, nous sommes tombés sur une structure en maçonnerie qui pourrait bien être un nouveau mausolée, expliqua-t-il en souriant devant l'excitation qu'il provoquait parmi ses collègues.

— C'est magnifique, s'enthousiasma la directrice avant de s'enfoncer dans un fauteuil de toile.

— Est-ce que cela ne signifie pas que vous avez atteint ces fameuses bornes ? demanda Alvin en lâchant le journal qu'il parcourait.

— C'est possible, effectivement. Nous allons dégager les environs afin de déterminer la nature de cette construction, ce qui nous permettra d'y voir un peu plus clair.

Joyce joignit les mains en un geste d'extase.

— Si nous avions la chance que ce soit encore une sépulture inviolée, ce serait merveilleux.

— Ne rêvons pas, recommanda Tyler. Un hypogée comme celui de Balthézar ne se rencontre pas souvent.

— C'est curieux que tous les souverains de Telgilsh ne soient pas inhumés dans la même zone, s'étonna Violet en attrapant un verre de cocktail sur le plateau que lui présentait un domestique.

L'archéologue, qui était resté debout, s'avança pour aller s'asseoir auprès de sa compagne.

— L'histoire de la cité s'étend sur de nombreuses générations. Ce qui veut dire que certains rois peuvent avoir eu envie de se démarquer de leurs prédécesseurs. D'autre part, les fréquentes tempêtes de sable ont peut-être recouvert les sépultures si complètement que leur emplacement s'est perdu.

— Oui, c'est assez vraisemblable, approuva Moira.

Cette découverte réveillait son espérance que ce tombeau fût celui de ses rêves, quoiqu'elle se gardât de l'exprimer devant ses amis, mais, en croisant le regard affectueux d'Irwin, elle comprit qu'il y pensait lui aussi. Toute la soirée, elle fut distraite, tandis que ses collègues commentaient les troubles de plus en plus inquiétants en Allemagne et en Italie, ainsi que le désaccord intervenu entre leur pays et la France sur la question des réparations allemandes. Tyler, qui condamnait l'occupation de la Ruhr par les troupes françaises et belges, affirmait que cela ne ferait qu'envenimer la situation. Pourtant, incapable de s'intéresser à ces événements qui se déroulaient si loin de là, la jeune femme finit par se retirer en prétextant une grande fatigue.

Elle ne dormait toujours pas lorsque Irwin vint la rejoindre une heure plus tard, aussi se redressa-t-elle immédiatement.

— Crois-tu que ce soit le mausolée de mes cauchemars ? demanda-t-elle d'un ton plein espoir.

— Comment veux-tu que je le sache ? répondit-il avec bon sens. Nous ne sommes même pas sûrs qu'il existe vraiment. Et puis, ce que nous avons repéré n'est peut-être pas une sépulture royale. Attends un peu que nous ayons progressé dans le dégagement.

— Oui, tu as raison, soupira-t-elle en se recouchant.

Pourtant, cette nuit-là, ce fut sans surprise qu'elle vit se reproduire le rêve qui se terminait toujours en film d'horreur, avec quelques variantes d'un songe à l'autre. Pour la première fois, par exemple, elle fit face au cousin maudit qui ricanait en brandissant un serpent dont la gueule ouverte s'approchait dangereusement d'elle, juste avant qu'elle se retrouvât dans l'hypogée.

Elle espérait au moins avoir confirmation qu'il s'agissait bien d'un tombeau royal dès le lendemain, mais, en rentrant du site, l'archéologue expliqua que la construction était enfouie si profondément dans le sable qu'il leur faudrait plusieurs jours pour déterminer sa nature. Alors, prenant son mal en patience, elle se concentra sur la préparation du prochain envoi vers l'Angleterre, ainsi que les fouilles de la cité.

— C'est bien un mausolée royal, affirma Irwin une semaine plus tard, à la grande joie de sa compagne. Et pas n'importe lequel. Il s'agit de celui qui a fondé Telgilsh. Azmelqart en personne !

— Comment peux-tu en être sûr ? s'enquit Violet.

— Parce que j'ai déchiffré son sceau au-dessus de la porte. Nous n'avons encore désensablé que le haut du monument, mais c'est suffisant pour l'identifier.

— Dans combien de temps, penses-tu que nous pourrons le desceller ? demanda la directrice.

— Je ne sais pas exactement. Plusieurs semaines, au moins.

La jeune femme opina en silence, sachant qu'il était inutile d'exprimer sa frustration, aussi adressa-t-elle un sourire affectueux à son amant qui craignait sans le dire qu'elle fût à nouveau déçue lorsqu'ils ouvriraient l'hypogée.

Heureusement, Moira trouva un dérivatif à sa nervosité avec l'arrivée de Bryan. Le pilote n'était venu que pour les ravitailler comme il le faisait régulièrement, mais il s'intéressa volontiers à son projet d'expédition des pièces archéologiques, si bien qu'il passa un long moment avec elle dans la réserve à recenser les différents objets destinés au British Museum. Notant leurs tailles, leurs formes et leurs poids, il promit de lui fournir les emballages nécessaires, ainsi qu'il l'avait déjà fait pour le premier envoi, puis de prévenir le convoyeur que ses services étaient à nouveau requis. Tout en travaillant, elle lui confia la trouvaille effectuée dans la nécropole, dont elle espérait qu'il s'agirait enfin du tombeau de son rêve. Il l'écouta avec amitié, mais, comme Irwin, il s'efforça de la mettre en garde contre la déception qu'elle éprouverait si les événements ne tournaient pas comme elle le désirait.

— C'est vrai, soupira-t-elle. Mais c'est plus fort que moi. Je suis certaine que ce mausolée est une pièce importante de notre puzzle.

— Si c'est bien celui-là.

— Sinon, il nous faudra chercher ailleurs. Je suis sûre qu'il existe.

— Je souhaite vraiment que cette découverte te délivre enfin de tes cauchemars en t'apportant la sérénité.

Il fallut plus de temps que prévu pour nettoyer l'accès à la sépulture, d'autant que les fouilleurs restèrent pantois face à la scène qui les attendait.

— Nous avons repéré deux corps devant la porte de l'hypogée, annonça l'archéologue d'un air perplexe.

— Que faisaient-ils là ? s'étonna Tyler.

— Je l'ignore, mais apparemment, ils ont été poignardés tous les deux. J'aimerais que tu viennes me les dater.

— Bien sûr. Je t'accompagnerai demain.

L'expertise des cadavres abandonnés dans le désert fut une nouvelle source d'étonnement pour l'anthropologue dont la datation ne cadrait pas avec la période d'inhumation d'Azmelqart.

— Ces deux-là sont contemporains de la destruction du royaume, mais ce n'est pas le tremblement de terre qui les a tués. Qu'est-ce que cela veut dire ?

— Je n'en sais rien, repartit Irwin. Peut-être aurons-nous la réponse lorsque nous pénétrerons dans le mausolée. À première vue, la dalle qui le ferme me semble intacte, mais on ne sait jamais.

— Auraient-ils tenté de le piller ?

— C'est possible, mais, dans ce cas, ils se sont fait surprendre avant d'avoir réussi.

Ce soir-là, l'on discuta passionnément de ce nouveau mystère, dont chacun donnait sa propre version avec beaucoup d'imagination, sans parvenir à le relier aux événements de Telgilsh. Seule Moira se taisait, incapable d'intégrer son rêve récurrent dans cette trame compliquée, quoiqu'elle restât persuadée qu'il en faisait partie.

Enfin, le grand jour arriva. La veille, le transporteur était venu enlever les colis destinés à Fergus Noor, ce qui leur laissait l'esprit libre pour cette entreprise majeure qu'était toujours l'ouverture d'une sépulture. Ils s'étaient réunis devant l'entrée du monument, beaucoup moins haut que celui de Balthézar, d'autant qu'aucune tour ne le surplombait. Dans un silence recueilli, l'équipe regarda les ouvriers attaquer le joint entourant la dalle qui scellait le tombeau, en priant pour qu'il fût plein. Peu à peu, la lourde pierre se désolidarisa de son encadrement en s'inclinant vers l'extérieur, ce qui obligea les hommes à la caler afin de terminer le travail sans danger. Enfin, ils purent la déposer dans le sable, au pied des spectateurs qui retenaient leur souffle devant l'obscur boyau d'où s'exhalait une odeur fétide.

Irwin alluma des lampes qu'il distribua à la ronde, puis s'avança jusqu'au seuil de la descenderie pour examiner les lieux avant de s'y engager.

— Mon Dieu ! Venez voir ça ! s'exclama-t-il avec stupéfaction.

Surpris par cette réaction inattendue, ils le rejoignirent en courant avant de s'immobiliser à leur tour devant l'incroyable spectacle. À quelques pas de la porte gisait un corps de femme parfaitement conservé comme si elle venait d'être inhumée, quoique ses vêtements datent sans conteste de l'Antiquité. Auprès d'elle était posée une lampe à huile en terre cuite, tandis qu'un peu plus loin se trouvait une longue bande de tissu presque entièrement enroulée sur elle-même, ainsi qu'une cordelette comportant encore plusieurs nœuds.

— On croirait qu'elle n'est qu'endormie, murmura Violet mal à l'aise.

— C'est elle ! s'écria Moira. C'est Adonia ! J'en suis sûre !

Elle pénétra dans le couloir d'un pas décidé, puis leva sa torche afin d'étudier les peintures murales qui ornaient les murs, mais elle ressentit un pincement au creux du ventre lorsque les dieux en procession semblèrent lui sourire, comme s'ils la reconnaissaient. Alors, pour chasser cette sensation angoissante, elle se tourna vers son compagnon en lui indiquant d'un léger signe qu'il s'agissait bien de l'hypogée de ses cauchemars.

— En jetant un œil sur le dernier papyrus des archives, j'ai appris qu'elle avait disparu, révéla l'archéologue. Ses proches étaient persuadés que Belshazzar l'avait enlevée, voire tuée.

Il détourna le regard avec gêne devant cette jeune fille qu'il avait souvent vue apparaître dans ses songes.

— Alors, il l'aurait kidnappée avec l'aide des hommes que nous avons repérés à l'extérieur, résuma Alvin, les yeux fixés sur l'ancienne reine. Ils l'auraient emprisonnée dans ce tombeau, puis ce démon aurait poignardé ses complices afin qu'ils ne puissent pas le dénoncer.

— C'est un scénario probable, approuva Tyler, qui s'était penché sur le cadavre. Elle porte une marque de coup violent sur le crâne, qui a beaucoup saigné.

— Elle était inconsciente, puis s'est réveillée dans ce mausolée, frissonna la directrice, tandis que ses rêves s'illuminaient d'un jour nouveau.

— Lui ont-ils laissé volontairement cette lampe, à votre avis ? demanda Joyce qui s'était accroupie pour glisser un doigt dedans. Il reste encore beaucoup d'huile.

Irwin détailla rapidement la partie éclairée de la descenderie, puis secoua la tête.

— Sans doute pas. Elle a dû la prendre dans la chambre funéraire. Remarquez qu'il n'y a rien ici pour l'allumer.

— Le feu a vite brûlé tout l'oxygène présent dans la sépulture, en l'asphyxiant au passage, observa la chimiste d'un ton professionnel.

La dessinatrice se retourna comme pour s'assurer que personne ne refermerait la lourde dalle sur eux.

— C'est sûrement aussi bien comme ça. Ce devait être horrible de savoir qu'elle était enfermée dans cet hypogée sans espoir d'en sortir.

Très choqués par cette découverte inattendue, ils continuèrent jusqu'à la chambre funéraire remplie de mobilier qui n'avait pas été touché depuis l'inhumation du roi. Mais, là encore, ils décelèrent des traces de la jeune fille, comme la mèche et la pierre à briquet posées par terre, avec lesquelles elle avait enflammé la lampe, ou des babioles ayant roulé au sol, lorsqu'elle avait buté dedans. Alors, incapables de se livrer à leur travail habituel, ils ressortirent vivement heureux de retrouver l'air libre après cette plongée dans l'horreur, si bien qu'ils décidèrent de reporter au lendemain le début de l'inventaire des objets du tombeau.

Une semaine plus tard, Irwin et Moira repartirent à Tataouine, où la jeune femme espérait se remettre enfin de la macabre révélation. Toutes les nuits, des cauchemars affreux la tourmentaient, sans aucune mesure avec le rêve récurrent, bien anodin en comparaison, qui l'avait guidée vers le mausolée perdu. En regardant s'éloigner Telgilsh sous les ailes de l'avion de Bryan, elle se demandait si elle pourrait y revenir sans que ces souvenirs la hantent à nouveau.

Ce fut avec un profond soulagement qu'elle se réinstalla chez elle, dans cette maison qui lui plaisait chaque jour davantage depuis qu'elle y vivait. Pour l'aider à surmonter cette épreuve difficile, son concubin suggéra même de faire venir sa mère ou de partir quelques semaines en Angleterre, mais elle protesta en riant que la visite de Jane lui avait suffi pour plusieurs mois.

— Ici, je me sens déjà mieux, affirma-t-elle en s'étalant sur un divan moelleux. Ne t'inquiète pas, ça va passer.

— Je l'espère bien.

Distraitement, elle prit un coussin qu'elle serra contre elle.

— C'était pénible, mais nécessaire. Maintenant, nous avons les réponses à toutes nos questions.

— Pas entièrement, non. Nous ignorons toujours s'il y a eu des survivants, mais je crois que nous ne le saurons jamais.

— Au moins, nous savons ce qu'il est advenu d'Adonia. Pourquoi ne l'ont-ils pas cherchée ?

Le jeune homme tendit à son amante l'une des tasses de thé à la menthe que venait de servir un domestique, puis s'assit sur un pouf avec l'autre.

— Je pense qu'ils l'ont fait, mais comment auraient-ils imaginé qu'elle se trouvait dans un tombeau ?

— Oui, tu as raison, convint Moira en se redressant. D'ailleurs, ses proches ont été enfermés dans le souterrain par cet horrible démon. Que leur a-t-il infligé, à ton avis ?

— Je vais profiter d'être ici pour traduire les derniers papyrus. Peut-être le découvrirons-nous, qui sait ?

Quelques jours plus tard, l'archéologue révéla à sa compagne que le déchiffrement des annales du règne de la jeune souveraine était fini. Elle s'en réjouit franchement, désireuse de ne laisser aucune zone d'ombre qui risquerait de la tourmenter à nouveau. Comme depuis leur retour, ses cauchemars avaient disparu, elle espérait que cette époque était terminée.

— J'ai une idée, s'exclama-t-elle en parcourant les feuillets qu'il lui avait apportés. Je vais rédiger l'histoire d'Adonia sous forme de roman.

— Pourquoi pas ? Cela pourrait intéresser les gens. À vrai dire, moi aussi, j'ai un projet, d'un autre genre.

— Ah, bon. Lequel ? demanda distraitement la jeune femme.

— Je voudrais t'épouser. Es-tu d'accord ?

Elle se tourna vers lui, le souffle coupé par la surprise, puis elle se jeta dans ses bras avec fougue.

— Oui ! Mille fois, oui ! s'écria-t-elle avec un immense bonheur.

Le lendemain, après avoir préparé une lettre pour annoncer leur futur mariage à Jane et aux parents d'Irwin, Moira s'installa à son bureau, posa auprès d'elle la liasse de papiers sur lesquels était retranscrite la dernière partie des archives royales de Telgilsh, attira une pile de feuilles blanches, prit en main sa plus belle plume qu'elle trempa dans l'encrier d'un air concentré, puis, en s'appliquant, commença son récit d'une écriture déliée : « *Adonia se promenait dans les jardins du palais royal…* ».

Si vous désirez en apprendre davantage sur l'histoire d'Adonia, connectez-vous sur mon blog pour demander votre livret bonus gratuit en version numérique : http://michelrouvere.over-blog.com/

Annexe

Calendrier phénicien	
Etanim	Octobre
Bul	Novembre
Merphaïm	Décembre
Pagruma	Janvier
Ibalatu	Février
Hiyaru	Mars
Nisannu	Avril
Matan	Mai
Dubuhana	Juin
Kiraru	Juillet
Sah	Août
Mepha	Septembre

www.ingramcontent.com/pod-product-compliance
Lightning Source LLC
Chambersburg PA
CBHW07085826O626
47162CB00007B/2498